100년 동안
너를 찾았어

# 100년 동안 너를 찾았어
## Master of the Game

시드니셀던 지음 | 정성호 옮김

내 용맹스런 동생 리처드에게

……따라서 마음속 깊이 정열을 가진 사람은
아론의 뱀과 같아서 다른 사람의 평안을 삼켜버린다.
_알렉산더 포프 「인간론」 제2권

▼

다이아몬드는 철제 망치를 두 쪽으로 갈라지게 하고,
모루를 갈아 끼워야 할 정도로 충격에 강하다.
자연계의 가장 난폭한 힘인 '철과 불'에 도전하는
이러한 괴력을 어린양의 피로 파괴시킬 수가 있다.
그러나 그 피는 순결하고 따뜻한 것이어야 한다.
비록 어느 성도 타격은 필요하지만.
_플리니

## 차례

**프롤로그**
케이트, 1982년 – 11

**제1부**
제이미, 1883년~1906년 – 17

**제2부**
케이트와 데이비드, 1906년~1914년 – 223

**제3부**
크루거 브렌트사, 1914년~1945년 – 287

**제4부**
토니, 1946년~1950년 – 327

**제5부**
이브와 알렉산드라, 1950년~1975년 – 413

**에필로그**
케이트, 1982년 – 629

옮긴이의 말 – 636

## 등장인물

**제이미 맥그리거** :: 스코틀랜드 출신의 청년
**살로몬 반 데르 메르베** :: 클립드리프트의 가게 주인
**마가렛** :: 살로몬 반 데르 메르베의 딸, 제이미의 아내
**반다** :: 미남의 흑인 청년
**스미트** :: 클립드리프트의 바텐더
**케이트** :: 제이미와 마가렛의 딸
**데이비드** :: 케이트의 남편
**조세핀 오닐** :: 샌프란시스코에서 온 미녀
**토니** :: 케이트와 데이비드의 아들
**브래드 로저스** :: 회사의 경영진
**도미니크 마송** :: 파리의 모델
**앙드레 듀소** :: 미술비평가
**마리안느** :: 독일 실업가의 딸
**루시 와이어트** :: 텍사스 실업가의 딸
**이브** :: 토니와 마리안느의 딸로 쌍둥이 자매의 언니
**알렉산드라** :: 토니와 마리안느의 딸로 쌍둥이 자매의 동생
**조지** :: 그리스 출신의 청년
**키드 웹스터** :: 외과 의사
**피터 템플튼** :: 정신과 의사
**닉 파파스** :: 맨해튼의 형사

프롤로그

# 케이트
### 1982년

미합중국 북동부에 위치한 메인 주 페놉스코트만에 떠 있는 아이레스보로 섬에는 우아한 인생을 즐기는 억만장자들의 저택이 띄엄띄엄 자리 잡고 있었다. 그 가운데서도 눈에 띄게 위용을 자랑하는 대저택 '시더힐 하우스'의 메인 홀에는 정장을 한 많은 손님들로 붐비고 있었다. 초대받은 사람들 모두가 세계적으로 손꼽히는 명사들로, 신사들은 단정한 예복에 검은 타이를 매고 있었고 숙녀들도 번쩍번쩍 빛나는 야회복에 몸을 감싸고 있었다.

이 저택의 주인 케이트 블랙웰은 홀에서 춤을 추고 있는 손님들을 바라보며 이렇게 생각했다.

'오늘이 내 90회 생일이라니 정말인가. 내가 이렇게 오랜 세월을 살아왔단 말인가. 모든 일이 마치 어제 같은데······.'

옥외에서는 이미 만찬 준비가 끝나고, 넓은 정원에는 초롱불과 리본과 풍선 등이 축제일이라도 되는 듯이 현란하게 장식되어 있었다. 끊임없이 이어지는 요리와 음료수도 최고급 그릇 속에서 정갈하게 그 맛을 돋보이게 하고 있었다.

이윽고 연회가 시작되었다.

미합중국 대통령이 보내온 축전이 낭독되고, 대법원장이 건배를 주재했다. 뒤이어 주지사가 축사를 했다.

"……이 나라 역사상 가장 뛰어난 여성 가운데 한 사람입니다. 케이트 블랙웰의 기부금에 의한 자선활동은 전 세계에 전설처럼 되어 있습니다. 블랙웰 재단은 지금까지 50개국 이상의 사람들에게 건강과 행복을 공헌해왔습니다. 고 윈스턴 처칠 경의 말을 인용하겠습니다. '이처럼 많은 사람들이 한 인간에게 이처럼 많은 신세를 진 일은 일찍이 없었다' 나는 케이트 블랙웰을 알게 된 행운을……."

'흥, 바보 같은 소리를 하는군! 아무도 나를 몰라. 주지사는 마치 성인군자 같은 얘기를 하고 있군그래. 여기 있는 사람들이 케이트 블랙웰의 진짜 모습을 알게 된다면 도대체 뭐라고 할까. 나는 도둑의 자식으로 태어나서 한 살도 되기 전에 유괴당한 적이 있다고. 그리고 내 몸에 있는 총알 자국을 보여주면 모두들 어떻게 생각할까.'

케이트는 마음속으로 그렇게 생각했다. 그녀의 머릿속에 눈에 핏발을 세우고 총구를 들이대던 사나이의 모습이 선명하게 되살아났다. 한때 자기를 죽이려고 한 그 사나이도 이 파티장 축하객들 속에 섞여 있었다. 케이트가 그 사나이 쪽을 힐끗 바라보자 그도 미소를 띠고 케이트를 쳐다보았다.

케이트는 또 한 인물에게로 시선을 옮겼다. 그 여성은 얼굴을 빈틈없이 베일로 감추고 있었는데, 케이트의 시선이 의식되자 마치 나쁜 짓을 하다가 들키기라도 한 듯이 낭패스러워하며 부끄러운 듯 고개를 숙였다. 베일 속에는 소름이 끼칠 정도로 추악한 얼굴이 감춰져 있었다. 심판을 받기 전에는 절세의 미녀였는데…….

멀리서 천둥소리가 들려왔다.

주지사의 축사가 끝나고 케이트를 소개하는 목소리가 들려왔다. 케이트는 일어서서 초대객들을 둘러보았다. 그리고 힘차고 또렷한 목소리로 연설을 시작했다.

"나는 여기 계신 여러분 중에 그 누구보다도 오래 살았습니다. 요즘 젊은이들의 유행어에 '그런 건 대단치 않은 일이야'라는 말이 있는데, 이 나이까지 살아올 수 있었다는 것은 역시 기쁜 일입니다. 그렇지 않았더라면 여기서 이렇게 여러분을 만나지 못했을 테니까요. 오늘 저녁을 위해 먼 곳으로부터 긴 여행을 하시느라 피곤한 분도 많으실 겁니다. 그러니 여러분은 적어도 나처럼 원기왕성하지는 못한 것입니다."

웃음소리와 웅성거림이 일어났다. 박수를 치는 사람도 있었다.

"이런 기념할 만한 파티를 열어주셔서 정말 고맙습니다. 절대로 잊지 않겠어요. 휴식을 취하고 싶은 분에게는 방이 준비되어 있습니다. 혹시 기운이 넘치는 분들은 부디 홀에서 댄스를 즐겨주시기 바랍니다."

천둥소리가 다시 울렸다.

"자, 여러분. 메인 주의 명물인 폭풍이 닥치기 전에 어서 집 안으로 옮겨가십시다."

만찬과 댄스가 끝나고 손님들은 저마다 방으로 돌아갔다.

케이트는 서재에 홀로 앉아 추억에 잠겨들었다.

'나를 케이트라고 불러줄 사람은 이제 아무도 없구나. 모두들 먼저 가버렸으니……'

케이트는 갑자기 서글퍼졌다. 그녀의 세계가 점점 좁아져가는 것 같이 느껴졌다.

'기억의 나뭇잎은 암흑 속에서 서글프게 바스락 소리를 내고 있네. 이건 롱펠로의 시였던가. 나도 얼마 안 있으면 그 암흑세계로 들어가겠지. 하지만 아직 그럴 수는 없어. 내게는 가장 중요한 최후의 마무리가 남아 있으니까. 조금만 참아요, 데이비드. 이제 조금만 있으면 당신에게로 갈

테니까요.'

"할머니……."

순간 자신을 부르는 목소리에 케이트는 눈을 떴다. 어느새 가족들이 방 안에 들어와 있었다. 그녀는 무자비한 카메라처럼 무엇 하나 놓치지 않으려는 듯한 눈으로 한 사람 한 사람을 바라보았다.

'아, 나의 가족들……. 나의 피를 영원히 이 세상에 남겨줄 나의 가족……. 살인자, 엉망진창이 된 추악한 얼굴, 정신병자, 블랙웰의 잔해들. 그 희망과 고통과 고뇌의 세월의 종착점이 결국 이런 것이란 말인가.'

손녀딸이 케이트의 옆에 서서 말했다.

"괜찮으세요, 할머니?"

"조금 피곤할 뿐이야. 이제 그만 자야겠다."

케이트는 일어나서 계단으로 향했다. 그때 심한 천둥소리가 울리고 밖은 이미 폭풍으로 변해서 빗방울이 기관총 소리를 내며 창을 두들겼다.

케이트는 가족들이 지켜보고 있는 것을 느끼며 천천히 계단을 끝까지 올라갔다. 등줄기를 곧게 편 자신감이 넘친 모습이었다.

번갯불이 번쩍이고 순간 무시무시한 천둥소리가 울려 퍼졌다.

케이트 블랙웰은 고개를 돌려 계단 아래에 있는 가족들을 내려다보며 말했다.

"남아프리카에서는 이런 폭풍우를 돈더스톰이라고 불렀단다."

그 어조는 그녀의 핏속에 스며든 선조들의 악센트와 똑같았다.

제1부

제이미

1883년~1906년

"와! 이게 진짜 돈더스톰이라는 거야!"

제이미 맥그리거가 소리쳤다. 그는 스코틀랜드 고지에서 자라나 폭풍이라면 수도 없이 경험했지만 이토록 광포한 폭풍우는 처음이었다.

갑자기 돌풍으로 떠오른 모래먼지가 뿌옇게 춤을 추며 올라가자, 맑게 개어 있던 오후의 하늘이 흙빛으로 변하며 주위가 갑자기 밤처럼 캄캄해졌다.

보어인들이 '웨어리그'라고 부르는 번갯불이 하늘을 불태우듯이 번쩍이고, 뒤이어 '돈더슬래그'라고 불리는 천둥소리가 울려 퍼졌다.

다음은 대홍수다. 엄청난 양의 비가 텐트와 양철 지붕의 헛간을 때려 부술 듯이 세차게 내렸다. 클립드리프트 거리는 눈 깜짝할 사이에 진흙탕으로 변했다.

하늘에서 계속 울려대고 있는 천둥은 마치 우주 전쟁에서 쏘아대는 대포소리 같았다.

제이미 맥그리거는 진흙으로 만든 흙집이 녹아서 무너지는 순간 간신히 옆으로 피해서 살아났다. 앞으로 클립드리프트 거리가 예전처럼 부흥

될 수 있을지 제이미는 걱정이 되었다.

클립드리프트는 도저히 진정한 도시라고 부를 수가 없었다. 그곳은 바알강 기슭을 따라 텐트와 오두막집과 포장마차가 올망졸망 늘어서 있을 뿐인 촌락으로, 전 세계 곳곳에서 다이아몬드 열병에 사로잡혀 일확천금을 노리며 모여든 인간들의 집산지였다.

제이미 맥그리거도 다이아몬드 열병 환자 가운데 한 사람으로 이제 18세가 된 지 얼마 안 되는, 금발에 맑은 잿빛 눈을 가진 미남 청년이었다. 순진해 보이는 용모는 누구에게서나 호감을 살 것 같았다. 그는 밝은 성격으로 천성적인 낙천주의자였다.

제이미는 1만3천 킬로의 기나긴 여행을 하며 클립드리프트로 왔다. 스코틀랜드 고지로부터 에딘버러, 런던, 케이프타운을 경유하여 이곳에 도착한 것이다.

그는 고향을 떠날 때, 농장의 자신 몫의 재산분배 권리를 포기해버렸지만 후회하지는 않았다. 그 수만 배의 부를 손에 넣을 생각이기 때문이었다. 목숨이 붙어 있는 한 어떤 난관에도 견뎌낼 각오가 되어 있었다.

제이미는 일하는 것이 싫지는 않았다. 그러나 애버딘 북부의 조그만 농장은 돌투성이 황무지로 아버지와 어머니, 형, 그리고 누나 메리 등이 이른 새벽부터 밤늦게까지 열심히 일해도 얻어지는 수입이라고는 빈약하기 짝이 없었다. 에딘버러 시장에 갈 때마다 제이미는 돈의 마력에 매료되었다. 돈만 있으면 어떤 물건이라도 살 수가 있었다. 돈은 인간의 생활을 쾌적하게 만들어줄 뿐 아니라, 병에 걸려도 얼른 치료할 수 있게 해주었다. 제이미는 많은 친구들과 친지가 빈곤에 시달리다가 끝내는 그 속에서 죽어가는 것을 지긋지긋하게 봐왔다.

그런 제이미를 흥분시킨 것이 다이아몬드가 발견되었다는 뉴스였다. 최근 남아프리카에서 세계에서 가장 큰 다이아몬드가 발견되었다는 것이다. 더구나 그 다이아몬드는 모래 속에 아무렇게나 굴러다니고 있다고 하지 않는가. 게다가 소문에 의하면, 그 부근에는 누군가가 그 찬란함을 세상에 드러내주기를 기다리기라도 하듯이 헤아릴 수도 없이 많은 다이아몬드가 파묻혀 있다는 것이다.

어느 토요일 밤, 저녁식사가 끝난 뒤 제이미는 남아프리카의 다이아몬드 발견 뉴스를 가족들에게 알렸다. 그리고 약간 멋쩍어하면서도 단호하게 이렇게 말했다.

"그러니까 나도 다이아몬드를 찾으러 남아프리카로 가겠어요. 다음 주에 출발할 생각입니다."

식탁에서 설거지가 끝나기를 기다리고 있던 가족들은 눈을 깜박이며 저 아이가 혹시 머리가 돈 것이 아닐까 하며 제이미를 바라보았다. 한동안 정적이 흐른 뒤 아버지가 입을 열었다.

"다이아몬드를 찾으러 가겠다니 머리가 어떻게 된 거 아니냐? 다이아몬드를 찾는다는 건 꿈에나 있는 일이야. 정직하게 일하는 인간을 꼬드기는 악마의 유혹 같은 거다."

이안 형도 끼어들었다.

"도대체 그곳에 갈 경비는 어떻게 마련할 생각이냐? 지구를 반 바퀴나 돌아야 하는데 말이야."

"그게 바로 문제야, 형. 돈이 있다면 다이아몬드를 찾으러 가지는 않는다고. 아 그래? 모두들 돈이 없으니까 다이아몬드를 찾으러 가는 거야. 나는 머리가 돌지도 않았고, 몸도 튼튼해. 그러니까 걱정하지 않아도 돼."

제이미가 말했다.

"애니 코드가 실망할 텐데? 그 애는 너와 결혼하고 싶어하잖니."

메리 누나도 한마디 했다.

제이미는 누나를 무척 좋아했다. 그러나 태어나서 지금까지 아름다운 옷이라곤 입어본 적이 없는 누나는 이제 24세밖에 안 되었는데 40세 정도로 보였다. 제이미는 언젠가는 누나에게 좋아하는 것을 잔뜩 사주고 싶어서 마음속으로 벼르고 있었다.

어머니는 조용히 일어나서 먹다 남은 음식이 담겨 있는 큰 접시를 싱크대로 묵묵히 옮겨갔다.

밤이 깊어지자 어머니는 제이미의 침대로 다가와서 한 손을 아들의 어깨에 살며시 올려놓았다. 그 손의 따뜻함에서 제이미는 어머니의 사랑을 다시 한 번 느꼈다.

"제이미, 너 좋을 대로 하렴. 다이아몬드가 있는지 없는지는 난 모른다. 하지만 그런 게 있다면 너는 꼭 찾아낼 수 있을 거야."

어머니는 숨겨가지고 있던 너덜너덜한 가죽지갑을 끄집어냈다.

"얼마 안 되는 돈이지만 내가 푼푼이 모아둔 거란다. 모두에게는 비밀로 해둬라. 제이미, 너에게 하느님의 축복이 내리기를 빈다."

에딘버러를 향해 떠날 때, 제이미의 호주머니에는 50파운드가 들어 있었다.

남아프리카로의 여행은 그리 간단한 것이 아니어서 거의 1년이나 걸렸다. 우선 에딘버러로 나간 제이미는 노동자들이 모이는 레스토랑에서 일을 해서 50파운드를 더 모은 뒤 런던으로 떠났다.

런던에 도착한 제이미는 넓은 도로와 붐비는 군중, 소음, 시속 5마일로 달리는 합승마차 등 보는 것마다 온통 정신을 빼앗겼다. 거리에는 커다란 모자를 쓰고, 폭 넓은 스커트를 입고 날씬한 단추를 채운 구두를 신은 아름다운 부인들을 태운 마차를 어디에서나 볼 수 있었다. 귀부인들이 벌링턴 아케이드로 쇼핑을 가는 길이었다. 그곳에는 은제 식기와 드레스, 모피, 도자기 또는 아기자기한 병이나 예쁜 항아리가 가득 놓인 점포가 즐비하게 있었다. 그것은 너무 눈이 부셔서 제이미로서는 믿을 수 없는 광경이었다.

제이미는 피츠로이가 32번지에 있는 방을 빌리기로 했다. 일주일에 10

실링으로 집세가 싼 것이 마음에 들었다. 낮에는 부두에 나가서 남아프리카로 가는 배를 찾아 걸어 다니고, 밤에는 찬란한 런던 거리를 구경하면서 돌아다녔다.

한번은 웨일즈의 황태자가 젊고 아름다운 귀부인을 동반하고 코벤트 가든 근처에 있는 레스토랑으로 특별한 출입구를 통해 들어가는 것을 목격한 일도 있었다. 귀부인은 꽃장식이 붙은 커다란 모자를 쓰고 있었다. 그것을 본 제이미는 누나에게도 저 모자가 어울릴 거라고 생각했다.

제이미는 1851년 대 박람회 때 건축된 크리스털 팰리스의 콘서트에도 가보았다. 드루리 레인 극장에도, 그리고 휴연 중인 사보이 극장에도 몰래 들어가 보았다. 사보이 극장은 영국의 공공건축물 가운데 처음으로 전기조명이 장치된 곳으로 통로에도 조명이 붙어 있었다. 또 어떤 거리에는 전기로 된 가로등이 켜져서 대낮처럼 환한 곳도 있었다. 제이미에게 있어서 런던은 미래 세계였다.

모든 것이 혁신과 활력에 넘쳐 있었지만 그 해 겨울 영국 경제는 몹시 침체되어 있어서, 거리에는 실업자와 굶주린 사람들이 우글거렸으며 데모가 빈발하여 여기저기에서 크고 작은 충돌이 일어났다.

'어서 이곳을 떠나야지. 나는 가난으로부터 도망치기 위해 여기에 왔단 말이야.' 하고 제이미는 생각했다.

얼마 뒤 제이미는 남아프리카 케이프타운으로 가는 월머 캐슬호에서 사환으로 일하게 되었다.


배 여행은 3주일이나 걸렸다. 마데이라 섬과 세인트헬레나 섬에 기항해서 석탄을 보급 받은 일밖에 없었지만, 한겨울에 강행된 항해였으므로 무척 힘들고 위험했으며 제이미는 타자마자 배 멀미를 했다. 그래도 그는 쾌활함을 잃지 않았다. 하루하루가 갈 때마다 보물섬에 가까이 가고 있다고 생각했기 때문이었다. 적도에 가까워감에 따라서 기후가 변했다. 마치 장난처럼 겨울이 여름으로 뒤바뀌었으며 아프리카 해안에 도달했을 무렵에는 낮이나 밤이나 몹시 무더웠다.

월머 캐슬호가 대륙과 로벤 섬 사이의 좁은 수로를 빠져 나가자, 드디어 케이프타운이 나타났다. 이른 새벽에 도착했기 때문에 배는 테이블 만에 닻을 내리고 케이프타운 시가지가 잠에서 깨기를 기다렸다.

제이미는 해가 뜨는 것을 기다리지 못하고 갑판으로 뛰쳐나가, 아침 안개 사이로 테이블 산이 멋진 모습을 서서히 드러내는 찬란한 새벽을 바라보았다. 그것은 최면술에라도 걸린 듯 황홀한 장면이었다.

배가 잔교에 닿자 갑판은 금세 여러 종류의 사람들로 가득 찼다. 누구를 봐도, 무엇을 봐도 제이미에게는 그저 신기하기만 했다.

손님들의 짐을 서로 빼앗아 들고 자기네 호텔로 억지로 끌고 가려는 유객꾼들, 여기저기 뛰어다니며 신문이나 과자나 과일을 파는 소년들 등 다양했는데 피부색도 검은색, 황색, 갈색, 적동색 등으로 다채로웠다.

파시 교도나 흑인과의 혼혈인 마부들이 큰소리로 떠들어대면서 손님을 끌고 있는가 하면 노점상이나 물통차를 끄는 장사꾼들도 쉴 새 없이 손님들에게 말을 걸었다. 그 주위를 커다란 검은 파리들이 날아다니고 있었다.

손님들이 짐을 챙기고 있는 동안 선원과 인부들은 구름떼처럼 모여든 사람들을 헤치며 길을 만들었다. 마치 소용돌이 같은 혼잡이었다. 모여든 사람들이 떠들어대는 말도 각양각색이어서 제이미로서는 전혀 알아들을 수가 없었다.

케이프타운은 제이미가 지금까지 본 적이 없는 시가지 구조를 가지고 있었으며 건물마다 각각 다른 모양을 띠고 있었다. 2, 3층짜리 벽돌이나 돌로 만든 창고 옆에는 함석으로 지은 술집이 있었고, 장식 유리가 아름다운 보석가게 양옆에는 과일가게와 판잣집 같은 담뱃가게가 있었다.

거리에 넘쳐흐르는 남자와 여자들, 그리고 어린이들의 모습을 보고 있으려니 제이미는 마치 최면술에 걸린 듯한 느낌이 들었다. 어떤 원주민은 옛날 스코틀랜드 특유의 바지를 입고 위에는 머리와 팔 부분을 도려낸 삼베옷을 걸치고 있었다. 그 원주민 앞을 두 사람의 중국인이 손을 잡고 걸어가고 있었는데 그들은 청색 옷을 입고 있었고, 삼각 밀짚모자 아래로 변발이 늘어져 있었다.

볕에 새빨갛게 타서 머리칼까지 표백이 된 보어인 농부의 짐마차에는 감자, 옥수수, 그리고 채소류가 실려 있었다. 신사인 듯한 남자들은 빌로도 천의 갈색 바지와 윗도리를 입고 챙이 넓은 펠트 모자를 쓰고 입에는 파이프를 물고 있었다. 부인들은 검은 옷을 입고 헝겊 테를 두른 베일이 달린 검정색 모자를 쓰고 있었다. 파시 교도인 세탁부들이 머리에 더러워진 옷을 잔뜩 이고 빨간 헬멧과 군복을 입은 병사들을 밀어젖히면서 걷고 있었다.

제이미는 우선 선원이 가르쳐준 싸구려 호텔로 가보았다. 호텔 여주인은 풍만한 가슴을 가진 뚱뚱한 중년 과부였다. 그녀는 제이미를 살펴보고는 싱긋 웃더니 보어 말로 말을 걸었다. 제이미로서는 어리둥절할 수밖에 없었다.

"미안합니다. 무슨 말인지 전혀 모르겠습니다."

"아, 영어를 아는군요. 혹시 금을 찾으러 왔나요, 아니면 다이아몬드인가요?"

"다이아몬드입니다, 부인."

여주인은 제이미에게 들어오라고 했다.

"이곳이 마음에 들 거예요. 당신 같은 젊은이들이 필요로 하는 것은 무엇이든 다 갖춰져 있으니까요."

제이미는 그녀가 질이 좋지 않은 여자가 아니기를 바랐다.

"나는 벤스터 부인이에요. 하지만 친구들은 나를 '디디'라고 불러요."

그녀는 조금 수줍어하면서 자기소개를 했다.

"좋은 친구가 될 수 있을 것 같지 않나요? 무슨 일이든 나한테 의논해 줘요."

여주인은 금니를 드러내 보이면서 웃었다.

"감사합니다."

제이미가 말했다.

"미안합니다만 시가지 지도를 파는 곳을 좀 가르쳐주시겠어요?"

제이미는 지도를 한 손에 들고 탐색에 나섰다.

시가지는 두 곳으로 갈라져 있었는데, 한쪽은 론데보시, 클레어몬트, 원버그와 같은 내륙 쪽의 교외로 농장이나 포도밭이 14킬로미터에 걸쳐 펼쳐져 있었다. 다른 한쪽은 시포인트, 그린포인트와 같은 해변 쪽의 교외로 이어져 있었다.

제이미는 스트랜드 가와 브리 가를 걸어갔다. 그곳은 고급 주택지인 것 같았는데 대부분의 집 현관은 거리에서 계단을 올라간 곳에 있었으며 테라스가 달린 평평한 지붕의 이층 건물들이 늘어서 있었다.

제이미는 마치 개인적인 원한이라도 있는 듯이 달려드는 파리 떼에 시달리면서 계속 걸었다. 파리들은 떼를 지어 달라붙었다. 제이미는 파리에 쫓기듯이 호텔로 돌아왔지만 방 안의 벽, 테이블, 침대 어디나 파리 떼로 가득 차 있었다. 그는 참다못해 여주인을 만나러 갔다.

"벤스터 부인, 방 안의 파리 떼를 좀 어떻게 해줄 수 없겠습니까?"

디디는 뚱뚱한 몸을 흔들면서 다가오더니 웃으며 제이미의 뺨을 꼬집었다.

"곧 익숙해질 거예요. 그때까지 좀 참아요."

케이프타운의 위생 시설은 엉망진창이어서 해가 진 뒤면 구역질나는 냄새가 거리 전체를 뒤덮었다. 도저히 견디기가 어려웠다. 그러나 제이미는 참아야 했다. 이 거리를 떠날 때까지 좀 더 돈을 벌지 않으면 안 되기 때문이었다.

'다이아몬드 광산에서는 돈만이 살아남는 유일한 방법이다. 돈이 없으면 숨조차 쉴 수가 없다.'

제이미는 이 경고를 생각해냈다.

케이프타운에서 보낸 이틀째, 제이미는 운송회사에서 마차 끄는 일을 찾았다. 3일이 되자 레스토랑에서 저녁식사 뒤 접시 닦는 일을 했다. 먹다 남긴 것을 몰래 하숙집으로 가지고 돌아와 그것으로 연명해나갔다. 그러나 아무래도 맛이 이상했다. 제이미는 부추요리나 오트밀 비스킷, 갓 구운 폭신한 롤빵과 같은 어머니가 만들어주던 음식이 견딜 수 없이 그리웠다. 그래도 제이미는 자금을 늘리기 위해 식사와 생활을 절약해나가기로 굳게 결심했으므로 고통을 참고 잘 견뎌나갔다. 자신이 선택한 길이었으므로 힘든 일과 탁한 공기, 잠을 방해하는 파리 떼에 시달려도 그런대로 견뎌낼 수 있었다.

그렇기는 하지만 심한 고독감은 어쩔 수가 없었다. 낯선 땅에 누구 하나 아는 사람이 없다 보니 고향의 친구나 가족이 뼈저리게 그리웠다. 제이미는 외톨박이의 생활을 즐겨보려고 노력했지만 밀려드는 외로움은 주체할 수가 없었다.

기다리고 기다리던 날이 드디어 찾아왔다. 제이미의 지갑에 200파운드 가량의 돈이 모인 것이다. 준비는 갖춰졌다. 다음 날 아침, 그는 다이아몬드 산지를 향해 케이프타운을 떠나기로 했다.


다이아몬드 산지인 클립드리프트 행 여객용 포장마차 예약은 부두 근처에 있는 목조로 된 조그만 정거장에서 받고 있었다.

제이미는 아침 7시에 갔지만 정거장은 이미 혼잡해져 있어서 좀처럼 매표소 가까이 갈 수가 없었다. 수백 명이나 되는 채굴자들이 마차의 좌석을 서로 구하려고 아우성치고 있었다. 그들은 러시아나 미국, 호주, 독일과 같은 먼 나라에서 온 사람들이었다. 제이미와 마찬가지로 저마다 서로 다른 말로 떠들어대면서 어떻게든 마차의 좌석을 확보하려고 매표소에서 실랑이를 벌이고 있었다.

제이미는 우람한 체격의 아일랜드인이 화가 난 얼굴로 사무실에서 나와 군중을 밀치며 보도를 걷는 것을 보았다.

"실례합니다. 도대체 어떻게 된 일입니까?"

제이미가 말을 걸었다.

"이건 도무지 말도 안 돼!"

아일랜드인은 화가 난 듯이 내뱉었다.

"저 마차는 말일세, 6주 뒤까지 이미 예약이 끝나 있다는 거야."

제이미가 당황해하는 것을 보고 그는 이렇게 덧붙였다.

"젊은이, 실망하지 말게나. 한 사람당 50파운드를 내면 어떻게 해주겠다고 하니까."

그것은 말도 안 되는 가격이었다.

"다이아몬드 산지로 가는 다른 방법은 없습니까?"

"있기야 있지. 네덜란드 급행 편으로 가든가, 걸어서 가든가……."

"네덜란드 급행 편이란 건 도대체 뭐죠?"

"소를 운반하는 마차일세. 한 시간에 2마일밖에 못 가지. 그것을 타고 가다가는 그곳에 닿을 때쯤이면 다이아몬드 같은 건 다른 사람들이 모조리 파가고 난 다음일 걸세."

제이미는 다이아몬드가 없어질 때까지 우물쭈물하고 있을 생각은 눈곱만큼도 없었다. 그래서 다른 교통수단을 찾기로 했다.

정오 조금 전에 제이미는 정면에 '우편마차 정류장'이라는 간판이 걸려 있는 마구간 앞을 지나게 되어 충동적으로 들어가 보았다. 거기에는 광장히 깡마른 사나이가 커다란 우편 행낭을 말 한 마리가 끄는 2륜 마차에 싣고 있었다. 제이미는 그 사나이를 한참 동안 바라보다가 마침내 입을 열었다.

"잠깐 물어볼 말이 있는데요, 그 우편물을 클럽드리프트까지 실어가는 겁니까?"

"그렇다네. 지금 싣고 있는 중일세."

제이미는 당장 희망이 샘솟아 올랐다.

"사람도 태워줍니까?"

"가끔은 태우지."

사나이는 고개를 들어 제이미를 가늠해보듯이 살펴보았다.

"자네, 몇 살이나 됐나?"

엉뚱한 질문이었다.

"열여덟 살인데, 왜요?"

"스물한 살 이상은 태우지 않는다네. 자네 몸은 튼튼한가?"

또다시 이상한 질문이었다.

"네, 물론입니다."

깡마른 사나이는 몸을 일으켰다.

"자네라면 괜찮겠군. 한 시간 뒤에 출발하네. 20파운드만 내게."

제이미는 뜻하지 않은 행운에 깜짝 놀랐다.

"만세! 당장 가서 짐을 꾸려올게요."

"이봐, 짐은 안 돼. 셔츠 하나와 칫솔 한 개밖에는 실을 곳이 없어."

제이미는 구닥다리 마차를 다시 한 번 바라보았다. 조그맣고 조잡한 마차였다. 차체에는 우편물을 넣는 공간이 있고, 그 위에 마부와 등을 맞댈 수 있는 한 사람 몫의 비좁은 좌석이 있을 뿐이었다. 꽤 불편한 여행이 될 것이 틀림없었다.

"알았습니다. 셔츠와 칫솔을 가져오겠습니다."

제이미가 돌아와 보니 마부는 말을 매고 있는 중이었다. 젊은이 두 사람이 마차 옆에 서 있었다. 한 사람은 키가 작은 검은머리였고, 또 한 사람은 키가 큰 금발의 스웨덴인이었다. 그런데 그들도 마부에게 돈을 건네주고 있는 것이 아닌가.

"잠깐만 기다려요."

제이미는 마부를 불러 세웠다.

"당신은 나를 태워준다고 하지 않았소?"

"자네들 모두를 태워주겠다고 했지. 자, 어서 올라타게나."

"세 사람 모두 말입니까?"

"그야 물론이지."

제이미는 마부가 세 사람을 어떻게 이런 조그만 마차에 태울 수 있는지 짐작도 할 수가 없었다. 그러나 출발할 때는 무슨 일이 있어도 올라탈 작정이었다.

제이미는 두 사람에게 자기소개를 했다.

"난 제이미 맥그리거라고 하네."

"월라크라고 하네."

키가 작은 검은 머리 청년이 말했다.

"나는 페델슨이라고 하네."

키가 큰 금발 청년도 대답했다.

"우리가 이 마차나마 발견할 수 있었던 것은 행운이라고 생각하네. 다른 사람들은 모르고 있을 테니까 말일세."

제이미의 말에 페델슨도 말을 이었다.

"모두들 이 우편마차에 대해서는 알고 있네. 다만 이런 것을 타고 가기가 마땅치 않다든가 우리처럼 다급하지 않다는 차이일 뿐이지."

제이미는 그 의미를 알 수가 없어서 자세히 물어보려고 하는데 마부가 출발 신호를 했기 때문에 단념했다.

세 젊은이들은 제이미를 가운데 두고 좁은 좌석에 끼어 앉았으므로, 무룦이 짓눌리고 등은 마부의 등받이가 내리눌러 몹시 불편했다. 움직이기는커녕 숨쉬기조차 불편했다.

'참을 수밖에 없어.'

제이미는 마음을 고쳐먹었다.

"꽉 잡고 있으라고!"

마부가 목소리를 높여 말했다.

눈 깜짝할 사이에 마차는 클립드리프트의 다이아몬드 산지를 향해 케이프타운 시가지를 기세 좋게 빠져나갔다.

마차는 말이나 마부가 교대할 때 이외에는 결코 멈추지 않았다. 울퉁불퉁한 길이나 황야나 바퀴 자국이 난 곳에서도 전속력으로 달렸다. 용수철 따위는 달려 있지 않았기 때문에 한 번 뛸 때마다 말에게 걷어 채인 듯한 느낌이 들었다.

제이미는 이를 악물고 참았다.

'밤이 되면 멈추겠지. 그때까지는 참을 수 있어. 식사를 하고 조금 자면 아침에는 기운을 되찾을 수 있을 거야.'

그러나 밤이 되어도 말과 마부를 교대할 때 10분가량 휴식을 취할 뿐 또다시 전속력으로 질주했다.

"언제 멈춰서 식사하는 겁니까?"

제이미가 물어보았다.

"그럴 시간이 없네."

새로 바뀐 마부가 무정하게 말했다.

"직행하는 걸세. 우편물을 운반하고 있으니까."

기나긴 밤에도 마차는 먼지가 많은 울퉁불퉁한 길을 달빛에 의지해서 계속 달렸다. 언덕길을 심하게 요동치면서 달려 올라가는가 하면, 단숨에 달려 내려가고 평탄한 길에서는 날듯이 질주를 했다.

제이미의 몸은 여기저기에 부딪쳐서 멍투성이가 되었다. 완전히 녹초가 되었지만, 잠을 잘 수도 없었다. 끄덕끄덕 졸다가도 덜컹덜컹 흔들리는 진동으로 잠이 깼다. 온몸이 뻣뻣했지만 손발을 뻗을 곳이 없었다. 배는 고프고 게다가 차멀미로 꼭 죽을 것만 같았다. 언제 식사를 하게 될지 짐작도 할 수가 없었다.

900킬로 이상이나 되는 거리였기 때문에 제이미는 앞으로 자기가 견뎌낼 수 있을지 자신이 없어졌다. 게다가 자기가 목적지에 도착하기를 바라고 있는지 없는지, 과연 그때까지 생명이 붙어 있을지도 알 수 없었다.

사흘째가 되자 그 비참함은 죽음의 고통처럼 생각되었다. 제이미의 동행자들도 같은 상태여서 불평은커녕 말조차 붙일 수 없었다. 마부가 승객이 젊고 튼튼해야 한다고 말한 의미를 이제야 겨우 알 수 있었다.

사흘째 새벽, 우편마차는 카루 고원으로 진입해 들어갔다. 황량한 경치가 시야에 들어왔다. 무자비하게 내리쬐는 태양 아래 소름이 끼칠 정도의 초지가 무시무시하게 끝없이 펼쳐져 있었다. 우편마차에 탄 세 젊은이는 더위와 먼지와 파리 떼로 숨이 막힐 것만 같았다.

이따금 독기를 품은 듯한 아지랑이 너머로 느릿느릿 전진하는 사나이들 일행이 보였다. 사나이들은 말을 탔고 20여 마리의 소가 끄는 짐마차가 뒤따랐다. 마부들은 소나 코뿔소 가죽으로 만든 긴 채찍을 휘두르며 "이럇!" 하고 외쳤다.

커다란 짐마차에는 수천 파운드나 되는 농산물과 상품, 즉 텐트, 채굴도구, 장작 스토브, 밀가루, 석유, 석유램프 등이 실려 있었다. 커피, 쌀, 러시아 마, 설탕, 포도주, 구두, 벨파스트 산 양초, 담요 등도 실려 있었다. 그것들은 모두 클립드리프트 채굴자들의 생명줄과도 같았다.

우편마차가 오렌지강을 건너자 견딜 수 없이 단조로웠던 목초지의 모습도 달라졌다. 관목이 차츰 키가 커지고 초록색으로 물들기 시작했다. 땅에는 붉은 흙이 엿보이고, 풀들이 바람에 하늘거렸으며 산사나무도 모습을 나타냈다.

'나는 해낼 거야. 무슨 일이 있어도 꼭 성공할 거야!'

몽롱한 의식 속에서 제이미는 계속 외쳤댔다. 지칠 대로 지쳤지만 차츰 희망이 샘솟아 올랐다.

우편마차는 4일간 줄곧 달려 드디어 클립드리프트 시가지 밖에 도착했다. 젊은 제이미에게는 그곳이 어떤 곳인지 짐작도 가지 않았지만, 피로에 지쳐 붉게 충혈된 그의 눈에 비친 광경은 참으로 상상을 초월했다. 간선 도로와 바알강 기슭을 따라 눈에 보이는 곳까지 텐트와 포장마차가 늘어서 있었다. 그곳이 바로 클립드리프트였다.

그곳은 먼지투성이 길을 오가는 사람들, 나체나 다름없는 원주민, 수염투성이인 채굴자, 고기장수, 빵가게 주인, 도둑, 교사 등 여러 종류의 사람들로 가득 차 있었다. 거리 중앙에는 나무나 함석으로 지은 판잣집이 늘어서 있었는데, 그것들은 잡화점, 술집, 당구장, 식당, 다이아몬드 매입 상점, 법률사무소 등이었다. 상점가 모퉁이에는 초라한 로열 아크 호텔이 있고, 창 없는 방이 긴 사슬처럼 이어져 있었다.

제이미는 마차에서 내려 대지의 감촉을 두 다리로 확인했다. 머리가 어찔어찔해서 기력을 되찾을 때까지 한참을 누워 있지 않으면 안 되었다.

잠시 뒤 제이미는 길에서 웅성거리고 있는 군중을 헤치고 비틀거리며 호텔로 향했다. 제이미에게 주어진 방은 숨이 막힐 듯한 열기가 가득한 좁은 곳으로, 문을 열자 파리 떼가 우글거리고 있었다. 그는 간이침대에 쓰러지듯이 누웠고 그대로 잠에 곯아떨어졌다. 제이미는 그렇게 18시간을 내리 잤다.

잠에서 깨어나자 제이미의 몸은 믿을 수 없을 정도로 뻣뻣해 있었고, 여기저기가 마구 쑤시고 아팠다. 그러나 마음은 투지로 넘쳤다.

'드디어 난 여기에 왔다! 이제부터가 승부다!'

그는 견딜 수 없이 배가 고파져서 식사를 하러 밖으로 나갔다. 호텔에는 식당이 없어서 길 건너편에서 작기는 하지만 붐비는 레스토랑을 찾아냈다. 그는 꼬치고기와 비슷한 커다란 스누크 프라이와 양고기 구운 것을 먹었고, 디저트로는 '코에크시스터'라는 빵과 비슷한 부드러운 덩어리를 튀겨서 시럽에 무친 것을 게걸스럽게 먹었다.

제이미의 위는 너무도 오랫동안 음식을 집어넣지 않았으므로 음식이 들어가자 뒤틀리듯 아팠다. 그래서 천천히 가라앉을 때까지 시간을 보내기로 했다. 주위 테이블에서는 채굴자들이 너나없이 다이아몬드 얘기에 열중하고 있었다.

"호프타운 근처에는 아직도 다이아몬드가 묻혀 있다고 하더군."

"지난 주 두토이츠판의 발견은 어떻고? 사람 혼자서는 운반할 수 없을 정도로 다이아몬드가 쏟아져 나왔다고 하던데……."

"크리스티아나에서도 새로 나왔다고 하더군. 나는 내일 그리로 가볼 생각이네."

역시 사실이었다. 어디에나 다이아몬드가 있는 것이다. 젊은 제이미는 너무 흥분해서 커다란 컵에 든 커피를 가까스로 다 마셨다. 그는 계산서를 보고 한 번 더 놀랐다. 단 한 번의 식사에 2파운드 3실링이나 빼앗긴 것이다.

'정신을 바짝 차려야겠구나!'

제이미는 레스토랑을 나오면서 자신에게 그렇게 타일렀다.

"어이, 맥그리거, 아직도 일확천금을 꿈꾸고 있나?"

뒤에서 소리가 들려 돌아다보니 제이미와 함께 온 스웨덴인 페델슨이었다.

"물론이지." 하고 제이미가 대답하자 "그렇다면 다이아몬드를 찾으러 가볼까?" 하고 페델슨은 손가락질을 했다.

"바알강은 저쪽일세."

두 사람은 걷기 시작했다.

클립드리프트는 언덕으로 둘러싸인 분지에 있었고, 제이미의 눈이 닿는 곳마다 풀도 나무도 자라지 않는 불모의 땅 같았다. 검붉은 먼지가 공중으로 피어올라 숨 쉬는 것도 곤란했다. 바알강까지는 400미터 거리로, 가까이 다가감에 따라 공기는 약간 서늘해졌다.

수백 명의 채굴자들이 강 양쪽 기슭에 모여 있었다. 땅을 파고 있는 사람, 선광기로 돌을 채에 거르고 있는 사람, 뒤뚱뒤뚱 흔들리는 가설 탁자에서 돌을 분류하고 있는 사람, 땅을 파는 데 최신 기계를 사용하는 사람, 낡은 통이나 양동이를 든 사람들, 그들은 햇빛에 그을고 수염은 자랄 대로 자라 몹시 꺼칠해보였다. 플란넬 셔츠, 코르덴바지에 장화를 신거나 개중에는 승마용 바지나 레이스가 붙은 정강이 싸개에다 넓은 챙의 펠트 모자나 헬멧을 쓰고 있는 사람도 있었다. 그들은 모두 다이아몬드나 금을 넣을 수 있는 주머니가 달린 폭넓은 가죽 벨트를 매고 있었다.

제이미와 페델슨은 강기슭까지 걸어가서 노인과 소년이 거대한 철광석을 치우고 그 주위의 자갈을 꺼내려고 악전고투하는 모습을 보았다. 두 사람의 셔츠는 땀으로 흠뻑 젖어 있었다. 그 옆에서는 다른 한 무리가 자갈을 선광기로 채질하기 위해 짐차에 퍼올리고 있었다. 흙덩이를 씻어내기 위해서 한 사람이 선광기에 물을 뿌리면, 다른 한 사람은 그 선광기를 마구 흔들었다. 남아 있는 커다란 돌이 분류용 즉석탁자에 오르면, 그들은 덤벼들듯이 달려들어 조사를 하기 시작했다.

"간단한 것 같은데······."

제이미가 싱긋 웃었다.

"지레짐작해서는 안 되네, 맥그리거. 나는 이곳에 온 지 좀 오래된 채굴자들의 얘기를 여러 번 들어서 알고 있지만 우리는 소쿠리로 물을 뜨는 것이나 마찬가지일세."

"그건 또 무슨 뜻인가."

"자네는 얼마나 많은 사람들이 일확천금을 꿈꾸고 이곳에 모여들었는지 알고나 있나? 2만 명이나 되는 사람들이 눈에 불을 켜고 다이아몬드를 찾고 있다네. 더구나 이곳에는 다이아몬드가 거의 없단 말일세. 설사 있다고 하더라도 이런 고생을 할 가치가 과연 있을까? 햇볕에 타거나 얼어붙거나 돈더스톰으로 흠뻑 젖거나 먼지와 파리와 악취와도 싸우지 않으면 안 되는 거지. 샤워도 할 수 없고, 제대로 된 침대도 없지 않은가. 이 저주받은 거리에는 위생 시설조차 갖추어져 있지 않다네. 바알강에서는 매주 익사자가 발생하고 있지만, 그것은 사고라기보다는 이 생지옥으로부터의 유일한 탈출 수단이 아닐까 싶네. 그래도 버티고 있는 인간들의 마음을 난 알 수가 없단 말이야."

"나는 해보겠어."

제이미는 다이아몬드를 필사적으로 찾고 있는 더러운 셔츠를 입은 소년을 뚫어져라 쳐다보면서 대꾸했다.

"저것 좀 보게. 다음 삽의 진흙이 선광되고 있네."

그러나 거리로 돌아갈 때, 제이미는 페뎀수의 말이 옳다고 생각하지 않을 수 없었다. 지붕도 없는 가설 화장실 옆에 썩는 대로 그냥 방치해둔 소와 산양과 양의 시체가 산더미처럼 쌓인 곳도 있었다. 하늘까지 뻗어 올라갈 정도로 악취가 떠돌고 있었다.

페델슨이 제이미에게 물었다.

"어떻게 할 건가?"

"채굴 도구를 입수할 생각이야."

제이미가 대답했다.

거리 한가운데에 '살로몬 반 데르 메르베 잡화점'이라고 쓴 간판이 붙은 가게가 있었다. 가게 앞에서 제이미와 같은 나이 또래의 키가 큰 흑인 청년이 마차에서 짐을 내리고 있었다. 그는 어깻죽지가 넓은 억센 체격의 소유자로 더할 수 없는 미남자였다. 검은 눈동자에 매부리코, 팽팽한 입, 그 용모에는 기품조차 감돌았다.

흑인 청년은 라이플총이 든 무거운 나무상자를 어깨에 메고 몸의 방향을 바꿨다. 그 순간 그는 캐비지 바구니에서 떨어진 잎사귀를 밟아 그만 발이 미끄러졌다. 제이미는 순간적으로 그를 받쳐주려고 팔을 뻗었다. 그러나 청년은 제이미의 존재조차 느끼지 못한 모양으로 그냥 가게 안으로 들어갔다.

노새를 매고 있던 보어인 채굴자가 퉤 하고 침을 뱉으며 아니꼽다는 듯이 말했다.

"저 녀석은 바롤롱족의 반다라고 하는데, 반 데르 메르베 씨 가게에서 일을 하고 있다네. 그런데 왜 저런 건방진 검둥이를 고용하고 있는지 나는 도통 알 수가 없단 말이야. 저 반투족들은 이 땅 전체가 자기네 것이라고 믿고 있다니까."

가게 안은 어두컴컴하고 서늘했다. 무덥고 눈이 부신 바깥 거리에 비하면 완전히 다른 세계였다. 빈틈이 없을 정도로 상품이 채워져 있어서 제이미는 신기한 눈으로 그곳을 둘러보았다. 농기구, 맥주, 우유 깡통, 버터 병, 시멘트, 퓨즈, 다이너마이트, 화약, 사기그릇, 가구, 총, 잡화, 기름, 페인트, 니스, 베이컨, 마른 과일, 마구, 양을 씻는 약액, 비누, 술, 각종 문방구, 종이, 설탕, 홍차, 씹는 담배, 코담배, 시가······.

12단 이상이나 되는 선반은 위에서 아래까지 플란넬 셔츠와 담요, 양말, 챙이 달린 모자, 그리고 안장들로 가득 채워져 있었다.

'이렇게 많은 물건을 가지고 있는 사람은 틀림없이 부자일 거야.'

제이미는 황홀해서 완전히 넋이 나가 있었다.

"뭘 찾으세요?"

부드러운 목소리가 등 뒤에서 들려왔다.

돌아다보니 15세쯤 되는 소녀였다. 달걀처럼 둥그스름한 얼굴, 약간 건

방져 보이는 코와 날카로운 초록색 눈동자가 인상적인 소녀였는데, 머리칼은 검고 보기 좋은 컬을 한 상태였다. 제이미는 이 아가씨가 곧 16세가 될 것임을 직감했다.

"나는 다이아몬드 채굴자야. 도구를 사러 왔는데……."

제이미가 말했다.

"어떤 도구가 필요하세요?"

어떤 이유에서인지 제이미는 이 아가씨에게 자신의 인상을 각인시키고 싶었다.

"내가 필요한 것은, 음…… 보통 것으로……."

그러자 아가씨가 미소를 지었다. 그 눈동자에는 다분히 장난기가 떠올라 있었다.

"보통 것이라니요?"

"글쎄, 그러니까……. 삽 말이야, 그걸 한 자루 사고 싶은데……."

제이미는 머뭇거렸다.

"그것만 있으면 되나요?"

제이미는 아가씨가 자기를 놀려대고 있다는 것을 알았다. 그래서 싱긋 웃고는 실토를 했다.

"사실은 난 풋내기야. 무엇이 필요한지 나도 잘 몰라."

그러자 아가씨는 어른스러운 여인 같은 얼굴로 미소를 지으며 말했다.

"어디를 파느냐에 달려 있습니다만, 손님."

"난 맥그리거, 제이미 맥그리거라고 해."

아가씨는 다소 신경질적으로 힐끗 가게 안쪽을 쳐다보고는 말했다.

"저는 마가렛 반 데르 메르베라고 합니다."

"잘 부탁해요, 반 데르 메르베 양."

"지금 도착하셨나요?"

"응, 어제 우편마차를 타고 왔어."

"어머, 누군가가 당신에게 주의를 줬어야 해요. 그 마차를 타고 오다가 죽은 사람도 있다고요."

아가씨의 눈은 분노의 빛까지 띠고 있었다.

제이미는 싱긋 웃었다.

"나는 누구도 원망하지 않아. 고맙게도 이렇게 멀쩡하게 살아 있으니까 말이야."

"역시 모이클리페를 찾으러 가는 거죠?"

"모이클리페라니?"

"네덜란드어로 다이아몬드, 즉 아름다운 돌이라는 뜻이에요."

"아가씨는 네덜란드인인가?"

"네, 우리 집은 네덜란드에서 왔어요."

"나는 스코틀랜드에서 왔어."

"말투를 듣고 알았어요."

아가씨는 또다시 가게 안쪽에 주의 깊은 시선을 보냈다.

"다이아몬드는 여러 곳에 많이 있는 모양이더군요. 하지만 찾는 장소를 잘 골라야 돼요. 대부분의 사람들은 그저 헤매고 다닐 뿐이에요. 누군가가 찾아낸 다음 쓰레기만 들추고 다니는 셈이죠. 부자가 되려면 자기만의 광산을 찾아내지 않으면 안 돼요."

"어떻게 하면 그것을 찾아낼 수 있지?"

"아버지가 도와줄지도 몰라요. 우리 아버지는 뭐든지 다 알고 있어요. 한 시간쯤 기다리면 시간이 날 거예요."

"그때쯤 다시 올게. 여러 가지로 고마웠어, 반 데르 메르베 양."

제이미는 아가씨에게 약속하고 가게를 나왔다.

그때까지의 절망감이나 육체적 아픔은 어디론가 날아가 버리고 행복한 기분에 들뜬 제이미는 내려쬐는 태양 아래로 다시 나갔다.

만약 가게 주인인 살로몬 반 데르 메르베가 다이아몬드 찾아내는 방법을 가르쳐준다면 실패 같은 것은 하지 않을 것이다. 그러면 눈 깜짝할 사이에 정상으로 뛰어오른다. 제이미는 젊다는 것, 살아 있다는 것, 그리고 부자가 될 수 있다는 기쁨에 커다랗게 웃음을 터뜨렸다.

제이미는 큰 거리에 있는 대장간과 당구장과 5, 6개의 술집 앞을 지나쳐 싸구려 호텔 앞에 이르자 자신도 모르게 멈춰 서서 간판을 읽었다.

〈밀러 공중목욕탕. 온수 냉수 나옴, 매일 오전 6시부터 오후 8시까지 영업. 쾌적한 화장실도 있음〉

'마지막으로 목욕을 한 것이 언제였더라? 그렇지, 배에서 한 동이 물로 목욕을 했지. 그것은……'

그렇게 생각한 순간 그는 자기한테서 얼마나 지독한 냄새가 나는지 깨달았다. 고향에서는 매주 부엌의 욕조에 들어가곤 했었다.

어머니는 항상 이렇게 말했었다.

"제이미, 아래쪽도 깨끗이 씻어야 한다."

제이미는 목욕탕으로 들어갔다. 남성용과 여성용 2개의 문이 있어서 남성용 문을 열고 매표구로 갔다.

"얼마죠?"

"냉수는 10실링, 온수는 15실링입니다."

제이미는 망설였다. 오랜 여행 끝에 온수를 끼얹는 것도 매력적인 일이기 때문이었다.

"냉수로 하겠어요."

제이미는 말했다.

사치할 돈이 없었다. 이제부터 다이아몬드를 채굴할 도구를 사지 않으면 안 되니까 말이다.

매표구의 남자는 누런색의 조그만 알칼리성 비누와 낡은 타월을 건네주며 "저쪽이오." 하고 손가락질했다.

제이미는 작은 방으로 들어갔다. 중앙에 커다란 목제 욕조가 있고, 벽에는 몇 개의 못이 박혀 있을 뿐이었다. 매표구의 사나이는 큰 나무통으로 욕조에 물을 넣기 시작했다.

"준비되었어요, 손님. 옷은 이 못에 걸어요."

제이미는 사나이가 나가는 것을 기다렸다가 옷을 벗었다. 그리고 자신의 때투성이인 몸을 내려다보면서 욕조에 발을 들여놓았다. 물은 차가웠다. 제이미는 이를 악물고 텀벙 뛰어들어 맹렬한 기세로 머리에서 발끝까지 비누칠을 했다.

그가 욕조에서 나왔을 때 물은 시커멓게 변해 있었다. 낡은 타월로 꼼꼼히 물기를 닦고 옷을 입기 시작했다. 팬티와 셔츠가 땀에 절어 뻣뻣해져서 그것을 다시 입기가 싫었지만 새로운 옷을 사려면 많은 돈이 필요했으므로 가까스로 참았다. 절약하지 않으면 안 되었다. 기분 좋게 목욕을 하고 나자 배에서 쪼르륵 소리가 났다.

제이미는 목욕탕을 나서자 사람들을 헤치고 '선다우너'라는 이름을 가진 술집으로 들어가서 맥주와 정식을 주문했다. 토마토를 곁들인 새끼 양 커틀렛과 소시지, 그리고 감자 샐러드와 피클이 나왔다. 그가 먹고 있으려니 주위에서 다이아몬드에 관한 얘기가 들려왔다.

"콜레스버그 근처에서 21캐럿이나 되는 돌이 발견되었다면서? 한 개가 나왔으니 좀 더 많이 있을 거야."

"헤브론에서도 다이아몬드의 새로운 광맥이 발견되었다는군. 나도 가 볼 생각이야."

"바보 같은 소리 하지 말게. 큰 다이아몬드는 모두 오렌지강에 있다고 옛날부터 전해 내려오고 있어."

바에서는 한 남자 손님이 커다란 글라스로 술을 마시면서 화풀이를 했다. 그는 수염을 기른 채 옷깃이 없고 줄무늬가 들어간 플란넬 셔츠에 코르덴바지를 입고 있었다.

"헤브론에서 빈털터리가 되었지."

사나이는 바텐더에게 털어놓고 있었다.

"자금이 꼭 필요한데 말이야."

바텐더는 뚱뚱한 큰 몸집에 대머리로 코는 비뚤어지고 족제비 같은 눈을 하고 있었다. 그는 웃으면서 이렇게 말했다.

"누구나 자금은 필요하죠. 어째서 내가 이런 술집에서 일하고 있는 줄 아십니까? 나도 돈만 있으면 당장 오렌지강으로 달려갈 생각입니다."

바텐더는 걸레로 테이블을 닦으며 말했다.

"하지만 말입니다, 손님. 좋은 수가 있긴 있어요. 살로몬 반 데르 메르베 씨를 만나보세요. 잡화점 주인으로, 이 거리 절반을 지배하고 있는 인물이니까요."

"만나서 어쩌란 말이야?"

"그 사람이 당신을 마음에 들어 한다면 도와줄 거예요."

손님이 바텐더를 쳐다보았다.

"그 얘기가 사실인가?"

"내가 알고 있는 것만 해도 몇 사람인가 뒷바라지를 하고 있다고요. 당신은 노동을 제공하고, 그 사람은 자금을 원조하는 셈이지요. 이익은 절반씩 나눈답니다."

제이미 맥그리거는 지금부터 앞일을 생각했다. 120파운드 정도의 돈이 있으면 장비를 살 수 있고, 당분간은 먹고 살아나갈 수 있을 것이라고 생각했다. 그러나 클립드리프트의 물가고 때문에 어림도 없는 일이었다. 반 데르 메르베 가게에서 알아보았는데, 100파운드들이 호주산 밀가루 한 포대가 5파운드나 했다. 설탕 1파운드가 1실링, 맥주 한 병이 5실링, 비스킷 1파운드가 3실링, 신선한 달걀 12개가 7실링이나 하는 물가고에서는 가진 돈 따위는 금세 바닥이 나버릴 것이다.

'이게 어찌된 일인가. 이곳에서의 세 끼 분은 스코틀랜드에서의 1년

동안의 생활비가 아닌가.'

제이미는 이 엄청난 물가를 저주하면서도 생각을 고쳐먹었다.

'누군가가 후원자가 되어준다면 반 데르 메르베 씨 같은 사람이…….'

제이미는 황급히 계산을 마치고 잡화점으로 되돌아갔다.

살로몬 반 데르 메르베 씨는 카운터 뒤 나무상자에서 라이플총을 꺼내고 있었다. 그는 자그만 몸집의 마른 사나이로, 가름한 얼굴에 구레나룻 수염을 길게 기르고 있었다. 머리칼은 연한 갈색이었고, 검은 눈은 작았으며 경단 모양의 코 밑에는 굳게 다문 입이 있었다.

'딸 마가렛은 어머니 쪽을 닮은 모양이군.'

제이미는 그렇게 생각하면서 말을 걸었다.

"실례합니다, 저……."

"무슨 일이오?"

반 데르 메르베는 얼굴을 들어 제이미를 바라봤다.

"반 데르 메르베 씨지요? 저는 제이미 맥그리거라고 합니다. 다이아몬드를 찾으러 스코틀랜드에서 여기까지 왔습니다."

"아, 그래요?"

"당신은 이따금 채굴자를 후원해준다는 얘기를 들었습니다만."

그러자 반 데르 메르베는 귀찮다는 표정을 지었다.

"흥, 할 일 없는 녀석들도 많군그래. 누가 그런 말을 퍼뜨리고 다니던가요? 다이아몬드 채굴자 두세 명에게 조금 도움을 주었을 뿐인데, 모두들 나를 산타클로스로 착각하고 있는 모양이군요."

"저는 120파운드를 모았습니다."

제이미는 열의를 담아 말했다.

"하지만 이곳에서는 뭘 살 수가 없네요. 삽 한 자루를 가지고라도 오지로 들어갈 생각입니다만, 만약 노새 한 마리와 적당한 도구가 있다면 다이아몬드를 발견할 가능성은 훨씬 커질 것이라고 믿습니다."

반 데르 메르베는 작은 눈으로 탐색하듯이 제이미를 응시했다.

"발견한다고요? 어떻게 하면 다이아몬드를 찾아낼 수 있을 것이라고 생각하오?"

"반 데르 메르베 씨, 저는 지구를 반 바퀴 돌아서 이곳에 왔습니다. 부자가 될 때까지 이곳에 눌러 붙겠습니다. 다이아몬드가 있다면 반드시 찾아내 보이겠습니다. 당신이 원조해준다면 틀림없이 돈을 벌게 해드리겠습니다."

반 데르 메르베는 웅얼웅얼 뭐라고 중얼거리며 제이미에게 등을 돌리고는 다시 라이플총을 정리하기 시작했다. 제이미는 어떻게 해야 좋을지 알 수 없어서 잠자코 그곳에 서 있었다.

마침내 반 데르 메르베가 다시 입을 열었으므로 제이미는 안도의 숨을 내쉬었다.

"자네는 짐마차로 여기에 왔나?"

"아닙니다. 우편마차를 타고 왔습니다."

반 데르 메르베는 고개를 돌려 제이미를 뚫어질 듯이 한참 쳐다보다가 말했다.

"자네의 의논 상대가 되어줄 수는 있네."


그날 저녁 두 사람은 반 데르 메르베의 주거로 쓰이는 가게 안쪽에 있는 방에서 저녁식사를 하면서 얘기를 나누었다. 그곳은 부엌 겸 식당으로, 커튼을 드리우고 간이침대 2개를 놓고 침실로도 사용하는 작은 방이었다.

벽 하반부는 돌과 진흙으로 발라져 있었고, 상반부는 골판지의 빈 상자로 가려 있었다. 그리고 벽 일부가 4각형으로 도려내어져 창문 구실을 하고 있었다. 비가 오는 날에는 판자로 가로막는 것 같았다.

식탁은 나무상자를 2개 엎어놓고, 그 위에 긴 판자를 걸쳐놓고 쓰고 있었으며 옆에는 커다란 상자를 뒤집어 놓고 식기장으로 쓰고 있었다. 반 데르 메르베가 쉽사리 자금 원조에 응할 인물이 아니라는 것은 제이미로서도 금세 추측할 수 있었다. 딸인 마가렛은 묵묵히 저녁식사 준비를 하고 있었다. 때때로 흘끔흘끔 시선을 보내어 아버지의 모습을 살필 뿐, 제이미에게는 눈길도 주지 않았다.

'왜 저렇게 겁을 집어먹고 있는 걸까.'

제이미는 이상하기 짝이 없다고 생각했다.

식탁에 앉자 반 데르 메르베는 기도를 시작했다.

"하늘에 계신 우리 아버지, 우리를 품안에 맞아주시는 아낌없는 사랑에 감사드리오며…… 아멘."

숨 쉴 사이도 없이 반 데르 메르베는 딸에게 재촉했다.

"얼른 고기를 다오!"

식사는 간소했다. 작은 로스트 포크에 삶은 감자가 3개, 무청 잎이 한 접시 있을 뿐이었다. 반 데르 메르베가 제이미에게 덜어준 분량도 얼마 되지 않았다. 식사를 하는 동안 두 사람은 거의 한마디도 하지 않았다. 마가렛도 가만히 침묵을 지켰다.

식사가 끝나자 반 데르 메르베는 기분이 좋아져서 이렇게 말했다.

"맛있구먼."

그리고 제이미를 향해 앉았다.

"사업 얘기를 해볼까?"

"네."

반 데르 메르베는 빈 상자를 겹쳐놓은 선반에서 파이프를 끄집어내어 감미로운 향기의 담배 잎을 차곡차곡 재어 불을 붙였다. 그는 천천히 연기를 내뿜으며 날카로운 눈매로 제이미를 바라보고는 말했다.

"클립드리프트에 있는 채굴자들은 모두 얼간이들일세. 얼마 되지 않는 다이아몬드에 떼 지어 덤벼들고 있거든. 하지만 1년 동안 뼈 빠지게 고

생해봤자 겨우 쓸 만한 잡돌이나 찾아내는 것이 고작일세."

"저는 그렇게는 안할 겁니다."

"글쎄, 어리석은 인간들에게는 잡돌이 안성맞춤이겠지. 자네는 내가 시키는 대로 하겠나?"

"물론입니다. 그런데 어떻게 해야 하죠?"

"그리콰스처럼 해야 하네."

제이미는 멍하니 노인을 바라보았다.

"그리콰스라는 것은 북부 아프리카인 부족을 말하는 걸세. 그 녀석들은 다이아몬드가 있는 곳을 잘 알고 있다네. 때때로 커다란 다이아몬드를 가져오기 때문에 상품과 물물교환을 해주고 있지."

반 데르 메르베는 음모라도 꾸미는 것처럼 목소리를 죽였다.

"그놈들이 어디서 찾아오는지 나는 알고 있다네."

"그렇다면 왜 자신이 직접 가지 않으시죠, 반 데르 메르베 씨?"

그러자 반 데르 메르베는 한숨을 내쉬었다.

"그건 안 돼. 나는 이 가게를 떠날 수가 없으니까 말일세. 내가 이 가게를 비우면 가게의 물건들은 몽땅 도둑을 맞게 되네. 그곳에 가서 다이아몬드를 캐가지고 돌아와 줄 신뢰할 수 있는 인물이 필요하네. 정직한 인간이 말이야. 필요한 장비는 모두 내가 제공해줄 생각일세."

반 데르 메르베는 거기까지 말하고는 파이프를 깊숙이 빨았다.

"물론 그 사람에게는 다이아몬드가 있는 곳을 가르쳐줄 생각이야."

제이미는 두근거리는 마음을 억제할 수가 없어서 용수철처럼 벌떡 일어났다.

"반 데르 메르베 씨, 저야말로 당신이 찾고 있던 바로 그런 인물입니다. 믿어주십시오. 저는 밤낮을 가리지 않고 열심히 일하겠습니다."

제이미의 목소리는 흥분으로 떨렸다.

"저는 헤아릴 수 없을 정도로 많은 다이아몬드를 꼭 가지고 돌아오겠습니다."

반 데르 메르베는 잠자코 제이미를 바라보았다. 침묵의 시간이 무척 길게 느껴졌다. 그러다가 그는 한참 만에 입을 열고 딱 한마디만 말했다.

"알았네."

이튿날 아침, 제이미는 계약서에 서명을 했다. 남아프리카 표준 네덜란드어인 아프리칸스어로 쓰인 서류였다.

"설명을 해둬야겠군. 여기에는 우리가 완전한 공동 사업자라고 쓰여 있네. 내가 자금을 부담하고, 자네는 노동을 제공하며 분배는 평등하다고······."

반 데르 메르베가 말했다.

제이미는 반 데르 메르베가 들고 있는 계약서를 바라보았다. 영문을 알 수 없는 외국어 가운데 2파운드라고 쓰여 있는 것이 보였다. 제이미가 손가락으로 가리키며 물었다.

"반 데르 메르베 씨, 이것은 무슨 뜻입니까?"

"자네가 발견한 다이아몬드의 절반을 소유한다는 것과 자네 노동에 대해서 매주 2파운드를 지불한다는 조항일세. 다이아몬드가 있는 곳은 알고 있지만, 만에 하나 찾아내지 못할지도 모르네. 하지만 이런 계약을 맺어두면 자네도 일하는 보람이 있지 않겠는가. 안 그래?"

제이미에게 있어서 오히려 유리한 조항이었다.

'꽤 공정한 사람이군.'

"감사합니다. 정말 감사합니다."

제이미는 몇 번씩이나 절을 했다.

"자, 어서 출발 준비를 하게나."

반 데르 메르베가 재촉했다.

오지로 가져갈 도구를 고르는 데는 2시간이나 걸렸다. 작은 텐트에 침구, 취사도구, 채 2개와 씻어 내리는 바구니, 곡괭이와 삽 2자루, 양동이 3

개에 양말, 갈아입을 속옷 한 벌, 도끼와 칸델라, 파라핀 기름, 성냥, 비누 등도 있었다. 식량으로는 통조림과 말린 고기, 설탕, 커피, 소금도 준비했다. 모든 물건이 갖추어지자 흑인인 하인 반다가 자루에 넣는 것을 도와주었다. 반다는 제이미를 쳐다보려고도 하지 않았다. 한마디도 얘기를 거는 일조차 없었다.

'영어를 할 줄 모르는 거겠지.'

제이미는 그렇게 생각했다.

마가렛은 안에서 가게를 지키고 있었는데, 제이미가 출발 준비를 하느라 떠들썩한 것을 알고 있으면서도 모르는 체하고 있었다.

반 데르 메르베가 다가와서 이렇게 말했다.

"노새를 준비해두었네. 반다가 짐 싣는 것을 거들어줄 걸세."

"고맙습니다, 반 데르 메르베 씨. 정말 뭐라고 감사 말씀을 드려야 좋을지……."

반 데르 메르베가 숫자를 가득 적은 종이쪽지를 점검하면서 말했다.

"합계가 120파운드일세."

제이미는 어안이 벙벙했다.

"뭐, 뭐라고요? 계약에 의하면……."

그러자 반 데르 메르베의 가냘픈 얼굴이 당장 험악해졌다.

"자네는 공짜로 이 짐들 전부와 힘센 노새를 받고, 게다가 공동 사업자가 되고, 더군다나 주당 2파운드를 받겠다고 생각하고 있었던 건가. 응?"

반 데르 메르베가 부대 속의 짐을 풀기 시작했으므로 제이미는 허겁지겁 말했다.

"잠깐만 기다려주십시오. 제가 아무것도 몰라서 그랬을 뿐입니다. 말씀하시는 대로 하겠습니다. 돈이라면 여기 있습니다."

제이미는 지갑에서 가진 돈을 몽땅 꺼내어 카운터 위에 놓았다.

"알았으면 됐네."

반 데르 메르베는 못마땅해 하며 뒷말을 남겼다.

"오해를 하고 있었군. 이 거리에는 사기꾼이 하도 득실거리고 있어서 나도 거래를 할 때는 조심하기로 했네."

"그렇게 해야겠지요."

'일이 너무 급하게 성사되는 바람에 흥분해서 내가 잘 이해하지를 못했나 봐. 아, 기회를 놓치지 않아서 다행이군.'

제이미는 가슴을 쓸어내렸다.

반 데르 메르베는 주머니에 손을 집어넣어 꾸깃꾸깃한 종잇조각을 끄집어냈다.

"여기가 모이클리페가 있는 장소일세. 바알강 북쪽 기슭으로……. 마가담 북쪽이라네."

제이미는 가슴을 두근거리며 지도를 뚫어지도록 들여다보았다.

"여기서 얼마정도 거리입니까?"

"글쎄, 노새로 4, 5일은 걸리겠지. 돌아올 때는 더 오래 걸릴 거야. 다이아몬드는 무거우니까 말일세."

"정말 그렇겠네요."

제이미는 싱긋 웃으며 대답했다.

그가 클립드리프트를 출발하는 모습은 이미 보통의 여행자 같지는 않았다.

가게 앞 말을 매어두는 곳에 있는 날씬한 노새의 등에 반다가 짐을 실어놓고 기다리고 있었다.

"고마워요."

제이미는 반다에게 미소를 보냈다. 반다는 고개를 돌려 힐끗 제이미를 보았으나, 잠자코 그 자리를 떠났다.

제이미는 고삐를 풀고 노새를 재촉했다.

"자, 출발이다, 이 친구야. 다이아몬드가 우릴 기다리고 있단 말이다."

제이미와 노새는 북쪽을 향해 가벼운 발걸음으로 떠났다.

밤이 되자 제이미는 강기슭에서 야영을 하기로 했다. 노새로부터 짐을 내린 다음 물과 먹이를 주고, 자신도 커피를 끓여서 말린 고기와 살구열매로 요기를 했다. 제이미는 위험한 맹수들에게 둘러싸여 전혀 무방비 상태로 밤을 보냈다. 그래서 그는 조금만 이상한 소리가 나도 놀라 벌떡 일어나곤 했다. 암흑 속으로부터 언제 날카로운 이나 발톱이 뛰어들지 모르기 때문에 방심은 절대 금물이었다.

그러나 그의 신념은 흔들리기 시작했다. 몸의 위험 따위는 걱정할 필요가 없었던 고향에서의 생활이 그리워졌다. 제이미는 꾸벅꾸벅 선잠을 자고 몇 번이나 꿈속에서 신음소리를 냈다. 사자나 코끼리에게 습격을 받고 수염을 기른 거한에게 막대한 다이아몬드를 빼앗기는 꿈을 꾸었다.

새벽에 제이미가 눈을 떠보니 노새가 죽어 있었다.

\*

믿을 수가 없었다. 밤중에 야수에게 습격을 얼마나 받았는지 상처를 찾아보았지만 그런 흔적은 보이지 않았다. 노새는 그가 잠자고 있는 동안에 죽어버린 것이다.

'반 데르 메르베 씨가 나더러 책임지라고 하겠지?'

제이미는 걱정이 되었지만 곧 생각을 바꾸었다.

'그렇지만 내가 다이아몬드를 가지고 돌아가면 눈감아줄 거야.'

이제는 되돌아갈 수도 없는 일이었다. 제이미는 노새 없이 마가담으로 향하지 않으면 안 되었다. 소리가 나서 하늘을 바라보니 커다란 검은 독수리가 상공에서 원을 그리고 있었다.

제이미는 몸서리를 쳤다. 그는 가능한 한 많은 짐을 버려야겠다고 생각하고 가져갈 짐만 챙겨 짊어지고는 출발했다.

그곳을 떠난 지 5분쯤 후에 제이미가 뒤돌아보니 엄청난 독수리 떼가 노새의 시체 위에 새까맣게 몰려 있었다. 노새의 기다란 귀만 간신히 보였다. 제이미는 발걸음을 재촉했다.

남아프리카는 12월이면 한여름이었다. 거대한 오렌지 빛 태양이 무자비하게 내려쬐는 초지를 가로질러 여행한다는 것은 위험하기 짝이 없었다. 클립드리프트를 출발할 때만 해도 제이미는 희망에 부풀어 들뜬 기분이었지만, 지금은 몸과 마음이 무겁기만 했다. 눈에 보이는 것이라고는 돌멩이뿐인 황량한 고원으로, 그것은 불타는 태양아래 눈부시게 빛날 뿐, 주위는 소름이 끼칠 정도로 고요했다.

제이미는 강기슭에서 야영을 하며 을씨년스러운 야행성 동물들의 온갖 소리에 감싸여 잠을 잤다. 그러나 더 이상 신경 쓰지 않았다. 그 소리는 이 불모의 지옥에도 생명이 존재한다는 것을 증명하는 것이니 오히려 고독이 달래졌다.

어느 날 새벽, 제이미는 초지를 가로질러 오는 사자의 무리를 만났다. 떨어진 곳에서 보고 있으려니 암사자가 억센 턱으로 새끼사슴을 물고 동료와 새끼들이 있는 곳으로 걸어가고 있었다. 그리고 수사자 앞에 먹이를 떨어뜨리고는 수컷이 먹고 있는 동안 조용히 옆에서 기다리고 있었다. 그곳에 겁 없는 새끼사자가 뛰쳐나와 먹이인 사슴에게 덤벼들었다. 그러자 수사자는 새끼사자를 앞발의 일격으로 때려죽였다. 그러고는 다시 먹이가 있는 곳으로 돌아갔다. 수사자가 먹고 나야 겨우 가족들이 그 나머지 음식을 얻어먹을 수가 있는 것이다.

제이미는 그곳을 떠나 다시 걷기 시작했다. 카루 고원을 횡단하는 데 2주일가량 걸렸다. 제이미는 몇 번씩이나 포기하려고 했다. 목적지까지 과연 다다를 수 있을지 확신을 가질 수가 없었기 때문이었다.

'나는 왜 이렇게 멍청할까. 클립드리프트로 되돌아가서 다시 노새를 구해달라고 반 데르 메르베 씨한테 부탁할걸 그랬어. 하지만 그렇게 되면

그가 거래를 그만두자고 할지도 몰라. 그래, 이대로 참자.'

제이미는 그렇게 생각하고 다리를 질질 끌면서 무작정 걸어갔다. 어느 날, 제이미는 자기 쪽으로 걸어오고 있는 4개의 그림자를 보았다.

'내 머리가 어떻게 된 게 아닐까? 신기루임에 틀림없어!'

제이미는 의아하게 생각했다. 그러나 그 그림자가 가까워오자 제이미의 가슴은 마구 방망이질을 했다.

'사람이야! 이곳에도 살아 있는 사람이 있었구나.'

그는 자신이 얘기하는 법을 잊어버리지나 않았을까 하고 걱정이 되었다. 한낮의 하늘을 향해 소리를 질러보았지만, 그것은 옛날에 죽어버린 유령과도 같은 목소리였다.

네 명의 사나이가 눈앞으로 다가왔다. 클립드리프트로 돌아가는 다이아몬드 채굴자들이었는데, 그들은 지칠 대로 지쳐 있었다.

"안녕하세요?"

제이미가 말을 걸었으나 네 사람은 잠자코 고개만 끄덕일 뿐이었다. 그들 중 한 사람이 말했다.

"이 앞으로 더 가보았자 아무것도 없소, 젊은 친구. 우리도 모진 고생하며 찾았지만 헛일이었다오. 돌아가게나."

네 사람은 떠나갔다.

제이미는 아무것도 생각하지 않기로 하고 눈앞에 펼쳐진 길 없는 황야로 무작정 전진해갔다.

내려쬐는 태양과 귀찮게 달라붙는 검은 파리 떼는 도저히 견뎌낼 재간이 없었다. 그러나 아무데도 숨을 곳이 없었다. 가시나무는 있었지만 코끼리에게 짓밟혀 도움이 되지 않았다. 태양 광선이 너무 눈부셔서 사물이 제대로 보이지 않았다. 제이미의 흰 피부는 강한 햇볕에 그을어 따끔따끔 아팠으며 끊임없이 현기증이 났다. 숨을 쉬면 폐가 파열할 듯한 느낌조차 들었다. 이제는 걷고 있는 것이 아니라 무의식적으로 다리를 차례로 내디디며 비틀비틀 전진하고 있을 뿐이었다.

어느 날 오후, 따가운 태양 아래 제이미는 짐과 함께 땅바닥에 쓰러졌다. 더 이상 한 발짝도 떼어놓을 수가 없었다. 눈을 감자마자 꿈의 세계로 끌려들어갔다. 거대한 도가니 속에 들어가 있었는데, 태양이 빛나는 다이아몬드가 되어 머리 위에서 불타면서 제이미를 녹이려 들었다. 너무나 추운 나머지 몸을 떨면서 잠에서 깨어난 제이미는 어느새 한밤중이 되어 있음을 알았다.

제이미는 얼마 안 되는 말린 고기를 입에 쑤셔 넣고 뜨뜻미지근한 물과 함께 삼켰다. 공기가 아직 서늘한 새벽에 일어나서 전진해야 한다고 생각했지만, 몸이 말을 듣지 않았다. 이대로 이곳에 누워 있을 수 있다면 얼마나 편할까?

'조금만 더 자고 일어나야지.' 하고 제이미는 생각했다. 그와 동시에 그렇게 하면 두 번 다시 깨어나지 못할 것이라고 속삭이는 목소리가 들려왔다. 이미 그렇게 된 수백 명의 사람들처럼 시체가 되어 발견될 것이다. 제이미는 문득 독수리 생각을 했다.

'아니야. 발견되는 것은 시체가 아니라 독수리가 파먹고 난 뼈다귀뿐일 거야.'

제이미는 고통스런 신음소리를 내면서 느릿느릿 일어났다. 너무 짐이 무거워서 짊어질 수가 없었으므로 손으로 끌면서 걸었다. 그는 모래에 발이 걸려 몇 번씩 굴렀지만 그때마다 비틀거리면서 다시 일어났다. 그리고 동트기 전의 뿌연 하늘을 향해 큰 소리로 외쳐보았다.

"나는 제이미 맥그리거다. 끝까지 해낼 거다. 끝까지 살아남아 보일 테다. 듣고 있나요, 하느님? 나는 죽지 않을 겁니다!"

그러나 그것은 소리가 되어 나오지 않고 머릿속에서만 외치고 있을 뿐이었다. 다이아몬드 채굴은 아직 시작도 하지 않았는데, 제이미의 몸과 마음은 완전히 메말라 바삭바삭 소리가 나는 것 같았다.
'너한테는 두 가지 길이 있다. 전진하느냐, 아니면 이곳에 머물다가 죽느냐…… 죽느냐…… 죽느냐.'
제이미가 자신에게 들려주는 말이었다. 그 말은 멈출 줄 모르는 녹음테이프처럼 머릿속에서 끝없이 메아리쳤다.
'자, 앞으로 나가자!'
제이미는 자신을 채찍질했다.
'그렇다. 한 발짝, 좋아, 다시 한 발짝…….'
이틀 뒤, 제이미 맥그리거는 마침내 마가담 마을로 비틀거리며 들어섰다. 햇볕에 화상을 입은 상처가 터져 온몸은 피투성이가 되어 있었다. 양쪽 눈도 심하게 부풀어 올라 아무것도 보이지 않았다. 제이미는 헌 넝마 조각처럼 길 한가운데 쓰러졌다.
친절한 다이아몬드 채굴자들이 그의 등짐을 벗겨주려고 하자, 제이미는 마지막 힘을 짜내어 막무가내로 미친 듯이 외쳐댔다.
"안 돼! 내 다이아몬드를 훔쳐가면 안 돼! 내 다이아몬드에서 손을 떼라고!"
사흘 뒤, 제이미는 텅 빈 조그만 방에서 의식을 회복했다. 얼굴만 빼놓고 온몸에 붕대가 친친 감겨 있었다. 눈을 떠 보니 땅땅한 중년 부인이 침대 옆에 앉아 있었다.
"저……."
제이미의 목소리는 쉬어 있어서 말이 되지 않았다.
"서두를 것 없어요. 당신은 환자니까요."
중년 부인은 붕대에 싸인 제이미의 머리를 상냥하게 안아들고 구리 컵에 물을 따라 먹여주었다. 제이미는 반쯤 일어나 한쪽 팔꿈치로 몸을 받치고 꿀꺽하고 한 모금 마시고, 다시 말을 해보았다.
"어, 어딥니까. 여기가?"

"마가담이에요. 나는 엘리스 자딘이고, 여기는 우리 하숙집이에요. 당신은 조금씩 회복되고 있어요. 하지만 아직 안정을 취해야 돼요. 자, 그만 누우세요."

제이미는 낯선 사나이들이 자기 짐을 빼앗아가려고 하던 일을 생각해내고 황급히 물었다.

"내 짐은 어디에 있죠?"

제이미가 침대에서 내려오려고 하자 부인이 부드럽게 말렸다.

"걱정 말아요. 전부 그대로 있으니까, 안심하세요."

부인은 방 한구석에 놓여 있는 짐을 손가락으로 가리켰다.

제이미는 안도의 한숨을 쉬고 청결한 하얀 시트 위에 다시 누웠다.

'어떻게든 도착했구나. 어쨌든 난 해낸 거야. 이제부터는 순조롭게 진행되겠지.'

엘리스 자딘은 제이미 맥그리거에게만 아니라 마가담 대부분의 사람들에게도 천사 같은 존재였다. 같은 꿈을 가진 모험가들이 넘쳐흐르는 이 다이아몬드 채광 마을에서 좌절한 그들에게 먹을 것을 제공해주고, 뒷바라지를 하며 용기를 북돋아주고 있었다.

그녀는 영국인으로, 리즈에서 교편을 잡고 있던 남편이 직장을 버리고 다이아몬드 러쉬에 한몫 끼기 위해 남아프리카로 왔지만 남편은 도착한 지 3주일 만에 열병에 걸려 세상을 떠났다. 그러나 부인은 이 땅에 그대로 머물면서 남편과 같은 꿈을 가진 다이아몬드 채굴자들을 자신의 자식들처럼 돌보며 살아가고 있었다.

부인은 제이미를 나흘 동안 더 누워 있게 했다. 식사 뒷바라지며 짓무른 상처에 붕대 바꿔주기 등 그의 체력이 완전히 회복할 때까지 정성스레 간병했다. 5일 뒤 제이미는 가까스로 겨우 혼자 일어나게 되었다.

"자딘 부인, 저는 죽을 때까지 부인의 은혜를 잊지 않겠습니다. 지금의 저로서는 당신에게 아무런 보답도 해드릴 수가 없지만, 언젠가는 반드시 부인에게 커다란 다이아몬드를 갖다 드리겠습니다. 이 제이미 맥그리거가 약속합니다."

부인은 이 귀여운 청년의 열의에 넘친 말에 빙긋 미소를 지었다.

제이미는 체중이 20파운드 가량 빠져 있었다. 잿빛 눈에는 그가 경험한 공포의 처참함이 깃들어 있었다. 그러나 그의 결의는 변함이 없었고, 마음은 더욱더 큰 희망으로 불타고 있었다.

'이 젊은이는 여느 사람들과는 어딘가 달라 보이는구먼.'

자던 부인은 그렇게 생각했다.

제이미는 깨끗이 세탁한 옷을 입고 거리의 모습을 살펴보러 나갔다. 마가담은 클립드리프트의 축소판이었다.

텐트와 포장마차가 늘어선 거리는 먼지가 쌓여 더러웠고 조그만 가게에는 웅성웅성 채굴자들이 진을 치고 있었다. 술집 앞에 이르자 안이 시끄럽기 짝이 없어서 들어가 보니, 빨간 셔츠를 입은 아일랜드인 주위를 많은 사람들이 둘러싸고 있었다.

"무슨 일이 있었습니까?"

제이미가 물어보았다.

"녀석은 해낸 거야. 찾아냈단 말일세."

"네? 무엇을요?"

"다이아몬드를 캐낸 거야. 그래서 술집 안에 있는 모두에게 술을 사고 있네. 목마른 사람들은 마시고 싶은 대로 마셔도 좋다는군."

제이미는 채굴자들이 둘러싸고 있는 테이블로 다가가서 떠들썩한 대화에 끼어들었다.

"맥그리거, 자네는 어디 출신이지?"

"스코틀랜드입니다."

"그래, 스코틀랜드에서 무슨 얘기를 얻어들었는지 모르지만, 이 근처에서는 돈벌이가 될 만한 다이아몬드 같은 것은 캐낼 수가 없다네."

사나이들은 다른 채굴장에 대한 정보를 이것저것 얘기하기 시작했다.

다이아몬드 채굴자들의 얘기는 모두 한결같았다. 날이면 날마다 뼈 빠지게 고생한 끝에 커다란 돌을 치우고 굳은 땅을 파내어 그것을 강기슭까지 옮겨가 채에 거르면 다이아몬드는 발견되지만 양이 얼마 안 되어 도저히 부자가 될 정도는 아니라는 것이었다. 그래도 일확천금의 꿈은 버릴 수가 없다고 했다.

마가담은 희망과 낙담이 뒤섞인 기묘한 분위기의 거리였다. 낙관론자는 남고 비관론자는 떠나갔다.

제이미는 자신이 어느 쪽을 선택해야 하는지 분명히 마음을 정했다. 제이미는 술에 취해서 얼큰한 기분으로 눈가를 물들이고 있는 빨간 셔츠의 아일랜드인에게 다가가서 반 데르 메르베한테서 받은 지도를 보였다. 그러자 사나이는 힐끗 보더니 제이미에게 다시 던져주었다.

"별 볼 일 없는 것일세. 그 부근은 모조리 파헤쳐졌으니까. 앞으로 찾아보겠다면 배드호프로나 가보게나."

'이게 무슨 소리인가! 오로지 반 데르 메르베의 지도만 의지하고 왔는데, 이 무슨 청천벽력 같은 소리란 말인가. 이 지도야말로 그에게 떵떵거릴 부를 이루도록 가르쳐줄 북극성일지도 모르는데, 별 볼 일 없다니 말이 되는가?'

다른 채굴자들도 저마다 참견했다.

"콜레스버그로 가보게. 그곳에는 무진장 많다니까."

"길피 란즈코프로 가야 하네. 그곳이라면……."

"아니야, 나 같으면 문라이트 러쉬로 가겠네."

그날 저녁식사를 하면서 엘리스 자딘이 말했다.

"제이미, 장소를 한곳으로 고정시키는 것이 좋아요. 커다란 도박이라고도 할 수 있죠. 당신이 믿는 장소를 곡괭이로 파고 기도를 하세요. 성공한 사람은 모두 그렇게 하고 있어요."

자문자답을 되풀이하면서 잠 못 이루는 밤을 보낸 제이미는 더 이상 반데르 메르베의 지도를 의지하지 않기로 했다. 이곳 사람들의 충고도 무시하고, 모데르강을 따라 동쪽으로 가보기로 했다.

이튿날 아침, 제이미는 자딘 부인에게 작별인사를 하고 출발했다.

사흘 동안 계속 걸어갔을 때, 다이아몬드가 있을 것 같은 장소를 발견한 그는 그곳에 작은 텐트를 쳤다. 강 양쪽 기슭에 거대한 바위가 무수히 깔려 있었다. 제이미는 굵은 나뭇가지를 지렛대삼아 바위를 움직여보았다. 다이아몬드 광산은 황색 점토나 청색 토양으로 이루어져 있어서 거대한 바위 밑 모래를 파면 발견할 가능성이 높다는 계산이었다.

제이미는 아침부터 밤까지 계속 땅을 팠다. 그러나 아무것도 나오지 않았다. 잡석 한 개도 찾아낼 수 없었다. 일주일이나 헛고생을 한 뒤 장소를 바꾸기로 했다.

여느 때처럼 이곳저곳을 찾아 헤매고 있으려니 멀리 태양 광선에 되비쳐서 번쩍번쩍 빛이 나는 것이 눈을 아리게 했다.

'이젠 눈까지 못쓰게 된 모양이다.'

제이미는 걱정이 되었다. 그러나 가까이 가보니 그것은 사람이 사는 마을로, 어느 집이나 은으로 만든 것처럼 반짝거렸다.

누더기를 걸친 인디언 남녀와 아이들이 떼를 지어 거리로 몰려가고 있었다. 제이미는 눈을 동그랗게 뜨고 그 광경을 바라보았다. 태양에 반사되어 은처럼 빛나고 있던 집은 사실 빈 깡통을 납작하게 눌러 이어붙인 것으로, 그것을 판자에 못으로 박아놓은 것이었다.

마을을 지나쳐서 한 시간 가량 걸어간 다음 돌아다보니, 마을은 여전히 반짝거리고 있었다. 잊을 수 없는 광경이었다.

제이미는 북쪽으로 향했다. 강기슭을 따라가다가 다이아몬드가 있을 만한 곳에 이르면 곡괭이를 잡을 수 없을 때까지 계속 파내어 젖은 흙을 채에 얹었다. 그리고 지쳐서 움직일 수 없게 되면 그 자리에 쓰러져서 잤다. 이 같은 생활이 2주일이나 계속되었다.

제이미는 다시 상류로 옮겨갔다. 그곳은 파아드스판이라고 불리는 작은 개척지에서 약간 북쪽이었다. 강줄기가 구부러지는 기슭에 텐트를 치고 모닥불을 피워 쇠고기를 꼬치에 끼워 구워먹고, 홍차를 끓여 마셨다. 텐트에서 바라본 하늘에는 하나 가득 별이 반짝이고 있었다. 2주일 동안이나 사람을 만나보지 못했으므로 제이미의 고독감은 주체할 수 없을 정도로 심각했다.

'나는 도대체 뭘 하고 있는 거지? 황야 한가운데서 이게 무슨 바보짓이란 말인가! 바위를 깨고 흙을 파내면서 수명을 갉아먹고 있지는 않은가! 고향에서 농사를 짓고 있을 때가 훨씬 좋았어. 이번 토요일까지 다이아몬드를 못 찾으면 고향으로 돌아가자!'

제이미는 어찌할 바를 몰라 깜빡이는 별을 바라보며 소리쳤다.

"야, 듣고 있냐! 이 빌어먹을 놈아!"

그는 정말로 머리가 돌 것만 같았다.

그가 땅바닥에 주저앉아 손으로 모래를 만지작거리고 있으려니 커다란 돌멩이가 손에 걸렸다. 그러나 잠깐 보고 던져버렸다. 지난 몇 주일 동안 계속 보아온 그런 돌멩이인 줄로 생각한 것이다.

'반 데르 메르베는 이런 돌을 뭐라고 했지? 잡석이라고 했지.'

그러나 그 돌이 이상하게 마음에 걸려 제이미는 일어나서 그것을 다시 주워보았다. 자세히 살펴보니 지금까지 봤던 돌멩이보다 크고 기묘한 모양을 하고 있었다. 바지에 문질러서 흙을 털어내고 찬찬히 살펴보았다. 다이아몬드 같은 느낌이 들었다. 그러나 너무 컸다. 믿을 수가 없었다. 달

갈만한 크기였기 때문이었다.
'어쩌면! 이게 다이아몬드인지도 몰라.'
제이미는 가슴이 꽉 막혀와 심호흡을 깊게 했다. 램프를 움켜쥐고 사방을 찾아다녔다. 15분가량 지나자 비슷한 모양의 돌멩이를 4개나 찾아냈다. 처음 것만큼 크지는 않았지만 제이미는 완전히 들떠 있었다.
제이미는 날이 밝기를 기다릴 수가 없었다. 닥치는 대로 미친 듯이 땅을 파헤쳤다. 낮이 될 때까지 6개의 돌을 더 찾아냈다. 매일 새로운 돌이 발견되어 제이미는 자신의 재산이 불어 나가는 것을 알 수가 있었다. 걷잡을 수 없는 환희로 가슴이 터질 것만 같았다. 이 보석의 절반만 자기 것이라고 하더라도 제이미는 엄청난 갑부가 될 수 있으리라.
주말이 되자 제이미는 그곳에다 표시를 하고 곡괭이로 경계선을 만든 다음 말뚝을 박아 개인 소유지라는 것을 명시했다. 그리고 숨겨둔 보물을 파내어 자루 속에 깊숙이 집어넣고는 마가담으로 되돌아왔다.

작은 건물에 '다이아몬드 쿠퍼'라는 간판이 붙어 있었다.
제이미는 그 건물 안으로 들어갔다. 통풍이 잘 안 되는 좁은 곳으로 공기가 매우 탁했다. 제이미는 갑자기 형용할 수 없는 불안감에 사로잡혔다. 지금까지 수십 명의 채굴자들이 발견한 돌멩이를 자세히 살펴보면 결국은 쓸모없는 돌멩이에 지나지 않는다는 얘기가 생각난 것이다.
'나도 착각을 하고 있는 것이 아닐까? 만약 그렇다면……'
감정사는 좁은 방의 마구 흐트러진 책상 뒤에 앉아 있었다.
"무슨 볼일이 있으십니까?"
제이미는 심호흡을 한 번 했다.
"이 돌을 감정해주셨으면 하는데요."
뚫어질 듯이 보고 있는 감정사 앞에 제이미는 하나하나 돌을 꺼내놓기 시작했다. 전부 27개나 되었다. 돌을 응시하고 있던 감정사의 눈이 경탄의 빛으로 바뀌었다.

"어, 어디서 이 돌들을 찾아냈습니까?"

"다이아몬드라는 것이 확인되면 그때 말하겠습니다."

감정사는 가장 큰 돌을 집어 들고는 루페로 검사를 하기 시작했다.

"이럴 수가!"

감정사는 신음소리를 냈다.

"이렇게 큰 다이아몬드는 난생 처음 봤소!"

환호의 함성을 질러야 할 텐데, 제이미는 숨을 죽인 채 묵묵히 서 있을 뿐이었다.

"어디서 찾아냈소?"

감정사는 아첨하듯이 물었다.

"어딥니까? 가르쳐주세요."

"15분 뒤에 술집에서 만납시다."

제이미는 싱긋 웃으며 말했다.

그는 다이아몬드를 주섬주섬 모아서 주머니에 넣고 성큼성큼 밖으로 나갔다. 그리고 두 집 떨어져 있는 등기사무소로 갔다.

"등기를 부탁합니다. 살로몬 반 데르 메르베와 제이미 맥그리거 공동 명의로 해주십시오."

제이미는 또렷하게 말했다.

문을 들어설 때는 빈곤한 농가의 소년이었던 제이미는 나올 때는 억만 장자가 되어 있었다.

감정사는 제이미 맥그리거가 술집으로 들어오는 것을 기다리고 있었다. 그가 모습을 드러내자 술집 안은 갑자기 물을 뿌린 듯 조용해졌다. 제이미의 다이아몬드 발견 뉴스는 어느새 널리 알려져 있었다. 아무도 입에 담지는 않았지만 같은 질문을 하고 싶어했다.

제이미는 존경과 질투의 시선을 받으며 카운터로 다가가서 바텐더에게 주문을 했다.
"축하하고 싶어요, 다이아몬드 발견을 위해서!"
그리고 느닷없이 뒤돌아서서 모두를 향해 외쳤다.
"파아드스판! 다이아몬드를 발견한 장소는 파아드스판이오!"

제이미가 부엌으로 들어가니 엘리스 자딘 부인이 혼자 홍차를 마시고 있었다. 부인은 제이미를 보더니 얼굴을 활짝 폈다.
"어머, 제이미. 정말 다행이에요. 무사히 돌아왔군요."
그녀는 제이미의 헝클어진 머리칼과 햇볕에 탄 붉은 얼굴을 보고는 모든 것을 이해했다.
"잘 안 되었군요? 하지만 낙담할 것은 없어요. 자, 홍차를 마시면 마음이 좀 가라앉을 거예요."
제이미는 한마디도 하지 않고 주머니에서 가장 큰 다이아몬드 원석을 꺼내어 자딘 부인의 손에 꼭 쥐어주었다.
"약속은 지켰습니다."
부인은 한참 동안 원석을 들여다보았다. 이윽고 그녀의 푸른 눈동자에서 눈물이 흘러넘쳤다.
"아니에요, 필요 없어요. 제이미. 나는 필요 없어요."
자딘 부인은 상냥하게 타이르듯이 말했다.
"나는 다이아몬드를 갖고 싶지 않아요. 그 이유를 모르겠죠? 다이아몬드는 모든 것을 망쳐버리고 마는 물건이라고요……."

클럽드리프트로 돌아오는 길에 제이미는 기세 좋게 돈을 썼다. 작은 다이아몬드로 한 필의 말과 마차를 손에 넣었다. 그러고는 지출을 꼼꼼하게 기록했다. 공동 사업자인 반 데르 메르베를 속여서는 안 되었다. 돌아오는 여행길은 쾌적했다. 같은 곳을 지옥과 같은 고생을 하며 지나갔다는 것이 거짓말 같았다.

'이것이 바로 부자와 가난뱅이의 차이야. 가난한 자는 걷고 부유한 자는 마차를 타는 거야.'

제이미는 생각했다. 그는 말에게 가볍게 채찍을 가하면서, 저물고 있는 어스름한 초지를 부지런히 달려갔다.

*

클립드리프트는 그다지 변한 것이 없었다. 그러나 제이미 맥그리거는 완전히 변해 있었다. 제이미가 마차를 타고 거리로 들어가 반 데르 메르베 가게 앞에 멈추는 것을 사람들의 눈이 뒤쫓았다. 말도, 마차도 특별히 통행인의 눈을 끄는 것은 아니었지만, 이 젊은이에게서 환희의 분위기가 감돌고 있었다.

다이아몬드를 찾아낸 사나이들은 누구나 온몸에서 기쁨을 발산하고 있었다. 거리 사람들은 그런 광경을 자주 봐서 잘 알고 있었다. 사람들은 멈춰 서서 제이미가 마차에서 뛰어내리는 모습을 바라보고 있었다.

출발할 때와 마찬가지로 흑인인 반다가 문 앞에 서 있었다. 제이미는 미소를 보냈다.

"지금에야 돌아왔네."

반다는 잠자코 말을 끌다 매고는 가게 안으로 들어갔다. 제이미도 뒤따라 들어갔다.

살로몬 반 데르 메르베는 가게를 지키고 있었다. 소문을 들어서 알고 있었던 모양으로, 제이미를 보고는 미소를 지었다. 다이아몬드 발견 뉴스는 놀랄 만큼 빠른 속도로 전해지고 있었다.

손님이 돌아가자 반 데르 메르베는 가게 안쪽으로 그를 맞아들였다.

"이리로 오게나, 맥그리거."

제이미가 따라 들어가자 요리용 난로 옆에서 마가렛이 점심식사를 준비하고 있었다.

"안녕, 마가렛?"

처녀는 얼굴을 붉히며 시선을 돌렸다.

"그래, 좋은 소식이 있다면서?"

반 데르 메르베가 굉장히 기분 좋은 어조로 말했다. 그는 테이블에 앉자 접시와 식기를 밀어내고 자기 앞을 깨끗이 치웠다.

"그렇습니다."

제이미는 자랑스럽게 대답했다. 그러고는 윗저고리 주머니에서 커다란 가죽 주머니를 끄집어내어 다이아몬드를 테이블 위에 늘어놓았다. 반 데르 메르베는 모양이 다른 다이아몬드를 꼼꼼히 들여다보았다. 가장 큰 원석을 보는 것은 최후의 즐거움으로 남겨두고 작은 것부터 천천히 살펴 나갔다.

그것이 끝나자 그는 전부를 집어 올려서 가죽 주머니에 넣어 구석에 있는 철제 금고에 집어넣고 열쇠를 채웠다. 반 데르 메르베의 목소리는 만족감에 차있었다.

"잘했네, 맥그리거."

"감사합니다. 이것은 극히 일부에 불과합니다. 그곳에는 아직도 수백 개의 다이아몬드가 묻혀 있습니다. 모두 얼마큼이나 있는지 짐작도 못할 정도의 보물산입니다."

"제대로 등기는 해놓았겠지?"

"물론입니다."

제이미는 주머니에 손을 집어넣어 등록 서류를 꺼냈다.

"우리 두 사람 명의로 되어 있습니다."

반 데르 메르베는 서류를 조사하고 나서 자기 주머니에 집어넣었다.

"보너스를 줘야겠군그래. 잠깐만 기다리게나."

반 데르 메르베가 가게 쪽으로 걸어갔다.

"따라오너라, 마가렛."

마가렛이 순순히 그의 뒤를 따라갔다.

'마치 겁먹은 새끼고양이 같군.'

제이미는 생각했다.

몇 분 뒤 반 데르 메르베 혼자서 되돌아왔다.

"자, 어디 볼까?"

반 데르 메르베는 지갑을 열더니 50파운드를 몇 번이고 세어보았다.

제이미는 의아스러운 듯이 그것을 바라보았다.

"이게 뭡니까?"

"자네에게 주는 걸세, 전부."

"저한테요? 제가 왜 그것을 받습니까?"

"24주일 걸렸으니 일주일에 2파운드씩 계산하면 48파운드지만, 특별히 2파운드를 보너스로 얹어주는 것일세."

제이미는 웃고 말았다.

"보너스 같은 것은 필요 없습니다. 다이아몬드 분배가 있으니까요."

"분배라니 그게 무슨 말인가?"

"뭐라고요? 다이아몬드의 절반은 내 것입니다. 우리는 동업자라고요."

그러자 반 데르 메르베가 제이미를 노려보며 소리쳤다.

"동업자라고! 자네는 어디서 그런 엉뚱한 것을 생각해냈나?"

"어디서라니요?"

제이미는 어안이 벙벙해서 반 데르 메르베를 뚫어질 듯이 바라보았다.

"우리는 계약을 하지 않았습니까?"

"그렇지. 자네 그 계약서를 제대로 읽어보기나 했나?"

"아뇨. 그 계약서는……. 하지만 당신은 우리가 이익을 절반씩 나누어 갖는 동업자라고 하지 않았습니까?"

반 데르 메르베가 고개를 흔들었다.

"자네가 착각을 한 걸세, 맥그리거. 나는 동업자 같은 것은 필요 없는 사람일세. 자네는 나를 위해서 일한 것뿐이지. 나를 위해서 다이아몬드를 캐러가 준다고 해서 내가 장비를 갖춰서 보내준 것 아닌가."

제이미는 분노로 온몸이 부들부들 떨렸다.

"당신이 나한테 무엇을 주었다는 겁니까? 나는 장비 대금을 120파운드나 지불했잖습니까?"

반 데르 메르베는 어깨를 으쓱해보였다.

"나는 바쁜 사람일세. 쓸데없는 말다툼을 할 생각 없네. 알았네. 이렇게 하기로 하세. 5파운드를 더 줄 테니까 그것으로 깨끗이 결정하세. 그만하면 되겠지?"

제이미의 분노가 드디어 폭발했다.

"그런 푼돈으로는 어림도 없습니다. 내게는 권리 절반이 있단 말입니다. 등기도 두 사람 명의로 되어 있고요."

반 데르 메르베는 비웃는 듯한 웃음을 띠었다.

"그렇다면 자네는 나를 속였군. 자네를 체포하도록 해야겠군그래."

반 데르 메르베는 돈을 제이미의 손에 쥐어주었다.

"봉급을 받아가지고 썩 꺼지게!"

"농담하지 마세요. 난 고소를 하겠어요!"

"자네가 변호사를 고용할 수 있을 것 같은가? 이곳은 모두 내 편일세. 이 풋내기 친구야."

'이런 불합리한 일이 이 세상에서 통하다니! 이것은 틀림없이 악몽일 거야.'

제이미는 생각했다.

몇 주 몇 개월에 걸친 고투의 나날들, 몸을 불태우는 듯한 사막에서의 몸서리치는 경험, 새벽부터 해가 질 때까지의 가혹한 노동이 홍수처럼 되살아났다. 게다가 죽을 고비를 몇 번이나 넘겼는데, 눈앞에 있는 이 사나이는 속임수로 이 모든 것을 몽땅 가로채려하고 있었다.
제이미는 살로몬 반 데르 메르베를 노려보며 외쳤다.
"이대로는 물러나지 않겠소. 클립드리프트에서 한 발짝이라도 나가나 두고 보시오. 당신이 한 일을 모든 사람에게 알리고 말겠소. 그리고 나는 내 몫의 다이아몬드만은 꼭 되찾고 말겠소."
반 데르 메르베는 격노한 제이미를 보지 않으려고 딴전을 피웠다.
"의사의 진찰을 받아 보는 것이 좋겠군, 젊은 친구. 햇볕을 너무 쬐어서 머리가 좀 돈 모양이니 말일세."
다음 순간 제이미는 반 데르 메르베의 앞을 가로막고 서서 가냘픈 몸을 움켜잡고는 눈높이까지 들어올렸다.
"나와 만난 것을 반드시 후회하게 만들어줄 테다!"
제이미는 반 데르 메르베를 발밑으로 내팽개치고는 테이블 위에 돈을 내던지고 거친 발걸음으로 방을 나갔다.

제이미 맥그리거는 선다우너 술집으로 들어갔다. 다이아몬드 채굴자 대부분은 파아드스판으로 떠나서 술집 안은 텅 비어 있었다.
'이게 무슨 일이람. 억만장자가 된 줄 알았더니 눈 깜짝할 사이에 파산을 해버렸어. 저 도둑놈, 반 데르 메르베에게 복수를 해야 할 텐데…… 어떤 방법이 좋을까.'
반 데르 메르베의 말대로였다. 재판을 하고 싶어도 제이미는 변호사를 고용할 돈이 없었다. 반 데르 메르베는 이 거리의 유력자지만, 제이미는 빈털터리 외국인에 불과했다. 제이미의 유일한 무기는 진실 하나밖에 없었다.
'어떻게 하면 반 데르 메르베의 비열함을 이곳 남아프리카인들에게 알릴 수가 있을까.'

바텐더인 스미스가 제이미에게 아는 체를 했다.
"어서 오십시오. 무엇이든 다 있습니다, 맥그리거 씨. 무얼 드릴까요?"
"위스키를 주시오."
스미스는 더블로 담은 글라스를 카운터에 놓았다. 제이미는 그것을 단숨에 들이켰다. 그렇게 마셔보기는 처음이었다. 독한 알코올이 위를 자극했다.
"한 잔 더 주시오."
"얼마든지 드세요. 스코틀랜드인은 술이 세다더군요."
두 잔째도 쉽게 마실 수가 있었다. 제이미는 반 데르 메르베가 다이아몬드 채굴자들에게 자금 원조를 해주고 있다는 얘기를 한 것이 바로 이 바텐더였다는 것을 생각해냈다.
"당신은 반 데르 메르베가 사기꾼이라는 것을 알고 있었죠? 놈은 나를 속여서 다이아몬드를 몽땅 가로챘어요."
그러자 스미스는 동정적으로 나왔다.
"뭐라고요? 형편없는 인간이군. 아니, 인간의 탈을 쓰고 어찌 그럴 수가 있습니까?"
"이대로 물러나지는 않을 겁니다."
제이미는 속사포로 쏘아댔다.
"그 다이아몬드의 절반은 내 것입니다. 그것을 놈이 가로챘어요. 이번 일을 모두에게 알릴 겁니다."
"조심하는 게 좋습니다. 반 데르 메르베는 이 거리에선 유력자니까요."
바텐더가 충고했다.
"그 노인에게 복수를 하려면 도와줄 사람이 필요합니다. 적당한 친구가 한 사람 있긴 있어요. 그 사람도 반 데르 메르베에게 원한을 품고 있으니까요."
바텐더는 주위를 둘러보고 아무도 엿듣고 있지 않은 것을 확인했다.

"이 길 끝 쪽에 낡은 헛간이 있습니다. 내가 모든 걸 수배해놓겠어요. 오늘밤 10시 이후에 그곳으로 와주세요."
"그래요, 고맙습니다."
제이미는 그 마음이 고마웠다.
"신세는 잊지 않겠소."
"그럼, 10시가 넘으면 나오세요. 낡은 헛간입니다."

그 헛간은 물결 모양의 함석을 둘러친 어설픈 건물로, 큰길에서 떨어진 거리 끝에 있었다. 제이미는 약속대로 10시에 갔으나 캄캄하고 사람의 기척이 전혀 없었다. 조심스럽게 안으로 들어가서 "누구 있습니까?" 하고 조그맣게 불러보았다. 그러나 아무런 대답이 없었다. 제이미는 천천히 더듬어 나갔다. 서성거리고 있는 말의 모습이 희미하게 보였다. 등 뒤에서 뭔가 소리가 나서 돌아다보려는 순간, 철봉으로 어깨를 강타당하면서 제이미는 그 자리에 푹 고꾸라졌다.

처절한 린치가 시작되었다. 곤봉으로 머리를 마구 얻어맞은 다음, 끌려 일어나자 이번엔 주먹과 장화를 신은 발이 복부를 강타했다. 연타가 끝없이 이어지고, 마침내 제이미는 기절하고 말았다. 고문은 아직 끝나지 않았다. 물이 부어지고 의식을 되찾은 제이미에게 또다시 고통의 폭풍우가 몰아닥쳤다. 희미하게 흑인인 반다를 본 것 같은 느낌이 들었다. 그러나 점점 더 아무것도 보이지 않게 되었다. 늑골이 부러지고 다리뼈까지 으스러져 나갔다.

제이미의 의식은 다시 암흑이 되었다. 몸은 불덩어리처럼 뜨거웠고, 누군가가 종이를 꼰 것으로 얼굴을 간질이고 있는 것 같은 느낌이 들어서 못하게 하려고 했으나 손을 움직일 수가 없었다. 눈을 뜨려고 했지만 눈꺼풀이 심하게 부풀어 올라서 떨어지지 않았다.

제이미는 너무 심한 격통에 비명을 지르며 그대로 누운 채 자기가 지금 어디에 있는 것일까 하고 생각했다. 몸을 뒤척이자 또다시 온몸에 통증이 쏟아졌다. 무작정 손을 허우적거리자 모래가 잡히는 것을 알 수 있었다. 껍질이 벗겨져서 맨살이 노출된 얼굴이 뜨거운 모래 위에 놓여 있어서 몹시 따끔거렸다.

온몸이 쑤시고 아팠으므로 느릿느릿 무릎을 모으고 간신히 얼굴을 들었다. 부풀어 오른 눈으로 주위를 둘러보려고 했으나 희미하게 안개가 낀 것처럼 보일 뿐이었다. 제이미는 길도 없는 카루 고원 한가운데에 벌거벗겨진 채 버려져 있었던 것이다.

아직은 아침이었지만 이윽고 태양이 제이미의 몸을 불태울 것이다. 제이미는 몽롱한 눈으로 먹을 것이나 물을 찾으려고 했다. 그러나 아무것도 있을 턱이 없었다. 놈들은 제이미를 황야 한가운데 내버려 굶겨죽일 작정이었던 것이다.

'반 데르 메르베 노인과 그리고 스미트, 그 바텐더 놈이 나를 이렇게 만든 거야.'

제이미는 반 데르 메르베를 협박해봤으나 결과는 그 반대였다. 너구리 영감이 갓난아기 손을 비틀듯이 손쉽게 역습을 가해온 것이다.

'어디 두고 보자! 내가 단순한 햇병아리가 아니라는 것을 뼈에 사무치도록 깨닫게 해줄 테니까……'

제이미는 복수를 맹세했다.

'더 이상 못 참겠다. 복수를 하고야 말 테다. 그놈들에게 본때를 보여줄 테다. 절대로 용서하지 않겠어!'

처참하리만큼 강한 증오의 감정이 제이미에게 일어나서 앉을 힘을 가져다주었다. 그러나 숨을 쉬는 데도 고문과도 같은 고통이 뒤따랐다.

'도대체 늑골이 몇 개나 부러진 걸까? 폐가 상하지 않도록 조심해서 숨을 쉬어야겠다.'

제이미는 일어서려고 해보았지만 비명을 지르며 다시 쓰러졌다. 오른

쪽 다리가 부러져서 기묘한 각도로 휘어져 있었다. 제이미는 걸을 수가 없었다. 그러나 가까스로 기어갈 수는 있었다.

제이미 맥그리거는 자기가 지금 어디쯤에 와 있는지 짐작도 할 수 없었다. 악당들은 자기를 거리에서 떨어진 장소, 하이에나나 재칼, 독수리 같은 사막의 시체 청소꾼들이 우글거리는 장소에 버렸을 것이 틀림없었다.

사막은 거대한 시체 안치소라 할 수 있었다. 제이미는 모조리 뜯어 먹혀서 뼈만 남은 인간의 시체를 본 적이 있었다. 그 광경이 머리를 스쳐갈 사이도 없이 머리 위에서 독수리의 날갯짓 소리와 무시무시한 울음소리가 들려왔다. 제이미는 장님이나 마찬가지였으므로 독수리의 모습을 눈으로 볼 수는 없었지만 소름끼치는 냄새는 맡을 수가 있었다.

제이미는 배를 깔고 기어가기 시작했다. 타오르는 듯한 통증이 온몸을 엄습하고 어디를 움직여도 격통이 몰려왔다. 그는 고통에 헐떡거렸다. 조금이라도 힘을 주어 움직이면 부러진 다리가 송곳으로 찌르는 것처럼 아팠다. 꼼짝도 하지 않고 누워 있는 것은 고문이었지만 움직이는 것 또한 견딜 수 없는 고문이었다.

제이미는 계속 기어갔다. 머리 위에서는 여전히 독수리가 원을 그리고 있었다. 독수리는 태고 적부터 줄곧 해온 것처럼 인내심 깊게 제이미를 기다리고 있었다.

제이미의 의식은 방황하기 시작했다. 애버딘의 서늘한 교회 안, 제이미는 예배용 정장을 입고 형제들 한가운데에 앉아 있었다. 누나 메리와 제이미의 애인 애니 코드가 그를 보고 미소 짓고 있었다. 제이미는 일어나서 애니 쪽으로 돌아서려고 했다. 그러나 형과 동생이 움직이지 말라고 꼬집었다. 지독한 아픔이었다. 문득 정신을 차려보니 제이미는 고통에 시달리면서 사막을 기어 다니고 있었다. 독수리들의 울음소리는 한층 더 커져 있었고, 더 기다릴 수 없다는 듯한 절규로 변해 있었다.

제이미는 독수리를 올려다보려고 필사적으로 눈을 크게 떴지만 번쩍 번쩍 빛나는 것밖에는 아무것도 보이지 않았다. 하이에나나 재칼도 자신을 노리고 있는지 모른다고 생각하자 몸이 부들부들 떨렸다. 바람까지도 악취의 숨결이 되어 제이미의 얼굴에 불어 닥쳤다.

움직임을 멈추면 독수리가 습격해올 것 같아서 제이미는 힘이 미치는 한 이리저리 마구 기었다. 고통으로 몸은 불타는 것만 같았다. 피부는 뜨거운 모래 때문에 죄다 벗겨졌지만 제이미는 이를 악물고 참아냈다. 반데르 메르베가 살아있는 한, 그에게 복수할 때까지는 절대로 포기할 수 없었다.

제이미는 한순간 의식을 잃었지만 엄청난 통증으로 정신이 번쩍 났다. 무엇인가가 발을 찌르고 있었다.

'내가 지금 어떤 상황인 걸까?'

확 정신이 들었다. 간신히 한쪽 눈을 떠보니 볏이 검은 커다란 독수리가 제이미의 다리에 달라붙어 날카로운 주둥이로 무자비하게 살을 쪼고 있는 것이 아닌가! 제이미는 독수리의 번들번들 빛나는 눈과 더러운 목도리 같은 목둘레의 털을 보았다. 자기 위에 올라 앉아 있는 거대한 새의 악취에 구역질을 느껴 비명을 지르려고 했지만 소리가 나오지 않았다. 반광란 상태가 되어 몸을 버둥거리자 미지근한 피가 다리에서 흘러내렸다. 거대한 새떼가 자기를 둘러싸고 당장이라도 죽이려고 기다리고 있었다.

'아! 이번에 의식을 잃으면 마지막이다. 이 동작마저 멈추면 시체를 파먹는 독수리떼들이 즉각 덤벼들 것이다.'

제이미는 기어보려고 안간힘을 썼다. 그러나 다시 의식이 몽롱해졌다. 그는 여전히 머리 위를 선회하면서 점점 더 다가오는 독수리의 기척을 날갯짓소리로 느꼈다. 그러나 더 이상 저항할 힘은 고사하고 기어갈 기력도 없어서 뜨거운 모래 위에 그냥 엎어져버렸다.

이윽고 거대한 독수리들의 향연이 시작되었다.

\*

토요일의 케이프타운에는 시장이 선다. 도로는 싸구려 물건을 찾아다 니거나 친구나 애인을 만나기 위해 나온 쇼핑객들로 붐비고 있었다. 브라메온스테인이나 파크타운, 버저스도르프 광장에 있는 노점 앞에는 보어인, 프랑스인, 화려한 색깔의 군복을 입은 병사들, 주름 장식이 붙은 스커트나 블라우스를 입은 영국 부인들로 혼잡을 이루고 있었다.

온갖 물건들이 너절하게 진열되어 있었으며 가구, 말과 마차, 신선한 과일 등과 함께 10여 개 여러 나라 말들이 마구 뒤섞여 오가고, 옷과 체스판과 고기와 채소도 매매되고 있었다. 토요일의 케이프타운 거리는 시장의 떠들썩함으로 온통 들끓고 있었다.

반다는 북적거리는 사람들 속을 백인과 시선을 마주치지 않도록 주의해가며 천천히 걸었다. 백인과 시선을 마주치는 것은 위험했다. 길거리에는 흑인이나 인도인, 흑백 혼혈아가 많이 있었지만 거리를 지배하고 있는 것은 소수파 백인들이었다. 반다는 백인들을 혐오하고 있었다. 이곳은 흑인의 땅이고 백인은 이방인이기 때문이었다.

남아프리카에는 많은 부족이 있었다. 바수토, 줄루, 베추아나, 마타벨레 등의 부족이 있었는데 이들은 모두가 반투족이었다. 반투라는 말은 아반투, 즉 사람이라는 의미에서 온 말이었다. 그중에서도 반다가 속하는 바롤롱족은 귀족계급에 속해 있었다.

반다는 할머니의 얘기를 생각해냈다. 일찍이 남아프리카에는 위대한 흑인 왕국이 있었다고 한다. 흑인이 지배하는 왕국, 즉 흑인국가였다. 그러나 지금 그 흑인들이 한줌의 흰 재칼들에 의해 노예가 되어버렸다. 백인들은 원주민의 자유를 좀먹어 들어가면서 점점 작은 영지로 몰아넣었다. 그러나 흑인들은 살아남기 위해 표면상으로는 유순한 척 복종해가면서 교활하게 머리를 써서 처세해나가고 있었다.

반다는 자기가 정확하게 몇 살인지 모르고 있었다. 원주민에게는 출생증명서가 없기 때문이었다. 흑인들의 나이는 부족사회에 전해 내려오는 전습에 의해서 알 수 있게 되어 있었다. 전쟁이나 조그만 충돌, 위대한 부족장의 탄생이나 죽음, 별이나 폭풍우, 지진, 그 밖의 여러 가지 이상한 사건, 그리고 축제 등에 의해서 알 수 있었다. 하지만 반다에게 있어서 나이는 그다지 큰 의미를 갖고 있지 못했다. 그는 부족장의 아들로서 부족민들을 위해 뭔가 하지 않으면 안 될 운명이라는 것을 잘 알고 있었다.

'반투족은 언젠가 봉기해서 이 땅을 자신들을 위해 해방시켜야 한다.'

반다는 가슴에서 사명감이 용솟음쳐 오름을 느끼며 가슴을 펴고 힘차게 걸었다. 그러다가 백인의 시선을 느끼면 얼른 고개를 숙이고 느릿느릿 걸었다. 그는 시가지 동쪽 교외에 있는 흑인 거주 구역으로 서둘러 갔다. 대저택이나 화려한 상점은 차츰 없어지고, 함석으로 된 오두막과 판잣집의 꾀죄죄한 촌락이 나타났다.

반다는 언덕길을 내려가면서 어깨 너머로 뒤를 돌이다보고는 미행자가 없는지 확인했다. 그러고는 어두컴컴한 먼지투성이의 골목으로 들어갔다. 허술한 판잣집에 도착하자 그는 다시 한 번 주위를 둘러보고 문을 두 번 노크한 뒤 안으로 들어갔다. 방 한구석에 깡마른 흑인 여자가 의자에 앉아 옷을 꿰매고 있었다. 반다는 여자에게 눈짓을 하고는 안쪽 침실로 들어갔다. 그리고 조잡한 침대에 누워 있는 사나이를 내려다보았다.

이야기는 6주 전으로 거슬러 올라간다. 제이미 맥그리거는 낯선 집의 침대에서 의식을 회복했다. 기억이 한꺼번에 되살아났다. 카루 고원에서의 지옥 같은 고통, 뼈가 부러져서 움직일 수 없는 몸, 자신의 살을 파먹으려고 몰려들던 독수리 떼들······.

그때 반다가 들어왔기 때문에 제이미는 즉각적으로 자기를 죽이러 왔구나 하고 생각했다. 제이미가 살아 있다는 것을 누군가를 통해서 알아낸 반 데르 메르베가 이번에야말로 완벽하게 목숨을 끊기 위해 하수인을 보낸 것이 틀림없었다.

"왜 자네 주인이 몸소 나타나지 않는 거지?"

제이미는 겁이 났지만 태연하게 말했다.

"이제 내게는 주인 같은 것은 없습니다."

"반 데르 메르베가 네 주인 아니야? 그놈이 자네를 보낸 거겠지?"

"아닙니다. 이런 일을 알게 되면 놈은 우리 두 사람을 모두 죽이려들 겁니다."

무슨 얘기인지 도무지 알 수가 없었다.

"여기가 어딘가? 도대체 여기가 어디냐고!"

"케이프타운입니다."

"정말이야? 믿을 수 없군. 어떻게 내가 여길 오게 됐지?"

"제가 옮겨왔습니다."

제이미는 흑인의 검은 눈동자를 뚫어질듯이 바라보다가 한참만에야 말했다.

"어째서?"

"당신이 필요했기 때문이지요. 복수를 하는 데 말입니다."

"자네가 어째서 복수를 한다는 건가?"

"나 자신을 위해서가 아니에요. 나는 아무래도 괜찮아요. 반 데르 메르베 놈은 내 누이동생을 강간했습니다. 동생은 놈의 아이를 낳다가 함께 죽고 말았습니다. 그때 내 동생은 겨우 열한 살이었다고요."

제이미는 너무 어처구니가 없어서 침대에서 몸을 뒤로 젖혔다.

"세상에 그럴 수가!"

"나는 동생이 죽은 뒤로 줄곧 같은 편이 되어줄 백인을 찾고 있었습니다. 그날 밤, 당신을 해치우는 일을 도운 그 헛간에서 간신히 내가 찾고 있던 사람을 찾아낸 셈이지요. 우리는 당신을 카루 고원에 버리고 왔습니다. 당신을 죽이라는 명령을 받았기 때문이죠. 다른 사람에게는 당신이 죽었다고 말하고, 그 길로 다시 데리러 갔었지요. 조금만 늦었어도 당신은 죽었을 겁니다."

제이미는 몸이 부들부들 떨렸다. 뭐라고 형용할 수 없는 악취를 발하는 독수리들에게 자기 다리를 물어 뜯겼을 때의 몸서리치는 기억이 되살아났다.

"독수리들이 당신의 다리를 막 파먹기 시작하더군요. 나는 당신을 마차로 옮겨간 다음 친구 집에 숨겨두었습니다. 친구인 의사가 당신의 부러진 늑골을 붕대로 고정시키고, 삐져나와 있던 다리의 뼈를 맞춘 뒤 상처를 치료했습니다."

"그렇군요. 그 다음에는 어떻게 했나요?"

"마침 우리 친척이 한꺼번에 케이프타운에 가기로 되어서 그 마차에 당신을 태웠지요. 당신은 계속 의식이 없었습니다. 이대로 끝장이 나는 것이 아닌가 하고 얼마나 걱정했는지 모릅니다."

제이미는 자기를 죽일 뻔했던 사나이의 검은 눈동자를 조용히 들여다보았다.

'생각을 좀 해봐야겠다. 경솔하게 믿어서는 안 된다.'

그러나 이 흑인이 자신의 생명을 구해준 것만은 확실했다. 더군다나 자신의 힘을 빌려서 반 데르 메르베에게 복수를 하려 한다고 하지 않는가!

'어쩌면 도움이 될지도 모르겠군.'

제이미는 마음을 정했다. 다른 일은 제쳐두고라도 반 데르 메르베에게 죗값을 치르게 하지 않으면 안 되었다.

"알겠네, 함께 해보세."

제이미는 반다에게 동의했다.

"반 데르 메르베에게 보복할 방법을 찾아내보세."

처음으로 희미한 미소가 반다의 얼굴을 스쳐 지나갔다.
"단숨에 죽일 건가요?"
"아니야. 일단은 살려두고 보세."
제이미는 생각에 잠기며 말했다.

그날 오후 제이미는 처음으로 침대에서 내려와 보았다. 현기증이 나서 비틀거렸고, 다리는 아직도 완쾌가 되지 않아 걸을 때 절뚝거렸다. 반다가 부축해주려고 하자 제이미는 단호하게 거절했다.
"그냥 내버려두게. 혼자서 걸어보고 싶으니까."
반다가 지켜보는 가운데 제이미는 느릿느릿 방 안을 걸었다.
"거울을 한번 보고 싶군."
제이미는 그렇게 말하면서도 벌써 몇 주일째 수염도 못 깎았으니 형편없는 몰골일 거라고 생각했다.

반다가 손거울을 가져왔으므로 제이미는 얼굴을 들여다보았다. 완전히 다른 인간이 거울에서 보이는 순간, 그는 깜짝 놀랐다. 머리칼은 하얗게 변한 데다 얼굴도 흰 수염으로 뒤덮여 있었고, 코는 뭉텅 내려앉아 비뚤어져 있는 것이 아닌가! 스무 살은 더 늙어보였다. 뺨은 움푹 패어 있었고, 턱에는 검붉은 상처가 흉측하게 나 있었다. 가장 많이 달라진 것은 눈이었다. 극심한 고통과 혹독한 쓰라림을 맛본 그 눈은 증오로 이글이글 불타고 있었다.

제이미는 조용히 거울을 내려놓았다.
"잠시 밖에 나가보고 싶네."
"안 됩니다, 맥그리거 씨. 그건 좀 곤란해요."
"어째서?"
"이 마을에는 백인이 없어요. 흑인이 백인지구에 살지 않는 것과 마찬가지로 이곳에 백인이 있으면 안 됩니다. 우리는 당신을 한밤중에 옮겨왔어요. 이웃들은 아무도 모르고 있습니다."

"어떻게 하면 나갈 수 있을까?"

"내가 밤중에 데리고 나갈게요."

제이미는 반다가 자기를 위해 상당히 위험한 일을 하고 있다는 것을 알았다. 신세진 것이 미안해서 제이미는 변명을 했다.

"돈이 한 푼도 없으니까 일을 하지 않으면 안 될 것 같아서……."

"나는 조선소에서 일자리를 구했어요. 그곳에서는 언제나 일꾼을 구하고 있으니까요."

반다가 주머니에서 돈을 꺼냈다.

"자, 이것을 쓰세요."

"미안하군. 나중에 반드시 갚아주겠네."

"갚아주시려면 동생의 복수를 해주세요."

반다는 단호하게 말했다.

그가 제이미를 판잣집에서 데리고 나간 것은 한밤중이었다.

제이미는 주위를 둘러보았다. 그동안 자신이 함석지붕을 얹은 판잣집과 썩어가는 마대를 지붕에 덮은 판잣집이 빼곡하게 들어서 있는 마을 한가운데에 있었음을 알 수 있었다. 땅바닥은 비가 와서 질척거리고 몹시 이상한 냄새가 풍기고 있었다.

제이미는 반다처럼 자존심이 강한 인간이 어째서 이런 더러운 장소에서의 생활에 만족하고 있는지 알 수가 없었다.

"이곳에서 무슨 일이?"

"쉿! 말을 하면 안 됩니다."

반다가 조그만 소리로 제지했다.

"이곳 사람들은 호기심이 강하니까요."

반다는 제이미를 백인지구까지 안내했다.

"저쪽이 시가지 중심입니다. 그럼 조선소에서 만납시다."

이튿날 아침, 제이미는 일자리를 구하러 조선소로 갔다.

감독은 바쁜 듯이 재빨리 말했다.
"힘이 세지 않으면 못해낼 거요. 당신은 이런 일을 하기에는 지나치게 나이를 먹은 것 같소."
"나는 아직 열아홉 살밖에……."
제이미는 말을 하려고 하다가 도중에서 얼버무렸다. 퍼뜩 거울 속의 자기 얼굴을 생각한 것이다.
"일단 써보세요."
제이미는 간곡히 부탁해서 하루에 9실링짜리 선창 인부 자리를 얻었다. 반다와 다른 흑인 인부는 하루에 6실링의 노임을 받았다.
적당한 기회를 찾아 제이미는 반다를 구석으로 부르고는 말했다.
"의논하고 싶은 일이 있는데……."
"여기서는 곤란해요. 맥그리거 씨. 안쪽 벽 끝에 쓰지 않는 창고가 있어요. 그곳에서 교대 시간에 만납시다."
제이미가 그 창고에 가보니 반다가 먼저 와서 기다리고 있었다.
"반 데르 메르베에 관해서 더 많은 것을 알고 싶네."
"놈의 무엇을 알고 싶은 거죠?"
"모든 것을……."
반다는 퉤 하고 침을 뱉었다.
"놈은 네덜란드에서 왔습니다. 마누라는 추녀였던 모양이지만, 돈은 꽤 있었던 것 같아요. 마누라가 무슨 병인가로 죽자, 그는 클립드리프트로 왔습니다. 마누라 돈으로 잡화점을 시작한 것입니다. 그러면서 놈은 다이아몬드 채굴자들을 속여서 돈을 벌어들이고 있지요."
"나를 속인 수법으로?"
"그밖에도 여러 가지 수법이 있습니다. 광산을 발견한 다이아몬드 채굴자들이 채굴권을 확보하기 위한 자금을 원조받기 위해 놈을 찾아오지요. 그러나 그들이 깨달았을 때는 이미 다이아몬드는 반 데르 메르베 소유로 되어버린 다음이지요."

"그렇다면 원한을 산 사람이 많을 텐데, 아무도 복수하려 하지 않는단 말인가?"

"무엇을 할 수 있겠어요? 그곳 관리는 모두 놈에게 매수당해 있다구요. 법률상 채굴장을 45일간 방치해두면 권리 포기로 간주됩니다. 관리는 그것을 반 데르 메르베에게 가르쳐주고, 놈이 가로채는 수법을 쓰지요. 놈의 수법 가운데 또 한 가지가 있습니다. 채굴장의 권리를 주장하려면 경계선에 말뚝을 하늘을 향해 똑바로 세워놓지 않으면 안 됩니다. 그러나 말뚝이 넘어져버리면 다른 사람이 자기 것이라고 주장할 권리가 생깁니다. 놈은 바로 그 점을 노리지요. 마음에 드는 채굴장이 있으면 부하를 밤중에 그곳에 보내는 겁니다. 아침에는 말뚝이 모조리 넘어져 있게 되는 것이죠."

"저런 비겁한 놈!"

"놈은 바텐더인 스미트를 매수했지요. 봉이 될 것 같은 다이아몬드 채굴자가 있으면 자기에게 소개하게 만들어서 채굴자와 동업자 계약을 합니다. 그러나 다이아몬드를 발견하게 되면 반 데르 메르베가 모조리 가로채지요. 설사 말썽이 일어나더라도 놈에게 매수당한 인간은 엄청나게 많으니 문제가 없고요."

"그 수법은 내가 잘 알고 있네."

제이미는 자신을 비웃듯이 말했다.

"그밖에 다른 것은 없고?"

"놈은 이상하리만치 신앙심이 깊습니다. 하긴 자신의 악행을 위해 기도하고 있겠지만요."

"놈의 딸은 어느 정도나 알고 있지? 그녀도 한통속이지 않을까?"

"마가렛 아가씨 말입니까? 그녀는 아버지를 몹시 두려워하고 있어요. 그 아가씨가 남자의 얼굴을 쳐다보기만 해도 반 데르 메르베는 그 사내와 딸을 모두 죽여 버릴 겁니다."

제이미는 출구까지 걸어가서 항구를 바라보았다. 생각할 것이 너무도 많았다.

"내일 다시 만나서 얘기하세."

제이미는 케이프타운에 와서 처음으로 백인과 흑인과의 사이에 엄청난 차별이 있다는 것을 알았다. 극히 일부를 제외하고는 흑인에게는 아무런 권리도 인정되지 않았다.

흑인들은 게토와 같은 장소에 쫓겨 들어가 백인 밑에서 일할 때밖에는 거주 구역을 나올 수가 없었다.

"어째서 이런 입장에 굴복하고 있는 거지?"

제이미가 반다에게 물었다.

"굶주린 사자는 발톱을 감추는 법이지요. 우리는 언젠가 뒤집어엎을 겁니다. 백인들은 우리 흑인들의 노동력만을 받아들이고 있지만, 우리의 두뇌도 인정하지 않으면 안 될 때가 올 겁니다. 우리를 구석에 몰아넣는다는 것은 우리를 두려워하고 있다는 증거가 아니겠어요? 백인은 언젠가 그 모든 것이 역전되는 날이 올지도 모른다는 것을 잘 알고 있습니다. 그리고 그런 일을 상상하는 것은 백인에게 있어서 참을 수 없는 일이지요. 하지만 우리에게는 '이시코'가 있으니 영원히 살아나갈 수 있다고요."

"이시코라니, 그게 누군데?"

반다는 고개를 좌우로 흔들었다.

"사람이 아닙니다. 뭐라고 해야 좋을까? 설명하기는 약간 곤란하지만, '이시코'는 우리의 뿌리입니다. 위대한 잠베지강에 그 이름을 부여한 부족, 그 부족에 귀속되어 있는 의식이 이시코지요. 벌써 몇 세기 전 우리의 조상은 벌거벗은 몸으로 소용돌이치는 잠베지강 속으로 뛰어들었습니다. 허약한 자는 죽었습니다. 소용돌이치는 물에 말려들어가거나 굶주린

악어에게 먹혀서 말입니다. 그러나 살아남은 자들은 더욱 힘차고, 용감하게 물속에서 떠올랐습니다. 이 의식에서 죽으면, 죽은 자의 가족은 이시코 정신을 발휘해서 부족을 떠나 숲 속으로 옮겨가 살았습니다. 그것은 다른 인간에게 그 재난이 미치지 않게 하기 위해서였습니다. 이시코는 아첨하는 노예를 조소하는 정신이며, 인간은 모두 똑같은 가치가 있고, 누구의 얼굴을 스스럼없이 쳐다봐도 좋다는 신념을 말합니다. 존 텡고 자바부라는 이름을 들어본 적이 있나요?"

반다는 존경심을 나타내며 그 이름을 말했다.

"아니, 못 들어봤는데."

"앞으로 듣게 될 겁니다. 맥그리거 씨. 반드시 듣게 될 겁니다."

반다는 확신을 가지고 말했다.

그리고 나서 반다는 화제를 바꿨다.

제이미는 날이 갈수록 반다에 대한 존경의 감정이 커져갔다. 처음에는 두 사람 사이에 보이지 않는 벽이 있었다. 반다는 자기를 죽였을지도 모르는 흑인이었다. 제이미는 그런 사나이를 의지하게 되리라고는 꿈에도 생각하지 못했다. 그것은 반다도 마찬가지였다. 백인은 옛날부터 철천지원수였으므로 그와 이런 사이가 되리라고는 꿈에도 생각하지 않았다.

제이미가 지금까지 접한 흑인과는 달리 반다는 교육을 받은 것 같아서 제이미는 물었다.

"어디서 학교를 다녔지?"

"학교에 가본 적은 없어요. 어릴 때부터 일만 해왔으니까요. 할머니한테 글을 배웠어요. 할머니는 보어인 학교에서 일을 하고 있었어요. 그곳에서 배운 글을 나한테 가르쳐준 겁니다. 모두 할머니 덕택이지요."

제이미가 나미브 사막의 나마콸란드의 이야기를 들은 것은 토요일의 작업을 끝낸 뒤였다. 제이미와 반다는 반다의 어머니가 만들어준 임팔라

스튜를 항상 만나는 허름한 그 창고에서 먹었다.

스튜는 제이미의 입에는 약간 누린 냄새가 났지만, 나름대로 맛이 있어서 얼른 먹어치웠다. 제이미는 낡은 마대에 몸을 기대면서 반다에게 질문했다.

"반 데르 메르베를 처음 만난 것은 언제였지?"

"나미브 사막의 다이아몬드 해안에서 일을 하고 있을 때였지요. 놈은 그 해변을 두 명의 동업자와 함께 소유하고 있었습니다. 놈이 어떤 채굴자로부터 가로챈 지 얼마 안 되었을 때 일이지요. 현장을 보러 그곳 해변에 와 있었습니다."

"그렇다면 놈은 엄청난 부자일 텐데 무엇 때문에 아직도 가게를 하고 있는 거지?"

"가게는 놈의 함정이지요. 놈을 찾아오는 채굴자를 낚기 위한 덫인 셈입니다. 놈은 이 부근의 다이아몬드를 혼자 독점하려 하고 있습니다. 욕심에 눈이 뒤집혀 있으니까요."

제이미는 자기가 너무 간단하게 속아 넘어간 일을 생각해냈다.

'어쩌면 그렇게 세상모르게 순진했을까!'

"아버지가 도와줄지도 몰라요."

마가렛이 그렇게 말했을 때의 그 동그스름한 달걀형의 얼굴이 떠올랐다. 그녀의 가슴이 돌출된 것을 깨닫기 전까지는 아직 어린애라고 생각했지만, 그러나 그 가슴의 돌출―거기까지 생각이 미치자 제이미는 벌떡 일어나며 히죽이 웃었다. 턱에 있는 상처 탓으로 입술까지 비뚤어지는 제이미의 미소에는 처참한 맛이 깃들여 있었다.

"반 데르 메르베 잡화점에서 일하게 된 경위를 얘기해주게나."

"어느 날, 놈은 딸을 데리고 해안으로 왔습니다. 딸은 열한 살쯤 되었지요. 그 딸은 장난을 치고 싶어서 못 견딜 나이이니만큼 바닷물 속으로 들어가 놀았어요. 그러다가 조수에 휩쓸려 들어갔습니다. 내가 뛰어

들어가서 딸을 구해주었어요. 그때는 내가 어릴 때였는데도 반 데르 메르베는 나를 죽이려 들었어요."

"왜?"

제이미는 반다를 의아한 듯이 쳐다보았다.

"내가 딸의 몸에 손을 댔다는 것이지요. 흑인이라서가 아니라 내가 남자였기 때문입니다. 놈은 어떤 상황이든 딸의 몸에 손을 대는 남자는 그냥 두고 볼 수가 없는 모양입니다. '딸의 목숨을 구해주지 않았습니까?' 하고 누군가가 말하며 달래는 바람에 죽지 않고 살아나긴 했지만, 그것이 계기가 되어서 놈은 나를 클럽드리프트로 데려가서 하인으로 삼았던 것입니다."

거기까지 얘기하고 반다는 약간 망설이다가 다시 말을 계속했다.

"두 달 뒤, 누이동생이 나를 찾아왔습니다."

반다는 울먹이며 말했다.

"동생은 그때 반 데르 메르베의 딸과 같은 나이였어요."

제이미는 어떤 말도 해줄 수가 없었다.

마침내 반다가 침묵을 깨뜨렸다.

"차라리 나미브 사막에 있었던 것이 나을 뻔했어요. 일은 편했으니까요. 해변을 기어 다니면서 다이아몬드를 주워 조그만 깡통에 넣기만 하면 되는 일이었으니까요."

"잠깐만, 다이아몬드가 모래 위에 있다고 지금 말했나?"

"네, 그래요, 맥그리거 씨. 하지만 이상한 생각을 품어서는 안 됩니다. 아무도 가까이 갈 수는 없으니까요. 그곳은 출입금지 구역으로 먼 바다에 면하고 있어서 10여 미터나 되는 파도가 소용돌이치고 있습니다. 해안은 경비할 필요도 없어요. 많은 사람들이 바다 쪽에서 침투해 들어가려고 해봤지만, 모두 높은 파도와 암초 때문에 목숨을 잃고 말았지요."

"틀림없이 좋은 방법이 있을 거야."

"어림도 없어요. 나미브 사막은 해안까지 뻗어나와 있다고요."

"육지에 면한 입구는 어떻게 되어 있지?"

"망루가 있고요, 철조망으로 완벽하게 막아놓았어요. 안쪽에는 총을 가진 경비원과 사람을 물어뜯는 경비견이 있어요. 그리고 지뢰가 그 일대에 묻혀 있고요. 그 위를 걸어가다가는 산산조각이 나고 맙니다. 지뢰를 파묻어둔 지점의 지도라도 갖고 있지 않는 한 그곳을 걸어 들어갔다가는 뼈도 못 추릴 거예요."

"그 다이아몬드 광산의 넓이는 어느 정도나 되지?"

"아마 60킬로 가량 이어져 있을 겁니다."

"아니, 그럴 수가!"

"나미브의 다이아몬드 해변 얘기를 듣고 눈이 뒤집힌 사람은 당신이 처음은 아니죠. 앞으로도 그럴 것이고요. 하지만 나는 배로 침투해 들어가려고 하다가 암초에 갈기갈기 찢긴 시체를 주워 모은 적이 있어요. 그리고 지뢰를 건드리면 어떻게 되는지도 보았지요. 경비견이 처참하게 인간의 목덜미를 물어뜯는 것도요. 단념하라고요. 그곳에 있었던 내가 충고하는 것이니까요. 그곳에는 입구도 없고 출구도 없어요. 살아서 돌아올 곳이 못 되죠."

제이미는 그날 밤 좀처럼 잠을 이룰 수가 없었다. 반 데르 메르베의 다이아몬드가 60킬로에 걸쳐 모래 위에 널려 있는 그 광경을 몇 번씩이나 마음에 떠올렸다. 소용돌이치는 파도와 암초, 굶주려서 흉포해진 경비견, 경비원, 그리고 지뢰에 대해서도 생각해봤다.

위험하기는 하지만 단념할 생각은 전혀 없었다. 제이미에게 있어서 가장 두려운 것은 반 데르 메르베에 대한 복수를 실행에 옮기기 전에 자신이 먼저 죽으면 안 된다는 생각뿐이었다.

다음 월요일, 제이미는 측량기 가게에 가서 그레이트 나마콸란드의 지도를 샀다. 오렌지강이 남대서양으로 흘러들어가는 하구 남쪽에 해안이 있다는 것을 알았다. 그 지역에는 빨간 표시가 되어 있었다. '출입 금지 지구'인 것이다.

제이미는 지도를 몇 번씩이나 상세히 검토했다. 대서양의 해류는 5천 킬로나 떨어진 남아메리카로부터 남아프리카로 흘러간다. 가로막는 것은 아무것도 없었다. 밀려드는 해류는 높은 파도가 되어 암초를 세차게 때린다. 문제의 해안선을 40킬로쯤 남쪽으로 내려가면 출입금지가 아닌 해안이 있었다.

'과연, 이곳이로구나! 불쌍한 친구들이 출입금지 지구를 향해 배를 띄우는 지점이야.'

지도를 보면 이 해안에 어째서 경비원이 없는지 잘 알 수 있었다. 암초 투성이이기 때문에 바다로부터의 상륙이 거의 불가능한 것이다.

제이미는 육지 쪽 입구를 면밀하게 검토해보기로 했다. 반다의 말에 따르면, 그 지역에는 철조망이 쳐지고, 총으로 무장한 경비원이 24시간 순찰을 돌고 있다고 했다. 입구에도 망루가 있어서 철통같은 감시를 하고 있다고 했다. 설사 어떻게 해서 잠입할 수 있다손 치더라도 지뢰와 경비견이 가차 없이 기다리고 있는 것이다.

이튿날 제이미는 반다를 만나자마자 질문을 던졌다.

"지뢰밭 겨냥도가 있다고 했지?"

"네, 감독들은 그 지도를 가지고 인부들을 작업에 데리고 나갑니다. 모두가 일렬로 서서 지뢰밭을 지나가기 때문에 무사할 수 있는 겁니다."

반다로서는 그 당시 일을 잊어버리려 해도 잊어버릴 수가 없었다.

"어느 날, 숙부가 내 앞에서 걷고 있었는데, 돌에 걸려 지뢰 위에 넘어졌어요. 숙부의 시체를 가져가려고 해도 남은 것이 별로 없더라고요."

제이미는 등줄기가 오싹했다.

"더군다나 바다 안개라는 것이 있어요. 실제로 나미브에서 체험해보지 않으면 아무도 믿으려들지 않을 정도로 심합니다. 바다로부터 자꾸만 피어올라서 사막 전체를 완전히 뒤덮고, 산이 있는 곳까지 퍼져 나갑니다. 그 안개에 휩싸이면 절대로 움직일 수가 없습니다. 지뢰밭 겨냥도가 있어도 방향을 잡을 수가 없으니 전혀 소용이 없습니다. 안개가 갤 때까지 기다릴 수밖에 없지요."

"반다, 자네는 지뢰밭 겨냥도를 본 적이 있나?"

"엄중히 보관되어 있어서……."

반다는 고개를 흔들었다. 그러고는 황급히 어림도 없다는 듯한 표정으로 변했다.

"다시 한 번 말해두겠는데요, 당신이 생각하고 있는 것과 같은 행동을 하고 무사히 도망칠 수 있었던 사람은 한 사람도 없었습니다. 이따금 다이아몬드를 몰래 훔쳐내가려는 인부가 있긴 합니다만 들키는 날이면 그 자리에서 목을 매달아 죽입니다. 인부들에게 경고를 주기 위해서지요."

아무리 생각해봐도 불가능했다. 어떻게 잠입할 수 있다고 하더라도 탈출할 길이 없었다. 반다의 말이 옳았다. 아쉽긴 하지만, 제이미는 단념하기로 했다.

이튿날 다시 반다에게 물었다.

"인부들이 다이아몬드를 훔쳐내 가는 것을 어떻게 방지하고 있지?"

"그야 물론 철저하게 조사하죠. 인부들을 모두 태어났을 때와 같은 모습으로 벌거벗겨 놓고 몸에 뚫린 구멍이라는 구멍은 모두 철저히 후벼냅니다. 개중에는 피부를 갈라 묻거나 어금니에 구멍을 뚫은 다음 집어넣고 나가려고 한 인부도 있었습니다. 인간이 생각해낼 수 있는 모든 방법을 총동원해서 시도해봤지만 전부 실패했습니다."

반다는 제이미를 보며 단호하게 경고했다.

"살아있고 싶으면 나미브의 다이아몬드 해변의 일은 잊어버리세요."

제이미도 잊어버리려고 했다. 그러나 그런 제이미를 비웃기라도 하듯이 떨쳐버려도 머리에 달라붙어 불쑥불쑥 떠올랐다. 누가 뭐라고 해도 반 데르 메르베의 다이아몬드는 모래 위에 굴러다니면서 임자를 기다리고 있는 것이다.

'바로 너를 기다리고 있는 거야!'

제이미에게 그렇게 속삭이는 것 같았다.

그날 저녁, 제이미는 한 가지 좋은 생각을 해냈다. 반다를 기다리는 것이 안타깝게 느껴질 정도로 훌륭한 해결책이었다. 이튿날 반다를 만나자, 제이미는 인사 같은 것은 뒤로 제쳐두고 그 생각을 설명했다.

"그 해안에 상륙하려고 했던 문제의 배들에 대해서 얘기해주게."

"배라니요?"

"어떤 스타일의 배였지?"

"생각해낼 수 있는 한의 모든 스타일의 배들이었지요. 스쿠너, 터그보트, 커다란 모터보트, 범선 등입니다. 그리고 네 명이서 보트를 저어온 적도 있었어요. 내가 일하고 있는 동안 여섯 번쯤 바다 쪽에서 찾아왔었지만 모두 암초에 부딪쳐 배는 산산조각 나고 사람들은 모두 바다에 빠져 죽었습니다."

제이미는 크게 심호흡을 한 다음 이렇게 물었다.

"뗏목을 타고 온 사람도 있었나?"

그러자 반다는 제이미를 말똥말똥 쳐다보았다.

"뗏목이라고요?"

"응, 뗏목으로 말일세."

제이미는 완전히 흥분해 있었다.

"생각해보게나. 지금까지 아무도 해안에 도달하지 못한 것은 배 밑바닥이 암초에 걸려 찢겨나갔기 때문이었네. 하지만 뗏목이라면 암초 위를 미끄러지듯이 전진해서 해안에 도달할 수 있지 않을까? 돌아갈 때도 마찬가지로 파도를 타면 되는 거야."

반다는 제이미의 얼굴을 뚫어질 듯이 바라보았다. 이윽고 그가 입을 열었을 때는 완전히 말투가 달라져 있었다.

"과연 맥그리거 씨답군요. 그 계획이라면 성공할지도 모르겠는데요."

게임을 하는 기분으로 시작한 수수께끼풀이였지만 얘기를 주고받으면서 두 사람은 차츰 진지해졌다. 우연한 대화에서 시작된 것이 차츰 진짜 계획으로 변해갔다. 셀 수도 없이 많은 다이아몬드가 모래 위에 굴러다니고 있어서 채굴 도구 따위가 없이도 손에 넣을 수가 있는 것이다.

목표의 해안 봉쇄구역으로부터 남쪽으로 60킬로 되는 곳에 출입이 자유로운 해안이 있었다. 그곳에서 뗏목을 짠 다음, 어둠을 타고 출발하면 된다.

바다 쪽에서 잠입하면 경비원이나 지뢰밭에 대한 걱정도 할 필요가 없었다. 물론 밤사이에 상륙해서 가지고 돌아올 수 있는 정도의 다이아몬드를 주워야 한다.

"새벽이 되기 전에 떠나도록 해야 해."

제이미는 상세하게 계획을 얘기했다.

"반 데르 메르베의 다이아몬드로 주머니를 가득 채우고 말일세."

"어떻게 탈출한다는 겁니까?"

"들어갈 때와 마찬가지지. 암초 위를 노를 저어서 바다로 나오는 거야. 그 다음에 돛을 달고 달리는 거지."

제이미의 확신에 찬 설득에 반다의 불안은 하나하나 사라지기 시작했다. 반다가 계획의 결점을 지적할 때마다 제이미는 그때그때 해결해버렸다. 이 정도라면 틀림없이 성공할 것이다. 뭐니 뭐니 해도 계획의 단순한 점이 훌륭했다. 돈도 들지 않았다. 배짱만 있으면 되는 일이었다.

"우리에게 필요한 것은 다이아몬드를 집어넣을 커다란 자루뿐일세."

제이미의 열정이 담긴 말에 반다도 완전히 마음이 동했다.

"자루는 두 개를 가지고 갑시다."

그 다음 주에 두 사람은 조선소의 일을 그만두고 포트 놀로스 행 짐마차를 탔다. 문제의 출입금지 구역에서 남쪽으로 60킬로 지점에 있는 바닷가 마을이 목적지였다.

포트 놀로스에 도착하자 두 사람은 주위를 둘러보았다. 마을은 작고 초라했다. 판잣집과 함석집이 띄엄띄엄 흩어져 있을 뿐, 가게도 몇 개밖에 없었다. 해안에는 흰 모래밭이 끝없이 펼쳐져 있었다. 암초는 없고 파도가 조용하게 해변에 밀려들고 있었다.

제이미는 조그만 상점의 안쪽 방을 빌렸고, 반다는 마을의 흑인지역에 자기 잠자리를 찾으러 다녔다.

"뗏목을 만들 수 있는 비밀장소를 찾아내야 하네. 당국에 방해받고 싶지는 않으니까 말일세."

제이미가 말했다.

그날 오후, 쓰고 있지 않은 허술한 창고를 발견했다.

"이 정도면 완벽하군."

제이미는 그곳으로 정했다.

"즉시 뗏목 만드는 작업에 착수하세."

"아니에요, 아직 일러요. 잠시 기다리세요. 위스키를 살 때까지요."

반다가 주의를 주었다.

"어째서?"

"차차 알게 될 거예요."

다음 날 아침, 그 지역의 경관이 제이미가 있는 곳을 찾아왔다. 그는 불그스레한 얼굴로 커다란 코에는 술주정뱅이라는 것을 한눈에 알 수 있는 불거진 혈관이 떠올라 있었다.

"안녕하십니까?"

경관이 인사를 했다.

"손님이 와 있다고 해서 잠깐 인사하려고 들렀소이다. 나는 경관 먼디라고 해요."

"이안 트래비스입니다."

제이미도 인사를 했다.

"북쪽으로 가는 길인가요, 트래비스 씨?"

"남쪽입니다. 하인과 나는 케이프타운으로 가는 길입니다."

"그런가요? 케이프타운이라면 나도 한번 가본 적이 있죠. 크기만 하고 굉장히 시끄러운 도시더군요."

"동감입니다. 그런데 한 잔 어떻습니까, 경찰관님?"

"직무 중에는 안 마십니다."

먼디 경관은 잠시 주춤거리다가 다급하게 말했다.

"그렇기는 하지만 한 잔 정도라면 예외일 수도 있지요."

"그야 물론이죠. 한 잔 정도야……."

제이미는 위스키 병을 꺼냈다. 반다는 어디서 이런 정보를 얻었을까 하고 생각하면서 글라스에 4센티 정도 양을 따라서 경관에게 건네주었다.

"고맙습니다. 트래비스 씨, 당신은요?"

"나는 술을 못 마신답니다."

제이미는 유감스럽다는 듯이 말했다.

"나는 말라리아에 걸렸어요. 케이프타운으로 가는 것은 치료를 받기 위해서입니다. 이곳에 들른 것도 2, 3일 여유가 있어서 휴양을 하기 위해서입니다. 여행이란 아픈 사람에게는 힘든 일이니까요."

경관은 제이미를 꼼꼼히 관찰했다.

"당신은 매우 건강해 보이는데요?"

"하지만 떨고 있을 때 나를 보면 보기가 민망할 겁니다."

경관의 글라스가 비었으므로 제이미는 얼른 다시 따랐다.

"고맙소. 그럼 사양하지 않겠소."

먼디 경관은 두 잔을 단숨에 들이켜고는 일어섰다.
"이젠 가봐야겠소. 당신과 하인은 2, 3일 안으로 출발한다고 했죠?"
"내가 조금 기운을 회복하면 바로 떠날 겁니다."
"금요일에 다시 와 보겠소."
그날 저녁, 제이미와 반다는 뗏목을 만들기 위해 창고로 갔다.
"반다, 뗏목을 만들어본 경험 있나?"
"솔직히 말하면 한 번도 없어요."
"나도 그렇다네."
두 사람은 서로 얼굴을 마주보았다.
"그래도 만들어봐야지, 뭐."

두 사람은 상점 뒤쪽에서 속이 빈 50갤런들이 목제 석유통 4개를 훔쳤다. 그것을 창고로 옮겨가 우선 뗏목의 네 귀퉁이에 한 개씩 통을 놓고는 빈 나무상자 4개를 주워 통에 씌웠다.
반다는 의아스러운 듯 말했다.
"조금도 뗏목 같아 보이지 않는데요."
"아직 작업이 끝나지 않았네."
제이미는 그렇게 말하며 반다를 안심시켰다.
적당한 깔판용 목재가 없었으므로 해변에 흘러온 나무토막과 냄새가 나서 아무도 쓰지 않는 나뭇조각들을 대용했다. 그리고 그것들을 굵은 밧줄로 튼튼하게 붙잡아 맸다.
작업이 끝나자 반다는 여기저기 둘러보고는 말했다.
"그래도 뗏목답지가 않은데요."
"돛을 달면 좀 더 그럴 듯하게 보일 거야."
제이미가 용기를 북돋아주었다.
튼튼해 보이는 나무가 쓰러져 있어서 그것을 마스트로 하고 판자조각은 노로 쓰기로 했다.

"이제 돛만 있으면 되겠군. 서둘러야겠네. 오늘 밤 안으로 이곳을 떠나고 싶네. 먼디 경관이 내일 찾아올 테니까 말일세."

돛을 구해온 것은 반다였다. 그는 커다란 푸른색 천을 밤늦게 가지고 돌아왔다.

"이 정도면 어떻습니까, 맥그리거 씨?"

"충분하겠어. 어디서 구했나?"

그러자 반다는 히죽이 웃었다.

"묻지 않는 게 좋아요. 우린 벌써 충분히 위험한 짓을 해왔으니까요."

활대를 붙여 돛을 세우자 뗏목은 완성되었다. 드디어 준비는 끝났다.

"마을 사람들이 잠든 새벽 2시에 출발하기로 하세."

제이미가 반다에게 말했다.

"그때까지 조금 자 두는 게 좋겠네."

그러나 두 사람 모두 잠을 이룰 수가 없었다. 그들은 지금부터 시작될 모험 때문에 완전히 흥분되어 있었다.

새벽 2시, 두 사람은 창고에서 만났다. 기대와 불안으로 아무 말도 할 수가 없었다. 다이아몬드를 손에 넣느냐, 죽음을 맞이하느냐, 드디어 그것이 결정되는 여행을 떠나는 것이다.

"자, 시간이 되었네."

제이미가 단호하게 말했다.

두 사람은 밖으로 나왔다. 아무런 인기척도 없었다. 주위는 조용하고 머리 위로 펼쳐진 하늘은 푸른색이 감돌았다. 은빛 달이 하늘에 둥실 떠 있었다.

'오히려 잘됐다! 그다지 밝지 않으니까 누구에게도 들키지 않고 갈 수 있겠어.'

제이미는 그렇게 생각했다.

행동 계획은 치밀했다. 누구에게도 들키지 않기 위해서 밤에 출발하기로 했다. 다음 날 밤 다이아몬드 해변에 상륙해서 새벽이 되기 전에 돌아오면 안전할 것이다.

"벵겔라 해류는 오후 느지막이 우리를 다이아몬드 해변까지 실어다 줄 걸세. 하지만 대낮에 들어갈 수는 없으니까 밤이 될 때까지 해상에 머물러 있어야 할 거야."

제이미가 말하자 반다가 고개를 끄덕이며 말했다.

"그곳에 있는 조그만 섬에 숨어 있을 수 있습니다."

"어떤 섬이 있는데?"

"머큐리, 이카보드, 플럼푸딩을 비롯해서 섬이 열 개쯤 있어요."

제이미는 이상한 표정을 지었다.

"플럼푸딩 섬이라고?"

"로스트비프 섬도 있어요."

제이미는 꾸깃꾸깃한 지도를 꺼내어 살펴보았다.

"이 지도에는 그런 섬은 나타나 있지 않은데?"

"새의 똥으로 이루어진 섬이죠. 영국인이 비료용으로 캐러 갔었어요."

"섬에는 누가 살고 있지?"

"냄새가 나서 사람은 살 수 없어요. 30미터나 똥이 쌓여 있어서 정부가 탈주병과 죄수 무리들을 똥 채취에 사역하고 있을 정도랍니다. 채취 중에 죽으면 시체는 그곳에 그냥 내버린다고 합니다."

"숨는 곳은 그곳으로 정하세."

제이미는 결정했다.

두 사람은 소리가 나지 않도록 조심조심 창고 문을 살짝 열고 뗏목을 들어내려고 했다. 그러나 너무 무거워서 꿈쩍도 하지 않았다. 땀을 뻘뻘

흘리며 잡아당겨 봤지만 헛일이었다.

"잠깐만 기다리세요."

반다가 밖으로 나갔다. 30분쯤 있으니 그가 커다란 통나무를 들고 돌아왔다.

"이걸 사용합시다. 내가 끝을 들 테니 당신은 이것을 밑에 깔아주세요."

반다가 뗏목 끝 쪽을 집어들었다. 제이미는 흑인의 억센 힘에 깜짝 놀랐다. 제이미는 통나무를 재빨리 그 밑에 집어넣었다. 그렇게 해서 함께 뗏목 끝을 끌어올리자 뗏목은 통나무 위에서 쉽게 움직였.

통나무가 뗏목의 뒤쪽 끝까지 오면 같은 동작을 되풀이했다. 그것은 무척 힘든 작업이었다. 뗏목을 해안까지 옮기고 나자 두 사람은 온통 땀투성이가 되어 있었다. 그 때문에 예정 시간의 대부분을 잡아먹고 말았으므로 어느새 날이 밝아오려 하고 있었다.

마을 사람들에게 들켜 보고하게 되면 큰일이므로 얼른 출발하지 않으면 안 되었다. 제이미는 돛을 펼치고 빠뜨린 것은 없는지 둘러보았다. 뭔가 잊어버린 것처럼 허전한 느낌이 들었지만 그 이유를 알게 되자 제이미는 큰 소리로 웃기 시작했다.

반다가 영문을 몰라서 물었다.

"뭐가 그렇게 우스우세요?"

"전에 내가 다이아몬드를 찾으러 갔을 때는 산더미만한 장비를 가지고 가지 않았나. 그런데 이번에는 나침반밖에 없으니 간편하기는 하지만 이래도 되나 싶어서 웃음이 나네."

그러자 반다가 조용하게 말했다.

"간편한 게 좋지 않습니까, 맥그리거 씨?"

"제발 맥그리거 씨라고 부르지 말게. 그냥 제이미라고 부르라고."

반다는 깜짝 놀라서 고개를 흔들었다.

"당신은 이 나라 사정을 전혀 모르는군요."

반다는 흰 이를 보이며 싱긋 웃었다.
"이 나라에서는 그렇게 말했다가는 교수형이라고요. 하지만 좋아요. 죽는 것은 한 번뿐이니까 겁먹을 것도 없지요."
반다는 이름을 중얼거려 보더니 커다란 소리로 불렀다.
"제이미!"
"좋아, 반다. 자, 다이아몬드를 주우러 가세!"

모래밭에서 바다 속으로 뗏목을 밀어낸 뒤 두 사람은 거기에 올라타고 노를 젓기 시작했다. 뗏목을 익숙하게 조종할 수 있게 되기까지는 몇 분이나 걸렸다. 둥실둥실 떠다니는 코르크 위에 타고 있는 것 같았지만 그럭저럭 제어할 수 있게 되었다.
이윽고 뗏목은 생각한 대로 해류를 타고 북쪽으로 흘러갔다. 제이미는 돛을 올리고 바다 쪽으로 향했다. 마을 사람들이 일어났을 때쯤에는 뗏목은 멀리 수평선 너머로 나가 있었다.
"성공이다!"
제이미가 소리쳤다.
반다가 머리를 흔들며 말했다.
"아직 끝나지 않았다고요. 이제 시작이에요."
반다는 차가운 벵겔라 해류에 손을 담갔다.
두 사람이 탄 뗏목은 알렉산더만을 빠져나와 오렌지강 하구를 통과했다. 둥지로 돌아가는 까마귀들과 하늘 높이 날아가는 선명한 색깔의 플라밍고를 빼놓으면 살아있는 기척이라곤 아무것도 없었다. 뗏목에는 쇠고기 통조림과 찬밥, 그리고 과일이 2개의 물통이 실려 있었다. 그러나 신경이 곤두서서 아무것도 먹을 생각이 나지 않았다. 제이미는 두 사람을 기다리고 있는 위험에 대해서는 생각하지 않으려고 했지만 반다에게는 그것이 무리였다. 반다는 예전에 그곳에 있었으므로 잘 알고 있었다. 총을

든 무뢰한들과 무시무시한 경비견들, 그리고 몸을 산산이 흩어놓는 지뢰밭들을 생각하면 자기가 왜 이런 위험한 일에 끼어들었는지 후회가 밀려왔다. 반다는 옆에 있는 스코틀랜드인을 바라보았다.

'나는 죽더라도 동생 때문이지만, 이 녀석은 무엇 때문에 죽으려고 하는 거야!'

정오경에 상어 떼 5, 6마리가 등지느러미로 물을 가르며 뗏목을 향해 돌진해왔다.

"푸른 상어다! 사람을 잡아먹는 상어다!"

반다가 소리쳤다.

제이미는 수면을 미끄러지듯이 가르며 뗏목으로 다가오는 상어의 지느러미를 바라보았다.

"어떻게 하면 좋지?"

반다는 창백한 얼굴로 침을 꿀꺽 삼켰다.

"솔직히 말해서 이런 일은 나도 처음이에요."

상어의 등이 닿기만 했는데도 뗏목은 뒤집힐 지경이었다. 두 사람은 마스트에 달라붙었다. 제이미는 노를 들어 상어를 쫓으려고 했다. 그러자 눈 깜짝할 사이에 물어 뜯겨 노가 두 동강이 나버렸다.

상어는 뗏목 주위를 유유히 원을 그리며 헤엄치기 시작했다. 큰 몸뚱이가 조그만 뗏목에 닿을 때마다 뗏목은 기우뚱거리며 금방 뒤집힐 것만 같았다.

"가라앉기 전에 쫓아버려야겠는걸."

"어떻게 쫓아버리죠?"

반다가 물었다.

"쇠고기 통조림을 주게."

"농담이겠죠? 쇠고기 통조림 하나로 만족할 턱이 없습니다. 우리를 잡아먹으려 하고 있다고요."

상어가 심하게 몸을 뒤틀었기 때문에 뗏목이 굉장히 심하게 기우뚱거렸다.

"쇠고기를 빨리 줘!"

제이미가 소리쳤다. 그러자 반다가 재빨리 쇠고기 통조림을 제이미 옆에 갖다 놓았다. 뗏목은 벌써 꽤 많이 기울어져 있었다.

"절반쯤 따줘! 빨리 해야 돼!"

반다가 주머니칼을 꺼내어 통조림 뚜껑을 반쯤 땄다. 제이미는 그것을 낚아채어 손가락을 날카로운 뚜껑에 갖다 대어 보았다.

"꽉 붙잡고 있으라고!"

제이미는 통조림 뚜껑을 우그려 날카롭게 모를 세워 들고는 뗏목 가장자리에 무릎을 꿇고 앉아 주의 깊게 기다렸다. 곧 한 마리 상어가 다가왔다. 거대한 입을 벌리고 가지런히 늘어선 흉포한 이를 드러냈다.

제이미는 눈을 노렸다. 몸을 앞으로 내밀어 혼신의 힘을 다해 날카로운 통조림 뚜껑으로 상어의 눈에 일격을 가했다. 눈알이 찢어지자 입이 더 크게 벌어졌다. 상어는 커다란 몸뚱이를 공중으로 띄워 올렸다.

한순간 뗏목이 수직으로 정지하는 듯싶었다. 다음 순간 바닷물이 피로 붉게 물들며 거대한 물보라와 함께 상처 입은 동료에게 상어들이 덤벼들었다.

뗏목은 이제 잊혀졌다. 불쌍한 제물을 상어들이 뜯어먹기 시작했다. 그 광경을 제이미와 반다가 바라보고 있는 동안 뗏목은 멀어져 가고, 드디어 상어들의 모습도 시야에서 사라졌다.

반다가 크게 심호흡을 한 번 하고는 조용히 말했다.

"언젠가 손자들에게 이 얘기를 해주어야겠군요. 하지만 믿어줄지 모르겠네요."

두 사람은 눈물이 뺨으로 흘러 떨어질 정도로 실컷 웃었다.

오후 늦게 제이미는 시계를 보았다.

"밤중에는 다이아몬드 해변 근처에 닿을 거야. 해 뜨는 시간은 6시 15분, 그러니까 다이아몬드를 줍는 데 4시간, 다시 해변으로 돌아와 경비원의 시야로부터 사라지는 데 2시간 걸리겠군. 반다, 줍는 데 4시간이면 충분하겠지?"

"4시간이나 줍는다면 100명이 평생 동안 놀고먹어도 남을 거예요."

'그보다도 다이아몬드를 주울 때까지 살아있을지가 문제라고요.'

그 후의 항해는 순조로웠다. 뗏목은 바람과 조류를 타고 별다른 사고 없이 북쪽을 향해 나아갔다. 저녁 무렵, 전방에 조그만 섬이 어렴풋이 보였다. 둘레가 200미터도 되지 않을 것 같았다.

섬 가까이 가자 암모니아 냄새가 코를 찌를 듯이 너무 강렬해서 눈에서 눈물이 다 나왔다. 제이미는 이곳에서 아무도 살지 못하는 이유를 알 수 있을 것 같았다. 악취가 지독했다. 그렇기 때문에 어둠의 장막이 내릴 때까지 숨어 있기에는 안성맞춤인 장소였다.

제이미는 돛을 조정해서 낮은 안벽에 뗏목을 갖다 댔다. 반다가 뗏목을 붙잡아매고 두 사람은 육지로 올라갔다. 섬은 수만 마리의 새들로 뒤덮여 있었다. 까마귀, 펠리컨, 북양가마우지, 펭귄, 플라밍고······.

악취가 가득 차서 숨이 막힐 지경이었다. 대여섯 발짝쯤 걷다 보니 새똥 속으로 무릎까지 빠지는 것이 아닌가.

"뗏목으로 돌아가세."

제이미가 헐떡거리며 말했다.

반다는 아무 말 없이 뒤따라왔다. 그들이 되돌아가려고 몸의 방향을 바꾸자 펠리컨 떼가 날아오르면서 땅바닥이 보였다. 시체 3구가 거기에 있었다. 얼마나 오래전에 죽었는지 알 수가 없었지만, 시체는 대기 속의 암모니아 때문에 완벽하게 보존되어 있었고, 머리칼만 빨갛게 변색되어 있었다.

몇 분 뒤 두 사람은 뗏목으로 돌아와 섬으로부터 멀어졌다.

두 사람은 해안에서 조금 떨어진 곳에서 돛을 내리고 대기하기로 했다.
"여기서 밤을 기다리세. 밤이 깊어지면 잠입하세."
두 사람은 아무 말 없이 나란히 앉아 저마다 앞으로 일어날 일에 대한 마음의 준비를 했다. 태양은 서쪽 수평선까지 낮아지고 하늘은 새빨갛게 물들었다. 그리고 얼마 뒤 모든 것이 어둠에 휩싸였다.
제이미는 2시간쯤 기다렸다가 돛을 올렸다. 뗏목은 보이지 않는 해변을 향해 동쪽으로 전진하기 시작했다. 머리 위의 구름 사이로 달빛이 비쳐들었다. 뗏목은 속도를 올렸다.
먼 곳의 해안선이 희미하게 보이기 시작했다. 바람은 기세를 더하여 돛을 부풀리고 가속도를 붙여 뗏목을 해안으로 돌진하게 했다.
육지의 윤곽이 또렷하게 보이기 시작했다. 거대한 암초가 멀리서도 똑똑하게 보였다. 암초에 부딪치는 물마루가 보이고 부서지는 파도소리가 천둥소리처럼 요란했다. 그것은 멀리서 봐도 소름이 끼치는 광경이었다. 좀 더 가까이 가면 어떻게 될까 하고 제이미는 자신도 모르게 몸이 덜덜 떨렸다. 그는 자신에게 타이르듯 이렇게 말했다.
"해안 쪽에는 경비원이 없다고 했지?"
반다가 그저 묵묵히 암초를 손으로 가리켰다. 그것이 무엇을 의미하는지 제이미는 알고 있었다. 눈앞의 암초는 인간이 고안해낸 그 어떤 함정보다도 위력이 있었다. 이 바다의 파수병은 게으름도 피우지 않으며 잠도 자지 않는다. 먹이가 다가오기를 인내심 있게 기다리고 있을 뿐이었다.
'좋아! 우린 너 따위에게는 지지 않을 거야. 너를 이겨내 보겠어.'
제이미는 용기를 냈다.
뗏목은 앞으로 꽤 전진을 했다. 이제 조금만 가면 된다. 해안선이 돌진하듯이 육박해오고, 밀려오는 파도와 되돌아가는 파도가 심하게 부딪치면서 소용돌이를 일으켰다. 반다는 마스트를 끌어안았다.

"뗏목이 너무 빨리 움직이는데요?"

"걱정할 것 없어. 좀 더 가까이 가면 돛을 내릴 거야. 그러면 속도가 떨어지면서 암초 위를 멋지게 미끄러져 들어가겠지."

제이미가 반다를 안심시켰다.

바람과 파도가 점점 더 세지면서 뗏목을 부술 듯이 죽음의 암초 쪽으로 밀어붙였다. 제이미는 암초까지의 거리를 재빨리 계산한 뒤, 이제는 돛이 없어도 파도가 뗏목을 해안까지 옮겨다줄 것이라고 판단했다. 서둘러 돛을 내렸지만 생각대로 속도가 떨어지지 않았다.

뗏목은 커다란 파도에 휘말려 제어력을 잃고 거대한 물마루로부터 다음 마루로 팽개쳐졌다. 뗏목이 심하게 흔들렸으므로 두 사람은 양손을 꽉 잡고 매달려 있지 않으면 안 되었다.

제이미는 상륙의 곤란함을 미리 각오는 하고 있었지만 피어오르는 거센 소용돌이가 이 정도일 것이라고는 상상도 하지 못했다. 기절초풍할 정도의 암초가 그들 눈앞으로 육박해오고 있었다.

파도가 시퍼런 칼날처럼 날카로운 바위에 부딪쳐서 광포한 간헐천처럼 엄청난 기세로 부서졌다. 계획의 성공 여부는 탈출을 위해 뗏목이 무사한 채로 암초를 넘을 수 있느냐에 달려 있었다. 뗏목이 없으면 두 사람은 죽는다.

뗏목은 무시무시한 파도의 힘으로 암초를 향해 돌진해갔다. 바람의 포효가 귀를 짓찢었다. 그때 갑자기 뗏목은 역류하는 파도에 공중으로 높이 들어 오르다 팽개쳐지면서 암초를 향해 날아갔다.

"꽉 잡아, 반다! 충돌한다!"

제이미는 절규했다.

거대한 파도가 뗏목을 성냥갑처럼 들어 올려 암초 위를 지나 해안을 향해 옮겨가기 시작했다. 두 사람은 바다 속에 끌어넣으려는 광포한 파도와 싸우면서 필사적으로 뗏목에 매달렸다.

제이미가 힐끗 아래쪽을 보니 면도날 같은 암초가 망막을 스쳐지나 갔다. 조금만 참으면 암초를 넘어 해안의 안전지대로 들어갈 수 있을 것 같았다. 그때 갑자기 뗏목이 일그러지면서 통 하나가 암초에 걸려 떨어져나 갔다. 뗏목이 한쪽으로 기울면서 또 하나의 통도 떨어져나가고, 다시 또 한 개가 날아갔다.

바람과 소용돌이치는 파도와 암초는 장난감처럼 뗏목을 앞뒤로 흔들고 공중으로 집어던지며 희롱했다. 제이미와 반다는 뗏목의 판자가 떨어져 나가고 있다는 것을 알아챘다.

"뛰어들어!"

제이미가 소리쳤다.

뗏목에서 뛰어든 제이미는 눈 깜짝할 사이에 파도에 휩쓸려 로켓과 같은 속력으로 해변 쪽으로 끌려들어갔다. 자연의 힘은 너무도 엄청나서 제이미는 몸을 맡긴 채 그대로 있을 수밖에 없었다. 그는 파도 위로 치솟았다가 밑으로 끌려들어갔다 하면서 온갖 시달림을 받았다. 몸이 비틀렸다가 뒤집히기를 반복하는 바람에 폐가 찢어지는 것만 같았다. 머릿속에서 빛이 번쩍번쩍했다. 제이미는 단념했다.

'이젠 끝장이다. 물에 빠져 죽는군.'

그 순간 몸이 해변의 모래 위로 떠밀려 올라갔다. 제이미는 그대로 숨을 헐떡이면서 호흡을 조정했다. 그리고 바다냄새가 나는 신선하고 차가운 공기를 가슴 가득히 들이마셨다.

가슴과 다리는 모래 때문에 껍질이 전부 벗겨졌고, 옷은 갈기갈기 찢겨 있었다. 천천히 몸을 일으켜 주위를 두리번거리며 반다를 찾아봤다. 반다는 10미터쯤 떨어진 곳에 엎어진 채 바닷물을 토해내고 있었다. 제이미는 비틀거리며 일어나서 반다에게로 다가갔다.

"괜찮겠나?"

반다는 고개를 끄덕였다. 그는 크게 심호흡을 한 뒤 몸을 떨고는 제이미를 올려다보았다.

"나는 헤엄을 못 친다고요."

제이미는 반다를 일으켜 세워주었다. 두 사람은 암초를 바라보았다. 뗏목은 흔적도 찾아볼 수 없었다. 미쳐 날뛰는 바다에 의해 산산조각이 난 것이다. 두 사람은 다이아몬드 해변 한가운데에 있었다. 그러나 탈출의 길은 막혀버렸다.

*

두 사람의 등 뒤에는 무시무시한 괴물 같은 바다가 펼쳐져 있었다. 앞에는 바위투성이 불모의 사막이 멀리 떨어져 있는 리히터벨트 산맥 절벽까지 아득해보였다. 창백한 달빛이 기괴하게 우뚝 솟아 있는 산맥의 을씨년스러운 모습을 보랏빛으로 비춰주고 있었는데, 이 산맥 기슭이야말로 '마녀의 큰 가마'라고도 불리는 협곡으로, 열풍이 쉴 새 없이 불어대는 험난한 곳이었다. 눈에 보이는 것이라고는 태고로 되돌아간 것 같은 황량한 원시적 경관뿐이었다. 모래사장 한가운데 세워진 푯말이 없었다면 이 땅에 인간이 발을 들여놓은 적이 있으리라고는 상상도 하지 못했을 것이다. 두 사람은 달빛을 빌려 푯말을 읽었다.

VERBODE GEBIED

SPERRGEBIET

출입을 금지한다는 말 같았다. 뗏목조차 박살이 나버린 지금 바다로의 탈출은 불가능했다. 탈출을 하려면 나미브 사막 방향밖에는 남아 있지 않았다.

"좋아, 사막을 횡단하세. 그것밖에 방법이 없으니까."

제이미가 그렇게 말하자 반다는 고개를 좌우로 흔들며 말했다.

"경비원에게 사살당하든지, 교수형에 처해지든지 둘 중 하나라고요. 운 좋게 경비원이나 경비견들한테서 도망친다 하더라도 지뢰밭을 피할 방법이 없어요. 어느 쪽이든 끝장이에요!"

반다의 얼굴에는 이제 두려운 기색은 없었다. 자신의 운명을 조용히 받아들이고 있는 것 같았다. 그런 반다를 보자 제이미는 깊이 후회가 되었다. 자신이 이 흑인을 이런 궁지로 끌어넣었기 때문이다. 그런데도 반다는 단 한 번도 불평하지 않았다. 지금도 도망칠 길이 완전히 막혀버렸다는 것을 알면서도 한마디도 비난을 퍼부으려 하지 않았다.

제이미는 기슭으로 밀려드는 거센 파도를 뒤돌아보며 이런 곳까지 올 수 있었다는 것도 기적이라고 생각했다.

시각은 새벽 2시, 해가 뜰 때까지 앞으로 4시간 남았다. 날이 밝으면 두 사람 모두 누군가에게 발각될 것이다. 그러나 지금은 두 사람 모두 살아 있었다.

'빌어먹을! 될 대로 되라지!' 하고 제이미는 생각했다.

"자, 반다. 일을 시작하세."

반다의 눈이 둥그레졌다.

"무슨 일을요?"

"우리는 다이아몬드를 주우러 온 것이 아니었나? 부자가 되자고 다짐하지 않았느냐고? 빨리 시작하세."

반다는 뚫어질 듯이 제이미를 바라보았다. 제이미는 백발이 머리에 찰싹 들러붙은 데다 아랫도리도 흠뻑 물에 젖어 누더기를 걸친 거지꼴이었는데도 눈빛만큼은 번들번들 빛나고 있었다.

"그럴 상황이 아니잖습니까?"

"놈들은 우리를 발견하는 즉시 죽인다고 하지 않나? 어차피 죽을 바에야 엄청난 부자가 된 기분으로 죽는 게 어떤가? 우리가 이곳까지 올 수 있었던 것은 기적일세. 나갈 때도 기적이 일어나지 말라는 법은 없어. 탈출할 수 있다면 빈손으로 돌아갈 생각은 전혀 없네."

"당신은 정말 미쳤군요."

"제정신이라면 이런 곳까지 오지도 않았겠지. 안 그런가?"

그러자 반다는 어깨를 으쓱했다.

"어차피 놈들에게 들킬 때까지는 할일이 없으니까 다이아몬드나 찾아볼까요?"

제이미가 누더기가 된 셔츠를 벗어 둘로 접어 손에 들자 반다도 그대로 따라했다.

"그런데 자네가 얘기해준 그 커다란 다이아몬드는 어디에 있지?"

"여기저기 널려 있을 거예요."

반다가 자신 있게 말하고는 이렇게 덧붙였다.

"경비원이나 개들처럼 말입니다."

"그런 걱정은 나중에 하기로 하세. 놈들은 몇 시쯤 이 해변에 오나?"

"날이 밝으면 옵니다."

제이미는 한참 생각했다.

"놈들이 절대로 오지 않는 장소는 혹시 이 해안에 없을까? 우리가 숨을 수 있는 장소 말이야."

"놈들이 절대로 오지 않는 장소 따위는 있지도 않아요. 파리 한 마리도 숨을 곳이 없다고요."

제이미는 반다의 어깨를 탁 쳤다.

"좋아, 알았네. 자, 시작해볼까?"

반다는 손과 무릎을 땅바닥에 대고 손가락으로 모래를 퍼 올렸다가 떨어뜨리면서 천천히 기어 다녔다. 2분도 채 안 되어서 반다는 동작을 멈추고 돌을 높이 쳐들었다.

"한 개 찾았습니다!"

제이미도 모래 위를 기어 다녔다. 제이미가 발견한 것은 처음 2개는 작았으나 세 번째 돌은 15캐럿 이상은 될 것 같았다. 제이미는 잠시 동작을 멈추고 그 다이아몬드를 황홀한 듯이 들여다보며 생각했다.

'막대한 재산을 이렇게도 간단히 주울 수 있다니! 더구나 이것은 전부 살로몬 반 데르 메르베와 그의 동업자 것이 아닌가!'

제이미는 작업을 계속했다.

3시간가량 지나자 두 사람은 40개 이상의 다이아몬드를 주울 수 있었다. 크고 작은 2캐럿에서 30캐럿 사이의 다이아몬드였다.

동쪽 하늘이 부옇게 밝아오기 시작했다. 제이미의 계획에 의하면 뗏목으로 돌아가 암초를 넘어서 탈출하고 있을 시간이었다. 지금에 와서 그런 것을 생각해봤자 아무런 소용이 없었다.

"얼마 안 있으면 날이 밝겠군. 앞으로 얼마나 더 찾을 수 있을까? 시간이 허락하는 한 끝까지 찾아보세."

제이미가 말했다.

"어차피 살아서는 써보지 못하는 다이아몬드지만, 당신은 엄청난 부자가 되어 죽고 싶다고 했죠?"

"나는 전혀 죽고 싶지 않네."

두 사람은 다시 아무런 생각도 하지 않고 마치 무엇에 씌인 듯이 차근차근 다이아몬드를 찾아나갔다.

다이아몬드는 60개 이상으로 늘어서, 제왕의 몸값이라도 지불할 수 있을 정도의 재산이 찢어진 셔츠에 쌓여 있었다.

"이걸 내가 가지고 있어야 합니까?"

반다가 물었다.

"아니, 우리 둘이서……."

제이미는 그렇게 말하다가 반다의 의도를 알아차렸다. 체포되었을 때 다이아몬드를 실제로 가지고 있는 쪽이 보다 더 심한 고통을 당하고 죽게 될 것이기 때문이었다.

"내가 가지고 있겠네."

선뜻 제이미가 말했다. 그리고 자루 대신 사용한 셔츠에 다이아몬드를 집어넣고 꼼꼼히 싸서 단단히 붙들어 맸다. 수평선이 희끄무레하게 밝아지면서 떠오르는 태양이 동쪽 하늘을 물들이기 시작했다.

'이제부턴 어떻게 해야 하지? 그것이 문제로군. 어떻게 하면 좋을까?'

여기 머물러 있다가 목숨을 잃느냐, 또는 사막으로 들어갔다가 죽느냐 두 가지 중 하나를 선택해야 했다.

"앞으로 가보세."

제이미와 반다는 나란히 서서 천천히 해안에서 사막 쪽으로 걸어가기 시작했다.

"지뢰밭은 어디쯤에 있지?"

"100미터쯤 앞이에요."

멀리서 개 짖는 소리가 들려왔다.

"지뢰는 걱정하지 않아도 될 겁니다. 경비견이 이쪽으로 오고 있으니까요. 아마 아침 작업반이 곧 올 거예요."

"얼마 뒤면 이쪽으로 올까?"

"15분가량? 아니, 10분 정도 뒤면 올 겁니다."

이미 날은 완전히 밝아 있었다. 희미하게 흔들리고 있던 주위 풍경이 뚜렷이 모래 언덕과 산의 모습으로 나타났다. 어디에도 숨을 만한 장소는 없었다.

"경비원은 몇 사람이나 되지?"

반다는 잠깐 생각했다.

"10명쯤 될 겁니다."

"이 정도로 넓은 해안에 비해 경비원 숫자는 그리 많지 않군그래."

"한 사람의 경비원이 몇 사람 몫을 해낸다고요. 놈들은 총이 있고, 경비견을 데리고 있으니까요. 놈들은 눈뜬장님이 아닌 데다가 우리는 투명인간이 아니잖아요."

개 짖는 소리가 점점 가까워졌다.

"미안하네. 내가 자네를 이 일에 끌어들이지 않았으면 좋았을걸."

제이미가 사과했다.

"당신 잘못이 아니에요."

제이미는 반다의 마음을 너무도 잘 알 수 있었다.

멀리서 사람들의 웅성거림이 들려왔다.

제이미와 반다는 나지막한 모래언덕에 도달했다.

"모래 속으로 기어 들어가면 어떨까?"

"그렇게 해본 사람도 있었어요. 하지만 경비견이 찾아내어 목덜미를 갈기갈기 물어뜯었지요. 죽으려면 단숨에 죽는 게 낫잖아요? 일부러 놈들 앞에 나타나서 도망치는 거예요. 그러면 놈들은 한방에 쏴 죽이겠죠. 경비견에게 당하는 것보다는 그게 더 편하지 않겠어요?"

제이미가 반다의 팔을 움켜잡았다.

"어차피 죽을지도 모르지만, 스스로 죽음 속으로 뛰어드는 것은 바보스럽지 않나. 죽을 때 죽더라도 놈들을 끝까지 애먹이는 게 낫지."

고함치며 떠드는 소리가 들릴 정도로 그들이 가까이 다가왔다.

"빨리 걸어! 이 게으름뱅이 녀석들아!"

그들은 고래고래 소리쳤다.

"내 뒤를 따라와…… 일렬로 서서…… 어젯밤에는 푹 잤겠지?…… 이제부터 일을 시작하는 거야……."

제이미는 큰소리쳤으나 가까이서 그 소리를 듣자 겁이 덜컥 났다. 바다 쪽을 돌아다보았다.

'어차피 죽을 바에야 물에 빠져 죽는 것이 더 낫지 않을까?'

암초가 악마처럼 파도를 거칠게 짓찢고 있었다. 그때 제이미는 파도 너머에서 갑자기 무엇인가 이상한 것을 보았다. 그러나 그게 무엇인지는 잘 알 수 없었다.

"반다, 저기를 좀 봐."

멀리 바다 쪽에 짙은 회색 벽이 보이고, 그것이 강한 서풍에 밀려 이쪽으로 향해 오고 있었다.

"바다 안개입니다! 일주일에 두세 번 안개가 껴요!"

반다가 외쳤다.

두 사람이 얘기를 주고받고 있는 동안에도 바다 안개는 거대한 회색 커튼처럼 하늘을 뒤덮은 채 수평선으로 퍼져 나가며 가까이 다가왔다. 동시에 경비원의 목소리도 가까워졌다.

"저런 빌어먹을! 안개가 끼니 작업이 또 늦어지겠군그래. 사장이 신경질을 내겠는걸……."

"반다, 참 좋은 기회다!"

"기회라니요?"

"안개 말일세. 들키지 않고 빠져나갈 수 있을지도 몰라."

"아무런 도움이 안 된다고요. 안개는 조만간 걷힐 것이고, 우리는 꼼짝할 수 없어요. 경비원도 지뢰 때문에 움직이지 못하지만, 우리도 마찬가지예요. 안개 속에서 지뢰밭을 빠져나가려고 하다가는 10미터도 못 가서 산산조각 나버릴 거예요. 당신은 아직도 기적이 일어날 거라고 믿고 있나요?"

"그야 물론이지."

제이미가 대답했다.

머리 위의 하늘이 점점 어두워져 왔다. 안개는 재빨리 다가와서 바다를 뒤덮고 해변을 집어삼키려 하고 있었다. 가까워 옴에 따라 그 모습은 을

씨년스럽고 무시무시했지만, 제이미는 한편 기뻐하고 있었다.

'우리를 도와줄 거야!'

"이봐! 거기 두 사람! 너희들 거기서 뭘 하고 있는 거야?"

갑자기 부르는 소리가 들렸다. 제이미와 반다가 돌아다보니, 약 100미터쯤 떨어진 모래언덕 꼭대기에 소총을 든 제복 차림의 경비원이 서 있었다. 제이미는 해변을 돌아다보았다. 안개는 자꾸만 가까워오고 있었다.

"너희들 두 사람 모두 이리 와!"

경비원이 소리치면서 소총을 겨누었다.

제이미는 두 팔을 들어올리며 "다리를 삐었습니다!"라고 큰 소리로 대답했다.

"걸을 수가 없습니다."

"꼼짝 말고 거기 서 있어! 내가 갈 때까지."

경비원은 명령했다. 그러고는 총을 내리고 그들 쪽으로 걸어왔다. 제이미가 재빨리 등 뒤를 돌아다보니 어느새 안개는 해안까지 들어와 있었고, 계속 빠른 속도로 다가오고 있었다.

"뛰자!"

제이미가 반다를 보며 속삭이듯이 말하고는 냅다 해안을 향해 달리기 시작했다. 반다도 곧 그 뒤를 따랐다.

"이놈들, 거기 서지 못해!"

뒤이어 소총의 날카로운 발사음이 들리고 눈앞의 모래가 튀었다.

두 사람은 계속 달려서 거대한 검은 안개 커튼 속으로 돌진해 들어갔다. 소총탄이 다시 한 방 발사되며 좀 더 가까운 곳에 들어박혔다. 다음 순간 두 사람은 어둠의 장벽 안에 있었다. 바다 안개가 두 사람을 집어삼킨 것이다. 그 속은 숨이 막힐 정도로 차가웠고, 아무것도 보이지 않았으며, 마치 솜에 파묻혀 있는 것만 같았다.

멀리서 서로 주고받는 목소리가 안개에 메아리쳐서 모든 방향으로부터 울려왔다.
"크루거! 나 브렌트일세…… 내 말 들리나?"
"들린다……."
"놈들은 두 명이야."
처음 목소리가 말했다.
"백인과 흑인인데 놈들은 해변에 있어. 자네 부하를 부르게. 그놈들을 죽여야 해. 사살하라고!"
"내 손을 꽉 잡고 있게."
제이미가 손을 내밀며 속삭이자, 반다는 제이미의 팔을 꼭 잡았다.
"어디로 가는 겁니까?"
"여기서 탈출하는 거야."
제이미는 나침반을 들여다보았다. 바늘이 희미하게 보였다. 나침반이 동쪽을 가리킬 때까지 돌렸다.
"이쪽 방향이다……."
"안 돼요! 움직이면 안 됩니다. 경비원이나 개를 만나지 않는다 하더라도 지뢰밭에 당한다고요!"
"지뢰밭은 100미터 앞에 있다면서? 그럼 걱정할 것 없어. 자, 해변에서 떠나자고."
두 사람은 느릿느릿 낯선 고장을 걸어가는 장님처럼 더듬거리는 발걸음으로 사막을 향해 이동하기 시작했다. 제이미는 거리를 발로 재어나갔다. 그러면서 발이 푹푹 빠지는 모래밭을 걸어가면서 몇 발짝마다 멈춰 서서 나침반을 확인했다. 그리고 100미터쯤 되는 곳에서 다시 멈춰 섰다.
"여기서부터가 지뢰밭이 되겠지? 지뢰를 묻는 데는 정해진 패턴이 있을 거야. 생각나는 것이 있으면 무엇이든 말해보게."
"기도를 하는 게 오히려 나을걸요. 이 지뢰밭을 무사히 빠져나간 사람은 지금까지 한 사람도 없었어요. 지뢰는 10센티 깊이로 무수히 묻혀 있습니다. 안개가 걷힐 때까지 꼼짝하지 말고 있다가 그 다음에 어떻게든 합시다."

반다가 말했다.

제이미는 솜으로 싸여 있는 것처럼 목소리가 앞뒤에서 오고가는 것을 듣고 있었다.

"크루거! 연락을 끊지 말게……."

"알았네, 브렌트."

"크루거……."

"브렌트……."

안개의 어둠 속에서 오고가는 목소리를 들으면서 제이미는 탈출 가능한 모든 수단을 필사적으로 생각하고 있었다. 이대로 머물러 있더라도 안개가 걷히고 나면 눈에 띄는 대로 즉각 살해당할 것이다. 그리고 무모하게 지뢰밭을 걷는다면 산산조각으로 날아가 버릴 것이다.

"지뢰를 본 적이 있나?"

제이미가 속삭였다.

"몇 개 묻는 것을 도와준 일이 있습니다."

"어떻게 하면 폭발하지?"

"인간의 몸무게 정도면 폭발하죠. 80파운드 이상 되는 물건이 지나가면 꽝 하고 터집니다. 그래서 경비견들은 괜찮은 거죠."

제이미는 심호흡을 한 번 했다.

"반다, 잘하면 빠져나갈 수 있을지도 몰라. 잘 안되면 그것으로 끝장이겠지만 말일세. 나랑 내기해보겠나?"

"어떻게 할 생각인데요?"

"배를 깔고 기어서 지뢰밭을 돌파하는 걸세. 모래 위에서는 체중이 분산되니까 말이야."

"아이고, 맙소사!"

"내 아이디어를 어떻게 생각하나?"
"어차피 케이프타운을 떠날 때부터 뭔가 잘못되었었어요."
"해보겠나?"
제이미는 바로 옆에 있는 반다의 얼굴을 보려고 했지만 똑똑히 보이지 않았다.
"달리 방법이 없잖아요."
"그럼 결정되었네. 따라오게."
제이미는 조심조심 모래 위에 엎드렸다. 반다도 그것을 보고 심호흡을 한 다음 그 뒤를 따랐다. 두 사람은 천천히 기어서 지뢰밭을 건너가기 시작했다.
"움직일 때는 손이나 발로 땅바닥을 누르지 말고 몸 전체를 이용해야 하네."
반다는 아무 대꾸도 없었다. 그저 살아남아야 한다는 생각뿐이었다.

두 사람은 아무것도 보이지 않는 숨 막히는 잿빛 공간에 완전히 감싸여 있었다. 경비원이나 개들이 언제 달려들지, 언제 지뢰가 폭발할지 알 수 없었다. 그럴수록 제이미는 머릿속에서 공포를 씻어버리려고 안간힘을 썼다.
전진은 짜증이 나도록 지지부진했다. 두 사람 모두 셔츠를 입고 있지 않았으므로 움직일 때마다 모래에 벗겨진 배의 살갗이 쓰라리고 아팠다.
앞길이 절망적이라는 것은 제이미도 잘 알고 있었다. 충격을 받거나 지뢰에 의해 날아가지 않고 사막을 건넌다 하더라도, 그곳에는 철조망이 빈틈없이 쳐져 있었다. 게다가 입구는 망루 위로부터 감시당하고 있으며 안개도 언제 걷힐지 알 수 없었다. 지금이라도 안개가 걷히면 자신들의 모습은 금방 노출될 것이다. 그래도 그들은 희망을 잃지 않고 그저 묵묵히 기어서 전진해나갔다. 지금까지 어느 정도나 움직였는지 짐작도 할 수 없었지만 눈도 귀도 코도 온통 모래투성이가 된 채 묵묵히 전진했다. 그들은 이제 숨쉬기도 힘들었다.

"크루거…… 브렌트…… 크루거…… 브렌트."

두 사람은 몇 분마다 휴식을 취하고 나침반을 확인하고는 끝없이 포복전진을 되풀이했다. 좀 더 빨리 나가고 싶었지만 그렇게 되면 지면에 체중을 싣게 되어 지뢰를 폭발시키게 된다. 그 광경을 제이미는 마음속에 그려보았다. 그래서 천천히 페이스를 지키며 기어갔다. 이따금 다른 경비병들의 목소리도 들려왔지만, 안개 때문에 어느 방향에서 들리는지 알 수 없었다.

'지독히 넓은 사막이로군.'

그렇게 생각하자 제이미는 은연중 희망이 솟아올랐다.

'아무도 만나지 않을지도 몰라.'

그때 마침 커다란 광포한 그림자가 제이미에게 덤벼들었다. 갑작스럽고 너무나 순식간이었기 때문에 그는 막을 수가 없었다.

커다란 알자스 개의 이빨이 제이미의 팔을 물었다. 제이미는 다이아몬드 보따리를 놓고 경비견의 턱을 열려고 했지만, 한 손밖에 쓸 수가 없어서 뜻대로 되지 않았다. 따뜻한 피가 팔에서 흘러내렸다.

개의 이빨은 더욱 날카롭게 끝장을 내려는 듯이 살을 파고들어왔다. 제이미는 정신이 희미해졌다. 그때 꽝 하는 소리가 나고 다시 한 번 둔탁한 소리가 들렸다. 개의 턱이 맥없이 떨어져 나가며 풀썩 옆으로 쓰러졌다.

아픔으로 흐려진 제이미의 눈에 반다가 다이아몬드가 든 셔츠로 개의 머리를 내려치는 것이 보였다. 개는 끙 하고 단말마 비명을 지르고는 그 자리에 뻗어버렸다.

"괜찮습니까?"

반다가 걱정스러운 듯이 물었다.

제이미는 말을 할 수가 없었다. 그대로 그 자리에 누워 되풀이해서 엄습해오는 고통이 가라앉기를 기다렸다. 반다가 자기 바지를 찢어 제이미의 팔을 힘껏 묶어 지혈을 해주었다.
"빨리 나가야겠어요."
반다가 말했다.
"한 마리가 보였으니 이 근처에 다른 놈들도 있을 수 있어요."
제이미는 고개를 끄덕였다. 극심한 팔의 고통을 참으면서 천천히 다시 배를 깔고 기어가기 시작했다. 머리가 몽롱해진 그는 오로지 무의식적으로 손발을 움직일 뿐이었다. 어디선가 자신에게 명령하는 사람이 있는 것만 같았다.
'두 팔을 앞으로 내밀고 전진…… 두 팔을 앞으로 내밀고 전진…….'
끝없이 계속되는 고투의 방황이었다. 나침반을 확인하는 것은 반다의 역할이 되었다. 제이미가 엉뚱한 방향으로 가려고 하면 재빨리 그것을 바꾸어 주곤 했다. 경비원과 개와 지뢰밭에 둘러싸여 있는 가운데 오직 안개만이 두 사람을 지켜주고 있을 뿐이었다.
그들은 살아남기 위해서 계속 움직였으나 이제는 더 이상 움직일 수 없을 정도로 모든 힘을 써버리고 말았다. 두 사람은 그대로 잠이 들었다.
제이미가 잠에서 깨어나 보니 무언가가 달라져 있었다. 모래 위에 엎드린 몸은 뻣뻣하고 더욱 고통스러웠다. 도대체 여기가 어디인가 하고 생각해내려고 애썼다. 2미터쯤 떨어진 곳에서 반다가 자고 있는 것이 보였다. 그 순간 한꺼번에 기억이 되살아났다. 뗏목이 암초에 부딪쳐 박살이 나고…… 바다 안개가 피어오르고……. 그런데 뭔가 이상했다. 제이미는 몸을 일으켜 무엇이 어떻게 되었는지 골똘히 생각했다. 그때 속이 뒤집히는 것 같은 느낌이 들었다.
'반다가 보인다! 맞아! 아까부터 들었던 이상한 느낌은 안개가 개기 시작한 거였구나.'
제이미 가까이에서 사람의 목소리가 들렸다. 개기 시작한 안개를 통해

주위를 둘러보니 두 사람은 다이아몬드 광산 입구 가까이까지 와 있었다. 반다가 말한 대로였다. 높은 망루와 철조망 울타리가 있지 않은가. 60명 가량의 흑인 노동자 한 무리가 다이아몬드 광산에서 문을 향해 걸어가고 있었다. 일을 끝내고 다음 노동자들이 들어오는 참이었다.

제이미는 엉금엉금 반다에게로 기어가서 흔들어 깨웠다. 반다는 화닥닥 잠에서 깨어나며 몸을 일으켜서 망루와 입구를 바라보았다.

"이럴 수가! 조금만 더 가면 되는데!"

반다는 낭패한 표정을 지으며 투덜거렸다.

"잘된 거야. 그 다이아몬드 자루는 내게 주게."

그러자 반다는 셔츠뭉치를 건네주며 알 수 없다는 표정으로 물었다.

"어떻게 할 생각인데요?"

"따라오게나."

"문에는 총을 가진 보초가 있다고요. 놈들은 우리가 이곳 인부가 아니라는 걸 금방 알아차릴 거예요."

반다가 낮은 목소리로 말했다.

"바로 그거야, 내가 노리고 있는 게……."

제이미가 대답했다.

작업이 끝나서 돌아가는 한 무리와 지금부터 작업을 하러 가는 한 무리가 스스럼없이 인사를 나누고 있었다.

"자네 안됐군. 우리는 고마운 안개 덕분에 잠을 자면서 지냈다고."

"어떻게 안개를 끌어들여 왔지? 이 염병할 놈들아."

"하느님이 보호하셨지. 하지만 너희들 편은 들어주지 않을걸? 너희들은……."

제이미와 반다는 노동자들 틈에 섞여 보초가 있는 곳으로 걸어갔다. 두 사람은 문에 도달했다. 무장을 한 우람한 덩치의 보초 2명이 문 안쪽에 서 있었다. 신체검사를 하기 위해 돌아온 노동자들 한 무리를 함석으로 된 헛간에 밀어 넣고 있었다.

'벌거벗기고 신체검사를 철저히 한다고 했지.'

제이미는 손에 들고 있던 누더기 셔츠뭉치를 꽉 움켜쥐었다. 그러고는 인부들을 헤치고 보초 쪽으로 걸어갔다.

"저, 실례합니다. 일자리를 구하고 있는데요. 여기서 일하고 싶은데 어느 분에게 얘기를 해야 합니까?"

제이미가 말했다.

반다는 제이미의 행동을 조마조마하게 지켜보고 있었다.

보초는 고개를 돌려 제이미의 얼굴을 노려보았다.

"문 안으로 들어오면 안 돼. 너희들 뭘 하고 있는 거야. 여기서?"

보초는 누더기를 걸친 초라한 모습의 두 사람을 아래위로 훑어보았다.

"어쨌든 문 밖으로 나가 있어, 빨리!"

"그러지 마십시오. 쫓아내지 마십시오. 우리는 일자리가 필요합니다. 나는 사람들한테 얘기를 듣고서······."

제이미는 저항을 해보였다.

"이곳은 출입금지구역이란 말이오. 당신은 밖에 있는 간판을 보지 못했소? 자, 빨리 나가요. 당신 하인도 함께!"

보초는 작업을 끝낸 노동자들로 붐비는 커다란 화물 마차를 가리켰다.

"저 마차에 타면 포트 놀로스까지 데려다줄 거요. 일자리가 필요하면 그곳에 있는 사무소에서 응모 수속을 밟으시오."

"그렇습니까? 고맙습니다."

제이미는 인사를 했다. 그리고 반다에게 손짓을 하고, 여유만만하게 문을 빠져 나갔다.

보초는 그들의 뒷모습을 노려보면서 투덜거렸다.

"병신 같은 놈들! 글자도 못 읽는 모양이군그래."

10분 뒤, 제이미와 반다는 포트 놀로스를 향해 가고 있었다. 두 사람이

가지고 있는 다이아몬드는 대충 50만 파운드 값어치는 되었다.

*

훌륭한 마차가 클립드리프트의 먼지가 뒤덮인 큰 거리를 달리고 있었다. 마차를 끌고 있는 말 역시 반지르르하게 윤기가 도는 두 마리의 갈색 말이었다. 마부 석에는 날씬한 체격의 사나이가 앉아 있었다. 백발의 사나이는 그에 걸맞게 콧수염과 턱수염도 희었다.

입고 있는 것은 최신 유행인 잿빛 양복에 주름 잡힌 셔츠, 검은 넥타이와 유난히 반짝이는 다이아몬드 타이핀, 잿빛 중산모에 새끼손가락에는 커다란 다이아몬드 반지가 반짝이고 있었다. 사나이는 이 고장에 처음 온 것 같았지만, 그러나 그렇지 않았다.

클립드리프트는 제이미 맥그리거가 이 거리를 떠난 지 1년도 채 못 되는 사이에 많이 변해 있었다.

1884년, 클립드리프트는 텐트촌으로부터 훌륭한 도시로 발전을 거듭하고 있었다. 철도가 케이프타운에서 호프타운까지 개통되었고, 클립드리프트까지의 지선도 완성되었기 때문에 새로운 이민러시가 일고 있었다. 거리는 제이미가 있던 때보다 훨씬 더 북적거렸다.

예나 지금이나 사람들은 별 차이가 없었지만 어딘가 좀 다른 느낌이 들었다. 지금도 여전히 다이아몬드 채굴자들이 많이 있었지만, 정장을 한 신사들과 아름답게 꾸민 귀부인들이 거리를 왕래하고 쇼핑하는 모습이 많이 눈에 띄었다. 클립드리프트는 그럴듯한 도시로 변해가고 있었다.

제이미는 새로 생긴 3개의 댄스홀과 5, 6개의 술집을 지나쳤다. 교회와 이발관, '그랜드'라는 이름의 커다란 호텔도 최근 들어 세워진 듯했다.

제이미는 은행 앞에 말을 세우고는 마차에서 뛰어내려 그 고장 소년에게 고삐를 아무렇게나 내던졌다.

"말에게 물을 좀 먹여줘라."

그리고 그대로 은행으로 들어가 지배인에게 커다란 목소리로 말했다.

"10만 파운드를 예금하고 싶소이다!"

제이미가 예상한 대로였다. 소문은 눈 깜짝할 사이에 퍼져나가 제이미가 은행을 나와 선다우너 술집에 들어갔을 때, 그는 이미 화제의 중심인물이 되어 있었다. 술집의 내부 장식은 조금도 달라져 있지 않았다. 제이미가 술집에 들어가자 사람들의 호기심에 찬 눈길이 뒤따랐다. 스미트가 아첨어린 미소를 띠며 공손하게 인사했다.

"무엇을 드시겠습니까, 선생님?"

바텐더는 그를 전혀 알아보지 못하는 것 같았다.

"위스키를 주시오. 가장 좋은 것으로."

"알겠습니다, 선생님."

바텐더는 글라스에 술을 따랐다.

"이곳은 처음이십니까?"

"그래요. 처음이에요."

"다른 곳으로 가시는 중입니까?"

"아니, 투자하기 좋은 곳이라는 소문이 있어서……."

그러자 바텐더의 눈이 갑자기 번들거렸다.

"그렇습니다. 10만 파운드나……. 아니, 투자가에게는 유리한 돈벌이가 널려 있습지요. 제가 도움을 드릴 수 있을지도 모릅니다, 선생님."

"정말이오? 어떤 돈벌이인데요?"

스미트가 몸을 앞으로 쑥 내밀고 목소리를 낮췄다.

"이곳을 좌지우지하고 있는 사람과 잘 아는 사이입니다. 이 도시 시의회 의장이고, 시민위원회 위원장직도 겸하고 있는 사람으로 이 지방에서는 가장 유력한 인사입니다. 살로몬 반 데르 메르베라는 분으로……."

제이미가 술잔을 입에 갖다 댔다.

"들어본 적이 없는 이름인걸."

"거리 건너편에서 커다란 잡화점을 경영하고 있습니다. 좋은 정보를 제공해줄 것입니다. 만나볼 만한 가치가 있을 겁니다."

제이미 맥그리거는 다시 위스키를 조금 마셨다.

"그분을 이리로 데려다주겠소?"

바텐더의 눈길이 제이미가 끼고 있는 다이아몬드 반지와 타이핀에 힐끗 쏠렸다.

"알겠습니다, 선생님. 그런데 선생님 성함은?"

"트래비스요, 이안 트래비스."

"알았습니다, 트래비스 씨. 반 데르 메르베 씨는 틀림없이 만나겠다고 하실 겁니다."

바텐더는 다른 술병을 꺼내어 제이미의 글라스에 따랐다.

"기다리시는 동안 이것을 드시고 계십시오. 이것은 제가 대접하는 것입니다."

제이미는 카운터 앞에 앉아서 위스키를 마시고 있었는데, 술집에 있는 손님들의 눈길이 모두 자신을 주목하고 있는 것이 느껴졌다. 큰돈을 벌어서 클립드리프트를 떠난 사람은 많지만, 큰돈을 가지고 찾아온 사람은 지금까지 한 사람도 없었다. 그 고장 사람에게는 처음 있는 사건이었다.

15분쯤 뒤, 바텐더가 살로몬 반 데르 메르베와 함께 돌아왔다. 반 데르 메르베는 머리칼도 수염도 새하얀 사나이에게 다가가서 악수를 나누고 미소를 띠었다.

"트래비스 씨, 나는 살로몬 반 데르 메르베라고 합니다."

"이안 트래비스입니다."

제이미는 그가 자신을 알아보지 않을까 하고 바짝 긴장을 했으나 전혀 알아차리지 못하는 것 같았다.

'알아볼 턱이 없겠지.'

제이미는 생각했다.

18세의 희망에 불타는 청년의 옛 모습은 그 어디에도 남아 있지 않았다. 바텐더 스미트가 굽실거리면서 두 사람을 구석 테이블로 안내했다. 자리에 앉자 반 데르 메르베가 먼저 입을 열었다.

"클립드리프트에서 투자할 물건을 찾고 계시다면서요, 트래비스 씨?"

"돈벌이가 된다면 말입니다."

"내가 도와드릴 수 있을 겁니다. 하지만 조심해야 합니다. 이곳에는 질이 좋지 않은 사람들이 많으니까요."

제이미는 반 데르 메르베를 건너다보면서 말했다.

"그런 사람들도 있겠지요."

자기를 속여서 막대한 재산을 빼앗았을 뿐만 아니라 죽이려고까지 한 사나이와 마주 앉아 정중하게 얘기를 나누고 있다니, 그는 정말 믿어지지 않았다. 그에게 꼭 복수를 해야겠다는 절실한 욕구 하나만 가지고 지난 1년 동안을 살아온 것이다. 이제 겨우 복수의 첫발을 내디딘 셈이었다.

"상관이 없으시다면 투자액이 얼마나 되는지 말씀해주실 수 있겠습니까, 트래비스 씨?"

"처음에는 10만 파운드 정도 해보려고 합니다."

제이미가 대수롭지 않다는 듯이 말하자, 반 데르 메르베는 숨을 죽이고 혀를 핥았다.

"그 다음에 3, 40만 파운드를 더 투자할 생각을 갖고 있습니다만."

"그, 그 정도 예산이라면 틀림없이 잘될 겁니다. 물론 적절한 조언이 필요하겠지만요."

반 데르 메르베는 재빨리 덧붙였.

"투자 대상에 관해서 특별한 희망이라도 있습니까?"

"어떤 것이 좋을지 두루 살펴볼 생각입니다."

"그건 정말 현명한 생각이십니다."

반 데르 메르베가 고개를 끄덕이며 비굴하게 굽실거렸다.

"오늘밤 저녁식사나 함께 하면서 구체적으로 충분히 얘기를 나누는 게 어떠실는지요? 우리 딸아이는 꽤나 음식 솜씨가 좋은 편이지요. 당신 같은 분을 초대할 수 있으면 정말 영광이겠습니다."

"기대하고 있겠습니다, 반 데르 메르베 씨."

'내가 얼마나 고대하고 있는지 너는 잘 모를 거다.'

제이미는 웃으면서 마음속으로 소리쳤다.

막은 드디어 올라갔다.

나미브 사막의 다이아몬드 광산에서 케이프타운까지의 여행은 너무 순조롭고 유쾌했다. 제이미와 반다는 내륙을 향해 걸어가다가 작은 마을의 병원에 들러 제이미의 팔을 치료받고, 케이프타운 행의 엉성한 마차를 탔다.

여정은 멀고 고생스러웠지만, 그런 것은 이제 아무렇지도 않았다. 제이미는 케이프타운에 도착하자 플레이 거리에 있는 영국 국왕 수바지인 로열호텔 특실에 자리를 잡았다.

"이 고장에서 가장 유명한 이발사를 불러다주겠소?"

제이미는 지배인에게 주문했다.

"그리고 양복점과 구둣방에서도 오도록 수배해주시오."

"알겠습니다, 손님. 즉시 불러오겠습니다."

'돈의 위력이란 정말 대단한 것이구나!'

제이미는 생각했다.

특실의 욕조는 천국이었다. 제이미는 뜨거운 물에 몸을 담근 채 지난 몇 주일 동안 겪었던 도저히 믿기 어려운 사건을 돌이켜보았다. 반다와 둘이서 가까스로 뗏목을 만든 것이 겨우 몇 주일 전 일인데 몇 년이 흐른 것 같았다. 출입금지 구역으로 침입해 들어간 뗏목, 무시무시한 식인상어, 뗏목을 산산조각 내 버린 암초와 끔찍스러운 파도, 바다 안개에 갇혀 사투를 벌이며 지뢰 위를 기어간 일……. 사나운 맹견이 덮쳤던 일……. 소름끼치는 경비원의 목소리는 귀에 달라붙어 영원히 지워지지 않을 것 같았다.

'크루거…… 브렌트…… 크루거…… 브렌트…….'
그러나 특히 생각나는 것은 반다였다. 생사를 함께한 친구 반다…….
케이프타운에 도착했을 때 제이미가 말했다.
"나와 함께 있어 주게."
반다는 가지런한 흰 이를 드러내 보이며 웃었다.
"나는 당신과 함께 있으면 인생이 따분해요, 제이미. 어딘가 다른 곳에 가서 자극을 맛보고 싶어요."
"무얼 할 생각인가?"
"글쎄요. 우선은 당신에게 감사하고 싶어요. 멋진 경험이었어요. 뗏목을 타고 암초를 돌파하는 것은 정말 간단하더군요. 나는 농장을 살 거예요. 그리고 아내를 맞이해서 아이를 많이 낳을 생각입니다."
"좋아, 다이아몬드 감정소에 가서 자네 몫을 나누어주겠네."
"아닙니다. 그럴 필요 없어요."
반다가 그렇게 말하자, 제이미는 미간을 찌푸렸다.
"무슨 소리를 하는 거야? 다이아몬드 절반은 자네 것이야. 나도 자네도 이제 억만장자라고."
"그게 아니라니까요. 내 피부 색깔을 보세요. 제이미, 억만장자가 되면 내 인생은 3펜스 은화만큼의 가치도 없어진다고요."
"어딘가에 다이아몬드를 숨겨두면 되지 않겠어? 그리고……."
"약간의 농토와 아내를 얻기 위해서 소 두 마리를 살 수 있는 돈만 있으면 충분해요. 조그만 다이아몬드 두세 개만 주면 그것으로 족하다고요. 나머지는 당신 것이에요."

"그럴 수는 없어. 자네 몫까지 내가 가질 수는 없지."

"그만하면 됐어요, 제이미. 그 대신 당신은 살로몬 반 데르 메르베에게 복수를 해주겠죠?"

제이미는 반다를 지그시 한참 동안 응시했다.

"약속하겠어."

"그럼 됐어요. 여기서 헤어집시다."

두 사람은 서로의 손을 굳게 잡았다.

"또 만나요."

반다가 말했다.

"다음엔 좀 더 재미있는 모험을 하기로 하세."

반다는 작은 다이아몬드 3개를 조심스럽게 주머니에 챙겨 넣고는 떠나갔다.

제이미는 고향의 양친에게 2만 파운드를 은행에서 환어음으로 바꾸어 송금했다. 그리고 가장 비싼 말과 고급 마차를 사 가지고 클럽드리프트로 돌아왔다. 드디어 복수의 때가 온 것이다.

그날 저녁, 반 데르 메르베의 가게를 찾아간 제이미 맥그리거는 여러 가지 일이 한꺼번에 생각나서 지독히 불쾌한 기분이 되어버렸다. 그는 본심을 드러내지 않도록 자제심을 되찾기 위해 잠시 숨을 돌리지 않으면 안 될 정도였다.

반 데르 메르베가 가게 안쪽에서 황급히 나왔다. 그러고는 금세 얼굴에 웃음을 띠었다.

"트래비스 씨, 와주셔서 감사합니다."

"고맙습니다. 그런데 이름을 잊어서……."

"반 데르 메르베입니다. 살로몬 반 데르 메르베, 신경 쓰지 마세요. 네덜란드인 이름은 외우기가 좀 힘들지요. 저녁식사 준비는 다 되었느냐?

마가렛!"

반 데르 메르베가 제이미를 안쪽 방으로 안내하면서 딸의 이름을 불렀다. 무엇 하나 변한 것이 없었다. 마가렛은 난로 옆에 등을 돌리고 서서 프라이팬 위에 몸을 수그리고 있었다.

"마가렛, 이분이 내가 아까 말한 손님…… 트래비스 씨란다."

마가렛이 돌아다보았다.

"어서 오세요, 안녕하세요."

그녀도 그를 알아보는 듯한 기색은 전혀 없었다.

"만나 뵙게 돼서 반갑습니다."

제이미가 인사를 했다.

가게 쪽에서 손님이 찾는 소리가 들렸다.

"실례하겠습니다. 곧 돌아올 테니까 부디 편안히 앉아 계십시오, 트래비스 씨."

반 데르 메르베는 가게로 서둘러 나갔다.

마가렛은 김이 무럭무럭 나는 야채와 고기 그릇을 테이블에 갖다놓고 빵을 꺼내러 오븐 쪽으로 갔다. 제이미는 그녀를 조용히 바라보고 있었다. 이전에 만났을 때와는 달리 세월은 마가렛을 아름답게 피어나게 만들어 이전보다 훨씬 성숙한 여인이 되어 있었다.

"아버님은 당신이 음식을 잘 만든다고 자랑하시더군요."

마가렛이 얼굴을 붉혔다.

"그, 그렇게 하려고 노력은 하고 있지만……."

"가정에서 만든 음식을 먹어본 지가 꽤나 오래되었습니다. 그런 음식이 먹고 싶었습니다."

제이미는 커다란 버터 접시를 마가렛에게서 받아다 테이블 위에 놓았다. 그 순간 마가렛은 깜짝 놀라 하마터면 접시를 떨어뜨릴 뻔했다. 여자의 일을 도와주는 남자는 지금까지 본 적이 없었기 때문이었다. 마가렛은 놀란 눈으로 손님의 얼굴을 바라보았다.

찌그러진 코와 턱에 난 상처가 없으면 황홀할 정도로 미남자였을 것 같았다. 눈은 지성적인 밝은 잿빛이었으며 강인한 의지로 불타고 있었다. 흰 머리는 젊지 않다는 것을 말해주고 있었지만 한편 어딘가 젊음이 넘쳐흐르고 있었다. 훤칠한 키에 강인한……. 마가렛은 자신에게 쏟아지는 시선을 깨닫자 곤혹스러운 듯이 얼굴을 돌렸다.

반 데르 메르베가 손을 비비면서 종종걸음으로 돌아왔다.

"가게 문을 닫아버렸습니다. 자, 이리 앉아서 식사를 하십시다."

제이미에게 윗자리가 주어졌다.

"자, 기도를 합시다."

반 데르 메르베가 기도를 하자 두 사람도 눈을 감았다. 마가렛은 가늘게 눈을 뜨고 아버지가 기도를 드리고 있는 동안 줄곧 이 우아한 손님을 관찰했다.

"우리는 모두 당신의 눈에는 죄인들입니다. 주여, 우리는 벌을 받지 않으면 안 됩니다. 부디 이 지상에서의 어려움을 견뎌낼 힘을 주소서. 그리고 부름을 받았을 때 천국의 과일을 맛보도록 은혜를 내려주소서. 주여, 복에 복을 더하여 주신 것에 감사하옵니다. 아멘."

반 데르 메르베는 음식을 접시에 차례차례 나누었다. 이날 밤은 제이미에게 기분이 나쁠 정도로 많이 담아주었다. 두 사람은 음식을 먹으면서 얘기를 나눴다.

"이 고장에는 처음 오셨습니까, 트래비스 씨?"

"네, 처음입니다."

"부인은 함께 오시지 않은 것 같군요."

"아내는 없습니다. 결혼하겠다는 여성을 아직 만나지 못해서요."

제이미는 미소를 띠며 말했다.

'이 사람을 싫다는 여자가 있다면 그건 바보 천치일 거야.'

마가렛은 그렇게 생각했다. 그리고 자신의 생각이 손님에게 들키지 않으려고 시선을 아래로 떨구었다.

"이곳엔 기회가 많이 있습니다. 트래비스 씨, 많은 기회가요."

"여러 곳을 다니면서 둘러보고 싶군요."

제이미가 마가렛을 보자 그녀는 얼굴을 빨갛게 물들이고 있었다.

"상관이 없으시다면 어떻게 해서 재산을 모으셨는지 말씀해주실 수 있겠습니까?"

마가렛은 아버지의 무례한 질문에 당황했지만 손님은 신경을 쓰지 않는 것 같았다.

"부친의 유산을 상속받았습니다."

제이미는 태연하게 대꾸했다.

"아, 그러시군요. 그런데 제 눈에는 여러 가지 사업 경험이 있는 것 같아 보이는데요."

"얼마 되지 않습니다. 내게는 여러 가지로 조언이 필요합니다."

반 데르 메르베는 얼굴을 환하게 폈다.

"우리가 만난 것은 하느님의 도움인 것 같군요, 트래비스 씨. 나는 참으로 유익한 거래처를 가지고 있지요. 정말 수익이 높은 투자 업체입니다. 몇 개월 안에 당신의 돈을 배로 만들어 줄 수 있을 것 같습니다. 우리 두 사람에게 기념할 만한 날이 될 것 같군요."

반 데르 메르베는 몸을 앞으로 내밀고 제이미의 팔을 가볍게 두드렸다.

제이미는 잠자코 미소를 띠었다.

"묵고 계신 곳은 그랜드 호텔입니까?"

"네, 그렇습니다만."

"그곳은 터무니없이 비싼 곳입니다. 물론 당신 같은 분에게는 대단치 않겠지만……."

반 데르 메르베는 아첨하듯이 웃음을 띠었다.

제이미가 입을 열었다.

"이 도시의 교외 경치가 상당히 아름답다는 얘기를 들었습니다만, 내일 따님에게 안내를 부탁하면 실례가 될까요?"

마가렛은 한순간 심장이 멈춰버린 것 같았다.

반 데르 메르베는 눈살을 찌푸리면서 대답했다.

"난 괜찮지만 딸애가······."

어떤 남자라도 딸과 둘만이 있도록 하지 않는 것이 반 데르 메르베의 강철과 같은 방침이었는데, 트래비스라면 예외로 해도 괜찮지 않을까 하고 그는 생각했다. 너무 딱 잘라 거절하면 앞으로 일을 하는 데 곤란할 것 같았다.

"잠시 동안이라면 마가렛을 가게 지키는 일에서 해방하도록 하겠습니다. 손님을 잘 안내해드릴 수 있겠니, 마가렛?"

"아버님이 하라고 하시면 하겠어요."

마가렛은 일부러 태연한 척하며 대답했다.

"그럼 부탁하겠습니다. 내일 아침 10시가 어떨까요?"

제이미가 미소를 띠었다.

늘씬하고 우아한 옷차림의 손님이 돌아간 뒤, 마가렛은 테이블을 치우고 설거지를 어떻게 했는지 모를 정도로 완전히 들떠 있었다.

'그 사람은 나를 바보라고 생각했을 거야.'

마가렛은 자기가 무슨 얘기를 했는지, 실수를 하지나 않았는지 몇 번씩이나 생각해보았다. 그러나 아무런 얘기도 하지 않은 것이 생각났다. 마치 혀가 얼어 있었던 것 같았다. 왜 그랬을까? 지금까지 몇백 명이나 되는 남자 손님들을 가게에서 접대했지만 그렇게 바보처럼 멍하니 서 있었던 적은 없었다. 물론 가게에 온 사람 중에 트래비스 씨처럼 자신을 뚫어지게 쳐다본 사람도 없었지만 말이다.

'마가렛! 남자들은 모조리 악마다. 나는 순결한 너를 남자들에게 더럽

히게 하고 싶지 않다.'

아버지의 목소리가 마음속 깊은 곳에서 울리고 있었다.

그것이 타락이라는 것일까? 그 손님이 바라보았을 때 느낀 설렘과 같은 가슴 떨림이 타락이라는 것일까? 그렇게 생각하자 몸에 이상한 전율이 등줄기를 스치고 지나갔다. 마가렛은 3번이나 닦은 접시에 눈길이 머물다가 테이블로 돌아가서 앉았다. 어머니가 살아계셨더라면 얼마나 좋았을까 하고 생각했다.

'어머니라면 이해해주셨을 거야.'

마가렛은 아버지를 존경하고는 있었지만 때때로 자기가 죄수처럼 속박당하고 있다고 느낄 때가 많았다. 어떤 남자도 가까이 접근하지 못하게 하는 아버지는 참으로 곤란한 존재였다.

'나는 결혼도 할 수 없을 것 같아. 아버지가 돌아가시기 전에는……'

마가렛은 생각했다.

그런 반항적인 생각에 죄책감을 느낀 마가렛은 허둥지둥 식당을 나가 가게로 갔다. 아버지가 책상 앞에 앉아 매상을 계산하고 있었다.

"안녕히 주무세요, 아버지."

반 데르 메르베는 금테 안경을 벗고 눈을 비비고는 팔을 뻗어 마가렛과 잠자기 전의 포옹을 했다. 마가렛은 웬일인지 그날은 엉덩이를 빼고 엉거주춤한 자세가 되었다.

그녀는 커튼으로 칸을 막은 안쪽 침실에 혼자 있게 되자, 조그만 둥근 거울로 자신의 얼굴을 꼼꼼하게 살펴보았다.

결코 자신의 용모에 자신감을 갖고 있지는 않았다. 미인이라고는 할 수 없지만 그래도 귀염성은 있다고 믿고 있었다. 눈동자, 높은 광대뼈, 균형 잡힌 몸매, 마가렛은 얼굴을 거울 가까이 가져갔다. 이안 트래비스가 자기를 보았을 때 어떤 얼굴을 하고 있었을까? 침대에 들기 위해 마가렛은 옷을 벗기 시작했다.

모슬린 속옷을 벗고 벌거벗은 모습이 되자 몽상의 세계로 빠져 들어가 손을 천천히 가슴 위로 가져갔다. 젖꼭지가 딱딱해졌다. 그녀의 손이 다시 배로 미끄러져 내려가더니 어느새 그것이 트래비스의 손으로 바뀌어 있었다.

트래비스의 손은 조금씩 천천히 밑으로 내려가 마가렛의 사타구니에서 멎었다. 그리고 그곳을 부드럽게 만지고 살며시 쓰다듬고 누르고 비벼댔다. 그러다가 차츰 더 빠르고 강하게 동작을 계속했다. 마가렛은 환희의 소용돌이로 빠져 들어가 트래비스의 이름을 조그맣게 외치며 숨을 헐떡이다가 드디어 몸을 뒤로 젖혔다.

두 사람은 제이미의 마차를 타고 교외로 향했다. 제이미는 거리가 너무 많이 달라진 데 대해 새삼 놀라고 있었다. 이전에는 바닷가가 텐트로 이어져 있었는데 지금은 튼튼한 목조 건물이 늘어서 있고 지붕은 물결 모양의 함석지붕으로 바뀌어 있었다.

"클립드리프트는 굉장히 번영하고 있는 것 같군요."

제이미는 중앙로를 달리면서 말했다.

"새로 오신 분에게는 재미있는 고장이겠지요."

마가렛은 대답했다. 그러나 본심은 이렇게 고백하고 있었다.

'지금까지는 지긋지긋했지만 당신이 곁에 있으니 그렇지 않군요.'

두 사람은 시가지를 벗어나 바알강 기슭을 따라 채굴지로 갔다. 우기였으므로 물기를 가득 품은 넓은 전원지대는 정원처럼 아름다웠다. 세계 어느 곳을 가도 볼 수 없을 것 같은 진기한 식물이 여기저기 자생하고 있었다. 한 무리의 채굴자들을 지나치자 생각난 듯이 제이미가 마가렛에게 물었다.

"요즘에도 다이아몬드 광산이 발견되고 있습니까?"

"네, 가끔 있어요. 새로 발견했다는 뉴스가 전해질 때마다 다이아몬드 채굴자들이 수백 명씩 찾아오지요. 하지만 대부분은 돈을 모조리 써버리고 이 고장을 떠난답니다."

마가렛은 클립드리프트가 얼마나 위험한 곳인지 그에게 가르쳐줘야겠다고 생각했다.

"아버지는 내가 이런 말을 하면 싫어하시겠지만 다이아몬드는 위험한 사업이라고 생각합니다, 트래비스 씨."

"물론 사람에 따라서는 그렇겠지요."

제이미는 고개를 끄덕였다.

"오랫동안 머무르실 생각이세요?"

"네."

마가렛은 가슴이 뛰었다.

"잘됐네요."

그렇게 말하고는 당황해서 덧붙였다.

"아버지가 기뻐하실 거예요."

오전 내내 두 사람은 마차를 타고 다니다가 이따금 마차를 세우고는 다이아몬드 채굴자들과 이야기를 했다. 그들은 대부분 마가렛을 알고 있었으며 그녀와 예의바르게 대화를 나누었다. 마가렛에게는 아버지가 가까이 있을 때는 보이지 않던 따뜻함과 순진함이 있었다.

말을 달리면서 제이미가 물었다.

"모두들 당신과 친한 것 같군요."

마가렛은 얼굴을 붉혔다.

"아버지 사업 때문이죠. 다이아몬드 채굴자들에게 물건을 팔고 있으니까요."

제이미는 아무 말도 하지 않았다. 그는 지금 목격하고 있는 광경에 마음을 빼앗기고 있었다. 철도가 시가지의 모습을 이렇게도 바꿔놓을 수 있단 말인가. 드 비어스라는 신흥회사—처음으로 다이아몬드를 발견한 그 고장 지주의 이름을 따서 지었다—가 최대 경쟁회사인 버니 버나토를 매수했다. 그리고 몇백 개나 되는 작은 다이아몬드 경영회사를 흡수 합병하려 하고 있었다.

최근에는 킴벌리에서 그다지 멀지 않은 곳에서 금, 망간, 아연 등과 함께 발견되었다. 남아프리카는 천연 자원의 보고이며 이것은 시초에 불과하다고 제이미는 확신하고 있었다. 선견지명을 가진 사람에게는 헤아릴 수도 없는 엄청난 기회가 여기저기 굴러다니고 있는 것이다.

제이미와 마가렛이 돌아온 것은 늦은 오후였다. 제이미는 반 데르 메르베 가게 앞에 마차를 세웠다.

"아버님과 함께 오늘 저녁식사에 초대할 수 있다면 영광이겠습니다만……."

마가렛은 얼굴을 환히 빛내며 말했다.

"아버지께 전하겠습니다. 아마 초대를 기꺼이 받아들이실 거예요. 오늘 정말 즐거웠습니다. 트래비스 씨."

그녀는 날아가듯이 가게 안으로 들어갔다.

세 사람은 새롭게 단장한 그랜드 호텔 사각형의 넓은 홀에서 저녁식사를 했다.

식당을 가득 메운 손님들을 보고 반 데르 메르베가 중얼거렸다.

"모두들 어떻게 이런 곳에서 식사를 할 여유가 있는지 나로서는 알 수가 없군요."

제이미는 메뉴를 집어 들고 얼핏 가격을 살펴보았다. 스테이크가 1파운드 4실링, 감자가 4실링, 애플파이 한 조각이 10실링이었다.

"정말 도둑놈들이군. 여기서 몇 번만 식사를 했다가는 구빈원으로 가야 하는 신세가 되겠군요."

반 데르 메르베가 다시 불평을 늘어놓았다.

제이미는 어떻게 하면 살로먼 반 데르 메르베를 진짜로 구빈원으로 보낼 수 있을까 하고 생각했다. 하루빨리 그렇게 할 수 있기를 바랐다. 세 사람은 각기 주문을 했는데 반 데르 메르베는 가장 비싼 요리를 주문했고, 마가렛은 맑은 수프를 주문했다.

마가렛은 몹시 들떠 있어서 식사를 제대로 할 수가 없었다. 자신의 손가락에 시선이 가자 어젯밤의 행위가 생각나서 부끄럽기 짝이 없었다.

"맛있게 많이 들어주십시오."

제이미가 재촉했다.

"무엇이든 좋아하는 것이 있으면 또 주문해요."

마가렛에게 말하자 그녀의 얼굴은 새빨개졌다.

"감사합니다. 하지만 나는, 나는 정말로 배가 고프지 않아요."

반 데르 메르베는 딸의 얼굴이 빨갛게 상기된 것을 깨닫고 마가렛과 제이미를 탐색하듯이 번갈아보았다.

"우리 딸은 보기 드물게 순진하답니다. 보기 드물게 말이죠.."

제이미는 고개를 끄덕였다.

"나도 동감입니다. 정말 그렇군요, 반 데르 메르베 씨."

그 말을 듣자 마가렛은 너무 기뻐서 수프조차 먹을 수가 없었다. 이안 트래비스의 말이나 태도에서 자신에 대한 감정을 읽고 있었다. 그가 웃으면 '나를 좋아하나 봐.' 하고, 찌푸린 얼굴을 보면 '나를 싫어하는 걸까.' 하고 조마조마해했다.

식사를 하는 동안 마가렛의 감정은 변덕이 심한 온도계처럼 오르락내리락하고 있었다.

"오늘 재미있는 것이라도 보셨습니까?"

반 데르 메르베가 물었다.

"특별한 것은 별로……."

제이미는 시치미를 떼고 말했다.

반 데르 메르베는 몸을 앞으로 내밀었다.

"내가 하는 말을 잘 들으셔야 합니다. 이토록 급격하게 발전하고 있는 도시는 이 세상에 없을 것입니다. 지금 이곳에 투자해두는 것이 현명합니다. 철도 덕택에 이곳은 제2의 케이프타운이 될 테니까요."

"그럴까요?"

제이미는 의심스러운 듯이 말을 끌었다.

"이곳처럼 붐이 일어난 도시가 폐허가 되어버린다는 얘기를 많이 들었습니다. 유령도시에 투자하기는 싫습니다."

"클립드리프트는 그렇게 되지 않습니다. 다이아몬드 광산이 계속 발견되고 있는 데다 요즘엔 금광도 발견되고 있습니다."

반 데르 메르베가 강조하자, 제이미는 어깨를 으쓱했다.

"언제까지 계속될까요?"

"그야 물론 확실한 것은 아무도 모릅니다. 하지만……."

"그래요, 아무도 모르겠지요."

"서두르면 손해를 본다는 얘기도 있지만, 나는 당신이 이 좋은 기회를 놓치는 것을 그냥 보고만 있을 수 없어요."

반 데르 메르베는 서둘렀다.

제이미는 생각하는 체했다.

"과연 내가 판단을 지나치게 미루고 있는지도 모르겠군요. 마가렛 양, 내일도 이곳저곳을 안내해주시겠습니까?"

반 데르 메르베는 반대를 하려고 입을 열려다가 은행가인 소렌슨 씨가 한 말을 생각해냈다.

'그 사람은 이곳에 들어오자마자 10만 파운드를 아무렇지도 않은 듯이 맡겼다네. 정말일세, 살로몬. 게다가 더 큰 돈을 이곳에 맡기겠다고 하면서 말일세.'

반 데르 메르베는 욕심을 억제할 수가 없었다.

"물론이지요, 내일도 딸에게 안내를 시키지요."

이튿날 아침, 마가렛은 제이미를 만나기 위해 일요일에만 입는 가장 좋은 옷을 꺼내 입었다. 그때 아버지가 방으로 들어와서 그 모습을 보고는 얼굴을 붉히며 고함쳤다.

"너는 그 남자에게 타락한 여자처럼 보이고 싶은 거냐? 그런 식으로 화장을 하고 어쩌겠다는 거야? 이건 비즈니스야. 그 옷을 빨리 벗어버리고 평범한 옷으로 갈아입어!"

"하지만, 아버지."

"내 말대로 해!"

마가렛은 거역할 수가 없었다.

"알겠어요, 아버지."

20분쯤 지나, 반 데르 메르베는 마가렛과 제이미가 마차로 떠나는 것을 바라보았다. 그러나 왠지 모르게 잘못을 저지르고 있다는 느낌이 자꾸 들었다.

제이미는 어제와는 반대 방향으로 마차를 몰았다. 가는 곳마다 새로운 건물이 세워지고 있었고, 거리는 발전해가는 활기로 가득 차 있었다.

'천연자원의 발견이 이대로 계속된다면……'

확신할 만한 근거는 산더미처럼 있었다.

'다이아몬드나 금보다 오히려 부동산 쪽이 재산을 더욱 불려줄 것이다. 클립드리프트에는 좀 더 많은 은행이나 호텔이 필요하게 될 것이고, 그리고 술집이나 상점들, 창녀촌까지도…….'

생각하면 한이 없었다. 가능성은 무한했다.

그때, 제이미는 마가렛이 자기를 바라보고 있다는 것을 깨달았다.

"내 얼굴에 뭐라도 묻었나요?"

제이미가 물었다.

"아니에요, 그냥······."

마가렛은 허둥지둥 눈길을 돌렸다.

제이미는 마가렛의 얼굴과 눈이 기쁨으로 빛나고 있음을 알 수 있었다. 그녀는 자기를 남성으로 의식하고 가슴 설레고 있는 것이다. 제이미는 마가렛의 마음을 읽을 수 있었다.

정오가 되자 제이미는 중앙로를 벗어나 개울 근처 나무가 우거진 곳으로 마차를 몰고 가서 커다란 바오바브나무 아래 세웠다.

그는 호텔에서 싸온 점심 도시락을 꺼냈고, 마가렛은 식탁보를 펼치고 바구니 속의 음식물을 늘어놓았다. 구운 양고기, 프라이드 치킨, 샤프론 쌀밥, 마트로잼, 복숭아, 귤, 쇼트케이크, 아몬드를 바른 스파이스 쿠키······.

"어머나, 진수성찬이네요. 난 이런 것들을 먹을 만한 사람이 못 되는데······."

마가렛이 환성을 질렀다.

"아니오, 그 이상입니다. 좀 더 많은 것을 준비하려고 했는데······. 어서 드십시오."

제이미가 권하자 마가렛은 음식을 나누어 담으려고 얼굴을 그에게 가까이 댔다. 제이미는 그 순간을 놓치지 않고 재빨리 두 손으로 마가렛의 얼굴을 감싸 안고 자기 얼굴 가까이 끌어당겼다.

"마가렛, 나를 봐요."

"제발 부탁이에요, 나는······."

마가렛은 떨고 있었다.

"나를 자세히 봐요."

마가렛은 겁먹은 듯한 얼굴을 들어 제이미의 눈을 들여다보았다. 제이미는 재빨리 마가렛을 끌어안고 입술을 더듬었다.

"제발, 이러시면 안 돼요. 그럼 우리는 지옥에 떨어질 거예요."

"천국이겠지."

"무서워요."

"무서워할 것은 아무것도 없어요. 내 눈을 잘 봐요. 당신 마음을 꿰뚫어볼 수 있는 눈이에요. 내가 무엇을 꿰뚫어보았는지 당신도 알 거야. 당신도 우리가 서로 사랑을 주고받기를 원하고 있어. 그러니까 서로 사랑을 주고받아야지. 두려워할 것은 없어. 당신은 내 거야. 알겠지? 마가렛, 당신은 이제부터 내 거야. 자, 말해봐요. 나는 이안의 것입니다. 자, 나는 이안의 것입니다."

"나는 이안의 것입니다."

제이미는 입술로 마가렛의 입술을 더듬으며 어느새 손은 등의 단추들을 풀고 있었다. 마가렛은 눈 깜짝할 사이에 부드러운 산들바람 속에 알몸으로 세워졌다. 제이미는 조심스레 마가렛을 풀 위에 눕혔다. 소녀에서 여인으로의 전율로 몸 안이 달아올랐다. 마가렛은 지금까지의 인생에서 이때처럼 삶에 대한 충실감을 느껴본 적이 없었다.

'이 순간을 영원히 기억할 거야.'

마가렛은 생각했다.

풀 위에 누운 벌거벗은 살갗을 따뜻한 바람이 부드럽게 어루만져주었고, 바오바브나무가 두 사람 위에 그윽한 그림자를 드리워주었다.

두 사람은 다시 한 번 사랑을 나누었다. 그것은 좀 전보다 훨씬 멋진 것이었다. 마가렛은 생각했다.

'어떤 여인이 누군가를 사랑한다고 해도 내가 이 사람을 사랑하는 것만큼 깊게 사랑할 수는 없을 거야.'

한순간이 지나자 제이미는 억센 팔로 마가렛을 가슴에 꼭 끌어안았다. 마가렛은 이 시간이 영원히 계속되기를 바랐다. 그녀는 제이미를 보며 속삭이듯이 말했다.

"무얼 생각하고 계세요?"

제이미는 입가에 미소를 띠고 목이 잠긴 소리로 대답했다.
"죽을 정도로 배가 고프구나 하고 생각하고 있었지."

마가렛은 소리를 내어 웃었다. 두 사람은 일어나서 그늘에서 점심식사를 했다. 땀에 젖은 두 사람의 몸을 나무 사이로 비쳐드는 햇빛이 말려주었다. 제이미는 다시 그녀를 껴안았고, 그녀는 오늘 같은 날이 영원히 계속되었으면 좋겠다고 생각했다.

그날 저녁, 제이미와 반 데르 메르베는 선다우너 술집의 구석 테이블에 앉아 있었다.

"당신이 말한 대로였습니다. 이곳은 내가 생각하고 있던 것보다 훨씬 많은 가능성을 갖고 있었습니다."

제이미가 말했다. 그러자 반 데르 메르베의 얼굴이 환하게 퍼졌다.

"당신이 틀림없이 그것을 깨달을 거라고 믿고 있었습니다. 트래비스 씨, 당신은 현명한 분이군요."

"무엇에 투자해야 좋을지 조언해주시겠습니까?"

제이미가 물었다.

반 데르 메르베는 주위를 둘러보고는 목소리를 낮췄다.

"마침 오늘 프니엘 북쪽에서 커다란 다이아몬드가 새롭게 발견되었다는 정보를 입수했습니다. 아직 열 곳 정도 채굴권이 남아 있다고 합니다. 그것을 우리 둘이서 나누어 가집시다. 내가 다섯 곳의 채굴권에 5만 파운드를 낼 테니 나머지 다섯 곳에 당신이 5만 파운드를 투자해주십시오. 그곳에서는 다이아몬드가 굉장히 많이 나온답니다. 하룻밤 사이에 억만장자가 되는 겁니다. 어떻습니까?"

제이미는 반 데르 메르베의 수법을 훤히 들여다보고 있었다. 반 데르 메르베는 자신은 유리한 채굴권을 확보하고 제이미에게는 가망 없는 곳을 갖게 해서 파산시키려는 속셈이었다. 바꿔 말하면 반 데르 메르베가 자신은 1실링도 돈을 댈 필요가 없는 곳에 제이미를 끌어들여 목숨을 걸게 하려는 것이다.

"재미있을 것 같군요."

제이미가 말했다.

"그 채굴지에 다이아몬드 채굴자는 몇 사람이나 관계하고 있습니까?"

"두 사람뿐입니다."

"그런데 어째서 그렇게 많은 돈이 들죠?"

제이미는 모르는 척하고 물어보았다.

"과연, 꽤나 날카로운 질문을 하시는군요."

반 데르 메르베는 몸을 바로 일으켜 세웠다.

"알고 계시겠지만, 놈들은 채굴권의 가치는 잘 알고 있지만 애석하게도 경영해나갈 만한 자금이 없습니다. 우리가 노리는 약점이 바로 그것입니다. 우리가 그들에게 10만 파운드를 주어 땅을 사들인 다음 20퍼센트의 배당을 준다고 약속하면 모조리 우리 차지가 되는 거죠."

반 데르 메르베가 20퍼센트라는 숫자를 너무도 태연하게 말했기 때문에 제이미는 하마터면 듣지 못하고 흘려버릴 뻔했다. 채굴자들은 다이아몬드도 돈도 사기를 당하게 될 것이다. 송두리째 반 데르 메르베의 주머니로 흘러들어가고 마는 것이다.

"일을 서두르지 않으면 안 됩니다. 이 일이 다른 곳으로 새어나가기라도 한다면……."

반 데르 메르베가 재촉했다.

"그렇군요. 서둘러야겠군요. 다른 사람들 귀에 들어가기 전에."

제이미도 솔깃한 표정을 지어보였다.

반 데르 메르베는 싱글벙글 웃었다.

"걱정할 것 없습니다. 계약서를 작성해두면 문제는 없으니까요."

'전형적인 아프리칸스어로군.'

제이미는 마음속으로 그렇게 생각했다.

"그것 말고도 흥미를 끌 만한 건수가 두세 가지 있지요."

새로운 동업자를 즐겁게 해주는 것이 가장 중요했으므로 반 데르 메르베는 제이미가 마가렛에게 거리 주변을 안내하게 해달라고 부탁하면 이제는 기꺼이 승낙하지 않을 수 없게 되었다.

마가렛의 제이미에 대한 사랑은 날이 갈수록 깊어만 갔다. 하루가 끝났을 때 침대에 들어가서 생각하는 것은 트래비스였고, 하루의 시작인 아침잠을 깨어 생각하는 것도 트래비스였다.

제이미는 마가렛이 모르고 있던 관능의 세계로 그녀를 안내했다. 마가렛은 이미 자신의 몸이 무엇을 요구하고 있는지 알아버렸다. 지금까지 치욕스러운 행위라고 알아온 것도 제이미에게 해주면 모두 환희로 바뀌는 일이 되었다. 그것은 마가렛 자신에게도 커다란 기쁨을 주었다.

사랑은 탐험해야 할 멋진 미지의 세계였다. 비밀의 협곡, 사랑의 골짜기, 달콤한 벌꿀의 시냇물, 그러나 마가렛은 아직도 자신의 탐험에 만족하고 있지 않았다. 시가지 주변은 광활한 전원지대였으므로 두 사람은 자주 인적이 없는 장소를 찾아서 사랑을 나누었다. 그리고 마가렛은 언제나 맨 처음처럼 흥분했다.

그런 한편으로 마가렛은 아버지에게 받은 낡은 죄책감에 끊임없이 시달리고 있었다. 반 데르 메르베는 네덜란드 개혁 교회의 장로로서 그러한 행위를 죄악으로 간주했다.

만일 아버지가 마가렛의 행위를 알게 된다면 절대로 용서해주지 않을 것이다. 여자들에게는 다만 두 가지 종류밖에 없다고 생각하는 그였다. 제대로 된 처녀와 매춘부. 제대로 된 처녀는 결혼할 때까지는 어느 남자가 됐든 자기 몸을 만지지 못하게 하는 것, 그러니까 마가렛은 매춘부라는 딱지가 붙게 되는 셈이었다.

'이런 불공평한 일이 어디 있담! 사랑이란 아낌없이 주고받는 것, 이런 아름다운 것을 왜 죄악시하는지 몰라.'

마가렛은 그렇게 생각했다. 그러나 불안은 자꾸만 쌓여갔다. 견디다 못해 마가렛은 제이미에게 결혼 이야기를 꺼냈다.

마차가 바알강 기슭을 달리고 있을 때 마가렛이 제이미에게 말했다.

"이안, 내가 얼마나······."

마가렛은 어떤 식으로 계속할까 하고 망설였다.

"그러니까 당신과 나는······."

대담하게 마가렛은 말해보았다.

"결혼에 대해서 어떻게 생각하고 있나요?"

제이미는 웃으면서 대답했다.

"나는 찬성이야, 대찬성이지."

마가렛도 함께 웃었다. 마가렛의 인생에서 가장 행복한 순간이었다.

일요일 아침, 살로몬 반 데르 메르베는 마가렛과 함께 제이미를 교회로 초청했다. 네덜란드 개혁 교회는 고딕 양식의 당당한 건물로서 한쪽 끝에 설교단, 다른 한쪽에는 커다란 오르간이 놓여 있었다.

세 사람이 교회 안에 발을 들여놓자 참석자들은 저마다 경의의 눈길로 그들을 맞았다.

"이 교회를 세울 때 자금 원조를 했었지요."

반 데르 메르베가 자랑스럽게 말했다.

"게다가 나는 이 교회의 장로랍니다."

설교는 '유황과 불'(창세기 19장 24절)에 관해서였다. 반 데르 메르베는 목사의 한마디 한마디를 열심히 들으며 반추하듯 고개를 끄덕였다.

'놈은 일요일에는 신의 충복인 것처럼 행세하는군. 그리고 다른 날에는 악마의 앞잡이가 되는 건가?'

제이미는 냉소를 지었다.

반 데르 메르베가 두 사람 사이에 앉아 있었지만, 마가렛은 아버지 건너편에 있는 제이미만을 생각하고 있었다.

'다행이야……. 내 마음속을 목사님은 모를 테니 말이야.'

마가렛은 가슴이 두근거렸으나 마음속으로는 웃고 있었다.

그날 저녁 제이미는 선다우너 술집으로 갔다. 스미트가 카운터 안에서 칵테일을 만들고 있었다. 그는 제이미를 보자 애교 섞인 웃음을 띠었다.

"안녕하세요, 트래비스 씨. 무엇을 드시겠습니까? 항상 마시던 것으로 드릴까요?"

"아니, 오늘 저녁은 그만두겠소. 당신에게 할 얘기가 있어서……. 안쪽 방에서 얘기합시다."

"알았습니다."

스미트는 돈 냄새라도 맡았는지 조수에게 가게를 맡기고 그를 따라갔다. 안쪽의 방은 헛간 정도의 넓이였고 밀담에는 안성맞춤이었다. 스미트는 둥근 탁자 위에 놓인 램프에 불을 켰다.

"앉으라고."

제이미는 말을 놓았다. 그러자 스미트는 얌전히 앉았다.

"얘기가 좋은 얘기입니까? 나쁜 얘기입니까?"

"당신에게는 아마도 좋은 얘기가 되겠지."

스미트는 다소 굳었던 얼굴을 환하게 폈다.

"정말입니까, 선생님?"

"그래."

제이미는 담배를 꺼내 물었다.

"당신은 살려두기로 했어."

스미트의 얼굴에 곤혹스러운 표정이 스쳤다.

"무, 무슨 말씀이신지 모르겠습니다, 트래비스 씨."

"트래비스가 아니야. 내 이름은 맥그리거다. 제이미 맥그리거. 기억나겠지? 1년 전 당신이 살해하려던 인간이야. 반 데르 메르베의 명령으로 나를 헛간으로 유인해서 죽였지!"

스미트는 미간을 찌푸리고 수비 태세를 취했다.

"나는 무슨 소린지 도무지……."

"입 닥쳐! 내 얘기를 끝까지 들어!"

제이미의 목소리가 채찍처럼 울렸다.

스미트의 머릿속에서 기억의 톱니바퀴가 빙글빙글 돌고 있는 것이 제이미에게도 보였다. 스미트는 눈앞에 있는 백발의 사나이의 얼굴과 1년 전 앳된 청년의 얼굴을 억지로 일치시키려하고 있었다.

"나는 살아남았어. 게다가 이렇게 부자가 되었어. 이제 살인자를 고용해서 이 술집과 당신을 한꺼번에 태워 없애버리는 것은 식은 죽 먹기야. 알겠어?"

스미트는 이것저것 변명을 해보려고 했지만 맥그리거의 험악한 눈빛을 보고는 생각을 바꿨다.

"알겠습니다, 선생님."

"반 데르 메르베는 다이아몬드 채굴자들을 놈에게 보내게 하고 너에게 잔돈푼을 주고 있지? 그리고 그들을 속여서 몽땅 가로채고 있어. 대단한 놈들이야, 너희들은……. 대체 놈은 너에게 얼마를 주고 있지?"

침묵이 흘렀다. 스미트의 마음이 어느 쪽으로 붙을까 망설이고 있는 듯싶었다.

"얼마야?"

"2퍼센트입니다."

스미트는 마지못해 대답했다.

"나는 5퍼센트를 주겠어. 앞으로는 그럴 듯한 다이아몬드 채굴자가 오거든 내게 보내라고. 내가 다이아몬드 채굴자들을 원조해줄 테니까. 무엇이 다른지 알겠나? 그들에게 정당한 이익을 주고 너에게도 정당하게 지불해주겠어. 너는 반 데르 메르베가 정말로 이익의 2퍼센트를 지불해 준다고 믿고 있나? 그렇다면 너는 바보야."

"좋습니다. 트래비스, 아니 맥그리거 씨. 알겠습니다."

"아니야, 아직 모르고 있어."

제이미는 몸을 일으키고는 탁자 너머로 스미트를 노려보았다.

"넌 지금 이 얘기를 반 데르 메르베 놈에게 밀고하려고 생각하고 있지? 그럼 양쪽에서 돈을 받을 테니까. 만약 그렇게 하면 해결은 단 하나야, 스미트! 어디 해보라고. 너는 단박에 저세상에 가 있을 테니까."

제이미의 목소리에는 섬뜩한 서릿발이 서려 있었다.

＊

제이미가 옷을 입고 있으려니 조심스럽게 문을 노크하는 소리가 들렸다. 귀를 기울이자 역시 노크 소리가 맞았다. 제이미가 걸어가서 문을 열자, 그곳엔 마가렛이 서 있었다.

"들어와, 마가렛. 무슨 일이라도 있는 거야?"

제이미가 말했다.

마가렛이 그의 호텔 방으로 찾아온 것은 처음이었다. 그녀는 방 안으로 들어왔지만 막상 사랑하는 사람과 얼굴을 마주 대하니 무슨 말을 먼저 해야 할지 좀처럼 말을 꺼낼 수가 없었다.

마가렛은 이 얘기를 어떻게 이안에게 꺼내면 좋을까 하고 밤새껏 한잠도 못 자고 궁리했다. 이안 트래비스가 다시는 만나주지 않으면 어떡하나 하는 걱정도 했다.

"이안, 나 아기를 가졌어요."

그러자 트래비스의 표정이 너무도 담담했으므로 마가렛은 역시 자기는 버림받게 되는구나 하고 낙담되었다. 그런 마가렛의 근심을 날려 보내듯 갑자기 제이미의 얼굴에 기쁜 표정이 떠올랐다. 제이미가 마가렛의 팔을 움켜잡으며 소리쳤다.

"멋지군, 마가렛! 정말 잘됐어! 아버지에게도 얘기했어?"

마가렛은 또다시 걱정이 되었다.

"아니에요! 아직 아버지께는······."

마가렛은 빅토리아 왕조 풍으로 꾸민 초록색 비로드로 감싼 소파로 걸어가서 털썩 주저앉았다.

"당신은 우리 아버지를 몰라요. 아버지는, 아버지는 절대로 용서하지 않을 거예요."

제이미는 서둘러 셔츠를 입었다.

"자, 함께 가서 아버지에게 이 일을 얘기하자고."

"당신은 잘될 것이라는 자신이 있어요?"

"내 인생에서 가장 자신 있는 순간이야."

살로몬 반 데르 메르베가 다이아몬드 채굴자에게 말린 고기를 저울에 달아 팔고 있는 곳에 제이미와 마가렛이 들어왔다.

"아, 이안! 잠깐만 기다려요."

그는 손님과의 응대를 재빨리 끝내고 제이미 쪽으로 걸어왔다.

"날씨가 좋군요, 기분은 어떻습니까?"

반 데르 메르베가 인사를 했다.

"별로 좋지 않군요."

제이미는 즐거운 듯이 대답했다.

"당신 따님이 아기를 가졌어요."

갑자기 침묵이 흘렀다.

"나는 무슨 얘기인지 잘······."

반 데르 메르베가 더듬거렸다.

"매우 간단합니다. 내가 임신을 시켰지요."

반 데르 메르베의 얼굴에서 핏기가 싹 가셨다. 그는 믿을 수 없다는 눈초리로 두 사람의 얼굴을 번갈아 바라보았다.

"그, 그게 정말이오?"

살로몬 반 데르 메르베의 머릿속에서 상극되는 감정이 소용돌이쳤다. 자기의 소중한 딸이 순결을 잃고 더군다나 임신까지 했다니……. 엄청난 충격이었다. 자기는 이 거리에서 웃음거리가 된다. 그렇지만 잠깐, 이안 트래비스는 대부호가 아닌가. 둘이 빨리 결혼해버린다면? 반 데르 메르베가 제이미에게로 돌아섰다.

"당장 결혼해주겠지요, 당연한 일이지만."

제이미는 놀란 체하며 반 데르 메르베의 얼굴을 보았다.

"결혼이라고요? 자기 것을 당신에게 사기당한 멍청한 사내와 마가렛을 결혼시켜도 되겠습니까?"

반 데르 메르베의 머릿속에서 기억의 수레바퀴가 회전하기 시작했다.

"지금 무슨 얘기를 하고 있는 거요, 이안?"

"내 이름은 이안이 아니오."

제이미는 스코틀랜드 사투리로 떠들기 시작했다.

"나는 제이미 맥그리거다! 아직도 생각이 안 나는 모양이로군."

반 데르 메르베의 얼굴에 어리둥절한 표정이 떠올라 있었다.

"모르는 것도 무리는 아니겠지. 그 애송이 녀석은 죽었을 테니까 말이야. 네가 죽이게 했으니까. 그러나 나는 복수를 하려는 그런 쩨쩨한 인간은 아니다, 반 데르 메르베. 그렇지, 당신에게 선물을 한 거야. 당신 딸의 뱃속에 내 씨를 심어주었다고."

그렇게 말하고 제이미는 망연히 서 있는 두 사람을 남겨두고 가게를 뛰쳐나갔다.

마가렛은 충격에서 헤어나지 못한 채 도저히 믿을 수 없다는 표정으로 제이미의 말을 되씹고 있었다.

'지금 말한 것은 그의 본심이 아닐 것이다. 그이는 나를 사랑하고 있

어! 그이는…….'
살로몬 반 데르 메르베는 끓어오르는 분노를 참지 못해 딸에게 외쳤다.
"이 더러운 매춘부 같으니라고!"
그는 큰 소리로 고래고래 악을 썼다.
"이 매춘부야! 나가! 썩 꺼져버려!"
마가렛은 지금 일어나고 있는 일의 의미를 전혀 깨닫지 못한 채 꼼짝 않고 서 있었다.
'이안은 아버지가 저지른 일로 나를 책망했다. 이안은 내가 그 나쁜 일당의 한 사람이라고 생각하고 있는 거야. 제이미 맥그리거라니 도대체 누구일까? 누구지?'
반 데르 메르베가 딸의 뺨을 거칠게 때렸다.
"내가 살아 있는 한 너를 두 번 다시 보고 싶지 않다!"
마가렛은 목석같이 그 자리에 우두커니 서 있었다. 숨을 쉬기가 괴로웠다. 아버지는 미친 사람처럼 날뛰었고, 이윽고 마가렛은 얼굴을 돌리고는 뒤도 돌아보지 않고 도망치듯 가게를 뛰쳐나갔다.

살로몬 반 데르 메르베는 절망감에 사로잡혀서 그 자리에 선 채 딸이 나가는 것을 그냥 보고만 있었다. 다른 집의 딸이 부정을 저질렀을 때는 어떤 꼴을 당하는지 그는 잘 알고 있었다. 딸은 교회 안에서 많은 사람 앞에 세워진 채 모욕을 당한 다음 동네에서 추방당할 것이다. 그것은 치욕스러운 행위에 대한 당연한 벌이었다. 그러나 마가렛은 얼마나 온순하게 하느님을 공경하고 두려워하는 태도를 몸에 익혀왔던가.
'도대체 어떻게 하다가 일이 이 지경이 되었을까?'
반 데르 메르베는 딸이 벌거벗고 사내와 동물처럼 뒹구는 장면을 상상했다. 그러자 그는 자신의 남성이 솔직하게 반응하는 것을 느꼈다.
그는 가게 문에 '휴업'이라는 푯말을 내걸고 모든 의욕을 상실한 채 몸져눕고 말았다. 소문이 시내에 퍼져나가면 웃음거리가 될 것이다. 딸의 타락을 비난받든가, 동정을 받든가 둘 중 하나였다. 어느 쪽이든 참을 수 없는 일이었다.
'이 일이 누구에게도 알려지지 않도록 처리해야 한다. 그 매춘부와 의절을 하자.'
반 데르 메르베는 무릎을 꿇고 기도를 시작했다.
"오, 주여! 당신의 충실한 머슴에게 왜 이런 가혹한 벌을 내리시나이까. 왜 저를 버리시나이까. 딸년에게 벌을 내려주소서. 오, 주여! 저 두 사람에게 무거운 벌을……."

선다우너 술집은 점심식사를 하는 손님들로 가득 차 있었다. 제이미는 카운터까지 걸어간 뒤 돌아서서 모두를 둘러보며 입을 열었다.
"모두들 내 말을 들으시오!"
웅성거림이 낮아지고 이윽고 조용해졌다.
"이곳에 있는 모든 사람에게 술을 한 턱 내겠습니다."
"무슨 일입니까? 또 한탕 했나요?"
스미트가 물었다. 그러자 제이미는 큰 소리로 웃었다.
"그렇다고도 할 수 있지요. 친구들, 살로몬 반 데르 메르베의 시집 안 간 딸이 임신을 했답니다. 반 데르 메르베 씨가 모두에게 축하의 술을 마셔달라고 부탁했습니다."
"오, 하느님 맙소사! 아니 하느님은 관계가 없지. 제이미 맥그리거가 한 짓이니까!"
스미트는 중얼거렸다.
한 시간도 채 못 되어 그 얘기는 온 클립드리프트 안에 퍼져나갔다. 이안 트래비스가 제이미 맥그리거라는 사실과 함께. 더군다나 그 제이미가 반 데르 메르베의 딸을 임신시켰고, 마가렛 반 데르 메르베는 요조숙녀처럼 동네 사람들을 속여오고 있었다는 것…….

"그 처녀가 음탕하게 보이지는 않았는데?"

"얌전한 개가 부뚜막에 먼저 올라간다는 말이 있잖나."

"몇 명이나 되는 사내하고 그 짓을 했을까?"

"몸매가 그럴 듯했지. 나도 맛 좀 볼걸 그랬어."

"왜 부탁하지 않았나? 공짜로 하게 했을 텐데."

그렇게 말하며 남자들은 킬킬거렸다.

살로몬 반 데르 메르베는 이 엄청난 재난에서 가까스로 정신을 차려 오후에는 가게 밖으로 나가 보았다. 그는 다음 마차로 마가렛을 케이프타운으로 보낼 생각이었다. 마가렛이 그곳에서 사생아를 낳는다면 클립드리프트 사람들에게는 자신의 치욕이 알려지지 않고 끝날 수 있으리라. 그는 비밀을 가슴에 숨기고 일부러 미소를 얼굴에 띠고는 거리로 나갔다.

"안녕하세요, 반 데르 메르베 씨. 갓난아기 옷을 잔뜩 구입해놓으셨다면서요?"

"날씨가 좋군, 살로몬. 자네 가게에는 곧 조수가 한 사람 는다면서?"

반 데르 메르베는 비틀거리면서 가게 안으로 뛰어 들어가 빗장을 걸어 잠갔다.

제이미는 선다우너 술집에서 가십의 홍수에 귀를 기울이면서 위스키를 마시고 있었다. 반 데르 메르베의 딸이 임신했다는 뉴스는 클립드리프트 거리가 열린 이래 최대의 스캔들로, 사람들의 흥미는 대단했다.

'할 수만 있다면……. 반다를 이곳에 불러 즐기게 하고 싶은데…….'

제이미는 생각했다.

이것은 모두 반 데르 메르베가 반다의 누이동생과 제이미, 그밖에 많은 사람들에게 한 나쁜 짓에 대한 복수였다. 그러나 이런 것은 반 데르 메르베가 한 짓에 비하면 아주 보잘것없는 것이라고 생각했다.

'놈을 완전히 파멸시킬 때까지 나의 복수는 끝나지 않을 것이다.'

마가렛에 대해서도 제이미는 티끌만큼도 동정을 느끼지 않았다. 그녀도 아버지와 한패였으므로……. 처음에 만났을 때 그녀가 뭐라고 했던가.

'아버지가 도와줄지도 몰라요. 아버지는 무엇이든 잘 아시니까요.'

마가렛도 반 데르 메르베와 한패인 것이다. 함께 파멸시키는 것이 당연하지 않는가.

스미트가 제이미에게 다가와서 말했다.

"잠시 알려드릴 일이 있는데요, 맥그리거 씨."

"뭐야?"

스미트는 불안한 듯이 헛기침을 했다.

"프니엘 근처에 채굴권을 열 개 정도 가지고 있는 두 사람의 채굴자를 알고 있는데요. 다이아몬드는 나오는데 광산을 유지해나갈 만한 설비 투자금이 없어서 곤경에 빠져 있습니다. 원조해줄 사람을 찾고 있는데 도와주시겠습니까?"

제이미는 스미트를 노려보았다.

"그 얘기는 먼저 반 데르 메르베에게 한 것이었지?"

스미트는 깜짝 놀라며 고개를 끄덕였다.

"말씀하신대로입니다, 선생님. 하지만 당신에게 안성맞춤인 정보라고 생각했어요. 나는 선생님과 손잡고 싶습니다."

제이미가 담배를 꺼내자 스미트가 재빨리 불을 붙여주었다.

"얘기를 계속해보게."

스미트는 설명을 시작했다.

클립드리프트에서도 매춘은 어느 틈엔가 성행되고 있었다. 매춘부들의 대부분은 흑인 여자로, 뒷거리 지저분한 매춘 여관에서 손님을 받고 있었다. 백인으로서 제일 먼저 매춘을 시작한 것은 시간제 술집 여자들이었다. 그러나 다이아몬드 발견이 늘어나면서 거리가 발전해감에 따라 백인 매춘부의 숫자도 늘어갔다.

어느새 클립드리프트 변두리에는 5, 6개의 매춘 여관이 영업을 하고 있었다. 어느 집이나 판자로 둘러친 헛간으로, 지붕은 함석을 덮고 있었다.

단 하나 예외인 것은 마담 아그네스의 매춘관이었다. 중앙로 루프가에서 구부러진 브리 가에 있는 당당한 이층 건물로 그 고장 주부들도 태연하게 앞을 지나다닐 수가 있었다.

이 매춘관은 그런 주부들의 남편이나 거리의 방문자 중에서 여유가 있는 사람들을 상대로 영업을 하고 있었다. 상당히 비싼 요금을 받고 있었지만 여자들이 젊고 개방적이었기 때문에 돈에 버금가는 가치가 충분히 있었다. 고급스럽게 장식된 객실에서는 술이 나왔으며, 고용인들이 바가지를 씌우거나 잔돈을 속이거나 하지 못하도록 마담 아그네스가 엄격하게 다스리고 있었다.

마담 아그네스는 30대 중반의 명랑하고 억센 체격으로 빨간 머리의 여인이었다. 처음에는 런던의 매춘 호텔에서 손님을 받고 있었지만 클립드리프트와 같은 광산도시라면 큰돈을 벌 수 있다는 소문을 듣고 남아프리카로 흘러들어왔다. 그녀는 열심히 일을 해서 돈을 모아 가까스로 자기 사업체를 갖게 되었다. 장사는 시작하자마자 크게 번창했다.

아그네스는 자신이 남자를 보는 눈이 있다고 자부하고 있었다. 그러나 제이미 맥그리거만은 수수께끼였다. 그는 이따금 찾아와서는 돈을 물 쓰듯 하며 여자들에게도 명랑하게 대했다. 그러면서도 항상 멀리 손이 닿지 않는 곳에 진짜 자기를 놓아두는 면이 있었다.

아그네스가 끌린 것은 제이미의 눈이었다. 그의 눈은 어둡고 차고 속셈을 알 수 없는 색깔을 띠고 있었다. 여느 손님과 달리 제이미는 자기 자신이나 과거에 대해 일체 말하지 않았다.

아그네스는 몇 시간 전에 제이미 맥그리거가 고의로 반 데르 메르베의 딸을 임신시켰다는 얘기를 들었다. 더구나 그는 결혼을 거절했다고 하지 않는가.

'나쁜 놈 같으니라고!'

아그네스는 자신도 모르게 그에게 반감이 들었다. 그러나 그의 매력은 인정하지 않을 수 없었다. 아그네스는 제이미가 붉은 융단을 깔아놓은 계단을 내려오는 것을 보자 목례를 했다. 제이미는 정중하게 저녁 인사를 하고 밖으로 나갔다.

제이미가 호텔로 돌아가 보니 마가렛이 와 있었다. 그녀는 창밖을 뚫어지게 응시하고 있었다. 제이미가 들어가자 그녀가 돌아보며 인사했다.

"안녕하세요, 제이미."

마가렛의 목소리는 떨리고 있었다.

"여기서 뭘 하고 있는 거지?"

"얘기를 듣고 싶어서 왔어요."

"얘기할 것은 아무것도 없어."

"왜 당신이 이런 짓을……. 아버지를 증오하고 있죠?"

마가렛은 제이미에게 다가갔다.

"하지만 이 사실만은 알아주었으면 좋겠어요. 아버지가 당신에게 어떤 몹쓸 짓을 했다고 하더라도 나는 아무것도 모르는 일이에요. 부탁이에요. 나를 믿어주세요. 나를 미워하지 말아 주세요. 나는 이렇게 당신을 사랑하고 있어요."

"그건 당신 문제겠지."

"부탁이에요, 그런 눈으로 나를 보지 마세요. 나를 사랑했었잖아요."

제이미는 아무 소리도 듣고 있지 않았다. 머릿속에서 파아드스판으로의 그 처참한 도보여행을 생각하고 있었다. 둑 위의 암석을 움직이려다가 밑에 깔려 죽을 뻔했다…… 마침내 기적적으로 다이아몬드를 찾아내고…… 반 데르 메르베에게 건네주었더니 그놈은 말했었지. '자네가 착각을 한 걸세, 맥그리거. 나는 동업자 같은 것은 필요 없는 사람일세. 자네는 나를 위해서 다이아몬드를 캐러…… 거리를 떠날 때까지 24시간은 기다려주지.' 그리고 그 처절한 린치…… 독수리들이 냄새를 맡고 날카로운 부리로 무자비하게 살을 파먹던 일…….

마가렛의 목소리가 아득히 먼 곳에서 들려왔다.

"잊었어요? 나는…… 당신을…… 사랑하고 있어요."

제이미는 떠오르는 환상을 떨쳐버리고 마가렛에게 눈길을 돌렸다.

"사랑?"

그 단어는 무엇을 의미하는가. 반 데르 메르베가 제이미에게서 증오 이외의 모든 감정을 철저히 불태워버린 것이다. 오직 증오만으로 제이미는 목숨을 부지해온 셈이었다. 증오야말로 만능의 약이고 생명의 원천이었다. 상어와 격투를 벌인 것도, 암초를 돌파한 것도, 나미브 사막의 지뢰밭을 기어 다닌 것도 오직 복수해야 한다는 증오심 때문이었다.

시인은 사랑을 읊조리고 가수는 거기에 곡조를 붙여 노래한다. 아마도 사랑은 현실적으로 존재하는 것일 것이다. 그러나 그런 것은 다른 모든 사람을 위해 존재하는 것일 뿐 제이미 맥그리거에게는 존재하지 않았다.

"너는 살로몬 반 데르 메르베의 딸이야. 네 뱃속에 있는 것은 놈의 손자라고. 나가, 꺼져!"

마가렛에게는 갈 곳이 아무 데도 없었다. 마가렛은 아버지를 사랑하고 있었으므로 어떻게든 용서를 빌고 싶었지만 절대로 용서해주지 않을 것이라는 것도 잘 알고 있었다.

아버지는 마가렛을 생지옥으로 내쫓을 것이다. 마가렛에게는 선택의 여지가 없었다. 어딘가로 가지 않으면 안 되었다.

마가렛은 호텔을 나와 많은 사람들의 찌르는 듯한 시선을 받으면서 걷기 시작했다. 개중에는 친절한 척 웃어 보이는 사람도 있었지만 마가렛은 본 척도 않고 얼굴을 꼿꼿이 든 채 걸어갔다. 가게 앞에 이르러 잠시 망설였지만 마침내 결심을 하고 안으로 들어갔다. 어두컴컴한 가게 안쪽에서 아버지가 나왔다.

"아버지!"

"이런 화냥년 같으니라고!"

아버지의 모멸에 찬 목소리가 마가렛의 가슴을 파고들었다. 고함소리와 함께 위스키 냄새가 뿜어져 나왔다.

"이 고장을 떠나! 오늘 밤 안으로 당장 떠나란 말이다. 그리고 두 번 다시 돌아오지 마라. 알아들었어? 두 번 다시 나타나지 말란 말이다!"

아버지는 주머니에서 지폐를 꺼내 마룻바닥에 집어던졌다.

"이것을 갖고 꺼져버려!"

"제 뱃속에는 아버지의 손자가 있어요."

반 데르 메르베는 딸에게 다가와 주먹을 휘둘렀다.

"네가 나돌아 다니면 모두들 창녀라고 놀려댈 것이고, 나는 그때마다 망신을 당하게 된다. 네가 사라지고 나면 사람들도 잊어버릴 거다."

마가렛은 망연히 아버지를 바라보고 있다가 이윽고 뒤돌아서서 비틀거리며 밖으로 나갔다.

"돈을 갖고 가, 이 매춘부야!"

반 데르 메르베가 소리쳤다.


변두리에 싸구려 하숙집이 있었다. 마가렛은 어수선한 마음을 수습하지 못한 채 그곳으로 향했다. 그 집에 도착해 집주인인 오웬즈 부인을 찾았다.

부인은 몸집이 뚱뚱한 명랑한 얼굴을 한 50대 여인으로 클립드리프트까지 와서 남편에게 버림을 받았던 과거가 있었다. 나약한 기질의 여성이었다면 좌절했겠지만 그녀는 아픔을 견디고 살아남았다. 부인은 이 거리에서 참으로 많은 사람들이 재난을 당하는 것을 봐왔지만 지금 눈앞에 서 있는 17세의 소녀만큼 곤경에 처한 인간은 본 적이 없었다.

"나를 만나러 왔니?"

"네, 이곳이라면 일자리를 얻을 수 있지 않을까 해서요."

"일자리? 무슨 일을 하고 싶은데?"

"어떤 것이라도 좋아요. 저는 음식을 잘 만듭니다. 심부름도 할 수 있고 잠자리도 만들 수 있습니다. 제가…… 제가 할 수 있는 일이라면 어떤 것이든 상관없어요."

마가렛은 필사적으로 매달렸다.

"부, 부탁드려요."

오웬즈 부인은 눈앞에서 떨고 있는 소녀를 보자 마음이 아팠다.

"그래, 한 사람 정도라면 쓸 수 있겠지. 일은 언제부터 할 수 있지?"

마가렛의 얼굴이 환하게 밝아졌다.

"지금 당장이라도요."

"아가씨에게 지불할 수 있는 것은……."

부인은 소녀의 얼굴을 보며 재빨리 머릿속으로 계산을 했다.

"한 달에 1파운드 2실링 11펜스야. 자고 먹고 말이지."

"너무 과분할 정도예요."

마가렛은 기꺼이 대답했다.

살로몬 반 데르 메르베의 모습은 클립드리프트 거리에서는 거의 볼 수가 없게 되었다. 가게도 자주 '휴업' 푯말을 내걸었다. 그런 연유로 손님은 다른 가게에서 물건을 사가게 되었다.

그러나 그는 일요일이면 한 주도 거르지 않고 교회에 나갔다. 기도하기 위해서가 아니라 충실한 일꾼인 자신의 어깨에 지워진 부당한 사건을 하느님이 올바로 심판해주기를 간구하기 위해서였다. 반 데르 메르베의 부와 권력에 경의를 표하던 교인들도 지금은 그를 험담하며 경멸의 눈빛으로 바라보았다.

언제나 반 데르 메르베의 옆에 앉곤 하던 한 가족이 다른 자리로 옮겨갔다. 거기다 반 데르 메르베의 자존심을 완전히 짓밟은 것은 출애굽기와 에스겔서와 레위기서 3가지를 교묘하게 뒤섞은 목사의 천둥소리와 같은 설교였다.

"그대들의 하느님인 나는 아비가 지은 죗값을 그 자식에게 치르게 한다…… 그런고로 매춘부여, 주님의 말씀에 귀 기울여라. 왜냐하면 그대는 돈을 뿌리고 다니고 연인과 간음하고 그대의 수치스러운 살갗을 세상에 드러내는도다…… 주님은 모세에게 말씀하셨다. '그대의 딸을 더럽히게 하여 매춘부를 만들어서는 안 된다. 나라가 음탕한 땅으로 화하고 죄악으로 충만해버리지 않도록…….'"

반 데르 메르베는 그 후 두 번 다시 교회에 나가지 않았다.

살로몬 반 데르 메르베의 사업은 몰락해가는 데 반해서 제이미 맥그리거의 사업은 날로 번창해갔다. 다이아몬드 채취에 들어가는 비용은 채굴장이 깊어감이 따라 점점 불어갔다. 광산 경영자들은 그에 필요한 정밀한 설비를 조달하기가 힘겨워서 전전긍긍하고 있었다.

제이미 맥그리거가 광산 소유권 이전에 대한 재원을 제공할 것이라는 소문은 눈 깜짝할 사이에 퍼져나갔으며 제이미는 동업자를 매수해나갔다. 이익은 부동산이나 상거래나 금에 투자했다. 거래에 대해서는 지나치게 세심할 정도로 정직하게 처리했기 때문에 그의 평판은 높아갔고 사업은 확대되어갔다.

거리에는 2개의 은행이 있었다. 그중 한 은행이 경영 부주의로 업적이 시원치 않아지자 제이미는 은밀하게 은행을 사들인 다음, 부하를 파견해서 자신의 이름은 내지 않은 채 위기를 극복하게 했다.

제이미가 손을 댄 것은 모두 눈부실 정도로 번창해나갔으며 관계하는 것마다 성공했다. 그래서 어린 시절에 꿈꾸었던 이상의 부를 손에 넣게 되었다. 그러나 그에게 있어서는 성공도, 부도 대단한 의미를 갖지 못했다. 제이미의 성공의 저울은 단 한 가지 살로몬 반 데르 메르베를 파멸시키는 일, 그것밖에는 없었다. 복수는 아직도 시작에 불과했다.

이따금 제이미는 길에서 마가렛과 스쳐 지나갈 때도 있었지만 완전히 그녀를 모르는 척했다.

제이미는 그러한 우연한 만남이 마가렛에게 미치는 영향 따위에 대해서는 신경도 쓰지 않았다. 그러나 마가렛 쪽은 그렇지가 않았다. 제이미를 보면 숨이 막혀버려서 자신을 억제하기 위해 한참동안 그 자리에 서 있지 않으면 안 되었다.

마가렛은 아직도 제이미를 마음 깊이 사랑하고 있었다. 그 감정은 어떤 일을 당해도 변하는 것이 아니었다. 제이미가 아버지에게 복수하기 위해 자기 몸을 이용했다고 해도 마가렛은 그것 때문에 그를 미워할 수 없었다. 마가렛은 그것이 양날의 칼이 될 수 있다는 것을 알고 있었다. 이제 곧 아이를 낳는다. 그도 자신의 피를 받은 아기를 보면 결혼을 해주고 아이에게 이름도 붙일 것이라고 생각했다.

마가렛은 제이미 맥그리거 부인이 될 수만 있다면 더 이상 바랄 것이 없었다. 밤에 잠을 이루기 전에 그녀는 커다랗게 부푼 배를 쓰다듬으며 이렇게 속삭였다.

"우리들의 아들……"

그럼으로써 갓난애의 성별이 정해지는 것은 아니지만 마가렛으로서는 어떤 가능성에라도 걸어볼 수밖에 없었다. 남자라면 누구나 아들을 갖고 싶어할 것이라고 생각했기 때문이었다.

배가 점점 불러오자 마가렛의 불안은 더욱 커져만 갔다. 누군가와 얘기를 하고 싶어도 이 도시의 여성들은 하나같이 그녀를 외면했다. 그들의 신앙은 징벌만 가르칠 뿐 용서는 가르치지 않았다. 마가렛은 냉정하고 무관심한 사람들에게 둘러싸여 외톨박이였다. 밤이 되면 자신과 아직 태어나지 않은 자식 때문에 울기도 했다.

제이미 맥그리거는 클럽드리프트 중심가에 이층짜리 건물을 구입해서 성장을 거듭하는 사업의 거점으로 삼았다.
어느 날, 제이미의 주임 계리사인 해리 맥밀런이 의논을 하러 왔다.
"회사는 재통합을 하고 있는 중입니다만……."
계리사는 보고했다.
"생각해보겠네."
제이미는 이것저것 생각해보았다. 그의 뇌리에는 나미브 사막의 다이아몬드 해변의 경비원 목소리가 아직도 울리고 있었다.
'재미있겠군, 이것으로 정하자.'
제이미는 결심하고 계리사를 불렀다.
"새로운 회사명은 크루거·브렌트로 하세. 크루거·브렌트로 유한회사일세."

앨빈 코리가 보고를 하려고 찾아왔다. 그는 제이미 소유 은행의 지배인이었다.
"반 데르 메르베 씨의 대부 건입니다만……."
지배인이 말했다.
"그의 사업은 쇠퇴일로에 있습니다. 예전에는 좋은 고객이었습니다만 상황이 절박해졌습니다. 대부금의 상환을 요구해야 한다고 생각합니다."
"그럴 필요는 없네."
코리는 놀라서 제이미를 쳐다보았다.
"오늘 아침에도 왔었습니다. 좀 더 융자를 해달라고……."

"대부해주게. 놈이 원하는 대로······."
지배인은 일어섰다.
"무슨 일이십니까, 맥그리거 씨. 저는 안 된다고 할 생각이었는데요."
"아무 말 말고 잠자코 대부를 해주게."

마가렛은 매일 아침 새벽 5시에 일어나서 구수한 냄새가 나는 빵과 비스킷을 하나 가득 구워놓았다. 하숙인들이 아침식사를 하러 식당으로 들어오면 그녀는 오트밀과 햄버그, 메밀가루가 들어간 케이크와 롤빵, 그리고 커피와 음료를 시중들었다.

하숙인들은 대개 얼마간의 다이아몬드를 찾아내어 채굴권 등기를 마치거나 지금부터 등기를 하러 가는 사람들이었다. 그들은 이곳에 머무는 동안 자기들이 캐낸 다이아몬드를 감정 받고, 목욕을 하고, 술을 마시러 가고, 그리고 매춘 여관으로 가는 거칠고 무식한 모험가들이었다.

클립드리프트에서는 여염집 여자에게는 손을 대서는 안 된다는 불문율이 있었다. 여자 생각이 나면 매춘부를 찾아가야 했다. 그러나 마가렛 반 데르 메르베는 어느 쪽도 아니었다. 제대로 된 처녀라면 미혼인 채로 임신 같은 것을 할 리가 없지만 한번 몸을 버렸기 때문에 누구와도 자고 싶어할지 모른다는 생각에 손을 내미는 사내들이 끊이지를 않았.

채굴자들 가운데는 드러내놓고 뻔뻔스럽게 수작을 걸어오는 사내가 있는가 하면 교활하고 음험한 사내도 있었다. 마가렛은 그런 유혹을 말없는 엄격함으로 제압하고 있었다.

그러나 어느 날 밤, 오웬즈 부인이 잠자리에 들려고 할 때 안쪽 마가렛의 방에서 비명이 들려왔다. 여주인이 문을 박차고 방 안으로 들어가 보니 하숙인이었던 주정뱅이 채굴자가 마가렛의 잠옷을 잡아 찢으며 침대 위에서 엎치락뒤치락하고 있는 것이 아닌가.

오웬즈 부인은 성난 호랑이처럼 대뜸 부지깽이를 집어 들고 침입자를 내리쳤다. 부인의 몸은 사나이의 절반밖에 되지 않았지만 그런 것은 문제가 아니었다. 혼신의 분노를 담아 채굴자를 몇 차례 내려치니 그는 널브러졌다. 그녀는 기절한 사나이를 끌고나가 길거리에 내던지고는 황급히 마가렛의 방으로 돌아갔다. 마가렛은 손을 부들부들 떨면서 침입자에게 물린 입술의 피를 닦고 있었다.

"괜찮아, 마가렛?"

"네, 괜찮아요…… 죄송합니다, 부인."

뜻하지 않게 마가렛의 눈에서 눈물이 흘러내렸다. 어느 누구하나 말조차 걸어주는 사람이 없는데 이 부인은 이토록 친절하게 대해주었다.

오웬즈 부인은 마가렛의 부풀어 오른 배를 바라보며 생각했다.

'불쌍한 것 같으니라고. 언제까지 기다려봐야 제이미 맥그리거는 결혼을 해주지 않을 텐데…….'

출산일이 다가왔다. 그 즈음이 되자, 마가렛은 금세 피로해지고 몸을 구부렸다 폈다 하는 것이 무척 힘들었다. 유일한 즐거움은 뱃속의 아기가 움직이는 것을 느낄 때였다. 마가렛은 이 넓은 세상에서 오직 자기와 아기 둘만이 존재하는 것 같았다. 그래서 뱃속의 아기에게 많은 이야기를 했다. 태어나게 될 세상에는 재미있는 일, 즐거운 일이 많이 기다리고 있다고 몇 시간씩이나 얘기해주었다.

어느 날 저녁, 식사가 끝나고 쉬고 있는데 한 흑인 소년이 하숙집에 찾아와서 마가렛에게 봉함한 편지를 건네주었다.

"답장을 받아 가지고 오라고 했습니다."

마가렛은 편지를 읽고 나서, 다시 한 번 천천히 읽었다.

"좋아요, 대답은 예스예요."

마가렛은 대답했다.

그 주의 금요일 정오경, 마가렛은 마담 아그네스의 매춘관 앞에 서 있었다. 문 앞에는 '휴업'이라는 푯말이 걸려 있었다. 마가렛은 통행인들의 호기심에 찬 시선을 아랑곳하지 않고 머뭇거리며 문을 두드렸다. 그녀는 이곳에 오는 것이 잘못하는 것은 아닐까 하고 망설였었다. 하지만 너무 외로웠기 때문에 승낙을 했다.

편지에는 이렇게 적혀 있었다.


친애하는 반 데르 메르베 양

나와는 아무런 관계도 없는 일이지만, 우리 집에 있는 여자들과 나는 당신이 놓여 있는 불운하고 부당한 상황에 관해서 얘기를 나누었습니다. 모두들 너무 심한 처사가 아닌가 하고 생각하고 있습니다. 우리는 당신과 아기에게 뭔가 도움이 될 수 있었으면 하고 바라고 있어요. 형편이 닿는다면 당신을 점심식사에 초대하고 싶습니다. 금요일 정오는 어떻겠습니까?

마담 아그네스 드림


마가렛이 돌아갈까 말까하고 망설이고 있을 때 마담 아그네스가 문을 열었다.

"어머나, 오셨군요. 어서 와요, 너무 덥죠? 곧 시원하게 해드릴게요."

마담은 마가렛의 팔을 잡고 말했다. 그리고 빅토리아 왕조풍의 빨간색 소파와 테이블이 놓여 있는 응접실로 마가렛을 안내했다. 방 안은 리본과 만국기—도대체 어디서 구한 것일까—와 색색의 풍선으로 장식되어 있었다. 천장에는 플래카드가 매달려 있었는데, 거기에 서툰 글씨로 이렇게 쓰여 있었다.

'잘 왔다 아가야—꼭 사내아이일 거야—탄생을 축하한다.'

응접실에는 마담 아그네스 매춘관의 여자들 8명 전원이 모여 있었는데 그녀들은 키도, 나이도, 피부색도 가지각색이었다. 모두들 마담의 명령대로 이 장소에 알맞은 옷을 입고 있었는데, 수수한 평상복으로 화장도 하고 있지 않았다. 그 고장의 주부들보다 훨씬 품위 있어 보이는 그들을 보며 마가렛은 감탄했다.

그녀는 어떻게 하면 좋을지 몰라 초조해하며 방 안을 메우고 있는 여자들을 바라보았다. 그들 중에는 이미 알고 있는 얼굴도 있었다. 아버지 가게에 있을 때 만났던 사람이었다. 젊고 아름다운 여성도, 머리칼을 염색한 나이 많고 육감적인 여성도 있었다. 그러나 여성들 모두의 공통점은 마가렛에 대한 호의였다. 그녀들은 싹싹하고 따뜻하고 친절했다. 어떻게 해서든지 마가렛을 기분을 편안하게 해주려고 신경 쓰고 있었다.

여자들은 속된 말투를 쓰지 않으려고 애쓰고 있었고, '이 고장 사람들이 뭐라고 말하든 이 아가씨는 숙녀야.' 하고 마가렛과 자신들을 구별해서 행동하는 듯했다. 그리고 마가렛이 와준 것이 영광스러워 파티 분위기를 깨뜨리지 않기 위해 모두 열심이었다.

"맛있는 점심식사를 준비했어요. 당신이 배가 고팠으면 좋겠군요."

마담 아그네스가 말했다.

식당으로 안내되자 테이블 위에는 축제라도 되는 듯이 음식이 즐비하게 놓여 있었다. 마가렛의 좌석 앞에는 샴페인 병까지 놓여 있었다. 식당으로 가다가 마가렛은 이층 침실로 통하는 계단을 힐끗 쳐다보았다. 제이미가 이곳에 드나들고 있다는 것을 마가렛은 알고 있었기 때문에 어떤 여자를 상대하는 것일까 하고 생각했다. 아마 이곳 여자 전부일 거야. 자신에게 없는 것을 갖고 있는 이곳 여성들의 좋은 점은 무엇일까, 마가렛은 여성들의 행동을 조심스럽게 관찰했다.

가벼운 점심식사 예정이 대연회로 변했다. 차가운 수프와 샐러드부터 시작해서 신선한 잉어 요리가 나왔다. 그 다음은 감자와 야채를 곁들인 양고기와 오리고기, 마지막으로 와인에 적신 스펀지케이크에 치즈, 그리고 과일과 커피가 나왔다. 마가렛은 마음껏 먹었다.

주빈석에는 마가렛, 그 오른쪽에 마담 아그네스, 왼쪽에는 16세가량의 귀여운 블론드의 매기가 앉아 있었다.

처음에는 대화가 어색했다. 그들은 서로 얘기할 것이 엄청나게 많았지만 모두 마가렛에게는 들려줄 수 없는 내용이라 부득이 날씨나 클립드리프트의 장래, 남아프리카에 관해서 얘기를 나누었다. 그녀들은 그 방면의 전문가들에게서 직접 정보를 들은 것이므로 정치와 경제, 다이아몬드에 관해 놀랄 만큼 지식이 풍부했다.

그때 귀여운 매기가 말했다.

"제이미가 새로운 다이아몬드 광산을 발견했을 때……."

방 안이 갑자기 조용해졌다. 그녀는 자신이 실수한 것을 깨닫고 재빨리 덧붙였다.

"응, 우리 숙부인 제이미 말이에요, 우리 숙모와 결혼한……."

마가렛은 자기도 놀랄 정도로 갑작스러운 질투 감정을 느꼈다. 마담 아그네스가 서둘러 화제를 돌렸다.

식사가 끝나자 마담이 일어났다.

"이리로 와요, 모두들."

그들은 여주인의 안내를 받아 조금 전과는 다른 응접실로 들어갔다. 방 안은 아름답게 포장된 몇 개의 선물 꾸러미로 가득 차 있었다. 마가렛은 자신의 눈을 믿을 수가 없었다.

"뭐라고 말씀을 드려야 할지……."

"열어봐요."

마담이 재촉했다. 마가렛이 살며시 열어보니 요람과 손으로 만든 구두, 갓난아기 윗저고리, 자수를 놓은 모자, 역시 자수를 놓은 코트. 그리고 프렌치 키드 단추가 붙은 구두, 아기용 컵, 금 사슬, 빗, 은자루가 달린 브러시 등이 있었다. 구슬 테두리가 달린 턱받이, 흰색에 검은 테두리를 두른 흔들 말, 그 밖에도 장난감 병정에 나무 쌓기도 있었고, 특히 아름다운 것은 세례식 때 입힐 희고 긴 옷이었다.

마가렛은 뜻하지 않은 선물에 지난 몇 달 동안 줄곧 참아온 외로움과 쓰라린 기억이 한꺼번에 북받쳐 올라서 마침내 울음을 터뜨리고 말았다. 마담 아그네스가 마가렛의 몸에 팔을 두르고 여자들에게 말했다.

"모두들 자리를 비켜줘요."

여자들은 재빨리 방에서 물러났다. 마담은 마가렛을 긴 의자에 앉히고 울음이 그칠 때까지 어깨를 끌어안은 채 가만히 옆에 앉아 있었다.

"죄, 죄송합니다. 여기서 눈물을…… 흘리다니요."

마가렛은 흑흑 흐느꼈다.

"괜찮아요, 이 방에서는 여러 가지 문제가 생겨나고 또 사라져가는 것을 봐왔어요. 여기서 내가 얻은 교훈이 뭔지 알아요? 어찌된 영문인지 나중에는 모든 것이 잘 해결되더라고요. 당신과 당신 아기에게도 반드시 좋은 날이 찾아올 거예요."

"고맙습니다."

마가렛의 목소리는 갈라져 있었다. 그녀는 선물 꾸러미로 눈길을 돌리며 말했다.

"여러분에게 뭐라고 감사를 해야 할지……."

마담 아그네스는 마가렛의 손을 꼭 잡았다.

"괜찮아요. 이것을 모두 모았을 때 아가씨들과 나는 어찌나 즐거웠는지 당신은 모를 거예요. 이런 일을 할 기회가 우리에게는 좀처럼 없어요. 우리 중 누군가가 임신을 한다면 그야말로 서푼짜리 비극이지요."

여주인은 손으로 자기 입을 막았다.

"어머나, 미안해요."

마가렛은 환하게 웃었다.

"오늘은 제 인생에서 가장 멋진 날이었어요. 진심으로 감사드립니다."

"우리는 당신이 이곳을 와준 것을 정말 영광으로 생각하고 있어요. 당신은 말이에요, 이 고장 여자들을 모두 합친 것보다 가치가 있어요. 그 여자들이 하고 있는 것을 보고 있으면 모조리 죽여 버리고 싶을 정도예요. 그리고 당신만 괜찮다면 나는 똑바로 말하고 싶어요. 그래요, 제이미 맥그리거는 어리석기 짝이 없는 인간이라고요."

여주인이 일어났다.

"남자들! 남자 같은 것이 없으면 이 세상은 얼마나 살기 좋을까요. 약간은 쓸쓸하겠지만요?"

마가렛은 평정을 되찾았다. 그리고 몸을 일으켜 마담의 손을 잡았다.

"저는 오늘 일을 절대로 잊지 않겠어요. 제가 살아 있는 한. 언젠가 이 아기가 자라면 오늘 일을 꼭 얘기해줄 거예요."

마담 아그네스가 미간을 찌푸렸다.

"정말로 그렇게 할 거예요?"

마가렛은 미소를 지었다.

"네, 저는 꼭 아기에게 얘기해줄 거예요."

마담은 문으로 향해 가는 마가렛을 배웅하며 말했다.

"이 선물들은 당신 하숙집으로 마차에 실어 보낼게요. 행운을 빕니다."

"고맙습니다, 정말로 고맙습니다."

마가렛은 매춘관을 떠났다.

마담 아그네스는 문턱에 서서 뒤뚱거리며 걸어가는 마가렛의 모습을 한동안 바라보고 있었다. 그러고는 집 안으로 들어가 큰 소리로 외쳤다.

"자, 모두들 일을 시작해야지."

마담 아그네스의 매춘관은 여느 때처럼 영업을 시작했다.

\*

함정이 입을 벌릴 때가 찾아왔다.

지난 6개월 동안 제이미 맥그리거는 은밀하게 반 데르 메르베의 동업자들의 모든 사업을 매수하여 이제 뜻대로 그들을 조종할 수 있게 되었다. 그러나 제이미가 가장 집념을 불태운 것은 나미브 사막의 다이아몬드 광산을 사들이는 일이었다. 자신의 피와 용기, 그리고 생명까지도 건 광산이었다. 반다와 함께 훔쳐낸 다이아몬드를 이용하여 반 데르 메르베를 파괴할 왕국을 쌓아올려 이익은 충분할 정도로 손에 넣었지만 그래도 아직 완전하지는 못했다. 간신히 실행 준비가 갖춰진 것뿐이었다.

반 데르 메르베는 점점 더 깊이 빚의 수렁 속으로 빠져 들어갔다. 제이미가 비밀리에 소유하고 있는 은행을 빼놓으면 거리에서는 누구도 반 데르 메르베에게 돈을 꾸어주려고 하지 않았다. 그러나 은행 지배인에게 내리는 제이미의 지시는 변함없이 그가 원하는 만큼 돈을 융자해주라는 것이었다.

잡화점은 거의 매일 닫힌 채로 있었다. 반 데르 메르베는 아침부터 술을 들이켜고 오후가 되면 마담 아그네스의 매춘관으로 가서 자고 오기도 했다.

어느 날 아침, 마가렛이 푸줏간 계산대에서 오웬즈 부인이 주문한 영계를 포장해주는 것을 기다리고 있으려니 아버지가 매춘관에서 나오는 것이 보였다. 헝클어진 머리에 텁수룩한 노인이 거리를 걸어오는 것을 봤지만, 바로 아버지라는 것을 알아차리지 못할 정도로 초라한 모습이었다.

'제 탓입니다. 아, 하느님! 용서해주십시오. 모든 것이 제 탓입니다!'

그는 자신에게 무슨 일이 일어나고 있는지 잘 알지 못하고 있었다. 다만 자기는 아무런 잘못도 저지르지 않았는데 인생이 파멸로 향하고 있다는 것만 막연하게 느끼고 있었다. 하느님은 자신을 선택하신 것이다―욥을 선택하신 것처럼―자신의 신앙에 대한 충성심을 시험해보시기 위해서. 그러나 끝까지 모습을 나타내지 않는 적에게 이길 수 있을 것이라고 반 데르 메르베는 확신하고 있었다.

그가 원하는 것은 시간이었다. 시간과 자금이 있으면 어떻게든 할 수가 있다고 생각했다. 그래서 그는 잡화점을 담보로 잡혔다. 6개의 작은 다이아몬드 광산의 지주, 그리고 말과 마차도 담보로 넣었다. 드디어 그는 나미브의 다이아몬드 광산만 빼놓고는 모든 것을 잃었다. 그리고 그 광산마저 담보물로 잡혔을 때 제이미는 잽싸게 덤벼들었다.

"놈의 어음을 전부 회수하게."

제이미가 은행 지배인에게 지시했다.

"놈에게 전액 상환 유예를 24시간 주게. 못한다면 저당을 차압하게."

"맥그리거 씨, 그 사람에게는 그 정도의 돈을 마련할 길이 없습니다."

"24시간이야."

다음 날 오후, 정확히 4시에 은행지배인 보좌가 반 데르 메르베의 전 재산에 대한 압류 영장을 휴대한 법원의 집행관을 데리고 잡화점으로 들어갔다. 거리 맞은편 자신의 빌딩 사무실에서 제이미는 반 데르 메르베가 가게에서 쫓겨나는 것을 바라보고 있었다. 쫓겨난 노인은 작열하는 햇빛에 눈을 끔벅거리면서 우두커니 서 있었다. 그는 이제 알거지가 된 것이다. 제이미는 복수를 마쳤다. 그런데 이상하게도 제이미는 통쾌한 감격이 솟아오르지 않았다. 왜일까? 제이미는 자문했다.

그날 밤 제이미가 마담 아그네스의 매춘관으로 들어가자 여주인이 말했다.

"뉴스 들었어요, 제이미? 살로몬 반 데르 메르베가 한 시간 전에 자기 머리를 총으로 날려버렸다는군요."

장례식은 교외의 황량한 노천 묘지에서 거행되었다. 매장 인부 이외에 참석한 사람은 단 2명뿐이었다. 마가렛과 제이미 맥그리거였다. 마가렛은 배가 튀어나온 모습을 숨기기 위해서 헐렁한 검정색 옷을 입고 있었다. 임신 때문에 몸도 좋지 않았고 안색도 창백했다.

제이미는 조심스러운 태도로 먼 곳을 바라보면서 우아하게 서 있었다. 두 사람은 무덤을 사이에 두고 양쪽에 서서 조잡한 소나무 관이 무덤 속으로 들어가는 것을 지켜보고 있었다. 흙이 관에 떨어질 때마다 마가렛에게는 그 소리가 '매춘부! 매춘부!'라는 소리로 들렸다.

마가렛이 눈을 들어 무덤 건너편에 서 있는 제이미를 바라보자 두 사람의 시선이 마주쳤다. 제이미의 눈빛은 마치 모르는 사람을 보는 것처럼 차갑고 무표정했다. 그 모습을 본 마가렛은 제이미가 몹시 밉다는 생각이 들었다.

'당신은 무표정하게 그곳에 서 있지만 당신도 나와 마찬가지로 죄인이라고요. 우리 두 사람이 아버지를 죽인 거예요. 하느님이 보시기에도 나는 엄연히 당신 아내예요. 하지만 사실은 악행의 공범자이기도 해요.'

마가렛은 아직 완전히 메워지지 않은 무덤을 내려다보며 마지막 흙이 관에 덮이는 것을 하염없이 바라보았다.

"편안히 쉬세요."

마가렛이 기도했다. 그리고 얼굴을 들었을 때 제이미의 모습은 이미 사라지고 없었다.

클립드리프트에는 병원으로 사용되고 있는 2개의 목조 건물이 있었다. 그러나 어느 쪽이나 매우 더럽고 비위생적이어서 살아나는 사람보다 죽는 사람이 많았다. 그런 이유로 아기는 모두 집에서 낳고 있었다. 마가렛의 분만일이 다가오자 오웬즈 부인은 흑인 산파인 한나를 붙여주었다. 진통은 한밤중인 3시에 시작되었다.

"참아야 해요. 나머지는 하느님에게 맡겨두면 됩니다."

한나가 격려했다.

최초의 진통이 찾아왔을 때 마가렛의 입술에는 미소조차 떠올라 있었다. 아들을 낳으면 제이미에게 이름을 지어달라고 할 생각이었다. 제이미 맥그리거는 자기 자식만큼은 인지할 것이라고 마가렛은 확신하고 있었다. 태어나는 아이는 벌을 받을 이유가 없으니까.

출산은 몇 시간이나 걸렸기 때문에 몇 사람의 하숙인이 상태를 보러 마가렛의 침실로 들어오려고 했으나 그때마다 못 들어오게 했다.
"아들이었으면 좋겠는데……."
마가렛이 숨을 헐떡이며 말했다.
한나는 마가렛의 젖은 이마를 수건으로 닦아주었다.
"머리가 보이면 즉시 알려줄게요. 자, 힘을 줘요. 세게 좀 더 세게! 좀 더 좀 더!"
진통이 빨라짐에 따라 격통이 마가렛의 온몸을 꿰뚫었다.
'아, 하느님! 뭔가 이상해요.'
마가렛은 어딘가 정상이 아니라는 것을 깨달았다.
"자, 낳는 거예요!"
한나가 말했다. 그러더니 갑자기 한나가 당황하는 듯했다.
"어머나, 꼬여 있어서 꺼낼 수가 없어요."
마가렛은 어렴풋한 의식 속에서 한나가 몸을 구부리고 자기 몸을 비틀고 있는 것을 느꼈다. 차츰 방 안이 희미해져가고 그리고 갑자기 아픔이 사라졌다. 마가렛은 우주를 둥둥 떠다니고 있었다. 터널 출구에서 빛이 보이고 누군가가 손짓을 하고 있었다. 그래, 제이미가 부르고 있었다.
'귀여운 나의 마가렛, 내게 훌륭한 아들을 낳아주었군.'
제이미가 돌아와 준 것이다. 나는 이제 그를 미워하고 있지 않다. 아니야, 지금까지 한 번도 미워한 적이 없었어. 그때 마가렛은 무슨 소리를 들었다.
"이제 곧 나와요."
마가렛의 내부에서 무엇인가가 찢겨져 나가고, 그녀는 그 격통 때문에 비명을 질렀다.
"자! 태어납니다!"
한나가 소리쳤다.

한순간 뒤 마가렛은 자신의 사타구니에서 뜨거운 것이 흘러나오는 것을 느꼈다. 한나는 환성을 지르며 빨간 덩어리를 들어 올리면서 말했다.

"클럽드리프트에 잘 왔구나, 꼬마야. 부인, 사내아이입니다."

마가렛은 아들에게 제이미라고 이름을 붙였다.

갓난아기의 탄생 뉴스가 제이미에게 즉시 전해지고 그가 직접 마중을 오거나 심부름하는 사람을 보내거나 할 것이라고 마가렛은 기다리고 있었다. 그러나 몇 주일이 지나도 아무런 연락이 없자 마가렛은 제이미에게 편지를 보내기로 했다. 심부름을 보낸 소년이 30분 뒤에 돌아왔다.

마가렛은 그 대답을 학수고대하고 있었다.

"맥그리거 씨를 만났니?"

"네, 부인."

"그래서 편지를 전했어?"

"네, 부인."

"그이가 뭐라고 말하든?"

그녀가 쉴 새 없이 다그쳤기 때문에 소년은 자기도 모르게 더듬거렸다.

"그분이 말씀하시기를 내게는 자식 같은 것은 없다고 하셨습니다. 반데르 메르베 부인."

그날 마가렛은 온종일 방에 틀어박힌 채 밖으로 나오려 하지 않았다.

"아빠는 조금 기분이 나쁜 거야, 제이미. 아빠는 엄마가 뭔가 나쁜 일을 했다고 믿고 있단다. 하지만 아가는 아빠의 아들이니까 아가를 한 번만 보면 틀림없이 우리를 집으로 데려가줄 거야. 그리고 두 사람 모두 소중히 대해주실 거야. 그렇지, 아가야?"

아침이 되었다. 노크 소리가 나서 문을 열어보니 오웬즈 부인이 서 있었다. 마가렛은 이상하리만큼 침착했다.

"괜찮아요, 마가렛?"

"걱정해주신 덕분에 괜찮아요."

마가렛은 새 옷을 아들 제이미에게 입혀주었다.
"제이미를 유모차에 태우고 아침 산책을 다녀오겠어요."
유모차는 마담 아그네스와 그곳 여자들에게서 선물 받은 것으로 무척 예뻤다. 갈대 잎으로 짜이고 바닥은 등나무로서 튼튼한 핸들이 붙어 있었다. 기다란 주름장식도 화려했다.
마가렛은 유모차를 밀고 루프가의 좁은 보도를 걸어갔다. 이따금 낯모르는 통행인이 멈춰 서서 갓난아기에게 미소를 지어보였다. 그러나 그 고장의 대부분의 주부들은 마가렛을 보자 재빨리 얼굴을 돌리고 길 반대편으로 허겁지겁 도망쳐갔다.
마가렛은 그런 일에는 더 이상 신경 쓰지 않았다. 마가렛이 찾고 있는 것은 단 한 사람이었다. 마가렛은 기분만 좋으면 매일 아기에게 예쁜 옷을 입히고 유모차에 태워 산책에 나섰다. 그러는 동안 한 번도 제이미를 만날 수가 없었기 때문에 마가렛은 그가 자기를 피하고 있음을 뒤늦게 깨달았다.
'좋아. 아이를 만나러 오지 않는다면 아이가 찾아가면 되지.'
마가렛은 결심했다.
이튿날 아침 마가렛은 거실에 있는 오웬즈 부인에게 말했다.
"여행을 잠시 다녀올까 해요. 일주일쯤 걸릴 것 같아요."
"어머, 이런 갓난애를 데리고 여행을 가다니, 너무 일러요 마가렛."
"아기는 두고 갈 거예요."
오웬즈 부인이 얼굴을 찌푸렸다.
"여기에 놓아둘 생각이라고요?"
"아닙니다, 부인. 여기가 아니에요."

제이미 맥그리거는 클립드리프트가 내려다보이는 언덕 위에 새로운 집을 짓고 살고 있었다. 지붕이 급경사진 방갈로식 건물로, 안채를 중심으로 좌우로 날개를 펼친 것 같은 모양을 하고 있었다. 안채와 2개의 별채는 넓은 베란다로 이어져 있었다. 집 주위에는 초록색 잔디가 심어지고 나무와 장미 화단이 색색가지로 펼쳐져 매우 아름다웠다. 또 뒤쪽에는 마차 차고와 하인용 별채가 있었다. 집안일을 관장하고 있는 사람은 유지니아 탈레이라는 맹렬 타입의 중년 미망인으로 그녀의 6명의 자녀들은 모두 성장해서 영국에서 살고 있었다.

마가렛은 제이미가 이미 회사로 나간 시간을 겨냥해서 아침 10시쯤 아기를 안고 그의 집으로 찾아갔다.

현관문을 연 탈레이 부인은 놀라서 멍하니 마가렛과 갓난아기를 바라보았다. 눈앞에 서 있는 두 사람에 관한 일은 100마일 이내에 있는 사람이라면 누구나 알고 있었고, 탈레이 부인도 예외는 아니었다.

"미안하지만 맥그리거 씨는 집에 안 계십니다."

그녀가 문을 닫으려고 하자, 마가렛은 문틈을 비집고 몸을 디밀었다.

"맥그리거 씨를 만나러 온 것이 아니에요. 그 사람의 자식을 데려왔습니다."

"저로서는 어떻게 해야 할지……."

"나는 일주일쯤 다른 곳에 다녀올 일이 있습니다. 돌아오면 다시 찾으러 오죠."

마가렛은 아기를 탈레이 부인에게 떠맡겼다.

"아이의 이름은 제이미라고 해요."

탈레이 부인의 얼굴이 공포로 일그러졌다.

"아이를 여기다 놓고 가시면 안 돼요. 맥그리거 씨가 돌아오면 틀림없이 큰 소동이……."

마가렛은 굽히지 않았다.

"당신에게 달렸어요. 이 아이를 집 안에 들여놓게 되든가, 아니면 현관 바닥에 내버려두게 되든가 말이에요. 맥그리거 씨는 어떻게 하든 마음에 들어 하지 않겠지요."

그렇게 말한 뒤 마가렛은 아기를 부인의 팔에 밀어 넣고 그대로 돌아가 버렸다.

"기다리세요! 이런 억지가 어디 있어요! 돌아오세요! 여보세요!"

마가렛은 더 이상 뒤를 돌아다보지 않았다. 탈레이 부인은 팔로 어린 생명을 안은 채 망연히 서 있었다.

'아, 큰일 났네! 맥그리거 씨가 얼마나 화를 내실까.'

탈레이 부인은 제이미 맥그리거가 그렇게 화가 나서 미쳐 날뛰는 모습을 본 적이 없었다.

"어쩌다가 이런 얼간이 같은 짓을 한 거요? 문을 꽉 닫아걸었으면 되었을 것 아니오."

제이미의 분노에 찬 목소리가 온 집안에 울려 퍼졌다.

"그분이 그렇게 할 틈을 주지 않았습니다. 그분은……."

"그녀의 자식을 내 집에 놓아둘 순 없어!"

제이미는 재수 없는 아이를 떠맡은 가정부의 주위를 빙글빙글 돌거나 멈춰 서서 아우성을 쳤다.

"당장 당신을 파면시키고 싶지만……."

"일주일만 있으면 아이를 데리러오겠다고 말씀하셨습니다. 그때까지……."

"그녀가 언제 데리러오든 그런 것은 아무래도 좋아요. 그 아이를 집 밖으로 데리고 나가요. 지금 당장! 빨리 내쫓아요!"

제이미는 거친 목소리로 말했다.

"어떻게 쫓아내는지 가르쳐주시겠습니까, 주인나리?"

탈레이 부인은 어처구니가 없어서 대들다시피 물었다.

"길거리에 갖다 버려요. 아이를 버릴 만한 곳이 어딘가 있을 테지."

"그곳이 어디죠?"
"헛소리는 그만둬요. 내가 어떻게 그런 것을 안단 말이오!"
탈레이 부인은 팔에 안긴 어린 생명에게로 눈을 돌렸다. 악을 쓰는 소리에 아기가 놀라서 울기 시작했다.
"클립드리프트에는 아직 고아원이 없습니다."
부인은 갓난애를 달랬으나 울음소리는 점점 더 커져갈 뿐이었다.
"누군가 뒷바라지해주는 놈이 있을 거요."
제이미는 신경질을 참지 못해 머리칼을 쥐어뜯었다.
"시끄러워! 이젠 그만둬!"
제이미는 결단을 내렸다.
"당신은 인정이 많은 것 같으니까 그 아이를 돌봐요. 당신이 책임을 지라고요."
"네, 그렇게 하겠습니다."
"그 울음소리를 제발 어떻게 해줘요. 그리고 이것만은 명심해둬요, 탈레이 부인. 그 아이를 되도록 나한테서 멀리 해줘요. 그 녀석이 이 집안에 있다는 생각도 하기 싫으니까. 그리고 그 아이 어미가 아이를 데리러 와도 그 여자 따위는 보기도 싫으니까 알아서 처리해줘요. 알겠죠?"
"잘 알았습니다, 주인나리."
탈레이 부인은 황급히 방에서 나갔다.
제이미는 서재에 홀로 앉아서 브랜디를 마시면서 담배를 피웠다. 그리고 이렇게 중얼거렸다.
"어리석은 여자 같으니라고. 그 아이를 보면 내 마음이 풀어질 줄로 믿고 있나 보지? 자기를 찾아가서 '사랑하고 있어, 당신을. 사랑하고 있어, 아이를……. 결혼해주겠어?' 하고 말할 줄 알고?"
제이미는 아이를 한 번도 쳐다보지 않았다. 아이는 그와는 관계가 없는 것이다. 사랑하기 때문에 임신을 시킨 것도 아니고, 욕망이 있었던 것도 아니었다. 마가렛이 임신한 것을 알렸을 때 살로몬 반 데르 메르베의 얼굴을 잊을 수가 없었다. 그것이 시작이었고 나무 관에 흙이 덮일 때 막이 내린 것이다.

'그렇다! 사명이 끝났다는 것을 반다에게 알려주지 않으면 안 된다.'
제이미는 빈 껍질처럼 텅 빈 자신을 깨닫기 시작했다.

'새로운 목표를 찾아내야 한다.'
제이미는 원했던 것보다 훨씬 많은 부를 손에 넣었다. 그는 몇백 에이커나 되는 천연자원의 광산을 소유하고 있었으며 다이아몬드를 목적으로 매입한 광산에서 금이나 플래티넘, 그 밖의 희소가치가 높은 자원까지도 채굴되고 있었다. 제이미의 은행은 클럽드리프트의 재산 절반을 저당 잡고 있었고, 나미브에서 케이프타운에 이르기까지 광대한 지역을 소유하고 있었다. 그는 부에는 만족하고 있었지만 알 수 없는 뭔가가 채워지지 않고 있었다. 양친에게 이곳에 와서 함께 살자고 부탁해봤지만 그들은 스코틀랜드를 떠나고 싶지 않다며 거절했다. 형제와 누이는 결혼을 해서 이미 여기저기에서 생활을 꾸려나가고 있었다.

제이미는 양친에게 막대한 금액의 돈을 송금하고 그 일에 기쁨을 느끼고 있었지만 자신의 생활은 어떻게 해도 따분했다. 몇 년 전의 생활은 변화가 풍부했고 보람이 있었다. 살아 있다는 실감이 들었었다. 반다와 함께 뗏목을 타고 암초를 통과했을 때는 어떤 희열을 느낄 수 있었다. 지뢰 위를 기어서 사막을 빠져나갈 때도 살아 있다는 기쁨이 있었다. 그러나 벌써 오래전부터 그러한 느낌을 가지지 못하는 무의미한 생활을 계속하고 있었다.

제이미는 자신이 혼자라는 것을 인정하고 싶지 않았다. 책상 위의 브랜디 병에 손을 뻗었지만 이미 비어 있었다. 그는 일어나서 브랜디 글라스를 손에 들고 술병이 있는 주방으로 갔다. 브랜디 병마개를 열려고 할 때

'까르르 까르르' 하는 아기의 웃음소리가 들려왔다.
'그 아이로구나! 탈레이 부인이 아이를 자기 방으로 데리고 갔군.'
부인은 제이미의 명령을 충실히 따르고 있었다. 지난 이틀 동안 제이미는 침입자인 갓난아기의 얼굴을 보지 못했으며 목소리도 듣지 못했다. 탈레이 부인은 여성 특유의 본능으로 아기를 어르며 아기와 대화를 나누고 있었다.
"넌 정말 천사 같아. 그래, 너는 천사야."
아기는 또 까르르 웃어댔다. 제이미는 자신도 모르게 탈레이 부인의 방으로 다가갔다. 문이 열려 있어서 안이 들여다보였다. 부인은 어디선가 베이비 침대를 구해왔는지 그 안에 아이를 뉘어두고 있었다. 그녀는 아기에게 몸을 구부리고 자기 손가락을 아이의 손가락에 걸어 잡아당기고 있었다.
"힘이 세구나, 제이미. 이다음에 자라면……."
부인은 문턱에 서 있는 주인을 보자 황급히 입을 다물었다.
"어머! 미처 몰랐습니다, 주인님. 무슨 볼일이라도?"
부인이 말했다.
"아니오, 별로."
제이미는 아기가 뉘여 있는 침대 안을 들여다보았다.
"얘기 소리에 잠이 깼소."
제이미는 처음으로 자기 아들을 보았다. 아기는 상상했던 것보다 크고 건강해보였다. 더군다나 제이미에게 웃어 보이는 것 같았다.
"어머나, 죄송합니다, 주인님. 아주 똑똑한 아이예요. 게다가 얼마나 몸이 튼튼한지……. 손가락을 잡아보시면 힘이 정말 세다는 걸 아실 수 있을 거예요."
제이미는 한마디도 하지 않고 발길을 돌려 방을 나갔다.
제이미 맥그리거의 회사에는 50여 명의 직원이 있었고 각자가 역할에 따라 열심히 일하고 있었다. 중역으로부터 우편계 소년에 이르기까지 크루거 브렌트 유한회사가 얼마나 명성을 얻고 있는지 모르는 사람이 없었다. 모두가 제이미 맥그리거라는 이름에 커다란 긍지를 갖고 일하고 있었다. 제이미는 최근에 데이비드 블랙웰이라는 16세 소년을 고용했다. 데이비드는 오리건 주에서 남아프리카로 다이아몬드를 찾으러 온 미국인 직공장의 아들이었다. 아버지인 블랙웰이 돈을 모조리 써버렸기 때문에 제이미는 부친을 고용해서 광산 한 곳을 운영하도록 했다. 아들인 데이비드는 여름 동안에만 회사에 일을 하러 왔는데 일솜씨가 훌륭해서 제이미가 정식으로 채용을 했다.

젊은 데이비드는 지적이고 사람들에게 호감을 주는 구석이 있었으며 게다가 통솔력도 지니고 있었다. 입이 무거운 면에서도 정평이 나 있었으므로 제이미는 그에게 특별한 심부름을 시키기도 했다.

"데이비드, 오웬즈 부인 하숙집에 갔다오너라. 그곳에 마가렛 반 데르 메르베라는 여자가 있을 게다."

만약 데이비드 블랙웰이 마가렛의 이름이나 현재의 사정을 알고 있었다면 그에게 그런 지시는 하지 않았을 것이다.

"네, 사장님."

"내 말을 잘 들어. 반드시 그 여자와 직접 만나서 얘기해야 한다. 그녀가 우리 집 가정부에게 아이를 맡기고 갔어. 그러니까 그녀에게 전해. 오늘 아이를 데리고 우리 집에서 썩 꺼지라고 말이야."

"알겠습니다."

그로부터 30분쯤 뒤 데이비드가 돌아왔다. 제이미는 사장실 책상 너머로 데이비드를 바라보았다.

"사장님, 죄송합니다. 말씀을 전하지 못하고 왔습니다."

제이미가 자리에서 일어났다.

"왜? 간단한 심부름일 텐데."

"반 데르 메르베 양은 그곳에 안 계셨습니다."
"그렇다면 찾아야 될 것 아닌가."
"반 데르 메르베 양은 이틀 전에 클럽드리프트를 떠났다고 합니다. 돌아오시는 것은 5일 후랍니다. 만약 그 이상의 조사를 명하신다면……."
"아니야, 됐어."
"그럼 실례하겠습니다."
소년은 사장실을 나갔다.
'재수 없는 여자 같으니라고! 돌아온 다음에 혼쭐을 내줘야지. 아이를 다시 돌려보내주고 말 테다!'
그날 저녁, 제이미는 집에서 혼자 저녁식사를 했다. 서재에서 브랜디를 마시고 있으려니 탈레이 부인이 집안일을 보고하러 왔다. 보고하는 도중 부인이 갑자기 입을 다물고 귀를 곤두세웠다.
"죄송합니다, 주인님. 제이미가 우는 것 같군요."
부인이 허둥지둥 방을 나갔다. 그러자 제이미는 화가 나서 글라스를 탁자에 세게 부딪히며 내려놓았다. 브랜디가 마룻바닥에 쏟아졌다.
"저 빌어먹을 애새끼가! 그년은 보란 듯이 제이미라는 이름까지 붙였군. 나와는 눈곱만치도 닮지 않았는데, 닮은 곳이 어디 있다고……."
10분쯤 뒤에 탈레이 부인이 서재로 돌아왔다.
"다시 한 잔 따라드릴까요?"
바닥에 쏟아진 브랜디를 보고 그녀가 말했다.
"그럴 필요 없소."
제이미는 쌀쌀하게 내뱉었다.
"필요한 것은 당신이 누구를 위해 일하고 있는가를 인식하는 일이오. 저 아이 때문에 내 일이 지연되는 것은 일체 용서 못해요. 알겠죠, 탈레이 부인?"
"네, 주인님."

"당신이 끌어들인 저 아이가 빨리 없어져야만 우리는 평화를 되찾을 수 있는 겁니다. 알겠어요?"

탈레이 부인의 입가에 긴장이 감돌았다.

"잘 알았습니다. 다른 볼일은 없으신지요?"

"없어요."

부인이 방을 막 나가려고 할 때 제이미가 불렀다.

"탈레이 부인."

"네, 주인님."

"방금 아이가 울었다고 했죠? 어디가 아픈 것은 아니오?"

"아닙니다, 주인님. 기저귀가 젖어서 그랬습니다. 갈아달라고 울었던 것 같습니다."

제이미는 이런 화제가 짜증스러웠다.

"알았어요, 그만 가 봐요."

제이미는 이 저택의 고용인들이 떠들어대고 있는 소문을 들었다면 틀림없이 미친 듯이 화를 냈을 것이다. 주인님은 무정하기 짝이 없는 사람이라고 모두들 생각하고 있었다. 그러나 그런 말을 입에 올렸다가는 당장 파면 당한다는 것도 잘 알고 있었다.

제이미 맥그리거는 다른 사람의 충고를 순순히 받아들이는 타입의 인간이 아니었다.

다음 날 밤, 제이미는 늦게까지 회의를 했다. 그는 새로운 철도에 투자하기로 했다. 나미브 사막의 자신의 광산에서 디아르까지 철도를 부설해서 케이프타운-킴벌리 선에 연결하는 것뿐이었지만 그것에 의해 다이아몬드와 금, 그리고 다른 광물들을 항구까지 싼 가격으로 수송할 수가 있는 이점이 있었다.

남아프리카의 철도는 1860년에 던바에서 포인트까지 개통되었고, 그 이후 케이프타운에서 웰링턴을 향해 새로운 노선이 뻗어나갔다.
철도는 인간이나 물자가 남아프리카의 심장부를 자유롭게 돌아다닐 수 있는 철로 만들어진 동맥이 되어가고 있었다. 제이미는 그 일익을 담당할 기회를 노리고 있었다. 하긴 이번 투자는 제이미의 원대한 계획 가운데 조그만 일부에 지나지 않았다.
'다음에 노려야 할 것은……. 해운업이다. 해양을 건너 천연 자원을 운반해갈 선박을 갖는 것이다.'
제이미는 골똘히 생각했다. 그는 밤늦게 집에 돌아오자 옷을 벗고 침대로 기어들어갔다. 침실은 런던의 디자이너를 불러다가 크고 웅장하게 설계를 해서 만들었고, 침대는 케이프타운에다 특별 주문한 것이었다. 또 방 한쪽에는 엄청나게 큰 스페인제 골동품 옷장이 있었는데 거기에 50벌의 양복과 30켤레의 구두가 들어 있었다.
제이미는 옷차림에는 안목이 없어서 덮어놓고 숫자만 많으면 만족스러워했다. 오랜 세월 누더기를 걸치고 살아온 탓이었다.
막 잠이 들려고 하는데 아련히 울음소리가 들리는 것 같아 정신이 번쩍 났다. 제이미는 몸을 일으켜 다시 귀를 기울여보았다. 그러자 아무 소리도 들리지 않았다. 그 아이의 울음 소리였을까? 침대에서 떨어졌는지도 모른다. 탈레이 부인은 한번 잠이 들면 깊이 잠드는 타입이었다. 자신의 집에서 저 아기에게 무슨 일이 일어났다가는 큰일이었다. 그 책임은 자신이 뒤집어쓰게 될 것 같았다.
'정말 답답하군.'
제이미는 그렇게 생각하면서 가운을 걸치고 슬리퍼를 신고는 집안을 가로질러 탈레이 부인의 방으로 향했다. 닫힌 방문 앞에서 귀를 기울였지만 아무 소리도 들리지 않았다. 살며시 문을 열어보았다. 부인은 코를 골면서 깊이 잠들어 있었다. 그는 아기 침대로 다가가 안을 들여다보았다. 아기는 똑바로 누워 눈을 동그랗게 뜨고 놀고 있었다.

제이미는 좀 더 얼굴을 가까이 가져가 자세히 보았다. 닮았다. 똑같았다! 분명히 자신의 턱과 입모양을 하고 있었다. 아기는 조그만 손을 공중에서 내두르며 옹알옹알 소리를 내면서 제이미를 바라보았다.

'대견한 녀석이야. 칭얼대지도 않고 잘 놀고 있군.'

제이미는 생각했다. 그는 더욱 가까이 다가가 아기를 들여다보았다.

'그래, 이 녀석은 맥그리거야, 틀림없어.'

제이미는 조심스럽게 손가락을 내밀었다. 그러자 아기는 그것을 두 손으로 움켜잡고는 잡아당겼다.

'녀석, 황소처럼 힘이 세구나.'

제이미는 생각했다.

그때 갓난아기에게서 나는 퀴퀴한 냄새가 코를 찔렀다.

"탈레이 부인!"

부인이 놀라서 뛰어 일어났다.

"무, 무슨 일입니까?"

"아기 시중을 들어야지요. 모든 것을 꼭 내가 지시해야만 합니까, 이 집에서는……."

제이미는 한마디 핀잔을 주고는 유유히 방을 나갔다.


"데이비드, 갓난아기에 대해서 알고 있는 것 있나?"

"갓난아기의 무엇에 관해서 말입니까, 사장님?"

"그러니까 어떤 걸 가지고 놀고 싶어한다든가 그런 것 말이야."

데이비드가 대답했다.

"아주 조그만 아이라면 딸랑이가 좋지 않을까요?"

"그럼 한 열 개쯤 사와라."

"알았습니다, 사장님."

데이비드는 쓸데없는 질문은 하지 않았다. 제이미는 그것이 마음에 들었다. 데이비드 블랙웰은 출세의 계단을 오르기 시작했다.

그날 밤, 제이미가 작은 갈색 꾸러미를 안고 집으로 돌아오니 탈레이 부인이 사과를 하러 왔다.

"어젯밤에는 죄송했습니다, 주인님. 어떻게 하다 제가 그렇게 깊이 잠들었는지 모르겠네요. 아기가 무엇엔가 놀라서 비명을 질렀나 봅니다. 그 소리가 주인님에게까지 들렸던 모양이죠?"

"이젠 됐어요. 집안의 누군가가 알아차리면 되는 것 아니오."

제이미는 정색을 하며 말하고는 꾸러미를 부인에게 건네주었다.

"이것을 아이에게 줘 봐요. 그 녀석이 갖고 놀 수 있는 딸랑이예요. 하루 종일 침대에서만 지내는 것은 죄수처럼 따분할 테니까 말이오."

"어머, 아기는 죄수와는 다릅니다, 주인님. 제가 밖에도 데리고 나가니까요."

"어디로 데리고 나간다는 거죠?"

"정원뿐입니다. 그곳에 있으면 지켜볼 수가 있어서요."

제이미는 약간 얼굴을 찌푸렸다.

"어젯밤에 보았을 때는 몸이 좋지 않은 것 같았는데……."

"그랬습니까?"

"음, 안색이 좋지를 않았어요. 아이 엄마가 찾으러 오기 전에 병에 걸리게 되면 곤란하지 않겠습니까?"

"어머, 그럴 리가 있습니까, 주인님."

"내가 다시 한 번 살펴보는 것이 좋을 것 같군요."

"그렇게 하시지요. 이곳으로 데리고 올까요?"

"그렇게 해주겠소?"

"네, 당장 데려오겠습니다."

부인은 얼른 달려가서 어린 제이미를 안고 돌아왔다. 그리고 아기에게 푸른색 딸랑이를 쥐어주었다.

"얼굴색은 좋아 보입니다만."

"그래요. 내가 잘못 봤는지도 모르겠군요. 잠깐 내게 줘보겠소?"

부인이 신중하게 아기를 건네주었다. 제이미는 처음으로 자기 자식을 팔에 안았다. 묘한 감촉이었다. 뭐라고 형용할 수 없는 감동이 전신을 꿰뚫고 지나갔다. 이 순간을 오랫동안 기다려 온 것 같은, 이 순간을 위해 지금까지의 인생이 있었던 것 같은 그런 이상한 느낌에 압도당하고 말았다. 지금 자신이 가슴에 안고 있는 것은 자신의 피이자 살이었다.

'내 자식 제이미 맥그리거 2세가 아닌가. 내 뒤를 이을 자식이 없다면 다이아몬드도, 금도, 재산도, 왕국도 무슨 가치가 있단 말인가. 내가 어리석었어.'

바로 조금 전까지도 자신은 완벽하다고 생각하고 있었다. 그러나 제이미는 증오 때문에 아무것도 볼 수가 없게 되어 있었다. 조그만 얼굴을 들여다보고 있는 사이, 제이미의 마음속 깊은 곳에 뭉쳐 있던 완고한 응어리가 봄눈 녹듯이 사라져버렸다.

"제이미의 침대를 내 침실로 옮겨주지 않겠소? 탈레이 부인."


사흘 뒤 마가렛이 맥그리거의 저택 현관에 나타나자 탈레이 부인이 접대를 했다.

"맥그리거 씨는 사무실에 나가셨습니다. 그리고 당신이 아이를 데리러 오면 회사로 연락하라고 하셨습니다. 당신에게 얘기할 것이 있다고 하시더군요."

마가렛은 어린 제이미를 팔에 안고 거실에서 기다리고 있었다. 막상 갓난아기를 떼어두고 있자니 견딜 수 없이 외로웠다. 아이에게 무슨 일이 일어나고 있는 것은 아닐까, 병에 걸린 것은 아닐까, 사고를 당하지는 않았을까, 그런 생각을 하면 한시도 서 있을 수도 앉아 있을 수도 없어서 얼마나 갈팡질팡했는지 하루에도 몇 차례나 당장 클립드리프트로 돌아오려고 했었다. 그러나 그러한 자신을 모질게 참아 견딘 덕택에 마침내 계획이 성공을 거둔 것이다.

'제이미가 얘기를 하자고 한다, 모든 것이 순조롭게 진행되어 가고 있다. 이번에야말로 셋이서 함께 살 수 있게 될 것이다.'

제이미가 거실에 들어온 순간 마가렛의 가슴에 그리움의 감정이 치밀어 올랐다.

'아, 나는 아직도 이 사람을 사랑하고 있어.'

"아, 마가렛……."

마가렛은 무척 행복해보이는 얼굴로 대답했다.

"안녕하세요, 제이미."

"아들을 내게 주지 않겠소?"

마가렛은 가슴이 뛰었다.

"네, 당신 아들이니까요. 틀림없이 그러실 줄 알았어요."

"나는 이 녀석이 커가는 것을 지켜보고 싶소. 나는 이 녀석에게 모든 것을 다 해줄 수가 있으니 이 녀석도 좋아할 거요. 물론 당신의 뒷바라지도 해주겠소."

마가렛은 곤혹스러운 얼굴로 제이미를 바라보았다.

"저는…… 무슨 말인지 잘 모르겠군요."

"나는 내 자식이 갖고 싶다고 말했소."

"제가 생각하고 있는 것은…… 저는…… 당신과 내가 다시……."

"그게 아니오. 내가 원하는 건 아들뿐이오."

마가렛은 피가 거꾸로 솟구쳐 오르는 것 같았다.

"네, 그렇군요. 하지만 아이는 절대로 당신한테 빼앗기지 않겠어요."

제이미는 한참 동안 마가렛의 태도를 지켜보고 있었다.

"좋아요, 그럼 서로 타협을 합시다. 당신이 제이미와 이 집에 살아도 좋소. 당신은…… 그러니까 이 녀석 가정교사로서 말이오."
제이미가 마가렛의 얼굴을 들여다보았다.
"대체 당신은 무엇을 원하는 거요?"
"저는 이 아이에게 아버지의 성을 주고 싶어요."
마가렛이 강경한 태도로 말했다.
"좋소, 그럼 양자로 합시다."
마가렛은 경멸하듯이 제이미를 쳐다보았다.
"제 자식을 양자로 삼는다고요! 미안하군요, 제이미 맥그리거 씨. 돈과 권력, 당신에게는 그것밖에 없군요."
마가렛이 아들을 팔에 안고 집을 나가는 모습을 제이미는 우두커니 선 채로 바라보고 있었다.
이튿날 아침, 마가렛은 미국으로 떠날 준비를 했다.
"도망쳐봤자 아무런 해결도 나지 않아요."
오웬즈 부인이 타일렀다.
"도망치는 것이 아니에요. 아들과 내가 새로운 생활을 시작할 수 있는 곳으로 가는 거예요."
그녀는 제이미 맥그리거가 제시한 굴욕적인 조건을 따를 수는 없었다.
"언제 출발하지?"
"될 수 있는 대로 빨리 떠나겠어요. 우스터까지 가서 그곳에서 기차를 타고 케이프타운으로 나갈 생각입니다. 뉴욕으로 갈 정도의 돈은 마련했으니까요."
"굉장히 먼 거리일 텐데……."
"그만한 가치는 있겠죠. 미국은 기회의 나라라고 모두들 얘기하더군요. 그곳이야말로 나와 이 아이가 원하는 곳이에요."

제이미는 여간해서 자신의 감정을 잘 노출시키지 않는 이지적이고 냉철한 인간이라는 것을 자랑으로 생각해왔다. 그러나 지금 그는 눈에 띄는 모든 인간을 욕하고 있었다. 그 때문에 사무실은 큰 소동이 벌어지고 있었다. 아무도 그의 비위를 맞출 수가 없었다. 제이미는 완전히 이성을 잃은 사람처럼 사사건건 악을 쓰고 잔소리를 늘어놓았다. 그는 지난 사흘 동안 한잠도 자지 못했다. 마가렛과의 대화를 처음부터 끝까지 되풀이해서 생각해보았다.

'독한 여자로군! 그녀가 내게 결혼을 강요하고 있다는 것을 진작 깨달았어야 했다. 그녀는 자기 아버지처럼 교활한 인간으로 자신이 교섭에서 실수를 저지른 것이다. 뒷바라지를 해주겠다고는 했지만 구체적인 조건을 말하지 않은 것이 더 큰 실수였다. 당연히 돈으로 해결되겠지. 그녀에게 그 얘기를 꺼냈어야만 했다. 1천 파운드면 어떨까…… 1만 파운드라면…… 아니 좀 더 줘도 상관없다.'

"데이비드, 좀 까다로운 심부름을 해야겠다."

제이미가 데이비드 블랙웰에게 말했다.

"무슨 일이시지요?"

"반 데르 메르베 양에게 말을 전해주었으면 좋겠다. 그녀에게 2만 파운드를 제공하겠다고 전해. 그 대신 내가 무엇을 원하고 있는지는 상대방도 알고 있을 테니까."

제이미는 수표에 숫자를 써 넣었다. 돈의 마력에 대해 제이미는 너무도 잘 알고 있었다.

"이걸 건네주고 와."

"알겠습니다, 사장님."

데이비드 블랙웰은 회사를 나섰다. 그리고 15분쯤 뒤에 돌아왔다. 고용주에게 되돌아온 수표는 한가운데가 찢겨 있었다. 제이미의 얼굴이 붉으락푸르락했다.

"수고했어, 데이비드. 나가 봐."

'좀 더 많은 돈을 내라고 흥정하고 있는 것이리라. 좋아, 더 주지. 이번에는 내가 직접 가야겠다.'

제이미 맥그리거는 오후 늦게 오웬즈 부인의 하숙집으로 마가렛을 찾아갔다.

"반 데르 메르베 양을 만나러 왔는데요."

제이미가 말했다.

"유감스럽게도 한 발 늦었어요. 마가렛 양은 미국으로 떠났습니다."

오웬즈 부인이 설명했다. 그 순간 제이미는 복부에 펀치를 한 방 먹은 것 같았다.

"그럴 리가 있나요? 언제 여기를 떠났죠?"

"아기와 함께 정오에 떠났습니다."

우스터 역에 멈춰 서 있는 기차는 케이프타운으로 가는 승객들로 좌석도 통로도 꽉 차 있었다. 상인과 그의 아내, 세일즈맨과 채굴자들, 그리고 휴가를 끝내고 임지로 돌아가는 수병들, 승객들 대부분은 처음으로 기차를 타보는 사람들이었기 때문에 모두들 축제처럼 들떠 있었다.

마가렛은 가까스로 창가 좌석을 확보할 수 있었다. 그곳이라면 어린 아기가 승객들에게 시달리지 않아도 될 것 같았다.

마가렛은 갓난아기를 꼭 껴안고 좌석에 앉아 주위의 승객들에게는 신경을 쓰지 않고 지금부터 시작될 새로운 생활에 관해서 여러 가지로 생각했다. 그렇게 생활이 쉽지만은 않을 것이다. 그리고 어디를 가든 미혼모라는 떳떳하지 못한 딱지는 붙어 다닐 것이다. 사회의 두터운 인습의 벽에 어떻게 대처해나가야 할지, 어려움이 많을 것이다. 그러나 아들에게 좀 더 나은 생활을 할 수 있는 기회를 만들어주어야 한다. 차장의 목소리가 들려왔다.

"전원 승차!"

마가렛이 고개를 들어보니 놀랍게도 그곳에 제이미가 서 있었다.

"짐을 챙겨요. 이 기차에서 내리는 거야."
제이미가 독촉했다.
'아직도 돈으로 매수할 수 있다고 생각하나 보군.'
"이번에는 얼마를 내겠다는 거죠?"
제이미는 마가렛의 가슴에서 깊이 잠들어 있는 아들을 내려다보았다.
"결혼을 해달라는 거야."

\*

두 사람은 사흘 뒤에 조촐한 결혼식을 올렸다. 입회를 한 것은 데이비드 블랙웰 단 한 사람뿐이었다.
식이 진행되는 동안 제이미 맥그리거는 복잡한 심정으로 이런저런 생각을 했다.
이제까지 모든 사람을 지배하고 조종해온 자기가 지금은 오히려 조종을 당하고 있는 것이다. 제이미는 옆에 서 있는 마가렛을 힐끗 쳐다보았다. 신부는 나무랄 데 없이 아름다웠다. 제이미는 마가렛에 대해서 이것저것 생각해보았다. 그러나 그것은 이미 지나간 일로, 정열도 감정도 솟아오르지 않았다. 제이미는 마가렛을 복수의 도구로 이용했을 뿐이었는데 거꾸로 마가렛은 제이미의 후계자를 이 세상에 태어나게 해주었다.
목사가 말했다.
"나는 여기서 두 사람이 부부가 된 것을 선언합니다. 신랑은 신부에게 키스를……."
제이미는 몸을 구부려 형식적으로 신부의 뺨에 키스를 했다.
"자, 집으로 돌아가지."
제이미가 말했다. 아들이 자신을 기다리고 있는 것이다.
집으로 돌아가자마자, 제이미는 마가렛을 한쪽 별채에 있는 침실로 안내했다.

"여기가 당신 침실이오."

"알았어요."

"가정부를 또 한 사람 두어야겠소. 탈레이 부인에게는 제이미의 뒷바라지를 부탁했으니까, 필요한 것이 있으면 데이비드에게 얘기해요."

마가렛은 그의 말투에서 그가 자신을 하찮게 여기고, 고용인처럼 다루고 있다는 것이 느껴졌다. 그러나 그런 것은 아무래도 좋았다.

'우리 아들은 성을 찾았어. 나는 그것으로 만족해야 돼.'

제이미는 저녁식사에는 돌아오지 않았다. 마가렛은 그가 돌아오기만을 기다리다가 뒤늦게 혼자서 식사를 했다.

그날 밤 마가렛은 침대에 누워 한잠도 이루지 못하고 집안에서 나는 소리에 귀를 기울였다. 새벽 4시가 되어서야 그녀는 겨우 잠이 들었다. 마침내 그녀의 머리에 떠오른 것은 제이미가 마담 아그네스 매춘관에서 어떤 여자를 골랐을까 하는 것이었다.

마가렛과 제이미의 관계는 결혼 후에도 별로 달라진 것이 없었다. 그러나 클립드리프트의 주민과 마가렛의 관계는 마치 기적처럼 달라져갔다. 하룻밤 사이에 마가렛은 외면당하던 타락한 여자의 신분에서 벗어나 클립드리프트 사교계의 중심인물이 되어 있었다. 주민의 거의 대부분이 많든 적든 제이미 맥그리거와 크루거 브렌트 유한회사에 신세를 지고 있었다. 마가렛 반 데르 메르베가 제이미 맥그리거에게 중요한 존재라면 자신들에게도 마찬가지라고 생각하는 것 같았다.

어쩌다 마가렛이 아들 제이미를 데리고 밖에 나가기라도 하면 웃는 얼굴과 아첨 섞인 인사가 언제나 기다리고 있었다. 초대장이 산더미처럼 날아드는가 하면 티파티, 만찬회 등에 초청을 받고 시민위원회 의장으로까지 추천되었다.

마가렛이 새로운 헤어스타일을 하면 거리의 여성들이 전부 흉내를 냈다. 그녀가 노란색 옷을 사면 노란색이 유행 색상이 되었다. 마가렛은 이와 같은 아첨에 대해서도 적의를 받던 때와 똑같이 '말없는 위엄'으로 대했다.

제이미는 아들과 함께 지내기 위해서만 집으로 돌아왔다. 그리고 마가렛에 대해서는 정중하게 항상 거리를 두고 대했다.

마가렛은 하인들의 눈도 있고 해서 아침식사 때마다 갓 결혼한 행복한 아내의 역할을 충실하게 연기했다. 그러나 제이미가 출근하고 난 다음에는 자기 방으로 도망쳐 들어가 회한에 떨며 괴로워했으므로 언제나 온 몸이 땀으로 흠뻑 젖어 있었다. 마가렛은 자기혐오에 사로잡혔다. 자존심은 어디로 가버렸단 말인가. 그러나 그녀는 여전히 제이미를 사랑하고 있었다.

'나는 변함없이 제이미를 사랑하고 있어. 하느님, 도와주세요.'


제이미는 3일간 예정으로 케이프타운으로 출장을 갔다. 투숙중인 로열호텔에서 나오자 제복차림의 흑인 마부가 말을 걸었다.

"마차를 찾으십니까, 선생님?"

"필요 없네. 걷고 싶으니까."

제이미는 거절했다.

"반다의 예측으로는 선생님은 마차를 탈 것이라고 했는데요?"

제이미는 멈춰 서서 마부를 날카롭게 쏘아보았다.

"반다라고 했나?"

"그렇습니다, 맥그리거 씨."

제이미는 마차에 올라탔다. 마부가 말에 채찍을 가하자 마차가 출발했다. 제이미는 좌석에 기대어 반다의 용기와 우정에 대해 생각했다.

제이미는 지난 2년간 몇 차례나 반다를 찾았지만 늘 헛수고로 끝나곤 했다. 그러나 지금 그렇게도 만나고 싶었던 반다가 있는 곳으로 가고 있는 것이다.

마부가 마차를 꼬불꼬불한 길을 선회해서 해변을 향해 달렸기 때문에 제이미는 목적지에 대해 짐작이 갔다.

15분쯤 뒤에 마차는 황폐해진 창고 앞에 도착했다. 그곳은 제이미와 반다가 나미브 사막에의 모험 계획을 세웠던 낯익은 장소였다.

'그 무렵의 우리는 젊고 무서운 것이 없는 바보들이었지.'

제이미는 생각에 잠겼다.

그가 마차에서 내려 창고로 다가가자 반다가 기다리고 있었다. 반다는 그때나 지금이나 조금도 달라진 것이 없었다. 그러나 지금은 셔츠에 넥타이를 매고 말쑥한 양복을 입고 있었다.

두 사람은 멈춰 서서 서로의 얼굴을 마주보았다. 그리고 동시에 서로를 포옹했다.

"일이 잘 되어가고 있는 모양이군."

제이미가 웃어보이며 말하자, 반다는 고개를 끄덕였다.

"그다지 나쁘지는 않아요. 그때 얘기한 것처럼 농장을 샀지요. 마누라와 아들이 둘 있습니다. 밀을 심고 타조를 기르고 있어요."

"타조를?"

"날개가 비싼 값으로 팔리니까요."

"잘됐군. 그런데 자네 가족을 만나보고 싶군, 반다."

제이미는 스코틀랜드에 있는 자신의 가족들을 생각하자 못 견디게 외로워졌다. 고향을 떠나 벌써 4년이란 세월이 흐른 것이다.

"자네를 여러 차례 찾았네."

"나름대로 바빴어요, 제이미."

반다가 제이미에게 다가와서 귓속말을 했다.

"당신에게 경고해둘 것이 있어요. 당신이 골치 아픈 일에 말려들 것 같아요."

"무슨 일인데?"

"나미브 광산을 관장하고 있는 사람 있죠? 한스 짐머만이라는 녀석 말입니다. 그 녀석은 악질이에요. 인부들은 모두 그 녀석을 증오하고 있어요. 작업을 중지하려고 의논 중이라고요. 만약 인부들이 행동을 일으킨다면 경비원이 제지하게 되고 그러면 폭동으로 번지고 맙니다."

제이미의 눈이 반다의 얼굴에 못 박혔다.

"전에 얘기한 적이 있는 존 텡고 자바부라는 사람 기억하고 있나요?"

"기억하고 있네. 정치운동 지도자 말이지? 어디선가 읽은 기억이 있어. 돈더스톰을 선동하고 있는 모양이더군."

"나도 그의 동지예요."

제이미는 고개를 끄덕였다.

"그래? 알겠네. 즉시 손을 쓰지."

제이미는 약속했다.

"그러는 것이 좋을 겁니다. 그건 그렇고, 당신은 대단한 거물이 되었더군요, 제이미. 나도 기쁩니다."

"고맙네, 반다."

"게다가 귀여운 아들까지 있고."

제이미는 놀란 기색을 감출 수 없었다.

"어떻게 그런 일까지 알고 있지?"

"나는 친구 소식을 수소문하는 것을 좋아해서요."

반다는 그렇게 말하고 일어섰다.

"참석하지 않으면 안 될 회합이 있어서 이만 가봐야겠어요. 동지들에게는 나미브가 정상으로 되돌아갈 것이라고 얘기해두겠습니다."

"그렇게 말해주게. 내가 반드시 조치를 취할 테니까."

제이미는 거한의 흑인인 반다의 뒤를 따라 출구로 걸어갔다.

"언제 또 만남을 기약할 수 있을까?"

반다는 웃는 얼굴로 말했다.

"나는 늘 당신 근처를 헤매고 다닐 겁니다. 쫓아내려고 해도 간단히 물러가지 않을걸요."

클립드리프트에 돌아온 제이미는 데이비드 블랙웰을 불렀다.

"나미브 광산에서 말썽이 일어난 적이 있나?"

"없습니다, 사장님."

데이비드는 망설였다.

"비슷한 소문은 들은 적은 있습니다."

"그곳 관리인은 한스 짐머만이야. 놈이 인부들을 학대하고 있는지 한번 조사해보게. 만일 그런 짓을 하고 있다면 즉각 파면시켜버려. 자네가 직접 가보게."

나미브의 다이아몬드 광산에 도착한 데이비드는 비밀리에 경비원과 인부들을 만나 이야기를 나누었다. 얘기 내용은 등줄기가 서늘해지는 것이었다. 대충 감을 잡을 수가 있었으므로 데이비드는 짐머만을 만나보기로 했다.

한스 짐머만은 그야말로 거인이었다. 체중은 140킬로에 신장도 195센티였고, 기름이 번지르르한 얼굴에 빨갛게 핏발이 선 눈이 어딘지 잔인스러워보였다.

데이비드는 이토록 매력 없는 인간을 보는 것은 난생 처음이었다. 그러나 이 사나이는 크루거 브렌트 유한회사가 고용하고 있는 가장 유능한 관리인이기도 했다. 데이비드가 들어가자 관리인은 작은 사무실 책상 너머의 의자에 걸터앉아 있었다. 그 거한이 앉아 있으니 사무실이 한결 비좁아 보였다.

짐머만은 자리에서 일어나 데이비드와 악수를 했다.

"만나 뵙게 되어서 반갑습니다. 블랙웰 씨, 오신다는 얘기를 미리 해주셨으면 좋았을 텐데요."

데이비드는 그 말을 듣고 자기가 온 것을 이미 짐머만이 알고 있었다는 사실을 알았다.

"위스키를 드릴까요?"

"아닙니다, 괜찮습니다."

짐머만은 의자에 몸을 기대고 히죽 웃었다.

"무슨 용건인가요? 사장을 위해서 이렇게 열심히 다이아몬드를 캐내고 있는데 아직도 불만입니까?"

두 사람 모두 나미브에서의 다이아몬드 채굴은 훌륭한 성과를 올리고 있다는 것을 알고 있었다.

'나는 회사 누구에게도 지지 않을 만큼 카피르인을 부리고 있다.'

그것이 짐머만의 자랑이었다.

"이곳의 노동조건에 대해 불평이 있어서요."

데이비드가 말을 꺼내자 짐머만의 얼굴에서 미소가 사라졌다.

"불평이라니 어떤 내용입니까?"

"이곳 인부들이 부당한 취급을 받고 있고, 또……."

짐머만은 놀랄 만큼 빠른 동작으로 의자에서 튕겨 일어났다. 얼굴은 분노로 벌겋게 달아올라 있었다.

"그놈들은 인간이 아니라 카피르 토인이란 말입니다. 당신들은 본사에서 의자에 편안하게 앉아 있을 뿐……."

"내 얘기를 먼저 들어요."

데이비드가 얘기를 가로막았다.

"당신이야말로 내 얘기를 먼저 들으시오! 나는 회사의 누구보다도 많은 다이아몬드를 캐고 있다고요. 당신들은 그 이유를 알기나 합니까? 내가 그 토인들한테 하느님을 두려워하는 법을 가르쳐주었기 때문이란 말입니다."

"우리 회사의 다른 광산에서는 한 달에 59실링을 지불하고 식사도 제공하고 있어요. 그런데 당신은 한 달에 50실링의 노임밖에는 지불하지 않고 있다고요."

데이비드도 지지 않고 반박했다.

"내가 너무 일을 잘한다고 불평을 하는 겁니까? 회사에 중요한 것은 돈벌이가 아닙니까?"

"제이미 맥그리거는 그런 악랄한 방법을 좋아하지 않습니다."

데이비드가 응수했다.

"인부들의 임금을 인상하시오."

"좋습니다, 사장의 돈이니까요."

"채찍질을 많이 한다고 들었는데요."

짐머만은 코웃음을 쳤다.

"흥, 놈들은 부상 같은 것은 입지 않으니까 염려 말아요. 놈들의 피부는 두꺼워서 채찍 같은 것 알기를 우습게 안다고요. 그냥 위협이 될 정도지 별것 아니에요."

"그 위협인가 때문에 인부가 세 사람이나 죽었다더군요."

짐머만은 어깨를 으쓱해보일 뿐이었다.

"놈들을 대신할 사람은 얼마든지 있어요."

'이놈은 사람 껍질을 뒤집어쓴 짐승이군. 더구나 흉포하기가 이를 데 없어.'

데이비드는 생각하며 몸집이 큰 관리인을 쳐다보았다.

"이 이상 말썽이 일어나면 당신을 파면하겠어요. 인부들을 좀 더 인간답게 다루어야 합니다. 징벌은 즉각 중지하시오."

데이비드가 일어섰다.

"인부들의 숙소도 보고 왔어요. 그건 돼지우리지 사람이 사는 곳이 아니더군요. 깨끗이 손질하십시오."

한스 짐머만은 데이비드를 노려보며 분노를 억누르고 있었다.

"그밖에 또 없습니까?"

그는 간신히 그 말만 했다.

"3개월 후에 다시 오겠소. 내가 봐서 마음에 들지 않으면 당신은 다른 직장을 찾아야 될 것이오."

데이비드는 휙 하니 등을 돌리고 사무실을 나갔다.

한스 짐머만은 창자가 뒤집어지는 것 같은 분노를 느끼며 오랫동안 우두커니 서 있었다.

'머저리 같은 놈들! 제깟 놈들이 뭘 안다고······.'

짐머만은 이를 갈았다.

그는 보어인이었고, 그의 사고방식은 고정되어 있었다. 이 나라는 보어인의 것이고 자신들을 섬기도록 하느님이 흑인을 창조하신 것이라고 생각했다. 만약 하느님이 놈들을 인간답게 취급할 의지가 있었다면 절대로 검은 피부로 만들지는 않았을 것이라고 믿고 있었다.

제이미 맥그리거는 그런 사정을 이해하지 못하고 있었다. 결국은 그도 에이트랜더, 즉 타국인인 것이다. 토인을 감싸주는 타국인에게서 도대체 무엇을 기대할 수 있단 말인가. 한스 짐머만은 앞으로는 좀 더 신중해야 겠다고 생각했다. 그러나 나미브를 관장하고 있는 것이 누군가 하는 것은 놈들에게 따끔하게 보여줄 작정이었다.

크루거 브렌트 사의 사업은 나날이 확장되어 갔으므로 제이미는 눈코 뜰 새 없이 바빴다. 캐나다의 제지회사와 호주의 조선소도 사들였다.

그는 집에 있을 때는 줄곧 아들인 제이미와 시간을 보냈다. 아이는 날이 갈수록 아버지를 닮아갔다. 아들은 제이미의 더할 수 없는 자랑거리였다. 장기간의 출장에 아들을 데리고 가고 싶어했지만 마가렛이 그때마다 반대했다.

"제이미는 아직 여행 같은 것을 할 수 있는 나이가 아니에요. 좀 더 크면 데리고 가세요. 아들과 함께 있고 싶으면 집에서 더 많은 시간을 보내시고요."

제이미가 깨달을 사이도 없이 아들은 어느덧 첫 번째 생일에 이어, 이제 두 번째 생일을 맞이하고 있었다. 세월의 빠름에 놀랄 뿐이었다. 벌써 1887년이 되어 있었다.

마가렛에게는 지난 2년이 너무도 지루한 시간이었다. 일주일에 한 번씩 제이미가 저녁식사에 손님을 초대했기 때문에 그녀는 정중하게 접대를 하여 상냥한 안주인 역할을 훌륭하게 해냈다. 손님들은 마가렛의 기지와 지성을 칭찬하며 잡담을 즐겼다. 몇몇 남성들이 마가렛에게 매료되어 있었지만 그것을 겉으로 드러내는 사람은 없었다. 누가 뭐래도 그녀는 제이미 맥그리거의 아내인 것이다.

마지막 손님이 돌아가고 나면 마가렛은 매번 물었다.

"오늘 밤은 도움이 되었나요?"

제이미의 대답은 항상 변함이 없었다.

"훌륭했어. 그럼 잘 자요."

그 말만 하고 제이미는 아들의 얼굴을 보러 갔다. 그리고 몇 분이 지나면 항상 바깥 현관 문 소리가 났다. 제이미가 밖으로 나가는 소리였다.

마가렛 맥그리거는 매일 밤 침대에 누우면 자신이 처해 있는 상황에 대해서 생각했다. 자기가 그 고장 부인들에게 선망의 대상이라는 생각을 하면 가슴이 아팠다. 선망을 받을 만한 것은 아무것도 없었기 때문이었다. 그녀는 낯선 인간으로 대접하는 남편의 냉담한 태도를 가까스로 참고 지내는 여성에 불과했다.

'나도 지금이 여자로서 전성기인데……'

매일 아침 식사 때 스코틀랜드에서 보내온 오트밀 그릇을 집어 들어 제이미의 얼굴에 던져버리면 어떨까? 그때의 제이미의 얼굴을 떠올리며 그녀는 킬킬거리고 웃었지만 그것은 곧 흐느낌으로 변했다.

'더 이상 그 사람을 사랑하고 싶지 않아. 이젠 싫어. 나 자신이 아주 못쓰게 되어버리기 전에 뭔가 하지 않으면 안 돼!'

1890년, 클립드리프트는 제이미가 예상한 것 이상으로 발전해가고 있었다. 이곳에 살게 된 지 7년째가 되고 있었는데 그 동안 전 세계 모든 나라에서 채굴자들이 몰려와서 가장 활기 넘치는 도시로 변해 있었다. 그러나 예나 지금이나 비슷한 얘기는 여전히 되풀이되고 있었다.

채굴자들은 마차나 포장마차를 타고 왔고, 때로는 도로로 오는 사람도 있었다. 자기가 입고 있는 누더기 이외에는 아무것도 갖고 있지 않은 그들은 식량과 장비와 잠자리, 그리고 사업자금을 필요로 했기 때문에 제이미 맥그리거는 그것들을 공급해주었다. 그 대가로 제이미는 다이아몬드나 금을 산출하는 광산을 수십 개 소유하게 되었으며 명성도 높아가기만 했다.

어느 날 아침, 제이미는 킴벌리에서 거대한 다이아몬드 광산을 경영하고 있는 대기업가 데 비어스의 대리인의 방문을 받았다.

"용건이 무엇입니까?"

제이미가 물었다.

"저는 당신에게 한 가지 제의를 하기 위해 파견되어 왔습니다. 데비어스 씨는 당신이 가진 광산의 권리를 사고 싶어합니다. 당신이 부르는 대로 값을 지불하려고 합니다."

제이미는 한순간 피가 머리로 솟구치는 것을 느꼈지만, 싱긋 웃으며 말했다.

"그쪽 회사를 얼마에 팔지 물어봐도 되겠소?"

데이비드 블랙웰은 제이미에게 점점 더 소중한 부하가 되어갔다. 그 젊은 미국인은 옛날의 제이미 자신과 비슷했다. 그는 지성과 정직을 갖추고 있었으며 늘 충실했다. 제이미는 데이비드를 우선 비서로 임명하고 다음에 자신의 보좌역으로 승격시켰으며 그가 21세가 되었을 때는 총지배인으로 임명했다.

데이비드 블랙웰에게 있어서 제이미 맥그리거는 아버지나 다름없었다. 데이비드의 부친이 심장 발작을 일으켰을 때 제이미는 그 모든 입원비며 치료비를 지불해주었고 사망했을 때도 장례식 일체를 대주었다.

지난 5년간 크루거 브렌트 유한회사에서 일하는 동안 데이비드는 제이미를 어느 누구보다도 숭배하게 되었다. 다만 제이미와 마가렛 사이의 문제를 알고는 유감으로 생각했다. 데이비드는 두 사람을 모두 좋아하고 있었다.

제이미는 아들과 지내는 시간이 점점 많아졌다. 아들이 5세가 되자 제이미는 처음으로 광산에 데리고 갔다. 그리고 둘은 일주일 내내 광산 얘기만 했다.

두 사람은 캠핑을 떠나 별이 반짝이는 하늘 아래서 텐트생활을 하기도 했다.

제이미 소년의 여섯 번째 생일날 아버지가 말했다.

"다음 주에는 케이프타운에 가기로 하자. 진짜 도시가 어떤 것인지 보여주마."

"엄마도 함께 가나요? 엄마는 사냥은 싫어하지만 거리에 나가는 것은 좋아해요."

아버지는 소년의 머리를 쓰다듬으면서 말했다.

"엄마는 집에서 할 일이 많으니까 남자끼리만 가는 거야, 알겠니?"

어린 제이미도 엄마와 아빠가 거리를 두고 있다는 것을 어렴풋이 느끼고 있었다. 그러나 아직 잘 이해하지는 못했다.

두 사람은 제이미의 전용 차량에 탔다. 1891년 당시 남아프리카에서도 철도는 값이 싸고 편리하며 동시에 빨랐기 때문에 교통수단으로서 가장 많이 이용되고 있었다. 제이미가 특별히 주문한 개인 차량은 71피트 길이로, 사무실로 쓸 수 있는 살롱, 식당, 바, 주방 등의 4칸으로 구성되어 있었고 정원은 12명이었다.

전용실에는 놋쇠로 만든 침대와 가스램프, 그리고 넓은 창이 있었다.
"승객은 모두 어디 있어요?"
어린 제이미가 물었다.
제이미는 웃으면서 대답했다.
"승객은 우리 둘뿐이란다. 이것은 네 기차야, 제이미."
제이미 소년은 기차가 달리는 동안 줄곧 창밖을 내다보았다. 그리고 끝없이 이어지는 대지가 무서운 속도로 지나가는 광경에 매료되었다.
"이곳은 하느님이 만들어준 나라란다. 하느님이 우리를 위해 소중한 천연 자원을 하나 가득 묻어두었어. 그리고 모든 자원이 발견되기를 기다리고 있지. 지금까지 발견된 것은 일부분에 지나지 않는단다, 제이미."
아버지가 아들에게 얘기해주었다.
케이프타운에 도착하자 제이미 소년은 붐비는 인파와 거대한 건물에 압도되어버렸다. 제이미는 아들을 맥그리거 선박운수회사로 데리고 가서 항구에서 하역작업을 하고 있는 5, 6척의 배를 가리켰다.
"보이지? 저 배는 모두 우리 회사 것이란다."
클립드리프트로 돌아오자 제이미 소년은 자기가 보고 온 것을 엄마에게 열심히 얘기했다.
"아빠가 도시 전부를 가졌어! 엄마도 좋지? 다음에는 엄마도 같이 가!"
소년은 신이 나서 소리쳤다.
"그래, 알았어."
마가렛은 아들을 껴안았다.

제이미는 며칠 밤씩 집을 비웠다. 마담 아그네스 매춘관에 있던 여자와 함께 있다는 것을 마가렛도 알고 있었다. 그곳 여자에게 집을 사주고 남몰래 찾아다닌다는 소문을 이미 듣고 있었다. 마가렛으로서는 그 소문이 사실인지 아닌지 확인할 길이 없었다. 그 여자가 누구든 죽여 버리고 싶다는 생각뿐이었다.

마가렛은 거리의 생활에서 즐거움을 찾으려고 애썼다. 뭔가 몰두할 수 있는 일을 찾기 위해 새로운 교회를 세우는 기금을 모집하거나 곤궁에 빠진 채굴자들의 가족을 구제하는 복지 후생 시설도 발족시켰다. 그녀는 제이미에게 돈도 희망도 모조리 잃어버린 채굴자들을 전용 차량을 이용해서 무료로 케이프타운까지 보내달라는 부탁을 했다.

"당신은 나한테 돈을 시궁창에 버리라는 거야! 녀석들은 올 때와 마찬가지로 걸어서 돌아가면 되는 거야!"

제이미는 고함을 지르며 말했다.

"그들은 지금 걸을 수 있는 상태가 아니에요. 게다가 그들이 이곳에 머무를 때는 시 당국에서 식사나 옷을 제공해줘야 된다고요."

마가렛이 대꾸했다.

"알았어. 하지만 이건 어리석은 일이라고."

제이미는 투덜거리면서도 승낙을 했다.

"고마워요, 제이미."

제이미는 마가렛이 의기양양해서 사무실을 나가는 것을 바라보며 자신의 의사와는 달리 아내를 자랑스럽게 생각하지 않을 수 없었다.

'다른 남자와 결혼했다면 훌륭한 아내가 되었을 텐데…….'

제이미는 진심으로 그렇게 생각했다.


제이미가 은밀히 살림을 차려준 여자는 마가렛의 출산 축하 파티 때 마가렛의 옆자리에 앉아 있던 매기라는 귀여운 매춘부였다. 마누라와 같은 이름이라니 웃기는 일이라고 제이미는 생각했다. 마가렛의 애칭이 매기였기 때문이다. 그러나 두 사람은 전혀 닮은 곳이 없었다.

매춘부 매기는 건방진 듯한 용모에 금발로—침대 안에서는 암호랑이처럼 거칠었다—제이미는 그녀에게 살림을 차려주기 위해 마담 아그네스에게 거액의 돈을 지불했다. 그리고 매기에게도 인심 좋게 많은 생활비를 주고 있었다.

제이미는 그 집에 갈 때는 무척 조심을 했다. 찾아가는 것은 언제나 밤이었으므로 자기로서는 누구에게도 들키지 않았다고 믿고 있었다. 그러나 실제로는 많은 사람들이 그를 목격하고 있었다. 다만 입을 다물고 있을 뿐이었다. 이곳은 제이미 맥그리거의 거리이고 그가 원하는 것은 모두 손에 넣을 권리가 있기 때문이었다.

그날 밤 따라 제이미는 재미가 없었다. 쾌락을 맛보기 위해 찾아갔는데 매기가 기분이 좋지 않았기 때문이었다. 커다란 침대에 길게 드러누워서 장밋빛 가운의 앞자락을 열어놓은 채 풍만한 유방과 사타구니의 황금 삼각지대를 보란 듯이 드러내놓고 있었다.

"이런 집에 하루 종일 갇혀 있자니 따분해 죽겠어요."

매기는 제이미의 몸을 애무하던 것을 멈추고 말했다.

"마치 노예 같지 않아요? 마담 아그네스 집에 있을 때는 하루 종일 무슨 일인가가 일어나서 지루하지 않았다고요. 왜 여행갈 때 나를 데려가지 않는 거죠?"

"그것은 전에도 말했잖아. 그렇게는 할 수 없다고……."

매기가 침대에서 튕겨 일어났다. 그녀는 요란한 가운을 열어젖힌 채 덤비는 자세로 제이미 앞을 가로막고 섰다.

"무슨 얘기예요! 아들은 어디든지 데리고 다니면서, 나는 아들만큼 귀하지 않단 말이에요?"

"그야 물론이지."

제이미는 단호하게 말했다. 그 목소리는 소름끼칠 정도로 차분했다.

"너는 내 아들이 아니니까."

제이미는 계산대로 가서 브랜디를 따랐다. 4잔째였으므로 다른 때보다 상당히 많은 양이었다.

"나 같은 것은 아무래도 좋다는 말이군요! 몸만 이용하고 싶은 거죠!"

매기는 악을 썼다. 그리고 고개를 젖히고 비웃듯이 웃었다.

"위대한 도덕군자 스카치맨!"

"스코틀랜드야, 스카치맨이 아니고."

"말꼬리 잡고 늘어지지 말아요. 내가 하는 것은 전부 마음에 안 들죠? 도대체 당신이 뭐예요, 우리 아버지라도 되나요?"

제이미는 더 이상 참을 수가 없었다.

"내일이라도 마담 아그네스의 집으로 돌아가지. 돌아간다고 얘기해둘 테니까."

제이미는 모자를 집어 들고 문으로 걸어갔다.

"그렇게 간단히 물러날 줄 알아? 이 병신아!"

매기는 제이미를 향해 욕설을 퍼부었다. 그러자 제이미는 문 앞에 멈춰섰다.

"나는 이미 너를 버렸어."

제이미는 밤의 어둠 속으로 사라져갔다. 그는 자기도 놀랄 정도로 다리가 휘청거림을 느꼈다. 의식도 몽롱해 있었다. 아마 4잔씩이나 브랜디를 마신 탓일 것이다. 그는 마신 양조차도 분명히 기억하지 못했다. 조금 전 침대 위에 누워 있던 매기의 나체를 몽롱한 의식 속에 떠올렸다.

'그 부드럽고 달콤한 혓바닥으로 내 몸을 핥아대어 흥분을 한 순간, 하필 싸움을 걸어오다니……'

제이미는 불태우지 못한 욕정을 안은 채 집으로 걸어갔다.

집에 도착한 제이미는 현관에서 자기 방을 향해 가다가 문이 닫힌 마가렛의 침실을 지나쳤다. 마가렛의 방문 밑 틈새에서 불빛이 새어 나오고 있었다. 마가렛은 아직도 깨어 있는 모양이었다. 제이미의 머릿속에 잠옷을 입고 침대에 누워 있는 마가렛의 모습이 떠올랐다. 아니, 아무것도 입고 있지 않을지도 모른다.

그는 오렌지강가 나무 아래서 자신의 품안에서 몸부림치던 마가렛의 풍만한 몸을 생각해냈다. 제이미는 술의 힘을 빌려 마가렛의 침실 문을 열고 들어갔다. 침대에 누워 책을 읽고 있던 마가렛이 놀라서 얼굴을 들었다.

"제이미, 무슨 일이 있나요?"

"방해를 해도 될까요, 부인?"

혀가 꼬부라진 목소리였다.

마가렛은 속이 환히 비치는 잠옷을 입고 있었기 때문에 풍만한 가슴이 잠옷 너머로 부풀어 있었다.

'꽤나 쓸 만한 몸매군.'

제이미가 옷을 벗기 시작하자, 마가렛은 눈을 크게 뜨고 침대에서 뛰쳐나왔다.

"어쩔 셈이죠?"

제이미는 문을 발길로 차서 닫고는 마가렛에게 다가와 다짜고짜 그녀를 침대 위에 넘어뜨리고는 그 위에 올라탔다.

"당신을 갖고 싶어, 매기……."

술에 취해 일어난 착란이었다. 제이미는 어느 쪽 매기를 원하고 있는지 알 수가 없었다. 마가렛은 맹렬하게 저항했다. 그것이 제이미의 욕정에 더욱 불을 당겼다. 제이미는 웃으면서 꿈틀거리고 있는 마가렛의 팔과 다리를 고정시켰다. 그러자 마가렛은 더 이상 저항을 중단하고 제이미를 끌어안았다.

"아, 나의 제이미. 사랑하는 나의 제이미, 사랑하고 있어요."

그러나 제이미는 머릿속에서 이렇게 생각하고 있었다.

'잘못했어, 매기. 아침이 되면 마담 아그네스에게 돌아가지 않아도 된다고 말해줘야지……'

마가렛이 이튿날 아침 잠에서 깨어보니 침대에는 자기 혼자밖에 없었다. 그러나 마가렛의 몸 안에는 아직도 제이미의 힘찬 사나이의 여운이 남아 있었다.

"아, 당신을 갖고 싶어, 매기……" 하고 말하던 목소리가 지금도 귀에서 메아리치며 몸과 마음이 관능의 기쁨에 넘쳐흐르고 있었다.

'내가 옳았어. 제이미는 마침내 나를 사랑해주었어. 기다린 보람이 있었구나. 고통과 고독과 굴욕을 견뎌온 보람이 말이야.'

마가렛은 그날 하루 종일 들떠 있었다. 샤워를 하고 어떤 옷을 입으면 제이미가 제일 좋아할까 생각하며 10번 이상이나 옷을 바꿔 입었다.

제이미가 좋아하는 음식은 요리인에게 맡기지 않고 자기 손으로 직접 만들었다. 식당 테이블에 촛불과 꽃을 장식하고 마음에 들 때까지 몇 번이고 다시 꾸몄다. 완벽한 밤으로 만들고 싶었다. 그러나 제이미는 저녁 식사 시간이 되어도 돌아오지 않았다. 아니 밤새껏 돌아오지 않았다.

마가렛은 서재에 앉은 채 새벽 3시까지 기다리다가 마침내 단념하고 혼자서 침대로 들어갔다.

제이미가 귀가한 것은 다음 날 밤이었다. 마가렛과 시선이 마주치자 그는 정중하게 목례를 하고 아들 방으로 향했다. 마가렛은 그의 뒷모습을 망연히 바라보고 있다가 이윽고 천천히 돌아서서 거울에 자신의 모습을 비쳐보았다. 거울은 '너는 지금이 가장 아름답다'고 말해주고 있었다. 좀 더 가까이 가보니 눈이 이상했다. 마치 자기가 아닌 다른 사람의 눈이 비치고 있는 것 같았다.

\*

"기쁜 소식입니다, 맥그리거 부인."

티거 의사가 점잖게 웃었다.

"아이를 가지셨습니다."

마가렛에게는 충격이었다. 울어야 할지, 웃어야 할지 알 수가 없었다.

'기쁜 소식이라고?'

애정이 없는 결혼생활에 아이를 또 하나 낳게 되다니, 도저히 그럴 수는 없었다. 그녀는 더 이상 굴욕을 참을 수가 없었다. 무엇인가 해결책을 찾아야 했다. 그러자 순간 구토가 느껴지고 땀이 흥건히 흘렀다.

티거 의사가 걱정스러운 듯이 물었다.

"어디 불편한 곳이라도 있으십니까?"

"네, 조금."

의사가 알약을 주었다.

"이것을 들어보십시오, 편안해질 겁니다. 완전히 정상입니다. 맥그리거 부인, 걱정하시지 않아도 됩니다. 얼른 돌아가셔서 남편에게 알려드리세요."

"네. 그렇게 하죠."

마가렛은 넋이 나간 사람처럼 공허하게 대답했다.

저녁식사 때 마가렛이 제이미에게 말했다.

"오늘 의사에게 갔었어요. 임신을 했다고 하더군요."

제이미는 한마디도 하지 않고 냅킨을 던져버리고는 거친 발걸음으로 방을 나갔다. 그 순간 마가렛은 그가 한없이 미웠다. 그를 사랑한 것만큼 그가 미워서 죽을 지경이었다.

입덧이 심하고 금세 피로해져서 마가렛은 침대에서 보내는 시간이 많았다. 몇 시간이고 침대에 누워 있으면서 제이미가 무릎을 꿇고 용서를 빌며 이전처럼 거칠게 자신을 사랑해주는 모습을 상상했다. 그러나 그것은 어디까지나 몽상에 지나지 않았다.

현실적으로 마가렛은 포로의 몸이나 마찬가지였다. 집을 나가려고 해도 갈 곳이 없었다. 있다고 해도 아들을 데리고 나가는 것은 제이미가 용서하지 않을 것 같았다.

제이미 소년은 7세가 되었고, 총명한 두뇌와 유머감각이 있는 튼튼하고 핸섬한 소년으로 성장해 있었다. 제이미는 어머니의 불행을 느꼈는지 조그만 선물을 갖다 주는 등 어머니의 마음을 위로해주려고 애썼다. 마가렛은 짐짓 흐뭇한 마음으로 잠시나마 우울한 감정을 떨쳐버리려고 노력했다.

때때로 제이미 소년은 어째서 아버지는 혼자서만 밤에 외출하고 어머니와 함께 나가지 않느냐고 물었다. 그때마다 마가렛은 되풀이해서 말해주었다.

"아버지는 굉장히 높으신 분이란다. 그래서 중요한 일을 하시기 때문에 몹시 바쁘신 거야."

마가렛의 배는 점점 불러왔다. 거리에 나가면 사람들이 멈춰 서서 그녀에게 말했다.

"이제 얼마 남지 않았군요, 맥그리거 부인. 제이미 소년을 닮은 훌륭한 사내아이를 낳을 것이라고 믿어요. 부인의 남편은 행복한 분이에요."

그러나 안 보는 곳에서는 이렇게 숙덕거렸다.

"안 됐어요. 저렇게 수척하다니……. 남편이 숨겨두고 있는 애인에 대해 알고 있는 모양이에요."

마가렛은 새롭게 탄생할 생명에 대해 제이미 소년에게 설명해주었다.

"제이미, 네게 동생이 태어날 거야. 그럼 항상 함께 놀 수가 있겠지. 재미있을 것 같지 않니?"

제이미는 어머니의 손을 꼭 잡고 말했다.
"그렇게 되면 엄마 편이 늘겠네요. 그렇죠?"
마가렛은 가까스로 눈물을 참았다.

진통은 새벽 4시에 시작되었다. 탈레이 부인이 조산부인 한나를 부르러 보냈다.
아이는 정오에 태어났다. 건강한 여자아이였다. 어머니에게서는 자애로운 입모습과 아버지에게서는 의지가 강해보이는 턱의 윤곽을 물려받고 있었다. 마가렛은 아기에게 케이트라는 이름을 지어주었다.
'굳세 보이는 좋은 이름이야.'
마가렛은 생각했다.
'이 아이에게는 굳센 힘이 필요할 때가 반드시 찾아올 거야. 아니, 우리 모두에게 찾아올 테지. 나는 아이들을 데리고 이 집을 나가지 않으면 안 된다. 아직 어떻게 해야 할지 생각나지 않지만 반드시 그 방법을 찾아내지 않으면 안 된다.'

데이비드 블랙웰이 노크도 하지 않고 제이미 맥그리거 사무실로 뛰어들어왔기 때문에 제이미는 깜짝 놀라서 그를 쳐다보았다.
"웬 소동인가?"
"나미브에서 폭동이 발생했습니다!"
제이미는 자리에서 벌떡 일어났다.
"뭐? 뭐가 일어났다고?"
"흑인 소년 하나가 다이아몬드를 훔치려다가 붙잡혔답니다. 소년은 겨드랑이 밑을 잘라 돌을 숨기려고 했다는데, 한스 짐머만은 본보기로 그 아이를 인부들 앞에서 매질했답니다. 그리고 소년은 그 자리에서 죽었답니다. 아직 열두 살밖에 안 된 소년이라고 합니다."

제이미의 얼굴이 분노로 험악하게 일그러졌다.

"무슨 소리야! 모든 광산에 채찍질하지 말라는 명령을 내리지 않았나?"

"저도 짐머만에게 경고를 했었습니다."

"그 빌어먹을 녀석을 파면시켜버려!"

"놈이 보이지 않습니다."

"어떻게 된 거지?"

"흑인들이 납치해갔습니다. 이젠 사태를 수습할 수 없게 되었습니다."

제이미는 모자를 집어 들었다.

"여기 남아서 내가 돌아올 때까지 지휘를 맡게."

"그곳에 가시면 위험합니다. 짐머만이 죽인 것은 바롤롱족입니다. 그들은 절대로 용서하지도 않고 잊어버리지도 않을 겁니다. 제가……."

그러나 제이미는 이미 사무실을 뛰쳐나가고 있었다.

제이미 맥그리거가 다이아몬드 광산으로부터 10마일 지점까지 가자 연기가 솟아오르고 있는 것이 보였다. 나미브 광산의 모든 부대시설이 불타고 있었다.

'어리석은 놈들! 자신들의 집을 불태우고 있다는 것도 모르고……'
제이미는 생각했다.

제이미의 마차가 더욱 가까이 가자 총소리와 비명소리가 들려왔다. 현장은 혼란에 빠져 있었고 제복차림의 경관이 필사적으로 도망치고 있는 흑인과 혼혈들에게 총격을 가하고 있었다. 백인은 10대 1의 비율로 적었지만 그들에게는 무기가 있었다.

경찰서장인 버나드 소세이가 제이미를 보자 종종걸음으로 달려왔다.

"걱정하지 마십시오, 맥그리거 씨. 한 놈도 남김없이 해치워버릴 테니까요."

"무슨 짓을 하고 있는 거지! 바보처럼! 사격을 중지시켜!"

제이미는 악을 썼다.
"네? 하지만 만약……."
"내가 시키는 대로 해!"
제이미는 총탄이 빗발치는 속에 쓰러져 있는 흑인 여자를 보자 분노가 울컥 치밀었다.
"빨리 중지하라고 명령해!"
"넷, 분부대로 하겠습니다."
소세이가 조수에게 명령하자 3분 만에 총격이 멎었다.
보이는 곳곳에 사람들이 쓰러져 있었다.
"말씀을 드려도 괜찮겠습니까. 내 충고를 들어주신다면……."
소세이가 얘기를 시작했다.
"당신의 충고 따위는 듣고 싶지 않아. 저들의 지도자를 데려오게."
두 명의 경관이 젊은 흑인을 데려와서 제이미 앞에 세웠다. 흑인은 수갑이 채워져 있었는데 온몸이 피투성이였다. 그러나 두려워하는 빛은 티끌만치도 보이지 않은 채 등을 똑바로 세우고 늠름하게 서 있었다. 눈이 불타듯이 빛나고 있었기 때문에 제이미는 언젠가 반다가 말하던 반투족의 자랑인 이시코 생각이 떠올랐다.
"제이미 맥그리거다."
흑인은 "퉤!" 하고 침을 뱉었다.
"여기서 일어난 일은 내 뜻이 아니었다. 자네 동료들에게 보상을 해주고 싶다."
"그 말을 죽은 사람들 마누라에게나 하시지."
제이미는 경찰서장을 돌아보았다.
"한스 짐머만은 어디 있나?"
"지금도 찾고 있습니다만……."
제이미는 흑인의 눈이 번쩍 빛나는 것을 보고 짐머만은 이미 발견될 수 없음을 깨달았다. 제이미가 흑인에게 말했다.

"이 다이아몬드 광산을 사흘가량 폐쇄하겠다. 자네가 모두에게 전해주게. 그리고 자네들의 불만을 정리해서 내게 알려주게. 공정하게 처리하겠다고 약속하지. 이곳에서의 부정을 모두 개선하려고 하네."

흑인은 제이미를 주시했지만 그 표정에는 백인에 대한 불신감이 역력히 나타나 있었다.

"이곳에 새로운 관리인을 두고 노동조건도 개선하겠다. 그러니 사흘이 지난 후 일을 하러 돌아오게."

경찰서장은 믿을 수 없다는 표정이었다.

"이 녀석을 놓아줍니까? 내 부하를 몇 명이나 죽인 놈인데……"

"면밀하게 조사를 해보게. 그럼……"

급하게 달려오는 말발굽 소리가 들렸으므로 제이미는 뒤를 돌아보았다. 말을 타고 있는 것은 데이비드 블랙웰이었다. 그의 심상치 않은 모습을 보고 제이미는 가슴이 철렁 내려앉았다.

데이비드가 말에서 뛰어내렸다.

"사장님, 아드님의 모습이 보이지 않습니다."

주위의 경치가 갑자기 얼어붙었다.

클립드리프트 주민 절반이 수색에 나섰다. 거리 주변의 산과 골짜기, 협곡도 샅샅이 뒤졌다. 그러나 소년의 흔적은 그 어느 곳에도 없었다. 제이미는 무엇에 씌인 것처럼 넋이 빠져 있었다.

"녀석은 어디서 길을 잃었을 거야, 그뿐이라고. 반드시 돌아올 거야."

제이미가 마가렛의 침실로 들어가 보니 그녀는 침대에 누워서 갓난아이를 달래고 있었다.

"연락이 있었어요?"

마가렛이 두려움에 떨며 물었다.

"아니, 아직 없어. 하지만 꼭 찾아내고 말 거야."

제이미는 갓 태어난 딸을 힐끗 보더니 한마디도 하지 않고 방을 나갔다. 앞치마를 양손으로 만지작거리며 탈레이 부인이 방으로 들어왔다.

"걱정하실 것 없습니다, 부인. 도련님은 어른스러우니까 자기 일은 알아서 잘 할걸요, 뭐."

마가렛의 눈은 눈물로 흐려졌다.

"어린 제이미에게 위해를 가할 사람은 없어요. 그럴 리가 없어요."

탈레이 부인은 손을 뻗어 마가렛의 팔에서 케이트를 받아들었다.

"걱정하지 마시고 주무세요."

부인은 갓난아기를 육아실로 안고 가서 침대에 눕혔다.

"너도 자렴, 꼬마 아가씨. 이제부터 네 인생도 바빠지게 될 거야."

탈레이 부인이 방에서 나가며 조용히 문을 닫았다.

한밤중에 침실 창문이 소리도 없이 열리더니 방 안으로 사나이가 기어 들어왔다. 침대로 다가가 담요로 갓난아이의 머리를 씌워 안아 올렸다.

반다는 침입했을 때와 마찬가지로 재빨리 사라져갔다.

케이트의 실종을 처음 발견한 것은 탈레이 부인이었다. 처음에는 엄마가 밤중에 데리고 간 것일 거라고 가볍게 생각했다. 탈레이 부인은 마가렛의 침실로 들어가며 물었다.

"따님은 어디 있나요?"

마가렛의 표정을 본 순간 탈레이 부인은 무슨 일이 일어났는지를 깨달았다.


다음 날도 아들의 단서는 나타나지 않았다. 제이미는 완전히 실의에 빠져 어쩔 줄을 몰랐다. 그는 데이비드에게 다가가 말했다.

"그 아이에게 나쁜 일이야 일어나지 않겠지?"

데이비드가 확신에 찬 목소리로 대답했다.

"네, 그런 일은 절대로 없을 겁니다."

그러나 데이비드는 그 반대를 생각하고 있었다. 반투족은 용서도 하지 않으며 잊어버리지도 않는다는 것을 제이미에게 경고했었다. 그런데 반투족의 소년이 잔인하게 살해당했다.

데이비드가 한 가지 분명하게 말할 수 있는 것은 만일 제이미 소년을 유괴한 것이 반투족이라면 소년은 끔찍한 죽음을 당했을 것이라는 것이었다. 반투족의 복수는 '눈에는 눈'이기 때문이었다.

모든 채굴자들과 경관들이 총동원되어 소년이 있을 만한 장소를 전부 수색했으나 아무런 단서도 찾을 수가 없었다.

데이비드는 제이미가 서재로 들어오는 것을 기다리고 있었다. 사장의 얼굴을 보자마자 그는 일어나서 말했다.

"사장님, 따님이 유괴되었습니다."

제이미는 말없이 데이비드를 응시하더니 점점 얼굴이 창백해졌다. 불안정한 자세로 획하니 등을 돌리고 침실로 들어갔다.

지난 48시간 동안 한잠도 자지 못한 제이미는 침대에 쓰러지자마자 그대로 잠들어버렸다.

제이미는 바오바브나무 아래에 있었다. 그때 먼 곳으로부터 길도 없는 초원을 가로질러 사자가 자기를 향해 오고 있었다. 제이미 소년이 몸을 흔들었다.

"일어나요, 아빠. 사자가 와요."

맹수는 더욱 속력을 내어 달려왔다. 아들은 좀 더 힘껏 아빠의 몸을 흔들었다.

"일어나세요!"

제이미는 눈을 떴다. 그런데 반다가 자신을 내려다보고 있었다. 제이미가 큰소리를 치려고 하자 반다가 손으로 제이미의 입을 막았다.

"조용히 하세요."

제이미는 몸을 일으켰다.
"내 아들은 어디에 있지?"
제이미는 힐책하듯이 물었다.
"그 아이는 죽었어요."
방 안이 빙글빙글 돌아가기 시작했다.
"미안하게 되었어요. 내가 말리려고 했을 때는 이미 때가 늦어 있었어요. 당신 부하가 반투족의 피를 흘렸어요. 그래서 우리 부족들은 보복을 한 겁니다."
제이미는 양손으로 얼굴을 감쌌다.
"아, 이럴 수가! 놈들이 어린 제이미에게 어떤 짓을 했지?"
반다의 목소리가 무한한 슬픔을 담고 울렸다.
"그들은 제이미를 사막 한가운데 버리고 갔죠. 나는…… 나는 그 아이의 시체를 찾아내어 묻어주고 왔어요."
"아, 어떻게 어린애에게 그런 짓을! 거짓말이겠지, 거짓말이야!"
"나는 그 아이를 어떻게 해서든 구해보려고 노력했어요, 제이미."
제이미는 알았다는 듯이 천천히 고개를 끄덕이며 힘없이 물었다.
"딸애는 어떻게 했지?"
"동지들이 유괴하기 전에 내가 데려갔었습니다. 지금은 그 애 침실에서 자고 있어요. 그 아이 쪽은 당신이 약속만 지킨다면 안전할 겁니다."
제이미는 얼굴을 들었다. 그의 얼굴은 증오로 불타고 있었다.
"나는 약속은 지키겠어. 하지만 아들을 죽인 놈들은 내 손에 넘겨줘야 하네. 그놈들은 대가를 치러야 한다고!"
반다가 조용히 대답했다.
"그러려면 당신은 우리 부족 전체를 죽이지 않으면 안 될걸요."
반다가 방을 나갔다.

악몽을 꾸고 있는 거야. 그러나 눈을 떠버리면 악몽이 현실이 되어버린다. 아이들은 죽게 된다. 그렇게 생각하고 마가렛은 굳게 눈을 감고 있었다. 마치 어린아이들과 숨바꼭질을 하고 있을 때처럼. 조그만 제이미의 손이 자신의 손에 겹쳐졌다.

'걱정하지 말아요, 엄마. 우리는 여기 있어요. 무사해요.'

그 목소리가 들려올 때까지 마가렛은 눈을 꼭 감고 있고 싶었다. 그녀는 지난 사흘 동안 누구도 만나지 않고 침대에서만 지냈다. 티거 의사가 왕진을 왔다가 돌아갔지만 마가렛은 그것조차 모르고 있었다.

밤이 깊어 마가렛이 눈을 감은 채 누워 있으려니 아들 방에서 요란한 소리가 들려왔다. 마가렛은 눈을 뜨고 귀를 기울였다. 계속 소리가 들렸다. 아들 제이미가 돌아온 것이다!

마가렛은 황급히 침대에서 내려와 계단을 달려 내려가 문이 닫힌 아들 방으로 향했다. 문 너머로 야수와 같은 기묘한 비명소리가 들려왔다. 두근거리는 가슴을 억제하며 마가렛은 문을 열었다.

남편이 바닥에 쓰러져 있었다. 얼굴과 몸이 고통에 일그러져 있었고, 한쪽 눈은 감겨 있고 한쪽 눈은 이상한 빛을 발하면서 마가렛을 노려보고 있었다.

제이미는 뭐라고 떠들어대고 있었지만 입에서 나오는 것은 침과 야수와 같은 신음소리뿐이었다.

마가렛은 비명을 질렀다.

"아, 제이미, 제이미!"


티거 의사가 말했다.

"안됐지만 나쁜 소식입니다. 맥그리거 부인, 주인께서는 심한 충격을 받았습니다. 목숨을 건질 확률은 50퍼센트입니다. 그리고 만약 목숨을 건진다 해도 식물인간이 될 것입니다. 적절한 간호를 받을 수 있도록 우리 요양소에 입원 수속을 밟도록 하십시오."

"아닙니다, 괜찮습니다."

의사는 놀라서 마가렛을 쳐다보았다.

"괜찮다니 무슨 말씀이신지요?"

"입원시키지 않겠어요. 남편을 나와 함께 이곳에 있게 할 겁니다."

의사는 잠시 동안 생각에 잠기더니 입을 열었다.

"좋습니다. 그렇다면 간호사가 필요하겠지요. 내가 수배해……."

"간호사도 필요 없습니다. 제이미의 뒷바라지는 내가 할 테니까요."

티거 의사는 고개를 흔들었다.

"그건 무리입니다 맥그리거 부인, 사태를 잘 모르고 계시는 것 같군요. 남편께서는 이미 인간으로서의 기능을 상실했습니다. 완전히 무력 상태입니다. 더군다나 살아 있는 동안 줄곧 그럴 것입니다."

마가렛은 단호하게 말했다.

"내가 돌봐줄 거예요."

이제 드디어 제이미는 마가렛의 것이 되었다.

＊

제이미 맥그리거는 병으로 쓰러지고 나서 꼭 1년을 마가렛의 곁에서 살았다. 마가렛의 생애에 있어서 가장 행복한 기간이었다.

제이미는 완전히 무력 상태였다. 움직일 수도, 말을 할 수도 없었다. 마가렛은 밤낮 옆에 붙어서 남편 간호에 전념했다. 낮에는 남편을 휠체어에 태우고 재봉실로 데리고 가서 남편의 스웨터를 뜨면서 이런저런 얘기를 했다. 예전 같으면 절대로 들어주지 않았던 집안에서의 자질구레한 문제를 의논하거나 딸인 케이트가 어떻게 건강하게 자라고 있는지도 얘기해 주었다.

밤이 되면 제이미의 깡마른 몸을 침실로 옮겨 옆에 누이고 잠이 들 때까지 일방통행인 잡담을 했다.

크루거 브렌트 사는 데이비드 블랙웰이 운영을 맡고 있었다. 마가렛의 사인을 받으러 서류를 들고 올 때마다 데이비드는 제이미의 상태를 보면서 몹시 마음 아파했다.

'오늘의 내가 있는 것은 모두 이분 덕택이다.'

데이비드는 제이미의 은혜를 한시도 잊은 적이 없었다.

"당신의 눈은 틀림이 없었어요. 데이비드는 틀림없는 사람이에요."

마가렛은 남편에게 그렇게 말해주었다.

그녀는 뜨개질하던 손을 멈추고 제이미에게 미소를 보냈다.

"그 사람을 보면 젊었을 때 당신 모습이 떠오르곤 해요. 물론 당신만큼 영리한 사람은 없었고 앞으로도 나타나지 않겠지만 말이에요. 당신은 언제나 공정했고 친절하고 강인한 분이었어요. 그리고 당신은 꿈을 실현하는 데 전력을 다했어요. 지금 모든 꿈이 현실로 되었잖아요? 회사는 나날이 커져가고 있어요."

마가렛은 다시 뜨개질을 했다.

"케이트가 말을 하기 시작했어요. 오늘 아침에는 분명하게 '엄마'라고 말했어요."

제이미는 의자에 앉아 한쪽 눈만 뜬 채 앞을 보고 있을 뿐이었다.

"케이트의 입모습은 영락없는 당신이에요. 이다음에 자라면 틀림없이 미인이 될걸요?"

그 이튿날 아침, 마가렛이 눈을 떠보니 옆에 누운 제이미 맥그리거는 죽어 있었다. 마가렛은 제이미의 시신을 팔로 힘껏 끌어안고는 마지막 작별의 말을 했다.

"편안히 잠드세요, 여보. 나는 언제나 변함없이 당신을 사랑해왔어요, 제이미. 당신도 알고 계셨죠? 잘 가세요, 여보, 내 사랑!"

마가렛은 고독했다. 자기와 딸만 남겨놓고 남편과 아들은 이 세상을 떠났다. 마가렛은 딸 방으로 가서 침대에서 자고 있는 케이트를 내려다보았다. 캐더린 케이트, 그리스어에 유래를 둔 이 이름은 청순함과 순결을 의미하고 있었다. 성녀나 수녀 그리고 여왕에게 붙여져 온 이름이었다.

그 무렵 남아프리카는 눈부신 발전을 이룩하고 있었고, 동시에 대혼란의 시대이기도 했다. 보어인과 영국인과의 사이에서 오랫동안 트랜스바알 분쟁이 계속되어 왔으며 그것이 마침내 정점에 도달했다.

1899년 10월 12일 목요일, 케이트의 일곱 번째 생일이었다. 영국은 보어인에게 선전포고를 하고 3일 후에 오렌지 자유국을 공격해왔다. 데이비드는 마가렛에게 케이트를 데리고 남아프리카로부터 피난 갈 것을 권유했지만 마가렛은 거절했다.

"우리 남편이 이곳에 잠들어 있는걸요."

데이비드는 마가렛의 결의를 바꿀 수가 없었다.

"저는 보어군 측에 참전할 생각입니다. 걱정이 되는 것은 사모님과 회사입니다. 괜찮으시겠습니까?"

데이비드는 마가렛에게 말했다.

"그럼요, 괜찮고말고요."

마가렛은 힘차게 고개를 끄덕였다.

"회사 일은 내게 맡겨둬요."

이튿날 아침 데이비드는 전선으로 향했다.

영국은 이 전쟁을 토벌하기만 하면 끝나는 것으로 예상하고 가벼운 피크닉 기분으로 전투에 임했다. 그러나 영국은 놀라움을 금할 수가 없었다. 보어인은 자신들 영역 안에서의 전쟁이었기 때문에 강인한 투지로 대항했던 것이다.

최초의 전투는 마페킹이라는 곳이었는데, 영국인들은 처음으로 자신들이 직면해 있는 현실을 깨달았다. 황급히 증원 부대가 본국으로부터 파견되어 왔다.

영국군은 킴벌리를 포위했지만 그때부터가 큰일이었다. 간신히 래이디스미스를 함락시킨 것은 피비린내 나는 전투를 벌인 다음이었다. 더군다나 보어군의 대포 사정거리는 영국군의 대포보다 앞서 있었으므로 영국군은 군함의 장거리포를 떼어내어 육상에서 사용하기로 했다. 그 때문에 바다에서 몇백 마일이나 들어간 내륙부에 수병이 배치되어야 하는 형편이었다.

클립드리프트에 있던 마가렛은 전황을 알리는 뉴스에 열심히 귀를 기울이며 지내고 있었다.

어느 날 아침, 회사 직원이 마가렛의 사무실로 뛰어 들어왔다.

"방금 들은 소식인데, 영국군이 클럽드리프트로 침공해온다고 합니다. 놈들은 우리를 몰살할 생각입니다."

"설마 그런 일이 있을라고요. 우리 몸에 손가락 하나 대지 못하게 할 거예요."

그로부터 5시간 뒤 마가렛 맥그리거는 포로가 되어 있었다. 마가렛과 케이트는 포로수용소의 하나인 파르데버그로 끌려갔다. 그곳에는 남아프리카의 모든 지역으로부터 몇백 명 단위로 사람들이 연행되어 와 있었다. 포로들은 철조망과 무장을 한 영국군 병사에게 둘러싸인 황량한 땅에 수용되었다. 그곳에서의 생활은 비참하기 짝이 없었다.

마가렛은 케이트에게 용기를 불어넣어 주었다.

"걱정하지 마라. 너에겐 아무 일도 일어나지 않을 테니까."

그러나 그것은 하잘것없는 자위에 지나지 않았다. 매일이 공포의 연속이었다. 몇십 명, 몇백 명씩 사람들이 죽어가고 마침내는 전염병이 발생해서 수천 명의 사람들을 죽음으로 몰아넣었다. 병자나 부상자가 나와도 그들을 치료해줄 의사가 없었고, 약도 식량도 부족했다.

포로생활은 3년이나 계속되었다. 그것은 몸서리치는 고난의 연속으로 길고 긴 악몽의 나날이었다. 특히 고통스러웠던 것은 절망감에 사로잡히는 일이었다. 마가렛과 케이트는 그들을 체포한 사람들 마음대로였다. 그리고 목숨조차도 영국 병사의 손 안에 있었다.

케이트는 두려움에 떨면서 하루하루를 보냈다. 옆에 있는 아이들이 죽어가는 것을 보면 다음은 자기 차례라고 각오를 했다. 자기에게는 힘이 없으므로 어머니도 지켜줄 수가 없고 자기도 지킬 수가 없다는 평생 잊지 못할 교훈을 배웠다.

'파워, 힘이 있어야 한다. 힘만 있으면 먹을 것도 구할 수가 있고 약도 손에 넣을 수가 있다. 자유로워질 수도 있다.'

케이트는 병으로 쓰러져서 죽어가는 주위 사람들을 보면서 권력과 생명은 동일하다는 생각을 했다.

'언젠가는······. 반드시 힘을 손에 넣고 말겠어. 두 번 다시 이렇게 당하지는 않겠어!'

케이트는 맹세했다.

치열한 전투는 아직도 계속되고 있었다―벨몬트, 그라스판, 스톰버그와 스피오엔콥―그리고 드디어 보어인이 대영제국의 실력 앞에 무릎을 꿇게 되었다.

1902년, 피로 얼룩진 전쟁이 시작된 지 3년 후, 마침내 보어인은 항복했다. 5만5천 명의 보어인이 참전해서 3만4천 명의 병사와 여자들과 아이들이 전투에 휘말려 죽었다. 살아남은 사람들을 더욱 심한 분노로 아프게 한 것은 포로수용소에서 2만8천 명이 목숨을 잃었다는 사실이었다.

드디어 수용소의 문이 열리는 날이 왔다. 마가렛과 케이트는 클립드리프트로 돌아왔다.

그로부터 몇 주일이 지난 일요일, 데이비드가 제대해서 돌아왔다. 전쟁은 데이비드를 더욱 어른스럽게 만들었으며 마가렛이 의지해온 성실하고 사려 깊은 사나이의 모습은 변함이 없었다.

데이비드는 그 지옥과 같은 3년을 전투의 나날로 보내면서도 마가렛과 케이트의 신상만을 걱정해왔다. 두 사람이 무사히 집에 돌아와 있는 것을 알고 그는 무척 기뻐했다.

"이곳에 남아서 두 분을 지켜드려야 했었습니다."

데이비드는 마가렛에게 잘못을 빌었다.

"이미 지나간 일이에요, 데이비드. 우리는 이제 장래만을 생각하지 않으면 안 됩니다."

장래란 크루거 브렌트 사의 사업을 가리키는 것이었다.

1900년은 세계적으로 평화와 무한한 희망을 모든 사람들에게 약속하는 새로운 시대의 개막이었으며 기념할 만한 해였다. 새로운 세기가 밝자 이 세상을 뒤바꿔 놓는 놀라운 발명들이 차례차례로 등장했다. 증기와 전기 자동차가 새로운 연소 동력으로 대체되었고 잠수함과 비행기가 등장했으며 세계 인구는 15억으로 불어나 있었다.

그로부터 6년간 마가렛과 데이비드는 모든 기회를 활용해서 사업을 확장해나갔다. 그동안 케이트는 누구의 간섭도 받지 않고 자랐다. 어머니는 데이비드와 함께 회사를 경영해나가는 일에 바빠서 케이트를 돌볼 여유가 없었다. 케이트는 제멋대로 자랐기 때문에 지독하게 고집불통에다 억센 아이가 되어갔다.

어느 날 오후 마가렛이 회의를 끝내고 집에 돌아와 보니 14세의 딸이 앞마당에서 흙투성이가 된 채 2명의 사내아이와 주먹질을 하며 싸우고 있었다. 마가렛은 영문을 알 수 없는 막막한 표정으로 그 광경을 바라보았다.

"어쩜 저럴 수가 있을까. 언젠가는 저 아이가 크루거 브렌트 사의 후계자가 될 텐데! 하느님, 저희들을 지켜주소서!"
마가렛은 숨을 죽인 채 중얼거렸다.

## 제2부

# 케이트와 데이비드

### 1906년~1914년

1914년의 어느 무더운 여름날 밤, 케이트 맥그리거가 요하네스버그에 있는 크루거 브렌트 사 새 사옥의 자기 사무실에 혼자 남아 일을 하고 있으려니 경찰차가 몇 대 달려오는 소리가 들렸다.

케이트는 서류를 내려놓고 창으로 다가가 밖을 내다보았다. 2대의 경찰차와 한 대의 죄수 호송차가 빌딩 앞에 멈춰서고 있었다. 이윽고 5, 6명의 제복 경관이 자동차에서 뛰어내려 빌딩의 2개 출입구를 봉쇄하고 있었다. 밤이 늦었으므로 거리에는 다른 인기척이 없었다. 케이트는 창문에 반사해서 흔들리는 자신의 모습을 응시했다. 그녀는 아버지로부터는 이지적인 잿빛 눈, 어머니로부터는 균형 잡힌 날씬한 몸매를 물려받아 아름다운 여성으로 성장해 있었다.

그때 사무실 문을 노크하는 소리가 들렸다.

"네, 들어오세요."

문이 열리고 2명의 경관이 들어왔다. 그중 한 사람은 경감 계급장을 달고 있었다.

"무슨 일이 있나요?"

케이트가 질문했다.

"이런 늦은 시간에 소란을 피워 죄송합니다. 맥그리거 양, 나는 코민스키 경감입니다."

"무슨 사건이 일어났나요, 경감님?"

"탈주한 살인범이 조금 전에 이 빌딩으로 도망쳐 들어왔다는 정보를 받았습니다."

케이트의 얼굴에 몹시 놀라는 표정이 역력했다.

"이 건물로 들어왔다고요?"

"네, 그렇습니다. 놈은 무장을 하고 있어서 매우 위험합니다."

"수고가 많으십니다, 경감님. 살인범을 빨리 찾아내주세요."

케이트는 단호한 태도로 말했다.

"우리도 그러고 싶습니다, 맥그리거 양. 그런데 수상한 사람을 보거나 이상한 소리를 듣지 않았습니까?"

"아뇨, 아무 소리도 듣지 못했어요. 이곳에 혼자 줄곧 있었지만……. 사람이 숨을 만한 장소는 이 건물에 얼마든지 있습니다. 이 건물을 철저히 수색해주세요."

"알겠습니다, 즉시 착수하겠습니다."

경감은 뒤를 돌아보며 복도에서 대기하고 있는 부하들에게 명령했다.

"흩어져서 지하실에서부터 지붕 꼭대기까지 샅샅이 수색하도록!"

경감은 케이트에게 말했다.

"자물쇠가 잠겨 있는 방이 있습니까?"

"없을 거예요. 하지만 만약 있다면 언제든지 내가 열어드리겠어요."

케이트는 대답했다. 코민스키 경감은 다소 신경이 예민해 있는 케이트가 무리가 아니라고 생각했다. 자기들이 찾고 있는 범인이 무슨 짓을 할지 모르는 무장한 탈주범이라는 것을 알게 되면 이 여성은 훨씬 더 겁을 집어먹을 것이 틀림없었다.

"우리에게 맡겨주십시오. 반드시 찾아내겠습니다."

경감은 케이트를 안심시켰다.

케이트는 서류를 집어 들고 일을 다시 시작하려고 했지만 아무래도 집중할 수가 없었다. 귀를 기울여 보니 경관들이 사무실에서 사무실로 옮겨 다니며 탈주범을 찾고 있었다.

'과연 저들이 찾아낼 수 있을까?'

케이트는 몸을 떨었다.

경관들은 지하실에서 지붕에 이르기까지 탈주범이 숨어 있을 만한 곳을 능숙한 솜씨로 꼼꼼하게 수색해나갔다. 45분쯤 뒤 경감이 케이트의 사무실로 돌아왔다.

"못 찾은 것 같군요."

케이트가 경감에게 말했다.

"네, 아직 못 찾았습니다. 하지만 걱정 마십시오."

"걱정하지 않을 수가 없군요, 셩삼님. 이 선물에 탈주범이 숨어 있다면 빨리 찾아서 체포해주셔야죠."

"최선을 다하겠습니다, 맥그리거 양. 경찰견도 데리고 왔으니까요."

복도에서 개 짖는 소리가 요란하게 들렸다. 두 마리의 커다란 독일 셰퍼드가 조련사를 잡아끌듯이 하며 방 안으로 들어왔다.

"개는 이 빌딩을 샅샅이 뒤졌습니다, 경감님. 남은 것은 이 사무실뿐입니다."

경감은 케이트를 돌아다보았다.

"지난 한 시간 사이에 이 사무실을 비운 일이 있습니까?"

"네, 자료실에 기록을 조사하러 갔었어요. 그럼 이 방 안에 살인범이?"

케이트는 더럭 겁이 났다.

"이 사무실을 수색해주세요, 부탁입니다."

경감의 신호에 따라 조련사는 개의 끈을 풀고 수색하도록 했다.

개는 으르렁거리며 닫혀 있는 문으로 돌진해가더니 큰소리로 짖었다.
"어머나, 기가 막혀라!"
케이트가 소리쳤다.
"탈주범이 그곳에 있군요!"
경감은 권총을 뽑아들었다.
"그곳을 열게."
두 경관이 권총을 겨누고 보관실로 다가가 문을 열었다. 아무도 없었다. 이번에는 다른 개가 또 다른 문으로 돌진해 앞발로 미친 듯이 문을 긁어댔다.
"저 문은 어디로 통해 있습니까?"
코민스키 경감이 물었다.
"세면실입니다."
두 경관이 신중하게 양옆으로 비켜서서 문을 활짝 열었지만 그곳에도 사람의 기척은 없었다. 그러자 개 조련사는 어리둥절한 표정을 지었다.
"지금까지 이런 일은 없었는데요."
개는 미친 듯이 방 안을 빙글빙글 냄새를 맡으며 돌아다니고 있었다.
"냄새를 맡기는 맡은 겁니다."
조련사가 설명했다.
"그런데 그놈은 어디 있을까?"
이번에는 두 마리가 모두 케이트의 책상 서랍 앞에서 짖기 시작했다.
"해답은 이 안에 있군요."
케이트는 웃으려고 했다.
"범인이 서랍 속에 들어가 있다는 말인가요?"
코민스키 경감은 무안한 표정을 지었다.
"소란을 피워 죄송합니다, 맥그리거 양. 개를 방 밖으로 끌고 나가게."
경감은 조련사에게 눈짓을 했다.

"당신은 남아 있어 주겠죠?"

케이트가 근심스러운 듯이 물었다.

"맥그리거 양, 당신은 절대로 안전합니다. 내가 보증하지요. 부하가 이 빌딩을 샅샅이 조사했으니까요. 범인이 이곳에 없다는 것을 제가 보증하겠습니다. 시끄럽게 해서 죄송합니다."

케이트는 감정을 억누르고는 말했다.

"여러분은 여자 혼자서 밤늦게 일하는 것이 따분할 것 같아서 자극을 준 셈이로군요."

케이트는 창가에 서서 경찰차의 마지막 한 대가 사라져가는 것을 꼼짝 않고 바라보고 있었다. 그녀는 시계에서 자동차가 완전히 사라지자 책상서랍을 열고 핏자국이 묻은 한 켤레의 운동화를 끄집어냈다. 그것을 들고 복도로 나가 '직원 외 출입 금지'라고 쓰인 방으로 들어갔다. 그 방에는 벽에 파묻은 커다란 금고가 있었다. 크루거 브렌트 사의 다이아몬드 보관실이었다. 케이트는 금고의 다이얼을 맞춘 다음 거대하고 육중한 문을 열었다.

금고 양쪽에는 다이아몬드가 들어 있는 금속제 상자가 즐비하게 놓여 있었고, 금고실 중앙 바닥 위에 절반쯤 의식을 잃은 흑인이 누워 있었다.

케이트는 무릎을 꿇고 속삭였다.

"모두 갔어요, 반다."

반다는 천천히 눈을 뜨고 희미하게 미소를 지었다.

"이 금고에서 탈출하는 방법을 알고 있다면 나는 엄청난 부자가 되어 있을 텐데, 케이트?"

케이트는 반다가 일어나는 것을 부축해주었다. 충분히 조심을 했는데도 케이트의 손이 팔에 닿는 순간 반다는 고통으로 얼굴을 찌푸렸다. 케이트가 붕대를 갈아주었는데도 벌써 피가 스며 나와 있었다.

"신을 신을 수 있겠어요?"

케이트는 경관이 올 것을 알고 있었으므로 경찰견을 혼란시키기 위해서 반다의 신발을 벗겨 그것을 가지고 방 안을 돌아다니다가 자기 책상 속에 넣어두었던 것이다.

케이트가 재촉했다.

"빨리 가요, 이곳을 나가야 해요."

반다가 고개를 저었다.

"나 혼자 어떻게 해볼게. 함께 있다가 들키면 아무리 너라도 무사할 수 없으니까."

"그 정도 노력은 하게 해주세요."

반다가 금고실을 둘러보았다.

"몇 개 가지고 가겠어요? 얼마간 도움이 될 거예요."

케이트가 말했다.

반다가 케이트를 보니 그녀의 표정은 진지했다.

"먼 옛날이지만 네 아버지도 똑같은 말을 했었지."

케이트는 쓴웃음을 지었다.

"알고 있어요."

"나는 돈은 필요 없어. 한동안 시내에서 떠나 있기만 하면 돼."

"요하네스버그를 어떻게 탈출할 생각이죠?"

"어떻게든 해봐야지."

"내 말도 조금은 들어주세요. 경찰이 도로를 봉쇄하고 있단 말예요. 이 거리의 출구는 모두 감시당하고 있어요. 탈출은 불가능해요."

반다는 완고했다.

"이 정도 도움 받은 것만으로도 충분해."

반다는 억지로 운동화를 신고는 피가 묻은 폴로셔츠 위에 재킷을 걸쳤다. 그 모습이 매우 초췌해 보였다. 케이트가 어릴 때 봤던 늘씬한 키에 남자다운 늠름함은 털끝만큼도 찾아볼 수가 없었다. 머리칼은 희어지고 얼굴에 주름살도 늘어나 있었다.

"반다, 붙잡히면 죽는다고요. 내가 함께 가겠어요."

케이트는 낮은 목소리로 경고했다.

반다는 생각에 잠겼다. 케이트의 말대로 경찰은 도로를 봉쇄하고 있을 것이 틀림없었다. 요하네스버그로부터의 모든 탈출구는 물샐틈없이 지키고 있을 것이다. 자신의 체포는 지상 명령으로서 당국은 사살해도 좋으니 체포하라는 최우선 지령을 내리고 있을 것이다. 역에도 도로에도 경찰 병력이 쫙 깔려 있을 것이다.

"네 아버지보다는 그럴듯한 계획을 세워주었으면 좋겠군."

그렇게 말하는 반다의 목소리는 나약하기만 했다. 케이트는 반다의 출혈이 마음에 걸렸다.

"얘기를 해선 안 돼요. 체력을 소모하지 않도록 하세요. 모든 것을 내게 맡기시고요."

케이트의 목소리는 자기가 느끼는 것 이상으로 자신감에 차 있었다.

'지금 반다의 목숨은 내 손에 맡겨져 있다. 그의 몸에 무슨 일이 일어나면 안 된다. 절대로 그러면 안 된다. 데이비드가 있었다면 얼마나 큰 도움이 되었을까. 어쨌든 지금은 내 힘으로 반다를 탈출시키지 않으면 안 된다.'

"뒷골목으로 차를 돌려놓고 오겠어요."

케이트가 말했다.

"10분이 지나거든 밖으로 나오세요. 자동차 뒷문을 열어놓을 테니 올라타고 바닥에 엎드리세요. 위에 덮을 담요도 준비해둘게요."

"케이트, 시내를 나가는 차량은 모조리 검색할 거야. 만약……."

"누가 자동차로 간다고 했어요? 아침 8시발 케이프타운 행 기차가 있어요. 내 전용 차량을 연결해두도록 해놓았어요."

"네 전용 차량으로 나를 탈출시켜주겠단 말이냐?"

"그래요."

반다는 몹시 아파 괴로웠지만 싱긋 웃었다.

"맥그리거 가족은 정말로 모험을 좋아하는군."

30분 뒤 케이트는 철도역 구내로 차를 몰고 들어갔다. 반다는 뒷좌석 바닥에 담요를 뒤집어쓰고 숨어 있었다. 시내의 도로 검문은 별 문제 없이 돌파해왔지만 케이트가 자동차를 철도역 구내에 진입시키자 갑자기 조명이 번쩍이며 검문중인 경관들이 케이트의 자동차 앞쪽으로 몰려왔다. 낯익은 모습들이었다.

"코민스키 경감님 아니세요?"

경감도 놀란 것 같았다.

"맥그리거 양, 도대체 이런 곳에서 뭘 하고 있습니까?"

케이트는 순간적으로 겁먹은 미소를 지어보였다.

"겁쟁이라고 생각하실지 모르지만 여자란 나약한 동물이잖아요, 경감님. 사실은 전 조금 전 사무실에서 일어난 사건으로 완전히 겁을 집어 먹었어요. 당신들이 범인을 잡을 때까지 이 도시를 떠나 있기로 했어요. 혹시 벌써 체포한 것은 아니겠죠?"

"아니, 아직 못 잡았습니다. 하지만 곧 찾아낼 겁니다. 놈이 꼭 이곳에 나타날 것 같거든요. 어디로 도망치든 반드시 잡아내고 말겠습니다."

"네, 꼭 잡아주세요!"

"어디로 가십니까?"

"저곳에 있는 내 전용 차량으로요. 저것을 타고 케이프타운으로 갈 생각입니다."

"부하에게 호위시켜 드릴까요."

"괜찮아요. 고맙습니다, 경감님. 이곳에 경찰들이 있다는 것을 알게 되니 좀 안심이 되는군요. 수고하세요."

잠시 후, 케이트와 반다는 무사히 개인전용 차량 안으로 들어갔다. 안은 캄캄했다.

"어두워서 미안해요. 램프는 켜고 싶지 않아요."

케이트는 양해를 구하고 반다를 침대에 눕혔다.

"이곳이라면 아침까지 괜찮을 거예요. 그리고 기차가 출발하기 전까지 화장실에 숨어 있으세요."

반다는 고개를 끄덕였다.

케이트는 창문의 블라인드를 내렸다.

"우리가 케이프타운에 도착한 다음 일인데요, 혹시 치료해줄 의사는 있나요?"

반다는 케이트를 쳐다보았다.

"우리가라니?"

"아저씨를 혼자서 보낼 줄 아셨어요? 이런 스릴 있는 일을 포기하라는 거에요?"

반다는 고개를 뒤로 젖히고 웃었다.

'과연, 그 아버지에 그 딸이로군.'

날이 밝자 기관차가 개인전용 차량을 끌고 가서 본선에 넣고 케이프타운 행 열차 후미에 연결했다. 연결할 때 차량이 심하게 앞뒤로 흔들렸다.

8시 정각에 열차는 출발했다. 케이트는 승무원에게 방해받고 싶지 않다는 말을 미리 해두었다.

반다의 상처에서 다시 피가 흐르기 시작했으므로 케이트는 붕대를 갈아야 했다. 반다가 빈사상태가 되어 사무실로 왔던 어젯밤부터 무슨 일이 일어났는지 사정을 들을 기회가 없었다. 지금이 그 기회였다.

"무슨 일이 있었는지 얘기해주세요, 반다."

반다는 케이트를 보며 생각했다.

'어디서부터 시작하면 좋을까.'

조상 대대로 내려오는 땅에서 반투족을 쫓아낸 보어인들의 일을 케이트에게 어떻게 설명할 수 있단 말인가. 거기서부터 얘기를 시작해야 할까, 아니면 트란스바알의 대통령 움 폴 크루거의 얘기부터 해야 할까. 그는 남아프리카 의회에서 '우리는 흑인들의 지배자가 되지 않으면 안 된다. 그들을 종속 민족으로 삼아야 한다'고 연설했지. 아니면 백인을 위한 아프리카를 모토로 삼은 대제국 건설자인 세실 로즈부터 얘기를 해야만 할까. 어떻게 하면 자신의 민족의 역사를 한마디로 요약할 수 있단 말인가. 반다는 가까운 주위의 일부터 얘기하기로 했다.

"경관이 내 아들을 죽였지."

얘기는 홍수처럼 넘쳐 나왔다. 반다의 큰아들인 누톰벤슬이 어떤 정치 집회에 참가하고 있을 때 경관이 그 집회를 해산시키기 위해 왔다. 총이 발포되고 그것이 발단이 되어 폭동으로 번졌다. 누톰벤슬은 체포되고 그 이튿날 독방에서 목을 매단 시체로 발견되었다.

"놈들은 자살이라고 주장했지. 하지만 아들에 관해서는 내가 누구보다도 잘 알고 있어. 그것은 살인이었어."

"어쩌면 그런 일이 있을 수 있어요! 그토록 젊은이를……."

케이트는 숨이 막혔다. 그와 함께 웃으며 뛰놀던 때가 생각났다. 누톰벤슬은 핸섬한 청년이었다.

"정말 안됐어요. 그런데 경찰은 왜 아저씨를 쫓고 있죠?"

"아들이 살해당했으니 나는 아들이 하다 만 일을 하기 위해 흑인 해방 운동에 가담했지. 나는 싸우지 않을 수가 없었어. 아무것도 하지 않고 멍청하게 구경할 수만은 없었던 거야. 경찰은 나를 국가의 적이라고 불렀지. 놈들은 나를 전혀 상관도 없는 강도죄로 체포해서 2년형을 선고했어. 거기서 네 명이 함께 탈옥했지. 경비원 하나가 총에 맞아 죽었는데 그것을 내 탓으로 돌리고 있는 거야. 나는 지금까지 총이라곤 잡아본 적도 없는데……."

"당신을 믿어요. 가장 먼저 해야 할 일은 아저씨를 안전한 장소로 옮기는 일이군요."

케이트가 말했다.

"너를 골치 아픈 일에 말려들게 해서 미안해."

"말려든 게 아니에요. 우리는 친구잖아요."

반다가 웃었다.

"나를 처음으로 친구라고 불렀던 백인이 누군지 알아? 바로 네 아버지야."

반다는 잠깐 생각했다.

"케이프타운에 도착해서 어떻게 나를 탈출시킬 생각이지?"

"케이프타운에는 가지 않아요."

"네가 그곳으로 가겠다고 했잖아."

"저는 여자예요. 변덕이 심한 것은 당연하죠."

심야에 기차가 우스터 역에 정차하자 케이트는 전용 차량을 분리시켜 옆 선로에 정차시키게 했다. 아침에 잠에서 깬 케이트가 반다의 침대로 가보니 자리가 텅 비어 있었다. 반다는 혼자서 떠난 것이다. 더 이상 케이트에게 누를 끼치길 원치 않아서였을 것이다. 섭섭했지만 반다는 틀림없이 무사히 도망칠 수 있으리라 생각했다. 반다에게는 뒷바라지를 해줄 동지가 많이 있을 테니까 말이다.

'데이비드가 반드시 나를 칭찬해줄 거야.'

케이트는 그렇게 생각했다.


케이트가 요하네스버그로 돌아가 사건 전말을 얘기하자 데이비드는 고래고래 소리를 지르며 말했다.

"당신 자신을 위험에 노출시켰을 뿐만 아니라 회사까지 위태롭게 할 뻔했잖아요! 만일 경찰이 반다를 발견했더라면 어쩔 뻔했습니까?"

케이트는 도전적으로 대답했다.

"알고 있어요. 그들은 반다를 죽였겠죠."

데이비드는 신경질적으로 이마를 비벼대며 서성거렸다.

"아무것도 모르고 있군요, 당신은……."

"알고 있어요. 당신은 피도 눈물도 없는 인간이라는 것을 말이에요."

케이트의 눈은 분노로 이글거렸다.

"정말 철없는 어린애로군."

화가 치민 케이트가 손을 들어 데이비드를 때리려고 하자 그가 그녀의 팔을 붙잡았다.

"케이트, 신경질을 부리면 못써요."

그 말이 케이트의 머릿속에서 메아리쳤다.

'케이트, 신경질을 부리면…….'

벌써 꽤 오래전의 일이었다. 케이트가 4세 때 자기를 못살게 군 사내아이와 싸우는 도중이었다. 데이비드가 다가오자 사내아이는 도망쳐버렸다. 케이트가 쫓아가려고 하자 데이비드가 그녀를 끌어안고는 말렸다.

"참아요, 케이트. 신경질을 부리면 못써요. 나이가 어려도 숙녀는 싸움 같은 것은 하지 않는 법이에요."

"나는 숙녀 같은 것 싫어! 나를 놓아줘!"

케이트가 발버둥을 쳤다. 그녀가 입고 있던 핑크색 웃옷은 흙투성이가 되어 찢어져 있었고 이마에는 상처가 나 있었다.

"엄마한테 들키기 전에 깨끗이 씻는 것이 좋겠군요."

데이비드가 케이트를 타일렀다.

케이트는 도망쳐가는 사내아이를 분한 듯이 노려보았다.

"방해만 안했으면 해치울 수 있었는데……."

데이비드는 아직도 씩씩거리고 있는 조그만 얼굴을 들여다보며 웃음을 터뜨렸다.

"그랬겠지요."

어느새 케이트는 자기를 안고 집으로 들어가는 데이비드의 품안에서 온순해져 있었다.

케이트는 그의 팔에 안기는 것을 무척 좋아했다. 그리고 데이비드와 관계된 모든 것이 좋았다. 자기를 알아주는 단 한 사람의 어른인 것처럼 생각되었기 때문이다. 시내에 있을 때 데이비드는 언제나 케이트와 함께 있어주면서 여러 가지 얘기를 들려주었다. 아버지인 제이미가 한가할 때 젊은 데이비드에게 들려주었던 반다와의 모험담 등…… 그런 얘기를 듣는 것을 케이트는 좋아했다.

케이트는 어머니의 보살핌을 거의 받지 못했다. 마가렛은 크루거 브렌트 사 운영에 몰두하고 있었고, 죽은 남편 대신 노력하고 있었다. 그리고 제이미가 병석에 있던 1년 간, 매일 밤 그에게 보고를 한 것처럼 지금도 여전히 죽은 남편에게 보고를 했다.

"데이비드는 최고의 보좌역이에요, 제이미. 케이트가 회사를 운영하게 되어도 옆에 있어 줄 것이라고 믿어요. 당신을 걱정시키고 싶지는 않지만 케이트는 정말 어떻게 해야 좋을지 모르겠어요."

케이트는 변덕스럽고 고집이 세어서 정말 다스리기 어려운 아이였다. 어머니뿐만 아니라 어느 누구의 말도 듣지 않았다. 예쁜 옷을 골라줘도 그것을 팽개치고 다른 옷을 입었다. 식사시간에도 예의에 어긋나는 행동을 곧잘 했고, 먹고 싶을 때만 음식을 먹었다. 위협을 해도, 달래 봐도 소용이 없었다. 또 억지로 친구의 생일파티에 보내면 파티를 망쳐놓기가 일쑤였다.

케이트에게는 또래의 여자 친구가 없었다. 댄스 교실에 가는 대신 10대의 사내아이들과 어울려 럭비를 즐기는 아이였다. 학교에 다니기 시작하자 장난을 심하게 해서 마가렛은 최소한 한 달에 한 번은 교장선생님을 만나 케이트가 계속 학교에 다니게 해달라고 부탁하지 않으면 안 되었다.

"나로서도 어떻게 해볼 도리가 없습니다, 맥그리거 부인."

여자 교장은 한숨을 쉬었다.

마가렛도 어찌해야 할지 알 수가 없었다. 케이트를 다룰 수 있는 유일한 사람은 데이비드뿐이었다.

"오늘 오후 생일파티에 초대받았다면서요?"

데이비드가 물었다.

"생일파티는 딱 질색이에요."

데이비드는 몸을 구부려 케이트에게 눈높이를 맞추고는 말했다.

"그건 알고 있어요, 케이트. 그렇지만 생일파티를 여는 아이의 아버지가 내 친구예요. 케이트가 참석하지 않거나 숙녀답게 행동하지 않는다면 내가 난처해지는데……."

케이트는 데이비드를 빤히 쳐다보았다.

"정말 친한 친구예요?"

"그래요."

"그럼 갈게요."

그날 케이트의 행동은 나무랄 데가 없었다.

"어떻게 설득했죠? 꼭 마술 같군요."

마가렛이 데이비드에게 말했다.

"케이트는 고집이 센 것뿐입니다. 자라면서 그런 점은 점점 없어질 테니 너무 걱정하지 마십시오. 그 기개를 꺾지 않도록 하는 것이 더 중요합니다."

데이비드는 웃으며 그렇게 말했다.

케이트가 10세일 때, 한 번은 이런 일이 있었다.

어느 날 그녀는 갑자기 데이비드에게 말했다.

"반다를 만나고 싶어요."

데이비드는 깜짝 놀라며 그녀에게 말했다.

"케이트, 그건 어려워요. 그가 사는 곳은 여기서 너무 멀어요."

"그곳에 데려다줘요, 데이비드. 그럼 나 혼자 가게 할 셈이에요?"

그 다음 주에 데이비드는 반다의 농장으로 케이트를 데리고 갔다. 농장은 2모르겐 가량의 알맞은 넓이로, 반다는 밀농사를 지으며 타조를 키우고 있었다. 집은 원형 오두막 같은 곳이었는데, 벽은 흙으로 뭉쳐 발라져 있었다. 기둥을 세우고 짚으로 지붕을 덮었기 때문에 옥수수 같은 모양이었다.

반다는 집 앞에서 데이비드와 케이트가 마차에서 내리는 것을 바라보았다. 반다는 데이비드 옆에 있는 키가 껑충하고 얌전하게 생긴 여자아이에게 말했다.

"알 만하군. 네가 제이미 맥그리거의 딸이지?"

"나도 알고 있어요, 아저씨가 빈다죠?"

케이트는 점잔을 빼며 대답했다.

"아버지의 목숨을 구해주셔서 고맙다는 인사를 하러 왔어요."

반다는 크게 소리를 내어 웃었다.

"누가 또 거짓말을 했군. 들어오너라. 우리 가족을 만나야지."

반다의 아내는 누타메라는 이름을 가진 아름다운 반투족 여성이었다. 두 사람 사이에는 아들이 둘 있었는데 누톰벤슬이 케이트보다 7세 위, 마게나는 6세 위였다. 누톰벤슬은 아버지 반다를 닮아서 늠름한 얼굴에 태도도 당당했고 의연함을 갖추고 있었다.

케이트는 그날 오후 내내 두 소년과 함께 놀았고, 작긴 하지만 깨끗한 부엌에서 저녁식사를 했다. 데이비드는 흑인 가족과의 식사를 달갑게 생각하지 않았다. 반다를 존경하고 있었지만 백인과 흑인 간에는 사교적인 교제를 하지 않는 것을 전통으로 알고 있었다.

게다가 데이비드는 반다의 정치운동도 우려하고 있었다. 반다는 사회 개혁운동의 지도자인 존 텡고 자바부의 제자라는 얘기도 듣고 있었다. 그 무렵 광산 경영자들이 충분한 흑인 노동자를 확보할 수 없었으므로 정부가 광산에서 일하지 않은 흑인에 대해서 10실링의 세금을 부과한 것이 발단이 되어 남아프리카 각지에서 폭동이 빈발하고 있었다.

"갈 길이 머니 이제 그만 돌아가도록 해요."

해가 저물었기 때문에 데이비드가 재촉했다.

"아뇨, 좀 더 있다가 갈 거예요. 상어 얘기를 해주세요."

케이트는 반다를 돌아보며 말했다.

그날 이후 케이트는 데이비드를 졸라 반다의 집에 곧잘 놀러가곤 했다.

데이비드는 케이트가 고집이 센 아이였지만 그런 것은 커가면서 점차 없어지게 될 것이라고 대수롭지 않게 생각했다. 그러나 케이트는 나날이 성격이 거칠어져갔다. 그녀는 같은 나이 또래 친구들이 좋아하는 것은 전부 싫어했다. 대신 데이비드와 사냥이나 캠프, 낚시를 하러 다니는 것을 좋아했다.

어느 날, 케이트와 데이비드가 바알강에서 낚시를 하고 있을 때, 케이트는 데이비드조차 잡아본 적이 없는 커다란 송어를 낚아 올렸다. 그러자 데이비드가 말했다.

"케이트는 남자로 태어나야 할 걸 그랬어요."

그러자 케이트가 그를 노려보며 말했다.

"바보 같은 소리 하지 마세요. 남자로 태어났으면 아저씨와 결혼을 못 하잖아요!"

데이비드가 웃음을 터뜨렸다.

"웃을 일이 아니에요. 나는 아저씨와 결혼할 거예요."

"그건 안 돼요, 케이트. 나는 케이트보다 스물두 살이나 많다고요. 아버지 같은 나이예요. 케이트는 젊고 훌륭한 청년과 만나야죠."

"훌륭한 청년 같은 건 필요 없어요. 데이비드만 있으면 돼요."

케이트는 농담을 하듯이 말했다.

"그 말이 진심이라면 좋아요, 남자의 마음을 사로잡는 비결을 가르쳐 줄게요."

"얘기해줘요!"

"우선은 남자의 배를 채워줘야 해요. 자, 송어를 요리해서 점심식사를 합시다."

'나는 데이비드 블랙웰과 결혼을 할 것이다.'

케이트는 그것을 티끌만큼도 의심하지 않았다. 케이트에게 있어서 데이비드야말로 이 세상에서 유일한 남자였다.


마가렛은 일주일에 한 번 데이비드를 저녁식사에 초대했다. 집에 손님이 왔을 때 케이트는 행동을 조심하지 않아도 되도록 고용인들과 부엌에서 식사를 하기로 되어 있었다. 그러나 데이비드가 오는 금요일 밤만은 대식당에 가서 함께 식사했다. 데이비드는 대개 혼자서 왔지만 이따금 여성을 데리고 오는 적도 있었다. 그럴 때면 케이트는 그 여성을 드러나게 증오했다.

케이트는 데이비드가 혼자 있을 때를 골라서 시치미를 떼고 말했다.

"그런 금발은 본 적이 없어요. 이상한 색깔이에요." 하거나 어느 때는 "저 여자 옷차림은 천박해요." 혹은 "마담 아그네스 집에 있던 그 여자 아닌가요?"라고 말하기도 했다.

케이트가 10세 때, 어느 날 교장이 마가렛을 학교로 불렀다.

"나는 품격 있는 학교운영을 하고 싶습니다, 맥그리거 부인. 그런데 케이트는 다른 학생들에게 나쁜 영향만 끼치고 있어요."

마가렛은 한숨을 쉬었다.

"케이트가 또 무슨 짓을 했나요?"

"케이트는 다른 학생들한테 지금까지 들어본 적도 없는 못된 말들을 가르쳐주고 있습니다."

교장은 심각한 얼굴로 말했다.

"덧붙여 말해두겠습니다만 나도 들어본 적이 없는 쌍소리를 몇 번이나 들었습니다. 도대체 그런 말을 어디서 배우는지 나로서는 상상도 할 수 없군요."

마가렛은 알고 있었다. 케이트는 길거리에서 알게 된 악동들에게서 나쁜 말을 배우고 있었다.

'도저히 안 되겠군.'

마가렛은 결심했다.

교장은 계속해서 말했다.

"이번 한 번만 기회를 준다고 케이트한테 단단히 이르세요."

"아닙니다. 내게 좋은 생각이 있어요. 케이트를 먼 곳에 있는 학교로 보내야겠어요."

마가렛이 자신의 생각을 얘기하자 데이비드는 싱긋 웃었다.

"케이트가 싫어할 텐데요."

"할 수 없어요. 교장 선생님은 케이트가 쓰는 말에 굉장한 불쾌감을 갖고 있어요. 케이트는 꽁무니를 따라다니는 채굴자들한테서 늘 쌍소리를 배우는 거예요. 말도, 태도도, 그리고 분위기까지도 채굴자들을 닮아가고 있다고요. 귀엽고 머리도 좋은 아이가……."

"아마도 지나치게 머리가 좋은 탓이겠죠."

"머리가 좋든 나쁘든 학교는 멀리 보내야겠어요."

그날 오후 케이트가 학교에서 돌아오자 마가렛은 전학 건에 대해서 케이트에게 말했다.

케이트는 미친 듯이 화를 냈다.

"나를 쫓아낼 생각이죠!"

"그런 게 아니란다. 너한테는……."

"난 이곳이 좋아요. 친구들이 모두 여기에 있으니까요. 친구들을 내게서 떼어놓을 생각 하지 마세요!"

"친구들이라니? 그 쓰레기 같은 인간들 말이냐?"

"쓰레기가 아니에요. 그들은 보통 사람들과 똑같단 말이에요."

"케이트, 너와 토론을 벌일 생각은 없다. 너는 아직 어리니까 숙녀에게 적합한 기숙학교에 가야 하는 거야. 내 말대로 하렴."

"그럼 자살해버리겠어요."

"그래, 자살하렴. 이층에 면도칼이 있다. 그리고 집안을 뒤져보면 독약도 있을 거야."

케이트는 울음을 터뜨렸다.

"부탁이에요, 엄마. 나를 먼 곳으로 보내지 마세요."

마가렛은 딸의 팔을 잡고 타일렀다.

"너 자신을 위해서다, 케이트. 너는 이제 곧 어른이 된다. 결혼 준비도 해둬야 하고. 지금 그런 태도로는 아무도 너를 색싯감으로 데려가지 않을 거야."

케이트는 훌쩍거리면서 말했다.

"데이비드는 그런 것에 신경 안 써요."

"데이비드?"

"우리는 결혼할 거예요."

마가렛은 한숨을 쉬었다.

"탈레이 부인한테 네 짐을 챙기라고 말해야겠다."

영국에는 자녀교육에 적합한 학교가 대여섯 곳이 있었다. 마가렛은 글로스터서에 있는 첼턴햄 여학교를 선택했다. 이 학교는 엄격한 예절 교육으로 정평이 나 있었다. 높은 벽으로 둘러싸인 광대한 부지 가운데 있었으며 학교 안내 책자에는 '귀족과 상류사회의 자녀교육이 목적'이라고 쓰여 있었다.

데이비드는 그 학교 교장인 키튼 부인의 남편과 거래관계가 있어서 그 연줄로 케이트의 입학 수속을 무난히 치를 수 있었다.

케이트는 자신이 어디로 보내지는지 알고는 다시 분노를 폭발시켰다.

"그 학교라면 들어본 적이 있어요. 지독한 곳이라더군요. 틀림없이 박제된 영국 인형처럼 되어 돌아올 거예요. 나를 그렇게 만들고 싶으세요?"

"네게 예의범절을 몸에 익히게 하고 싶어."

마가렛은 케이트를 타일렀다.

"예의 같은 것은 필요 없어요. 내게는 두뇌가 있다고요."

"남자가 여자에게 첫 번째로 원하는 것은 두뇌가 아니란다. 너는 얌전한 여자가 돼야 돼."

마가렛은 단호하게 말했다.

"나는 얌전한 여자가 안 돼도 상관없어요! 제기랄! 내가 하고 싶은 대로 좀 내버려둬요!"

케이트는 악을 썼다.

"그런 쌍스러운 말은 쓰는 게 아니란다."

두 사람은 케이트가 떠나는 날 아침까지 그런 싸움을 계속했다. 마침 데이비드가 런던으로 출장을 가게 되어 마가렛은 그에게 부탁했다.

"힘들겠지만 케이트가 기숙사에 도착할 때까지 함께 가주지 않겠어요? 혼자 보냈다가는 무슨 짓을 저지를지 모르니까요."

"네, 알겠습니다."

"말도 안 돼요! 아저씨도 우리 엄마처럼 형편없는 사람이군요! 아저씨도 나를 빨리 쫓아버리고 싶은 거죠?"

데이비드는 싱긋 웃었다.

"그건 오해예요. 헤어지는 것은 아직 먼 훗날의 얘기예요."

두 사람은 전용 차량으로 클립드리프트에서 케이프타운까지 가서 그곳에서 배로 영국의 사우샘프턴 항으로 향했다. 4주간의 여행이었다. 케이트는 자존심이 상하고 인정하고 싶지 않았지만 데이비드와 함께 떠나는 여행은 기대감으로 가슴이 두근거렸다.

'마치 신혼여행 같은걸. 결혼식을 올리지 않은 것뿐이야. 지금은 내가 어리니까.'

케이트는 그렇게 생각했다.

데이비드는 배 안의 특별실에 틀어박혀서 줄곧 일에 열중하고 있었다. 케이트는 긴 의자에 누워 데이비드의 일하는 모습을 조용히 바라보았다. 그의 옆에 있는 것만으로 만족스러웠다.

"그런 숫자가 잔뜩 적힌 서류를 보고 있으면 따분하지 않나요?"

케이트가 조용히 질문을 던지자, 데이비드는 펜을 놓고 케이트를 바라보았다.

"케이트, 이건 무의미한 숫자의 나열이 아니랍니다. 이건 드라마예요."

"드라마요?"

"숫자를 읽는 방법을 알게 되면 회사와 그곳에서 일하는 사람들의 드라마를 알 수 있게 되죠. 전 세계에서 수천 명의 사람들이 아버지 회사를 위해 일하고 있잖아요."

"내가 아버지를 닮은 곳이 있나요?"

"많죠, 아버지는 완고하고 독립심이 강한 분이셨습니다."

"나도 완고하고 독립심이 강한 여자인가요?"

"케이트는 남의 말을 듣지 않는 어리광쟁이지요. 당신과 결혼하는 남자는 굉장히 골치 아픈 인생을 보내게 될 겁니다. 틀림없이."

케이트는 꿈을 꾸듯이 미소 지었다.

'그 대단한 인생을 보낼 남자가 바로 당신이라고요.'

배 위에서의 마지막 날, 식당에서 데이비드가 물었다.
"어째서 그렇게 이해를 못하는 거죠, 케이트?"
"내가요?"
"본인이 더 잘 알고 있을 거예요. 저 불쌍한 어머니를 항상 화나게 만든다는 것을……."
케이트는 자기 손을 데이비드의 손 위에 얹고 말했다.
"당신도 화나게 만들어줄까요?"
데이비드의 얼굴이 붉어졌다.
"그만둬요. 도대체 어떻게 할 생각이에요?"
"알고 있으면서요."
"어째서 다른 소녀들처럼 행동하지 못하는 거죠?"
"그런 것은 죽어도 싫어요. 나는 다른 누구와도 똑같은 사람이 되고 싶지 않아요."
"다른 소녀들과 다르다는 것은 하느님이 보증해줄 거예요. 그것만큼은 걱정하지 않아도 될걸요."
"내가 당신한테 어울리는 나이가 될 때까지 당신은 누구와도 결혼하면 안 돼요. 알겠죠? 나도 될 수 있는 대로 빨리 어른이 될 테니까요. 약속하겠어요? 사랑하는 사람을 만들지 마세요, 부탁이에요."
데이비드는 케이트의 진지함에 감동을 받고 그녀의 손을 잡고 말했다.
"케이트, 만약 내가 결혼한다면 케이트와 같은 딸이 태어나기를 바라겠어요."
그러자 케이트는 자리에서 벌떡 일어나더니 식당 안이 크게 울리도록 큰 소리로 외쳤다.
"데이비드 블랙웰! 당신은 지옥으로 떨어지고 말 거예요!"

그리고 다른 손님들이 보고 있든 말든 씩씩거리며 식당을 나갔다.

런던에서 함께 보낸 3일간, 케이트는 한순간 한순간을 즐겼다.
"좋은 것을 보여줄게요."
데이비드는 케이트에게 《양배추 밭의 위그부인》 입장권 두 장을 사서 보여주었다.
"고마워요, 데이비드. 하지만 나는 게이어티에 가보고 싶은걸요."
"안 돼요. 그곳은 여성이 알몸으로 춤을 추는 곳이라고요. 케이트를 데리고 갈 만한……."
"가보지 않고서는 말할 수 없잖아요? 자, 가 봐요."
케이트는 고집스럽게 우겨댔다.
데이비드는 결국 케이트를 데리고 게이어티에 갈 수밖에 없었다.

케이트는 런던이 마음에 들었다. 이곳에서는 아름다운 드레스에 번쩍번쩍하는 보석을 몸에 걸친 여성들, 만찬을 위해 흰 셔츠에 조끼를 입은 남성들이 혼연일체가 되어 있었다.
두 사람은 리츠에서 식사를 하고 정찬은 사보이 호텔에서 들었다. 마침내 출발 시간이 되자 케이트는 마음속에 깊이 새겼다.
'반드시 이곳에 다시 올 거야. 그때는 데이비드와 둘이서…….'
첼턴햄 여학교에 도착해 두 사람은 키튼 부인의 사무실로 안내되었다.
"케이트를 입학하게 해주셔서 감사합니다."
데이비드가 인사를 했다.
"우리는 즐겁게 지낼 수 있을 거예요. 남편 친구 분을 도와드릴 수 있다는 것은 영광입니다."
그 순간 케이트는 속고 있었음을 깨달았다. 자기를 이곳에 넣은 것은 데이비드였다. 케이트는 깊은 상처를 받았다. 그래서 데이비드가 떠날 때 작별 인사도 하지 않았다.

*

학교생활은 견디기가 힘들었다. 온갖 것이 규칙으로 묶여서 학생들은 속옷까지도 획일적으로 입지 않으면 안 되었다. 수업은 하루에 10시간, 숨 쉴 틈 없이 빼곡하게 차 있었다.

키튼 부인은 학생과 직원을 강철과 같은 통제력으로 지배했다. 그렇게 해서 학생들에게 상류사회 예의범절을 몸에 익히게 했으며 언젠가는 이상적인 남편을 맞이하도록 하는 교육을 했다.

케이트는 어머니에게 편지를 썼다.

'이곳은 말로 표현하기 힘든 감옥과 같은 곳이고 학생들도 거지같은 애들뿐이에요. 화제는 지저분한 사내아이들 얘기 아니면 빌어먹을 유행에 관한 것뿐이란 말이에요. 선생들도 죄다 바보 같은 괴물들뿐이어서 더 이상 이곳에는 있을 수가 없어요. 나는 도망칠 작정이에요.'

케이트는 세 차례나 탈출을 시도했다가 그때마다 끌려 돌아왔다. 그리고 전혀 반성하는 기색이 없었기 때문에 직원회의 때마다 케이트의 이름이 거론되었다.

"그 학생은 도저히 다스릴 수가 없습니다. 남아프리카로 되돌려 보내야 한다고 생각합니다."

그러자 키튼 부인이 반론을 폈다.

"당신에게 동의하고 싶은 마음 간절합니다만 이런 사태를 하나의 도전이라고 생각합시다. 우리가 케이트 맥그리거를 바로잡는 데 성공한다면 어떤 학생이든 바로잡을 수가 있을 것입니다."

그렇게 해서 케이트는 학교에 계속 남아 있을 수 있었다.

케이트는 학교에서 경영하고 있는 농장에 흥미를 나타내어 교사들을 놀라게 했다. 농장에는 채소밭이 있고 닭과 소와 돼지와 말을 키우고 있었다. 케이트가 농장에 자주 찾아간다는 보고를 들은 키튼 부인은 무척 기뻤다.

"이제야 아시겠죠?"

교장이 케이트의 담임선생에게 말했다.

"결국 끈기싸움이었습니다. 케이트는 자기가 무엇에 관심이 있는지 마침내 발견했어요. 언젠가 그 아이는 대농장주와 결혼할 것이고, 남편의 훌륭한 조수가 될 거예요."

이튿날, 농장을 관리하는 오스카 덴커가 교장에게 면담을 하러 왔다.

"케이트 맥그리거에 관해서인데요, 그 학생을 농장에 못 오게 해주셨으면 합니다."

관리인은 말했다.

"무슨 일인지 설명해보세요. 그 학생이 농장에 흥미를 느끼고 있다는 보고를 받았습니다만……."

키튼 부인은 의아해하며 물었다.

"분명히 말씀하시는 대로입니다. 그런데 그 학생이 무엇에 흥미가 있는지 알고 계십니까? 가축의 씨받이입니다. 이런 말씀을 드려서 죄송합니다만."

"뭐라고요?"

"그렇습니다. 그 학생은 하루 종일 그곳에 서서 암컷과 수컷이 교배하는 것을 꼼짝 않고 보고 있단 말입니다."

"저런 못된 것이 있나!"

키튼 부인은 자기도 모르게 욕이 나왔다.

케이트는 자신을 이런 상황 속에 몰아넣은 데이비드를 아직도 용서하지 않고 있었다. 게다가 그의 곁에 있을 수 없으니 못 견디게 외로웠다.

'운명이군. 미워하고 있는 남자를 그리워하다니…….'
그녀는 의기소침해 있었다.

케이트는 죄수가 자유롭게 되는 날을 손꼽아 기다리듯이 데이비드와 헤어지고 나서부터 하루도 빠짐없이 날수를 계산했다. 자기가 이런 저주받을 학교에 갇혀 있는 사이에 데이비드가 결혼을 하는 것은 아닐까 하고 신경이 쓰여서 견딜 수가 없었다.

'그런 짓을 했단 봐라. 둘 다 죽여 버리고 말 거야. 아니, 여자만 죽여 버려야지. 나는 붙잡혀서 교수형을 받게 되겠지. 하지만 내가 교수형을 당하는 순간 그는 나를 사랑하고 있었다는 것을 깨닫게 될 거야. 하지만 그때는 이미 늦잖아. 그는 용서해달라고 내게 하소연을 하겠지.'

케이트는 입술을 깨물었다.

그녀는 마침 편지를 받았다. 데이비드에게서 온 것으로 간단한 내용이었다. '런던으로 출장을 가게 되었으니 잠깐 들러 면회를 하겠습니다.'라고 쓰여 있었다. 케이트의 공상은 한없이 부풀어 올라 편지 내용을 10배 이상 비약시켜서 생각했다.

'왜 데이비드는 영국에 오는 걸까? 물론 나를 만나기 위해서겠지. 왜 면회를 오는 걸까? 그가 드디어 내 사랑을 깨닫고 더 이상 떨어져 사는 것이 견딜 수 없어서일 거야. 데이비드는 틀림없이 나를 이 비참한 생활에서 건져내줄 거야.'

케이트는 행복감을 억제할 수 없어서 애를 먹을 정도였다. 데이비드가 찾아오는 날, 마침내 케이트는 공상을 멋대로 현실화시켜서 반 친구들에게 작별인사를 하며 돌아다녔다.

"우리 애인이 이곳에서 나를 데려가려고 찾아온다."

친구들은 설마 하는 얼굴로 그저 잠자코 케이트를 쳐다볼 뿐이었다. 조지나 크리스티만이 믿을 수 없다는 듯이 빈정거리며 말했다.

"너 또 거짓말을 하는 거지?"

"글쎄, 조금만 기다려보라고. 키가 크고 잘생긴 남자인데 내게 홀딱 반했다니까."
 학교에 도착한 데이비드는 학생들이 자기를 힐끔힐끔 노려보는 것 같아서 당황스러웠다. 학생들은 데이비드를 보자 자기들끼리 속삭이면서 킬킬거리고 웃다가 그와 시선이 마주치면 얼굴을 붉히고 도망갔다.
 "이곳 학생들은 지금까지 남자를 본 적이 없는 것 같아. 혹시 케이트가 나에 관해서 이상한 말을 한 건 아니죠?"
 데이비드는 케이트를 만나자마자 말했다.
 "천만에요. 내가 왜 그런 짓을 하겠어요?"
 케이트는 시치미를 떼고 말했다.
 학교 대식당에서 식사를 하면서 데이비드는 집에서 일어난 일들을 이것저것 얘기해주었다.
 "어머니가 안부를 전하시면서 여름방학에는 돌아와 달라고 하셨어요."
 "어머니는 어떻게 지내시죠?"
 "매우 건강하십니다. 사업 때문에 바쁘시기는 하지만……."
 "회사는 잘되고 있나요, 데이비드?"
 케이트가 갑자기 사업에 관심을 보여서 데이비드는 어안이 벙벙했다.
 "대단히 순조롭습니다. 그런데 그건 왜요?"
 '왜라니, 언젠가는 나와 당신이 함께 해나가야 하니까 그렇지.'
 그러나 케이트는 생각과는 다르게 말했다.
 "그저 알고 싶었을 뿐이에요."
 데이비드는 아무것도 손을 대지 않은 케이트의 접시를 그제야 보았다.
 "식사는 하지 않을 거에요?"
 케이트는 식사 같은 것은 아무래도 좋았다. 데이비드에게서 마법의 말이 튀어나올 순간을 이제나 저제나 애타게 기다리고 있었다.
 '나와 함께 가요, 케이트. 당신은 이제 완전한 여성이 되었소. 나는 당

신을 원하오. 우리 결혼합시다.'

 디저트가 나오고 커피를 마실 동안에도 데이비드에게서는 마법의 말이 여전히 나오지 않았다.

 데이비드가 시계를 보고 말했다.

 "자, 이젠 가봐야겠군요. 시간이 늦으면 안 되니까요."

 그제야 케이트는 데이비드가 자기를 이곳에서 꺼내갈 생각이 전혀 없다는 것을 깨달았다.

 '이 어리석은 사람이 나를 이곳에 내버려두고 푹 썩게 만들 생각이군.'

 데이비드는 케이트와의 면회 시간을 즐겁게 보냈다고 믿고 있었다.

 '케이트는 총명하고 쾌활한 아이였다. 이전에 보였던 억지도 지금은 자제할 수 있게 되었다.'

 데이비드는 케이트의 손을 다정하게 두드려주며 물었다.

 "돌아가기 전에 내가 해줄 일이 뭐 있을까요?"

 케이트는 데이비드의 눈을 들여다보며 어리광부리듯이 말했다.

 "그래요, 데이비드 있어요. 내 소원을 들어주겠죠? 그럼 말하겠어요. 내 눈앞에서 영원히 꺼져버려!"

 그녀는 입을 쩍 하고 벌리고 있는 데이비드를 남겨두고 거만하게 어깨를 뒤로 젖히고는 식당에서 나갔다.


 마가렛은 케이트가 떠나고 나서야 비로소 외롭다는 것을 깨달았다. 케이트는 변덕이 심하고 고집이 센 딸이기는 했지만 마가렛이 사랑하는 유일한 혈육이었다.

 '그 아이는 언젠가는 큰 인물이 될 거야.'

 마가렛은 그렇게 자위하면서 큰 기대를 걸고 있었다.

 '하지만 숙녀로서의 예의범절을 몸에 익히지 않으면 안 된다.'

 여름방학이 되자 케이트는 집으로 돌아왔다.

"학교공부는 잘하고 있겠지?"

마가렛이 물었다.

"어휴, 지긋지긋해요! 100명의 할망구들한테 둘러싸여 있는 것같다니까요."

마가렛은 딸을 자세히 관찰했다.

"다른 여학생들도 너처럼 생각하니?"

"그것들이 그런 것을 생각이나 할 수 있겠어요? 학교에 가서 그 애들을 한번 보세요! 그 애들은 완전히 보호막에 싸여 살고 있다고요. 인생에 대해서 아무것도 몰라요."

케이트는 친구들을 경멸하듯이 말했다.

"어머! 그렇다면 너로서는 무척 괴롭겠구나."

마가렛은 말했다.

"부탁이니 제발 웃지 마세요. 그 애들은 남아프리카에 와본 적도 없어요. 본 적이 있는 동물이라고는 동물원에 있는 것들뿐이라고요. 다이아몬드 광산이나 금광을 구경한 아이는 한 명도 없어요."

"불쌍한 아이들이구나."

"그래요. 그러니까 나는 다른 학생들처럼 되어서 엄마를 실망시키고 싶지 않다고요."

"네가 다른 학생들처럼 될 수 있다고 믿고 있니?"

케이트는 장난스럽게 웃었다.

"될 턱이 없잖아요? 엄마 머리가 이상하게 된 거 아니에요?"

돌아온 지 한 시간도 채 못 되어 케이트는 하인들의 아이들과 밖에서 럭비에 열중하고 있었다. 마가렛은 창 너머로 케이트를 바라보면서 생각했다.

'저애는 여전히 조금도 달라진 것이 없어.'

저녁식사 때 케이트가 지나가는 말처럼 물었다.

"데이비드는 시내에 있나요?"

"호주로 출장 갔어. 내일 돌아오기로 되어 있다."

"금요일 저녁식사에는 오나요?"

"그렇겠지."

마가렛은 한동안 케이트를 바라보고 있다가 조심스럽게 물었다.

"너 데이비드를 좋아하니?"

케이트는 어깨를 으쓱했다.

"그저 그렇고 그래요."

"그렇구나."

마가렛은 맞장구를 쳤다. 그리고 케이트가 데이비드와 결혼하겠다고 우겨대던 일을 생각하고는 속으로 혼자 웃었다.

"난 그 사람을 싫어하지는 않아요, 엄마. 그러니까 인간으로서는 좋아해요. 하지만 남성으로서는 참을 수가 없어요."

데이비드가 금요일 저녁식사에 오자 케이트는 인사를 하러 현관까지 달려갔다. 그리고 그를 끌어안고는 귀에 대고 속삭였다.

"용서해주세요. 아, 당신이 없어서 얼마나 따분했는지! 당신도 외로웠어요?"

데이비드는 엉겁결에 대답했다.

"네."

그렇게 대답한 자신에게 데이비드는 다시 한 번 놀랐다.

'어째서 깨닫지 못했을까? 나도 정말로 외로웠었다.'

케이트 같은 소녀는 그로서는 처음이었다. 케이트는 만날 때마다 새로운 모습을 자신에게 보여주었다. 케이트는 이제 곧 16세가 된다. 몸의 여기저기가 예쁘게 곡선을 그리고 있었다. 길게 늘어뜨린 검은 머리가 어깨를 뒤덮고 있었고, 지금까지 깨닫지 못하고 있었지만 어느새 성숙한 여성다운 자태가 잡혀 있었다. 케이트는 미인이면서 두뇌회전이 빠르고 게다가 강한 의지를 지닌 처녀였다.
'이 처녀는 보통남자는 아마 다루기 힘들 거야.'
데이비드는 생각했다. 저녁식사를 하면서 데이비드가 물었다.
"학교는 어때요, 케이트?"
"네, 무척 좋아졌어요."
케이트는 시치미를 떼고 말했다.
"꽤나 많은 것을 배우고 있어요. 선생님들은 모두 훌륭하고 친구도 많이 사귀었어요."
마가렛은 어처구니가 없어서 입도 뗄 수가 없었다.
"데이비드, 나를 광산에 데려다주겠어요?"
"재미없는 방학이 될 텐데요?"
"괜찮아요, 부탁이에요."
광산에 가면 하루가 꼬박 걸리므로 케이트가 데이비드와 오랜 시간 함께할 수 있었다.
"어머니가 승낙하신다면 그렇게 하죠."
"부탁해요, 엄마!"
"좋아, 데이비드와 함께 있는 한 너는 안전할 테니까."

블룸폰테인 부근에 있는 크루거 브렌트 사의 다이아몬드 광산은 수많은 노동자들이 채굴과 처리, 선정, 분류작업에 종사하고 있는 거대한 작업장이었다.
"이곳은 우리 회사에서 가장 수익을 많이 올리는 광산입니다."
데이비드가 설명했다.
두 사람은 바깥 감독실에서 광산 내부로의 안내직원을 기다리고 있었다. 사무실 벽에는 갖가지 색깔과 모양의 다이아몬드가 가득 진열되어 있었다.

"다이아몬드에는 각각 특징이 있습니다. 바알강 기슭의 다이아몬드 원석은 충적층의 것으로 몇 세기에 걸쳐 깎여나가 양쪽 끝이 닳아 있어요."

데이비드가 설명했다.

'데이비드는 전보다 더 핸섬해졌구나. 저 눈썹이 나는 좋아.'

케이트는 생각했다.

"이곳에 있는 원석은 각기 다른 광산에서 채굴한 것이지만 외견으로 간단히 구별할 수가 있어요. 이것 보이죠? 크기와 황색의 비율로 파아드 스판에서 채취했다는 것을 알 수가 있습니다. 드비어스에서 채취한 다이아몬드는 표면이 윤기가 나고 12면체예요. 이것은 킴벌리 광산에서 캐낸 것입니다. 8면체이니까요. 그곳의 다이아몬드는 불투명한 것에서 투명한 것까지 여러 가지가 있습니다."

'데이비드는 굉장히 머리가 좋아. 무엇이든 다 알고 있다니까. 저 감독은 데이비드가 내 애인이라는 것을 알고 있을까? 그랬으면 참 좋으련만……'

"다이아몬드는 색으로 가치가 결정됩니다. 색채는 1도에서 10도까지 숫자로 표시되고 있죠. 가장 좋은 것이 청백색이고 가장 나쁜 것은 갈색입니다."

'그는 냄새도 최고야. 그래, 남자의 냄새. 어깨도 팔도 멋지고……'

"케이트!"

"넷, 데이비드?"

케이트는 당황한 채 대답했다.

"내 설명을 듣고 있습니까?"

"물론 듣고 있죠. 한마디도 빼놓지 않고 듣고 있어요."

케이트는 화를 내며 대꾸했다.

두 사람은 두 시간 가량 광산에 들어갔다가 나와 점심식사를 했다. 케이트가 생각한대로 그곳에서의 하루는 천국과 같았다.

오후 늦게 귀가한 케이트에게 마가렛이 물었다.

"어때, 즐거웠니?"

"무척 즐거웠어요. 채굴작업이란 정말 매력적인 일이더군요."

그로부터 30분쯤 후, 마가렛은 창밖의 광경에 눈을 돌렸다. 케이트는 정원사의 아들들과 레슬링에 열을 올리고 있었다.

다음해 학교에서 보내오는 케이트의 편지는 신중하고 낙천적인 내용으로 바뀌어 있었다.

케이트는 하키와 라크로스 팀 주장으로 선출되고 학업도 반에서 1등을 달리고 있었다. 또 학교는 모든 것이 그렇게 나쁘지만은 않고 반에는 훌륭한 여학생이 몇 사람 더 있다고 알려왔다. 그리고 케이트는 여름방학에 2명의 친구를 데려가도 되느냐고 허락을 구하기도 했다. 물론 마가렛은 기뻐하며 승낙했다.

'집안은 젊은 처녀들의 웃음소리로 활기를 띠게 될 것이다.'

케이트의 귀향을 그토록 기다리는 마가렛은 지금 모든 꿈을 케이트에게 걸고 있었다.

'제이미와 나는 이미 과거에 속한 인간이야. 하지만 케이트는 미래를 사는 인간이다. 미래는 어쩌면 이토록 화려하게 빛나고 있는 걸까.'

방학이 되어 귀향한 케이트는 클립드리프트의 적령기 청년들에게 둘러싸였고 데이트 신청도 쇄도했다. 그러나 케이트는 그 누구에게도 관심을 보이지 않았다. 미국에 출장 가 있는 데이비드가 돌아오기만을 초조하게 기다리고 있었다. 데이비드가 왔을 때 케이트는 현관까지 마중을 나갔다. 그녀는 흰 드레스에 검은 벨트를 매어 보기 좋게 부풀어 오른 가슴을 강조하고 있었다.

케이트를 포옹한 데이비드는 그녀의 뜨거운 반응에 깜짝 놀랐다. 엉겁결에 그녀에게서 몸을 떼어내고 케이트를 바라보았다. 그녀는 어딘가 달라져 있었다. 케이트의 눈에는 데이비드가 처음으로 보는 표정이 떠올라 있었다. 그는 몹시 당황했다.

 방학 동안 데이비드는 불과 몇 차례밖에 케이트를 만나지 못했다. 케이트를 둘러싸고 있는 청년들 중 누군가가 행운의 제비를 뽑을 것이라고 데이비드는 생각했다.

 데이비드는 이번에는 호주로 출장을 가게 되었다. 그리고 돌아왔을 때 케이트는 이미 영국으로 떠나고 없었다.

 케이트의 학교생활 마지막 해인 어느 날 밤, 갑자기 데이비드가 그녀를 찾아왔다. 다른 때 같으면 편지나 전화로 연락을 하고 올 텐데 이번에는 아무런 예고도 없었다.

 "앗, 데이비드! 깜짝 놀랐어요. 온다고 알려주었으면 좋았을 텐데요. 그랬으면 나도……."

 케이트는 포옹을 했다.

 "케이트, 당신을 데리러 왔어요. 당장 집으로 돌아갑시다."

 "무슨 일이 있나요?"

 케이트는 포옹을 한 채 그의 얼굴을 바라보며 물었다.

 "어머니가 위독하세요."

 케이트는 한순간 몸이 굳어졌다.

 "곧 준비를 하겠어요."

 케이트는 어머니의 병세에 충격을 받았다. 불과 몇 개월 전에 만났을 때만 해도 어머니는 무척 건강해보였었다. 그러나 지금의 마가렛은 눈이 움푹 들어가고 창백하게 여위어 있었다. 암이 어머니의 육체를 좀먹고 영혼까지 침식하고 있었다.

케이트는 침대 옆에 앉아서 어머니의 손을 잡았다.

"아, 엄마! 제가 못된 딸이었어요."

케이트는 용서를 빌었다.

마가렛은 딸의 손을 힘주어 잡았다.

"이미 각오는 하고 있었단다. 네 아버지가 돌아가셨을 때부터 각오는 하고 있었어. 바보 같은 얘기일지 모르지만 들어주겠니? 살아 있는 사람에게는 얘기하고 싶지 않았지만……."

마가렛은 케이트를 올려다보았다. 그러고는 잠시 망설이다가 다시 말했다.

"나는 말이다. 저 세상에서 네 아버지 뒷바라지를 해줄 사람이 없는 것이 줄곧 마음에 걸렸었단다. 이제야 내가 돌봐드릴 수 있게 되었구나."

결국 마가렛은 숨을 거두었고, 장례식이 치러졌다. 어머니의 죽음은 케이트에게 엄청난 충격이었다. 아버지와 오빠를 잃은 신세였으나 그것은 케이트가 기억하지 못하는 일이었다. 두 사람의 죽음은 과거 얘기에 지나지 않았다. 그러나 어머니의 죽음은 현실이었다. 18세밖에 안 된 자신이 갑자기 외톨박이가 된 것 같았다. 케이트는 몸을 떨었다.

데이비드는 케이트가 눈물을 참으며 어머니 무덤 옆에 서 있는 것을 지켜보고 있었다. 집으로 돌아간 케이트는 주체할 수 없는 슬픔에 하염없이 흐느껴 울며 말했다.

"어머니는 언제나 내, 내게 잘해주셨어요. 그런데, 그런데 나는 이런 못된 딸이 되어버렸어요."

데이비드는 그러한 케이트를 위로해보려고 안간힘을 썼다.

"당신은 항상 훌륭한 딸이었어요, 케이트."

"나는 몹쓸 짓만 골라서 했어요. 속죄를 할 수 있다면 무슨 일이든 하겠어요. 왜 돌아가셨을까요, 어머니는? 왜 하느님은 어머니에게 이렇게 가혹한 짓을 하셨을까요?"

데이비드는 케이트가 실컷 울도록 내버려두고 언제까지나 다정하게 옆에 있어 주었다. 케이트가 얼마 후 진정을 하자 데이비드는 말했다.

"지금은 믿어지지 않을지 모르지만 이 아픔도 언젠가는 사라질 날이 올 거예요. 그때 당신에게 무엇이 남겨져 있을까요? 케이트, 당신은 자신과 어머니와의 즐거운 추억만을 생각하게 될 겁니다."

"그럴지도 모르죠. 하지만 지금은 가슴이 너무 아파요."

이튿날 아침 두 사람은 케이트의 장래에 대해서 이야기를 나누었다.

"당신 가족은 스코틀랜드에 있죠?"

데이비드가 케이트에게 상기시켰다.

"없어요! 그 사람들은 가족이 아니에요. 그냥 친척일 뿐이지요."

케이트는 단호하게 말했다. 그녀의 목소리에는 가시가 돋쳐 있었다.

"아버지가 이곳으로 온다고 했을 때 그들은 비웃었어요. 아버지의 어머니를 빼놓고는 아무도 도와주려고 하지 않았어요. 그 할머니도 지금은 돌아가셨어요. 그래요, 나는 그들과 관계를 갖고 싶지 않아요."

데이비드는 생각에 잠겼다.

"학교는 졸업할 생각인가요?"

케이트가 대답하기 전에 데이비드가 이어서 말했다.

"당신 어머니는 그것을 원하고 계셨어요."

"그럼 그렇게 하겠어요."

케이트는 바닥을 내려다보고 있었지만, 실제로는 아무것도 보고 있지 않았다.

"소름이 끼치도록 싫지만요."

케이트가 씹어뱉듯이 말했다.

"나도 알고 있어요. 잘 알고 있지요."

데이비드가 상냥하게 말했다.

케이트는 학교를 수석으로 졸업했다. 졸업식장에는 데이비드도 와서 축하를 해주었다.

요하네스버그에서 클럽드리프트 행 개인 전용차량에 타자, 데이비드가 말했다.

"케이트도 알고 있다시피 이것들 모두가 몇 년 뒤에는 당신 것이 됩니다. 이 차량도, 광산도, 회사도 모두……. 당신은 젊고 아름다운 대부호입니다. 몇백만 파운드로 회사를 팔아도 상관없습니다."

데이비드는 케이트를 바라보며 덧붙였다.

"아니면 이대로 회사를 경영해도 좋고요. 이 점을 충분히 생각해야 합니다."

"나는 이미 결정해놓았는걸요."

케이트는 그 즉시 대답했다. 그리고 데이비드를 보며 미소를 지었다.

"우리 아버지는 해적이었죠. 훌륭한 해적이었어요. 아버지를 만나보고 싶었어요. 나는 회사를 팔지 않겠어요. 왠지 아세요? 그 해적은 자기를 죽이려고 한 두 경비원의 이름을 회사 이름으로 지었어요. 나는 밤에 잠이 안 올 때는 아버지와 반다가 바다 안개 속을 기어 다녔다던 모습을 상상해보곤 한답니다. 그러면 제 귀에도 '크루거! 브렌트!'라는 목소리가 들려오는 것 같아요."

케이트는 데이비드를 다시 바라보았다.

"절대로 나는 아버지 회사를 팔지 않겠어요. 당신은 그대로 남아서 계속 경영을 도와줄 거죠?"

데이비드는 조용히 고개를 끄덕였다.

"당신이 나를 필요로 하고 있는 한은……."

"나는 비즈니스 스쿨에 입학하려고 해요."

"비즈니스 스쿨이라고요?"

데이비드는 놀라서 소리를 질렀다.

"지금은 1910년이라고요. 요하네스버그의 비즈니스 스쿨은 여성의 입학을 허가했어요."

케이트가 강조했다.

"하지만……."

"당신은 내가 돈으로 어떤 것을 하길 원하냐고 물었었죠?"

케이트는 데이비드의 눈을 똑바로 들여다보며 말했다.

"나는 돈을 이용해서 더 많은 돈을 벌고 싶어요."

*

비즈니스 스쿨은 새로운 모험이었다. 첼턴햄 여학교의 수업은 어중간한 것이어서 오히려 도움이 되지 않았다. 그러나 이번엔 달랐다. 모든 강의가 앞으로 회사를 경영하는 데 실제적으로 도움이 되는 것을 가르쳐주었다.

과목에는 계리, 경영, 관리, 국제무역, 회사관리 등이 들어 있었다. 일주일에 한 번 데이비드가 상황을 알아보기 위해 전화를 걸어왔다.

"마음에 들어요. 정말로 재미있다고요, 데이비드."

케이트는 대답했다.

'언젠가 나와 데이비드는 책상을 나란히 하고 밤늦게까지 일을 하게 될 것이다. 그런 어느 날 데이비드가 내게 고백한다. 사랑해, 케이트. 나는 어쩌면 그렇게 바보였을까. 부디 나와 결혼해주지 않겠소? 그러면 나는 얼른 그의 품에 안기겠지…….'

그러나 지금은 기다리지 않으면 안 되었다. 아직 배워야 할 것이 너무도 많았다. 잡념을 떨쳐버리고 케이트는 공부에 전념했다.

비즈니스 스쿨 2년 과정을 마친 케이트는 클럽드리프트로 돌아왔다. 그날은 마침 케이트의 스무 번째 생일이기도 했다. 데이비드가 역까지 마중 나와 주었다. 케이트는 얼떨결에 자신이 먼저 데이비드를 포옹했다.

"아, 데이비드. 너무 행복해요!"

데이비드가 어색하게 몸을 빼며 계면쩍은 듯이 말했다.

"나도 만나게 되어서 기뻐요."

데이비드의 태도가 웬일인지 석연치가 않았다.

"무슨 일이죠?"

"아, 네. 그러니까……. 젊은 숙녀는 대중들 앞에서 남자를 포옹하지 않는 법입니다."

케이트는 데이비드를 잠시 노려보며 말했다.

"알았어요, 다시는 그러지 않겠다고 약속할게요."

집끼지 가는 자동차 안에서 데이비드는 눈치 채지 않게 요모조모 케이트를 관찰했다. 그녀는 어느새 남자의 가슴을 두근거리게 할 정도로 미인이 되어 있었고, 상처 받기 쉬워 보이는 순진무구한 표정도 남자의 마음을 매료시키기에 충분했다. 그는 지금의 상황을 자신에게 유리하게 이용하는 따위의 짓은 하지 않아야겠다고 결심했다.

월요일 아침, 케이트는 크루거 브렌트 사에 첫 출근을 했다. 마치 언어도 습관도 다른 이국땅에 발을 들여놓은 것처럼 케이트는 어리둥절했다. 자회사부문, 특허부문, 해외부문이 즐비하게 늘어서 있었으며 회사가 생산하거나 소유하고 있는 것은 상상을 초월할 정도의 것들이었다. 제철 공장에 목장, 철도, 해운업은 물론, 모든 자산의 기초가 되는 다이아몬드와 금, 아연, 백금, 마그네슘 등 시계의 긴 바늘이 돌아갈 때마다 생산이 올라가고 회사의 금고에 돈이 밀물처럼 쏟아져 들어왔다.

'파워! 이것이야말로 모든 것을 지배한다.'

케이트는 데이비드의 사무실에 앉아서 그가 전 세계 몇천 명의 사람들에게 영향을 미치는 결단을 내리는 것을 듣고 있었다. 모든 부문의 지배인들이 결재를 기다리고 있었지만 데이비드는 그 대부분을 기각하고 있었다.

"지배인들이 자신들의 업무를 이해하지 못해서 그래요?"

케이트가 질문했다.

"물론 이해하고 있지만 중요한 것을 잊고 있는 거죠. 지배인들은 자기 부문만이 세계의 중심이라고 믿고 있습니다. 물론 그렇게 해야 합니다만, 회사에 있어서 무엇이 최선이냐는 것을 결정하는 전체적인 시야를 갖고 있는 사람이 없으면 안 됩니다. 자, 소개하고 싶은 사람이 있어요. 함께 점심식사를 합시다."

데이비드가 설명했다. 그리고 그는 사장실과 이어져 있는 넓은 특별 식당으로 케이트를 안내했다. 그곳에 한 젊은 남자가 그들을 기다리고 있었다. 그는 깡마르고 가냘픈 얼굴에 호기심이 강해보이는 갈색 눈을 갖고 있었다.

"이쪽은 브래드 로저스입니다."

데이비드가 소개했다.

"브래드, 이분은 새로운 사장인 케이트 맥그리거 양일세."

브래드 로저스가 악수를 청했다.

"만나 뵙게 되어 영광입니다, 맥그리거 사장님."

"브래드는 우리 회사의 비밀 무기입니다."

데이비드가 설명했다.

"브래드는 나와 같은 정도로 이 회사 업무에 정통해 있습니다. 따라서 혹시 내가 없어진다고 해도 걱정할 것 없습니다. 브래드가 있으니까요."

'내가 없어진다 해도?'

동요의 물결이 케이트를 엄습했다.

'물론 데이비드가 이 회사를 그만둘 리는 없겠지만······.'

케이트는 그런 생각에 사로잡혀 식사를 하는 둥 마는 둥했다. 무엇을 먹었는지조차 기억하지 못할 정도였다.

식사가 끝난 뒤 세 사람은 남아프리카에 대해서 이것저것 이야기를 나누었다.

"우리 회사는 머잖아 재난에 말려들지도 모릅니다. 정부가 인두세를 부과하기로 결정했답니다."

데이비드가 경고했다.

"그게 뭔데요?"

"흑인과 혼혈들, 그리고 인도인은 가족 한 사람당 2파운드의 세금을 납부하지 않으면 안 되는 것입니다. 그것은 그들 입장으로서는 한 달분의 봉급보다 많은 돈이지요."

케이트는 반다를 생각해내고 그들의 저항도 무리는 아니라고 생각했다. 어느 틈엔가 대화는 다른 화제로 옮겨가 있었다.

케이트는 새로운 생활을 진심으로 즐겼다. 모든 결제가 수백만 파운드의 도박을 수반하고 있었다. 커다란 거래는 도박을 할 용기와 전진하느냐, 후퇴하느냐의 타이밍을 식별하는 본능을 필요로 하는, 그야말로 지혜의 싸움이었다.

"비즈니스는 게임이지요."

데이비드가 케이트에게 가르쳐주었다.

"커다란 꿈을 걸고 하는 게임입니다. 그리고 당신은 그 전문가들을 상대로 경쟁을 하고 있는 셈입니다. 이겨서 살아남으려면 게임의 달인이 될 수 있도록 공부를 하지 않으면 안 됩니다."

케이트가 앞으로 해보겠다고 결심하고 있었던 것도 바로 그것이었다. 지금은 그저 배우는 것뿐이었다.

케이트는 대저택에서 혼자 살고 있었다. 케이트 말고는 하인들뿐이었다. 금요일의 저녁식사에는 늘 데이비드가 참석했지만 케이트가 다른 날 초대를 하면 어떤 이유를 대서라도 절대로 응하려 하지 않았다. 일을 할 때는 언제나 함께였지만, 그런 때조차도 데이비드는 선을 긋고 있는 것처럼 보였다. 케이트가 아무리 애를 써 봐도 넘을 수 없는 경계선이었다.

케이트의 스물한 번째 생일날 크루거 브렌트 사의 모든 주식이 케이트에게 양도되었다. 케이트는 이제 공식적으로 회사 대표가 되었다.

"오늘 저녁 축하를 위한 만찬회를 가지면 안 되겠어요?"

케이트는 데이비드를 초대했다.

"미안합니다. 케이트, 오늘 처리해야 할 일이 많이 남아 있어서요."

그날 밤 케이트는 혼자 식사를 하면서 이것저것 생각을 했다.

'내 탓일까, 아니면 데이비드 탓일까?'

데이비드는 항상 케이트가 그에게 품고 있는 감정을 느끼지 못하도록 '안 보고, 안 듣고, 안 한다'는 태도를 취하고 있었다. 케이트는 어떻게든 행동을 취하지 않으면 안 되었다.

때마침 회사는 미국 항로를 열기 위해 협상을 추진하고 있었다.

"브래드와 뉴욕으로 가서 거래를 마무리 짓고 오시지 않겠습니까? 대단히 좋은 경험이 될 텐데요."

데이비드가 케이트에게 권했다. 케이트는 데이비드와 가고 싶었지만 그 말을 하는 것은 자존심이 허락하지 않았다. 그녀는 데이비드 없이 어떻게든 마무리 짓지 않으면 안 되었다. 게다가 미국은 처음으로 가는 나라였다. 케이트는 드디어 게임에 첫발을 내딛기로 했다.

항로 개설 협상은 순조롭게 진행되었다.

"그곳에 있는 동안 미국의 모든 면을 잘 살펴보고 오세요."

데이비드가 케이트에게 그렇게 당부했다.

케이트와 브래드는 디트로이트, 시카고, 피츠버그, 뉴욕에 있는 자회사를 방문했다. 어디를 가도 미국의 크기와 저력에 놀라지 않을 수 없었다. 케이트의 미국 여행에서 하이라이트는 메인 주 다크하버 페놉스콧 만에 떠 있는 아일스버로라고 불리는 대단히 아름다운 작은 섬을 방문했을 때였다.

화가인 찰스 다나 깁슨 저택의 만찬회에 초대를 받아 가보니 그녀 외에도 12명이 참석해 있었다. 모두들 섬에 저택을 갖고 있는 사람들이었다.

"이 섬에는 재미있는 역사가 있답니다."

깁슨이 케이트에게 설명했다.

"몇 년 전까지만 해도 주민은 작은 연안선으로 보스턴에서 이곳으로 왔습니다. 배가 부두에 닿으면 마차가 기다리고 있다가 집까지 태워다주었지요."

"이 섬에 주민이 몇 명이나 살고 있어요?"

케이트가 물었다.

"약 50세대입니다. 연락선이 부두에 닿았을 때 등대를 보셨습니까?"

"네."

"그곳에는 한 사람의 등대 수와 그 사람의 개가 있습니다. 배가 가까이 가면 개가 밖으로 나와 종을 치곤 한답니다."

케이트가 웃음을 터뜨렸다.

"농담도 잘하시는군요."

"아닙니다, 사실입니다. 우스운 얘기지만 그 개는 귀머거리랍니다. 그래서 종에 귀를 갖다 대고 진동하고 있는가를 확인하는 겁니다."

케이트는 미소 지었다.

"당신 얘기를 들으니 이곳은 매우 매혹적인 섬 같군요."

"하룻밤 묵으면서 아침에 한 바퀴 둘러볼 만한 값어치가 있습니다."

그녀는 그날 밤 섬에 있는 유일한 호텔인 '아일스버로 인'에 묵었다. 아침에 일어나 섬사람이 끄는 마차를 한 대 세내었다. 잡화점과 철물점과 작은 레스토랑이 있는 다크하버 중심가를 뒤로 하고 마차는 몇 분 뒤 아름다운 숲속을 달리고 있었다. 꾸불꾸불한 길에도, 우편함에도 이름이 붙어 있지 않았다. 케이트는 마부에게 물었다.

"표지가 없는데 길을 잘못 든 건 아닌가요?"

"아닙니다. 섬사람들은 어디에 무엇이 있는지 모두 알고 있거든요."

케이트는 마부를 옆 눈으로 보았다.

"그렇겠군요."

섬 끝에 있는 낮은 지대까지 가자, 묘지가 있었다.

"여기에 세워주세요."

케이트는 마차에서 내려 오래된 묘지에 들어가 이리저리 둘러보았다.

〈좁 펜들턴, 1794년 1월 25일 사망. 향년 47세. 이 돌 밑에 나는 곤히 잠드노라. 그리스도는 이 잠자리를 축복하셨다〉

〈제인 토마스, 펜들턴의 아내. 1802년 2월 25일 사망. 향년 47세〉

그곳에는 일세기가 지나버린 다른 세대의 영혼들도 있었다.

〈윌리엄 해치 대위, 1866년 10월, 롱아일랜드 해협에서 수몰. 향년 30세. 온갖 역경을 견뎌내며 인생의 바다를 건너다〉

케이트는 오랫동안 그곳에 서서 정적과 평온을 즐겼다. 이윽고 마차로 돌아가 드라이브를 계속했다.

"이곳의 겨울은 어떤가요?"

케이트가 물었다.

"무척 춥습니다. 항만은 대부분 얼어붙기 때문에 본토에서는 썰매로 오지요. 요즘은 연락선뿐이지만요."

마차가 굽은 길을 돌아가자 해변을 면해 제비꽃과 야생 장미, 개양귀비 꽃이 만발해 있는 하얀 지붕의 아름다운 이층집이 눈에 들어왔다. 앞으로 향한 8개의 창 덧문은 초록색으로 칠해져 있었고, 현관 옆에는 하얀 벤치와 빨간 제라늄 화분 6개가 놓여 있었다. 마치 동화 속에서나 나올 듯한 광경이었다.

"누가 사는 집이죠?"

"드레벤 노인의 집입니다. 드레벤의 부인은 몇 개월 전에 죽었습니다만……."

"지금은 누가 살고 있나요?"

"아무도 없어요. 내가 알고 있기는요."

"팔려고 내놓았나요?"

마부는 케이트를 돌아다보았다.

"만일 팔려고 내놓았다고 해도 아마 이곳에 살고 있는 부잣집 아들 중 누군가가 사겠지요. 섬사람들은 다른 곳 사람이 들어오는 것을 좋아하지 않으니까요."

그런 설명은 케이트에게는 통하지 않았다.

한 시간 뒤 케이트는 부동산을 취급하는 변호사를 만나 얘기를 나누고 있었다.

"드레벤 씨 집말인데요. 팔려고 내놓았습니까?"

케이트가 말했다.

변호사는 머뭇거리면서 대답했다.

"네, 그렇다고도 할 수 있고, 아니라고도 할 수 있죠."

"무슨 말씀이시죠?"

"팔려고 내놓은 것은 사실이지만 이미 사겠다는 섬 주민이 있어서요."

"이미 조건을 제시한 상태인가요?"

"아니, 아직 거기까지는……. 그 집은 엄청나게 비쌉니다."

변호사는 갑자기 거만한 말투로 대답했다.

"당신이 부르는 값으로 사겠어요."

"아마도 50만 달러는 나갈걸요."

"좋아요. 함께 가보시겠어요?"

집의 내부는 케이트가 생각했던 것 이상으로 매력적이었다. 넓은 홀에서 유리문을 통해 바다가 보였다. 홀 한쪽 끝은 넓은 사교실로 되어 있었고 다른 한쪽 끝은 거실이었는데 오랜 세월을 지나면서 그윽한 빛깔로 변한 나무판자로 장식되어 있었다. 도서실도 있었으며 널찍한 부엌에는 철제 스토브와 소나무로 된 작업대가 놓여 있었다. 그 안쪽은 식기실과 세탁장이 있었고 지하실에는 6개의 하인용 침실과 목욕탕이 있었다. 이층에는 서로 이어진 주인 침실과 4개의 작은 침실이 있어서 케이트가 기대했던 것보다 훨씬 넓었다.

'하지만 데이비드와 나 사이에 아이가 생긴다면, 이 방이 전부 필요할지도 몰라.'

케이트는 자연스럽게 그렇게 생각했다.

또 정원은 해안까지 뻗어 있었으며 그곳에는 둑이 있었다.

케이트는 변호사에게 말했다.

"이 집을 사겠어요."

케이트는 저택을 '시더힐 하우스'라고 이름 지었다.

케이트는 이 소식을 데이비드에게 한시라도 빨리 알리고 싶어서 클립드리프트로 돌아갈 날만 손꼽아 기다렸다. 남아프리카로 돌아가는 케이트는 어느 때 없이 흥분해 있었다.

다크하버 저택은 케이트와 데이비드가 결혼하는 하나의 증명이었고 상징이었다. 데이비드도 이곳에 와본다면 아마 마음에 들어 할 것이라고 생각했다.

오후에 브래드와 함께 클립드리프트에 도착한 케이트는 곧장 데이비드의 사무실로 갔다. 책상에 앉아서 일을 하고 있는 데이비드를 보자, 케이트의 심장은 터질 것 같았다.

'이제는 절대로 이 남자를 놓치지 않으리라.'

"케이트! 잘 돌아왔어요!"

데이비드가 일어서며 말했다. 그리고 그녀가 입을 열기 전에 데이비드는 서둘러 덧붙였다.

"제일 먼저 당신한테 알리고 싶었어요. 나 이번에 결혼하게 되었어요."

＊

데이비드의 사연은 6주일 전의 일로, 그야말로 우연히 시작되었다. 그가 한창 일에 쫓겨 다니고 있을 때 미국의 유력한 다이아몬드 수입상인 팀 오닐의 메모를 전달받았다. 클립드리프트에 와 있는데 저녁식사를 함께 할 수 없느냐는 내용이었다. 데이비드는 여행자를 상대로 시간을 할애할 여유는 없었지만 그렇다고 거래상의 기분을 상하게 하는 것도 좋지 않을 것 같았다. 케이트에게 상의하고 싶었지만 그녀는 지금 브래드 로저스와 미국에서 공장 시찰 중이었다.

데이비드는 할 수 없이 저녁식사에 응하기로 했다. 오닐이 투숙하고 있는 호텔에 전화를 걸어 그날 저녁식사를 약속했다.

"딸아이도 왔는데 괜찮다면 함께 하고 싶소만……."

데이비드는 딸까지 접대할 생각은 꿈에도 없었지만 어쩌랴 싶어 정중하게 대답했다.

"상관없습니다."

어린아이가 함께 있다면 되도록 빨리 끝낼 수 있을 것 같았다.

세 사람은 그랜드 호텔 레스토랑에서 만났다. 데이비드가 도착해보니 오닐과 그의 딸이 먼저 와 있었다.

오닐은 50세 초반으로 보였고, 잿빛 머리칼이 어울리는 핸섬한 아일랜드계 미국인이었다. 딸 조세핀은 어린아이가 아니라 30세쯤 되어 보이는 처녀로, 데이비드가 지금까지 보아온 여자 가운데 가장 뛰어난 미인이었다. 매력적인 몸매와 블론드에 이지적이었고, 맑고 푸른 눈을 가지고 있었다. 데이비드는 그녀를 본 순간 깊은 숨을 내쉬고는 말했다.

"늦어서 죄송합니다. 나오려고 하는데 갑자기 급한 일이 생겼습니다."

조세핀은 변명하는 데이비드의 표정을 재미있다는 듯이 바라보았다.

"그런 일이 때로는 아주 흥미로울 때도 있지요."

그녀는 무척 순진하게 말했다.

"아버지는 당신이 일에 매우 열성적인 분이라고 말더군요, 블랙웰 씨."

"아닙니다. 과찬의 말씀입니다. 그냥 데이비드라고 불러주세요."

조세핀은 고개를 끄덕였다.

"멋진 이름이네요. 위대한 힘을 암시하는 듯해요."

식사가 끝날 때쯤 되자 데이비드는 조세핀 오닐이 그냥 아름답기만 한 여성이 아니라는 것을 간파했다. 그녀는 지적이고 유머감각이 있었으며 사람을 편안하게 해주는 방법을 터득하고 있었다. 그리고 그녀가 진심으로 자기에게 호감을 갖고 있다는 것도 느꼈다.

그녀는 지금까지 누구도 물은 적이 없었던 질문들을 그에게 던졌다. 저녁식사가 끝났을 때 데이비드는 그녀에게 완전히 빠져 있었다.

"살고 계신 곳이 어디죠?"

데이비드가 팀 오닐에게 물었다.

"샌프란시스코입니다."

"곧 떠나십니까?"

데이비드는 될 수 있는 대로 태연하게 물었다.

"다음 주에 떠날 예정이에요."

조세핀이 데이비드에게 미소를 보냈다.

"만일 클럽드리프트가 소문대로 즐거운 곳이라면 아버지를 설득해서 좀 더 머무를 수도 있어요."

"그럴 수 있다면 힘껏 즐거운 곳으로 안내해드리겠습니다. 다이아몬드 광산에 가보고 싶지 않으세요?"

데이비드는 자신도 모르게 그렇게 말하고 있었다.

"가보고 싶어요. 꼭 보고 싶었어요."

데이비드는 중요한 방문객이 있으면 자신이 직접 나서서 광산을 안내해왔었지만 이미 오래전에 그 일을 부하에게 떠맡기고 있었다.

"내일 아침은 어떻습니까?"

말을 하고 나서 데이비드는 자신도 깜짝 놀랐다. 회의가 5, 6건 예정되어 있었는데 그런 것은 아무래도 좋을 것 같은 생각이 들었다.

데이비드는 오늘 부녀와 함께 광산의 360미터 지하로 내려갔다. 수직 통로는 폭 6미터에다 길이는 20미터였으며 4개 구획으로 나뉘어 있었다.

첫 번째는 통풍공, 두 번째는 다이아몬드를 포함하고 있는 청색토층을 끌어올리는 것, 마지막 것은 채굴에 종사하는 인부들을 운반하는 두 칸으로 된 바구니용 갱이었다.

"항상 왜 그럴까 하고 생각하고 있던 것이 있어요. 왜 다이아몬드는 캐럿이 단위로 되어 있죠?"

조세핀이 말했다.

"캐럿은 푸른 콩 씨앗을 말하죠. 그 콩은 무게가 항상 일정하답니다. 1캐럿은 200밀리그램, 즉 142분의 1온스지요."

데이비드가 설명했다.

"멋져요. 저는 완전히 매혹되어 버렸어요, 데이비드."

데이비드는 그 말이 다이아몬드에 한정된 것일까 하고 생각하면서 그녀가 옆에 있는 것만으로도 황홀해지고 그녀를 볼 때마다 새로운 흥분을 느꼈다.

"이 도시의 교외도 구경하시는 것이 좋겠다고 생각됩니다만, 내일 시간이 있으시면 안내를 해드리겠습니다."

데이비드가 오닐 부녀에게 권했다.

아버지가 입을 열기 전에 조세핀이 얼른 대답했다.

"어머나, 정말 그렇게 해주시겠어요?"

그날부터 데이비드는 매일 조세핀 부녀와 함께 지내게 되고 날이 갈수록 연정은 자라갔다. 데이비드를 이토록 열중하게 만든 여성은 지금까지 한 사람도 없었다.

어느 날 저녁, 데이비드가 오닐 부녀를 저녁식사에 초대하러 갔을 때 아버지 팀이 말했다.

"몸이 좀 피곤해서, 오늘은 내가 따라가지 않아도 괜찮겠나?"

데이비드는 애써 기쁨을 감추고는 대답했다.

"그것 참 유감이군요."

조세핀은 데이비드에게 장난기 섞인 웃음을 보냈다.

"내가 당신을 즐겁게 해드리도록 배나 노력해야겠군요."

데이비드는 갓 개업한 레스토랑으로 조세핀을 안내했다. 손님들로 붐비고 있었지만 주인은 데이비드라는 것을 알자 즉시 좌석을 마련해주었다. 그리고 마침 3중주단이 미국 음악을 연주하기 시작했다.

"춤을 추실까요?"

데이비드가 말했다.

"네."

조세핀은 데이비드가 이끄는 대로 플로어에 섰다. 마치 마법에 걸린 것 같았다. 데이비드가 그녀의 사랑스러운 몸을 끌어안자 그녀에게서도 느낌이 전달되어 왔다.

"조세핀, 당신을 사랑하고 있어요."

그녀가 데이비드의 입술에 손가락을 갖다 대며 속삭였다.

"부탁이에요. 데이비드, 그 이상은······."

"왜요?"

"당신과는 결혼할 수 없기 때문이에요."
"내가 싫은가요?"
조세핀의 푸른 눈동자가 더욱 반짝였다.
"나도 당신에게 빠졌어요, 알고 계시죠?"
"그렇다면 왜?"
"나는 클럽드리프트에서는 살 수가 없어요. 여기 있으면 왠지 이상하게 되어버릴 것 같아요."
"살아보지 않아서 그래요. 모르는 일이에요."
"데이비드, 그렇지만 난 내 자신이 어떻게 될지 잘 알아요. 만일 당신과 결혼해서 이곳에 살게 된다면 나는 신경질적인 잔소리꾼으로 변해버릴 거예요. 그렇게 되면 서로가 미워지게 되고 모든 것이 끝장나죠. 그럴 바에야 지금 헤어지는 편이 좋아요."
"헤어지고 싶지 않아요."
조세핀이 그의 얼굴을 들여다보았다. 데이비드는 그녀의 몸이 자신의 내부로 녹아들어 옴을 느꼈다.
"데이비드, 당신이 샌프란시스코에서 살 생각은 없어요?"
그것은 데이비드에게 불가능한 일이었다.
"그곳에 가서 내가 무엇을 한단 말입니까?"
"내일 아침식사를 함께 해요. 당신이 아버지에게 말씀해보세요."

팀 오닐은 말했다.
"조세핀에게서 어젯밤 얘기 들었네. 두 사람 모두 문제를 안고 있는 것 같군. 하지만 내가 해결책을 제시할 수 있을지도 모르겠는데……. 자네가 관심이 있다면 말일세."
"저는 물론 관심이 있습니다."
오닐은 갈색 가죽의 서류가방에서 청사진을 몇 장 꺼냈다.

"자네는 냉동식품에 관해서 알고 있나?"

"죄송합니다만 잘 모릅니다."

"세계에서 가장 먼저 식품을 냉동시킨 것은 미국일세. 1865년 일이었지. 그러나 문제는 그것을 녹지 않은 상태로 얼마나 먼 거리를 운반할 수 있느냐 하는 것일세. 이미 냉장 열차는 있지만 냉장 트럭은 아무도 방법을 찾아내지 못하고 있다네. 지금까지는 말일세. 그러나 나는 최근에 그 특허를 따냈네. 이것은 식품업계 전체에 혁명을 일으키게 될 걸세."

오닐이 가볍게 청사진을 펼치자, 데이비드는 그것을 들여다보았다.

"죄송합니다. 저는 이런 것을 봐도 잘 모르겠습니다, 오닐 씨."

"그건 신경 쓰지 않아도 괜찮네. 내가 찾고 있는 것은 기술적인 전문가가 아니니까……. 그런 사람은 얼마든지 있네. 내가 찾는 사람은 자금과 사업을 경영해나갈 수 있는 인물일세. 이것은 실현 불가능한 허황된 꿈 얘기가 아닐세. 나는 식품업계 가공업자 수뇌와 이미 합의를 보았네. 이것은 자네가 상상하는 것보다 훨씬 큰 사업이 될 걸세. 나는 자네와 같은 인재를 구하고 있네."

"본사는 샌프란시스코에 둘 거예요."

조세핀이 덧붙였다.

데이비드는 잠자코 있었다. 그는 방금 들은 얘기를 머릿속에서 정리해보았다.

"지금 말씀하신 건에 대해서 특허를 땄다고 하셨죠?"

"그렇다네. 모든 준비를 끝내고 출발 직전 단계에 있네."

"그 서류를 빌려다 다른 사람의 의견을 들어봐도 괜찮겠습니까?"

"물론이지."

데이비드는 먼저 팀 오닐이라는 인물에 대해서 조사했다. 오닐은 샌프란시스코에서 튼튼한 기반을 쌓은 인물이라는 것이 밝혀졌다. 그리고 버클리 대학에서 이학부장을 역임했으며 학계에서 높은 평가를 받고 있었다. 데이비드는 냉동식품에 대해서는 아무것도 아는 것이 없었지만 어떻게든 파악해보려고 노력했다.
"5일 후 돌아오겠소, 조세핀. 아버지와 함께 기다려주겠소?"
"네, 얼마든지 당신이 없으면 조금은 외롭겠지만……."
조세핀은 말했다.
"나도 그렇답니다."
데이비드의 말에는 조세핀보다 더 절실함이 담겨 있었다.

데이비드는 기차로 요하네스버그에 가서 남아프리카 최대 정육업자인 에드워드 브로데릭을 만났다.
"당신 의견을 들어보고 싶습니다만……."
데이비드는 정육업자에게 청사진을 건네주었다.
"이것을 사업으로 해나갈 수 있는지 알고 싶습니다."
"냉동식품이라든가 트럭 같은 것은 나도 모릅니다. 하지만 도움을 줄 사람은 알고 있습니다. 오늘 오후에 다시 한 번 와주세요. 두 명의 전문가를 불러다놓을 테니까요."
오후 4시, 데이비드는 정육업자에게로 다시 갔다. 데이비드는 왠지 모를 불안감으로 신경이 예민해졌다. 결과가 어떻게 나오기를 원하는지 자신도 잘 알 수가 없었다.
만일 2주 전에 크루거 브렌트를 그만둬달라는 얘기를 다른 사람에게서 들었다면 일소에 붙였을 것이다. 회사는 데이비드의 분신이나 마찬가지였다. 더군다나 회사를 그만두고 샌프란시스코의 하잘것없는 식품회사를 운영해보지 않겠느냐고 제안했다고 한다면 더욱 배를 잡고 웃었을 것이다. 단 한 가지 조세핀 오닐의 존재를 빼놓는다면, 그것은 말도 안 되는 소리였다.
사무실에는 에드워드 브로데릭과 두 사람의 신사가 있었다.

"이쪽은 크로포드 박사와 카우프만 씨입니다. 이쪽이 데이비드 블랙웰 씨이고요."

세 사람은 인사를 나누었다.

대뜸 데이비드가 물었다.

"서류를 보셨습니까?"

"네. 봤습니다, 블랙웰 씨. 구석구석까지 읽었습니다."

크로포드 박사가 대답했다. 데이비드는 깊게 심호흡을 했다.

"그래서요?"

"미합중국 특허청이 특허를 인정했다고 했는데 그것은 사실입니까?"

"그렇습니다."

"그렇다면 이 특허를 딴 사람은 누가 됐든지 거대한 부를 손에 넣을 수 있을 겁니다."

데이비드의 가슴에 온갖 감정이 솟구쳐 올라왔다. 그는 천천히 고개를 끄덕였다.

"이것은 모든 위대한 발명이 그렇듯이 매우 간단한 원리로 이루어져 있습니다. 왜 지금까지 아무도 그것을 깨닫지 못했을까 하고 생각될 정도입니다. 이것은 틀림없이 성공할 것입니다. 저는 확신합니다."


데이비드는 자신이 어떻게 해야 할지 알 수가 없었다. 자기 손에서 판단의 기회를 빼앗아가 주기를 은근히 바라고 있었다. 만일 팀 오닐의 발명이 무익한 것이었다면 조세핀에게 남아프리카에 머물도록 설득할 구실이 되었을 것이다. 그러나 오닐이 말한 것은 사실이었다. 사업으로서 큰 성공을 거둘 수 있다는 것이다. 이제 데이비드는 자신이 스스로 결단을 내리지 않으면 안 되었다.

클립드리프트로 돌아오는 동안 데이비드는 한 가지 일만을 생각했다. 제의를 받아들인다는 것은 분신 같은 회사를 그만두고 새로운 미지의 비즈니스를 시작하는 것을 의미했다.

데이비드는 미국인이기에 현재 그가 있는 곳은 외국이나 다름없었다. 더군다나 그는 세계 몇 안 되는 대회사에서 중요한 지위를 차지하고 있었다. 일은 그런대로 재미있었고, 제이미와 마가렛에게 큰 신세를 졌으며 지금은 케이트가 있었다. 데이비드는 케이트가 갓난아기 때부터 그녀의 시중을 들어왔다. 지독히도 개구쟁이이고 고집덩어리이던 말괄량이 소녀가 사랑스러운 여성으로 성장하는 것을 지켜봤다. 케이트의 인생은 데이비드의 마음속에 사진첩처럼 남아 있었다. 페이지를 넘기면 4세, 8세, 14세, 21세의 케이트가 있었다. 상처입기 쉽고 변덕이 심한…….

기차가 클럽드리프트에 닿을 무렵 그는 결심했다. 크루거 브렌트를 그만두지 않겠다고…….

데이비드는 역에서 그랜드 호텔로 직행해서 오닐 부녀의 방으로 올라갔다. 조세핀이 문을 열었다.

"데이비드! 아, 데이비드. 당신이 없어서 너무 외로웠어요. 두 번 다시 당신을 놓치지 않겠어요."

데이비드는 기다렸다는 듯이 뜨거운 몸을 밀어붙여오는 조세핀을 안고 키스했다.

"그런 걱정은 하지 않아도 돼요. 샌프란시스코로 가겠소……."

데이비드는 천천히 말했다.

데이비드는 케이트가 미국에서 돌아오는 것을 조마조마한 마음으로 기다리고 있었다. 그러나 일단 결단을 내린 이상 조세핀과 결혼해서 빨리 새로운 생활을 시작하지 않으면 안 되었다.

케이트가 돌아오자마자 데이비드는 그녀에게 모든 것을 털어놓았다.

"나 결혼하게 되었어요."

방금 들은 말이 케이트의 귓속에서 윙윙거리며 메아리쳤다. 그녀는 갑자기 현기증이 나서 책상 모서리를 잡고 가까스로 몸을 지탱했다.

'이게 도대체 무슨 말인가.'

케이트는 꿈을 꾸는 것만 같았다. 그녀는 깊은 절망의 나락에서 기어 올라와 간신히 미소를 지어보였다.

'제발 사실이 아니기를……. 죽어버리고 싶어. 제발 죽게 해줘요.'

"결혼을 한다고요? 그 여자가 누구죠?"

케이트는 평정을 찾으려 애썼다.

"조세핀 오닐이라고 해요. 지금 그녀의 아버지와 이곳에 머물고 있어요. 당신과 그녀가 서로 좋은 친구가 될 수 있으리라 믿어요, 케이트. 그녀는 훌륭한 여성입니다."

"그렇겠지요. 당신이 결혼까지 결심한 여자니까요."

데이비드는 머뭇거렸다.

"또 한 가지 있어요, 케이트. 나는 회사를 그만둘 생각이에요."

세상이 무너져 내리며 케이트의 머리를 덮쳤다.

"결혼을 한다고 해서 구태여 회사까지 그만둘 것까진……."

"그렇지 않아요. 조세핀의 아버지가 샌프란시스코에서 새로운 사업을 시작하는데, 그곳에 내가 필요하답니다."

"그래서…… 그럼 당신은 샌프란시스코로 가야 하는군요."

"그렇습니다. 내 후임은 브래드 로저스가 맡아줄 거예요. 그럼 회사는 아무 걱정 없습니다. 그가 간부를 구성해서 잘 해낼 것입니다. 케이트, 나로서도 힘겨운 결단이었어요. 이해해줄지 모르지만……."

"이해할 수 있어요, 데이비드. 당신은…… 당신이 그녀를 무척 사랑해서 내린 결단일 테니까요. 언제 신부를 만나게 해주시겠어요?"

데이비드는 케이트가 자신의 결단을 기뻐해주고 있음을 믿고 안도의 한숨을 내쉬었다.

"오늘밤은 어떻습니까? 당신 형편이 어떤지는 모르지만……."

"네, 좋아요."

케이트는 혼자 남게 될 때까지 눈물을 흘리지 않았다.

네 사람은 맥그리거 저택에서 저녁식사를 했다. 조세핀을 본 순간 케이트는 얼굴이 창백해졌다.

'빌어먹을, 정말 미인이구나! 데이비드가 사랑에 빠진 것도 무리는 아니야!'

케이트가 본 그녀는 눈이 부실 정도로 아름다웠다. 그녀가 있는 것만으로 자신이 못나고 추하게 보였다. 더욱 괴로운 것은 조세핀은 무척 우아하고 매혹적이라는 사실이었다. 그리고 자신이 봐도 데이비드와 조세핀이 서로 사랑하고 있음이 명백했다.

'아, 이젠 틀렸어!'

팀 오닐은 새로운 회사에 대해서 케이트에게 설명했다.

"대단히 흥미로운 사업이군요."

케이트가 말했다.

"크루거 브렌트와는 상대가 되지 않습니다, 맥그리거 양. 하지만 우리는 지금 시작하는 단계라고 할 수 있어요. 데이비드가 맡아줄 테니 잘 되리라 믿습니다."

"데이비드가 한다면 실패 따위는 하지 않을 거예요."

케이트는 장담했다.

고통스러운 밤이었다. 사랑하는 남자와 크루거 브렌트 사로서 가장 중요한 인물을 동시에 잃게 되는 것이다. 케이트에게 있어서는 견딜 수 없는 격변의 순간이었다. 가까스로 대화를 이어갔지만 무엇을 이야기했는지 전혀 기억이 나지 않았다. 다만 기억하는 것은 데이비드와 조세핀이 얼굴을 마주보거나 접촉할 때마다 죽어버리고 싶다는 생각에 휩싸였다는 것뿐이었다.

호텔로 돌아올 때 조세핀이 말했다.
"그녀도 당신을 사랑하고 있더군요, 데이비드."
"케이트가? 천만의 말씀. 우리는 그냥 친구에 지나지 않아요. 저 아이가 태어났을 때부터 친구였지요. 그녀도 당신을 마음에 들어 할 거예요."
데이비드가 웃으며 말하자 조세핀은 미소를 지었다. 그러나 한편 쓸쓸한 마음도 들었다.
'남자들은 뭘 모른다니까······.'
이튿날 아침 데이비드의 사무실에서 팀 오닐과 데이비드는 마주앉아 이야기를 나누었다.
데이비드가 팀 오닐에게 말했다.
"이곳 일을 정리하려면 2개월은 걸릴 것입니다. 일을 시작하기에 앞서 자금 문제를 생각해봤는데요. 만일 대기업에 접근한다면 흡수당하기 십상이고 이익은 몇 푼 남겨주지 않을 것입니다. 그렇게 되면 우리의 사업이 될 수 없습니다. 자기 자금으로 해야 하는데, 제 계산으로는 조업 개시에 8만 달러 정도가 들 것 같습니다. 4만 달러 정도라면 제게 저축해둔 것이 있습니다. 그럼 나머지 4만 달러가 문제인데······."
"나도 1만 달러 정도는 내놓을 수 있네. 그리고 형에게서 5천 달러는 빌릴 수 있을 걸세."
팀 오닐이 말했다.
"그럼 부족한 건 2만5천 달러군요. 나머지는 은행에서 빌리기로 하죠."
"그렇다면 우리는 당장 샌프란시스코로 떠나 자네를 위해 모든 준비를 해두겠네."
이틀 뒤 조세핀과 팀은 미국으로 떠났다.
"전용 차량으로 두 분을 케이프타운까지 보내드리세요, 데이비드."
케이트가 권했다.
"고마워요, 케이트."

조세핀이 떠난 날 아침, 데이비드는 자기 몸의 일부가 떨어져 나간 듯한 허전한 느낌이 들었다. 샌프란시스코에서 합치게 될 날이 너무도 까마득하게 생각되었다.

그로부터 몇 주일간 브래드 로저스를 보좌할 경영의 관리조직 강화가 행해졌다. 적당한 후보자가 신중히 선발되고 케이트와 데이비드와 브래드는 한 사람 한 사람을 오랜 시간에 걸쳐 검토했다.

"테일러는 기술자로선 우수하지만 관리자로서는 난점이 있고……."

"시몬즈는 어떨까요?"

"역량은 있지만 아직 이릅니다. 앞으로 5년은 지나야 합니다."

브래드가 거부했다.

"바브콕은?"

"나쁘지는 않습니다. 일단 남겨두고 재검토합시다."

"피터슨은 어떨까요?"

"조직을 움직이는 인물로서는 적합하지 않지. 자기 자신을 지나치게 아끼니까……."

데이비드가 의견을 말했다. 그렇게 말한 순간 데이비드는 자신도 왠지 케이트를 버리려 하고 있다는 죄의식이 느껴졌다. 세 사람은 리스트에 실려 있는 인물들에 대한 검토를 계속했다. 결국 그 달 말까지 브래드 로저스를 보좌할 인물을 4명까지 압축시킬 수 있었다. 그들 모두 해외근무를 하고 있었으므로 면접을 위해 귀국하도록 지령이 내려졌다. 최초 두 사람과의 면접은 결과가 좋았다.

"두 사람 모두 마음에 들어요."

케이트는 데이비드와 브래드에게 그렇게 말했다.

세 사람째 면접이 있는 날 아침, 데이비드가 창백한 얼굴로 케이트의 사무실로 들어왔다.

"내 자리는 아직 비어 있습니까?"

케이트는 그 표정을 보자 걱정스러운 듯이 자리에서 일어났다.
"무슨 일이에요, 데이비드?"
"나…… 나는……."
데이비드는 의자에 털썩 주저앉았다.
"일이 잘못 되었군요. 얘기를 해보세요!"
케이트는 데이비드 옆으로 달려갔다.
"팀 오닐에게서 편지가 왔어요. 사업을 팔아버렸다고 하네요."
"무슨 얘기예요?"
"지금 말한 대로예요. 시카고의 쓰리스타 정육회사로부터 그의 특허 사용료로 20만 달러를 내겠다는 제의가 있어서 승낙했답니다."
데이비드의 목소리는 분노로 떨리고 있었다.
"그 회사는 나를 월급쟁이 사장으로 고용하고 싶다고 한답니다. 오닐은 내게 실망을 주어 미안하다고 말하고 있지만 20만 달러를 거절할 수는 없었던 모양입니다."
케이트는 데이비드를 진지하게 바라보았다.
"그래서 조세핀은요? 그녀는 뭐라고 하던가요? 그녀도 아버지 일에 화를 내고 있겠죠?"
"그녀에게서도 편지가 왔어요. 내가 샌프란시스코에 도착하는 즉시 결혼을 하자고 썼더군요."
"당신은 가지 않을 생각이에요?"
"누가 그곳에 가겠어요! 지난번에 내가 분명히 말해두었어요. 훌륭한 회사를 만들어보고 싶었는데 그놈들이 몇 푼 안 되는 돈에 팔려서……."
데이비드의 분노가 폭발했다.
"놈들이라니요. 조세핀까지 싸잡아서 욕을 하는 것은 좋지 않아요."
"조세핀이 승낙하지 않았으면 오닐은 절대로 거래에 응하지 않았을 거예요."

"데이비드…… 뭐라고 위로해야 좋을지…….”

"아무 말도 할 필요 없어요. 나는 일생에서 가장 큰 잘못을 저지를 뻔 했어요…… 단지 그것뿐이라고요.”

케이트는 책상으로 다가가서 후보자 리스트를 집어 들고는 그것을 천천히 찢어버렸다.

그 뒤 몇 주일 동안 데이비드는 마음의 상처와 씁쓸함을 잊어버리기 위해 일에 몰두했다. 조세핀 오닐에게서 몇 통씩이나 편지가 날아들었지만 집어던지고는 거들떠보지도 않았다. 그러나 마음속으로부터 조세핀을 쫓아버릴 수는 없었다. 케이트는 데이비드의 고뇌를 잘 알 수 있었다. 다만 데이비드가 자신을 필요로 할 때 언제나 옆에 있다는 것을 알아주었으면 했다.

데이비드가 팀 오닐로부터 편지를 받고 나서 6개월이 지났다. 그동안 케이트와 데이비드는 긴밀하게 함께 일했다. 출장도 함께 다니고 두 사람만의 시간을 갖는 일이 많아졌다.

케이트는 데이비드를 즐겁게 해주기 위해 모든 수법을 시도했다. 드레스도 데이비드의 기호에 맞춰 입었고 그가 좋아할 만한 계획도 세워보았으며 자신의 생활을 희생하면서까지 그가 행복해할 일들을 시도했다. 그러나 그다지 효과는 없었다. 마침내 케이트의 인내도 한계에 도달했다.

케이트와 데이비드가 신자원 개발을 위해 리오 데 자네이루에 머물고 있을 때였다. 두 사람은 호텔 식당에서 식사를 마치고 케이트의 방에서 밤늦게까지 견적을 검토하고 있었다.

케이트는 편안하게 잠옷으로 갈아입고 슬리퍼를 신고 있었다. 시산표가 완성되자 데이비드는 크게 기지개를 켜면서 말했다.

"자, 오늘 밤은 이만하고 가서 자야겠어요. 당신도 이제는 상복을 벗을 때가 됐지 않아요, 데이비드?”

케이트가 조용히 말했다. 그러자 데이비드는 놀란 듯이 케이트를 바라보았다.

"상복이라니요?"

"조세핀 오닐 말이에요."

"그녀는 잊어버린 지 오래입니다."

"그럼 그렇게 행동해보세요."

"도대체 어떻게 하라는 말인가요?"

데이비드는 퉁명스럽게 말했다.

케이트는 자신을 억제할 수가 없었다. 데이비드의 둔감함에 화가 났으며, 지난 몇 달 동안의 헛수고에 분노가 치밀어 올랐다.

"하지 않으면 안 될 일을 가르쳐주겠어요. 내게 키스하세요."

"뭐라고요?"

"이젠 그만 좀 해요, 데이비드. 나는 당신의 보스예요! 명령을 들어요. 정말 짜증이 난다고요!"

케이트는 데이비드에게 다가갔다.

"자, 키스하세요."

케이트는 팔을 데이비드의 몸에 두르고 그의 입술에 자기 입술을 가져갔다. 데이비드는 몸을 빼내려고 했다. 그러다가 천천히 그의 팔이 케이트의 몸을 감으며 두 사람의 입술이 겹쳐졌다.

"케이트……."

케이트는 데이비드의 입술에 대고 속삭였다.

"이렇게라도 하지 않으면 당신이라는 사람은…….''

두 사람은 그로부터 6주 후에 결혼했다. 클립드리프트 거리가 생겨난 이래 가장 호화로운 결혼식이었다. 그런 성대한 축제는 두 번 다시 볼 수 없으리라고 생각될 정도였다.

결혼식은 그 고장의 가장 큰 교회에서 거행되었고 시민회관에서의 피로연에는 모든 사람들이 초대되었다. 산더미 같은 음식에 맥주, 위스키, 샴페인 등 술과 음료수가 차려졌다. 악단이 음악을 연주하는 가운데 잔치는 새벽까지 계속되었다. 태양이 솟아오를 무렵에야 케이트와 데이비드는 자리에서 일어났다.

"집에 가서 짐을 정리하고 오겠어요. 한 시간 후에 데리러 와주세요."

케이트는 데이비드에게 말했다.

창백한 새벽빛 속을 뚫고 케이트는 휑한 저택으로 들어가 침실로 향하는 계단을 올라갔다. 그녀는 벽에 걸려 있는 그림으로 다가가서 액자를 눌렀다. 그림이 돌아가며 벽에 숨겨진 금고가 나타났다.

그녀는 금고를 열고 계약서를 꺼냈다. 그것은 시카고의 쓰리스타 정육회사를 케이트 맥그리거가 매입한 서류였다. 또 다른 서류는 쓰리스타 정육회사가 20만 달러로 사들인 팀 오닐의 냉동법 권리 증서였다.

케이트는 한순간 망설였으나 그 서류를 금고에 다시 넣고 잠갔다.

이제 데이비드는 완전히 케이트의 것이 되었다. 데이비드는 지금부터 언제까지나 케이트와 크루거 브렌트 사의 것이었다.

케이트는 이제 두 사람이 힘을 합쳐 세계 최대인 동시에 최강 사업을 쌓아올리라 마음먹었다.

양친인 제이미와 마가렛이 꿈꾼 것처럼…….

# 제3부

## 크루거 브렌트 사
### 1914년~1945년

케이트와 데이비드는 그 옛날 제이미가 브랜디 잔을 들고 즐겨 앉아 있던 서재에 있었다. 조금 전부터 데이비드는 본격적인 신혼여행에 할애할 시간은 없다고 우겨대고 있었다.

"누군가가 언제든 회사를 지키고 있지 않으면 안 돼, 케이트."

"그렇군요. 블랙웰 씨. 하지만 나를 돌봐줄 사람은 대체 누구죠?"

케이트는 데이비드의 무릎에 매달렸다. 얇은 드레스를 통해 신부의 따뜻한 체온이 전해졌다. 서류가 데이비드의 손에서 바닥으로 떨어졌다.

케이트의 팔이 데이비드의 몸에 감기고 온몸을 부드럽게 애무했다. 천천히 조그만 원을 그리면서 케이트는 엉덩이를 데이비드에게 밀어붙였다. 서류는 바닥 위에서 잊혀졌다. 데이비드가 반응해왔으므로 케이트는 일어서서 드레스를 벗어버렸다. 데이비드는 케이트의 대리석 같은 아름다운 나신을 응시했다. 어째서 이렇게도 오랫동안 깨닫지 못하고 있었을까? 케이트가 데이비드의 옷에 손을 댔다. 벗기려고 하는 것이었지만 그 동작이 데이비드로서는 답답했다.

두 사람은 이윽고 실오라기 하나 걸치지 않은 모습이 되어 끌어안았다.

데이비드의 손가락이 케이트의 얼굴과 목을 애무하며 이윽고 가슴에 다다랐다. 케이트가 신음소리를 내자 손은 더욱 아래로 미끄러져 내려가 그녀의 사타구니에 있는 벨벳과 같은 부분에 닿았다. 데이비드의 손가락이 그녀의 몸속으로 들어왔고, 케이트는 깊은 한숨을 내뱉었다.

"데리고 가줘요, 데이비드."

두 사람은 부드러운 시트 위에 누웠다. 케이트는 자기 몸 위에 데이비드의 억센 몸이 겹쳐지는 것을 느꼈다. 데이비드가 케이트의 깊은 곳으로 들어오면서 감미롭고 리드미컬한 공격이 가해졌다. 그것은 커다란 파도가 되어 케이트를 높이, 더욱 높이 밀어 올렸다. 정점에 이르자 케이트는 더 이상 참을 수가 없었다. 그 순간 케이트의 몸속 깊은 곳에서 눈부신 폭발이 일어났다. 다시 한 번, 또 다시 한 번…….

"오, 데이비드! 마치 천국으로 가는 것 같아요."

출장을 겸한 신혼여행은 전 세계를 도는 것으로 계획되었다. 파리, 취리히, 시드니, 뉴욕 등 업무도 겸하고는 있었지만 어디를 가든 시간을 이겨서 두 사람만의 시간을 만들었다. 밤늦게까지 이야기를 나누고 사랑을 주고받으며 서로의 마음과 몸을 탐욕스럽게 섭렵했다.

케이트는 데이비드를 즐겁게 해주려고 자신의 모든 것을 바쳐 봉사했다. 아침에 데이비드는 야생의 미개인처럼 격렬하게 사랑을 구해도 되는 존재, 그리고 몇 시간 뒤 회의에서는 다른 누구보다도 의지가 되는 존재가 되었다.

비즈니스 세계에서는 톱 지위에 있는 여성이 드물었는데, 케이트에게는 천부적인 비즈니스 재능이 있었다. 처음 얼마 동안은 케이트는 여성이라는 이유로 관용으로 대해졌지만, 그러한 태도는 곧 경의로 변해갔다.

케이트는 비즈니스라는 게임 속에서 공작과 책략을 짜내는 것이 재미있었다. 데이비드는 케이트가 자기보다 훨씬 풍부한 사업 경험을 지닌 남자들을 앞질러 나가는 것을 지켜보고 있었다. 케이트에게는 승자의 본능이 갖춰져 있었고, 어떻게 하면 자기 목적을 달성하는지를 알고 있었다. 그것은 '파워'였다.

다크하버 시더힐 하우스에서 감미로운 일주일을 보낸 것을 마지막으로 두 사람의 신혼여행은 끝났다.

전쟁에 관한 소식을 처음 들은 것은 1914년 6월 28일이었다. 케이트와 데이비드는 서섹스의 시골 저택에서 손님으로 머물고 있었다.

당시는 시골의 저택에서 생활하는 것이 유행하고 있어서 주말에 초대받은 손님들은 저택의 까다로운 의례에 따르지 않으면 안 되었다. 남자 손님은 하루에도 몇 차례씩 옷을 갈아입었는데, 아침식사용 옷차림으로부터 시작되어 오전 중 산책을 위한 옷, 점심식사 때 입는 옷이 각각 달랐다. 티타임에는 새틴의 주름장식이 달린 벨벳 윗저고리를 입었으며 저녁식사 때는 예복으로 성해져 있었다.

"제발 부탁이야. 이건 영락없이 공작새 꼴이 아닌가."

데이비드가 케이트에게 덤벼들었다.

"그래요. 당신은 아주 핸섬한 공작새예요, 여보."

케이트는 칭찬을 해주었다.

"대신 집에 돌아가서는 벌거벗고 돌아다녀도 괜찮다고요."

데이비드는 케이트를 끌어안았다.

"그때까지 도저히 기다릴 수가 없을 것 같군."

저녁식사 때 뉴스가 날아들었다. 오스트리아-헝가리제국 황태자 프랜시스 페르디난도와 황태자비 소피아가 암살당했다는 뉴스였다.

저택 주인인 로드 마네가 입을 열었다.

"잔인한 짓이군. 여성을 쏘다니. 그렇지만 조그만 발칸반도 나라를 둘러싸고 전쟁이 일어나진 않겠지."

밤늦게 침대 속에서 케이트는 물었다.
"여보, 전쟁이 일어날 거라고 생각해요?"
"조그만 나라의 왕자가 암살당했다고, 설마 전쟁이 일어나겠어?"

예상은 빗나갔다. 오스트리아-헝가리제국은 세르비아가 페르디난도 황태자 암살을 선동했다는 명목으로 세르비아에 선전포고를 했다.
10월에 이르자 세계 중요 국가 대부분이 참전하는 대전쟁으로 번졌다. 전쟁은 새로운 양상을 나타냈다. 처음으로 기계기술에 의한 교통수단이 등장했다. 비행기와 비행선과 잠수함 등이었다.
독일이 선전포고를 한 날 케이트가 말했다.
"이번 전쟁이 우리에게 다시 없는 좋은 기회가 될 것 같지 않아요?"
데이비드가 미간을 찌푸렸다.
"무슨 얘기야?"
"참전국이 필요로 하고 있는 것은 총과 탄약, 그리고……."
"우리 회사는 그런 것을 공급하진 않아."
데이비드가 강경한 태도로 가로막았다.
"현재 사업만으로 충분해, 케이트. 유혈에 가담해서 이익을 올릴 필요까지는 없다고."
"당신은 사태를 너무 드라마틱하게 생각하는 것 같아요. 누군가가 총을 만들지 않으면 안 된다고요."
"내가 이 회사에 있는 한 그런 짓을 하게 할 수는 없어. 그 얘긴 두 번 다시 하지 마, 케이트. 이 얘기는 없던 것으로 하지."
'어쩌면 저렇게 벽창호일까.'
케이트는 마음속으로 중얼거렸다.
결혼하고 나서 처음으로 두 사람은 잠자리를 따로 했다.
'데이비드가 저런 풋내기 바보일 줄은…….'

케이트는 불만이었고, 데이비드도 기분이 언짢았다.

'케이트가 저런 냉혈인간이었나? 사업이 그녀를 변하게 했나 봐.'

그날부터 한동안 두 사람의 불화는 계속되었다. 데이비드는 두 사람 사이의 감정의 균열을 우려했지만 그렇다고 해서 화해할 방법은 없었다.

케이트도 자기가 옳다고 믿고 있었기 때문에 자기 쪽에서 굴복하는 데는 그녀의 거센 기질과 자존심이 방해를 하고 있었다.

우드로 윌슨 대통령은 미합중국은 참전하지 않는다고 공약했다. 그러나 독일 잠수함이 비무장 여객선에 어뢰공격을 가하고 독일군의 잔학행위가 빈번해짐에 따라 미합중국도 연합국을 원조해야 한다는 압력이 높아갔다.

"전 세계 민주주의를 지켜야 한다!"

이런 슬로건이 여기저기서 터져 나왔다.

데이비드는 남아프리카 평야지대에서 비행기 조종을 배운 적이 있었으므로 미국인 조종사들에 의한 라파예트 비행대가 프랑스에서 결성되었다는 것을 알자 케이트에게 결심을 알렸다.

"나도 지원하기로 했어."

케이트는 놀라서 말했다.

"말도 안 돼요! 당신과는 관계없는 전쟁이 아닌가요?"

"그렇지만도 않다고."

데이비드는 조용히 설명했다.

"합중국은 방관만 할 수 없게 될 거야. 나는 미국인이야. 지금 도와주고 싶어."

"하지만 당신은 46세나 되었어요!"

"아직 비행기 조종은 할 수 있어, 케이트. 연합국측은 지금 어떤 원조라도 필요로 하고 있다고."

케이트는 데이비드를 설득할 수 없었다. 두 사람은 불화를 잊어버리고 마지막 이틀 동안 이전처럼 사랑을 나누었다.

프랑스로 떠나기 전날 밤 데이비드가 말했다.

"당신과 브래드 로저스는 나만큼, 아니 그 이상으로 회사를 잘 운영해 나갈 거야."

"당신에게 무슨 일이 있으면 나도 살아 있지 못할 거예요."

데이비드는 케이트를 힘껏 끌어안았다.

"문제없어. 아무 일도 일어나지 않을 거야. 케이트, 무공을 세워서 훈장을 몽땅 몰아가지고 돌아올게."

이튿날 아침 데이비드는 전선으로 떠났다.

데이비드가 없는 생활은 케이트에게 있어서 죽은 것이나 마찬가지였다. 그를 자기 것으로 만들기까지에는 많은 세월을 보냈어야 했다. 그런데 지금 그를 잃어버리는 것이 아닌가 하는 불안감이 순간순간 엄습했다. 그래서 그녀는 보기 흉할 정도로 허둥대고 있었고, 데이비드에게 매일 긴 편지를 썼다.

데이비드에게서 편지가 오면 너덜너덜해질 때까지 몇 번이고 되풀이해서 읽었다. 그는 씩씩하게 싸우고 있다고 했다. 편지에는 독일군은 공중전에서 우위에 있지만 미국이 곧 참전한다는 소문이 있으니 얼마 안 있으면 전황이 역전될 것이라고 쓰여 있었다. 그리고 '다시 쓰겠소. 당신을 사랑하오.' 하고 끝맺고 있었다.

'아무런 일도 당신 몸에 일어나지 않기를 빌어요. 만일 무슨 일이 일어나면 평생을 두고 원망하겠어요.'

케이트는 외로움과 비참함을 잊기 위해 사업에 몰두했다. 전쟁 초기에는 프랑스와 독일이 최고의 군비로 싸우고 있었다. 그러나 연합군은 동원력과 물자와 정보량에서 월등하게 우세했다. 러시아는 최대 육군력을 자랑하고 있었지만 장비 면에서는 열세였고 지휘 계통도 엉망이었다.

"현재 모든 나라들이 원조를 구하고 있어요. 전쟁에는 총이나 탄약이 필요해요."

케이트는 브래드 로저스와 의논했다.

브래드 로저스는 난처해했다.

"케이트, 그것은 데이비드가……."

"데이비드는 여기 없어요. 브래드, 당신과 내가 결정할 일이에요."

브래드는 케이트가 말하는 의미를 잘 알고 있었다. 그것은 결정권을 갖고 있는 것은 자기라는 뜻이었다.

케이트는 무기 생산에 대해서 데이비드가 반대하는 이유를 이해할 수 없었다. 연합국은 무기를 필요로 하고 있었고, 케이트로서는 무기 공급이 애국적인 의무감이기도 했다.

케이트가 5, 6개국 우호국의 대표와 협의해 1년도 채 못 되는 사이에 크루거 브렌트 사는 총과 탱크, 폭탄, 화약 생산을 개시해서 세계에서도 몇 안 되는 급성장을 이룩한 기업이 되어 있었다. 큰 수익을 내자 케이트는 브래드에게 말했다.

"이걸 봐요. 데이비드는 자신의 과오를 시인하지 않으면 안 될 거예요."


남아프리카는 흔들리고 있었다. 정부 수뇌부는 연합국에 대한 지원을 약속하고 남아프리카를 독일로부터 방위할 책임을 받아들였다. 그러나 남아프리카에서 태어난 백인들 대부분은 대영제국에 원조하는 것에 대해 저항하고 있었다. 그리고 사람들은 과거를 그토록 빨리 잊을 수가 없었다.

유럽에서의 전쟁은 연합국 측에 불리한 정세였다. 서부전선은 교착상태에 빠져 있었고 양쪽 진영이 프랑스에서 벨기에까지 기나긴 전선에 걸쳐 참호를 파고 대치해 있었기 때문에 전투는 비참하기 짝이 없었다. 비가 내리면 대피호는 진흙물로 넘쳐나고 쥐떼가 참호에 유행병을 옮겨왔다. 케이트는 데이비드가 하늘에서 싸우고 있는 것에 감사했다.

1917년 4월 6일, 윌슨 대통령은 선전포고를 했다. 데이비드의 예감은 적중했다. 미국은 전시체제에 돌입한 것이다.

존 퍼싱 장군이 이끄는 제1진 원정군이 프랑스에 상륙한 것은 1917년 6월 26일이었다. 미군의 새로운 점령지가 계속 늘어났다. 세인트 미첼, 샤토티에리, 뫼즈·아르곤, 벨로우드, 베르덩 등 연합국은 압도적인 전력으로 진군해나갔다.

1918년 11월 11일, 드디어 전쟁은 끝이 났다. 세계는 민주주의를 끝내 지켜낸 것이다. 데이비드는 귀향길에 올랐다.

데이비드가 수송선에서 내려 뉴욕에 상륙하자 케이트가 마중 나와 있었다. 두 사람은 주위의 소음이나 군중에는 아랑곳하지 않고 꼭 껴안았다. 데이비드는 수척해 있었고 지쳐 있었다. 케이트는 생각했다.

'아, 이 사람이 없는 동안 얼마나 외로웠는지!'

데이비드에게 물어볼 것도 많았다. 그러나 그건 뒤로 미루기로 했다.

"자, 우리 시더힐 하우스로 가요. 피로를 푸는 데는 그곳이 제일 좋을 거예요."

케이트가 말했다.

데이비드의 귀향에 대비해서 케이트는 저택에 여러 모로 신경을 썼다. 넓은 거실에는 고전적인 장미 무늬의 사라사로 씌운 소파를 놓아두었다. 소파와 어울리는 팔걸이의자가 난로를 둘러싸고 아늑한 분위기를 자아내고 있었다. 난로 위에는 블라맹크의 꽃을 그린 그림을, 그 양쪽에는 촛대를 놓았다. 프랑스식 도어를 열면 베란다로 나갈 수가 있었다.

베란다는 줄무늬가 있는 차광막이 덮여 있었으며 어느 방이나 밝고 통풍이 잘 되었다. 방에서는 항구의 아름다운 경치가 바라다보였다.

케이트는 행복한 기분으로 떠들어대면서 그러한 새로운 취향을 데이비드에게 보여주었다. 그런데 데이비드는 이상하게도 침묵을 지키고 있었다. 전부 구경하고 난 다음 케이트가 물었다.

"방 안의 새로운 장식이 마음에 들어요?"

"무척 아름답군, 케이트. 하지만 우선 앉아요. 할 얘기가 있으니까."

케이트는 갑자기 불안해졌다.

"무슨 일인데요?"

"우리는 세계 절반에 무기를 공급하는 장사꾼이 되어버린 것 같더군."

"그 말은 장부를 볼 때까지 기다려주세요."

케이트는 변명을 했다.

"우리의 수익 규모를 생각……."

"그런 것을 말하고 있는 것이 아니야. 내 기억으로는 내가 전쟁에 지원했을 때도 회사는 충분한 수익을 올리고 있었어. 그때 우리는 무기 생산에는 관여하지 않겠다고 합의했을 텐데……."

케이트는 분노가 솟구쳐 올랐다.

"당신은 그랬어도 나는 그렇지 않았어요."

케이트는 가까스로 자신을 억제했다.

"시대가 변한 거예요. 데이비드, 우리도 변하지 않으면 안 돼요."

데이비드는 케이트를 바라보았다. 그리고 조용히 물었다.

"당신이 변했다는 얘기인가?"

그날 밤 잠자리에서 케이트는 자신이 변한 것일까, 아니면 데이비드가 변한 것일까 자문해보았다. 자기가 강해지고 데이비드가 약해진 것일까? 케이트는 무기생산에 반대하는 데이비드의 의견을 다시 생각해보았다. 논거는 박약했다. 결국은 누군가가 연합국에 무기를 공급해 막대한 이익을 올리는 것이다. 데이비드의 비즈니스 감각에 무슨 일이 일어난 것일까? 케이트는 데이비드를 자기가 알고 있는 한에서는 가장 두뇌가 명석한 사람이라고 존경해왔었다. 그러나 지금은 달랐다. 자신이 데이비드보다 사업에 있어서는 유능한 것 같았다.
케이트는 거의 뜬 눈으로 밤을 보냈다.
아침이 되었다. 케이트와 데이비드는 아침식사를 끝내고 정원을 산책했다.
"정말 아름다운 곳이군. 이곳에 있을 수 있는 것이 기뻐."
데이비드는 케이트에게 말했다. 그러자 케이트가 말했다.
"어젯밤 얘기 말이에요."
"이미 끝난 일이야. 나는 이곳에 없었고, 당신은 옳다고 믿고 한 일이니까……."
'만일 이 사람이 전쟁에 나가지 않았더라도 나는 같은 일을 했을까?'
케이트는 고민했다. 그러나 그 말은 하지 않았다. 케이트는 회사를 위해 한 것이다.
'회사가 내게 결혼생활보다도 더 큰 의미를 갖게 한 걸까?'
그 물음에 돌아올 대답이 두려웠다.

※

그로부터 5년간 회사는 경이적으로 확장되어 전 세계로 진출해나갔다. 크루거 브렌트 유한회사는 다이아몬드와 금을 기반으로 하고 있었지만 이제 그것도 다양화되어 사업은 전 세계로 확장되었다. 회사의 중심은 이제 더 이상 남아프리카가 아니었다. 최근에는 유명 출판사와 보험회사를 매입하고 50만 에이커의 산림도 보유했다.
어느 날 밤 케이트는 데이비드를 흔들어 깨웠다.
"여보, 본사 이전 문제 말인데요."

데이비드는 잠이 덜 깬 채 눈을 비비며 일어났다.
"뭐라고?"
"전 세계의 비즈니스 중심은 이제 뉴욕이에요. 우리 회사의 본부도 그 곳으로 옮기는 것이 좋을 것 같아요. 남아프리카는 모든 것으로부터 너무 멀리 떨어져 있어요. 그리고 우리만의 통신 구조를 가지고 있으니 우리 사무소의 어느 지점과도 즉각 연락할 수가 있잖아요."
"그러고 보니 그것도 괜찮겠군."
데이비드는 입속으로 중얼거리고는 다시 잠들었다.

뉴욕은 활기가 넘치는 신세계였다. 마천루가 하늘을 찌를 듯이 솟아오르고 거리 어디에서나 건설의 망치소리가 힘차게 울려 퍼지고 있었다.
뉴욕은 세계 무역의 중심지가 되고 있었고 해운업이나 보험회사, 통신 기관, 그리고 교통 관계 본사가 즐비하게 늘어서 있었다. 케이트는 유례에 없는 활력에 넘치는 이 도시가 마음에 들었다. 그러나 데이비드는 뉴욕에 온 다음부터 줄곧 울적해 있었다.
"데이비드, 이 도시에 오니 우리의 미래가 더 환해지는 것 같아요. 뉴욕의 발전과 함께 우리도 번영해가는 거예요."
"케이트, 당신은 이 이상 무엇을 더 바라지?"
주저하지 않고 케이트가 대답했다.
"이 세상에 있는 것 모두요."
케이트는 데이비드가 왜 그런 질문을 하는지 이해할 수 없었다.
'게임은 이기기 위해서만 존재한다. 그도 다른 사람들을 짓밟고 승리를 가져오지 않았는가. 모두가 알고 있는 일인데 어째서 데이비드는 그 사실을 인정하려 하지 않는 걸까.'
데이비드는 뛰어난 사업가였다. 하지만 결여되어 있는 것이 있었다. 최대 최상의 실업가가 되려는 절실한 마음, 즉 갈망이 없었다. 케이트의 아버지 제이미에게는 그 기개가 있었다. 케이트에게도 물론 있다. 언제부터 그렇게 되었을까. 뚜렷하지는 않지만 자기 인생의 어떤 시기부터 회사가 주인이 되고 그녀는 그 종이 되어 있었다. 케이트가 회사를 지배하고 있는 것이 아니라 회사가 그녀를 움직이고 있었다.

케이트가 그런 자신의 심정을 설명하려고 하면 데이비드는 들으려 하지 않았다.

"당신은 지나치게 일을 많이 해."

'케이트는 장인어른을 꼭 닮았어.'

데이비드는 그렇게 생각했다. 그리고 뭔지 모르지만 케이트가 아버지를 닮은 것에 막연한 불안을 느꼈다.

하지만 케이트로서는 이해할 수가 없었다. 어떻게 일을 지나치게 많이 한다는 말을 할 수 있을까. 인생에서 일보다 더 큰 기쁨이 어디 있는가. 그녀는 일을 할 때만이 삶에 대해 가장 충족감을 느꼈다. 하루하루 새로운 난제가 제기되었지만, 그 모든 것들이 도전이며, 그 수수께끼를 풀어야만 비로소 새로운 게임에서 이길 수 있다고 생각했다.

케이트는 계속 전진해나갔다. 하지만 그녀는 상상도 할 수 없는 무엇인가에 사로잡혀 있었다. 그것은 재력이나 업적 같은 것은 아닌, 권력이었다. 지구 구석구석에 있는 몇천만의 사람들을 지배하는 파워였다. 일찍이 자신의 생명을 지배해온 권력을 케이트는 지금 손 안에 넣고 있었다.

자신에게 파워가 있는 한 그녀는 아무도 필요로 하지 않을 것이 분명했다. 파워야말로 신뢰 이상으로 중요한 무기였다.

케이트는 여러 나라 왕이나 여왕, 대통령으로부터 식사 초대를 받았다. 모두들 그녀의 눈치를 살피고 호의를 얻어내려고 했다.

뉴욕에 본거지를 둔 새로운 크루거 브렌트 사는 가난한 자와 부자의 차이를 뚜렷하게 나타냈다. 결국은 권력이었다. 회사는 번영을 계속했다. 그것은 제물을 먹고 성장하는 거인과 같은 것이었다. 때로는 희생도 필요했다. 아무도 거인에게 족쇄를 채울 수는 없기 때문이었다. 케이트는 지금 그것을 알 수 있었다. 거인은 매번이 뛰고 약동하면서 케이트의 화신이 되어갔다.

뉴욕으로 옮겨간 다음 해 3월, 케이트는 몸의 컨디션이 좋지 않았다. 데이비드는 의사를 찾아가보라고 권했다.
"존 하레이라는 의사인데 젊지만 상당히 유명한 사람이지."
케이트는 마지못해 의사에게 진찰을 받으러 갔다. 존 하레이는 깡마른 보스턴 출신의 의사였다. 나이는 26세가량으로 케이트보다 5세는 젊어 보였다.
"미리 말해두겠는데요. 나는 병에 걸려 앓아누울 틈이 없어요."
케이트는 의사를 견제했다.
"명심해두겠습니다, 블랙웰 부인. 어쨌든 진찰은 해봐야겠죠?"
하레이 의사는 몇 가지 검사를 했다.
"대단치는 않은 것 같습니다. 2, 3일 내에 결과가 나올 겁니다. 수요일에 전화를 주세요."
수요일 아침 일찍, 케이트는 하레이 의사에게 전화를 걸었다.
"반가운 소식입니다, 블랙웰 부인. 아기가 생겼습니다."
의사는 쾌활한 목소리로 말했다. 그것은 케이트의 생애에서 가장 감동적인 순간이었다. 데이비드에게 빨리 이 사실을 알리고 싶어 미칠 지경이었다.
케이트는 데이비드가 그토록 기뻐하는 모습을 본 적이 없었다. 데이비드는 아내를 힘찬 팔로 들어 올리며 말했다.
"틀림없이 계집애일 거야. 당신을 꼭 닮은 아이가 태어날걸?"
데이비드는 생각했다.
'이것이야말로 케이트에게 좋은 기회다. 이제 케이트가 집에 있는 시

간이 많아지겠지. 보통 아내처럼 되어주겠지.'
한편 케이트는 이렇게 생각했다.
'틀림없이 사내아이일 거야. 언젠가는 크루거 브렌트 사를 이끌어가게 될 훌륭한 후계자가 될 거야.'

출산일이 다가오자 케이트는 업무 시간을 줄였다. 그러나 사무실에는 매일 출근했다.
"회사일은 잊어버리고 좀 안정을 취하도록 해요."
데이비드가 충고했다. 하지만 일을 할 때야말로 케이트가 가장 안정을 느끼는 시간이었다. 출산 예정일은 12월이었다.
"25일에 낳아 보겠어요. 우리의 크리스마스 선물이 되도록 말이에요."
케이트는 남편에게 약속했다.
'최고의 크리스마스가 되겠지.'
케이트는 거대한 다국적 기업의 사장이었고 사랑하는 남자와 결혼해서 지금은 아이를 낳으려 하고 있었다. 그러나 그녀는 지금 출산과 회사 일의 우선순위를 깨닫지 못하고 있었다.

케이트의 배는 불룩 튀어나오고 몸매도 볼썽사나워졌다. 사무실에 출근하는 것도 힘이 들었다. 데이비드와 브래드 로저스는 한사코 집에 있으라고 권했지만 케이트는 응하지 않았다.
출산 예정일을 두 달 앞두고 데이비드는 프니엘 광산 시찰을 위해 남아프리카로 출장을 떠났다. 다음 주에 뉴욕으로 돌아올 예정이었다.
케이트가 책상 앞에 앉아 있으려니 갑자기 브래드 로저스가 사무실로 뛰어들어 왔다. 브래드의 얼굴빛을 보니 나쁜 소식인 것 같았다. 그녀가 물었다.
"샤논의 거래가 실패했나요?"

"아닙니다, 케이트. 어떻게 말하면 좋을까. 사고가 일어났습니다. 광산이 폭발해서……."

케이트는 가슴이 철렁 내려앉았다.

"어디서요? 큰 사고인가요? 누가 죽었어요?"

브래드는 심호흡을 한 번 했다.

"6명이 죽었답니다, 케이트. 데이비드도 그 속에 들어 있습니다."

그 말이 방 안 가득히 울려 퍼졌다. 그러더니 그 소리가 벽에 부딪쳐 점점 커지다가 마침내는 케이트의 귓가에서 절규가 되었다. 나이아가라 폭포 한가운데서 케이트는 허우적거리고 있었다. 그 가운데로 깊이, 더욱 깊이 빨려 들어가 드디어 숨을 쉴 수가 없게 되었다.

주위가 캄캄해지고 조용해졌다.

한 시간 후에 아기가 태어났다. 예정일보다 두 달이 빠른 조산이었다. 케이트는 데이비드의 아버지 이름을 따서 안토니 세임스 블랙웰이라고 이름 지었다.

'너를 사랑한다, 아가야. 나와 네 아버지를 대신해서…….'

그로부터 한 달 뒤에 5번가 저택이 완성되었다. 케이트는 갓난아기와 하인들을 데리고 그곳으로 옮겨갔다. 새로운 집으로 엄청난 양의 가구가 운반되었다. 그 때문에 이탈리아에 있는 2개의 성이 텅 빌 정도였다. 시에나 레드의 대리석으로 가장자리를 댄 장밋빛 대리석 바닥에 정교한 16세기 이탈리아제 호두나무 가구가 배열되어 마치 관광객이 찾는 명소 같았다. 반들반들한 널빤지를 붙인 서재에는 장엄한 18세기 유물인 난로가 놓였고, 그 위에는 홀바인의 진기한 그림이 걸렸다.

트로피 룸에는 데이비드가 수집한 총 컬렉션이 가지런히 장식되었고, 미술품 진열실에는 케이트가 수집한 렘브란트, 베르메르, 벨라스케스, 벨리니 등의 작품이 전시되어 있었다.

사교실과 일광욕실, 정식 만찬실도 있었으며 케이트의 방 옆은 육아실로 꾸며졌다. 그밖에도 헤아릴 수 없을 정도로 많은 침실이 마련되어 있었다. 넓은 정원에는 로댕이나 세인트 고든스나 마이욜 등의 조각이 놓여 있어서 마치 제왕의 위엄에 어울리는 궁전 같았다.
'우리 왕자님은 이 속에서 자라는 거야.'
케이트는 행복한 생각에 잠겼다.

1928년 토니가 4세가 되자 케이트는 아들을 보육원에 넣었다. 토니는 핸섬하고 온순한 아이로 어머니에게서 물려받은 잿빛 눈과 의지가 강해 보이는 턱을 가지고 있었다. 토니는 음악교육을 받았고 5세 때에는 댄스교실에도 다녔다. 케이트가 누구에게도 방해받지 않고 아이와 두 사람만이 지낼 수 있는 것은 다크하버의 시더힐 하우스에 있을 때였다.
케이트는 코르세어(해적)라고 이름붙인 80피트짜리 범선을 사들여 메인 주 해안을 항해했다. 토니는 무척 즐거워했다. 그렇지만 케이트에게 가장 즐거운 시간은 일을 하고 있을 때였다.
제이미 맥그리거가 창설한 이 회사에는 신비적인 마력이 존재하고 있었다. 마치 생명이라도 있는 듯이 활발하게 움직이고 있었다.
회사는 케이트의 연인이나 다름없었으므로 그녀를 혼자 내버려두는 일도 없었다. 회사는 영구히 발전을 계속해나갈 것이다. 케이트는 그 성장을 지켜보며 살아나갈 것이며, 그리고 어느 날엔가 아들에게 대를 잇게 하리라 생각했다.

케이트의 생활에서 단 한 가지 마음에 걸리는 것은 자신이 태어난 조국에 관한 것이었다. 남아프리카의 정세는 예측할 수 없을 정도로 불안정했다. 인종문제가 심각해져감에 따라 케이트의 걱정도 늘어갔다.
남아프리카에는 대립하는 2개의 정치 단체가 있었다. 하나는 시야가 좁은 인종차별주의자들 단체인 베르크람프테스였고, 또 하나는 흑인의 시위 향상을 원하는 진보파 단체인 베르르그테스였다.

제임스 헤르초그 수상과 잔 스머츠는 연합을 맺고 힘을 결집해서 뉴잉글랜드 법을 성립시켰다. 사태는 악화되었다. 흑인은 선거인 명부에서 삭제당해 투표권도 토지도 소유할 수 없게 되었다. 새로운 법에 의해서 수백만 명이 소속되어 있는 무수한 소수 정치단체가 해체되었다. 흑인과 혼혈, 인도인에게 할당된 것은 천연자원은 물론 산업도, 항구도 없는 쓸모없는 지역이었다.

케이트는 남아프리카로 가서 여러 정부 요인과 회담했다.

"새로운 법은 시한폭탄입니다. 당신들의 정책은 800만 명이나 되는 사람들을 노예로 묶어두려고 하는 것이나 마찬가지입니다."

케이트는 호소했다.

"노예화가 아닙니다, 블랙웰 부인. 우리는 그들을 위해서 법을 만든 것입니다."

"그럴까요? 어떤 의도인지 설명해주시겠어요?"

"각기 다른 인종은 저마다 독자적인 공헌을 하고 있는 것입니다. 그런데 백인과 흑인이 뒤섞이게 되면 그들의 개성은 상실되어버리고 맙니다. 우리는 그들을 지켜주려고 노력하고 있는 중입니다."

"그런 우스꽝스러운 논리가 어디 있습니까!"

케이트는 반박했다.

"이곳은 마치 인종차별 소굴과 같지 않습니까?"

"그건 진실이 아닙니다. 몇천 마일이나 떨어져 있는 다른 나라로부터 흑인들이 우리나라를 동경해서 이주해오고 있습니다. 56파운드의 통행 대금을 지불해가면서 말입니다. 흑인에게는 이곳이 지구상 어느 곳보다 살기 좋은 곳입니다."

"그렇다면 더욱 그들에게 동정이 가는군요."

"놈들은 아무것도 모르는 야만인입니다. 블랙웰 부인, 이것은 그들을 위한 것입니다."

회담 내용은 케이트를 짜증스럽게 만들 뿐이었다. 케이트는 점점 더 조국에 대해 위구심을 품었다.

케이트는 반다의 신변도 걱정이 되었다. 반다는 뉴스의 초점이 되어 있었다. 남아프리카 신문들은 그를 '붉은 별꽃'이라고 부르며 매우 위험시하면서도 찬탄하는 기사를 싣고 있었다.

반다는 인부나 자가용 운전수나 수위 등으로 변장해서 경찰의 눈을 감쪽같이 속였다. 그리고 게릴라 군을 조직하며 돌아다녔기 때문에 경찰의 요주의 지명수배자 명단 제1위에 실려 있었다. 〈케이프타임스〉의 어떤 기사는 반다가 흑인 촌 거리를 데모대 어깨를 타고 의기양양하게 행진했다고 보도했다.

반다는 민중을 선동하기 위해 마을에서 마을로 돌아다녔다. 경찰이 그의 소재를 파악했을 때는 언제나 자취를 감춘 뒤였다. 많은 친구와 지지자가 개인적인 보디가드가 되어 그를 지켰다. 매일 밤 잠자리를 바꾼다는 소문이 나돌았다. 반다는 죽을 때까지 저항을 그만두지 않을 것이라고 케이트는 생각했다.

케이트는 어떻게 해서든 반다와 접촉하고 싶었다. 그녀는 믿을 수 있는 흑인 인부의 우두머리에게 부탁했다.

"윌리엄, 반다를 찾아낼 수 있어요?"

"그 사람 쪽에서 만나고 싶은 마음이 있다면요······."

"노력해봐요. 그를 만나고 싶어요."

"힘닿는 데까지 해보겠습니다."

이튿날 아침, 인부의 우두머리가 보고했다.

"오늘 저녁 시간이 있으시면 자동차를 타고 계십시오. 교외로 안내하겠습니다."

케이트는 요하네스버그에서 50마일 북쪽에 있는 작은 마을로 안내되어갔다. 운전수가 조그만 판잣집 앞에서 차를 세웠으므로 내려서 안으로 들어갔다. 반다가 기다리고 있었다. 전에 만났을 때와 조금도 달라진 것이 없었다.

'벌써 예순 살은 되었을 텐데……'

지난 몇 년 동안 경찰로부터 쫓기고 있었는데도 늙은 흑인운동가는 침착하고 온건한 모습이었다.

반다는 케이트의 어깨에 팔을 두르고 말했다.

"케이트는 만날 때마다 예뻐지는군."

케이트는 소리를 내어 웃었다.

"나도 나이를 먹었어요. 이제 곧 40이에요."

"나이를 먹어가면서 점점 더 빛이 나, 케이트."

두 사람은 부엌으로 들어갔다. 반다가 커피를 끓이는 동안 케이트가 말했다.

"요즘 정세는 마음에 안 들어요. 도대체 어떻게 되어가는 거죠?"

"점점 더 나빠지겠지."

반다는 퉁명스럽게 대답했다.

"정부는 우리와 대화를 하려 하지 않아. 백인들은 우리와 이어져 있는 다리를 부숴버렸지. 하지만 언젠가는 접근할 수 있는 다리를 놓을 필요가 있다는 것을 깨닫게 될 테지. 우리에게는 우리의 영웅이 필요하다고. 네헤미아 타일과 모코네, 리처드 무시망이 그들이지. 백인들은 가축을 목장에 몰아넣듯이 우리를 몽둥이로 쑤셔대고 있어."

"백인 전부가 그렇게 생각하고 있는 것은 아니에요."

케이트는 용기를 불어 넣었다.

"당신에게는 당신처럼 세상을 바꿔보려고 싸우는 친구들이 있어요. 언젠가는 그날이 반드시 올 거예요. 반다, 시간이 걸리겠지만요."

"시간은 모래시계 속의 모래와 같은 것, 언젠가는 없어지고 말지."

"반다, 누타메라와 마게나는 어떻게 지내고 있어요?"

"마누라와 자식 놈은 숨어 살고 있지. 경찰이 눈에 불을 켜고 나를 찾고 있으니까."

반다는 씁쓸하게 대답했다.

"내가 도울 일이 없을까요? 나도 그냥 구경만 하고 있을 수는 없어요. 돈이 도움이 될까요?"

"돈은 항상 고마운 것이지."

"그럼 기부를 하겠어요. 그밖에는요?"

"기도를 해줘. 우리 모두를 위해서……."

이튿날 아침 케이트는 뉴욕으로 돌아왔다.

토니가 여행할 수 있는 나이가 되자 케이트는 방학을 이용해서 출장에 데리고 갔다. 토니는 미술관을 좋아해서 위대한 거장들의 그림이나 조각 앞에 서면 몇 시간이고 계속 바라보곤 했다. 집에 있을 때 그는 벽에 걸려 있는 그림을 거의 흡사하게 그렸지만, 너무 내성적이어서 자신의 작품을 어머니에게 보이려고 하지 않았다.

토니는 사랑스럽고 영리해서 함께 있으면 즐거운 소년이었다. 무엇보다도 사람들을 매료시키는 것은 그의 수줍어하는 성격이었다. 케이트는 그런 아들을 둔 것을 무척 자랑스럽게 생각했다. 토니는 언제나 학급에서 성적이 1등이었다.

"너는 모두를 물리쳤구나, 아가야."

그렇게 말하고 그녀는 소리 내어 웃으며 아들을 꽉 껴안았다. 그러면 어린 토니는 어머니의 기대에 어긋나지 않도록 더욱 열심히 공부했다.

1936년, 토니는 열두 번째 생일을 맞이했다. 그날 케이트는 중동 출장에서 돌아왔다. 토니의 얼굴이 보고 싶어 견딜 수가 없어서 무슨 일이 있어도 토니의 생일에 맞춰오고 싶었다.

　도니는 집에서 어머니가 돌아오기를 기다리고 있었다. 케이트는 아들을 껴안고 말했다.

　"생일을 축하한다, 아가야. 엄마가 집에 없는 동안 즐겁게 지냈니?"

　"으응, 매, 매우 즐거웠어요."

　케이트는 아들을 단정히 세우고 찬찬히 바라보았다. 토니는 지금까지 한 번도 말을 더듬은 적이 없었다.

　"무슨 일이니, 토니?"

　"아, 아무 일도 아니에요. 어, 어머니."

　"말을 더듬지 마라. 좀 천천히 얘기해보렴."

　케이트는 아들에게 주의를 주었다.

　"네. 어, 어머니."

　그로부터 몇 주일이 지났다. 토니의 말더듬은 여전히 심했다. 케이트는 하레이 의사와 상담을 해보았다. 진찰을 끝내자 존 하레이가 말했다.

　"전체적으로 나쁜 곳은 없습니다. 뭔가 토니가 중압감을 느끼는 일은 없습니까?"

　"아뇨, 천만에요. 왜 그런 말을······."

　"토니는 감수성이 예민한 소년입니다. 말을 더듬는 것은 욕구불만이 높아졌을 때 생기기 쉽습니다. 뭔가 자기 힘으로 해내기 힘든 것이 있어서······."

　"알 수 없군요, 존. 토니는 학력테스트에서는 항상 1등입니다. 전 학기에는 세 개나 상을 받았어요. 스포츠 만능 상에 전 과목 학력 우수상, 그리고 미술 최우수상입니다. 그런데 힘든 문제가 있다고 할 수 있겠어요?"

　"글쎄요."

　의사는 케이트를 관찰했다.

　"토니가 말을 더듬을 때 당신은 어떻게 합니까?"

"물론 고치도록 주의를 주지요."

"고치지 않는 편이 낫습니다. 아이를 긴장하게 할 뿐이니까요."

케이트는 그 말에 버럭 화를 냈다.

"당신이 생각하는 것처럼 설사 토니가 심리적인 문제를 안고 있다고 해도 엄마 탓이라고는 할 수가 없을 거예요. 나는 아들을 깊이 사랑하고 있다고요. 토니도 그것을 알고 있을 거예요. 나는 토니가 이 세상에서 가장 훌륭한 아이라고 믿고 있어요."

그것이 문제의 핵심이었다. 어떤 아이라도 어머니의 기대대로는 살 수 없다. 하레이 의사는 토니의 의무기록카드에 시선을 집중했다.

"토니가 열두 살이군요."

"그렇습니다."

"토니는 한동안 먼 곳에 가 있는 것이 좋겠습니다. 가령 어딘가 사립학교 같은 곳에……. 잠시 동안만이라도 그 아이를 혼자 내버려두는 겁니다. 고등학교를 졸업할 무렵까지 말입니다. 스위스에는 좋은 학교가 몇 군데 있습니다."

케이트는 의사를 노려보았다.

'스위스라고! 토니와 떨어져서 살다니, 생각만 해도 소름이 끼친다. 토니는 아직 어리고 아무런 마음의 준비도 되어 있지 않다. 게다가…….'

하레이 의사가 케이트를 지그시 바라보았다.

"그 문제에 관해서는 잘 생각해볼게요."

케이트는 의사에게 대답했다.

그날 오후 케이트는 중역 회의를 중지하고 일찍 집으로 돌아왔다. 토니는 자기 방에서 숙제를 하고 있었다.

토니는 어머니를 보자 말했다.

"오, 오늘 모, 모두 A를 바, 받았어요. 어, 어머니."

"토니야, 스위스에 있는 기숙학교에 들어가는 건 어떻겠니?"

그러자 토니의 눈이 빛났다.
"제, 제가요? 그, 그게 정말이에요?"

6주 후 케이트는 토니를 배에 태웠다. 토니는 제네바 호수 기슭에 위치한 작은 도시 롤레의 르 로제 학교에 입학하게 되었다.
케이트는 뉴욕 항 부두에 서서 거대한 정기선이 터그보트에서 떨어져 나갈 때까지 꼼짝 않고 바라보고 있었다.
'토니가 없으면 무척 외로울 거야.'
케이트는 획하니 몸을 돌려 리무진에 올라 사무실로 돌아왔다.

케이트는 브래드 로저스와 일을 하는 것이 즐거웠다. 브래드는 46세로 케이트보다 2세 위였다. 오랜 동안 함께 일해 오면서 두 사람은 좋은 친구 사이가 되었다.
게이트는 그의 크루거 브렌트 사에 대한 충성심을 높이 사고 있었다. 브래드는 결혼도 하지 않고 있었으며, 여러 명 매력적인 여자 친구들과 교제하고 있었지만 어느 틈엔가 케이트에게 끌려들어가고 있었다.
브래드는 여러 차례 자신의 마음을 은근히 암시했다. 그러나 케이트는 두 사람의 관계를 업무상 관계에 국한해두고 개인적인 교제는 거절했으나, 단 한 번 그 패턴을 깨뜨린 적이 있었다.
브래드가 어떤 특정한 여성과 정기적으로 만나기 시작했을 때였다. 브래드는 매일 밤늦게까지 데이트를 하기 때문에 아침 회의에 참석했을 때는 지쳐서 정신이 다른 곳에 가 있을 정도로 마음이 흐트러져 있었다. 케이트는 그래가지고서는 회사를 위해 바람직하지 못하다고 생각했다.
그렇게 한 달이 지나갔다. 브래드의 행동은 눈에 거슬릴 정도가 되었다. 마침내 케이트는 손을 쓰지 않으면 안 되겠다고 결심했다. 데이비드가 여자 때문에 회사를 그만두겠다고 했던 것도 기억났으므로 케이트는 더 이상 그런 일이 있어서는 안 된다고 생각했다.

케이트는 어떤 무역회사를 매입하기 위해 파리로 혼자 출장할 예정이었다. 그녀는 막판에 이르러 브래드에게 동행해달라고 부탁했다.

파리에 도착한 날, 두 사람은 회의에 참석하고 저녁에는 그랑베포에서 식사를 했다. 식사가 끝나자 케이트는 브래드에게 새로운 회사에 관한 보고서를 검토해야 하니 조르주 5세 호텔의 자기 방에 들르라고 말했다. 브래드가 방에 들어가자 케이트는 얇은 네글리제를 입고 기다리고 있었다.

"우리가 어떤 태도를 취해야 할지 그 수정안을 가지고 왔습니다. 그러니까 우리 회사로서는……."

브래드는 이야기를 시작했다.

"그런 얘기는 나중에 해요."

케이트가 부드러운 목소리로 가로막았다. 브래드의 마음을 사로잡는 유혹적인 울림이 담긴 목소리였다.

"당신과 단둘이서만 있고 싶었어요, 브래드."

"케이트!"

케이트는 브래드의 품안으로 파고들어가 그의 몸을 세게 끌어안았다.

"믿을 수가 없군! 나는 오랫동안 당신을 갖고 싶었소."

브래드는 중얼거렸다.

"나도 그래요, 브래드."

두 사람은 침실로 갔다.

케이트는 관능적인 여인이었지만 그 성적 에너지는 오랫동안 다른 곳으로 향해 있었다. 사업으로 충분히 메워지고 있었던 것이다. 케이트가 브래드를 갈구한 것은 다른 이유에서였다.

브래드의 몸이 케이트의 몸 위에 겹쳐졌다. 케이트는 다리를 벌렸고, 그의 딱딱한 것이 자신의 내부로 들어오는 것을 느꼈지만 기분이 좋지도 나쁘지도 않았다.

"케이트, 나는 오래전부터 당신을 사랑하고 있었소."

브래드는 꿈꾸는 심정으로 격렬하게 반복 운동을 되풀이했다. 하지만 케이트는 다른 일을 생각하고 있었다.

'그들은 그 회사에 대해 엄청난 가격을 부르겠지. 내가 매입하고 싶어 한다는 것을 알고 있으니까.'

브래드는 케이트의 귓가에서 끊임없이 달콤한 말을 속삭였다.

'교섭에서 일단 손을 떼고 그들이 다시 제의해올 때까지 기다려볼까. 하지만 다시 제의해오지 않으면? 거래를 파기할지도 모를 위험을 무릅써야 할까.'

브래드의 리듬이 빨라졌다. 케이트는 허리를 움직여 응했다.

'안 돼, 저쪽은 쉽게 다른 매입자를 찾아낼 수 있을 거야. 그들이 달라는 대로 지불하는 것이 좋겠군. 자회사를 하나 매각해서 자금을 충당해야겠어.'

브래드가 환희의 신음소리를 질렀다. 케이트는 더욱 빨리 허리를 움직여 그를 클라이맥스로 이끌어갔다.

'당신들 조건을 받아들이기로 했습니다. 그렇게 말할 수밖에 없겠어.'

몸을 경련시키면서 브래드가 헐떡였다.

"아! 굉장하군. 케이트, 최고였어."

"저도 좋았어요, 브래드."

케이트는 브래드의 품안에서 하룻밤을 지냈다. 그가 잠든 뒤에도 케이트는 이 궁리 저 궁리를 하며 대책을 강구했다.

아침에 브래드가 잠에서 깨어나자 케이트가 말했다.

"브래드, 당신이 사귀고 있는 여자 말인데요."

"아, 그 여자 말입니까? 당신 질투하고 있군요. 그 여자 일은 잊어줘요. 두 번 다시 만나지 않겠다고 약속할 테니……."

브래드는 행복한 듯이 웃었다.

케이트는 두 번 다시 브래드와 잠을 자지 않았다. 거부 이유를 이해할 수가 없어서 브래드가 고민하자 케이트가 말했다.

"나도 얼마나 당신 품에 안기고 싶은지 몰라요. 하지만 그렇게 되면 두 사람 모두 오랫동안 함께 일할 수 없게 될 거예요. 우리는 서로에게 희생을 치르지 않으면 안 된다고요."

그녀는 그렇게 살아갈 수밖에 없었다.

회사가 확장되어감에 따라 케이트는 자선사업 기금을 설립해서 대학이나 교회, 학교에 기부를 계속했다. 미술 수집품도 늘어만 갔다. 라파엘로, 티치아노, 틴토레토, 엘 그레코 등 르네상스기로부터 그 이후 화가의 작품을 손에 넣었다. 또 바로크풍의 화가 루벤스나 카라바지오나 반다이크의 작품도 사들였다.

블랙웰가의 컬렉션은 세계에서 가장 가치 있는 개인적 수집이라는 소문이 나게 되었다. 소문이 나돌았다는 것은 초대 손님 이외에는 아무도 실물을 본 적이 없었기 때문이었다.

케이트는 미술품의 사진 촬영을 허용하지 않았다. 그리고 작품에 관한 이야기를 신문이나 잡지에 발표하려고 하지 않았다. 블랙웰가의 사생활은 절대로 공개하지 않는다는 방침을 가지고 있었다. 하인이나 회사 종업원조차 블랙웰가에 관한 얘기는 한마디도 할 수 없었다.

그러나 소문이나 억측에까지 뚜껑을 덮는 것은 불가능했다. 세계에서 가장 큰 권력을 움켜쥔 대부호 여성인 케이트 블랙웰에 대해서 모두가 알고 싶어했다. 수천 가지 질문이 던져졌지만 회답은 거의 없었다.

케이트는 르 로제 학교 여교장에게 전화를 걸었다.

"토니가 어떻게 공부하고 있는지 궁금해서 전화를 걸어봤습니다."

"아, 토니는 아주 잘하고 있습니다. 블랙웰 부인. 아드님은 나무랄 곳이 없는 학생이에요."

"내가 묻고 싶은 것은……."

케이트는 망설였다. 블랙웰가 사람은 한 사람도 약점이 있다는 것을 인정하고 싶지 않았던 것이다.

"내가 묻고 싶은 것은 토니의 말더듬에 대해서입니다만……."

"부인, 말은 전혀 더듬지 않는데요? 아드님은 완벽합니다."

케이트는 마음속으로 안도의 숨을 내쉬었다.

'역시 내가 옳았다. 토니의 말더듬은 일시적인 것으로 얼마 가지 않아 좋아질 거라고 믿었지. 의사들은 과장이 심한 것 같아.'

4주 후 토니가 귀향하게 되어 케이트는 공항까지 마중을 나갔다. 토니는 훤칠하게 자란 채 건강한 얼굴로 나타났다. 케이트는 자랑스러움으로 가슴이 뛰었다.

"안녕, 토니. 잘 지냈니?"

"나, 나는 건강해요. 어, 어머니는 어, 어떠세요?"

방학에 집에 있으면서 토니는 자신이 집에 없는 동안 어머니가 수집해 놓은 새로운 그림들을 꼼꼼히 살펴보았다. 그리고 모네, 르누아르, 마네, 모리조 등 프랑스 인상파들에게 매료되었다.

화가들은 토니에게 마법의 세계를 보여주고 있었다. 그는 그림 도구와 이젤을 들고 그림을 그리러 나갔다. 자기 그림이 형편없다고 생각하고 있었기 때문에 아무에게도 보여주려고 하지 않았다. 거장들의 걸작과 비교되면 큰일이라고 생각했다.

케이트는 아들에게 말했다.

"이곳에 있는 그림은 언젠가 전부 네 것이 될 거야, 토니."

그런 생각을 하면 13세의 소년은 불안감으로 가득 찼다. 하지만 그런 그를 어머니는 조금도 이해하지 못했다. 거장들의 작품을 얻기 위해서 그가 한 일은 아무것도 없기 때문에 엄밀하게는 토니의 것이 아니었다. 그는 자신의 방법으로 그것을 얻기 위해 지독한 결심을 했다.

그는 두 가지 감정 사이에서 흔들리고 있었다. 어머니로부터 독립하고 싶다고 생각하는 한편, 어머니 주위에 있으면 언제나 황홀한 일들이 일어난다는 기대감이었다. 토니가 보기에 어머니는 항상 앞서가는 것 같았다. 지령을 내리고, 믿을 수 없을 정도로 부를 쌓아올리고 자기를 외국으로 데려가 재미있는 사람들과 만나게 해주었다. 거기에다 어머니에게는 위엄이 있었다.

토니는 그런 어머니가 자랑스러웠다. 어머니야말로 이 세상에서 가장 매력적인 여성이라고 믿었다. 그래서 토니는 어머니 앞에 서기만 해도 말을 더듬었다. 토니는 그것에 대해 죄의식을 느끼고 있었다.

케이트는 방학으로 귀향한 아들에게 이런 말을 들을 때까지 그가 얼마나 깊이 자신을 존경하고 있는지 깨닫지 못했다.

"어, 어, 어머니는 세, 세계를 움직이고 있죠?"

케이트는 소리 내어 웃었다.

"어림도 없는 얘기다. 어디서 그런 바보 같은 질문을 할 생각이 났지?"

"하, 학교 친구들은 모, 모두 그렇게 마, 말하고 있어요. 어, 어머니는 굉장한 거, 거물이라고요."

"거물이라······. 나는 네 어머니일 뿐이야."

케이트는 말했다.

토니는 다른 무엇보다도 어머니를 기쁘게 해주고 싶었다. 어머니가 열심히 회사를 위해 일하는 것은 언젠가 자기가 뒤를 이어 회사를 경영하게 하기 위해서라고 생각했다. 그러나 토니 자신은 그럴 생각이 없었다. 그렇게 생각하자 더욱 미안한 마음으로 가득 찼다. 그는 회사 경영에 인생을 바칠 생각은 꿈에도 없었다. 그것을 어머니에게 설명하려고 한 적이 있었다. 그러자 어머니는 웃으면서 상대해주지 않았다.

"바보 같은 소리 하지 마라. 장래 일을 결정하기엔 넌 아직 너무 어려."

그러자 그는 다시 말을 더듬었다.

토니는 화가가 되고 싶다는 소망에 불타고 있었다. 미를 포착하여 그 장면과 의미를 영원히 남기는 재능은 훌륭한 것이므로……. 토니는 파리로 유학을 가고 싶었다. 그러나 그 말을 어머니에게 꺼내는 것은 신중하지 않으면 안 되었다.

두 사람은 늘 함께 다니며 즐거운 시간을 보냈다. 케이트는 광대한 토지를 각지에 갖고 있었다. 팜비치와 사우스캐롤라이나에 별장을, 켄터키에는 종마 사육장을 가지고 있었다.

토니에게 시간이 허락되는 대로 두 사람은 각지를 찾아다녔다. 뉴포트에서는 아메리칸 컵 레이스를 관전하고, 뉴욕에 있을 때는 델모나코에서 점심식사를 한 다음 플라자에서 차를 마시고 일요일에는 루호브에서 저녁식사를 했다.

케이트는 경마를 좋아하기도 했다. 그녀가 소유한 말은 세계에서도 가장 훌륭한 경주마였다. 토니가 집에 돌아와 있을 때 자기 말이 경마에 나가게 되면 둘이서 함께 경마장으로 갔다.

토니는 전용박스 안에서 어머니가 목이 터져라 응원하는 것이 이상하게 생각되었다. 어머니가 열광하는 것이 더 이상 돈이 아니라는 것을 토니는 알게 되었다.

"이겨야 하는 거야, 토니. 잘 기억해둬라. 게임에서 이기는 것이 중요한 거란다."

다크하버에서는 조용하고 한가로이 시간을 보냈다. 펜들턴이나 코핀에서 쇼핑을 하고 다크하버 숍에서 크림 소다수를 마셨다. 여름에는 요트나 하이킹, 그리고 미술관 순례를 다니고, 겨울에는 스키나 스케이트, 썰매놀이를 했다.

케이트는 서재의 커다란 난로 앞에 앉아서 지금은 없는 가족들의 이야기를 아들에게 들려주었다. 할아버지와 반다의 일, 아그네스 부인과 그곳의 여자들이 할머니의 임신을 축하하여 열어준 파티 얘기 등, 케이트로서는 자랑스러운 가문이었다.

"크루거 브렌트는 언젠가 너의 것이 될 거야, 토니. 네가 경영을 맡고 그리고……."

"나, 나는 회사의 겨, 경영 같은 것은 하고 싶지 않아요, 어, 어머니. 나는 큰 사업이나 권력 같은 것에는 흐, 흥미가 없어요."

케이트는 심하게 화를 냈다.

"바보 같은 소리 하지 마라! 네가 사업이나 권력에 대해서 뭘 안다고 그래? 내가 전 세계에 악의 씨앗이라도 뿌리고 다니는 줄 아니? 우리 회사가 인정사정없이 상대를 때려 부수는 무정한 돈이나 버는 곳으로 생각하는 거냐? 좋아, 너에게 모든 것을 얘기해주마. 우리 회사가 하고 있는 일은 한마디로 예수 그리스도 다음으로 훌륭한 일이란다. 우리는 수천, 수만 명의 목숨을 구하고 있으니까 말이다. 불황의 도시나 국가에 공장을 만들어주면 학교와 도서관과 교회가 서게 되지. 그럼 어린아이들에게는 먹을 것과 옷과 놀이기구가 주어지게 되고……."

케이트는 크게 심호흡을 하여 노여움을 가라앉혔다.

"우리는 말이야, 굶주림과 실업으로 고통 받고 있는 사람들이 살고 있는 곳에 공장을 세워주고, 그들이 생활해갈 수 있도록 터전을 마련해주고 있다. 그러니까 그들에겐 구세주와 같은 셈이지. 앞으로 두 번 다시 큰 사업과 권력을 하찮게 여기는 듯한 말은 듣고 싶지 않구나."

"죄, 죄송해요. 어, 어, 어머니."

토니는 그 말밖엔 할 수가 없었다. 그러면서 그는 다른 쪽으로 생각을 굽히지 않고 있었다.

'나는 꼭 화가가 되고 말 테야.'

토니가 14세가 되자 케이트는 여름방학을 남아프리카에서 보내도록 권했다. 토니는 한 번도 남아프리카에 가본 적이 없었다.

"함께 갈 수 없어서 유감이지만 멋진 곳이라는 것을 금방 알 수 있을 거야. 너를 위해 모든 것을 준비해놓겠다."

"나는 다크하버에서 보, 보내려고 새, 생각했었는데요. 어, 어머니."

"거긴 내년 여름방학 때 가고, 올해는 요하네스버그에서 보내거라."

케이트는 단호하게 말했다.

그녀는 요하네스버그 지사장에게 사정을 얘기하고 토니의 여행 일정을 짰다. 매일의 스케줄이 토니에게 매력적인 여행이 되어 그의 장래가 회사에 있다는 것을 깨우쳐주고 싶었다.

케이트는 매일 토니의 보고를 받았다. 그는 다이아몬드 광산에서 이틀을 보냈다. 그리고 크루거 브렌트 사 공장을 방문하고 케냐로 맹수 사냥을 갔다.

토니의 휴가가 끝나기 며칠 전, 케이트는 요하네스버그 지사장에게 전화를 걸어보았다.

"토니는 어때요?"

"네, 즐겁게 지내고 있습니다. 오늘 아침에는 좀 더 이곳에 있을 수 없느냐고 물어보실 정도였습니다."

케이트의 가슴은 기쁨으로 가득 찼다.

"잘됐군요! 수고했어요."

휴가가 끝나자 토니는 영국의 사우샘프턴으로 가서 팬아메리칸 항공으로 미국으로 돌아왔다. 케이트는 다른 항공노선은 좋아하지 않아서 가능한 한 팬아메리칸 항공을 이용하고 있었다.

케이트는 중요한 회의에서 빠져나와 뉴욕에 신설된 라가디아 공항 팬아메리칸 항공 로비로 마중을 갔다. 토니의 단정한 얼굴은 감격에 넘쳐 있었다.

"즐거웠니?"

"남아프리카는 멋진 나라였어요. 어, 어머니, 알고 계세요? 나는 하, 할아버지가 증조할아버지인 반 데르 메르베에게서 다, 다이아몬드를 훔쳐낸 나미브 사막에 가, 가 보았어요."

"할아버지가 훔친 것이 아니란다, 토니……"

케이트는 바로잡아주었다.

"다만 자기 몫을 찾으러 갔을 뿐이지."

"그렇군요. 아무튼 나는 그, 그곳에 갔었어요. 바다 안개는 없었어요. 하, 하지만 경비원과 경비견과 다른 것은 그, 그대로 가지고 있었어요. 다이아몬드 샘플은 주, 주지 않았지만요."

토니가 장난스럽게 웃으면서 말했다.

케이트도 웃음을 터뜨렸다.

"너에게 샘플을 줄 필요가 없지, 토니. 전부 네 것이니까."

"그 그럼, 그렇게 얘, 얘기해주세요. 내가 말하면 미, 믿어주지 않을 테니까요."

케이트는 아들을 힘껏 껴안았다.

"정말 즐거웠나보구나."

토니가 마침내 자신에게 물려지게 될 재산에 대해 흥분하는 것을 보며 케이트는 기쁨을 억누를 수 없었다.

"무, 무엇이 가장 즐거웠는지 아세요?"

케이트는 온화하게 미소 지었다.

"뭘까?"

"색깔이었어요. 풍경화를 잔뜩 그, 그려가지고 왔다고요. 나는 이, 일찍 돌아오고 싶지가 않았어요. 그곳에 돌아가 조, 좀 더 그리고 싶어요."

"그림을 그린다고? 그것은 좋은 취미겠지, 토니."

케이트는 예술을 이해한다는 듯이 말했다.

"그렇지 않아요. 취, 취미가 아니에요. 나는 화가가 되고 싶어요. 줄곧 그, 그것만을 생각해왔어요. 나는 파리로 가서 공부하고 싶어요. 내, 내게는 재능이 있을지도 모, 모른다는 생각이 들어요."

케이트의 몸이 차츰 경직되어왔다.

"평생을 바쳐 그림을 그릴 생각은 아니겠지?"

"아뇨. 그, 그럴 생각이에요. 내가 하고 싶은 것은 그, 그 일이라고요."

케이트는 자기가 아들에게 졌음을 알았다.

'토니에게는 자기 나름대로 인생을 보낼 권리가 있다. 그렇지만 그런 어리석은 잘못을 어떻게 그대로 볼 수만 있겠는가.'

9월이 되자 결정권은 두 사람의 손에서 떠나버렸다. 유럽에서 전쟁이 발발한 것이다.

"와튼스쿨에 입학하면 좋겠다."

케이트가 토니에게 말했다.

"2년이 지난 후에도 네가 화가가 되겠다고 하면 그때는 나도 기꺼이 허락해주마."

그때는 토니의 마음도 변할 거라고 케이트는 믿고 있었다. 세계에서 가장 우수한 대기업을 이끌어나갈 수가 있는데, 캔버스에 그림물감을 칠하는 쪽을 선택하다니 도저히 믿을 수가 없었다. 누가 뭐라고 해도 토니는 케이트 자신의 아들이니까······.

케이트 블랙웰에게 있어서 제2차 세계대전은 또다시 커다란 기회가 되었다. 전 세계적으로 무기와 군수물자가 엄청나게 부족해서 크루거 브렌트 사는 그 공급자가 되었다. 회사의 한 부문에서는 군수품을 생산하고 다른 부분에서는 민수품을 생산했다. 공장은 24시간 완전 조업 태세로 들어갔다.

미합중국은 중립을 지키고 있을 수가 없을 것이라고 케이트는 예상했다. 프랭클린 D. 루스벨트 대통령은 국민들에게 민주주의를 수호하기 위해서는 커다란 군수공장이 필요하다고 호소했다.

1941년 3월 11일, 무기대여법안이 의회에서 가결되었다. 대서양을 항해하는 연합군의 해운업은 독일의 해상 봉쇄 위협에 노출되어 있었다. 독일 잠수함 U보트 8척이 연합국 수송선단을 습격해서 침몰시켰던 것이다.

독일의 전체주의는 온갖 만행을 서슴없이 저질렀다. 아돌프 히틀러는 베르사유조약을 짓밟고 사상 최강의 군대를 조직했다. 독일군은 지금까지 볼 수 없었던 전격전법으로 폴란드, 벨기에, 네덜란드를 공격하고 눈 깜짝할 사이에 덴마크, 노르웨이, 룩셈부르크, 프랑스를 유린했다.

크루거 브렌트의 베를린 지사는 나치에게 몰수당하면서 공장에서 일하던 유대인이 체포되어 강제수용소로 보내졌다. 그 소식을 듣자 케이트는 행동을 개시했다. 두 곳에 전화를 하고 그 다음 주에 스위스로 향했다.

케이트가 취리히의 바우어 오 라크호텔에 도착하자 브링크만 대령에게서 메시지가 도착해 있었다. 브링크만은 크루거 브렌트 사 베를린 지배인이었다. 나치 정권이 공장을 접수하자 브링크만은 자동적으로 대령에 임명되고 계속해서 관리를 맡고 있었다.

브링크만은 케이트를 만나러 호텔로 찾아왔다. 그는 꼼꼼해 보이면서 여윈 사나이로 벗겨진 이마를 교묘하게 옆 머리칼로 가리고 있었다.

"만나 뵙게 되어서 영광입니다, 블랙웰 부인. 정부로부터 메시지를 가져왔습니다. 공장은 얼마 뒤 전쟁에 이긴 다음 반환하겠다는 내용입니다. 독일은 세계에서도 가장 위대한 공업 대국이 될 것입니다. 당신과 같은 협력자를 우리는 환영하고 있습니다."

"만약 독일이 진다면?"

브링크만 대령 입술에 희미한 미소가 흘렀다.

"그런 일이 일어날 수 없다는 것을 잘 알고 계실 텐데요, 블랙웰 부인. 현명한 미합중국은 유럽 전선에는 참전하지 않을 것입니다. 앞으로도 그러기를 바랍니다."

"말씀대로겠지요, 대령님."

케이트는 몸을 앞으로 내밀었다.

"그런데 유대인들이 강제수용소에 보내져 몰살당하고 있다는 소문을 들었는데 그게 사실인가요?"

"영국의 선전 활동입니다. 보증할 수 있습니다. 분명히 유대인들은 노동수용소에 보내지고 있습니다. 장교로서 말씀드립니다만 그들은 그들에게 걸맞은 대우를 받고 있습니다."

걸맞은 대우가 무엇을 의미하는지 케이트는 진실을 알아내야겠다고 생각했다.

이튿날 케이트는 독일에서도 가장 유명한 재계인으로 알려진 오토 뷜러와 면담을 하는 데 성공했다. 뷜러는 50대의 품위 있는 사나이로 후덕해보이는 인상이었다. 섬세한 눈은 지금까지 그가 숱한 고생을 겪어왔다는 것을 말해주고 있었다.

두 사람은 역 가까이에 있는 조그만 카페에서 만났다. 뷜러는 손님이 없는 구석 테이블을 골랐다.

"다른 사람에게서 들은 얘기입니다만, 당신은 유대인을 중립국으로 밀입국시키는 지하활동을 시작했다고 하더군요. 사실입니까?"

케이트는 부드러운 어조로 말을 시작했다.

"사실이 아닙니다, 블랙웰 부인. 그런 짓을 하면 제3제국에 대한 반역 행위가 됩니다."

"그 때문에 자금을 필요로 하고 있다는 얘기도 들었습니다만."

뷜러는 어깨를 으쓱했다.

"지하 활동 같은 것은 하지 않으니까 운영 자금도 필요 없겠지요. 안 그렇습니까?"

뷜러는 카페 안을 불안한 듯이 둘러보았다. 매일 위험과 함께 생활하는 인간의 태도였다.

"뭔가 도움이 될 수 있지 않을까, 그렇게 생각하고 있었는데요."

케이트는 조심스럽게 덧붙였다.

"크루거 브렌트 사는 많은 중립국과 연합국에 공장을 가지고 있습니다. 만약 피난민이 있다면 고용하도록 수배해도 좋습니다만……."

뷜러는 얼굴을 찡그리고 커피를 마셨다. 한참동안 침묵이 계속된 뒤 그는 입을 열었다.

"조금 전의 일에 관해서는 나는 전혀 아는 바가 없습니다. 정치도 요즘에는 무시무시해져서요. 하지만 만일 당신이 곤란한 지경에 빠진 사람을 원조하는 데 관심이 있으시다면……. 실은 내게는 영국에 숙부님이 한 분 계시는데 중병으로 고통을 받고 있습니다. 그런데 진료비용이 엄청나게 비싸서요."

"얼마 정도죠?"

"한 달에 5만 달러가 필요하답니다. 숙부님의 병원비를 런던에 예금하고 그 다음에 스위스 은행으로 송금하도록 수배할 수 있을까요?"

"네, 할 수 있을 거예요."

"숙부님이 무척 기뻐하실 겁니다."

2개월 후 유태인의 피난민이 소수이기는 하지만 확실하게 연합국 측으로 도망쳐왔다. 그리고 크루거 브렌트 사 공장에서 일하기 시작했다.

토니는 2년 만에 학교를 그만두었다. 그것을 알리기 위해 그는 케이트의 사무실로 찾아왔다.

"나는 여, 열심히 했어요. 어, 어머니. 저, 정말이에요. 하지만 이미 결심했어요. 그림 공부를 해야겠다고. 저, 전쟁이 끝나면 나는 파, 파리로 가겠어요."

케이트는 토니의 한마디 한마디가 자신을 몽둥이로 후려갈기는 것처럼 들려왔다.

"시, 실망시킨다는 것은 아, 알고 있지만 내 인생은 내, 내가 결정하지 않으면 안 돼요. 잘, 잘할 수 있을 거예요. 문제없어요."

토니는 케이트의 눈치를 살폈다.

"어, 어머니가 시키는 대로 모두 했어요. 이번에는 어머니가 내게 기회를 주, 주실 차례라고요. 시카고 미술학교가 입학을 허, 허가해주었어요."

케이트는 당황했다. 토니가 하려고 하는 공부는 무익하기 짝이 없는 것이라는 생각이 들었다.

"언제 떠날 생각이니?"

케이트가 가까스로 물었다.

"12월 15일이 입학식이에요."

"오늘이 며칠이지?"

"12월 6일이에요."


1941년 12월 7일 일요일, 대일본제국 해군의 나가시마 폭격기와 제로센 편대가 진주만을 공격했다. 다음 날 미합중국은 전쟁에 돌입했다. 그날 오후 토니는 합중국 해병대에 지원했다. 토니는 버지니아 주 콴티코로 보내져 사관학교를 수료하자 남태평양에 배치되었다.

케이트는 매일 지옥의 낭떠러지 위에 위태위태하게 서 있는 듯한 심정이었다. 일에 파묻혀 있긴 했지만, 언제나 마음속에서는 토니에 관한 비보를 듣게 되는 것은 아닌가 하고 전전긍긍했다.

일본과의 전쟁은 고전을 면치 못하고 있었다. 일본 폭격기는 괌, 미드웨이, 웨이크 제도의 미군기지를 차례로 공격했다. 1942년 2월 일본군은 싱가포르를 함락시키고 뉴브리튼, 뉴아일랜드, 솔로몬 제도 해군기지를 차례로 공략했다.

더글러스 맥아더 장군은 필리핀에서의 철수를 강요당했다. 적군의 강력한 군대는 서서히 세계를 제압해가고 있었으며, 여러 나라들을 점령해 가고 있었다. 토니가 포로가 되어 고문을 당하고 있지는 않을까 하는 생각을 하면 케이트는 미칠 지경이었다.

케이트의 권력과 영향력도 전혀 쓸모가 없어서 기도하는 것 외에는 다른 방법이 없었다. 토니로부터의 편지만이 유일한 희망이었다. 적어도 몇 주일 전까지는 생존해 있었다는 것을 증명해주고 있었다.

'우리에게는 어떤 정보도 알려지지 않고 있습니다. 러시아는 아직 싸우고 있습니까? 일본군은 잔인합니다. 그러나 그들을 칭찬하지 않을 수 없습니다. 그들은 죽는 것을 겁내지 않아요……. 미국에 무슨 일이 일어났는지요? 공장 노동자들은 임금인상 파업을 정말로 하고 있습니까? 이곳에서는 고속 어뢰정이 눈부신 활약을 하고 있습니다. 승무원들은 모두 영웅입니다. 어머니는 정부의 고관과 친하시죠? 신식 해군 전투기인 F4U를 몇백 대 이곳으로 보내달라고 부탁해주세요. 어머니가 보고 싶어요.'

1942년 8월 7일, 드디어 연합군은 태평양에서 반격을 개시했다. 합중국 해병대는 솔로몬제도의 과달카날 섬에 상륙했다. 그로부터 일본군이 점령하고 있던 섬들을 모조리 탈환해갔다.

유럽에서도 연합군이 계속해서 승전고를 울리고 있었다. 1944년 6월 6일, 미국, 영국, 캐나다군 연합군이 노르망디 상륙작전을 시작했다. 그로부터 1년 후인 1945년 5월 7일 마침내 독일은 무조건 항복했다.

1945년 8월 6일, TNT화약 2만 톤 이상의 파괴력을 지닌 원자폭탄이 히로시마에 투하되었다. 3일 뒤에는 또 한 개의 원자폭탄이 나가사키 거리를 폐허로 만들었다.

8월 15일, 일본은 항복했다. 오랜 피비린내 나는 전쟁이 마침내 종말을 고한 것이다.

3개월 후 토니는 귀환했다. 토니와 케이트는 다크하버 테라스에 앉아서 흰 돛들이 우아하게 떠 있는 항구를 바라보고 있었다.

'전쟁이 이 아이를 바꿔 놓았겠지.'

케이트는 생각했다.

토니는 몰라볼 정도로 어른스러워져 있었다. 짧게 기른 콧수염이 볕에 그은 남자다운 얼굴에 잘 어울렸다. 예전에는 찾아볼 수 없었던 잔주름이 눈가에 있었다. 회사에는 들어오지 않겠다고 한 토니의 결의도 지난 몇 년간의 고생 때문에 달라졌을지도 모른다.

"앞으로 어떻게 할 계획이니?"

케이트가 물었다.

"전에도 말했었죠? 계획에 차질이 생기긴 했지만 어머니, 저는 파, 파리로 가겠어요."

## 제4부

## 토니
1946년~1950년

토니는 전에도 파리에 가본 적이 있었지만 이번엔 사정이 달랐다. 파리는 독일군의 점령으로 화려한 도시가 암울해져 있었다. 많은 사람들이 희생되었고, 나치가 루브르 미술관의 귀중품들을 약탈해가기는 했지만 비무장도시 선언을 했기 때문에 파리는 비교적 손상되지 않았음을 볼 수 있었다. 토니는 이번엔 여행자로서가 아니라 이 도시에서 살 예정이었다.

마레샬 포치 거리에 있는 케이트의 펜트하우스는 점령 중에도 손상을 입지 않았으므로 그곳에 머물 수가 있었다. 그러나 토니는 그랑 몽파르나스 뒷거리의 가구도 없는 허술한 방을 빌렸다. 방은 난로가 달린 거실에 간신히 들어가 잘 수 있는 침실과 냉장고도 없는 조그만 부엌뿐이었다. 침실과 부엌 사이가 엉성한 화장실로 되어 있었는데, 다리가 달린 욕조와 녹슨 비데와 깨진 변기가 놓여 있었다.

하숙집 아주머니가 변명을 늘어놓으려 하자 토니가 가로막았다.

"이만하면 쓸 만하군요."

토요일은 고물시장에서 하루를 보냈다. 월요일과 화요일은 센 강 기슭에 있는 중고품 가게를 돌아보고, 수요일에는 최소한 필요한 가구를 그곳에서 사 모았다. 소파침대에 흠집투성이 책상, 의자 2개, 지저분한 장식이 붙은 옷장, 램프와 기우뚱거리는 테이블과 식탁의자 2개 등이었다.

'어머니가 보시면 깜짝 놀라시겠지.'

토니는 생각했다.

아파트를 비싼 골동품으로 꾸밀 수도 있었지만 그러면 파리에 있는 젊은 미국인 화가들과 다를 것이 없을 것 같았다. 토니는 파리에서 진짜 예술가 생활을 해보고 싶었다.

다음에는 좋은 미술학교에 들어가는 일이었다. 프랑스에서 가장 유명한 명문학교라면 파리의 에콜 데 보자르인데, 수준이 높아서 입학을 허가받는 미국인은 드물었다. 토니는 그곳에 입학원서를 내기로 했다.

'아마도 받아주지 않을 것이다. 하지만 혹시 또 모르지.'

토니는 생각했다. 하지만 무슨 일이 있어도 어머니에게 자신의 선택이 옳았다는 것을 증명해보이지 않으면 안 되었다. 토니는 그림 3점을 제출하고 합격 통지를 기다렸다. 4주째 되는 주말에 아파트 관리인이 학교에서 온 편지를 건네주었다. 월요일에 학교로 오라는 통지였다.

에콜 데 보자르는 3층의 석조 건물로, 12개나 되는 학급은 어디나 학생들로 가득 차 있었다.

토니는 교장인 제쌍 교수의 사무실로 갔다. 교장은 올려다볼 정도로 몸집이 큰 사람으로, 목은 짧고 입술은 얄팍했으며 사나운 눈초리를 하고 있었다.

"자네 그림은 아마추어 영역을 벗어나지 못하고 있네. 하지만 가능성은 있더군. 우리 이사회가 자네를 선발한 것은 현재 자네 작품 속에는 없지만 앞으로 반드시 나타날 것에 대한 평가 때문이네. 알겠나?"

교장은 토니에게 말했다.

"잘은 모르겠습니다만……."

"이제 알게 되겠지. 자네는 칸탈 교수의 학급에 들어가게 되네. 그가 앞으로 5년간 자네 선생이 될 걸세. 하긴 그때까지 계속할 수 있을지 의문이지만……."

토니는 자신에게 끝까지 해보겠다는 굳은 다짐을 했다.

칸탈 교수는 매우 왜소한 사람으로 머리가 완전히 벗겨져서 자줏빛 베레모로 가리고 있었다. 다갈색 눈과 커다란 주먹코 밑에 있는 입술은 마치 두툼한 소시지 같았다. 그는 토니에게 이렇게 쏘아붙였다.

"미국인은 모두 벼락부자 식 취미를 가지고 있어서 마음에 안 드네. 자네는 이곳에 무엇 하러 왔나?"

"공부하러 왔습니다. 선생님."

그러자 그는 뭐라고 중얼거렸다.

학급에는 25명의 학생이 있었는데 대부분 프랑스인이었다. 토니는 노동자용 술집이 내려다보이는 창가를 골랐다. 교실 전체에 이젤이 세워져 있었고 여기저기에 그리스 조각에서 따온 인간의 육체 부분의 석고 모형이 놓여 있었다. 토니는 모델을 찾아 둘러보았지만 그런 인물은 보이지 않았다.

"시작해요."

칸탈 교수가 학생들에게 말했다.

"죄송합니다. 저는 그림물감을 가져오지 않았습니다."

토니가 말했다.

"그림물감은 필요 없네. 첫해에는 데생을 공부하니까……."

교수는 그리스 조각상을 가리켰다.

"저것을 그려보게. 간단하다고 생각할지 모르지만 1년도 채 못 돼서 자네들 중 절반 이상이 진급을 하지 못하고 떨어져나갈 걸세."

교수의 강의는 점점 열기를 더해갔다.

"첫해는 인체 모형을 그리는 공부를 한다. 2년째는—진급한 사람에 한해서지만—살아 있는 모델을 유화로 그린다. 3년째는—아마 몇 사람 남지 않겠지만—나와 함께 자기류의 색을 칠하게 된다. 이렇게 해서 극히 자연스럽게 커다란 진보를 몸에 익혀 나간다. 4년째와 5년째는 자신의 독자적인 스타일과 감성을 찾아낸다. 자, 그럼 시작해볼까?"

학생들은 데생을 시작했고, 교수는 방 안을 돌아다니며 이젤 앞에 멈춰서서 주의나 비평을 가했다. 토니가 그리고 있는 그림을 보고 교수는 퉁명스럽게 내뱉었다.

"그게 아니야! 그래 가지고서는 안 돼. 팔의 바깥 부분밖에 보이지 않는데, 나는 안쪽을 보고 싶네. 근육과 뼈와 관절과 그 밑에 흐르는 피를 봤으면 하네."

토니는 수업이 없는 날은 대개 아파트에서 스케치를 했다. 새벽부터 다음 날 새벽까지 그릴 때도 있었다.

그림을 그리고 있노라면 지금까지 전혀 모르고 있던 자유로운 기분을 맛볼 수가 있었다. 이젤 앞에 화필을 들고 앉는 것만으로도 토니는 신성한 기분을 느꼈다. 한 손으로 전 세계를 창조할 수가 있는 것이다. 나무도, 꽃도, 인간도, 우주조차 만들어낼 수가 있으니 하늘에라도 오를 것 같은 기분이었다.

그림을 그리지 않을 때는 파리의 거리로 나가 신비한 도시를 구경했다. 이제 파리는 토니의 거리이고 그의 예술이 태어나는 장소였다.

파리는 센 강을 따라 상류와 하류가 서로 다른 얼굴을 갖고 있었다. 상류 쪽은 부유하고 지위가 높은 사람들이 살고, 하류 쪽은 인생을 필사적으로 살아가고 있는 학생과 예술가들이 살고 있었다. 그곳은 몽파르나스, 불바르 라스파이, 생제르맹 데 프레이고 카페 플로르와 헨리 밀러, 엘리어트 폴의 거리였다. 토니에게 있어서는 출발의 땅이자 안식처였다. 그는 동급생들과 불 블랑쉬나 라 쿠폴에 몇 시간씩 죽치고 앉아서 예술을 논했다.

토니는 이전에 르 로제 학교에서 프랑스어를 배웠으므로 동급생들과 쉽사리 사귈 수가 있었다. 토니 가족에 대해서 신경을 쓰는 사람은 아무도 없었고 다만 동료의 한 사람으로서 받아들여줄 뿐이었다.

1946년은 거장들이 파리에서 창작활동에 전념한 해였다. 토니는 파블로 피카소의 모습을 먼발치에서 본 적이 있었고, 어느 날 친구와 둘이 있을 때 마르크 샤갈의 모습도 보았다. 샤갈은 몸집이 매우 컸으며 50대 중년으로 더부룩한 머리칼이 하얗게 변해가고 있었는데, 카페 건너편에 앉아 많은 사람들과 열심히 대화를 나누고 있었다.

"샤갈을 보다니 재수가 좋군. 그는 좀처럼 파리에 오지 않는데 말이야. 집은 베니스에 있는데 주로 지중해 해변에서 살고 있다더군."

토니의 친구가 말했다.

막스 에른스트가 길가 카페에서 포도주를 마시고 있었고, 또 어떤 때는 알베르토 자코메티가 그의 조각처럼 깡마르고 껑충한 모습으로 리볼리 거리를 걷고 있었다. 놀랍게도 자코메티는 지독한 안짱다리였다.

관절이 움직이는 마네킹과 동판화, 소묘 등으로 병적 에로티시즘과 억눌린 성 욕망의 표출로 인한 섬뜩함의 미학을 표현했던 한스 벨머와 스쳐 지나간 적도 있었다.

무엇보다도 토니를 가장 흥분시킨 것은 브라크에게 소개를 받았을 때였다. 그는 따뜻하게 인사를 해주었지만 토니는 혀가 굳어져서 말을 할 수가 없었다.

이렇게 미래의 천재인 어린 싹들은 화랑에 부지런히 드나들면서 자기 그림과 다른 점을 연구하고 있었다.


토니의 아파트에 처음으로 들른 케이트는 까무러칠 뻔했다.

'도대체 아파트 꼴이 이게 뭐람! 내 아들이 이렇게 지저분하게 살고 있단 말인가!'

하지만 케이트는 잔소리 같은 것은 하지 않았다.

"굉장히 매력적이구나, 토니! 냉장고가 보이지 않는데 음식은 어디다 두지?"

"창문 밖에 놓아두어요."

케이트는 창으로 다가가 창문을 열고 창틀에서 사과를 집어 들었다.

"이게 설마 네 그림 소재는 아니겠지?"

토니는 웃었다.

"아, 아니에요 어머니."

케이트는 사과를 한입 베어 물었다.

"그림 얘기 좀 해주겠니?"

"얘, 얘기할 것은 아직 없어요. 오, 올해는 아직 데생만 하고 있어요."

"칸탈 교수는 마음에 들어?"

"굉장한 분이에요. 다, 다만 그 사람이 나, 나를 마음에 들어 하느냐, 안 들어 하느냐가 문제죠. 내, 내년에는 학급에서 3분의 1밖에 나, 남아 있지 못한다고요."

케이트는 토니에게 다시 회사로 돌아오라는 말은 하지 않았다.

칸탈 교수는 좀처럼 칭찬을 하지 않았다. 토니가 받은 최대의 찬사는, "전보다 조금 좋아진 것 같은데?" 하고 마지못해 말하는 정도였다.

학년 말이 되자 토니는 2학년으로 진급할 수 있는 8명 중에 낄 수 있었다. 진급을 한 학생들은 축하를 하기 위해 몽마르트의 나이트클럽으로 가서 실컷 술을 마시고 프랑스를 여행 중인 젊은 영국 여성들과 하룻밤을 함께 지냈다.

2학년이 시작되면서 토니는 살아 있는 모델을 유화로 그리기 시작했다. 드디어 유치원에서 해방된 것 같은 기분이었다. 인체 모형을 1년 동안 계속 그린 덕분에 인간의 몸 안에 있는 근육이나 선 등을 표현할 수 있게 되었다. 화필을 들고 살아 있는 모델을 앞에 놓고 토니는 창작을 시작했다. 칸탈 교수조차 눈을 동그랗게 뜰 정도로 향상된 솜씨였다.

"감을 잡은 것 같군. 이제부터는 테크닉을 연마해야지."

교수는 마지못해 인정했다.

수업에서 피사체가 되는 모델은 약 10명가량 있었다. 칸탈 교수가 가장 빈번하게 쓰는 모델은 샤를의 학교에서 일하는 젊은 남자와 자그만 키에 땅땅한 몸매의 귀여운 처녀로, 등에 여드름 자국이 많이 나 있고 빨간색 음모를 갖고 있는 아네트, 그리고 아름답고 젊고 미인인 도미니크 마송이었다.

도미니크는 풍부한 블론드에 우아한 광대뼈, 짙은 초록색 눈을 가지고 있었다. 도미니크는 유명한 화가의 모델도 여러 번 서주곤 했다. 그녀는 매우 예뻤으므로 수업이 끝나면 남학생들은 그녀를 둘러싸고 데이트 약속을 얻어내려고 야단들이었다.

"난 일과 사생활을 혼동하고 싶지 않아요."

그녀는 새침하게 거절했다. 하지만 농담을 하는 적도 있었다.

"불공평해요. 나는 전부를 당신들에게 드러내 보여주잖아요? 그런데 나는 당신들 물건이 얼마나 훌륭한지 전혀 모르고 있다고요."

그렇게 해서 음탕한 대화가 한동안 오갔다. 그러나 도미니크는 학생들 누구와도 개인적으로 만나주려 하지 않았다.

어느 날 오후 늦게 다른 학생들은 모두 돌아가고 토니만이 혼자 남아 도미니크의 그림을 손질하고 있는데, 갑자기 도미니크가 등 뒤에서 말을 걸었다.

"내 코가 너무 길어요."

토니는 당황했다.

"아, 미안해요, 다시 고치죠."

"아니에요. 그림 속의 코는 훌륭해요. 너무 긴 것은 내 코라고요."

"그건 내가 고치지 못하겠는걸."

토니는 빙긋 웃으며 대꾸했다.

"프랑스인 같으면 이렇게 말할걸요? '당신의 코는 완벽해요, 세리' 하고 말이에요."

"당신의 코 모양은 참 예뻐요. 하지만 난 프랑스인이 아니라서……."

"그건 그렇군요. 당신은 한 번도 내게 데이트 신청을 하지 않았어요. 무슨 이유라도 있는지 궁금하군요."

토니는 가슴이 철렁했다.

"그건 그럴 수밖에. 모, 모두가 졸라도 다, 당신은 한 번도 응하지 않았으니까."

도미니크는 미소를 띠었다.

"누구나 누군가하고 데이트를 하게 마련이에요. 안녕!"

도미니크는 그렇게 말하고 교실을 나갔다.

그로부터 토니가 늦게까지 남아 있으면 옷을 챙겨 입은 도미니크가 돌아와서 그가 그리는 것을 지켜보곤 했다.

"당신은 대단히 솜씨가 좋군요. 훌륭한 화가가 되겠어요."

어느 날 오후 도미니크가 그렇게 말했다.

"고마워요, 도미니크. 그렇게 되고 싶어요."

"그림을 그릴 때는 무척 진지하군요. 그렇죠?"

"그래요."

"미래의 위대한 화가는 내게 저녁을 사줄 생각이 있는지 모르겠군요."

도미니크는 그렇게 말하고 놀라 당황하는 토니를 쳐다보았다.

"많이 먹지 않을게요. 몸매를 망치면 안 되니까요."

토니는 소리 내어 웃었다.

"알겠습니다. 어디로 모실까요?"

두 사람은 사크레 쾨르 성당 근처 식당에서 식사를 하며 화가와 미술에 대한 얘기를 나누었다. 토니는 도미니크가 유명한 화가들의 모델을 서주었을 때의 얘기에 끌렸다. 커피를 마시면서 도미니크가 말했다.

"정말이에요. 당신은 이름난 화가들과 비교해서 조금도 뒤떨어지지 않아요."

"아직 멀었어요."

토니는 온몸이 떨릴 정도로 기뻤지만 그렇게 말했다.

식당을 나오자 도미니크가 물었다.

"당신 아파트를 구경해도 괜찮겠어요?"

"보고 싶다면 얼마든지 환영해요. 하지만 아무것도 볼 만한 것이 없어서……."

아파트에 도착하자 도미니크는 온통 어질러져 있는 좁은 방 안을 둘러보며 고개를 저었다.

"당신 말대로 아무것도 없군요. 누군가 도와주는 사람은 없나요?"

"도우미가 일주일에 한 번씩 와 주지만……."

"그만두라고 하세요. 방이 너무 더러워요. 여자 친구는 없어요?"

"네, 없어요."

도미니크는 토니를 빤히 쳐다보았다.

"당신 동성연애자는 아니겠죠?"

"아니."

"알았어요. 비누와 물 좀 갖다 주세요."

도미니크는 방 안을 부지런히 쓸고 닦았다.

"오늘은 이만해두겠어요. 아참, 몸을 좀 씻어야겠군요."

도미니크는 비좁은 욕실에 들어가서 조그만 욕조에 물을 부었다.

"당신처럼 큰 사람이 어떻게 이 좁은 욕조에 들어가죠?"

욕실 안에서 말소리가 들려왔다.

"다리를 끌어안지."

"한번 구경하고 싶군요."

15분쯤 후 욕실에서 나온 도미니크의 블론드 머리칼은 젖어서 똘똘 말려 있었다. 더구나 몸에는 목욕 타월을 한 장 걸치고 있을 뿐이었다. 가슴은 풍만하고 가느다란 허리에 쭉 빠진 긴 다리는 끝으로 갈수록 가늘었다. 멋진 몸매였다.

토니는 지금까지 도미니크를 여자로 본 적이 없었다. 캔버스에 그리는 단순한 나체에 불과했다. 그런데 지금 이상스럽게도 타월 한 장이 모든 것을 바꿔버렸다. 토니의 허리에 갑자기 피가 몰려 드는 느낌이 들었다.

도미니크는 토니를 바라보며 말했다.

"나를 갖고 싶어요?"

"무척!"

도미니크는 천천히 타월을 벗었다.

"증거를 보여주세요."

토니는 도미니크와 같은 여성을 처음으로 알았다. 모든 것을 주면서 자기 쪽에서는 무엇 하나 요구하지 않았으며 매일 밤이라고 해도 좋을 만큼 찾아와서 토니에게 음식을 만들어주었다. 밖으로 외식을 나가면 도미니크는 싸구려 식당이나 샌드위치 바로 가자고 우겨댔다.

"낭비해서는 안 돼요."

도미니크는 타일렀다.

"위대한 화가라도 처음에는 고생을 했어요. 당신도 위대한 화가가 되겠죠?"

그들은 카나발레 박물관이나 여행자들은 발을 들여놓지 않는 후미진 장소를 찾아다녔다. 오스카 와일드, 프레드릭 쇼팽, 발자크, 마르셀 프루스트가 누워 있는 페르라세즈 묘지에도 갔다. 또 도미니크의 친구가 소유하고 있다는 유람선을 타고 센 강에 가서 한가롭게 주말을 보내기도 했다.

도미니크는 함께 있기만 해도 즐거워지는 그런 여성이었다. 토니가 실의에 빠져 있을 때는 어처구니없는 엉뚱한 유머를 꺼내어 기분을 바꿔주었다. 도미니크는 파리 시민 전체를 알고 있는 것이 아닐까 하고 생각될 정도로 발이 넓었다. 여러 곳의 파티에 토니를 데려가 수많은 유명 인사에게 소개해주기도 하고, 끊임없이 그를 격려해주었다.

"당신은 누구보다도 유명해질 수 있어요. 나를 믿어요. 내 눈은 정확하다고요."

토니가 한밤중이라도 견딜 수 없이 그림을 그리고 싶어하면 도미니크는 하루 종일 일을 해서 몹시 고단했지만 불평 한마디 없이 기꺼이 포즈를 취해주었다.

'아, 나는 어쩌면 이렇게 운이 좋을까?'

토니는 그녀가 곁에 있는 것이 무척 기뻤다.

가문 같은 것에는 관계없이 있는 그대로의 자기를 사랑해주는 여성이 있다는 것을 확신한 것은 이번이 처음이었다. 그리고 자기가 세계에서도 손꼽힐 만한 재벌의 후계자라는 것을 도미니크에게 얘기하면 그녀의 태도가 바뀌어 두 사람 사이에 있는 모든 것을 잃게 되지나 않을까 하고 두려워지기도 했다. 그러나 토니는 도미니크의 생일날 유혹에 못 이겨 살쾡이 모피코트를 선물했다.

"이렇게 아름다운 것은 난생 처음 봐요!"

도미니크는 코트를 몸에 걸치고 방 안을 춤추며 돌아다녔다. 그러더니 갑자기 그에게 물었다.

"이거 어디서 났죠? 이런 코트 살 돈을 어디서 구했어요?"

토니는 대답을 준비해두고 있었다.

"장물이야. 로댕 미술관 앞에 웬 사나이가 서 있었는데 그 녀석에게서 샀어. 녀석은 이것을 못 팔아서 안달을 하고 있더군. 그래서 아주 헐값에 샀지."

도미니크는 잠자코 토니를 노려보더니 갑자기 큰 소리로 웃었다.

"우리가 감옥에 가는 한이 있어도 나는 이걸 입을 거예요."
그렇게 말하고 그녀는 토니를 끌어안고는 울음을 터뜨렸다.
"아, 토니! 당신은 바보예요. 아주 멋진 바보예요."
거짓말로 둘러대기를 잘했다고 토니는 안도의 한숨을 쉬었다.

어느 날 밤의 일이었다. 도미니크는 이 아파트를 내놓고 함께 자기 아파트에서 살면 어떻겠느냐고 토니에게 제의했다. 그녀는 모델 일을 하며 얻은 수입으로 프레트르 생세브랭 거리에 넓은 현대식 아파트를 빌려 살고 있었다.
"이곳은 당신 같은 사람이 살기에 너무 불편해요. 토니, 나와 함께 살면 집세도 절약되지 않겠어요? 식사와 세탁도 해줄 수가 있고……."
"안 돼, 도미니크. 고맙긴 하지만……."
"대체 왜 안 된다는 거죠?"
'지금 와서 어떻게 그걸 설명할 수 있단 말인가.'
알게 된 지 얼마 안 되었다면 자기가 부자라는 것을 밝힐 수도 있었겠지만 지금은 너무 때가 늦었다. 도미니크는 자기가 놀림을 당하고 있었다고 생각할 것이 틀림없었다. 그래서 토니는 이렇게 말했다.
"당신에게 얹혀살고 싶진 않아. 이미 지나칠 정도로 신세를 졌는걸."
"그렇다면 내가 이리로 옮겨오겠어요. 당신과 함께 있고 싶어요."
이튿날 도미니크가 이사를 왔다.
두 사람은 이전보다도 더욱 가까워졌다. 주말에는 교외의 조그만 여인숙에서 호젓한 시간을 즐겼다. 토니는 이젤을 세워놓고 스케치를 하고, 배가 고파지면 도미니크가 만든 도시락을 잔디 위에서 먹었다.
그런 다음 두 사람은 길고도 달콤한 사랑을 주고받았다. 토니는 이렇게 행복한 순간을 지금까지 맛본 적이 없었다.
토니의 기량은 눈에 띄게 향상되어갔다. 어느 날 칸탈 교수는 토니의 그림을 높이 쳐들고 학생들에게 말했다.
"이 그림을 봐. 그림이 살아서 숨 쉬는 걸 알 수 있겠지?"

토니는 그날 밤 학교에서의 일을 도미니크에게 얘기하고 싶어서 견딜 수가 없었다.
"어떻게 해서 내가 진짜 숨 쉬는 것처럼 그리게 되었는지 알겠어? 모델을 매일 밤 끌어안고 자니까 그런 거야."
도미니크는 기뻐하면서 웃었지만, 잠시 후 진지한 얼굴로 말했다.
"토니, 당신은 3년 동안 학교에 더 다닐 필요가 없을 것 같아요. 지금도 훌륭한 프로급 화가예요. 학교에서도 누구나 그렇게 생각하고 있어요. 저 칸탈 교수까지도요."
토니는 그렇게 생각하지 않았다. 자기는 빗자루로 쓸어버릴 정도로 무수히 많은 화가 지망생 중 한 사람에 지나지 않는다고 생각했다. 매일 수천, 수만 장의 그림이 전 세계 화가들로부터 창조되어 나오고 있고, 자기는 그 홍수 속에 묻혀버리는 미미한 존재가 아닐까 생각하면 토니는 견딜 수가 없었다.
'이기는 것이야말로 중요한 거야, 토니. 명심해둬라. 네게는 재능이 있다. 그럼, 틀림없어.'
그림을 완성하면 좀 더 자신감이 생기곤 했다. 그러나 어느 때는 의기소침해졌다.
도미니크 덕택에 토니는 서서히 작품에 자신감을 갖게 되었다. 풍경화, 정물화 등 이미 20점 이상의 작품을 완성하고 있었는데, 그 가운데는 나무 아래 누워 있는 도미니크의 나체에 나뭇가지로 비쳐드는 햇살이 얼룩무늬를 만들고 있는 작품이 있었다. 나체의 여성 앞에 남자의 셔츠와 윗저고리가 놓여 있어서 연인들의 섹스 직전 같은 느낌을 주었다. 그 작품을 보자 도미니크는 환성을 질렀다.

"개인전을 열어야겠어요!"

"정신 나갔군, 도미니크. 나는 아직 실력이 모자란다니까."

"그렇지 않아요."

이튿날 오후 늦게 토니가 집에 돌아가 보니 도미니크는 혼자가 아니었다. 안톤 게오르그라는 이름의 여위기는 했지만 배가 튀어나온 갈색 눈의 사나이와 함께였다. 게오르그는 도피네 거리에 있는 그리 크진 않지만 품위 있는 게오르그 화랑의 주인이었다. 토니의 그림이 방에 널려 있었다.

"대체 무슨 일입니까?"

토니가 물었다.

"무슨 일이냐면 말이죠. 당신의 작품은 빛이 난다고 생각하고 있던 참입니다."

안톤 게오르그가 큰소리로 말했다.

"당신 그림을 우리 화랑에서 전시할 수 있다니 영광입니다."

게오르그가 토니의 어깨를 탁 치며 말했다.

토니가 도미니크를 바라보자 그녀는 빙긋 웃었다.

"나는 뭐라고 해야 할지……."

"당신은 이미 충분히 말한 셈입니다. 이런 그림으로 말입니다."

게오르그가 말했다.

토니와 도미니크는 이 건에 대해서 밤늦게까지 이야기를 나누었다.

"나는 아직 기성작가가 아니라고, 비평가들이 혹평할 텐데……."

"그렇지 않아요. 토니, 당신에게 안성맞춤이에요. 조그마한 화랑이니 극히 일부가 보는 것뿐이에요. 상처 입을 걱정은 없지요. 게오르그 씨가 당신의 그림을 인정했기 때문에 개인전을 제의한 거예요. 그는 당신이 굉장한 화가가 될 것이라는 내 의견에 동의해주었어요."

"알았어."

토니는 결심했다.

"확실히 해보지 않고는 모르는 일이에요. 게다가 운이 좋으면 한 장쯤 그림이 팔릴지도 모른다고요."

토니는 전시회가 있기 며칠 전 어머니로부터 토요일에 파리에 도착한다는 전화를 받았다.

아틀리에로 들어가는 어머니를 보자 토니는 '어쩌면 저렇게 아름다울까?'라는 생각이 들었다. 케이트는 50대 중반으로 염색하지 않은 머리에 드문드문 흰머리가 섞여 있었지만 몸에는 활력이 넘치고 있었다. 토니는 왜 재혼하지 않느냐고 물어본 적이 있었다. 그러자 어머니는 말했다.

"내 인생에서 소중한 사람은 단 두 사람, 네 아버지와 너란다."

파리의 조그만 아파트에서 토니는 어머니와 마주앉았다.

"만나서 기, 기뻐요. 어, 어머니."

"토니, 너도 건강해보이는구나. 턱수염을 기르기 시작했니?"

케이트는 웃으면서 손가락으로 토니의 턱수염을 쓰다듬었다.

그녀는 비좁은 방 안을 둘러보았다.

"방이 잘 정돈되어 있구나. 일을 잘하는 파출부라도 고용한 모양이지? 몰라보게 달라졌는걸."

케이트는 토니가 그리다 만 이젤로 다가가 오랫동안 들여다보았다. 토니는 엉거주춤한 자세로 근심스러운 듯이 어머니의 반응을 기다렸다.

입을 연 케이트의 목소리는 무척 부드러웠다.

"훌륭하구나, 토니. 정말 멋져."

케이트는 자랑스러움을 숨기려 하지 않고 한껏 칭찬했다. 케이트의 예술을 보는 눈은 정확했다. 그녀는 자기 아들에게 재능이 있음을 알고는 속으로 매우 기뻐하며 말했다.

"좀 더 보여다오!"

그로부터 2시간여 동안 케이트는 그림에 하나하나 세밀한 논평을 했고,

솔직하게 칭찬도 해주었다. 케이트는 아들의 진로 유도에는 실패했지만 현실을 그대로 인정했다. 토니는 그런 어머니를 더욱 존경하게 되었다.

케이트는 제안했다.

"개인전을 열도록 수배해주마. 내가 몇 사람을 알고 있으니……."

"고마워요. 어, 어머니. 하지만 그, 그럴 필요 없어요. 이번 주 그, 금요일부터 개인전을 열기로 했어요. 어떤 화랑이 내 그림을 전시해주겠다고 했어요."

케이트는 토니에게 손을 내밀며 말했다.

"그것 참 잘됐구나! 어느 화랑이지?"

"게오르그 화랑이에요."

"내 생각으로는……."

그때 현관문이 열리는 소리가 났다.

"아, 피곤해죽겠어요. 토니, 잠깐……."

도미니크는 말을 하려다 말고 케이트를 쳐다보았다.

"어머, 어쩌죠? 죄송합니다. 저, 저는 손님이 오신 줄 모르고……."

얼음장 같은 침묵이 한동안 흘렀다.

"도미니크, 우리 어머니이서. 어, 어머니. 소개하겠습니다. 이쪽은 도미니크 마송입니다."

두 여성은 서로를 탐색하는 듯한 눈으로 바라보며 서 있었다.

"처음 뵙겠습니다, 블랙웰 부인."

케이트도 말했다.

"아들이 당신을 그린 그림을 칭찬하고 있었어요."

그녀는 그 말만 하고 입을 다물어버렸다. 그리고 다시 어색한 침묵이 흘렀다.

"토니가 개인전 이야기를 했는지 모르겠어요. 블랙웰 부인?"

"아, 들었어요. 반가운 소식이에요."

"그, 그때까지 여기 계시겠어요. 어, 어머니?"

"그렇게 하고 싶다만 유감스럽게도 내일 모래 요하네스버그에서 중역 회의가 있는데 결석할 수가 없단다. 좀 더 일찍 알았더라면 스케줄을 조정할 수도 있었을 텐데……"

"괜찮아요. 할 수 없죠, 뭐."

토니는 말했다.

토니는 어머니가 도미니크 앞에서 회사 일을 이것저것 얘기하면 어쩌나 하고 조마조마해 했지만 케이트의 관심은 그림 쪽에 쏠려 있었다.

"눈이 높은 사람에게 네 개인전을 보여주는 것이 중요하겠구나."

"눈이 높은 사람이라니요, 블랙웰 부인?"

케이트가 돌아서서 도미니크를 쳐다보았다.

"그러니까 일류 비평가 말이에요. 앙드레 듀소 같은 여론 제조자 말인데, 그 사람을 오게 해야겠어요."

앙드레 듀소는 프랑스에서 가장 존경받는 미술 비평가였다. 예술의 신전을 옹호하고 지키는 데 있어서는 용맹스런 사자 같은 사람으로 그의 논평 하나로 화가는 하룻밤 사이에 유명하게도, 쓸모없게도 되었다.

듀소는 모든 개인전에 초대되었지만 그가 가는 곳은 불과 몇 개 안 되는 일류화랑 개인전에 한정되어 있었다. 화랑의 소유자와 화가들은 그가 논평하는 것을 초조하게 기다렸다. 듀소는 대단한 익살쟁이로 그의 신소리는 독이 담긴 날개를 타고 파리 시내로 퍼져나갔다. 그는 파리의 화가들로부터 가장 혐오를 받는 인물인 동시에 가장 존경받는 비평가였다. 신랄한 기지도, 잔혹한 비평도 뛰어난 감식안의 소유자였으므로 용인되고 있었다.

"하지만 앙드레 듀소는 조, 조그만 화랑에는 오, 오지 않을걸요."

토니가 케이트에게 말했다.

"아니야, 토니. 그 사람은 와줄 거야. 너를 하룻밤 사이에 유명하게 만들어줄 거라고."

"아니면 묵사발을 만들든가요."

"너는 네 작품에 그렇게도 자신이 없니?"

케이트는 아들을 바라보았다.

"물론 토니는 자신감을 갖고 있어요. 하지만 저도 앙드레 듀소가 오리라고는 도저히 생각할 수가 없군요."

도미니크가 옹호했다.

"그럼 듀소를 알고 있는 친구를 찾아보지."

도미니크의 얼굴이 밝아졌다.

"그럼 되겠군요."

그렇게 말하고 도미니크는 토니를 돌아보았다.

"듀소가 개막일에 온다는 것은 어떤 의미인지 알기나 해요?"

"내게 사형 선고가 내려지지는 않을까?"

"농담하지 마세요. 나는 듀소의 취향을 알고 있어요, 토니. 어떤 그림을 좋아하는지를 말이에요. 그는 당신 작품에 감탄할 거예요."

케이트가 말했다.

"네가 좋다면 그 사람이 오도록 노력해보겠다, 토니."

"물론 토니는 원하고 있어요. 블랙웰 부인."

토니는 깊은 한숨을 쉬었다.

"부, 불안한데요. 하지만 듀소 따위가 뭐야! 부, 부딪쳐 보죠 뭐."

"나도 힘닿는 데까지 노력해보마."

케이트가 이젤에 있는 그림을 오랫동안 들여다보다가 토니를 돌아다보니 그 눈에는 어떤 슬픔이 어려 있었다.

"나는 내일 파리를 떠나지 않으면 안 된단다. 오늘 저녁 함께 식사할 수 있겠니?"

"네, 물론이죠, 어머니. 저는 다른 스케줄은 없어요."
토니가 말하자 케이트는 도미니크에게 점잖게 말했다.
"맥심에서 함께 저녁식사 할까요?"
토니가 당황해서 끼어들었다.
"도미니크와 나는 아, 아주 멋지고 아담한 카페를 알고 있어요. 그래요. 그, 그다지 멀지도 않고요."
세 사람은 빅토와르 식당으로 갔다. 식사도 포도주도 훌륭했다. 두 여성은 좀 더 친근해져가는 것 같았다. 두 사람은 모두 토니가 자랑하기에 부족함이 없는 여성이었다.
'생애 최고의 밤이로군. 어머니와 미래의 아내 그리고 나.'
이튿날 아침 케이트는 공항에서 전화를 걸었다.
"어느 누구도 앙드레 듀소에 대한 명확한 답을 주지 않는구나. 하지만 어떻게 되든 나는 너를 자랑스럽게 생각하고 있다. 그림은 훌륭하더라. 토니, 사랑한다."
"저, 저도 사랑해요. 어, 어머니."

게오르그 화랑은 무척 작았다. 토니의 그림 24장이 벽에 걸렸다 떼어졌다 하는 가운데 바로 1초 전까지 개막 준비에 쫓기고 있었다. 대리석 탁자 위에는 도톰하게 자른 치즈와 비스킷, 그리고 몇 병의 포도주가 놓여졌다. 화랑에는 안톤 게오르그, 토니, 도미니크, 마지막까지 그림 전시 작업을 도와준 젊은 여성 네 사람이 있을 뿐이었다.
안톤 게오르그가 시계를 보았다.
"초대장에 7시부터라고 썼으니 이제 슬슬 올 시간이군."
토니는 예민해지지 않으려고 노력했다.
'나는 아무래도 괜찮아. 아무렇지도 않다고.'
그는 자신에게 타이르고 있었다.

"아무도 안 오면 어떻게 하죠? 그러니까 손님이 한 사람도 안 오면 어떻게 하죠?"

토니가 말했다. 그러자 도미니크는 웃으면서 토니의 뺨을 쓰다듬었다.

"그때는 우리끼리 이 치즈와 포도주를 먹어치우는 거죠."

사람들이 오기 시작했다. 처음엔 띄엄띄엄 왔지만 차츰 많은 사람들이 몰려들었다. 게오르그는 입구에 서서 웃음을 담뿍 담고 인사를 나눴다.

'모두 심심풀이 삼아서 온 사람들 같군.'

토니는 냉정하게 평가했다. 그는 화랑에 온 사람들을 세 종류로 분류했다. 하나는 화가나 미술과 학생으로 자신의 경쟁 상대의 힘을 판단하러 오는 그룹, 다음에는 이 또한 여러 가지 개인전을 들여다보고 유망한 신진 화가의 험담을 퍼뜨리는 그룹, 마지막은 미술가인 체하는 무리들로 주로 동성연애자들인데, 이들은 예술의 외곽지대에서 예술가 흉내를 내며 살고 있었다.

'이런 녀석들에게는 죽어도 그림을 팔 수가 없지.'

토니는 그렇게 마음먹었다.

"이곳에 있는 누구에게도 인사하고 싶지 않아. 놈들은 나를 짓밟으려고 여기에 온 거야."

토니는 도미니크에게 속삭였다.

"그렇지 않아요. 모두들 당신 그림을 보려고 온 거예요. 자, 상냥하게 대하세요, 토니."

토니는 도미니크가 시키는 대로 상냥하게 행동했다. 자기에게 보내지는 찬사에는 웃는 얼굴로 대하고 적당한 대답을 했다. 모두들 진심으로 칭찬하는 건지 토니는 그것이 의문스러웠다.

지난 몇 년 동안 무명 화가 개인전에 대해서 미술가들끼리 말하는 정해진 문구가 있었다. 모든 것을 말하고 있는 것 같으면서도 실제로는 아무것도 이야기하지 않는 문구들이었다.

"자네, 감성이 살아 있군."

"이런 작품은 처음 보는데요."

"그렇지, 이것이 그림이지."

"호소력이 있군."

"괜찮은 경향이야."

사람들은 더욱 많이 몰려들었는데 그들을 불러들인 것이 그림에 대한 호기심 때문인지, 아니면 무료로 먹는 치즈와 포도주 때문인지 토니로서는 분간할 수 없었다.

그림은 아직 한 점도 팔리지 않았지만 포도주와 치즈는 날개가 달린 듯이 사라졌다.

"참아야 해요."

게오르그가 토니에게 귓속말을 했다.

"손님들은 관심을 갖고 있어요. 처음에는 그림 냄새를 맡다가 마음에 드는 그림을 찾으면 계속 망설입니다. 이윽고 값을 물어오죠. 먹이를 물면 탁 하고 낚아 올리는 겁니다."

"아! 그러고 보니 왠지 낚싯배에 타고 있는 기분이 드는군."

토니는 도미니크에게 투덜거렸다.

게오르그가 종종걸음으로 다가왔다.

"팔렸습니다, 한 점. 1천 프랑에 노르망디의 풍경화가 팔렸어요!"

그는 큰 소리로 외쳤다.

토니에게 평생 잊을 수 없는 순간이었다.

'내 그림을 사준 사람이 있다. 내 그림에 돈을 내도 좋다고 생각한 사람은 자택이나 사무실에 걸어놓고 바라보거나 친구에게 보여주거나 할 것이다. 작품은 영구히 살아남는다. 그린 사람에게 또 하나의 생명을 주는 것과 같은 것이다. 성공한 화가의 작품은 몇백 개의 가정이나 사무실,

전 세계 미술관에서 수천, 수만, 아니 수백만 사람에게 즐거움을 가져다 준다.'

토니는 다빈치나 미켈란젤로, 렘브란트 등의 신전에 마치 자기가 한 걸음 발을 들여놓은 것 같은 느낌이 들었다. 그는 이미 아마추어 화가가 아닌 프로 화가가 되었다. 왜냐하면 그의 그림에 돈을 지불하는 사람이 실제로 존재하고 있으므로…….

도미니크가 흥분해서 눈을 반짝이며 재빨리 토니에게 다가왔다.

"또 한 점 팔렸어요, 토니."

"어떤 그림?"

토니는 신이 나서 물었다.

"꽃을 그린 그림이에요."

바야흐로 이 조그만 화랑은 사람들의 떠들썩한 얘기소리와 술잔 부딪치는 소리로 활기를 띠었다. 그때 갑자기 화랑 안이 침묵에 잠겼다. 웅성거림의 물결이 일어나고 모든 사람들의 눈이 입구에 못 박혔다.

앙드레 듀소가 화랑에 들어온 것이다. 듀소는 50대 중반으로 프랑스인 치고는 장신이었으며 억센 체격이었다. 사자 같은 얼굴 위쪽에는 갈기털 같은 백발이 있었다. 그는 기다란 스코틀랜드 풍의 케이프를 걸치고 볼사리노 모자를 쓰고 있었다. 뒤에는 몇 명의 측근을 거느리고 있었는데 화랑 안에 있는 사람들이 무의식적으로 듀소를 위해 통로를 열기 시작했다. 그 사나이가 누구인지 모르는 사람은 아무도 없었다.

도미니크는 토니의 손을 꼭 잡았다.

"왔어요! 이곳에 왔어요!"

도미니크가 속삭였다.

화랑 주인인 게오르그는 이런 명예는 처음이어서 혼이 빠져 있었다. 위대한 비평가 앞으로 다가가 공손히 절을 하면서 우아한 몸짓으로 오른쪽 다리를 뒤로 빼고 모처럼의 기회를 자기 것으로 만들려고 경의의 제스처를 하고 있었다.

"무슈 듀소!"

게오르그는 마구 주워섬겼다.

"이런 기쁨이 어디 있겠습니까! 이런 영광이 어디 있겠습니까! 포도주나 치즈를 드시겠습니까?"

그는 좀 더 좋은 포도주를 준비해놓지 않은 자신을 저주했다.

"고맙소."

위대한 비평가는 대답했다.

"공교롭게도 눈 좀 즐겁게 해주려고 찾아왔어요. 작품을 그린 화가를 만나보고 싶군요."

토니는 너무 흥분한 나머지 몸을 움직일 수가 없어서 도미니크가 앞으로 밀어냈다.

"여기 있습니다."

게오르그가 소개했다.

"앙드레 듀소 씨, 이쪽이 토니 블랙웰입니다."

토니는 간신히 목소리를 냈다.

"처음 뵙겠습니다, 선생님. 여기까지 와 주셔서 감사합니다."

앙드레 듀소는 가볍게 목례를 하고 벽에 걸려 있는 그림 쪽으로 걸음을 내디뎠다. 사람들은 뒤로 물러서서 듀소에게 통로를 열어주었다.

듀소는 천천히 걸어가서 한 그림을 꼼꼼히 살펴보고는 다음 그림으로 발을 옮겼다. 토니는 듀소의 표정을 읽어보려고 필사적이 되었지만 아무 것도 읽을 수가 없었다. 듀소는 얼굴을 찌푸리지도 않았으며 미소를 띠지도 않았다. 그는 한 그림 앞에 멈춰 서서 오랫동안 응시했다. 도미니크의 나체 그림이었다. 이윽고 다음 작품으로 옮겨갔다. 듀소는 방 안의 그림을 한 점도 빠뜨리지 않고 자세히 살폈다. 토니는 어느새 땀투성이가 되어 있었다.

앙드레 듀소는 모두 돌아보고 나서 토니가 있는 곳으로 걸어갔다.
"와보기를 잘했구먼."
그 말만 할 뿐이었다.
고명한 비평가가 화랑을 나가자 몇 분도 되지 않아서 그림은 한 점도 남기지 않고 모두 팔려나갔다. 위대한 신진 화가가 태어나는 순간이었다. 모두들 그 탄생에 참여하고 싶었던 것이다.
"이런 일은 처음입니다. 앙드레 듀소가 우리 화랑에 와 주다니! 파리의 모든 사람이 내일이면 알게 될 거야! 오기를 잘했다고 그가 말했다는 것도! 앙드레 듀소는 헛소리는 안하는 사나이라고. 샴페인을 가져와야겠군. 자, 축배를 듭시다!"
게오르그는 환성을 질렀다.
그날 밤 늦게 토니와 도미니크는 다시 둘이서만 축배를 들었다. 도미니크는 토니의 가슴에 안겼다.
"이전에 몇 사람의 화가와 잔 적은 있지만……. 당신만큼 유명해진 화가는 한 사람도 없었어요. 내일이 되면 파리에 사는 사람 모두가 당신을 알게 될 거예요."
그녀의 말은 옳았다.
이튿날 새벽 5시 토니와 도미니크는 잠자리에서 일어나 서둘러 옷을 입고 조간신문을 사러 나갔다. 마침 신문이 매점에 도착하는 참이었다. 토니는 신문을 움켜쥐고 미술란을 들췄다. 앙드레 듀소의 서명이 들어가 있는 토니의 개인전 평이 가장 큰 기사였다. 토니는 소리 내어 읽었다.

'젊은 미국인 화가 토니 블랙웰의 개인전이 어젯밤 게오르그 화랑에서 열렸다. 이 개인전은 비평가인 내게 좋은 공부가 되었다. 나는 지금까지 재능 있는 화가의 개인전에만 참석을 해왔기 때문에 정말로 못 그린 그림이 어떤 것인지 까맣게 잊고 있었다. 그러나 어젯밤에 나는 그것을 뚜렷하게 알아볼 수가 있었다.'

토니의 얼굴이 창백해졌다.
"제발 부탁이에요. 더 이상 읽지 말아요."
도미니크가 토니의 손에서 신문을 빼앗으려고 했다.
"아니야, 읽어야 돼!"
토니는 거부했다.

'처음에 나는 농담으로 그런 개인전을 열고 있는 줄로 생각했다. 그와 같은 아마추어 그림을 전시하고, 더구나 그것을 예술이라고 믿는 배짱의 소유자가 있으리라고는 도저히 믿을 수가 없었다. 재능이 조금이라도 발휘되어 있지 않을까 해서 세심하게 살펴보았지만 유감스럽게도 볼 만한 가치가 있는 그림은 한 점도 없었다. 그의 작품 대신 화가 자신을 매달아뒀어야 했다. 나는 진심으로 충고한다. 이 겁 없는 블랙웰 씨는 자기 본래의 직업으로 돌아가야만 한다. 즉 페인트쟁이 밖에는 할 것이 없다고 나는 믿는다.'

"도저히 믿을 수가 없어요! 당신 작품을 이해하지 못하다니 믿을 수가 없다고요. 그 녀석은 사기꾼이 틀림없어!"
도미니크의 목소리는 떨리고 있었다. 그녀는 너무나 분해서 울음을 터뜨리고 말았다.
토니는 가슴에 납으로 된 총알을 하나 가득 얻어맞은 것 같은 기분이 되었다. 그는 호흡하기조차 곤란했다.
"그는 꼼꼼히 살펴보았어! 제대로 본 거야, 도미니크. 그는 정확히 알고 있다고! 그래서 괴로운 거야. 이게 무슨 일이람! 나는 왜 그리 어리석었을까."
토니가 말했다. 그의 목소리는 침통한 빛을 띠고 있었다.
그는 걷기 시작했다.
"어디를 가는 거예요, 토니?"

"나도 몰라."

토니는 눈물이 흘러내리는 것조차 모르는 채 추운 새벽길을 방황했다. 앞으로 2, 3시간만 지나면 파리의 모든 사람들이 그 비평을 읽을 것이다. 토니는 조소의 표적이 되는 것이다. 그러나 무엇보다도 쓰라린 것은 자신이 착각하고 있었다는 것이었다. 그는 앞날에 화가로서의 생애만이 있을 뿐이라고 믿어 의심치 않았었다. 어쨌든 앙드레 듀소는 최소한 엄청난 과오로부터 자신을 구해준 것이다.

'굉장한 화가가 될 거라고? 쓰레기 같은 그림이나 그리는 사람을!'

토니는 화가 치밀어 올랐다. 그는 눈앞에 마주한 심야 주점으로 들어가서 정신을 잃을 때까지 술을 퍼마셨다.

토니가 아파트에 돌아온 것은 이튿날 새벽 5시였다.

도미니크는 안절부절못하며 토니가 돌아오기만을 기다리고 있었다.

"어디를 갔었어요, 토니? 어머님이 계속 연락을 하셨어요. 굉장히 걱정을 하시더군요."

"그걸 어머니에게 읽어드렸어?"

"네, 자꾸만 읽어달라고 하셔서 할 수 없이……."

전화벨이 울렸다. 도미니크는 토니를 쳐다보며 수화기를 들었다.

"여보세요? 네, 블랙웰 부인. 토니는 지금 막 돌아왔어요."

도미니크는 수화기를 토니에게 건네주었다. 토니는 망설이다가 드디어 수화기를 받아들었다.

"안녕하세요. 어, 어머니."

케이트의 목소리는 비통에 잠겨 있었다.

"토니, 내 말 잘 들어라. 듀소에게 취소 기사를 쓰게 하겠다."

"어머니! 이것은 비즈니스가 아니에요. 의견을 말하는 비, 비평이라고요. 나를 목매달아야 한다는 것이 그 사람의 의견이에요."

토니는 짜증스러운 듯이 말했다.
"토니, 이런 식으로 네게 상처를 입히다니 도저히 참을 수가 없구나. 나로서는 도저히 용서할 수가 없어."
케이트는 거기까지 말하고 입을 다물었다.
"이젠 괜찮아요. 어, 어머니. 제가 약간 경솔했던 거예요. 하, 한번 해보았지만 잘 안 된 것뿐이라고요. 실패한 것뿐이에요. 듀소의 심보가 마음에 들지 않지만 그, 그가 일류 미술 비평가라는 것을 이, 인정하지 않을 수는 없어요. 내, 내가 얼토당토않은 잘못을 저지르는 것을 그가 구해준거라구요."
"토니, 내가 도와줄 일이 있었으면 좋겠다만……."
"듀소는 모, 모든 것을 말해주었어요. 시, 십년 후에 재능이 없다는 걸 알기보다는 지, 지금 알게 된 것이 차라리 잘 되었어요. 안 그래요, 어, 어머니? 나는 이, 이 거리를 떠날 생각이에요."
"내가 갈 때까지 기다려라. 내일 요하네스버그를 떠나니 힘께 뉴욕으로 돌아가자꾸나."
"알았어요."
토니는 수화기를 내려놓고 도미니크를 돌아보며 말했다.
"미안해, 도미니크. 당신은 변변치 못한 사내를 고른 거야."
도미니크는 아무 말도 하지 않았다. 그녀는 슬픔을 가득 담은 눈으로 물끄러미 토니를 바라볼 뿐이었다.


이튿날 오후, 마티뇽 거리에 있는 크루거 브렌트 지사 사무실에서 케이트 블랙웰은 수표를 끊었다. 케이트의 책상 건너 쪽에 앉아 있는 사나이가 한숨을 쉬었다.
"유감이군요. 아드님은 재능이 있었는데요, 블랙웰 부인. 훌륭한 화가가 될 수 있었습니다."

케이트는 싸늘한 눈초리로 사나이를 쏘아보았다.

"듀소 씨, 전 세계에는 수천, 수만 명의 화가가 있습니다. 내 아들이 그 중 하나가 될 필요는 없어요."

케이트는 책상 너머로 수표를 건네주었다.

"임무를 수행해주셨으니 나도 임무를 수행할 준비를 갖추겠어요. 우리 회사는 요하네스버그, 런던, 뉴욕 미술관의 후원을 약속합니다. 회화 선정은 당신에게 맡기겠어요. 물론 적당한 수수료를 지불하고요."

듀소가 돌아간 뒤 케이트는 계속 슬픔에 잠긴 채 앉아 있었다. 케이트는 아들을 더할 수 없이 사랑하고 있었다. 그녀는 만약 토니가 이 일을 알게 된다면 엄청난 대가를 치를지도 모른다고 생각했다. 그러나 토니가 그 엄청난 상속재산을 포기하는 것을 케이트는 방관하고 있을 수만은 없었다. 어떤 희생을 치르더라도 아들을 지키지 않으면 안 되었다. 회사를 지키지 않으면 안 되는 것이다.

케이트는 자리에서 일어났다. 갑자기 심한 피로감이 엄습했다. 토니를 마중 가서 그림그리기 놀이로부터 집으로 데려올 때가 된 것이다. 토니가 다시 일어서도록 도와주고, 그가 이 세상에 태어난 모습 그대로 살아가도록 할 생각이었다.

\*

그로부터 2년이라는 세월 동안 토니 블랙웰은 앞으로 나아가지 않는 거대한 자전거의 페달을 계속 밟고 있는 느낌이었다. 토니는 엄청나게 큰 기업의 법정상속인인 것이다.

크루거 브렌트 제국은 제지회사, 항공회사, 은행, 병원 체인까지 갖고 있을 정도로 사업을 확장하고 있었다. 메이커라는 명성이야말로 모든 문을 여는 열쇠라는 것을 토니는 배웠다. 클럽이나 조직체나 사교계에서 척도가 되는 것은 돈이나 영향력이 아니라 권위 있는 명성인 것이다.

토니는 유니온 클럽이나 더 브룩, 더 링크스 클럽 회원이 되는 것을 인정받았다. 어디를 가든 최고의 대우를 받았으므로 자신이 사기꾼이 된 것 같은 느낌이 들었다. 대접을 받을 만큼 값어치 있는 일을 한 적이 한 번도 없었기 때문이었다. 토니는 조부의 거대한 그림자 속에 있었고 항상 조부와 비교당하는 것처럼 생각되었다. 그러나 이제는 기어 다니면서 찾을 다이아몬드도 없고, 추격해오는 경비원도 없으며, 위협을 주는 상어도 없으니 불공평하지 않은가. 옛날이야기 속의 모험담은 토니와는 관계가 없는 것이다. 그것은 이미 사라져버린 19세기의 다른 시대, 다른 장소에서 행해진 낯선 인물의 영웅적 행위에 불과했다.

토니는 크루거 브렌트 사에서 다른 사람들보다 갑절이나 일했다. 견딜 수 없이 수치스러운 옛날의 기억을 떨쳐버리려고 무자비하게 자기 자신을 학대하기도 했다.

도미니크에게 편지를 보냈지만 언제나 개봉되지 않은 채 되돌아왔다. 칸탈 교수에게도 전화를 해보았지만 도미니크는 학교의 모델을 그만두었다고 했다. 그녀는 행방불명이 되어 있었다.

토니는 자신의 업무를 착실하게 수행하고 있었지만 정열을 가지고 하는 것도, 좋아서 하는 것도 아니었다. 그저 공허하게 시간을 보내고 있는 것뿐이었다. 그러나 아무도 그것을 모르고 있었다. 케이트조차도 아들의 속사정을 알지 못했다. 케이트는 토니에 관한 보고서를 매주일 받고 있었으며 그 내용에 만족했다.

"토니에게는 천부적인 상재가 있어요."

케이트는 브래드 로저스에게 자랑했다.

토니가 오랜 시간 일한다는 것은 현재의 일이 마음에 든다는 증거라고 케이트는 믿고 있었다. 그래서 그가 자칫 화가가 되어 장래를 망칠 뻔했다는 생각을 하면 소름이 끼쳤다. 그렇게 해서라도 아들을 구할 수 있었다는 것이 지극히 만족스러웠다.

1948년, 남아프리카에서 국민당이 전성기를 맞고 있어서 모든 공공장소에서 인종 차별이 행해지고 있었다.

이주가 엄격하게 규제되어 정부 마음대로 가족이 생이별을 강요당했으며 흑인은 모두가 통행증을 휴대하지 않으면 안 되었다. 그 통행증은 단순한 것이 아닌, 흑인들의 생명줄이었고 호적이었으며 노동 허가증이자 세금 영수증이었다. 또 행동이나 생활을 규제하는 도구이기도 했다. 남아프리카에서는 폭동이 빈발하고 있었지만 경찰에 의해 가차 없이 진압되었다.

케이트는 신문에서 태업이나 사회 불안에 관한 기사를 읽을 때마다 반다의 이름을 자주 보았다. 반다는 그 나이에도 불구하고 여전히 지하운동의 지도자로서 활약하고 있었다.

'당연히 그분은 인민을 위해서 앞으로도 계속 싸워나갈 거야. 반다는 그런 사람이니까.'

케이트는 믿고 있었다.

케이트는 자신의 56세 생일을 5번가 저택에서 토니와 둘이서 보냈다.

'테이블 건너편에 있는 저 멋진 미남자가 내 자식이라니 도저히 믿어지지 않는구나. 나는 아직도 이렇게 젊은데……'

토니가 건배했다.

"나, 나의 멋진 어, 어머니, 생신을 축, 축하합니다!"

"멋지게 늙은 어머니를 위해서라고 해야 하는 것 아니냐?"

'이제 은퇴를 해야지. 그럼 이 아이가 대신해주겠지. 내 아들이니까!'

케이트는 그렇게 생각했다. 그녀의 끈질긴 권유도 있고 해서 토니는 이 5번가 집으로 옮겨왔다.

"이 집은 나 혼자 살기에는 지나치게 넓지 않니?"

케이트가 토니에게 말했었다.
"동쪽 채는 전부 네가 써도 좋다. 프라이버시도 지켜질 수 있을 테니 말이야."
토니로서는 거역하기보다 따르는 것이 속 편했다.
토니와 케이트는 매일 아침 함께 식사를 했는데 화제는 언제나 크루거 브렌트 사에 관한 것뿐이었다. 어머니는 어찌하여 영혼이 없는 건물이나 기계나 장부의 숫자 등에 정열을 쏟아 넣는지 토니로서는 이상하기 짝이 없었다.
'어디에 마법이 숨겨져 있는 것일까. 탐험하지 않으면 안 될 신비한 세계가 무수히 많은데 어째서 사람들은 부 위에 부를 쌓고, 권력 위에 권력을 쌓는 일에 인생을 낭비하는 걸까?'
토니는 어머니를 이해할 수 없었다. 그래도 어머니를 누구보다 흠모하고는 있었다. 그래서 어머니가 기대하는 인생을 살아보려고 노력했다.

로마 발 뉴욕 행 팬아메리칸 항공편은 순조로운 비행을 하고 있었다. 토니는 비행기 여행을 좋아했다. 쾌적하고 능률적이기 때문이었다. 비행기가 이륙하자 토니는 저녁식사를 하지 않고 해외보고서 작성에 착수했다. 스튜어디스가 이 매력적인 승객의 비위를 맞추려고 음료나 쿠션 같은 것을 권하러 왔지만 토니는 전부 사양했다.
"고마워요, 정말 괜찮아요."
"필요한 것이 있으면 말씀해주세요, 블랙웰 씨."
"고마워요."
옆 좌석의 중년부인이 패션 잡지를 보고 있었는데, 부인이 들춘 페이지가 우연히 토니의 눈에 들어오자 한순간 그의 몸이 얼어붙었다. 야회복을 입은 모델 사진은 분명히 도미니크였다. 우아한 광대뼈에 짙은 초록색 눈, 물결치는 블론드 머리칼, 토니의 심장은 뛰기 시작했다.

"실례지만, 그 책을 잠깐만 보여주시지 않겠습니까?"

토니는 부인에게 말했다.

이튿날 아침 일찍 토니는 그 의상실에 전화를 걸어 광고 대리점의 이름을 알아냈다. 그러고는 그 대리점으로 전화를 걸었다.

"그곳의 모델에 관해서 알고 싶은데요."

토니는 교환원에게 말했다.

"잠깐만 기다려주세요."

남자가 전화를 받았다.

"이번 달 보그 지 사진을 봤는데요. 로스만 의상실의 야회복 광고에 나와 있는 모델 말입니다. 그곳에 취직한 겁니까?"

"네, 그렇습니다만……."

"모델의 연락처를 가르쳐주실 수 있을까요?"

"그것은 칼튼 블레싱 에이전시에 의뢰한 일 같은데요."

전화를 받은 직원은 토니에게 그곳 전화번호를 알려주었다.

잠시 후, 토니는 블레싱 에이전시 여직원과 이야기를 나눴다.

"도미니크 마송에 대해 알고 싶습니다."

"죄송합니다. 모델의 개인적인 정보에 관해서는 가르쳐드릴 수가 없습니다."

그러고는 전화를 끊었다.

토니는 꼼짝 않고 앉아서 수화기를 노려보았다.

'도미니크와 연락을 취할 방법은 반드시 있을 것이다.'

토니는 브래드 로저스의 사무실로 갔다.

"안녕, 토니. 커피 할래요?"

"아니, 됐어요, 브래드. 칼튼 블레싱 모델 에이전시라는 이름을 들어본 적 있어요?"

"물론이죠. 우리 자회사 아닙니까."

"뭐라고요?"

"우리 산하에 있는 회사 중 하나예요."

"언제 흡수했죠?"

"2년 전입니다. 당신이 입사한 무렵이지요. 그런데 그런 일에 관심이 있습니까?"

"모델을 알아보려고요. 옛날 친구라서……."

"그거야 쉬운 일이죠. 전화를 할까요?"

"그럴 필요 없어요. 내가 걸죠."

토니는 왠지 일이 잘 풀려나갈 것 같은 예감이 들었다.

그날 오후 늦게 토니는 상업지구에 있는 칼튼 블레싱 에이전시 사무실로 찾아가 자기 이름을 말했다. 잠시 후 토니는 사장인 틸튼의 사무실에 앉아 있었다.

"찾아주셔서 영광입니다, 블랙웰 씨. 이곳에는 아무런 문제가 없는 것 같은데요. 지난 4분기 수익은……."

"그것보다 이곳 모델에 관심이 있어서요. 도미니크 마송 말입니다."

틸튼의 얼굴이 순간 환해졌다.

"그 아가씨는 최고의 모델이 되었습니다. 어머님께서 워낙 안목이 있으셔서요."

토니는 틸튼이 한 말을 이해할 수가 없었다.

"실례지만, 무슨 말인지?"

"어머님께서 우리에게 개인적으로 도미니크를 채용하도록 요청하셨습니다. 크루거 브렌트 사가 우리 회사를 흡수할 때 조건 중 하나가 그것이었으니까요. 필요하시다면 서류가 있습니다만……."

'어째서 어머니가 또…….'

"도미니크의 주소를 알려주시겠습니까?"

"물론입니다, 블랙웰 씨. 그 아가씨가 오늘은 버몬트에서 일하고 있으니까 돌아오는 것은…….”
 틸튼은 책상 위의 예정표를 힐끗 보고 말했다.
 "내일 오후가 되겠군요.”

 토니가 도미니크가 살고 있는 아파트 건물 밖에서 기다리고 있으려니 검은 세단이 멈추고 그녀가 내렸다. 근육이 울퉁불퉁한 거한이 그녀의 여행가방을 나르고 있었다. 토니가 도미니크와 눈이 마주치자 그녀는 얼어붙은 듯이 그 자리에 멈춰 섰다.
 "어머, 토니! 당신 여기서 뭘 하고 있어요?”
 "할 얘기가 있어.”
 "다른 때 하라고, 젊은이. 지금부터 바빠서 말이야.”
 근육질의 사나이가 말했다.
 토니는 사나이 쪽은 거들떠보지도 않았다.
 "당신 동행에게 좀 비켜달라고 해줘.”
 "야, 인마! 도대체 네놈이 누구기에…….”
 도미니크가 사나이를 돌아다보며 말했다.
 "부탁이야. 돌아가 줘, 벤. 오늘밤에 전화할게.”
 사나이는 머뭇거리다가 자동차로 돌아갔다. 그러더니 엔진소리를 요란하게 울리고는 사라져갔다.
 도미니크는 토니를 돌아다보았다.
 "안으로 들어가는 게 좋을 것 같군요.”
 아파트는 이층에 있었다. 호화로운 넓은 방으로 카펫도 커튼도 온통 흰색으로 통일돼 있었고, 현대식 가구가 배열되어 있었다. 아낌없이 돈을 쓴 것 같았다.
 "잘해나가고 있는 모양이군.”
 토니가 말했다.

"네, 아주 운이 좋았어요."

도미니크는 신경질적으로 블라우스를 매만졌다.

"술 드시겠어요?"

"아니, 필요 없어. 파리에서 돌아온 뒤 당신에게 몇 번 연락을 취했었는데!"

"이사를 했어요."

"미국으로?"

"네."

"칼튼 블레싱 에이전시 일자리를 어떻게 얻었지?"

"광고, 신문광고를 보고 응모했어요."

도미니크는 머뭇거리며 대답했다.

"우리 어머니와 처음으로 만난 것이 언제지?"

"글쎄요. 아, 맞아요. 파리 아파트에서예요. 기억하고 있죠? 당신과 함께……."

"연극은 그만 집어치워! 이젠 지긋지긋해. 나는 지금까지 여자를 때린 적은 없지만, 또 한 번 거짓말을 하면 두 번 다시 사진에 나오지 못하도록 얼굴을 짓이겨놓겠어!"

토니는 내뱉듯이 말했다. 분노가 치밀어 올랐다. 도미니크는 뭔가 말하려고 했지만 토니의 눈에 담긴 분노를 보고는 그만두었다.

"다시 한 번 묻겠어. 어머니를 처음 만난 것은 언제지?"

이번에는 거침없이 말이 나왔다.

"당신이 미술학교에 입학했을 때예요. 당신 어머니가 그곳에 모델 자리를 수배해주었어요!"

토니는 속이 뒤집혔다. 그러나 질문을 멈출 수가 없었다.

"그래서 나와 만나게 된 건가?"

"네, 나는……."

"어머니는 내 정부가 되라고 당신을 매수하고, 그때부터 연애 유희가 시작된 것이로군."

"그래요. 마침 전쟁이 끝난 지 얼마 안 되는 때라…… 어려운 시절이었어요. 나는 그때 돈이 한 푼도 없었어요. 이해해주시겠죠. 하지만 믿어줘요. 나는 당신을 좋아했어요. 진심으로 좋아했었단 말이에요."

"질문에만 대답해!"

채찍 같은 목소리에 도미니크는 움찔했다. 이전에는 보지 못하던 태도였으므로 남자란 이렇게도 광포해질 수 있는 건가 하고 숨이 막힐 정도로 가슴이 졸아들었다.

"그 목적은 뭐였지?"

"어머니는 당신에게서 눈을 떼지 말라고 부탁했어요."

토니는 도미니크의 다정함과 그녀와의 사랑의 행위를 마음에 떠올렸다. 어머니의 지시에 따른 일이었다. 그렇게 생각하자 토니는 수치심으로 얼굴이 달아올랐다.

'결국 나는 어머니의 꼭두각시였던 것이다. 어머니는 내 진정한 행복을 한 번도 생각한 적이 없는 걸까. 나는 어머니의 단순한 아들이 아니다. 상속인이라는 이름의 황태자다. 어머니에게 있어서는 회사가 전부다.'

토니는 도미니크에게 눈으로 작별인사를 던지고는 비틀비틀 방을 나갔다. 토니의 뒷모습을 바라보는 도미니크의 눈은 눈물에 가려서 아무것도 보이지 않았다. 그녀는 나직이 중얼거렸다.

"당신을 사랑하는 마음에 거짓은 없었어요. 토니, 절대로 거짓은 아니었어요."


케이트가 서재에 있으려니 토니가 술에 만취해서 들어왔다.

"도미니크를 만나고 왔어요."

토니가 불쑥 말했다.

"당신들 둘이 내가 안 보는 데서 얼마나 나를 비웃으며 재미있어했을까!"

케이트는 당황했다.

"토니!"

"앞으로는 내 개인생활에 간섭하지 말아요. 알았어요?"

그리고 그는 비틀걸음으로 방을 나갔다.

토니가 나가는 것을 잠자코 바라보고 있자니 갑자기 불길한 생각이 그녀를 사로잡았다.

* * *

이튿날 토니는 그리니치빌리지에 아파트를 빌렸다. 어머니와 두 사람만의 저녁식사를 하는 일은 이제 없어졌다. 어머니와의 관계를 업무상의 것으로 국한시킨 것이다. 이따금 케이트가 회유책을 써왔으나 토니는 응하지 않았다.

케이트의 가슴은 쓰라렸다. 자신은 아들을 위해 올바른 일을 해준 것이라고 생각했다. 일찍이 데이비드에게 그랬던 것처럼……

케이트는 데이비드에게도 토니에게도 회사를 떠나는 것을 허락하지 않았다. 토니는 케이트가 이 세상에서 사랑하는 단 한 사람이었지만 점점 더 편협해지고, 주위 사람들을 거부하고, 자신의 껍질 속으로만 깊이 파고들어갔다. 친구도 없어졌다. 옛날에는 인정이 많고 사교성도 풍부했는데 자기 주위에 벽을 둘러치고는 아무도 들어오지 못하게 했다.

'그 아이에게는 뒷바라지를 해줄 아내가 필요해. 그리고 자식을 낳는 거야. 토니를 구해주지 않으면 안 된다. 무슨 수를 써서라도…….'

케이트는 생각했다. 그때 브래드 로저스가 케이트의 사무실로 들어와서 보고를 했다.

"우리 회사가 상당한 소동에 말려들게 될 것 같습니다."

"무슨 일인가요?"

"남아프리카 의회가 원주민 평의회를 불법화하고 공산주의자 단속법을 성립시켰습니다."

케이트는 자신도 모르게 소리쳤다.

"저런 일이 있나!"

그 법안은 공산주의와는 아무런 관계도 없는 것이었다. 정부 정책에 조금이라도 거역하는 자나 어떤 방법이든 변혁을 기도하는 자는 공산주의자 단속법으로 투옥하려는 것이었다.

"흑인의 저항운동을 탄압하기 위한 법안이군요."

케이트가 말했다.

'설사' 하고 말하려고 할 때 비서가 끼어들었다.

"국제전화가 왔습니다. 요하네스버그의 피어스 씨에게서입니다."

조나단 피어스는 요하네스버그 지사의 지배인이었다. 케이트는 전화를 집어 들었다.

"여보세요. 조나단, 어때요?"

"잘 지냅니다. 사장님께 알려두는 것이 좋을 것 같은 뉴스가 들어와 있어서요."

"그게 뭔데요?"

"방금 보고가 들어왔는데요. 반다가 경찰에 체포되었답니다."

케이트는 다음 항공편으로 요하네스버그로 날아갔다. 그녀는 회사 고문변호사에게 반다 대책을 강구하게 했다. 그러나 크루거 브렌트 사 권력을 가지고도 반다를 구출해낼 방법은 없는 것 같았다.

반다는 국가의 적으로 요주의 인물로 지목되고 있었으므로 어떤 형벌을 받게 될까 케이트는 그것이 걱정이었다. 아무튼 반다를 만나보고 어떤 도움을 줄 수 있는지 이야기해볼 생각이었다.

비행기가 요하네스버그에 착륙하자 케이트는 지사로 가서 교도소장에게 전화를 걸었다.

"녀석은 격리 감방에 들어가 있어서 면회 금지입니다. 그렇지만 부인의 부탁이니 어쩔 수가 없군요. 어떻게 해보도록 하겠습니다."

이튿날 아침 케이트는 요하네스버그 교도소로 가서 반다를 만났다. 두 사람 사이에는 철창이 가로막혀 있었다. 반다의 머리칼은 새하얗게 세어 있었다. 케이트는 아직 태도를 정하지 못하고 있었다. 단념해야 하느냐, 정부에 반항해야 하느냐. 그러나 반다는 케이트를 만나자 빙긋 웃으며 말했다.

"올 줄 알았지. 너는 아버지하고 꼭 닮았으니까. 이럴 때 멀리서 보고만 있을 수가 없는 거야. 그렇지?"

"그것은 피차 마찬가지 아닌가요?"

케이트도 지지 않고 대꾸했다.

"어떻게 하면 아저씨를 여기서 나오게 할 수 있을까요? 솜씨 좋은 변호사를 몇 사람……."

"잊어버려, 케이트. 놈들은 구실을 잘 붙여서 나를 체포한 거야. 그러니까 나도 그런 방법으로 나가야 하는 거야."

"무슨 얘기죠?"

"나는 감옥 같은 것은 딱 질색이야. 그러니까 놈들도 나를 가둬둘 만한 감옥을 만들어본 적이 없다는 얘기지."

케이트는 말했다.

"반다, 그런 짓을 하면 안 돼요. 부탁이에요. 그 사람들은 당신을 사살할 거예요."

"나를 죽이지는 못해. 너는 지금 상어와 지뢰밭과 경비견을 피해 살아남은 사나이와 얘기를 하고 있는 거라고. 무슨 얘기인지 알고 있을걸? 그

때가 내 인생에서 가장 좋았던 시절이었지."

반다는 대답했다. 그의 눈에는 온화한 빛이 담겨 있었다.

이튿날 케이트가 다시 반다를 만나러 가자 교도관이 말했다.

"죄송합니다만 블랙웰 부인, 보안상 이유로 놈은 다른 곳으로 이감되었습니다."

"어디에 있죠?"

"그것은 말씀드릴 수가 없습니다."

다음 날 아침, 잠을 깬 케이트는 아침식사 쟁반 위에 얹혀 있는 신문의 커다란 제목으로 눈길이 쏠렸다.

'저항운동 지도자, 탈옥을 시도하다 사살당하다.'

한 시간 후 케이트는 교도소장의 방에 있었다.

"놈은 탈옥하려고 하다가 사살됐습니다. 블랙웰 부인, 그것뿐입니다."

'거짓말이겠지. 그것 뿐만은 아닐 거야. 그 이면이 있을 거야.'

케이트는 믿어지지 않았다.

반다는 죽었지만 그의 동료들이 지니고 있는 자유에의 꿈은 결코 죽어 없어지지 않을 것이다.

이틀 후 장례식을 끝내고 케이트는 뉴욕 행 비행기를 탔다. 케이트는 자기가 가장 사랑하는 땅을 창 너머로 다시 한 번 바라보았다.

'토양은 붉고 풍요롭고 비옥하다. 그리고 지하에는 인간의 꿈을 이루어주는 보물이 잠들어 있다. 이곳은 신들이 선택한 땅이며 관대함을 갖고 인심 좋게 내려준 나라다. 그러나 이 국토에는 저주가 깔려 있다. 이젠 두 번 다시 돌아오지 않겠어. 절대로 안 돌아온다고!'

케이트는 생각했다.


브래드 로저스는 크루거 브렌트 사 장기계획부문 총괄이라는 중책을 맡고 있었다. 회사에 거대한 이익을 가져다주는 합병, 흡수 등 정보를 찾아내는 데 있어서는 그를 따를 사람이 없었다.

5월 초 어느 날 브래드가 케이트의 사무실로 찾아왔다.

"재미있는 것을 찾아냈습니다."

브래드는 2개의 서류철을 책상에 놓았다.

"두 개 기업입니다. 둘 중 하나만이라도 손에 넣을 수 있으면 대성공일 텐데요."

"수고했어요, 브래드. 오늘 밤에 검토해보겠어요."

그날 밤 케이트는 식사를 끝내자 브래드 로저스의 기밀 보고서 ─ 와이어트 석유기계회사와 인터내셔널 테크놀로지사를 검토했다.

이 보고서는 상세하고 방대한 것으로 모두 'NIS' 라는 문자로 끝나 있었다. NIS란 '기업 합병 의지 없음'을 의미한다. 즉 흡수하려면 정공법으로는 안 된다는 뜻이다.

'그렇기는 하지만, 모두 손에 넣을 가치가 있군.'

케이트는 그렇게 생각했다.

어느 쪽 기업도 돈이 많고 강인한 의지의 소유자인 사장이 경영하고 있으며 흡수 합병 제의 같은 것에는 전혀 관심이 없었다. 그렇기 때문에 더욱 도전해볼 가치가 있었다.

보람이 있는 일에 케이트가 관계한 것은 벌써 몇 년이 되었다. 이 거래를 생각하면 할수록 낮은 가능성에도 가슴이 뛰었다. 케이트는 극비의 대차대조표를 다시 한 번 꼼꼼하게 검토했다.

와이어트 석유기계 사장은 텍사스 출신의 찰리 와이어트이며, 이 회사의 자산은 가동 중인 유전과 공익사업의 자회사, 장래에 유망한 석유 채굴권 등 10여 개 이상이나 되었다. 와이어트 석유기계회사를 흡수한다면 크루거 브렌트 사는 막대한 이익을 창출해낼 것이다.

케이트는 다른 한쪽 기업 검토에 착수했다. 인터내셔널 테크놀로지사는 독일인 프레데릭 호프만 백작이 소유하고 있었다. 에센의 작은 제철소에서 출발하여 수년 사이에 선박, 석유화학, 유조선대, 컴퓨터 부문을 포함하는 거대한 다국적 기업으로 성장해 있었다. 이 회사는 크루거 브렌트 사에 필적하는 세계에서 손꼽히는 대기업이었다.

어느 쪽 기업에 초점을 맞춰야 할까. 케이트는 다시 한 번 서류를 들여다보았다. NIS라는 문자가 선명하게 보였다.

이튿날 아침 일찍 케이트는 브래드 로저스를 불렀다.
"당신이 어떻게 이 극비의 대차대조표를 손에 넣었는지 알고 싶군요. 찰리 와이어트와 프레데릭 호프만에 대해서 얘기해줘요."
케이트는 빙긋 웃었다.
브래드의 머리에는 그들에 대한 모든 것이 들어 있었다.
"찰리 와이어트는 댈러스 태생으로 정열적이고 난폭한 인물로 자신의 제국 경영에 관해서는 악마처럼 샤프하게 머리가 돌아갑니다. 무일푼에서 시작했습니다만 우연히 석유 시굴에 성공했고, 그 이후부터 급성장을 계속해서 현재는 텍사스 절반이 그의 것입니다."
"나이는 몇 살이죠?"
"57세입니다."
"자녀는?"
"딸이 하나 있는데 25세입니다. 소문에 듣기로는 굉장히 야성미가 있다고 합니다."
"결혼했나요?"
"이혼했습니다."
"프레데릭 호프만은?"
"호프만은 와이어트보다 두 살 아래입니다. 백작으로 중세까지 거슬러 올라가는 독일의 명문 가문이죠. 부인이 사망한 뒤 현재는 독신으로 있습니다. 그의 조부가 조그만 제철소를 일으켰고 호프만은 부친에게서 그것을 물려받아 다국적 기업으로 발전시킨 것입니다. 그는 컴퓨터 분야를 개척한 사람 중의 한 사람입니다. 또 그는 마이크로프로세서 분야에서 많은 특허를 가지고 있습니다. 우리가 컴퓨터를 쓸 때마다 호프만 백작에게 수수료가 들어가는 셈이지요."

"자녀는?"

"딸이 하나 있는데 23세입니다."

"어떤 여성인가요?"

"그것까지는……."

브래드 로저스는 변명을 했다.

"폐쇄적인 가족이지요. 그들 소유의 작은 영역에만 갇혀 있는 사람들입니다."

브래드는 답답한 모양이었다.

"이런 것은 욕심은 가지만 시간 낭비가 아닐까요? 케이트. 나는 양쪽 회사 간부 사원들과 몇 차례 함께 술을 마셨는데, 와이어트도 호프만도 회사의 매각이라든가, 합병이라든가, 공동투자 등에 대해서는 전혀 관심이 없는 것 같았어요. 그들의 재력으로 봐서 그런 얘기를 꺼냈다가는 펄펄 뛸 것입니다."

케이트는 점점 더 그 문제에 매력을 느꼈다.


10일 후, 케이트는 미국 대통령 초청으로 세계의 지도적 역할을 맡은 국제산업 자본가들이 모이는 워싱턴 회의에 참석해 발전도상국에 대한 원조 문제를 토의했다. 케이트가 어떤 인물에게 전화를 걸자, 얼마 뒤 찰리 와이어트와 프레데릭 호프만은 그 회의에 출석해달라는 초대장을 받았다. 케이트는 텍사스인과 독일인 사장에 대한 인상을 마음속으로 그리고 있었는데, 두 사람 모두 그녀가 예상한 대로의 인물이었다.

전형적인 텍사스 남자인 찰리 와이어트는 거대한 몸집으로 대충 190센

티의 키에 어깨가 넓었고, 지금은 뚱뚱하지만 옛날에는 미식축구 선수같이 억센 체격의 소유자였음에 틀림없었다. 커다란 얼굴은 붉은 빛을 띠고 있었고 목소리도 우렁찼다. 거기다 호인다운 용모를 지니고 있어서 케이트가 사전 조사를 하지 않았더라면 그의 참 모습을 그르칠 뻔했다.

와이어트는 행운만으로 제국을 쌓아올린 것은 아니었다. 그는 비즈니스 천재였다. 케이트는 그와 10분가량밖에 이야기하지 않았지만 자기가 하고 싶지 않은 일은 남에게 무슨 말을 들어도 절대로 하지 않을 인물이라는 것을 알 수 있었다.

와이어트는 자기주장을 절대로 양보하지 않는 상당한 고집쟁이였다. 따라서 회사를 포기하라고 아무리 달콤한 말을 하거나 위협을 해도 소용이 없을 것이다. 그러나 케이트는 와이어트의 아킬레스건을 찾아냈다. 그것으로 충분했다.

프레데릭 호프만은 찰리 와이어트와는 대조적이었다. 그는 귀족적인 용모를 지닌 사나이로 부드러운 갈색 머리칼에는 희끗희끗 흰머리가 섞여 있었다. 꼼꼼하고 착실한 성격으로 고품스러운 예의 감각을 지니고 있었다. 그는 강철 같은 단단한 의지를 내면에 숨기고 있다는 것을 알 수 있었다.


워싱턴 회의는 3일 동안 계속되었으며 많은 성과를 거두었다. 회의는 부통령의 사회로 진행되었고 대통령도 잠깐 얼굴을 내밀었다. 그 자리 누구나가 케이트 블랙웰에게 매료되었다.

매력적이고 동시에 카리스마적 존재로서 대산업제국을 여기까지 쌓아 올린 여걸에게 모두들 매력을 느꼈다. 그것은 케이트의 계획대로였다. 케이트는 찰리 와이어트와 두 사람만 남게 되자 모르는 체하고 물었다.

"가족도 함께 이곳에 오셨나요?"

"딸과 함께 왔습니다. 쇼핑을 하겠다고 해서요."

"어머나, 그러세요? 좋으시겠군요."

아무도 모르고 있었지만 케이트는 와이어트가 딸을 데리고 와 있으며 그의 딸이 오늘 아침 가핑클 가게에서 어떤 드레스를 샀는지까지 알고 있었다.

"금요일 다크하버에서 조촐한 파티를 열려고 해요. 당신과 따님이 주말을 우리 집에서 보내신다면 그보다 더 기쁜 일이 없겠습니다만……."

와이어트는 두말없이 승낙했다.

"댁의 파티 얘기는 오래전부터 들어 알고 있습니다. 블랙웰 부인, 기꺼이 가겠습니다."

케이트는 미소 지었다.

"감사합니다. 내일 밤 시간에 맞춰 비행기를 예약해두겠어요."

잠시 후 케이트는 프레데릭 호프만에게도 말했다.

"워싱턴에는 혼자 오셨습니까? 아니면 부인과 함께이신가요?"

"아내는 몇 년 전에 죽었습니다. 딸아이를 데리고 왔지요."

프레데릭 호프만이 말했다. 케이트는 두 사람이 헤이아담스 호텔 특실 418호실에 머물고 있다는 것을 이미 조사해놓았다.

"다크하버에서 조촐한 만찬회를 열려고 하는데……. 다른 예정이 없으시다면 내일부터 주말을 따님과 함께 우리 집에서 지내주시면 좋겠습니다만……."

"독일로 돌아가지 않으면 안 되는데요."

호프만은 대답했다. 그러고는 케이트의 모습을 잠시 바라보고는 싱긋 웃었다.

"그렇지만 하루 이틀 정도라면 상관없겠죠."

"정말 잘됐군요. 비행기를 예약해두겠습니다."

2개월에 한 번 다크하버에서 파티를 여는 것이 케이트에게 관례가 되어 있었다. 전 세계에서 가장 큰 세력과 권력을 가진 인물들이 모여드는 이 파티는 항상 많은 결실을 가져다주었다. 그러나 이번에는 더더욱 특별한 파티로 만들 계획이었다. 문제는 토니를 참석하게 만드는 데 있었다. 지난 몇 년 동안 토니는 파티에는 좀처럼 모습을 나타내지 않고 있었고 얼굴을 내밀었다가도 곧장 돌아가 버리곤 했다. 그러나 이번만은 무슨 일이 있어도 참석을 시키고 잠을 자고 가도록 하지 않으면 안 되었다.

케이트가 주말 파티 얘기를 꺼내자 토니는 퉁명스럽게 거절했다.

"가, 갈 수가 없어요. 나는 월요일에 캐, 캐나다로 떠, 떠나요. 그전에 처, 처리하지 않으면 안 될 일이 산더미처럼 쌓여 있다고요."

"이번 파티는 특별히 중요하다니까."

케이트는 말했다.

"찰리 와트어트 씨와 호프만 백작이 참석하는데 두 사람은……."

"알고 있어요. 브, 브래드 로저스에게 말했어요. 난 어, 어느 쪽도 획득하고 싶지 않아요."

토니는 가로막았다.

"난 그 반대다."

토니는 어머니를 어처구니없다는 듯이 바라보다가 물었다.

"어, 어느 쪽을 손에 넣고 싶으시죠?"

"와이어트 석유기계 쪽이야. 그것을 흡수할 수 있으면 15퍼센트나 그 이상의 수익을 올릴 수 있을 거야. 아랍제국이 자기들이 석유생산의 여탈권을 쥐고 있다는 것을 깨닫게 되면 카르텔을 만들 테니까 석유 가격이 폭등할 것이 틀림없어. 석유는 액체 황금으로 변하겠지."

"이, 인터내셔널 테크놀로지사 쪽은요?"

케이트는 어깨를 으쓱했다.

"좋은 회사지만 와이어트 석유기계 쪽이 더 매력적이야. 이것은 우리에게 안성맞춤의 합병이지. 그래서 네게 참석해달라는 거다, 토니. 캐나다 출장은 2, 3일 연기할 수 있겠지?"

토니는 파티라는 것을 혐오하고 있었다. 그 끝없는 지루한 대화, 허풍쟁이 남성들, 날라리 같은 여성들, 그러나 이번에는 사업이라고 했다.

"알았어요."

와이어트 가의 두 사람이 크루거 브렌트 사 세스나 기로 메인 주까지 와서 페리를 타고 섬에 도착하자 마중나간 리무진이 그들을 모셔왔다.

케이트는 현관까지 두 사람을 마중 나갔다. 브래드 로저스가 말한 대로 찰리 와이어트의 딸 루시는 굉장한 미인이었다. 늘씬한 키에 검은 머리로 갈색이 섞인 황금색 눈동자는 완벽할 정도로 갖추어진 용모를 말해주었다. 윤기 도는 갈라노스 드레스가 매력적인 육체의 곡선을 그대로 드러내 주고 있었다.

브래드가 조사한 정보에 의하면 루시는 2년 전에 부호인 이탈리아 플레이보이와 이혼을 했다고 한다. 케이트는 루시를 토니에게 소개하고 아들의 반응을 관찰했다. 그러나 아무런 변화도 나타내지 않았다. 토니는 와이어트 가 두 사람과 의례적인 인사를 나누고 바텐더가 칵테일을 만들고 있는 바로 안내했다.

"정말 훌륭한 방이군요."

루시는 감탄하며 말했다. 그 목소리는 예상과는 달리 차분하고 부드러웠으며 텍사스 사투리 같은 흔적은 없었다.

"이곳에 자주 머무시나요?"

루시가 토니에게 물었다.

"아닙니다."

그 이상 대답이 돌아오지 않았으므로 루시는 다시 질문했다.

"여기서 자랐나요?"

"잠깐 동안뿐이었죠."

케이트가 대화를 받아 토니의 침묵을 교묘하게 감췄다.

"토니의 가장 행복한 추억이 이 집에 있답니다. 불쌍하게도 토니는 너무 바빠서 좀처럼 이 집에 와서 쉴 수가 없어요. 그렇지, 토니?"

토니는 쌀쌀하게 어머니를 바라보고는 입을 열었다.

"사실은 캐, 캐나다에 가지 않으면 안 되었었는데……."

"하지만 두 분을 만나 뵈려고 며칠 연기했답니다."

그렇게 케이트는 토니의 말을 가로막았다.

"그것 참 고마운 일이군요."

찰리 와이어트가 끼어들었다.

"당신 소문은 많이 들었어요."

와이어트는 싱긋 웃었다.

"우리 회사에서 일해 볼 생각 없나?"

"어머니가 어떻게 생각하실까요? 그것을 알기 전에는 대답을 못하겠습니다, 와이어트 씨."

찰리 와이어트는 다시 싱긋 웃었다.

"나도 잘 알고 있지."

와이어트가 케이트를 바라보았다.

"자네 어머님은 대단한 여성이야. 백악관 회의에서 어머님이 모두에게 올가미를 던져 네 다리를 꽁꽁 묶는 장면을 자네가 보았어야 하는데……."

프레데릭 호프만과 딸 마리안느가 그 방으로 들어왔기 때문에 와이어트는 얘기를 중단했다. 마리안느는 아버지처럼 창백한 철학자형이었다. 귀족적인 용모로 머리칼은 블론드로 길었으며, 회색이 섞인 시폰 드레스를 입고 있었다. 그녀가 루시 와이어트와 함께 서자 루시의 아름다움도 무색해보였다.

"딸 마리안느를 소개하겠습니다."

호프만 백작이 말했다.

"늦어서 죄송합니다. 라가디아 공항에서 비행기가 늦어져서요."

백작은 사과를 했다.

"어머나, 죄송합니다."

케이트가 말했다.

늦어지도록 일을 꾸민 것이 어머니라는 것을 토니는 알고 있었다. 케이트는 와이어트 일가와 호프만 일가를 각기 다른 비행기로 메인 주까지 오게 하여 와이어트를 먼저 도착하게 하고 호프만을 늦게 도착하도록 수배했던 것이다.

"마침 음료를 들고 있던 참이었어요. 무엇을 드시겠습니까?"

"스카치를 주시겠습니까?"

호프만 백작이 말했다.

케이트는 마리안느를 보며 말했다.

"뭘로 하시겠어요?"

"저는 괜찮습니다. 감사합니다."

몇 분 뒤 다른 초대객이 도착하기 시작했으므로 토니는 손님 사이를 돌면서 우아한 주인역을 연기했다. 케이트를 제외하면 토니가 이 야단스러운 파티를 혐오하고 있다는 것을 아무도 상상하지 못했을 것이다. 토니는 싫증을 느끼고 있는 것은 아니었다. 다만 자기 주위의 일들로부터 떨어져 있고 싶은 것뿐이었다. 토니는 인간에 대한 흥미를 잃고 있었다. 그것이 케이트로서는 마음에 걸렸다.

넓은 식당에는 테이블이 2개 준비되어 있었다. 케이트는 마리안느 호프만의 좌석을 대법원 판사와 상원의원 사이로 정하고, 루시 와이어트의 좌석은 다른 테이블인 토니의 옆자리로 정해놓았다.

방 안에 있던 모든 사람의 시선이—기혼 미혼을 불문하고—루시에게 쏠렸다. 루시가 자꾸만 토니를 대화로 끌어들이려고 하는 것을 케이트는 잠자코 보고 있었다. 루시가 토니를 마음에 들어하고 있다는 증거였다. 케이트는 속으로 미소를 지었다. 아주 좋은 조짐이 아닌가.

이튿날 토요일 아침식사 때 찰리 와이어트가 케이트에게 말했다.

"저곳에 있는 요트는 꽤나 훌륭하군요, 블랙웰 부인. 크기는 어느 정도 됩니까?"

"잘 모르겠어요. 토니, 코르세어 크기가 얼마나 되지?"

케이트가 토니에게 말했다.

알고 있으면서 묻는다고 생각했지만 토니는 공손하게 대답했다.

"80피트입니다."

"텍사스에서는 배는 별로 타지 않지요. 너무 바빠서 말입니다. 주로 비행기를 이용하지요."

와이어트가 호쾌하게 웃으며 말했다.

"내가 발을 물에 담그고 있는 모습을 상상해보시라고요."

케이트는 미소를 지어보였다.

"섬을 안내해드리겠어요. 내일은 배로 떠나시죠."

찰리 와이어트는 케이트를 탐색하듯이 바라보다가 입을 열었다.

"감사합니다, 블랙웰 부인."

토니는 두 사람을 쳐다보았을 뿐 아무 말도 하지 않았다. 케이트가 드디어 촉수를 뻗기 시작한 것을 찰리 와이어트는 눈치를 채고 있는 걸까. 아마 모르고 있을 것이다. 와이어트는 유능한 경영자이기는 하지만 케이트 블랙웰과 같은 인간과 상대해본 적은 없을 것이다.

케이트는 토니와 루시에게 말했다.

"날씨가 참 좋구나, 소형선을 타고 나가보면 어떻겠니?"

토니가 거절할 틈을 주지 않고 루시가 말했다.

"어머나, 그것 참 재미있겠네요."

"실례지만, 국제전화가 오기로 되어 있어서요."

토니가 퉁명스럽게 말했다. 그는 어머니의 비난하는 시선을 느꼈다. 케이트는 마리안느 호프만에게 눈을 돌렸다.

"아버님이 보이지 않는군요."

"아버지는 섬 구경을 가셨어요. 아침에는 일찍 일어나시죠."

"아가씨는 승마를 좋아한다면서요? 이곳에는 좋은 말이 있답니다."

"감사합니다. 근처를 산책할 생각이니 신경 쓰지 마세요."

"물론, 좋을 대로 하세요."

케이트는 토니에게 말했다.

"토니, 와이어트 양을 배로 안내해줄 수 없겠니?"

케이트의 목소리는 고압적이었다.

"네, 갈 수가 없어요."

사소하긴 했지만 승리임에 틀림없었다. 싸움은 막이 올랐으나 토니는 패배할 수 없었다. 더 이상 어머니에게 속아 넘어갈 수 없었다.

지금까지 어머니는 토니 자신을 앞잡이로 이용해왔고 이번에도 또 무엇인가 획책하고 있다고 생각했다.

'그러나 이번만은 어머니의 패배다. 어머니는 와이어트 석유기계회사를 매수하고 싶어한다. 하지만 찰리 와이어트는 합병에 응할 생각도 회사를 팔 생각도 없다. 그러나 어떤 인간에게도 약점은 있으며 어머니는 그것을 찾아냈다. 딸이다. 만일 루시가 결혼해서 블랙웰의 일원이 된다면 합병 얘기는 필연적으로 나올 것이다.'

토니는 아침식사를 하면서 테이블 너머로 어머니를 경멸어린 눈길로 바라보았다. 어머니는 교묘하게 덫을 놓은 셈이었다.

'루시는 단지 아름다울 뿐만 아니라 지적이고 매력적이었다. 그러나 루시도 나와 마찬가지로 이 거북살스러운 앞잡이에 불과했다. 이미 세상의 어떤 것을 갖고도 나를 루시에게 접근시킬 수는 없다. 이것은 나와 어머니와의 싸움인 것이다.'

아침식사가 끝나자 케이트는 일어났다.
"토니, 국제전화가 올 때까지 와이어트 양을 정원으로 안내하렴."
그것은 거절할 수가 없었다.
"그렇게 하죠."
토니는 짧게 끝낼 생각이었다.
그때 케이트는 찰리 와이어트 쪽을 보았다.
"희귀본에 흥미를 갖고 계세요? 서재에 몇 가지 수집품이 있습니다만……"
"나는 부인이 보여주는 것이라면 무엇이든 흥미가 있어요."
텍사스 사나이는 대답했다.
케이트는 생각난 듯이 마리안느 호프만을 돌아보았다.
"당신을 혼자 남겨둬도 되겠어요?"
"괜찮아요, 블랙웰 부인. 저에게는 신경 쓰지 마세요."
"알겠어요."
케이트는 말했다.

토니는 그 의미를 알 수 있었다. 호프만 양은 케이트에게 쓸모가 없어져버린 것이다. 모든 것이 애교어린 밝은 얼굴로 행해진 일이었지만 그 가면 밑에는 토니가 혐오하는 비정하기까지 한 냉혹함이 숨어 있었다.
케이트가 토니에게 말했다.
"준비되었니, 토니?"
"네."
토니와 루시가 문쪽으로 갔다. 그러자 케이트는 두 사람에게 들으라는 듯이 말했다.
"저 두 사람은 썩 잘 어울리는 한 쌍이죠?"
두 사람은 넓은 정원을 가로질러 해적선을 매어 놓은 선착장으로 향했다. 주위는 몇 에이커에 걸쳐 색색의 꽃들이 만발해 있었고 꽃 향기가 여름 하늘까지 배어 있었다.

"이곳은 천국이군요."

루시가 말했다.

"네."

"텍사스에는 이런 꽃이 없어요."

"그래요?"

"조용하고 아늑한 곳이군요."

"네."

루시는 느닷없이 멈춰 서서 토니의 얼굴을 빤히 쳐다보았다. 그녀가 화를 내고 있다는 것을 알 수 있었다.

"실례되는 말이라도 했나요?"

토니가 물었다.

"그런 것은 없지만 당신 입에서 나오는 말은 네, 아니면 그래요, 뿐이군요. 마치 내가 당신을 귀찮게 따라다니고 있는 듯이 말이에요."

"정말 따라다니고 있는 건가요?"

루시는 웃음을 터뜨렸다.

"당신에게 대화법을 가르쳐줄 수 있다면 우리는 좀 더 친해질 수 있을 텐데요."

토니는 싱긋 웃었다.

"무슨 생각을 하고 있죠?"

루시가 물었다.

"아무 생각도……."

토니는 어머니 생각을 하고 있었다. 어머니가 얼마나 자기를 싫어하는지를……

케이트는 찰리 와이어트를 떡갈나무 판자를 둘러친 넓은 서재로 안내했다. 서가에는 올리버 골드스미스, 로렌스 스턴, 토비어스 스몰렛, 존 던 등의 초판본이 꽂혀 있었고 벤 존슨의 초판본도 있었다. 또 새뮤얼 버틀러와 존 번연, 희귀본으로 퀸 매브의 1813년 자비 출판본도 수집되어 있었다. 희귀본의 보고를 눈을 번뜩이며 둘러보고 있던 와이어트는 아름다운 장정을 한 존 키츠의 《엔디미온》 앞에 멈춰 섰다.

"이것은 로즈버그 본이군."

찰리 와이어트가 말했다. 그러자 케이트가 깜짝 놀라서 와이어트를 쳐다보았다.

"네, 제가 알고 있기로는 세상에 두 권밖에 남아 있지 않지요."

"또 한 권은 내가 가지고 있어요."

와이어트가 케이트에게 말했다.

"네, 나는 알고 있었습니다."

케이트는 웃음을 터뜨렸다.

"훌륭한 텍사스 사나이가 바보가 되었군요."

그건 훌륭한 속임수였다.

"학교는 어디를 다니셨어요?"

"콜로라도 광산학교를 나와서 로즈 장학금으로 옥스퍼드 대학에 다녔어요."

와이어트는 탐색하는 듯한 눈으로 케이트를 바라보았다.

"나를 백악관 회의에 초대하게 한 분이 당신이라고 알고 있는데요."

케이트는 어깨를 으쓱했다.

"나는 당신 이름을 암시하는 말만 했을 뿐이에요. 그들은 당신을 초청할 수 있어서 기뻐하고 있었어요."

"매우 친절하시군요. 케이트. 이렇게 두 사람만 있어서 하는 얘기인데 당신 가슴 속을 털어놓지 않으시겠습니까?"

토니는 자신의 서재에서 일을 하고 있었다. 1층 중앙 복도를 벗어난 조그만 방이었다. 토니가 푹신한 팔걸이의자에 앉아 있으려니 문이 열리는 소리가 들리고 누군가가 들어왔다. 돌아보니 마리안느 호프만이었다. 자기가 있다는 것을 알려주려고 토니가 입을 열기도 전에 마리안느가 무엇엔가 놀라는 소리가 들렸다.

마리안느는 벽에 걸려 있는 그림을 들여다보고 있었다. 그것들은 토니의 작품으로 파리의 아파트를 철수할 때 몇 점 가지고 와서 자기 방에만 걸어놓은 것이었다. 토니는 마리안느가 그림을 차례로 옮겨가며 보고 있는 것을 잠자코 바라보았다. 이미 말을 걸기에는 너무 늦은 것 같았다.

"믿을 수가 없어……."

마리안느가 중얼거렸다.

토니는 슬며시 화가 났다. 아무리 그래도 그런 말을 들을 정도로 형편없는 그림은 아닐 것이다. 토니가 몸을 부들부들 떨었으므로 의자의 가죽이 삐걱거려 마리안느가 뒤를 돌아다보았다.

"어머나, 미안합니다. 이곳에 사람이 있는 줄 몰랐어요."

마리안느는 사과했다.

토니는 의자에서 일어섰다.

"기왕 들어오셨으니 할 수 없죠."

그 목소리에는 가시가 돋쳐 있었다. 토니는 자신의 성역을 침범당한 것이 싫었다.

"무얼 찾고 계신가요?"

"아닙니다, 그냥 돌아다녀보고 있어요. 댁의 회화 컬렉션은 정말 일류 미술관 수준이로군요."

"그곳에 있는 그림을 빼놓고 말이겠지요?"

토니는 자신도 모르게 그렇게 내뱉고 말았다. 마리안느는 독기가 섞인 목소리에 당황했다. 그녀는 다시 한 번 그림을 들여다보았다. 그러고는 사인을 보았다.

"당신이 그린 건가요?"

"마음에 안 들어서 미안합니다."

"아니에요. 훌륭해요!"

마리안느가 토니에게 다가왔다.

"나는 이해할 수가 없군요. 이런 작품을 그릴 수 있는데 왜 다른 일을 하고 있죠? 훌륭해요. 그냥 좋은 정도가 아니라 정말로 훌륭해요."

토니는 우뚝 선 채 아무것도 듣지 않고 있었다. 다만 마리안느가 빨리 방에서 나가 주었으면 하고 생각했다.

"나도 화가가 되고 싶었어요. 1년가량 오스카 코코슈카 밑에서 공부했어요. 결국 꿈이었던 화가가 될 수 없다는 것을 깨닫고 그만두었지만 당신은 그렇지 않아요!"

마리안느가 말했다. 그녀는 다시 그림을 들여다보았다.

"파리에서 공부하셨나요?"

토니는 혼자 있고 싶었다.

"네."

"그만두신 것은…… 자신의 의지였나요?"

"네."

"너무 아까워요, 당신은……."

"저런, 두 사람이 여기 있었군요!"

두 사람은 돌아다보았다. 케이트가 입구에 서 있었다. 케이트는 두 사람을 한동안 바라보고 있다가 이윽고 마리안느에게 다가갔다.

"당신을 찾고 있었어요. 마리안느, 아버님은 당신이 난초를 좋아한다고 하시더군요. 온실을 구경하러 가요."

"고맙습니다. 하지만 저는 사실은……."

마리안느는 중얼거렸다.

케이트는 토니를 돌아보며 말했다.

"토니, 너는 다른 손님을 접대해다오."

어머니의 목소리에는 불쾌감이 역력히 담겨 있었다.

케이트는 마리안느의 팔을 잡고 방을 나갔다.

'어머니가 다른 사람들을 조종하는 것을 보고 있노라면 퍽 재미있다. 아주 손쉽게 움직인다. 쓸데없는 동작이 없다. 와이어트 가를 일찍, 호프만 가를 늦게 도착하게 한 것부터 시작해서 식사 때 좌석에서는 루시를 토니 옆에 앉게 했다. 어머니의 속셈은 뻔했다. 자기가 그 열쇠를 쥐고 있으니 환히 읽을 수가 있다.'

토니는 어머니의 성격을, 마음의 움직임을 환히 알고 있었다. 루시 와이어트는 멋진 여성이었다. 훌륭한 아내가 될 것이다. 그러나 그것은 누군가 다른 사람에 대해서이지 자신에게는 아니었다. 케이트 블랙웰이 뒤를 밀고 있는 아내 따위는 절대 사절이었다. 어머니는 냉혹하고 계산이 빠르고 교활했다. 그 사정을 이쪽에서 거꾸로 계산에 넣어둔다면 이번 음모에서 벗어날 수 있을 것이다.

다음엔 어떤 수를 써올까 하고 토니는 생각했다. 오래 기다릴 필요도 없었다. 테라스에서 칵테일을 마시고 있으려니 케이트가 토니에게 전했다.

"다음 주말에 와이어트 씨가 우리를 목장에 초대해주시겠단다. 얼마나 즐거운 일이냐?"

케이트의 얼굴에 기쁨이 역력했다.

"나는 텍사스 목장에 가본 적이 없어요."

텍사스 목장이라면 크루거 브렌트 사도 소유하고 있었고, 그 넓이는 아마 와이어트 목장의 2배는 될 것이다.

"당신도 와 주겠죠, 토니?"

찰리 와이어트가 말했다.

루시도 말했다.

"함께 오시겠죠?"

모두가 한통속이 되어 공격해왔다. 도발이었다. 받아들여보자, 하고 토니는 마음속으로 다짐했다.
"기, 기꺼이 찾아뵙겠습니다."
"고마워요."
루시의 얼굴은 기쁨으로 가득 찼다. 물론 케이트의 얼굴에도…….
'루시가 나를 유혹할 생각이라면 시간 낭비겠지.'
토니는 생각했다.
어머니와 도미니크가 준 상처 때문에 토니는 여성에 대한 불신에 빠져 있어서 값비싼 콜걸밖에는 상종하지 않았다. 여자들 가운데 가장 정직한 것은 매춘부였다. 그녀들이 원하는 것은 돈뿐이고 얼마인가를 사전에 얘기했다. 이쪽은 원하는 것에 대해서 돈을 지불하고 그 보수의 대가는 정확히 얻을 수 있었다. 귀찮은 일도 없었고 눈물도 없고 거짓도 없었다. 루시 와이어트는 기묘한 결말의 연극에 말려들어갔다는 생각이 들었다.

일요일 아침 일찍, 토니가 수영장으로 내려가니 마리안느 호프만이 흰 수영복을 입고 수영을 하고 있었다. 마리안느는 청초한 아름다운 몸매를 지니고 있었다. 날씬한 키가 기품이 있었다. 토니는 그녀가 우아한 몸짓으로 수영하고 있는 것을 우두커니 바라보고 있었다. 토니를 본 마리안느가 토니 쪽으로 다가왔다.
"안녕하세요!"
"네, 안녕하세요? 잘하는군요."
토니가 빙긋 웃었다.
"스포츠를 좋아해요. 집안물림이죠."
그렇게 말하며 마리안느가 수영장에서 나왔기 때문에 토니는 타월을 집어주었다. 마리안느가 머리칼을 닦는 것을 토니는 잠자코 바라보았다.
"아침식사는 했나요?"

토니가 물었다.

"아뇨. 너무 일러서 아직 준비가 안 되어 있을 것 같아서요."

"이곳은 호텔과 같아요. 24시간 서비스랍니다."

마리안느는 웃으면서 토니를 바라보았다.

"멋지군요."

"당신은 어디서 살고 있죠?"

"대개는 뮌헨에 있어요. 교외의 낡은 성 말이에요. 그곳에 살고 있죠."

"자란 곳은 어디예요?"

마리안느는 한숨을 쉬었다.

"얘기하면 길어져요. 전쟁 중에는 스위스의 학교에 보내졌다가 전쟁이 끝나서는 옥스퍼드에 갔었고 소르본에서도 공부하고 런던에서도 2, 3년 살았어요."

마리안느는 토니의 눈을 똑바로 쳐다보았다.

"이상이 내가 산 곳이에요. 당신은요?"

"네. 뉴욕과 메인 주, 스위스, 남아프리카, 전쟁 중에는 남태평양에 몇 년간 종군했고 파리에도······."

토니는 그곳까지 말하자 지나치게 떠들었다는 듯이 갑자기 입을 다물었다.

"쓸데없는 것을 물어서 죄송해요. 하지만 당신이 어째서 그림을 중단했는지 상상할 수가 없어요."

"별다른 이유도 없어요."

토니는 퉁명스럽게 말했다.

"아침식사나 합시다."

그들은 둘이서 테라스에 앉아 반짝반짝 빛나는 바다를 보면서 식사를 했다. 마리안느는 싹싹하고 침착했으며 우아했다. 호들갑스럽지도 않았고 말도 많지 않았다.

마리안느는 순수한 마음으로 토니에게 관심을 갖고 있는 것처럼 보였다. 토니는 이 차분하고 섬세한 여성에게 끌려들어가는 자신을 느꼈다. 어머니에 대한 반항심에서 마리안느에게 끌리고 있는 것은 아닌가 하고 생각해보기도 했다.

"독일에는 언제 돌아갑니까?"

"다음 주에요."

마리안느가 대답했다.

"저 결혼해요."

갑작스러운 말에 토니는 당황했다.

"네?"

어색한 말투로 토니가 물었다.

"축하합니다. 상대는 어떤 사람입니까?"

"의사예요. 어렸을 때부터 친구죠."

'왜 그녀는 그런 설명을 덧붙였을까? 무슨 의미가 있는 걸까?'

자신도 모르게 토니는 불쑥 말했다.

"뉴욕에서 식사를 함께 하면 어떨까요?"

마리안느는 토니를 바라보며 어떻게 대답해야 좋을지 망설이고 있는 것 같았다.

"재미있을 것 같군요."

토니는 빙긋 웃으며 들뜬 기분으로 말했다.

"이건 데이트입니다."

두 사람은 롱아일랜드 해변에 면한 작은 레스토랑에서 식사를 했다. 토니는 어머니의 눈이 미치지 않는 곳에서 마리안느와 만나고 싶었던 것이다. 그러나 두 사람만의 순수한 만남이라도 어머니가 알면 또 어떤 방해를 하려들지 몰랐다. 이것은 토니와 마리안느 사이의 사적인 일이고, 짧은 시간밖에 함께 있을 수가 없다는 생각을 하면 이 밤이 즐거운 것이 되었으면 하는 마음 간절했다.

마리안느와의 데이트는 기대했던 것보다 훨씬 즐거웠다. 그녀는 재치가 번뜩이고 유머로 토니를 즐겁게 했다. 그는 자신이 파리를 떠난 뒤 지금까지 웃은 것을 합한 것보다 더 많이 웃고 있구나 하고 씁쓸하게 생각했다. 그녀와 함께 있으면 긴장을 하는 일도 없고, 밝은 기분이 되었다.

'독일에는 언제 돌아가죠?'

'다음 주에요……. 저 결혼해요.'

그로부터 5일 동안 토니는 마리안느와 빈번하게 만났다. 왜 그랬는지 자신으로서도 알 수 없었지만 캐나다 출장도 취소했다. 애초에는 그것으로 어머니에 대한 반기를 들고 얼마간 복수를 한 것으로 생각하고 있었지만 이제는 사정이 달라져 있었다.

토니는 만날 때마다 점점 마리안느에게 끌려들어갔다. 무엇보다도 그녀의 성실성이 좋았다. 이 세상에서 성실한 여성이란 찾을 수가 없을 것이라고 절반은 단념하고 있었다.

토니는 마리안느를 뉴욕의 여기저기로 안내했다. 자유의 여신상에도 올라가고, 스테이튼섬 행 페리도 타고, 엠파이어스테이트 빌딩 옥상에도 올라가고, 차이나타운에서 식사도 했다. 그리고 메트로폴리탄 미술관에서 하루를 보내고 프릭 컬렉션에서 오후를 모두 소비했다.

두 사람의 취향은 비슷했다. 토니도 마리안느도 조심스럽게 서로의 신상 얘기는 피하고 있었지만 마음속으로는 이미 남자와 여자로서 반하고 있다는 것을 알 수 있었다. 날짜는 눈 깜짝할 사이에 지나가 금요일이 되고, 토니가 와이어트 목장으로 떠나야 할 날이 왔다.

"독일로는 언제 떠나죠?"

"일요일 아침에요."

마리안느의 목소리는 외로움에 젖어 있었다.

토니는 그날 오후 휴스턴으로 떠났다. 어머니와 함께 회사비행기를 타는 것을 일부러 피했다. 토니의 마음속에서 어머니는 이미 단순한 업무상 파트너에 불과했다. 어머니는 명석하고 강력한 힘이 있으며 게다가 무슨 일을 저지를지 모르는 위험한 파트너였다.

휴스턴의 윌리엄 P. 호비 공항에 도착하자 롤스로이스가 마중 나와 있었고, 요란한 스포츠 셔츠에 청바지를 입은 운전수가 토니를 목장까지 태워다주었다.

"대부분 손님들은 목장까지 직접 비행기로 가고 싶어하죠."

운전수가 토니에게 설명했다.

"와이어트 어른은 엄청난 땅을 가지고 있어서요. 여기서 문까지 한 시간 걸리고, 문에서 저택까지 또 30분 걸린답니다."

토니는 허풍이라고 생각하고 있었는데 자기 생각이 잘못되었음을 곧 깨달았다. 와이어트 목장은 목장이라기보다는 하나의 도시였다. 정문을 통과해서 개인도로로 들어가 30분 후에야 겨우 발전기 건물, 창고, 가축용 울타리, 손님용 저택, 고용인 사택 등을 지나갔다. 본 저택은 어디까지 계속되는지 모를 정도로 엄청나게 넓은 단층집이었다.

'정말 볼품없이 너절한 곳이군.' 하고 토니는 생각했다.

케이트는 이미 도착해 있었다. 케이트와 찰리 와이어트는 테라스에 앉아서 웬만한 호수 크기의 수영장을 내려다보고 있었다. 찰리 와이어트는 이야기에 열중해 있다가 토니를 보자 갑자기 입을 다물었다. '내 얘기를 하고 있었군.' 하고 토니는 짐작했다.

"잘 와주었네. 여행은 재미있었나, 토니?"

"네, 덕분에……"

"루시는 좀 더 일찍 와주었으면 하고 기다리고 있는 것 같더구나."

케이트가 말했다.

토니가 어머니에게 말했다.

"그녀가요?"

찰리 와이어트는 토니의 어깨를 탁 쳤다.

"오늘은 자네와 케이트에게 경의를 표하기 위해 대규모 바비큐 파티를 벌일 생각이네. 많은 손님들이 비행기로 찾아온다네."

"감사합니다."

토니는 대답했다.

하얀 셔츠와 몸에 찰싹 달라붙는 청바지를 입고 루시가 나타났다. 숨이 막힐 정도로 아름다운 것은 토니도 인정하지 않을 수 없었다.

루시가 토니에게 다가와 팔을 잡았다.

"어서 오세요, 토니! 오지 않는 줄 알고 조바심을 냈어요."

"늦어서 미, 미안해요."

토니는 사과를 했다.

"이, 일을 처리하고 오느라고……"

루시는 다정한 미소를 띠었다.

"어쨌든 와주셨으니 됐어요. 오늘 오후에는 뭘 할까요?"

"뭘 할 수 있습니까?"

루시는 토니의 눈을 들여다보았다.

"원하시는 것은 무엇이든."

루시가 상냥스럽게 소곤소곤 말했으므로 케이트와 와이어트는 눈을 번쩍였다.

바비큐는 텍사스 기준으로 생각해봐도 엄청나게 호화스러운 것이었다. 대략 200명 정도의 손님이 자가용 비행기와 벤츠, 롤스로이스를 타고 왔다. 두 팀의 밴드가 각기 멀리 떨어진 곳에 자리 잡고 음악을 연주하고 있었으며 5, 6명의 바텐더가 샴페인과 위스키, 소프트드링크, 맥주를 따르며 돌아다니고 한쪽의 야외 화덕에서는 4명의 요리사가 바쁘게 요리를 만들고 있었다. 쇠고기, 양고기, 닭고기, 오리고기 등이 구워지고, 도자기 속에서는 칠레콩과 바닷가재가 통째로 부글부글 끓고 있었으며 구운 감자, 고구마, 갓 따온 푸른 완두에 여섯 종류의 샐러드, 집에서 구운 따뜻한 비스킷도 놓여 있었다. 4개가 나란히 놓인 디저트용 테이블에는 새로 구워낸 파이, 케이크, 푸딩, 그리고 10가지 이상이나 되는 집에서 만든 아이스크림이 즐비하게 있었다.

토니는 이처럼 호화스러운 돈의 낭비를 본 적이 없었다. 그것은 벼락부자와 옛날부터 내려오는 부자 사이의 돈쓰는 방법의 차이라고 생각했다.

옛날부터 내려오는 부자의 모토는 '돈이 있어도 숨기는 것'이고 벼락부자의 모토는 '돈이 있으면 자랑하는 것'이다. 그렇기는 하지만 정말 믿을 수 없는 규모의 돈의 과시였다.

여성들은 대담한 드레스를 걸치고 눈이 부실 정도로 보석들을 장식하고 있었다. 토니는 한 귀퉁이에 꼼짝 않고 서서 손님들이 게걸스럽게 먹고 떠들썩하게 인사를 나누는 것을 바라보았다. 마치 야만인의 퇴폐적인 의식에 참석한 것 같았다. 어디서나 웨이터가 캐비아를 넣은 단지와 고기가 든 파이, 샴페인을 얹은 쟁반을 들고 돌아다니는 모습을 볼 수 있었다. 손님만큼 많은 수의 웨이터가 있는 것이 아닌가 하고 생각될 정도였다. 토니는 들려오는 대화에 귀를 기울였다.

"엉터리 같은 물건을 팔려고 뉴욕에서 온 녀석이 있었지. 그래서 그 녀석에게 말해주었어. '시간 낭비일세. 휴스턴 동쪽에서는 제대로 된 거래 얘기가 없으니까' 하고……."

"말 잘하는 놈은 조심해야 돼. 외양뿐이고 알맹이가 없으니까……."

루시가 토니가 있는 곳으로 다가왔다.

"아무것도 안 드세요?"

루시는 토니를 빤히 쳐다보았다.
"무슨 일이 있었어요, 토니?"
"아닙니다. 정말 초호화판 파티군요."
루시는 방긋 웃었다.
"이제 겨우 시작이에요. 곧 굉장한 것이 시작될걸요."
"이것보다 더요?"
"그래요."
루시는 토니의 팔을 잡았다.
"너무 붐벼서 미안해요. 다른 때는 이렇지가 않아요. 아버지는 당신 어머니에게 자신을 과시하고 싶은 거예요."
루시는 웃었다.
"내일이면 모두 돌아가요."
'나도 돌아가겠어.'
토니는 마음속으로 결심했다. 이곳에 온 것은 잘못이었다. 이머니가 무슨 수단을 써서라도 와이어트 석유기계회사를 손에 넣고 싶다면 다른 수단을 취해야 할 것이다.
토니가 사람들 사이를 따라 눈으로 찾아보니 어머니는 많은 사람들에게 둘러싸여 있었다. 그녀는 아름다웠다. 벌써 60세가 가까워 가는데도 열 살은 젊게 보였다.
얼굴에는 전혀 주름도 없었고 몸도 균형이 잡혀 있었다. 운동과 매일의 마사지 덕택이었다. 케이트는 주위 인간에게도 요구하지만 자신에게도 엄격한 규율을 지키게 하고 있었다. 굴절된 심리이기는 하지만 토니는 어머니를 존경하고 있었다. 손님들과 미소를 띠고 얘기를 나누고 있는 케이트를 본 사람은 어쩌면 저렇게 즐겁게 시간을 보내고 있을까 하고 생각했을 것이다.
'저렇게 하고 있지만 한순간 한순간을 구역질을 느낄 정도로 참고 있

는 거야. 어머니는 원하는 것을 손에 넣기 위해서는 어떤 인내라도 하는 사람이니까.'

토니는 생각했다.

마리안느는 어떨까. 틀림없이 이런 난리법석은 싫어할 것이다. 그녀 생각을 하자 토니는 마음이 아팠다.

'나는 의사와 결혼해요. 어릴 때부터 친구죠.'

30분쯤 뒤 루시가 토니를 찾으러 왔을 때 토니는 뉴욕을 향해 떠난 뒤였다.

토니는 공항에서 마리안느에게 전화를 걸었다.

"마리안느, 보고 싶어요."

그는 망설임이 없었다.

"네, 저도요."

토니는 마리안느를 머릿속에서 떨쳐버릴 수가 없었다. 그는 오랫동안 고독했지만 외롭다고 생각한 적은 없었다. 그런데 마리안느 호프만과 만난 뒤 그녀와 떨어져 있으면 왠지 외롭고 마치 자기 몸의 일부가 찢겨나간 것 같은 느낌이 들 정도였다.

마리안느와 함께 있으면 마음이 따뜻해지고 인생을 찬미하고 싶어지며 끊임없이 엄습해오는 어둡고 추악한 그림자를 쫓아버릴 수가 있었다. 토니는 마리안느를 잃고 싶지 않았다. 이토록 자기 인생에 필요하다고 생각한 여성은 그녀가 처음이었다.

마리안느가 토니의 아파트에 찾아와 둘이 만난 순간, 이미 오래전에 죽어 있던 갈망이 토니의 몸에서 용솟음쳐 올라왔다. 마리안느도 같은 생각을 안고 있었다. 이미 두 사람에게는 언어 따위가 필요 없었다.

마리안느는 토니의 품안으로 뛰어들었다. 격렬한 감정이 저항할 수 없는 조류처럼 두 사람을 밀어붙여 신성한 폭발로 실어갔다. 두 사람은 벨벳 같은 매끈한 부드러움에 감싸여 시간과 장소를 잊고 서로의 눈부신 광채와 불가사의한 매력에 포로가 되었다.

한바탕 사랑의 행위가 끝나자, 두 사람은 서로 끌어안은 채 누워 있었다. 마리안느의 머리칼이 가볍게 토니의 얼굴을 간질였다.

"당신과 결혼하고 싶소, 마리안느."

마리안느는 토니의 얼굴을 두 손으로 감싸고 눈 속을 들여다보았다.

"진심으로 하는 말이에요, 토니?"

마리안느의 목소리는 부드러웠다.

"문제가 있어요, 달링."

"약혼했기 때문에?"

"아니에요. 그런 건 파기할 수 있어요. 당신 어머니가 마음에 걸려요."

"어머니는 상관없어……."

"아니에요. 끝까지 들어주세요. 도니, 어머니는 루시 와이어드와의 결혼을 원하고 계세요."

"그것은 어머니 혼자 생각이지."

토니는 다시 마리안느를 끌어안았다.

"내 생각은 당신에게만 있어."

"어머님은 나를 싫어해요. 토니, 나는 그런 결혼은 싫어요."

"내가 무엇을 원하고 있는지 알아?"

토니는 속삭였다.

눈부신 욕정이 다시 부딪쳐 폭발했다.

케이트 블랙웰이 토니에게서 연락을 받은 것은 48시간 뒤의 일이었다. 토니가 아무런 설명도, 작별 인사도 없이 와이어트 목장에서 나와 뉴욕으로 돌아가 버리자, 찰리 와이어트는 곤혹스러워하고 루시 와이어트는 미친 듯이 펄펄 뛰었다. 케이트는 횡설수설 사과의 말을 남기고 회사 비행기로 뉴욕으로 돌아왔다.

집에 돌아오자 케이트는 곧장 토니의 아파트에 전화를 걸었다. 하지만 다음 날까지도 토니는 전화를 받지 않았다.

케이트의 사무실 책상 위의 전화가 울렸다. 수화기를 들기 전에 누구에게서 걸려온 전화인지 그녀는 알고 있었다.

"토니냐? 어떻게 된 일이니?"

"아, 아무것도 아니에요, 어머니."

"지금 어디에 있지?"

"신혼여행 중이에요. 마리안느 호프만과 어제 결혼했어요."

침묵이 흘렀다.

"듣고 계세요, 어, 어머니?"

"그래, 듣고 있다."

"축하한다든가 행복하게 살라든가 그, 그런 말을 해주셔야죠."

토니의 목소리에는 조롱조의 가시가 돋쳐 있었다.

케이트는 말했다.

"그랬구나, 그래. 행복하게 잘 살아라, 토니."

"고마워요, 어, 어머니."

거기서 전화가 끊겼다.

케이트는 수화기를 내려놓자 인터폰 단추를 눌렀다.

"브래드, 이리로 와줘요."

브래드 로저스가 사무실에 들어오자 케이트가 말했다.

"토니에게서 전화가 왔었어요."

브래드는 케이트의 얼굴을 한 번 쳐다보고 나서 말했다.

"설마 잘됐다는 얘기는 아니겠죠?"

"해냈어요. 토니가 해내준 거예요. 이제 호프만 제국을 흡수할 수 있게 되었어요."

 케이트가 환하게 웃자, 브래드는 의자에 걸터앉았다.

 "믿을 수 없군요. 토니가 그렇게도 완고했는데요……. 어떻게 마리안느 호프만과 결혼하게 만들었습니까?"

 "간단한 일이죠."

 케이트는 말을 끊었다.

 "그를 반대 방향으로 밀어붙였던 거예요."

 이것이 바로 케이트가 의도했던 올바른 방향이었다.

 '마리안느는 토니의 훌륭한 아내가 될 것이다. 토니의 가슴에 어두운 그림자를 몰아내줄 것이 틀림없었다. 루시는 자궁 적출 수술을 받았었다. 마리안느라면 튼튼한 아이를 낳아줄 것이다.'

 토니와 마리안느가 결혼한 지 6개월 뒤 호프만 사는 크루거 브렌트 사에 흡수되었다. 정식 계약은 프레데릭 호프만에게 경의를 표하며 뮌헨에서 체결되었다. 호프만 백작은 크루거 브렌트 사의 독일 자회사를 경영하게 되었다.

 토니는 어머니가 순순히 결혼을 인정했으므로 맥이 빠져버렸다. 깨끗이 패배를 인정하다니 어머니답지 않았다. 바하마 제도의 신혼여행에서 두 사람이 돌아오자 케이트는 스스럼없이 받아들였다. 더구나 진심으로 축복해주고 있는 것 같아 보였다. '어머니답지 않군.' 하고 토니는 고개를 갸웃거렸으나 '어머니에게는 아직도 이해할 수 없는 구석이 많으니까.' 하고 돌려 생각하기로 했다.

 두 사람의 결혼은 대성공이었다. 마리안느와 결혼함으로써 토니는 변했다. 주위 사람들도 뚜렷이 느낄 수 있을 정도의 변화였다. 물론 그것을 가장 먼저 깨달은 것은 케이트였다.

 토니는 출장을 갈 때면 항상 마리안느를 데리고 갔다. 두 사람은 늘 함께 놀고 웃고 즐겼다. 그런 모습을 볼 때마다 케이트는 안도의 숨을 내쉬었다.

'나는 아들을 위해 좋은 일을 한 거야.'

토니와 어머니 사이의 간격을 메워준 것은 마리안느였다. 신혼여행에서 돌아온 지 얼마 안 되어 신부가 신랑에게 제안했다.

"어머님을 저녁식사에 초대해요."

"안 돼. 당신은 아직 어머니를 잘 모르고 있어. 어머니는……."

"그렇다면 더 잘 알고 싶어요. 네? 괜찮죠?"

토니는 처음에는 완강하게 거부했지만 마지못해 승낙했다.

그러나 일단 세 사람이 저녁식사를 하고 보니 토니는 자신이 지나치게 어머니에게 신경 쓰고 있었다는 것을 알았다. 케이트는 보기 애처로울 정도로 두 사람과 함께 지내는 것을 즐거워하는 모습이었다. 그래서 그 다음 주에는 케이트 쪽이 그들을 저녁식사에 초대하게 되어 어느새 일주일에 한 번씩 만나는 것이 버릇이 되고 말았다.

케이트와 마리안느는 금방 친해졌다. 매주일 전화로 대화를 하고 일주일에 한 번 둘이서만 점심식사를 하기도 했다.

두 사람이 루테스에서 점심식사를 하게 된 어느 날, 케이트는 마리안느의 모습이 어딘가 이상하다고 느꼈다.

"위스키를 더블로 주세요. 얼음을 넣어서요."

마리안느가 주문을 했다. 그녀는 평소에는 포도주밖에 마시지 않았다.

"무슨 일이 있었니, 마리안느?"

"하레이 선생님에게 갔다 오는 길이에요."

케이트는 가슴이 설레었다.

"어디 몸이라도……."

"아니에요. 저는 건강해요. 다만……."

마리안느는 설명을 시작했다.

어느 날, 마리안느는 기분이 좋지 않는 날이 계속되어 하레이 의사에게 진찰을 받으러 갔다.

"건강하신 것 같은데요."

하레이 의사는 미소를 띠었다.

"몇 살이십니까, 블랙웰 부인?"

"스물세 살입니다."

"가족 중에 심장병을 앓은 사람이 있나요?"

"아뇨, 없습니다."

의사는 메모를 했다.

"암에 걸린 사람은?"

"없습니다."

"부모님은 생존해 계십니까?"

"아버지는 건강하세요. 어머니는 사고로 돌아가셨고요."

"유행성 이하선염을 앓은 적은요?"

"없습니다."

"홍역은?"

"네, 열 살 때 했어요."

"백일해는?"

"아직요."

"외과 수술을 받은 일은?"

"아홉 살 때 편도선 수술을 했어요."

"그밖에 입원한 일은?"

"없습니다. 아, 있습니다. 한 번, 짧은 기간이었지만……."

"무슨 병으로?"

"고고 때 하키 팀에 들어갔었는데 시합 도중 정신을 잃었습니다. 하지만 이틀 동안 입원을 했을 뿐, 대단치는 않았어요."

"시합 중에 부상을 당했나요?"

"아뇨. 그냥 정신을 잃은 것뿐이에요."

"몇 살 때였죠?"

"열여섯 살 때였습니다. 의사 선생님은 사춘기의 호르몬 언밸런스인가 뭐라고 했습니다."

존 하레이는 몸을 앞으로 내밀었다.

"정신이 들었을 때 몸 한쪽에 이상을 느끼지는 못했나요?"

마리안느는 한참 기억을 더듬었다.

"그랬습니다. 오른쪽이었는데 2, 3일 지나니 낫더군요. 그 후 아무런 일도 없었습니다."

"두통이 있었나요? 눈이 흐릿하거나?"

"네, 잠깐. 하지만 곧 없어졌어요."

마리안느는 불안해졌다.

"어디가 나쁜 건가요? 하레이 선생님."

"자세히는 모릅니다. 만일의 경우를 위해서 간단한 검사를 해봅시다."

"어떤 검사죠?"

"뇌혈관 검사입니다. 걱정할 필요는 없습니다. 간단히 끝나니까요."

사흘 뒤 간호사가 전화를 걸어 마리안느에게 병원으로 와달라고 했다. 존 하레이는 진찰실에서 기다리고 있었다.

"이제야 수수께끼가 풀렸습니다."

"어디 나쁜 곳이라도?"

"아닙니다. 블랙웰 부인, 뇌혈관을 보니 부인은 가벼운 뇌일혈을 일으킨 것이더군요. 의학적으로는 베리애니어리점이라고 하는데 여성에게 흔히 있는 것이죠. 특히 10대 소녀에게요. 뇌의 모세혈관이 터져서 극히 소량의 혈액이 스며 나오는 것입니다. 그 압력으로 두통이나 눈이 흐릿한 증세가 생기지만 고맙게도 그런 증세는 내버려두면 저절로 낫습니다."

마리안느는 동요하면서도 의사의 설명을 침착하게 들었다.

"그러니까…… 어떻게 되는 거죠? 재발한다는 말씀이신가요?"

"아닙니다. 그런 일은 아마 없을 겁니다."

하레이 의사는 미소 지었다.

"다시 하키 팀에 들어가지만 않으면 정상적인 생활에는 아무런 지장이 없습니다."

"승마나 테니스를 자주 하는데요, 그것은?"

"적당히만 하면 무엇을 하든 상관없습니다. 테니스도 부부생활도 문제없습니다."

"아, 잘 됐군요."

마리안느는 안도의 미소를 띠었다. 그녀가 일어나려고 하자 존 하레이가 그녀를 다시 불러 세웠다.

"아, 한 가지가 있습니다. 블랙웰 부인, 자녀를 갖고 싶다면 양자를 들이시는 것이 좋겠습니다."

마리안느는 그 자리에 얼어붙은 듯이 서 있었다.

"완전히 정상이라고 하지 않으셨나요?"

"그렇습니다. 하지만 임신을 하면 혈압이 올라가지요. 그리고 출산 전 8주에서 6주쯤에 다시 혈압이 올라갑니다. 동맥류의 지금까지의 케이스를 보면 그런 경우 대단히 위험성이 높습니다. 위험하다는 것은…… 목숨을 잃을 수도 있다는 것입니다. 최근에는 양자 결연 수속도 매우 손쉬워졌지요. 내가……."

더 이상 마리안느는 듣고 있지 않았다. 토니의 목소리가 머릿속에서 들려오고 있었다.

'아이가 갖고 싶어. 당신과 꼭 닮은 예쁜 아이를…….'

"저는 더 이상 듣고 있을 수가 없었어요."

마리안느는 케이트에게 말했다.

"병원을 뛰쳐나와 그 길로 곧장 이리로 왔어요."

케이트도 몹시 동요했지만 마리안느가 눈치를 채지 못하게 하려고 필사적으로 노력했다. 청천벽력과 같은 충격이었지만 방법은 있을 것 같았다. 자신은 언제 어느 때나 타개책을 강구해오지 않았던가. 케이트는 억지로 웃는 모습을 보였다.

"별것 아닌 일을 가지고 그러는구나. 나는 나쁜 일인 줄 알고 몹시 걱정했지."

"하지만 어머님, 토니는 무척 아이를 원하고 있어요."

"하레이 선생님은 옛날부터 과장이 심한 분이셔. 오래전에 있었던 조그마한 일을 가지고 걱정할 필요 없다. 선생님은 만일에 대비해서 과장해서 말한 것이니 신경 쓸 것 없어. 의사들은 원래 그렇잖아."

케이트는 마리안느의 손을 다정하게 잡았다.

"지금은 아무렇지도 않지?"

"기분은 괜찮은데요, 다만……."

"그럼 괜찮은 거야. 늘 기절할 것 같은 증세는 아니지?"

"그런 건 아니에요."

"그럼 벌써 회복된 거야. 하레이 선생님도 저절로 낫는다고 했다면서?"

"위험이 있을지도……."

케이트는 한숨을 쉬었다.

"마리안느, 임신은 언제나 위험한 거야. 인생이란 항상 위험과 함께 살아가는 것인지도 모르지. 살아가는 데 있어서 중요한 것은 어느 쪽 위험에 자신의 삶을 걸어야 가치가 있을까 결정하는 거야. 그렇게 생각하지 않아?"

"네, 그렇군요."

마리안느는 생각에 잠겼다. 그리고 결심한 듯이 말했다.
"어머님 말씀이 맞아요. 토니에게는 말씀하지 마세요. 걱정만 하게 될 테니까요. 저와 어머님 두 사람만의 비밀로 해주세요."
케이트는 생각했다.
'마리안느를 이렇게 겁주다니, 허풍쟁이 의사 같으니라고!'
"좋아, 두 사람만의 비밀이야."
케이트도 동의했다.

3개월 후 마리안느는 임신했다. 토니는 매우 기뻐했고, 케이트도 은밀히 쾌재를 외쳤다. 존 하레이 의사는 경악했다.
"중절수술을 해야 합니다."
의사가 마리안느에게 경고했다.
"아니에요, 선생님. 저는 아무렇지도 않아요. 아이를 낳겠어요."
마리안느에게서 그 말을 들은 케이트는 존 하레이의 진찰실로 쳐들어갔다.
"우리 며느리에게 중절수술을 권하다니 도대체 어쩔 셈이죠?"
"케이트, 그전부터 마리안느에게 경고해두었지만 이대로 출산 때까지 가면 모체가 위험합니다."
"그런 것을 어떻게 장담해요? 마리안느는 튼튼한 아이예요. 공연한 걱정하도록 자꾸 그러지 말라고요!"

해산을 두 달쯤 남긴 2월 초순의 어느 새벽, 갑자기 마리안느의 진통이 시작되었다. 아내의 신음소리에 잠을 깬 토니는 허둥지둥 옷을 입었다.
"조금만 참아, 여보. 곧 병원으로 데려다줄 테니까."
진통은 점점 더 심해졌다.
"부탁이에요. 서둘러주세요."

마리안느는 하레이 의사의 충고를 토니에게 얘기할까 하고 생각했다.
'그만두자. 어머님이 옳을 거야. 그리고 내가 결정한 일이고……. 인생은 이렇게도 멋진데 설마 하느님이 내게 그런 무서운 벌을 내리시지야 않겠지.'
두 사람이 병원에 도착하자 준비는 모두 갖추어져 있었다. 마리안느는 진찰실로 옮겨지고 토니는 대합실로 들어갔다. 마리안느의 혈압을 잰 매트슨 산부인과 의사는 얼굴을 찡그렸다. 다시 한 번 측정하고 나서 그는 간호사에게 명했다.
"수술실로 옮겨요, 빨리!"

토니가 병원 복도에 있는 자동판매기에서 담배를 사고 있으려니 등 뒤에서 귀에 익은 목소리가 들렸다.
"정말 그래? 그것이 렘브란트가 아니라면……."
토니가 돌아다보니 도미니크의 아파트 앞에서 만난 적이 있는 근육질의 사나이였다. 벤이라는 이름이 아니었던가. 사나이는 토니를 증오가 담긴 표정으로 노려보았다. 질투일까? 도미니크가 그에게 뭐라고 얘기한 걸까. 그때 마침 도미니크가 모습을 나타내며 벤에게 말했다.
"미셸린은 응급실에 있다고 간호사가 말하더군요. 가보자고요."
그때 도미니크는 놀란 눈으로 토니를 쳐다보았다.
"토니! 여기서 뭘 하고 있어요?"
"아내가 출산을 하려고 해서……."
"어머니가 찾아준 마누라인가?"
벤이 말했다.
"무슨 소리야?"
"도미니크가 말하더군. 젊은 친구. 자네 어머니는 자네의 모든 것을 지배한다고 말이야."

"벤! 닥쳐요!"

"왜 그래? 사실 얘기인데. 당신이 그랬잖아."

토니는 도미니크에게 물었다.

"이 녀석이 무슨 말을 하고 있는 거지?"

"아무것도 아니에요."

도미니크가 당황한 채 말했다.

"벤, 빨리 가요."

그러나 벤은 완전히 흥분해서 횡설수설 뇌까렸다.

"나도 자네와 같은 엄마가 있으면 좋겠어, 젊은 친구. 함께 자고 싶은 미인 모델이 있으면 돈으로 주선해주고, 개인전을 열고 싶다면 수배를 해주고 말이야. 자네는······."

"이봐, 머리가 어떻게 된 거 아니야?"

"내가?"

벤이 도미니크를 보며 빈정거렸다.

"이 녀석은 아무것도 모르고 있나 보지?"

"내가 뭘 모른다는 거지?"

토니가 다그쳐 물었다.

"아무것도 아니에요."

"파리의 개인전도 어머니가 수배한 것이라고 도미니크가 말했는데 거짓말이었나?"

토니는 도미니크의 얼굴을 뚫어져라 응시했다.

"거짓말이지?"

"정말이에요."

도미니크는 마지못해 대답했다.

"게오르그에게 돈을 주고 개인전을 열도록 했단 말이야?"

"토니, 게오르그는 당신 그림을 좋아했었어요."

"미술 평론가 일도 말해줘."

벤이 부추겼다.

"그만두지 못해요, 벤!"

도미니크가 돌아서서 나가려고 했으므로 토니는 그녀의 팔을 낚아채듯이 잡고 붙들어 세웠다.

"기다려! 그럼 듀소가 내 개인전에 온 것도 어머니 지시였나?"

"네, 그래요."

도미니크의 목소리는 모기소리만큼 가늘었다.

"그 사람은 내 그림을 혹평했잖아."

도미니크는 토니의 고통으로 일그러진 얼굴을 차마 볼 수가 없었다.

"아니에요. 그게 아니라고요. 앙드레 듀소는 당신 어머니에게 솔직하게 말했대요. 당신은 위대한 화가가 될 수 있는 자질이 있다고요."

토니가 경악의 눈으로 도미니크의 얼굴을 응시했다.

"어머니가 듀소에게 돈을 주어 나를 파멸시켰단 말인가?"

"아니에요. 파멸시킨 것이 아니에요. 어머니는 당신이 그렇게 하는 것만이 최선이라고 생각하신 거예요."

어머니의 자기중심적인 행동에 토니는 충격을 받았다.

물건의 가격은 잘 알고 있지만 물건의 가치를 전혀 모르고 있는 인간에 대해서 오스카 와일드가 쓴 글이 있다. 그것이야말로 케이트에게 해당되는 것이었다.

케이트에게는 모든 것이 회사를 위해서만 존재했으며, 회사는 케이트 블랙웰 그 자체였다.

수술실에서는 의사들이 마리안느의 목숨을 구해내려고 혼신을 다해 매달리고 있었다. 그녀의 혈압은 자꾸만 내려가고 심장의 고동도 약해져 가고 있었다. 산소 흡입과 수혈을 받았지만 이미 손을 쓸 수가 없었다. 마리안느는 쌍둥이의 첫아이를 낳는 것과 동시에 대뇌 출혈을 일으켜 의식

불명이 되었으며, 두 번째 아이를 낳고는 3분 만에 숨을 거두었다.

  토니는 자신을 부르는 소리를 들었다.
"블랙웰 씨."
그가 돌아보자 매트슨 의사가 옆에 서 있었다.
"아이가 태어났습니다. 쌍둥이인데 모두 미인이에요. 몸도 건강합니다. 블랙웰 씨."
토니는 의사의 눈을 들여다보았다.
"마리안느는…… 괜찮죠?"
매트슨 의사는 심호흡을 했다.
"노력은 했습니다만 유감스럽게도 돌아가셨습니다. 원인은……."
"아내가 어떻게 됐다고요?"
토니는 소리를 지르며 의사의 멱살을 잡고 흔들었다.
"거짓말이지? 아내가 죽다니……."
"블랙웰 씨……."
"마리안느는 어디 있소? 만나봐야겠어."
"지금은 안 됩니다. 지금 준비를 하고 있는 중……."
토니는 악을 썼다.
"네놈이 죽였구나! 이 엉터리 의사 같으니라고! 네가 죽였지!"
주먹을 휘두르는 것을 2명의 인턴이 말렸다.
"참으세요, 블랙웰 씨!"
토니는 미친 듯이 저항했다.
"아내를 만나게 해줘!"
존 하레이 의사가 허둥지둥 그곳으로 달려왔다.
"놓아드리게!"
하레이가 명령했다.

"두 사람만 있게 해주게."

매트슨 의사와 인턴은 그곳을 떠났다. 토니는 오열을 하면서 말했다.

"존, 놈들이 마리안느를 죽였어요. 저놈들은 살인자라고요."

"마리안느는 죽었습니다, 토니. 유감이지만 아무도 죽인 것이 아니에요. 벌써 몇 달 전에 마리안느에게 충고를 했습니다. 중절수술을 하지 않으면 위험하다고요."

토니는 그 말의 의미를 이해할 때까지 한참의 시간이 걸렸다.

"무슨 말씀을 하고 있는 겁니까?"

"마리안느가 당신에게 아무런 얘기도 하지 않았습니까? 어머님도 아무 말씀이 없었나요?"

토니는 의사를 뚫어질 듯이 바라봤다. 전혀 이해가 안 간다는 눈치였다.

"어머니가요?"

"어머니는 내가 과장해서 말한다고 생각하셨던 모양입니다. 그래서 마리안느에게 그냥 아기를 낳으라고 조언했습니다. 정말 안됐습니다. 조금 전에 아이를 보고 왔는데 두 아이 모두 귀엽더군요."

그 순간 토니의 모습은 어디론가 사라지고 없었다.


케이트의 집사가 현관문을 열었다.

"안녕하십니까, 블랙웰 씨."

"안녕, 레스터."

"어디가 편찮으십니까? 도련님."

집사는 토니의 헝클어진 머리칼을 보며 말했다.

"괜찮아. 커피 한 잔 주겠나?"

"알겠습니다."

토니는 집사가 부엌으로 가는 것을 보고 있었다.

'지금이다, 토니.'

머릿속에서 명령하는 소리가 들렸다.

'아, 지금이구나.'

토니는 트로피실로 들어가 가지런하게 진열되어 있는 캐비닛 앞에 멈춰 서서 을씨년스럽게 빛나고 있는 죽음의 무기를 응시했다.

'캐비닛을 열어라!'

토니는 캐비닛을 열고 리볼버 권총을 꺼내어 탄환을 확인했다.

'그녀는 이층에 있다, 토니.'

토니는 이층으로 올라가기 시작했다.

'이제야 겨우 알 수 있다. 어머니가 이런 짓을 하는 것은 악마에 씌워 있기 때문이다. 어머니를 구해주지 않으면 안 된다. 회사가 어머니의 영혼을 빼앗아버린 것이므로 그녀에게만 책임을 씌우는 것은 가혹하다. 어머니와 회사는 일체가 되어 있으니 어머니를 죽인다면 회사도 망해버릴 것이다.'

토니는 케이트의 침실 앞까지 왔다.

'문을 열어라.'

머릿속의 목소리가 명령했다.

토니는 문을 열었다. 케이트는 거울 앞에서 화장을 하고 있었다.

"토니, 이게 도대체 무슨 일……."

토니는 신중하게 겨냥을 하고 방아쇠를 당겼다.

\*

장자 상속권―맏아들에게 가문의 명예와 재산이 주어지는 권리―은 오랜 역사 속에 완전히 정착되어 있었다. 유럽 왕실에서 왕위 계승자가 탄생할 때는 반드시 고관이 입회하는 관례가 있다. 만에 하나 쌍둥이가 태어났을 때 상속권 문제로 분쟁이 일어나는 것을 방지하기 위해서이다.

매트슨 의사도 최초에 태어난 아이에게 세심한 주의를 기울여 표시를 해놓았다.

모두들 블랙웰 집안의 쌍둥이는 지금까지 본 적이 없는 귀여운 갓난아기라고 칭찬했다. 이에 이의를 제기하는 사람은 없었다. 쌍둥이는 드물게 볼 정도로 건강하고 예뻤기 때문에 간호사들은 공연한 이유를 둘러대며 쌍둥이를 보러 올 정도였다. 그렇게까지 사람들을 끌어들인 이유는 이 아기들의 가계에 얽힌 재미있는 얘기들도 한몫 거들고 있었다.

갓난아기의 어머니는 두 아이를 낳는 것과 동시에 죽었고 아버지는 자취를 감췄으며, 또 아버지가 자기 어머니를 살해하려 했다는 소문도 나돌았으나 사실을 확인할 수 있는 사람은 아무도 없었다.

이 사건에 대해서 신문은 토니 블랙웰은 아내의 죽음에 의한 충격으로 신경쇠약에 걸려 은퇴를 했다고 간단히 보도했을 뿐이었다.

기자가 하레이 의사에게 질문을 하면 대답은 언제나 노코멘트였다. 존 하레이에게 있어서 지난 며칠 동안은 지옥의 나날이었다. 집사로부터 다급한 전화를 받고 케이트의 침실로 달려가서 본 광경은 평생 잊을 수가 없을 것 같았다.

케이트는 의식을 잃고 바닥에 쓰러져 있었으며 총탄이 목과 가슴에 맞아 흘러나온 피가 흰 카펫을 새빨갛게 물들이고 있었다. 그 옆에서 토니는 어머니의 옷장에서 드레스를 끄집어내어 가위로 싹둑싹둑 자르고 있었다.

하레이 의사는 즉각 구급차를 불렀다. 맥박을 재보니 희미하게 뛰고 있었다. 케이트의 얼굴에서는 핏기가 완전히 가서 있었으며 쇼크 상태에 빠져 있는 것 같았다.

하레이는 아드레날린과 중탄산나트륨 주사를 놓았다.

"무슨 일이 있었습니까?"

의사가 물었다. 집사는 쉴 새 없이 땀을 흘렸다.

"저는…… 잘 모르겠습니다. 도련님이 커피를 달라고 하셔서 부엌으로 갔는데 총소리가 들렸습니다. 달려와 보니 부인께서 이렇게 쓰러져 계셨습니다. 도련님은 부인을 내려다보고 서서 이렇게 말씀하셨습니다. '더 이상 어머니를 해치는 녀석이 없도록 내가 죽여주었어.' 그러고는 옷장으로 가서 옷을 꺼내서는 자르기 시작하셨습니다."

하레이 의사가 토니에게 물었다.

"무엇을 하고 있나요 토니?"

토니는 거칠게 가위질을 하고 있었다.

"어머니를 도와주고 있어요. 회사를 엉망진창으로 만들고 있는 거라고요. 회사가 마리안느를 죽였으니까요."

토니는 케이트의 옷을 계속 잘라내고 있었다.

케이트는 크루거 브렌트 소유 사립병원으로 옮겨졌다. 총탄 적출 수술 중 네 번이나 수혈을 했을 정도였다. 토니를 구급차에 태우는 데는 세 사람의 간호사가 그를 붙들어야 했다. 하레이 의사가 놓는 주사를 맞고 토니는 간신히 조용해졌다. 브래드가 어떤 조치를 취했는지 의사로서는 알 수 없었지만 이 총격 사건은 세상에 알려지지 않았다.

하레이 의사는 케이트를 만나러 중환자실로 갔다. 케이트의 음성은 갈라져 있었다.

"토니는 어디에 있죠?"

"보호받고 있어요, 케이트. 걱정할 것 없습니다."

토니는 코네티컷 사설요양소에 있었다.

"존, 그 애가 왜 나를 죽이려고 했을까요? 왜죠?"

듣기가 애처로울 정도로 비통한 목소리였다.

"마리안느가 죽은 것이 당신 잘못이라고 생각하는 것 같습니다."

"그런 터무니없는 일을!"

존 하레이는 더 이상 말하지 않았지만 '마리안느의 죽음은 당신에게 얼마간 책임이 있습니다'라는 뜻을 내포하고 있었다.

하레이 의사가 돌아간 다음에도 케이트는 누워서 이 말에 대한 반론을 계속하고 있었다.

'나는 마리안느를 좋아했어. 토니를 행복하게 해준 것은 마리안느였으니까. 내가 한 일은 모두 너를 위해서였어. 내 꿈은 모두 너를 위한 것이었어. 그런데도 넌 어째서 내 마음을 몰라주는 거지?'

그런 생각을 하자 케이트는 괴로워서 죽고 싶었다.

'하지만 나는 옳다고 믿고 있는 일을 한 것이다. 잘못된 것은 주위 사람들이었다. 토니는 나약한 인간이다. 그리고 모두가 비겁자들이다. 아버지도 자식의 죽음을 직면할 수 없을 정도로 나약했다. 어머니 역시 나약해서 혼자 살아나가지 못했다. 그러나 나는 약하지 않다. 나는 이런 사태쯤은 직면해나갈 수 있어. 어떤 일에도 직면할 수가 있다고. 사는 거야. 살아남지 않으면 안 돼. 회사를 살아남게 하지 않으면 안 된다고.'

제5부

이브와 알렉산드라

1950년~1975년

케이트는 다크하버에서 건강을 회복했다. 태양과 바다가 상처를 치료해준 것이다.

토니는 사설요양소에서 최고의 치료를 받고 있었다. 파리와 비엔나와 베를린에서 저명한 정신과 의사가 와서 토니를 진찰하고 검사했지만 어떤 의사의 진단도 마찬가지였다. 그는 살인성 정신분열증에다 편집병 환자라는 것이다.

"아드님은 약물치료에도, 정신요법에도 효과를 나타내지 않고 있고 지금까지도 광포합니다. 따라서 감금해두지 않을 수 없는 상태입니다."

"어떤 식으로 감금하고 있나요?"

케이트가 물었다.

"벽에 스펀지를 두껍게 댄 독방에 가두어 놓았습니다. 24시간 내내 환자용 특수복을 입혀두지 않으면 안 됩니다."

"꼭 그렇게 해야 할 필요가 있나요?"

"그렇게 하지 않으면 옆에 있는 사람을 모조리 죽이려 듭니다."

케이트는 고통스러운 나머지 눈을 감았다. 지금 듣고 있는 것은 귀엽고 사랑스러운 아들 토니의 일이 아니었다. 뭔가에 씌운 낯선 인간의 일인 것이다. 케이트는 눈을 떴다.

"다른 치료법은 없나요?"

"그의 마음에 접근하지 못하는 한, 방법이 없습니다. 현재는 약물 투여로 억제하고 있습니다만 약효가 떨어지면 다시 광포해지지요. 이런 치료를 언제까지나 계속할 수는 없습니다."

케이트는 의자에서 일어났다.

"무슨 말을 하고 싶은 거죠, 선생님?"

"비슷한 케이스에서 뇌의 극히 일부를 절제하면 놀랄 만큼 효과가 있다는 것이 확인되었습니다."

케이트는 긴장했다.

"뇌엽 절제 말입니까?"

"그렇습니다. 수술을 해도 정상적인 생활은 할 수 있지요. 사회에서 적극적으로 활동하는 감정은 상실하겠지만요."

케이트는 다시 주저앉아버렸다. 전신에 얼음물을 뒤집어쓴 것 같았다. 메닝거 병원의 젊은 의사인 모리스가 침묵을 깨고 입을 열었다.

"어려운 결단이라는 것은 충분히 알고 있습니다. 결론은 서두르지 않아도……."

"그 아이를 고뇌에서 구하기 위해 그 방법밖에 없다면, 수술이 불가피하겠지요. 부탁합니다."


프레데릭 호프만은 손녀들을 데려가고 싶어했다.

"아이들을 독일로 데려갔으면 좋겠어요."

딸의 죽음으로 그는 단박에 20년이나 늙은 것처럼 보였다. 케이트는 미안한 느낌이 들었지만 토니의 자식을 넘겨줄 생각은 추호도 없었다.

"갓난아기에게는 여자 손이 필요하답니다. 마리안느도 이곳에서 키우고 싶었을 거예요. 언제든 만나러 와 주세요."

호프만 백작은 어쩔 도리가 없었다.

쌍둥이는 케이트가 맡게 되어 저택 안에 육아실이 마련되었다. 케이트는 많은 응모자 가운데 신중하고 세심한 면접을 통해 솔랑쥬 두나라는 이름의 젊은 프랑스 여성을 가정교사로 고용했다.

케이트는 장녀를 이브, 차녀를 알렉산드라라고 이름 붙였다. 둘은 일란성 쌍둥이였으므로 누가 언니이고 동생인지 잘 구별이 안 되었다. 두 아이를 마주 대해 놓으면 마치 거울을 가운데 끼워놓은 것 같았다.

케이트는 토니와 마리안느가 만들어낸 기적 같은 일에 경탄을 금할 수 없었다.

두 아이 모두 영리하고 움직임도 민첩하고 반응도 빨랐지만, 몇 주일 지나자 이브 쪽이 좀 더 성장이 빠른 것처럼 보였다.

알렉산드라도 그다지 늦지는 않았지만 언제나 주도권을 쥐고 있는 것은 이브 쪽이었다. 알렉산드라는 언니를 따르고, 언니가 하는 일이라면 무엇이든 흉내 내려고 했다.

케이트는 손녀들을 위해 될 수 있는 한 많은 시간을 냈다. 그리고 또다시 꿈을 꾸었다.

'언젠가 내가 나이를 먹어 은퇴하게 될 때는……'

쌍둥이의 돌이 되자 케이트는 성대하게 파티를 열었다. 두 아이 모두 똑같은 생일 케이크를 받았고 수많은 사람들로부터 똑같은 많은 선물을 받았다.

눈 깜짝할 사이에 두 번째 생일이 찾아왔다.

시간이 흐르는 것은 빨랐다. 쌍둥이는 무럭무럭 잘 자랐다. 크면서 두 아이의 성격이 보다 선명하게 나타났다. 이브는 대담하고 강한 반면, 알렉산드라는 섬세하고 소극적인 성격으로 언제나 언니의 말을 따랐다.

'부모가 없더라도……. 자매끼리 이토록 사이가 좋으니 얼마나 감사

한 일인가.'

케이트는 곰곰 생각했다. 그러나 다섯 번째 생일날, 이브는 알렉산드라를 죽이려고 했다.

창세기 25장 22절과 23절에 이렇게 쓰여 있다.
"뱃속에 든 두 아이가 서로 싸우므로 그녀는 이렇게 괴로워서야 어디 살겠는가! 하면서 야훼께 그 까닭을 물으러 나갔다. 야훼께서 그녀에게 말씀하셨다. 너의 태에는 두 민족이 들어 있다. 태에서 나오기도 전에 두 부족으로 갈라졌는데, 한 부족이 다른 부족을 억누를 것이다. 형이 동생을 섬기게 될 것이다."

이브가 동생 알렉산드라를 섬길 소지는 어느 구석에도 없었다.

이브는 철이 들면서부터 동생을 미워하기 시작했다. 누구든지 알렉산드라를 안아주거나 머리를 쓰다듬거나 선물을 주거나 하면 그를 미워했다. 이브는 입 밖에는 내지 않았지만 자기가 푸대접 받는 것 같은 느낌이 들어 화가 났다.

이브는 무엇이든 혼자 독점하고 싶었다. 그녀는 알렉산드라가 자기와 닮은 것도 싫었다. 자기와 똑같은 옷을 입고 할머니의 사랑까지 나누어 갖는 것이 싫었다. 알렉산드라는 언니를 좋아하고 있었으므로 이브는 더욱 동생을 업신여기고 미워했다.

솔랑쥬 두나가 엄격하게 교육을 시켰으므로 두 아이는 큰 소리로 기도를 했다. 그러나 기도 끝에 이브는 언제나 마음속으로 이렇게 덧붙였다. 하느님, 알렉산드라를 죽게 해주세요.

그 기도가 이루어지지 않는 것을 알게 된 이브는 자기 손으로 결행하기로 마음먹었다. 다섯 번째 생일이 며칠 앞으로 다가와 있었다. 더 이상 알렉산드라와 생일을 함께 지내는 것이 싫은 이브는 동생을 죽이기로 마음먹었다.

생일 전날 밤 이브는 침대에 누워 있었지만 눈은 말똥말똥 뜨고 있었다. 이브는 가정부가 잠든 것을 확인한 뒤 알렉산드라의 침대로 가서 동생을 흔들어 깨웠다.

"알렉산드라!"

이브는 속삭였다.

"부엌에 가서 생일 케이크 구경하자."

알렉산드라는 졸린 듯이 대답했다.

"모두 자고 있는데?"

"아무도 깨우지 않으면 되잖아."

"두나 선생님이 알면 혼낼 텐데, 내일 아침에 봐도 되잖아."

"나는 지금 보고 싶어. 갈래, 안 갈래?"

알렉산드라는 눈을 비볐다. 케이크 따위는 아무래도 괜찮았지만 언니 기분을 상하게 하고 싶지 않았다.

"갈게."

알렉산드라는 대답하고 나서 침대에서 내려와 슬리퍼를 신었다. 두 사람 모두 핑크색 나일론 잠옷을 입고 있었다.

"나를 따라와. 소리 내면 안 돼."

"알았어."

두 사람은 몰래 침실을 빠져나왔다. 긴 복도로 나와 두나의 방 앞을 지나 부엌으로 통하는 뒷 계단을 내려갔다. 부엌은 엄청나게 넓었다. 요리용 스토브가 2대, 오븐이 6대, 냉장고가 3대에 냉동기가 1대 있었다. 케이크는 냉장고 안에 있었다. 요리사인 테일러 부인이 만들어서 넣어놓은 것이다. 2개의 케이크에는 모두 '축 생일'이라고 쓰여 있고 이름이 적혀 있었다.

'내년에는 이 케이크가 하나가 될 거야.'

이브는 생각만 해도 즐거웠다.

이브는 냉장고 속에서 알렉산드라의 케이크를 꺼내어 부엌 중앙에 있는 조리대 위에 올려놓았다. 그리고 서랍을 열고 화려한 색깔의 양초 상자를 끄집어냈다.

"뭘 하는 거야?"

알렉산드라가 물었다.

"양초에 불을 붙여보려고."

이브는 상자에서 양초를 꺼내어 케이크에 꽂기 시작했다.

"그런 짓을 하면 안 돼. 케이크가 못 쓰게 되잖아. 테일러 부인이 화낼 거야."

"괜찮다니까."

이브는 다른 서랍을 열고 커다란 부엌용 성냥을 꺼냈다.

"이리로 와서 거들어줄래?"

"나는 침대로 돌아가고 싶어."

그러자 이브는 동생에게 화를 냈다.

"좋아, 침대로 가렴. 겁쟁이 간으니라고. 나 혼자서 하겠어."

알렉산드라는 망설였다.

"나는 뭘 하면 좋지?"

이브는 성냥 한 상자를 동생에게 주었다.

"양초에 불을 붙이는 거야."

알렉산드라는 불이 무서웠다. 두 사람 모두 성냥을 가지고 장난하는 것의 위험성에 대해서는 귀가 따갑도록 주의를 받아왔다. 그것을 지키지 않았던 아이들의 끔찍한 얘기를 몇 번씩이나 들었다. 그렇기는 하지만 언니를 실망시키고 싶지 않았으므로 알렉산드라는 순순히 양초에 불을 붙이기 시작했다. 이브는 그런 동생을 꼼짝 않고 바라보고 있었다.

"너는 참 바보구나. 이쪽 양초가 아직 남아 있잖아."

이브가 그렇게 말했다.

알렉산드라는 맞은편의 조금 먼 곳에 있는 양초에 불을 붙이기 위해 몸을 내밀었으므로 이브에게 등을 돌리게 되었다.

그 순간 이브는 성냥을 켜서 자기가 들고 있는 성냥 상자에 불을 옮겨 붙였다. 불길이 솟아오르자 이브는 성냥 상자를 알렉산드라의 발밑에 떨어뜨렸다. 그 순간 알렉산드라의 잠옷에 불이 옮겨 붙었다. 자기 옷에 불이 붙었다는 것을 알자 알렉산드라는 비명을 질렀다.

"살려줘! 살려줘!"

이브는 불타는 잠옷을 바라보며 자기 솜씨에 만족했다. 알렉산드라는 너무 무서워서 넋이 나간 듯 옴짝달싹도 못하고 있었다.

"꼼짝 말고 있어! 양동이에 물을 길어올 테니까."

이브가 말했다.

식기실로 향하는 이브의 심장은 기쁨으로 방망이질치고 있었다.


알렉산드라의 목숨을 구한 것은 공포영화였다. 블랙웰가 요리사인 데일러 부인은 이따금 잠자리를 함께하는 경관과 영화구경을 갔다. 그날 밤 영화에서는 시체와 손발을 절단당하는 장면이 계속 나와서 테일러 부인은 더 이상 보고 있을 수가 없었다. 목을 자르는 장면이 한창일 때 부인이 경관에게 말했다.

"리처드, 당신 직업에서는 흔히 볼 수 있는 일이겠지만, 나는 더 이상 볼 수가 없어요."

리처드 도티 경사는 마지못해 테일러 부인의 뒤를 따라 영화관을 나왔다. 그리고 그들은 예정보다 한 시간 일찍 블랙웰의 저택에 도착했다. 테일러 부인이 뒷문을 연 순간 부엌에서 알렉산드라의 비명소리가 들려왔다. 테일러 부인과 도티 경사는 안으로 뛰어들어가 그 광경을 목격했다.

경관이 알렉산드라에게 달려들어 타오르는 잠옷을 찢어 벗겼다. 알렉산드라의 다리와 엉덩이가 화상으로 부풀어 올라 있었지만 불길은 다행히도 머리칼이나 얼굴에는 미치지 않고 있었다.

알렉산드라는 그대로 정신을 잃고 말았다. 테일러 부인은 냄비에 물을 떠다가 바닥에서 타고 있는 불 위에 쏟아 부었다.

"구급차를 불러요!"

도티 경사가 말했다.

"블랙웰 부인은 집에 계신가요?"

"이층에서 주무시고 계실 거예요."

"깨워요!"

테일러 부인이 구급차를 부르고 수화기를 내려놓자 부엌에서 커다란 목소리가 들렸다. 이브가 히스테리를 일으킨 듯 흐느껴 울면서 냄비에 물을 떠가지고 와서 물었다.

"알렉산드라는 죽었어요?"

이브는 큰 소리로 흐느끼고 있었다.

"죽었나요?"

테일러 부인은 이브의 팔을 잡고 달랬다.

"아니에요, 아가씨. 알렉산드라는 무사해요. 곧 괜찮아질 거예요."

"나 때문이에요."

이브는 흐느꼈다.

"알렉산드라가 자기 케이크에 불을 붙여보고 싶다고 했어요. 그런 일은 내가 못하게 했어야 하는데……."

테일러 부인은 이브의 등을 다독거렸다.

"걱정 마세요, 아가씨 탓이 아니에요."

"서, 성냥 상자가 내 손에서 미끄러져 떨어졌어요. 그래서 알렉산드라에게 불이 옮겨 붙었어요. 무, 무서웠어."

도티 경사는 이브의 놀란 모습을 보고 안쓰러워하며 동정했다.

"쯧쯧! 그랬구나……."

"알랙산드라는 다리와 등에 2도 화상을 입었습니다."

하레이 의사가 케이트에게 보고했다.

"하지만 깨끗하게 나을 겁니다. 최근에는 화상 치료법이 눈부시게 발전했으니까요. 그건 그렇고 엄청난 비극이 일어날 뻔했습니다."

"큰일 날 뻔했죠."

케이트는 대답했다.

알렉산드라의 화상을 본 케이트는 너무 끔찍해서 온몸이 자지러지는 것 같았다. 케이트는 잠시 망설이다가 입을 열었다.

"존, 그보다도 이브가 걱정되는데요."

"이브도 상처를 입었나요?"

"아니에요. 하지만 그 불쌍한 아이는 사고를 자기 탓이라고 믿고 있어요. 끔찍한 헛소리를 하고 있어요. 지난 사흘 밤은 그 아이가 잠들 때까지 옆에 붙어 있지 않으면 안 될 정도였어요. 정신적으로 상처를 입지 않았으면 좋으련만. 이브는 감수성이 예민한 아이니까요."

"어린애들은 금세 잊어버릴 수가 있습니다. 케이트. 하지만 무슨 문제가 있으면 연락해주세요. 소아과 의사를 소개해드릴 테니까요."

"고마워요."

케이트는 하레이 의사에게 진정으로 감사해하며 말했다.

이브는 몹시 기분이 언짢았다. 생일파티가 취소된 것이다.

'알렉산드라 때문에 이렇게 된 거야.'

이브는 못마땅하게 생각했다. 알렉산드라의 화상 자국은 흔적도 없이 나았다. 이브도 깨끗이 죄의식을 잊어버렸다.

케이트는 이렇게 타일렀다.

"사고는 누구에게나 일어날 수 있는 것이니 자신을 책망하지 마라."

이브는 물론 자신을 책망하거나 하지 않았다. 아니, 오히려 테일러 부인을 원망했다.

'하필 그 여자는 왜 그때 들어와서 일을 망쳐놓았을까.'

토니가 감금되어 있는 요양소는 코네티컷 주의 한적한 산림지대에 있었다. 케이트는 한 달에 한 번씩 그를 만나러 갔다. 뇌엽 절제는 성공적이었다. 이미 토니에게서는 광포한 구석을 찾아볼 수가 없었다. 그는 케이트를 알아보는 모양으로 만나면 언제나 정중하게 이브와 알렉산드라의 안부를 물었다. 그러나 아이들을 만나려고 하지는 않았다. 그리고 어떤 일에도 관심을 보이지 않았다. 하지만 토니는 행복한 듯이 보였다.

"토니는 하루 종일 아무것도 하지 않나요?"

케이트는 요양소 버거 소장에게 물어보았다.

"천만에요, 블랙웰 부인. 몇 시간씩 앉아서 그림을 그립니다."

토니는 이제야 자신의 세계에 몰두해 그림을 그리고 있었다. 케이트는 그 총명한 의지가 영원히 상실되지는 않았을 것이라고 믿고 있었다.

"어떤 것을 그리고 있죠?"

소장은 난처한 듯이 대답했다.

"무엇을 그리고 있는지는 잘 모르겠습니다."

*

이브와 알렉산드라는 어느새 7세가 되어 금발을 길게 기른 아름다운 소녀가 되었다. 용모는 더할 수 없이 아름다웠고 눈은 영락없이 맥그리거 집안의 특징을 물려받고 있었다. 두 아이는 꼭 닮았지만 성격은 전혀 달랐다.

알렉산드라는 온순했으므로 케이트는 아들 토니를 연상했다. 한편 이브의 완고함과 오만함은 자기를 닮은 것이 아닐까 생각했다.

두 아이가 학교에 갈 때는 운전수가 롤스로이스로 통학을 시켜주었는데, 알렉산드라는 그것을 싫어했지만 이브는 자랑스럽게 생각했다. 케이트는 두 아이에게 용돈을 주고 매주 사용 용도를 기입하라고 했다.

그런데 이브는 용돈이 모자라서 번번이 알렉산드라에게 빌렸다. 더구나 이브는 할머니에게 들키지 않도록 용돈 기록부의 기장을 교묘하게 속이고 있었다. 물론 케이트는 다 알아차리고 있었지만 내심 마음 든든하게 생각했다.

'불과 일곱 살밖에 안 되었는데 재치 있는 계리사의 면모를 보여주고 있구나!'

케이트는 토니가 요양소로 들어간 초기에는 언젠가 그가 회복하여 크루거 브렌트 사에 복귀할 것이라는 막연한 기대를 갖고 있었다. 그러나 그 꿈은 시간이 흘러감에 따라 이루어질 수 없었다. 그리고 마침내 단념하지 않으면 안 되었다.

토니는 짧은 시간이라면 남자 간호사의 감시를 받으며 요양소를 나올 수가 있었다. 그러나 이미 사회 복귀는 무리였다.

1962년, 크루거 브렌트 사는 점점 더 번영을 계속해나가고 있었다. 사업이 확장되어감에 따라 새로운 지도자를 양성하지 않으면 안 되었다.

케이트는 이제 70세가 되어 있었다. 그러나 머리는 하얗게 변해 있었어도 용모는 여전히 정기에 넘치고 사업욕도 왕성했다. 그렇기는 하지만 남겨진 시간이 그다지 많지 않다는 것을 케이트는 깨닫고 있었다.

'그때를 대비해두지 않으면 안 된다. 가족을 위해 회사를 지켜 나가지 않으면 안 된다.'

브래드 로저스는 유능한 지배인이었다. 그러나 블랙웰가 사람은 아니었다.

'쌍둥이가 뒤를 이을 때까지 내가 지탱해나가야 한다.'

케이트는 세실 로즈의 유언을 생각해냈다.

'이룩해놓은 일은 너무도 적고 이룩해야 할 일은 산더미처럼 많았다.'
쌍둥이는 12세가 되었다. 케이트는 지금까지도 애써 손녀들과 시간을 함께 보내왔지만 이제는 더욱 엄격한 눈으로 두 사람을 관찰했다. 중대한 결정을 내릴 때가 임박해온 것이다.

부활절에 케이트는 두 아이를 데리고 전용기로 다크하버로 날아갔다. 그때까지 쌍둥이는 요하네스버그를 제외한 모든 별장과 저택을 순회하고 있었다. 그중에서도 제일 마음에 들어 하는 곳이 다크하버였다.

두 아이는 자연을 만끽할 수 있는 섬에서의 생활을 무척 좋아했다. 다크하버에 있으면 요트놀이에다 수영, 수상스키 등 무엇이나 할 수 있었다. 그런데 이번에는 다른 때와는 뭔가 다르다고 두 아이는 느꼈다. 할머니는 하루 세 끼 식사를 언제나 함께하고 요트놀이나 수영, 그리고 승마까지도 함께했다.

두 손녀는 꼭 닮은 빛나는 아름다움을 지니고 있었기 때문에 케이트는 오히려 차이를 보이는 성격 쪽에 관심을 갖고 있었다. 두 아이가 테니스를 치고 있는 것을 베란다에서 내려다보면서 케이트는 마음속으로 결정을 내렸다.

'이브가 지배자이고, 알렉산드라는 추종자다.'

이브는 완고하고 운동신경이 발달한 반면, 알렉산드라는 온순하면서 자주 사고를 당했다. 바로 2, 3일 전만 해도 둘이서 요트를 타고 항해하다가 알렉산드라는 바다에 떨어져 하마터면 익사할 뻔했다. 이브가 키를 잡고 있을 때 갑자기 바람에 날려 기울어진 돛이 알렉산드라의 머리 위에 떨어져 배 밖으로 내던져진 것이다.

가까이에서 항해 중이던 배가 구해주어 목숨을 건졌지만 큰 사고였다. 불과 3분 늦게 태어난 것뿐인데 어째서 그렇게도 알렉산드라는 사사건건 둔하고 어쭙잖은 걸까. 이유가 어찌하든 결단을 내리지 않으면 안 되었다. 케이트는 더 이상 주저하지 않고 이브에게 모든 것을 맡기기로 했다.

100억 달러의 도박이었다. 이브에게 어울리는 배우자를 찾아주고 케이트 자신이 은퇴하면 크루거 브렌트를 계승하게 되는 것이다. 알렉산드라에게도 부유한 생활을 해나가도록 해줘야겠다고 생각했다. 케이트가 자기 손으로 설립한 자선사업 일이 좋을 것 같았다. 그 일이야말로 알렉산드라에게 안성맞춤이 아닌가. 온순하고 인정이 많은 아이니까 말이다.

케이트의 복안을 실행하는 제1단계는 적절한 학교에 이브를 입학시키는 일이었다. 사우스캐롤라이나 주에 있는 우수한 학교인 브리아크레스트 학교가 적합할 것 같았다.
"내 손녀들은 모두 착하답니다."
케이트는 여교장인 챈들러에게 말했다.
"하지만 머리는 이브가 좋은 것 같아요. 뛰어나게 우수한 아이니까요. 학교에서도 충분한 배려를 해주시겠죠?"
"우리는 모든 학생들에게 충분한 배려를 하고 있습니다. 블랙웰 부인. 이브에 관해서는 잘 알았습니다. 동생 쪽은 어떻습니까?"
"알렉산드라 말입니까? 착한 아이죠. 두 아이에 대해 정기적으로 체크해볼 생각입니다."
신통치 않은 대답을 하고 케이트는 일어났다.
그 말이 교장에게는 경고처럼 들렸다.

이브와 알렉산드라는 새로운 학교가 마음에 들었다. 그러나 이브가 좀더 마음에 들어 했다. 집으로부터 떠남으로써 보다 많은 자유를 누릴 수 있었고 할머니와 솔랑주 두나에게 신경 쓸 필요가 없어졌기 때문이었다.
브리아크레스트 학교의 규칙은 엄했지만 이브에게는 관계가 없었다. 교칙을 빠져나가는 것 따위는 이브에게 있어서는 식은 죽 먹기였다.
브리아크레스트로 전학 간다는 얘기를 처음 들었을 때 이브는 할머니에게 간청했다.
"혼자 가면 안 돼요? 제발 할머니……."
"안 된다. 알렉산드라와 함께 가야 돼."
케이트는 단호하게 말했다.
이브는 화가 나는 것을 간신히 참았다. 할머니 앞에서는 언제나 공손하고 붙임성 있는 태도를 취해야 한다고 생각했다.
이브는 권력의 계보를 잘 알고 있었다. 아버지는 정신병자로 요양소에 갇혀 있고, 어머니는 죽고 이 세상에 없다. 돈을 지배하고 있는 것은 할머니인 것이다. 어느 정도 금액인지 짐작도 할 수 없지만 할머니의 재산은 거액인 것만은 틀림없었다. 갖고 싶은 것을 전부 살 수 있을 정도로 돈이 있을 것이다. 이브는 예쁜 물건들을 갖고 싶었다. 문제가 되는 것은 알렉산드라였다.

두 사람 모두에게 마음에 드는 것은 아침 승마였다. 여학생 대부분은 자기 조교마를 가지고 있었는데 케이트는 쌍둥이가 12세가 되던 해에 각기 말을 사 주었다. 승마 교사인 제롬 데이비드는 여학생들이 마장 안을 도는 것을 보고 있었다.
"한 다리 도약, 양 다리 도약, 그리고 마지막에는 네 다리로 점프한다."
데이비드는 국내에서도 우수한 승마 교사로 손꼽히고 있었다. 몇 사람의 금메달리스트를 키웠으며 훌륭한 기수를 발견해내는 데 있어서는 형안의 소유자였다. 그런 데이비드가 놀랄 정도로 능숙하게 말을 다루고 있는 것은 이브였다. 그녀는 선천적인 기수였다. 안장에 어떻게 앉으냐, 고삐를 어떻게 잡느냐 하는 따위는 생각할 필요도 없이 말과 일체가 되어 있었다. 장애물을 뛰어넘을 때는 이브의 금발이 바람에 날려 마치 요정이 말을 탄 것 같았다. 저 학생의 가는 길을 가로막는 것은 아무것도 없을 것이라고 데이비드는 생각했다.

젊은 마부인 토미는 알렉산드라를 좋아했다. 그날 데이비드는 알렉산드라가 말에 안장을 얹는 것을 바라보고 있었다. 알렉산드라와 이브는 소매에 다른 색깔의 리본을 달아 혼동하지 않도록 하고 있었다. 다만 토미가 다른 학생을 도와주느라 바빴으므로 대신 이브가 알렉산드라를 도와주고 있었다.

드디어 알렉산드라가 말을 탈 차례가 되었는데 그 직전에 데이비드에게 전화가 걸려와서 그는 본관 쪽으로 되돌아갔다. 그 사이에 엄청난 소동이 벌어졌다.

나중에 제롬 데이비드의 얘기를 종합해보면 알렉산드라는 자기 말을 타고 마장을 일주해 처음의 낮은 점프로 옮겨가려고 했다. 그때 어찌된 일인지 말이 뒷발로 서서 난폭하게 몸을 흔들었기 때문에 알렉산드라는 벽 쪽으로 내동댕이쳐졌다.

알렉산드라는 낙마의 충격으로 실신을 했고, 불과 몇 센티 차이로 말발굽에 얼굴을 밟힐 뻔한 것을 모면했다.

토미가 알렉산드라를 의무실로 옮겨갔다. 교의의 진단은 가벼운 뇌진탕이라고 말했다.

"골절도 없고 별로 다친 곳도 없군. 내일 아침에는 다시 승마할 수 있겠는걸."

의사는 말했다.

"하지만 동생은 자칫했으면 죽을 뻔한 걸요!"

이브는 소리쳤다.

이브가 알렉산드라의 옆을 떠나려 하지 않아서 챈들러 부인은 그녀의 동생에 대한 애정에 깊은 감명을 받았다.

데이비드가 알렉산드라의 말을 우리 안에 넣고 안장을 내리려고 할 때 안장 담요에 피가 배어 있는 것을 발견했다. 그래서 안장을 내려보니 말 안장을 얹는 부분에 날카롭게 날이 선 맥주 깡통 파편이 박혀 있었다. 그는 이 사실을 교장에게 보고했다. 교장은 즉시 수사를 벌여 마구간 근처에 있던 학생 전원을 심문했다.

"그냥 장난을 치려고 금속 파편을 놓아두었겠지요. 하지만 큰일 날 뻔했어요. 이런 짓을 한 학생을 찾아내지 않으면 안 되겠어요."

교장은 말했다. 그러나 자기가 했다고 나서는 학생이 아무도 없었으므로 교장은 한 사람 한 사람을 자기 사무실에 불러서 이야기를 듣기로 했다. 그러나 범인도, 목격자도 없었다.

이브의 차례가 되었다. 이브는 이상스럽게도 우물쭈물하고 있었다.

"동생에게 이런 짓을 한 사람을 모르겠어?"

교장이 물었다.

이브는 시선을 떨어뜨리고 대답했다.

"말하고 싶지 않습니다."

그녀는 우물쭈물 얼버무렸다.

"그럼 무언가를 봤다는 것이군."

"부탁입니다, 교장선생님."

"이브, 알렉산드라는 하마터면 큰 부상을 입을 뻔했어요. 그런 일이 두 번 다시 일어나지 않도록 그런 일을 한 학생은 벌을 받아야 해요."

"학생은 아니에요."

"무슨 얘기지?"

"토미예요."

"마부 토미 말인가?"

"네, 선생님. 제가 봤습니다. 그가 안장을 조이고 있는 줄로만 알았는데……. 나쁜 생각에서 그런 것은 아닐 거예요. 알렉산드라가 언제나 그에게 명령조로 여러 가지를 시키니까 골탕을 먹일 생각으로 장난을 친 것일 거예요. 교장선생님, 이런 말을 하고 싶지 않았습니다. 남을 고자질하다니……."

불쌍하게도 이브는 히스테리를 일으키기 직전에 있었다.

교장선생은 자리에서 일어나 다가와 이브를 끌어안았다.

"걱정 말아요, 이브. 말을 한 것은 옳은 일이에요. 모두 잊어버려요. 뒤처리는 내가 할 테니까……."

이튿날 아침, 여학생들이 마장에 나가 보니 새로운 마부가 일을 하고 있었다.

몇 개월 뒤 또다시 학교에서 엉뚱한 소동이 벌어졌다. 마리화나를 피우던 학생이 발각되었는데, 마리화나를 팔거나 권한 것은 이브였다고 고발한 것이다.

교장이 조사해보니 알렉산드라의 옷장에서 마리화나가 발견되었다.

"그 애가 이런 짓을 할 리가 없어요. 누군가가 그곳에 넣어둔 거예요."

이브는 완강하게 동생을 감쌌다.

이 사건은 할머니에게 보고되었고, 이 일로 케이트는 동생을 감싸주는 이브의 착한 마음씨에 감동했다.

'이브는 영락없는 맥그리거 가문의 일원이야.'


쌍둥이는 이제 15세가 되었다. 케이트는 두 아이를 사우스캐롤라이나의 별장으로 데려가 그곳에서 성대한 생일파티를 벌였다. 이브를 점잖은 집안의 젊은이들 앞에 내놓는 것이 지나치게 이른 것도 아니었다. 그녀에게 적합하다고 생각되는 젊은이는 모두 파티에 초대되었다.

젊은이들은 본격적으로 여자에게 흥미를 갖는 연령에는 도달해 있지 않아서 순진했다. 그러나 케이트는 손녀에게 지금부터 친구를 사귀어 우정을 싹트게 만들어줄 필요가 있었다. 이브의 장래 남편이 초대객 중에 있을지도 모르고, 더구나 이브의 남편은 크루거 브렌트 사에도 중요한 역할을 할 것이기 때문이었다.

알렉산드라는 파티를 좋아하지 않았다. 다만 할머니를 실망시키고 싶지 않아서 즐거운 체 행동했다. 그러나 이브는 파티를 무척 좋아했다. 아름답게 차려입고 남자들의 칭찬을 듣는 것이 즐겁기 짝이 없었다.

알렉산드라는 독서를 하거나 그림을 그리거나 하면서 조용히 지내는 것이 좋았다. 다크하버에서 아버지의 그림을 몇 시간이고 들여다보고는, 병에 걸리기 전의 아버지를 좀 더 잘 알게 되었으면 좋겠다고 생각했다.

아버지는 휴일이면 간호사를 동반해서 집에 돌아왔다. 그러나 아버지의 마음과 통할 수 있는 끈은 어디에도 없다는 것을 그녀는 알고 있었다. 아버지는 어떤 일에도 쾌활한 편이었지만 그것뿐이었고 타인처럼 느껴졌다. 외할아버지인 프레데릭 호프만은 독일에 살고 있고, 더구나 병으로 누워 있어서 좀처럼 만날 기회가 없었다.

브리아크레스트 학교에 다닌 지 두 번째 해에 이브는 임신을 했다. 얼굴색이 창백해지고 나른한 상태가 몇 주일간 계속되어 아침 수업을 빠지게 되었다. 구토를 호소하기에 이르러 의무실에서 검사를 받았다.

"이브는 임신을 했습니다."

챈들러 부인은 교의로부터 그런 통고를 받았다.

"설마! 어떻게 그런 일이 일어날 수 있습니까?"

의사는 조용히 말했다.

"임신의 원인은 옛날이나 지금이나 마찬가지입니다. 이렇게 구차하게 말할 것까지도 없지만……."

"하지만 그 아이는 아직 어린애예요."

"그 어린애가 어머니가 된다는 말입니다."

이브는 완강히 입을 다물고 있었다.

"아무도 이 일에 말려들게 하고 싶지 않습니다."

그렇게 우겨댈 뿐이었다.

이브의 대답은 교장이 걱정하고 있던 대로였다.

"자, 이브. 그간의 사정 얘기를 내게 해주지 않으면 안 돼요."

마침내 이브는 입을 열었다.

"저는 강간을 당했어요."

그렇게 말하고는 울음을 터뜨렸다. 챈들러 부인은 쇼크를 받았지만 이브의 몸을 안고 토닥거리며 추궁을 계속했다.

"누구에게?"

"파킨슨 선생님입니다."

영어담당 교사였다.

만약 이것이 이브가 아닌 다른 학생의 입에서 나온 이름이라면 챈들러 부인은 곧이듣지 않았을 것이다.

조셉 파킨슨은 아내와 3명의 자녀를 둔 성실한 교사였다. 8년 전부터 브리아크레스트 학교에서 교편을 잡고 있었지만 도저히 그런 일을 할 만한 인물이 아니었다. 여교장은 파킨슨을 사무실로 불렀다. 그가 방에 들어온 순간 이브가 한 말이 거짓말이 아니라는 것을 그녀는 알 수 있었다. 파킨슨은 챈들러 부인의 정면에 앉았는데 부끄러움으로 얼굴이 일그러져 있었다.

"불려온 이유를 알고 있겠지요, 파킨슨 선생님?"

"네, 대강은……."

"이브에 관한 일입니다."

"아마… 아마 그럴 것이라고 생각했습니다."

"그녀는 당신에게 강간당했다고 주장하고 있습니다."

파킨슨은 믿을 수 없다는 표정으로 교장을 쳐다보았다.

"강간을 당했다고요? 천만에 말씀입니다. 강간당한 것은 오히려 내 쪽입니다."

흥분한 나머지 그는 얼토당토않은 말을 했다.

교장은 어처구니가 없다는 듯이 말했다.

"당신은 자신이 무슨 말을 하고 있는지 알고 있나요? 그 아이는······."
"그 아이라니요? 어린애가 아니에요! 그 학생은 악마라고요!"
파킨슨의 목소리에는 가시가 돋쳐 있었다. 그는 그렇게 말하고 이마의 땀을 닦았다.

"이번 학기 내내 그 학생은 내 수업 시간에 맨 앞줄에 앉아 스커트를 조금씩 들어 보였습니다. 수업이 끝나면 다가와서 의미도 없는 질문을 잔뜩 던지고 내 몸에 자기 몸을 비벼댔습니다. 나는 계속 무시해왔습니다. 그러더니 6주일 전 어느 날 오후 아내가 집을 비운 사이 우리 집을 찾아와서는······."

그의 목소리는 떨리고 있었다.

"그리고 나는 유혹을 이겨낼 수가 없었습니다."

파킨슨은 그렇게 말하고 소리 내어 울기 시작했다.

이브가 사무실로 불려왔다. 그녀는 침착하기 짝이 없었으며 파킨슨의 눈을 뚫어져라 바라보았다. 먼저 시선을 돌린 것은 파킨슨 쪽이었다. 교장실 안에는 교장과 교감, 그리고 그 지방의 경찰서장이 있었다. 서장이 달래듯이 이브에게 물었다.

"어떻게 된 일인지 설명해주겠니?"

"네."

이브의 목소리는 잔잔했다.

"파킨슨 선생님은 영어 숙제 건으로 할 얘기가 있다고 말씀하셨습니다. 일요일 오전에 집으로 오라고 말입니다. 집에는 선생님 혼자였습니다. 침실에서 보여줄 것이 있다고 해서 선생님 뒤를 따라 이층으로 갔습니다. 그리고 선생님은 저를 침대에 쓰러뜨리고······."

"거짓말이야! 그런 식으로 일이 벌어지지 않았다고!"

파킨슨이 소리쳤다.

케이트도 불러와서 설명을 들었다. 그 사건은 공개하지 않기로 하고 파킨슨은 학교를 쫓겨났다. 이틀의 유예가 주어지고 주에서 추방되었다. 그리고 이브는 중절수술을 받았다.

케이트는 지방은행에 들어가 있던 이 학교의 저당권을 은밀히 사들여 학교 측의 저당 회수권까지도 상실케 해버렸다.

그 사실을 알게 된 이브는 한숨을 지으며 말했다.

"유감이에요, 할머니. 저는 그 학교가 무척 마음에 들었는데……."

몇 주일 뒤 이브가 중절수술에서 회복하자 쌍둥이는 스위스의 로잔느 부근에 있는 신부학교인 페른우드로 전학을 했다.

*

이브의 몸 안에서는 열정이 활화산처럼 타오르고 있었다. 스스로도 가리앉힐 수 없는 불길이었다. 섹스만을 말하는 것이 아니었다. 섹스는 극히 일부분에 지나지 않았다. 요컨대 생에 대한 집념과 모든 일을 하고, 모든 것이 되고 싶다는 욕망이었다. 인생 그 자체가 연인이었으며 자신의 모든 것을 이용해서 그것들을 전부 자신의 것으로 만들고 싶었다.

따라서 이브는 아무에게나 질투를 했다. 발레를 보러 가서는 발레리나를 미워했는데, 그곳에서 춤을 추고 갈채를 받고 있는 것이 자기가 아니라는, 단지 그것이 이유였다.

이브는 과학자도, 가수도, 외과의사도, 파일럿도, 여배우도 되고 싶었다. 뭐든지 되고 싶었고 또한 누구보다도 잘하고 싶었다. 그녀는 지나친 욕심쟁이여서 팔짱을 끼고 기다릴 수가 없었다.

페른우드 학교에서 언덕 하나만 넘으면 남자들만 있는 사관학교가 있었다. 17세가 될 무렵까지 이브는 그곳 학생의 거의 전원과 반수 이상의 교관과 섹스를 했다. 닥치는 대로 노닥거렸고 아무라도 개의치 않고 관계를 맺었다. 그러나 확실하게 피임을 했다. 이제 임신은 사절이었다.

이브는 섹스를 즐겼지만 그 행위보다도 그것으로부터 얻는 힘을 좋아했다. 그녀는 상대방을 마음대로 조종했다. 자신을 침대로 끌고 가서 사랑하고 싶다고 원하는 남자들의 애원하는 듯한 얼빠진 얼굴을 바라보는 것이 즐거웠다. 놀리면 놀릴수록 남자들의 욕망은 높아졌다. 애가 타서 초조해하는 남자들의 모습을 보는 것만큼 즐거운 일도 없었다. 자신과 자고 싶어하는 남자들에게 거짓 약속하는 것도 기분 좋은 일이었다.

그러나 무엇보다도 이브가 재미있었던 것은 자신이 관계하는 남자들의 몸에 대한 지배력이었다. 키스 하나만으로 남자들을 발기시킬 수 있었고, 말 한마디로 위축시킬 수도 있었다. 자기는 남자를 원한다고 생각하지 않았지만 남자들은 이브를 원했다.

이렇게 해서 이브는 남자를 자기 마음대로 움직였고 눈 깜짝할 사이에 남자의 강점과 약점을 완전히 파악하게 되었다. 그렇게 해서 나온 결론은 '남자는 모두 바보'라는 것이었다.

이브는 미인이고 지적이었으며 세계에서 손꼽히는 재벌의 상속인이었다. 진지한 결혼 신청도 양손에 넘칠 정도로 받고 있었다. 그러나 그녀는 그런 것에 전혀 관심을 보이지 않았다. 흥미가 있는 것은 알렉산드라가 호의를 품는 상대뿐이었다.

어느 토요일 밤, 알렉산드라는 댄스파티에서 프랑스인 학생인 르네 말로라는 소년을 알게 되었다. 소년은 결코 미남이라고는 할 수 없었지만 알렉산드라는 르네의 지성과 감수성에 끌렸다. 두 사람은 다음 토요일에 마을에서 만나기로 했다.

"7시야."

르네가 말했다.

"기대하고 있겠어."

그날 밤 방으로 돌아온 알렉산드라는 새로운 남자 친구에 관해 이브에게 말해주었다.

"그는 다른 남자아이들과는 달라. 내성적이고도 상냥해. 이번 토요일에 영화를 보러 가기로 했어."

"너, 그 아이한테 홀딱 반한 것 같다, 그렇지?"

이브가 놀리자 알렉산드라는 홍당무가 되었다.

"이제 막 알았을 뿐이야. 하지만 그 사람은 언니도 알잖아."

이브는 양손을 머리 뒤에 깍지 끼고 침대에 쓰러졌다.

"몰라, 확실하게 말해 봐. 그 사람이 너를 침대로 유혹했니?"

"언니! 그는 그런 사람이 아니야. 내가 말했잖아. 그는 내성적이라고."

"그래, 그래. 내 동생은 사랑에 빠진 거로군."

"언니한테 말하는 게 아니었는데……."

"난 네가 솔직하게 얘기해줘서 기뻐."

이브는 말했다. 그건 사실이었다.

약속시간에 알렉신드라가 영화관 앞에 기보니 르네의 모습은 어디에도 보이지 않았다. 알렉산드라는 지나치는 사람들의 시선이 신경 쓰여 자신이 바보 같다고 생각하면서 1시간가량 길모퉁이에서 가만히 기다리고 있었다.

드디어 작은 카페에서 혼자 쓸쓸히 식사를 하고 비참한 기분으로 기숙사로 돌아왔다. 이브는 방에 없었다. 알렉산드라는 소등시간까지 독서를 하고 불을 껐다. 이브가 방으로 몰래 들어오는 소리를 들은 것은 새벽 2시경이었다.

"걱정하고 있었어."

알렉산드라는 목소리를 죽이고 말했다.

"옛날 친구를 뜻밖에 만났지 뭐야. 너는 어땠니, 멋졌니?"

"엉망이었어. 그는 그림자조차 보이지 않았는걸."

"그거 안됐구나."

이브는 동정하듯이 말했다.
"하지만 남자가 믿을 만한 존재가 아니라는 걸 이제 알게 됐잖니."
"설마 그 사람한테 무슨 일이 있었던 건 아니겠지?"
"아니야, 알렉스. 내가 생각하기엔 그가 좀 더 멋진 아가씨를 발견한 것 같아."
'맞아, 분명히 그랬을 거야.'
알렉산드라는 그렇게 생각했다. 그리고 특별하게 놀라지는 않았다. 그녀는 자신이 얼마나 아름다운지를 모르고 있었다. 알렉산드라는 쌍둥이 언니의 그림자에 가려 살고 있는 데다 언니를 우러러보고 있었으므로 자신의 가치를 전혀 모르고 있었다. 모두가 이브에게 이끌리는 것은 당연하다고 생각했다.
알렉산드라는 이브에게 열등감을 느끼고 있었지만, 설마 어린 시절부터 언니가 그 의식을 신중하게 계속 심어 왔으리라고는 꿈에도 생각하지 못했다.
그 후로도 몇 번인가 데이트가 깨졌다. 알렉산드라가 호감을 느끼는 남자는 그녀의 기분에 호응하는 것처럼 보였지만 결국은 두 번 다시 만나주지 않았다. 어느 주말, 알렉산드라는 로잔느 마을에서 생각지도 않게 르네와 마주쳤다. 르네는 급하게 뛰어와서 말했다.
"어떻게 된 거야? 전화해주겠다고 약속했잖아."
"전화라고? 무슨 얘기야?"
르네는 뒷걸음치며 갑자기 경계했다.
"이브지?"
"아니, 알렉산드라야."
르네의 얼굴은 순식간에 새빨갛게 변했다.
"미, 미안해. 바, 바빠서 가봐야겠어."
르네는 당황하며 자신을 바라보고 있는 알렉산드라를 남겨놓고 황급히 가버렸다.

그날 밤 알렉산드라가 이 일을 이브에게 말하자 이브는 어깨를 으쓱하며 말했다.

"그 사람 머리가 이상한 거 아니니? 그런 남자는 머릿속에서 쫓아내버려, 알렉스."

남자를 완벽하게 알고 있다고 생각하는 이브에게도, 아직도 모르고 있는 남자에 대한 약점이 한 가지 있었다. 그리고 이것이 얼마 후면 자신이 타락의 길로 가게 하는 요소임을 모르고 있었다. 옛날부터 남자들은 자신이 정복한 여자를 자랑하고 싶어해왔다. 사관학교 학생이라고 해서 예외는 아니었다. 그들은 이브 블랙웰과의 일을 수치스러워하거나 두려워하면서도 자랑스럽게 말했다.

"그녀가 다가왔을 때 나는 움직일 수가 없더라고……."
"그렇게 굉장한 일을 경험할 수 있으리라고는 생각지도 못했어……."
"그 여자의 거긴 정말이지……."
"정말 침대에서는 창녀 그 자체야!"

적어도 30명의 학생과 6명의 교관이 이브의 호색적인 기질을 입방아 찧었고, 소문은 학교 안에서 공공연한 비밀이 되고 말았다.

사관학교 교관 한 사람이 이 추문을 페른우드 학교 교사에게 말했고, 이 교사는 여자 교장인 콜린즈 부인에게 보고했다. 신중한 조사가 실시되었고, 결과가 나오자 여교장은 이브를 불러들였다.

"학교 명예를 위해서라도 너를 즉각 퇴학시켜야겠다."

이브는 마치 미쳤냐는 듯이 콜린즈 부인을 바라보았다.

"도대체 무슨 말씀을 하시는 건가요?"

"네가 절반도 넘는 사관생도들과 관계를 했다면서? 남은 절반도 줄줄이 기다리고 있다고 하더군."

"그렇게 심한 말은 지금까지 들어본 적이 없어요."

이브의 목소리는 분노로 떨리고 있었다.

"이런 치욕을 제가 할머니한테 얘기하지 않을 것 같아요? 할머니가 들으시면 가만히 있지……."

"학생의 수고를 덜어주지."

여자 교장이 말을 가로막았다.

"페른우드 학교의 치욕을 드러내 보이고 싶지 않아. 하지만 네가 얌전하게 그만두지 않겠다면 이 이름이 적힌 리스트를 할머님께 보내겠다."

"그 리스트를 저에게 보여주세요!"

콜린즈 부인은 아무 말도 하지 않고 그 리스트를 건넸다. 긴 리스트였다. 이브는 그것을 꼼꼼하게 바라보고는 적어도 7명가량의 이름이 누락되어 있음을 알았다. 그녀는 곰곰이 궁리했다. 이윽고 그녀는 고개를 들고는 건방지게 말했다.

"이건 우리 일가족을 중상하기 위한 거짓말이에요. 저를 미끼로 할머니를 곤란하게 만들려는 것이 분명해요. 그런 일을 당하느니 차라리 스스로 이 학교를 그만두겠어요."

"매우 현명한 선택이군."

콜린즈 부인은 차갑게 말했다.

"내일 아침 자동차로 공항까지 바래다주겠다. 이제 나가 봐."

이브는 등을 돌리고 나가려다가 갑자기 생각난 듯이 말했다.

"동생은 어떻게 되죠?"

"알렉산드라는 이곳에 남아도 좋아."


수업이 끝나고 알렉산드라가 기숙사로 돌아오니 이브가 짐을 꾸리고 있었다.

"뭘 하는 거야?"

"집으로 돌아갈 거야!"

"집으로? 학기 중이잖아."

이브는 동생에게로 고개를 돌렸다.

"알렉스, 이런 학교에 있어봐야 아무런 의미도 없다고 생각하지 않니? 여기서는 아무것도 배울 수가 없어. 시간 낭비라고."

알렉산드라는 깜짝 놀라서 물었다.

"언니가 그런 식으로 생각하는 줄은 전혀 몰랐어."

"나는 줄곧 그것만 생각하고 있었어. 여기에 남은 이유는 너 때문이었어. 네가 무척 즐거워하는 것 같아서……."

"그랬어? 그렇지만……."

"미안해, 알렉스. 이제 더 이상 견딜 수 없어. 뉴욕으로 돌아가고 싶어. 우리의 거리로 말이야."

"교장 선생님한테는 말했어?"

"바로 몇 분 전에."

"선생님은 뭐라고 하셨어?"

"알잖아. 그 사람은 학교 평판이 떨어지는 것을 두려워하더군. 남아달라고 애원했어."

알렉산드라는 침대 끝에 앉았다.

"뭐라고 말해야 될지 모르겠어."

"아무 말 안 해도 돼. 너와는 상관없는 일이니까."

"그렇지 않아. 언니가 이곳에 있기 싫어한다면……."

알렉산드라는 말을 끊었다가 다시 말했다.

"맞아, 그럴 거야. 시간 낭비야. 라틴어 동사활용이 필요한 사람이 어디 있어. 그래, 옳은 얘기야, 언니."

알렉산드라는 옷장으로 가서 트렁크를 꺼내어 침대 위에 놓았다.

이브는 미소를 머금었다.

"너에게 이곳을 함께 나가자고 부탁할 생각은 없어, 알렉스. 하지만 함께 집으로 돌아갈 수 있다면 더 이상 기쁜 일은 없을 거야."

알렉산드라는 언니의 손을 잡았다.

"나도 그래."

이브는 아무렇지도 않게 말했다.

"내가 짐을 꾸리는 동안 할머니한테 전화해서 내일 비행기로 돌아간다고 말해주지 않겠니? 여긴 참을 수 없다고 말해줘."

"좋아."

하지만 알렉산드라는 내키지 않는 것 같았다.

"할머니는 좋아하시지 않을 거야."

"할머니 일은 신경 쓰지 않아도 돼. 나머지는 내가 알아서 할 테니까."

이브는 자신 있게 말했다. 알렉산드라는 그것도 의심하지 않았다. 언니라면 누구든지 자기 마음대로 움직일 수 있으니까…….

케이트 블랙웰에게는 친구도 있지만 적도 있었다. 적은 높은 지위에 있는 거래 상대도 있었다. 최근 몇 개월간 케이트의 귀에는 그러한 사람들로부터 심상치 않은 소문이 들려왔다. 처음에는 하잘것없는 소문이라고 신경 쓰지 않았지만 소문은 집요했다.

이브가 스위스 사관학교 학생과 너무 빈번하게 만나고 있고, 중절수술을 했으며 성병 치료까지 받고 있다고 했다. 따라서 손녀들이 집으로 돌아온다는 전화를 받고 케이트는 내심 안도가 되었다. 지저분하기 짝이 없는 소문의 진상을 확인해야만 했다.

두 사람이 돌아오는 날, 케이트는 집에서 기다리고 있었다. 그리고는 이브를 자신의 침실 옆의 화장실로 데리고 갔다.

"너에 대해 좋지 않은 소문을 들었는데……. 어째서 학교를 퇴학당했는지 알고 싶구나."

케이트는 말하면서 손녀를 찬찬히 살펴보았다.

"퇴학당한 것이 아니에요. 알렉스와 제가 학교를 그만두기로 했어요."

이브는 대답했다.

"남자아이들과 말썽 때문에?"

"부탁이에요, 할머니. 그 일은 말하고 싶지 않아요."

이브는 말했다.

"말해야만 돼. 도대체 무슨 짓을 했지?"

"저는 아무 짓도 안했어요. 알렉스가……."

이브는 입을 다물었다.

"알렉스가 어쨌다는 거냐?"

"할머니, 제발 부탁이에요. 알렉스를 나무라지 말아주세요."

이브는 제멋대로 말했다.

"그 아이는 그렇게 하지 않을 수 없었어요. 그 애는 저로 둔갑해서 어린애 같은 장난을 하는 것을 좋아해요. 전 주위에 있는 친구들한테 소문을 들을 때까지 그 아이가 하고 있는 일을 전혀 몰랐어요. 알렉스는 꽤 여러 명의 남자아이들과 만난 것 같아요."

이브는 곤란한 듯이 말을 중단했다.

"너로 둔갑을 했다고? 왜 그만두게 하지 않았니?"

"그만두라고 해봤어요. 하지만 알렉스는 자살하겠다고 위협했어요. 할머니, 그 애는 좀……."

이브는 슬픈 듯이 말했다. 그녀는 그 다음 말을 겨우 계속했다.

"정서가 불안정해요. 할머니가 그 아이와 이 일로 얘기를 나누는 것만으로도, 그 아이가 어떤 일을 저지를지 걱정돼요."

이브의 눈에는 눈물이 흐르고 있었고, 고뇌하는 모습이 역력했다.

이브가 몹시 슬퍼하는 것을 보자 케이트의 마음은 무겁게 가라앉았다.

"애야, 울면 안 된다. 알렉산드라한테는 아무 말도 하지 않으마. 우리 둘만이 아는 얘기로 하자."

"할머니에게는…… 할머니에게는 알리고 싶지 않았어요. 아, 할머니! 할머니가 얼마나 마음이 상하실까 생각하면…….'

이브는 흐느꼈다.

케이트는 차를 마시면서 알렉산드라를 세심하게 관찰했다.

'이 아이는 겉보기에는 아름답지만 속은 썩어 있구나. 그렇게 한심스러운 사건을 일으킨 것만으로도 당치않은데, 거기다 그 죄를 언니에게 뒤집어씌우다니 정말 무섭군.'

케이트는 생각했다.

그 후 2년간, 이브와 알렉산드라는 미스포터 학교를 다녔다. 그동안 이브는 얌전히 지내고 있었다. 위험한 곡예는 잠시 중단하기로 했기 때문이었다. 할머니와의 관계를 위태롭게 해서는 안 된다고 생각했다. 노인도 이제 그리 오래 버티지는 못할 것이다. 할머니는 벌써 79세였다. 이브는 상속인으로서의 지위를 확고하게 다져두어야 했다.

두 사람이 21세 생일을 맞은 날, 케이트는 손녀들을 파리로 데리고 가서 코코샤넬 가게에서 새 드레스를 사주었다.

르 프티 베두앵 양의 조촐한 파티 자리에서 알프레드 모리에 백작과 그 부인인 비비안을 만났다. 백작은 50대임에도 불구하고 훤칠한 키에 당당한 체격을 갖고 있었다. 회색 머리에 운동선수 같은 단련된 체격이었다. 부인은 국제적으로도 명성이 대단한 매우 명랑해보이는 여자였다.

이브는 부부 어느 쪽에도 그다지 관심이 없었지만 한 가지 마음에 걸리는 일이 있었다. 누군가가 비비안에게 했던 말이었다.

"당신과 알프레드가 부러워요. 당신들은 가장 행복한 부부예요. 결혼하신 지 몇 년 되었죠? 25년 정도 되었나요?"

"다음 달이면 26년이 되죠."

알프레드가 부인을 대신해서 대답했다.

"아마도 저는 역사상 단 한 사람뿐인 아내를 배반하지 않은 프랑스 인일 겁니다."

모두 웃었으나 이브는 웃지 않았다. 그 후 저녁식사를 하면서 이브는 줄곧 모리에 백작과 부인을 관찰했다. 목에 주름이 쭈글쭈글한 중년 여자한테서 뭘 그토록 바라는 것일까 하고 이브는 생각했다.

'모리에 백작은 진정한 사랑의 행위라는 것을 모른다구. 아까 말한 자랑 따위는 어리석음의 극치야.'

알프레드 백작은 이브에게 있어서 하나의 도전이 되었다.

다음 날, 이브는 모리에 백작의 사무실로 전화를 걸었다.

"저, 이브 블랙웰이에요. 기억하실지 모르겠지만……."

"기억 못할 리가 있나. 내 친구 케이트의 아름다운 손녀가 아닌가."

"기억해주셔서 감사해요, 백작님. 일하시는데 죄송하지만 와인에 대해서는 일인자라고 들었어요. 저는 지금 할머니를 위한 비밀 파티를 계획하고 있거든요."

이브는 일부러 처량한 웃음소리를 냈다.

"뭘 내놓아야 할지 모르겠어요. 와인에 관해서는 아무것도 모르거든요. 백작님께 도움 말씀을 받았으면 해서요."

"영광이로구먼."

백작은 기쁜 듯이 대꾸했다.

"식사 내용에 따라 다르지만, 만일 생선부터 시작할 거라면 가벼운 샤블리 정도로……."

"어머나, 그걸 전부 기억할 수는 없어요. 만나서 직접 말씀을 들을 수는 없을까요? 오늘 점심이라도 함께 할 수 있다면……."

"옛 친구를 위해서라면 기꺼이 시간을 내지."

"어머나, 잘됐네요."

이브는 조용히 수화기를 내려놓았다. 오늘 점심식사는 백작에게 있어서 평생 잊을 수 없는 것이 되리라.

두 사람은 라세레에서 만났다. 와인에 관한 얘기는 곧 끝났다. 이브는 모리에의 따분한 강의를 꾹꾹 참고 있다가 드디어 말을 가로막듯 말했다.

"저는 당신을 사랑하게 되고 말았어요, 알프레드."

백작은 설명을 중단했다.

"뭐라고?"

"당신을 사랑하게 되었다고요."

백작은 와인을 한 모금 마셨다.

"풍작이었던 해의 와인이군."

이브의 손을 가볍게 두드리고는 미소를 머금었다.

"친구는 모두 서로 사랑하지."

"그런 의미로 사랑한다고 말한 것이 아니에요, 알프레드."

백작은 이브의 눈을 들여다보고는 그녀가 말하는 사랑의 정체를 확실하게 깨달았다. 그러자 그는 순식간에 침착성을 잃었다.

'이 아가씨는 21세. 자신은 중년도 훨씬 지났고 행복한 결혼생활을 보내고 있다.'

정말이지 그는 요즘 나이어린 여자애들이 간단하게 이해되지 않았다. 그런데 이 아가씨는 자신이 알고 있는 사람 중에서도 뛰어나게 아름다워서 마음이 편치 않았다. 베이지색 주름치마에 짙은 녹색 스웨터를 입고 있고 풍만하고 부드러운 가슴 라인을 갖고……. 브래지어를 하고 있지 않아 튀어나온 유두가 그의 눈에도 보였다.

백작은 이브의 천진난만한 얼굴을 보며 순간 당황하여 말을 더듬었다.

"아, 아가씨는…… 나를 잘 모르는군."

"저는 어린 시절부터 백작님 같은 분을 꿈꾸어왔어요. 키가 크고 잘생기고 빛나는 갑옷을 입은 사람을 꿈꾸어왔어요. 그런데……."

"아쉽게도 내 갑옷은 녹이 슬었지. 나는……."
"부탁이에요. 얼버무리지 말아주세요."
이브는 애원했다.
"어젯밤 저녁식사 자리에서 당신을 봤을 때 화살에 맞은 것처럼 당신으로부터 눈길을 돌릴 수가 없었어요. 다른 일은 아무것도 생각할 수 없어요. 어젯밤에는 한잠도 자지 못했고, 한순간도 당신을 마음속에서 떨쳐버릴 수가 없어요."
하긴 그건 분명한 사실이었다.
"나, 나는 뭐라고 말해야 될지 모르겠군, 이브. 나는 행복한 결혼생활을 하고 있는 남자야, 나는……."
"아, 부인이 얼마나 부러운지! 부인은 세상에서 가장 행복한 분이에요. 부인도 그걸 알고 계실까요?"
"물론 알고 있지. 내가 항상 그 사람한테 말하고 있으니까."
백작은 경련을 일으키듯 웃었으며 어떻게 화제를 바꿀 것인가를 모색하고 있었다.
"정말로 당신의 가치를 알고 계실까요? 부인은 당신이 얼마나 감수성이 높은 분인지 알고 계실까요? 저는 알고 있지만요."
백작은 더욱 침착성을 잃었다.
"이브, 넌 젊고 아름다워. 앞으로 언젠가 녹슬지 않은 빛나는 갑옷의 기사가 나타날 거야. 그리고……."
백작은 말했다.
"벌써 나타났어요. 저는 그분과 하룻밤을 보내고 싶어요."
백작은 주위를 둘러보면서 듣고 있는 사람이 없는지 확인했다.
"이브! 부탁이야!"
이브는 적극적으로 말했다.
"제 부탁도 그것뿐이에요. 추억을 평생 가슴에 품고 살아갈게요."

백작은 단호하게 말했다.

"안 돼. 나를 곤란한 입장으로 몰아넣고 싶어? 젊은 여인은 함부로 유혹 같은 걸 하는 게 아니야."

이브의 눈에서 순식간에 눈물이 흘러내렸다.

"당신은 그런 눈으로 나를 보고 계시군요? 유혹하다니……. 저는 남자를 한 사람밖에 몰라요. 우린 약혼한 사이였어요."

이브는 흐르는 눈물을 닦으려고도 하지 않고 말했다.

"그는 친절하고 상냥하고 좋은 사람이었어요. 하지만 등산을 하다가 사고로 죽었어요. 저는 현장에 있었죠. 정말 무서운 광경이었어요."

모리에 백작은 자신도 모르게 이브의 손에 자신의 손을 올려놓았다.

"불쌍하게도……."

"당신을 보고 있으면 그가 생각나요. 당신을 봤을 때 빌이 돌아온 줄 착각했을 정도예요. 한 시간만 저에게 주세요. 이제 두 번 다시 폐를 끼치지 않겠어요. 두 번 다시 만나주시지 않아도 좋아요. 그러니까 부탁이에요 알프레드."

백작은 자신의 결단의 무게를 가늠하면서 이브를 오랫동안 바라보았다. 결국 백작도 프랑스 남자였다.

두 사람은 생땅거리의 작은 호텔에서 오후를 보냈다. 결혼 전의 모든 경험을 뒤집어 봐도 이브 같은 여자와 잠자리를 했던 일은 없었다. 이브는 허리케인이었으며 작은 요정이었고, 그리고 악마였다. 모든 것을 너무도 잘 알고 있었다. 그 오후가 저물 무렵 모리에 백작은 완전히 지쳐 있었다. 옷을 입으면서 이브가 말했다.

"다음엔 언제 만날 수 있을까요?"

"내가 전화하지."

백작은 대답했지만 앞으로 두 번 다시 이 여자와 만날 생각은 없었다.

이 여자에게는 '사악'하다고 말할 수 있는 요소가 있었다. 그리고 미국인이 매우 적절하게 표현했듯이 '악마의 사자'였다. 더 이상 관계하기는 싫었다.

이 일은 그것으로 끝날 예정이었다. 두 사람이 호텔에서 함께 나오는 것을 알리시아 밴더레이크에게 들키지만 않았더라면…….

밴더레이크 부인은 바로 지난해 케이트 블랙웰과 자선위원회 일을 함께했던 일이 있었다. 사교계에서의 지위 향상을 노리는 야심가인 부인에게 있어서 이 목격은 하늘이 내려주신 은혜였다.

그녀는 모리에 백작도, 블랙웰 집안의 쌍둥이도 사교계 신문을 통해 알고 있었다. 모리에 백작과 함께 있는 것이 쌍둥이 중 어느 쪽인지는 알 수 없었지만 그런 건 아무래도 좋았다. 밴더레이크 부인은 자신의 의무를 알고 있었다. 그녀는 주소록을 펼쳐 케이트 블랙웰의 전화번호를 찾아냈다.

"누구신가요?"

"저는 알리시아 밴더레이크라고 합니다, 블랙웰 씨. 기억하고 계시리라 생각하지만 지난해 위원회에서 함께 봉사한 사람이에요."

"기부 용건이라면 저는……."

"그게 아니에요."

밴더레이크 부인은 황급하게 말했다.

"개인적인 용건이에요. 댁의 손녀분 일로……."

케이트 블랙웰은 분명히 자신에게 차를 함께 마시자고 초대해줄 것이라고 생각했다. 그리고 여자들끼리 얘기를 나누다 보면 따스한 우정의 첫걸음이 될 것이라고 기대했다. 그러나 케이트에게서 그런 기미가 전혀 보이지 않았다.

"내 손녀가 뭘?"

밴더레이크 부인은 전화로 그 얘기를 전달할 생각은 없었지만, 케이트의 냉랭한 말투로 봐서 선택의 여지가 없음을 알았다.

"몇 분 전에 목격한 일을 알려드리는 것이 저의 의무라고 생각했어요. 댁의 손녀분이 모리에 백작과 호텔에서 몰래 나오더군요. 자세히 말씀드리자면 밀회가 되겠죠."

케이트의 목소리는 차가웠다.

"믿을 수가 없군요. 손녀 둘 중 누구였나요?"

밴더레이크 부인은 곤란한 듯이 웃었다.

"저로서는 알 수가 없었습니다. 구별할 수가 없으니까요. 누구라도 구별할 수 없지 않을까요? 그리고……."

"알려줘서 고마워요."

그렇게 대답하고 케이트는 전화를 끊었다.

케이트는 지금 막 들어온 정보를 머릿속에서 정리했다. 그와는 바로 어제 저녁식사를 함께 하지 않았는가. 알프레드 모리에 백작과는 15년간 교우관계다. 지금 들은 얘기는 너무도 그와 어울리지 않는다. 생각할 수 없었다. 그러나 남자라는 것은 유혹에 빠지기 쉽다. 만일 알렉산드라가 알프레드를 침대로 유혹하기 위한 상황을 만들었다면?

케이트는 페른우드 학교로 전화를 걸었다.

이브는 기분이 좋아서 집으로 돌아왔다. 모리에 백작과의 섹스가 즐거웠기 때문이 아니었다. 백작을 정복했다는 것에 만족하고 있었다.

'그 사람을 이렇게 간단하게 함락시킬 수 있다면 난 누구라도 가질 수 있다, 세상도 소유할 수 있는 거야.'

이브는 그렇게 생각했다. 그녀가 서재로 들어가자 케이트가 있었다.

"다녀왔습니다, 할머니. 좋은 하루셨어요?"

케이트는 귀여운 손녀를 그대로 서서 관찰했다.

"그다지 좋은 날은 아니구나. 너는?"

"잠깐 쇼핑을 하러 갔었어요. 정말로 마음에 드는 것이 없었어요. 할머니가 모두 사 주시니까요."
 "문을 닫아라, 이브!"
 케이트의 목소리에는 채찍 같은 울림이 있었다. 이브는 튼튼한 떡갈나무로 만든 문을 닫았다.
 "앉아라."
 "무슨 일이 있었나요, 할머니?"
 "네 입으로 말해야 될 일 아니냐? 알프레드 모리에를 부르려고 생각했지만 창피는 가족끼리 당하기로 했다."
 이브의 머릿속이 빙글빙글 돌기 시작했다.
 '그런 일은 있을 수 없어! 알프레드와 함께 있는 것을 들키다니……. 백작과 헤어진 것은 불과 한 시간 전인데…….'
 "저…… 저는 무슨 말씀인지 모르겠어요."
 "그럼 확실하게 말해주지. 너는 오늘 오후에 모리에 백작과 잠자리를 했지?"
 이브의 눈에서 눈물이 넘쳤다.
 "저는, 그가 저에게 한 일을 할머니에게 알리고 싶지 않았어요. 그는 할머니 친구니까요."
 이브는 목소리를 떨지 않으려고 필사적이었다.
 "점심을 함께 하자는 전화를 받고 나갔어요. 그런데 술을 먹여 취하게 하고는……."
 "입 닥쳐!"
 케이트의 목소리는 채찍과도 같았다. 눈에는 혐오의 빛이 역력했다.
 "이 비열한 것아!"
 케이트는 생애에서 가장 고통스러운 순간을 견디고 있었다. 자신의 정체가 드러나기 시작한 것이다. 귓가에 여자 교장의 목소리가 커다랗게 들려오는 듯했다.

'젊은 아가씨가 건전하게 누군가를 사귄다면 제가 간여할 바가 아니죠. 그런데 이브의 경우는 너무도 문란했습니다. 그래서 학교를 위해서도 좋지 않다고 생각해서······.'

이브는 그것을 전부 알렉산드라가 한 짓으로 돌리지 않았던가.

케이트는 지금까지의 사고를 돌이켜 생각해봤다. 화재······ 알렉산드라는 불에 타 죽기 일보 직전이었다. 벼랑에서도 떨어졌다. 이브가 배의 키를 잡고 있을 때 알렉산드라는 배에서 떨어졌다. 그때도 익사 일보 직전이었다. 또한 이브가 영어 교사에게 강간당했을 때의 상황을 자세하게 설명하던 목소리도 들려왔다.

'파킨슨 선생님은 영어 숙제 건으로 할 얘기가 있다고 말씀하셨어요. 일요일 오전에 집으로 오라고 말입니다. 집에는 선생님 혼자였어요.'

브라이어 크레스트 학교에서 이브는 마리화나를 팔았다고 고발당했고 알렉산드라에게 죄를 뒤집어씌웠다. 이브는 결코 알렉산드라를 책망하려고 하지 않았다. 오히려 동생을 비호했다. 그것이 이브의 테크닉이었다. 악역이 되는 것으로 히로인을 연출했던 것이다. 얼마나 약삭빠른 행동인가.

케이트는 아름다운 천사의 얼굴을 한 괴물을 찬찬히 바라보았다.

"장래 모든 꿈을 너에게 걸고 있었는데······. 어느 날엔가 크루거 브렌트를 마음대로 요리할 사람은 너라고 생각했는데······. 내가 가장 사랑하고 귀여워한 것은 바로 너였는데······."

케이트는 단호하게 말했다.

"당장 이 집에서 나가주기 바란다. 네 얼굴을 두 번 다시 보고 싶지 않으니까!"

이브는 새파랗게 질렸다.

"넌 창녀야. 너와 같은 아이와 함께 살 수는 없다. 게다가 넌 사기꾼에다 교활하고 병적인 거짓말쟁이야!"
 이브는 너무도 많은 일이 한꺼번에 일어나서 감당하기 어려웠다. 그녀는 필사적으로 변명했다.
 "할머니, 알렉산드라가 제 일로 거짓말을 했다면……."
 "알렉산드라는 이 일에 대해 한마디도 하지 않았어. 나는 그저 콜린즈 부인과 10분간 통화를 했을 뿐이다."
 "그것뿐이라고요?"
 이브는 자신의 목소리에 안도감을 불어 넣었다.
 "콜린즈 선생님은 제가 싫으신 거예요. 제가……."
 케이트는 갑자기 짜증이 났다.
 "이젠 소용없다, 이브. 모든 것이 끝났어. 나는 변호사를 불렀다. 네 상속권을 박탈하겠다."
 이브는 세상이 산산조각 나고 있음을 느꼈다.
 "그럴 수가! 그럼 전 이떻게…… 어떻게 살아가죠?"
 "약간의 수당을 지불하마. 앞으로는 혼자 살아 나가거라. 네 멋대로 말이다."
 케이트의 목소리가 점점 가라앉았다.
 "만약 너에 대한 스캔들을 한 번이라도 듣거나 읽거나 하면, 그래서 블랙웰 가문의 이름을 더럽히면 네 수당도 그때부터 영원히 끊기는 거다. 알겠니?"
 이브는 할머니의 눈을 들여다봤다. 순간, 이번만은 어떻게 넘어갈 수가 없다는 것을 깨달았다. 한 타스 정도 변명이 목구멍까지 치솟았지만 말이 되어 나오기 전에 사라지고 말았다.
 케이트는 일어서서 떨리는 목소리로 말했다.
 "이런 일이 너에게는 아무렇지도 않겠지만, 이것이…… 이것이 내 생애에 있어서 가장 괴로운 결단이다."

케이트는 등을 돌리고 방에서 나갔다. 등을 꼿꼿이 세운 당당한 자세였다.

케이트는 어두운 침실에 홀로 앉아서 괴로움에 몸을 떨었다. 어째서 모든 일이 잘못된 방향으로 흘러가는지 자신으로서는 알 길이 없었다.
'만일, 데이비드가 살아 있어서 토니가 아버지를 알고 있었더라면, 만일 토니가 화가가 되겠다고 생각하지만 않았더라면, 만일 마리안느가 살아 있었더라면……. 만일이란 얼마나 공허한 말인가. 미래는 점토와도 같은 것이다. 매일매일은 만들어져 간다. 그러나 과거는 바위와도 같은 것, 바꿀 수가 없다. 내가 사랑한 사람은 모두가 나를 배신하는구나. 토니, 마리안느, 이브……. 사르트르는 매우 적절한 표현을 했지. 타인은 지옥이라고……. 이 아픔이 치유될 날이 과연 올 것인가.'
케이트는 고뇌에 빠졌다.

한편 이브는 분노로 가슴이 찢어질 것 같았다. 자신은 불과 한두 시간을 침대에서 즐긴 것뿐인데, 할머니는 당치도 않은 죄를 저지른 것처럼 결론 내버리고 만 것이다.
"시대에 뒤떨어진 할망구 같으니라고!"
'아니, 시대에 뒤떨어진 게 아니야. 노망이 든 거야. 그래, 정말이지 멍청해져 있다고. 잘된 일이야. 우수한 변호사를 찾아내서 새로운 유언장 따위를 법정에서 웃음거리로 만들어 폐기시켜버리고 말겠어. 아버지도 할머니도, 두 사람 모두 미친 사람이야. 내가 의절 따위를 당할 수야 없지. 크루거 브렌트는 내 회사야. 할머니는 몇 번이나 언젠가는 내 것이 될 거라고 했다. 그리고 알렉산드라! 알렉산드라는 뭔가. 할머니 귀에 독을 부어넣어 내게 상처를 입혀왔다. 알렉산드라는 회사를 자기 것으로 만들고 싶은 거야. 젠장, 이대로라면 그렇게 되고 말겠지. 할머니의 질책만으로도 넌덜머리가 나는데 알렉산드라가 권력을 잡게 된다면? 정말 끔찍하군. 그렇게 되도록 내버려두지 않겠어. 방법을 찾아내고야 말겠어.'

이브는 생각했다. 그녀는 트렁크를 쾅 소리가 나도록 세게 닫고는 동생을 찾으러 나갔다. 알렉산드라는 정원에서 책을 읽고 있었다. 그녀는 이브가 다가가자 고개를 들었다.

"알렉스, 나 뉴욕으로 돌아가기로 했어."

알렉산드라는 깜짝 놀라서 언니를 바라보았다.

"지금 당장? 할머니는 다음 주에 배를 타고 달마티안 해안에 가시려고 하시던데, 언니도……."

"달마티안 해안 따위는 아무래도 좋아. 계속 생각해왔던 일이야. 슬슬 내 아파트를 가질 거야."

이브는 미소를 머금었다.

"이제 어른이니 아담하고 멋진 나만의 아파트를 구할 생각이야. 너만 괜찮다면 가끔 재워줄게."

'정말로 잘도 둘러대는군. 친근감을 보여줘. 하지만 감상은 안 돼. 이 아이에게 내가 뭔가 계획을 짜고 있다고 눈치 채게 해서는 안 돼.'

이브는 속으로 생각했다.

알렉산드라는 걱정스러운 눈으로 언니를 보며 물었다.

"할머니는 알고 계셔?"

"아까 말씀드렸어. 할머니는 물론 탐탁하게 여기진 않으셨지만 이해해주셨어. 나는 일을 찾을 생각이지만 할머니는 용돈을 주시겠다고 끝까지 고집을 부리셨어."

"나도 함께 가도 돼?"

'흥, 겉 다르고 속 다른 새침데기 같으니라고! 나를 이 저택에서 내쫓으려고 한 주제에 이제 와서 함께 가도 되느냐고 묻다니. 좋아, 이 이브님을 그렇게 간단하게 매장시킬 수 있다고 생각했다면 큰 오산이야. 이제 곧 혼내주지. 내 아파트를 갖는 거야. 멋지게 장식을 하고 외출도 내 마음대로 하는 거야. 이젠 자유야. 남자들을 끌어들여 마음껏 잘 수도 있어. 태어나서 처음으로 완전히 자유로워지군. 날아갈 것 같은 기분이야.'

이브는 말했다.

"고맙구나, 알렉스. 하지만 당분간은 혼자 있고 싶어."

알렉산드라는 그런 언니가 당황스러웠다. 두 사람이 헤어져서 사는 것은 이번이 처음이었다.

"가끔 만날 수 있지?"

"물론이지."

이브는 보장을 하듯 말했다.

"네가 생각하는 것보다 자주 말이야."

＊

뉴욕으로 돌아온 이브는 도심에 예약되어 있는 호텔에 투숙했다. 1시간 뒤 브래드 로저스로부터 전화가 걸려 왔다.

"할머님이 파리에서 전화를 주셨더군. 이브, 당신들 두 사람 사이에 무슨 일이 있었던 것 같던데……."

"대단한 일은 아니에요. 사소한 집안 일로……."

이브는 웃었다. 하지만 자신의 앞을 가로막는 위험한 예감 같은 걸 느꼈다. 조심해야만 한다. 이브는 지금까지 돈에 궁색한 적이 없었다. 돈은 언제나 원하는 만큼 있었다. 그런데 이젠 돈이 중대한 관심사가 되어 있었다. 할머니가 말한 수당이란 것이 어느 정도 금액인지 도무지 짐작조차 할 수 없었으므로 이브는 태어나서 처음으로 등줄기에 전율이 흘렀다.

"할머니가 새로운 유언장을 작성하셨다는데 알고 있나?"

브래드 로저스가 물었다.

"그래요. 그런 말을 하셨던 것 같아요."

이브는 냉정해야만 했다.

"대리인 따위는 개입시키지 말고 둘이서 얘기를 나눌 필요가 있을 것 같군. 월요일 오후 3시는 어떨까?"

"그게 좋겠어요, 브래드."

"내 사무실로 오겠어?"

"네, 제가 찾아뵙죠."

3시 5분 전, 이브는 크루거 브렌트 사 빌딩으로 갔다. 경비원이나 엘리베이터 안내양들이 공손하게 인사를 했다.

'모두들 나를 알고 있군. 나는 블랙웰 가문 딸이니까.'

이브는 그렇게 생각했다.

엘리베이터가 중역실 층에 멈춘 지 몇 분 후, 이브는 브래드 로저스 방에 있었다. 브래드는 케이트가 이브를 호적에서 지우겠다고 알려왔을 때 깜짝 놀랐다. 케이트가 얼마나 이 손녀에게 신경을 쓰면서 장래 계획을 그리고 있었는지를 잘 알고 있었기 때문이었다.

브래드로서는 어떤 원인으로 그렇게 되었는지 상상조차 할 수 없었다. 또한 어떻게 될지 알 필요도 없었다. 그의 일은 지시받은 일을 수행하기만 하면 되는 것이다. 그러나 막상 눈앞에 젊고 아름다운 여성과 대면해 보니 동정하지 않을 수가 없었다.

케이트와 처음으로 만났을 때 생각이 났다. 그때 그녀는 지금의 이 손녀 나이였고 자신도 비슷한 정도로 젊었었다. 그런데 지금 자신은 백발로 늙어버렸고, 언젠가 케이트 블랙웰이 자신이 그녀를 얼마나 사랑하고 있는지를 알아주기만을 꿈꾸어온 멍청이였다.

브래드는 이브에게 말했다.

"서명을 받아야 하는 서류가 몇 장인가 있어. 한 번 볼래? 아니면……."

"아니에요, 됐어요."

"이브, 네가 납득을 하지 않으면 곤란하지만, 할머니의 유언으로는 너는 5백만 달러가 넘는 신탁 재산 수취인으로 되어 있어. 네가 그 돈을 받을 수 있는 것은 스물한 살부터 서른다섯 살의 어떤 시기에 지정 유언집행인인 할머니 재량에 달려 있는 것으로 되어 있지."

브래드는 그렇게 말하고 설명을 시작했다. 그는 말을 하다가 갑자기 기침을 했다.

"그런데 할머니는 그 지불 시기를 네가 서른다섯 살이 되었을 때로 정하셨단다."

이브는 호되게 따귀를 한 대 맞은 기분이었다.

"오늘부터 너는 매주 정해진 수당을 받게 되어 있는데 그 금액은 일주일에 250달러야."

'아니, 이럴 수가! 그 돈으로는 시시한 옷조차 살 수가 없다. 겨우 250달러로 일주일을 어떻게 살아가란 말인가. 이건 나를 모욕하기 위한 방법이고 이 남자도 할머니와 한통속임이 분명하다. 저 커다란 책상에 앉아 나를 비웃고 있군.'

이브는 브래드의 책상에 놓여 있는 커다란 동으로 만든 문진을 집어서 그의 머리에 던져주고 싶은 충동을 느꼈다. 자신의 손 밑에서 브래드의 두개골이 소리를 내면서 산산조각이 나는 듯한 기분이 들었다.

브래드는 끈질기게 설명을 계속했다.

"네 개인이든, 회사 명의든 외상으로 쇼핑을 하는 것은 허용되지 않아. 어떤 가게에서도 블랙웰의 이름을 써서는 안 되도록 되어 있어. 그리고 쇼핑은 모두 현금으로 지불해야 돼."

악몽은 더욱 심해졌다.

"다음으로, 너의 이름이 신문이나 잡지 가십난에 한 줄이라도 나오는 날에는…… 국내외를 막론하고, 그 즉시 수당은 중단되게 돼. 알겠어?"

"네."

이브의 목소리는 꺼져 들어가는 것 같았다.

"너와 동생인 알렉산드라는 각각 할머니의 생명보험인 500만 달러의 수취인으로 되어 있었지만 네 몫은 오늘 아침에 해약되었어. 앞으로 1년간……."

브래드는 계속했다.

"너의 품행에 대해서 할머니께서 만족하신다면 일주일 수당은 두 배로 올라가게 되지."

거기까지 말하고 브래드는 약간 말을 머뭇거렸다.

"마지막으로 또 하나 조건이 있는데……."

'할머니는 공개적으로 내 목을 조르고 있군.'

"네, 뭔가요?"

브래드는 말하기가 거북하다는 듯이 말했다.

"할머니는 두 번 다시 너와 만나고 싶지 않다고 하셨어."

'흥, 나는 당신과 만나고 싶어요, 할머니. 당신이 고통으로 괴로워하는 것을 보고야 말겠어요.'

브래드의 목소리가 이브의 가슴 한가운데로 뚝뚝 떨어져 왔다.

"용건이 있으면 나에게 전화해. 할머니는 네가 앞으로 이 빌딩에도, 저택에도, 별장 어디에도 일체 발을 들여놓지 않기를 바란다고 하셨어."

이 점에 관해서 브래드는 케이트에게 반대했었다.

'이브는 당신 손녀이고 피를 이어받지 않았습니까. 그런데 마치 전염병 환자처럼 하는군요.'

"그래요. 이브는 병에 걸렸어요."

케이트는 단호하게 말했다.

브래드는 정신을 차리고 걱정스러운 듯이 말했다.

"이게 전부야. 질문이 있으면 하렴."

"없어요."

이브는 완전히 혼란에 빠졌다.

"그럼 이 서류에 서명해."

이브는 다시 거리로 나왔다. 지갑 속에는 250달러 수표가 들어 있을 뿐이었다.

다음 날 아침, 이브는 부동산사무소에 가서 아파트를 알아보기 시작했다. 당초의 꿈으로는 센트럴파크를 내려다볼 수 있는 가장 꼭대기 방과 손님을 접대하는 테라스가 달린 곳을 빌려서 실내를 모던한 흰색 가구로 통일시키는 것을 마음속에 그렸었다. 그러나 현실은 그렇지 않았다. 일주일에 250달러 수입밖에 안 되는 그녀가 빌릴 수 있는 아파트는 파크 거리에는 눈을 씻고 찾아봐도 없었다.

예산을 말한 후 이브가 부동산 업자에게 안내를 받은 곳은 리틀 이탈리아에 있는 방 하나짜리 아파트였다. 침대겸용 의자가 놓여 있는 방에다 작은 부엌과 좁고 지저분한 욕실이 있었다.

"이것이…… 가지고 계신 것 중에서 가장 좋은 집인가요?"

이브가 물었다.

"무슨 말씀을. 서튼플레이스에는 방이 스무 개나 되는 저택도 있어요. 50만 달러에 관리비도 받아야 하지만……."

부동산업자는 말했다.

'사람 우습게 보는군!'

이브는 공연히 화가 났다.

그러나 이브가 정말로 충격을 받은 것은 실제로 그 방으로 이사했을 때였다. 아파트는 마치 감옥과도 같았다. 아파트 전체가 지금까지 살고 있던 저택의 화장실 정도 크기밖에 되지 않았다.

'알렉산드라는 5번가 저택에서 유유히 지내고 있는데……. 제기랄! 그애는 왜 불타 죽지 않았을까? 불에 그렇게 가까이 있었는데……. 만일 그

때 알렉산드라가 불에 타 죽었더라면 할머니는 내가 무슨 짓을 하더라도 인연을 끊지 못했을 텐데…….'

그러나 이브는 일주일에 고작 250달러 생활비에 만족하고 있을 생각은 털끝만큼도 없었다. 그녀는 자신의 몫을 포기할 수 없었다.

'은행에는 500만 달러의 저축이 잠자고 있다. 심술쟁이 할머니가 지키고 있는 내 돈이……. 그 돈을 손에 넣는 방법이 있을 것이다. 어떻게든 대책을 세워야지.'

다음 날, 좋은 생각이 떠올랐다.

"용건이 무엇입니까, 블랙웰 양?"

앨빈 시그램이 상냥하게 물었다. 내셔널 유니온 은행 부사장인 앨빈은 무슨 일이라도 할 생각이었다. 이 젊은 여성이 자신에게 찾아오다니 얼마나 큰 행운인가. 만일 크루거 브렌트 사와 거래할 수만 있다면 자신의 지위는 로켓처럼 승진해 올라갈 것이 분명했다.

"제 명의로 된 신탁 재산이 조금 있어요."

이브는 설명을 시작했다.

"500만 달러예요. 그렇지만 그 돈은 서른다섯 살이 될 때까지 인출할 수가 없게 되어 있답니다."

그리고 이브는 천진난만하게 웃었다.

"서른다섯까지는 너무 멀어요."

"당신 나이 때는 그렇게 생각되겠죠. 열아홉 살쯤 되었죠?"

부사장도 웃었다.

"스물한 살이에요."

"매우 아름답습니다. 실례가 되지 않는다면 이렇게 말하도록 해주세요, 블랙웰 양."

이브는 자랑스럽게 미소를 떠올렸다.

"고마워요, 시그램 씨."

이브는 생각한 것보다 쉬울 것 같았다.

'남자는 모두 바보라고!'

한편 시그램은 손님과의 사이에 친근감이 생긴 일에 만족했다.

'이 사람은 내가 마음에 든 거야.'

"그런데 제가 무얼 도와드릴까요?"

"네, 신탁자금을 담보로 돈을 빌릴 수 있을까요? 저는 지금 돈이 필요해요. 약혼을 했는데 그는 지금 건축 기사로 이스라엘에서 일하고 있어서 3년 안으로는 귀국하지 않거든요."

앨빈 시그램은 그녀를 완전히 동정하고 말았다.

"네, 충분히 알만합니다. 물론 아가씨 부탁에 응할 수 있고말고요."

그의 가슴은 두근거렸다.

'돈은 언제든 신탁자금을 담보로 해서 나오게 되어 있다. 그리고 이 여성이 자신을 마음에만 들어 한다면 자기를 블랙웰 일가에게 소개시켜줄 것이 분명하다. 물론 그들의 요망에 부응할 수도 있었다. 아! 내가 그들에게 필요한 사람이 되다니! 그렇게 된다면 미래는 순식간에 펼쳐지게 된다. 내셔널 유니온의 중역자리에 앉을 수 있을 것이다. 총지배인도 꿈만이 아니다. 모든 것은 책상 저편에 앉아 있는 아름다운 금발 아가씨에게 달려 있다.'

"문제없습니다."

앨빈 시그램은 보장했다.

"수속은 간단합니다. 전액을 빌려드릴 수는 없지만, 글쎄요. 100만 달러 정도라면 지금 당장이라도 내드릴 수 있습니다. 어떻습니까?"

"그 정도면 충분해요."

이브는 기쁨을 감추면서 그렇게 대답했다.

"그렇다면 신탁의 세부사항을 알려주시겠습니까?"

은행원은 펜을 들었다.

"크루거 브렌트의 브래드 로저스 씨에게 연락해보세요. 필요한 것은 모두 그분이 얘기해줄 거예요."

"그렇다면 바로 연락을 취하겠습니다."

이브는 일어섰다.

"얼마나 걸릴까요?"

"하루 이틀 정도면 될 것입니다. 서둘러 일을 처리하겠습니다."

이브는 예쁘고 섬세한 손을 내밀었다.

"친절하게 대해주서서 고마워요."

이브가 방에서 나가자 앨빈 시그램은 당장 수화기를 들었다.

"크루거 브렌트 사 브래드 로저스 씨를 연결해주게."

그 이름을 입에 올리자 앨빈은 기쁨으로 등이 오싹해질 정도였다.

이틀 뒤 이브는 은행으로 가서 앨빈 시그램의 사무실로 안내되었다.

"죄송합니다만, 도움이 되어 드릴 수가 없게 되었습니다. 블랙웰 양."

부시장은 입을 열지미자 그렇게 말했다.

이브는 자신의 귀를 의심했다.

"도대체 왜요? 수속은 간단하다고 말씀하셨잖아요?"

"죄송합니다. 사실을 잘 파악하지 못했었습니다."

그는 브래드 로저스의 대답을 생생하게 기억하고 있었다.

"분명히 이브 브랙웰 명의의 신탁재산이 500만 달러 있습니다. 댁 은행이 그것을 선불하는 것은 전혀 지장이 없습니다. 하지만 그런 일을 하신다면 케이트 블랙웰 여사님은 배신행위라고 보실 겁니다."

브래드 로저스가 더 이상 길게 설명할 필요는 없었다. 크루거 브렌트 사에게는 큰 거래처가 어디에나 있었다. 그런데 내셔널 유니온 은행으로부터 신탁자금을 철수해간다면 앨빈 시그램의 장래가 어떻게 될 것인가는 불을 보듯 뻔했다.

"죄송합니다만, 제 힘으로는 어떻게 할 수가 없습니다."

앨빈은 이브에게 주절주절 그 말만 되풀이했다.

이브는 초조해하면서 상대방을 바라보았지만 이 사나이에게 낙담한 모습을 보여서는 안 된다고 생각했다.

"수고하게 해서 미안해요. 은행은 다른 곳에도 있으니까요."

그녀는 다부지게 한마디 하고는 돌아갈 생각이었다. 그러자 시그램이 말했다.

"블랙웰 양, 신탁에 대해서 당신에게 선불을 하는 은행은 세계 어느 곳에도 없을 겁니다. 단 1페니라도 말입니다."

알렉산드라는 어찌할 바를 모르고 있었다. 지금까지 할머니는 언니인 이브에게만 관심을 쏟고 있었는데 그것이 하룻밤 사이에 변하고 만 것이다. 할머니와 이브 사이에 뭔가 심각한 일이 있었던 것 같았지만 원인은 알 수 없었다.

알렉산드라가 그 얘기를 꺼내면 케이트는 항상 이렇게 대답했다.

"더 이상 말할 필요도 없다. 이브는 자신의 인생을 선택했을 뿐이지."

더구나 이브로부터는 아무 말도 들을 수가 없었다.

케이트는 알렉산드라와 많은 시간을 보냈다. 알렉산드라는 케이트의 눈에 새롭게 비춰지고 있을 뿐만 아니라 케이트의 생활의 상당한 부분을 차지하게 되었다. 알렉산드라로서는 할머니가 자신을 대하는 태도가 달라졌음을 알게 된 동시에, 할머니에게 자신의 평가가 올라간다는 것이 왠지 이상한 기분이었다.

실제로 케이트는 알렉산드라라는 손녀를 처음 대하듯이 관찰했다. 가혹한 배신을 당한 이브의 분신인 이 손녀를 평가하는 데에 신중에 신중을 기했다. 케이트는 가능한 한 알렉산드라와 지냈고 탐색을 했으며 질문을 했고, 그리고 귀를 기울였다. 그리고 얻은 결론은 만족스러운 것이었다.

알렉산드라의 성격을 파악하는 것은 쉬운 일이 아니었다. 그녀는 자신의 세계에 몰두하는 편이었고, 이브와는 달리 매우 내성적이었다. 그러나 알렉산드라는 민감하고 지성적인 데다 천진난만한 순수함이 그 미모와 어울려서 남자들을 매혹시켰다. 헤아릴 수 없을 정도로 많은 파티와 저녁 식사, 극장으로의 초대장을 받고 있었지만 그러한 것에 응하느냐 안하느냐의 결단은 이제 케이트가 내리기로 했다.

구혼자의 인격을 파악하는 것만으로 일은 끝나지 않는다. 케이트가 원하는 것은 자신이 쌓아 올린 왕조를 알렉산드라가 경영해나갈 수 있도록 보좌할 수 있는 사나이인 것이다. 손녀에게 어울리는 사나이를 찾아줘야만 한다. 그 시기가 다가오고 있었다. 하지만 쓸쓸한 이른 아침, 잠을 설칠 때면 그녀는 자신도 모르게 이브를 떠올리곤 했다.

이브는 우아하게 살고 있었다. 할머니와의 다툼으로 완전히 상처를 받고 있었으므로 한동안은 중요한 것을 잊고 있었다. 자신이 남자들에게 있어서 얼마나 매력적인 존재인가 히는 것이었다. 그러나 아파트로 옮긴 후 처음으로 초대받은 파티 석상에서 그녀는 6명의 남자에게 전화번호를 가르쳐주었다. 6명 중 4명은 기혼자였지만 파티가 끝난 지 하루도 지나지 않아서 이브는 6명 모두에게 전화를 받았다. 그날부터 그녀는 돈 걱정을 할 필요가 없었다. 비싼 보석에다 그림, 그리고 가장 많은 것이 현금으로 받는 선물이었다.

"새로운 가구를 사고 싶은데 아직 용돈이 도착하질 않았어요. 어떻게 안 될까요."

이브가 이렇게 말하면 남자들은 어떻게든 그 돈을 마련해주었다.

공석에 나갈 때는 독신 남자가 에스코트를 하도록 신경을 썼고, 기혼자와는 아파트 안에서만 만났다. 그리고 자신의 이름이 가십난에 실리지 않도록 세심한 주의를 기울였다.

용돈 지불을 중단당하는 것은 아무래도 좋았다. 그것보다도 언젠가는 할머니가 자신의 앞을 기어 다니게 하고 싶었다.

'알렉산드라에게는 멍청한 주부가 어울린다고.'

이브는 득의의 미소를 지었다.

어느 날 오후, 《타운 앤드 컨트리》를 보자 알렉산드라가 멋진 남자와 춤을 추는 사진이 실려 있었다. 이브는 그 사진을 가만히 응시했다. 알렉산드라가 아니라 남자를……. 그러고는 깨달았다. 알렉산드라가 결혼을 하고 아이를 낳게 되면 이브가 품고 있는 계획은 모두 물거품이 된다는 사실을…….

이브는 그 사진을 바라보면서 궁리했다.

저택을 나온 지 1년이 지나는 동안 알렉산드라는 이브에게 자주 전화를 해서 식사를 함께 하자고 했지만 이브는 핑계를 대며 계속 미루고 있었다. 하지만 드디어 동생을 만나야 할 때가 온 것 같았다. 그녀는 알렉산드라를 아파트로 초대했다.

알렉산드라가 처음으로 이브의 아파트로 찾아왔다. 동생에게 동정을 받는 것이 아닌가 하고 이브는 내심 긴장하고 있었다. 그러나 알렉산드라는 들어오자마자 "멋진데? 지내기 편할 것 같아." 하고 말했다.

이브는 내심 안심했다. 선물로 받은 보석이나 그림을 팔면 좀 더 호화로운 아파트로 이사할 수도 있었다. 그러나 할머니가 이사한 것을 알게 되면 그 돈의 출처를 추궁할 것이므로 당분간은 사리분별 있는 행동을 하기로 했다.

"할머니는 어떻게 지내시니?"

이브가 물었다.

"건강하셔."

알렉산드라는 그렇게 말하고 조금 망설였다.

"언니, 할머니와 무슨 일이 있었는지 모르지만 내가 할 수 있는 일이 있다면……."
 이브는 한숨을 쉬었다.
 "나는 할머니를 나쁘게 생각하지 않아. 그분은 자신을 책망하고 계실지도 몰라. 나는 멋진 젊은 의사를 알게 되어 결혼 약속을 했어. 함께 잤지. 할머니가 그걸 알고는 집에서 나가라고 하셨어. 이제 두 번 다시 얼굴도 보고 싶지 않다면서. 할머니가 너무 시대에 뒤떨어진 것 같지 않니?"
 알렉산드라의 얼굴에 놀라움의 표정이 역력했다.
 "어머, 언니. 그분하고 같이 할머니를 찾아뵙지 그래."
 "그는 비행기 사고로 죽었어."
 "어머나! 왜 말해주지 않았어?"
 "창피해서 아무에게도 말할 수 없었어."
 이브는 동생의 손을 잡았다.
 "이게 전부야."
 "내가 할머니에게 말할게. 분명히……."
 "안 돼! 내 자존심이 허락하지 않아. 할머니에게는 아무 말도 하지 말아줘. 약속이야."
 "하지만……."
 알렉산드라는 한숨을 쉬었다.
 "알았어."
 "믿어줘. 나는 지금 무척 행복해. 언제든지 마음 내킬 때 외출할 수도 있고, 멋지지 않니?"
 알렉산드라는 이브를 바라보면서 자신은 언니가 없어서 얼마나 외로운 처지에 있는지를 생각했다.
 "내 얘기는 이제 됐어. 너는 어떻게 지냈니? 멋진 왕자님이 나타났을 것 같은데?"
 이브는 갑자기 알렉산드라를 껴안고 놀리기 시작했다.

"아직 없어."

이브는 동생을 세심하게 관찰했다. 그녀는 거울 속의 자신 그 자체였다.

'내가 너를 만신창이가 되도록 파괴해주고 말겠어.'

이브는 마음속으로 그렇게 결심했다.

"머지않아 좋은 사람이 생기겠지."

"난 서두르지 않아. 일을 해야겠다고 생각하고 있거든. 벌써 할머니에게도 말했어. 다음 주에 광고 대리인과 만날 거야."

두 사람은 이브의 아파트 근처 레스토랑에서 점심을 먹었다. 알렉산드라가 점심값을 내려고 하자 이브는 완강하게 말렸다. 동생에게 단 한 푼이라도 빚지고 싶지 않았다.

헤어질 때에 알렉산드라가 말했다.

"언니, 만약 돈이 필요하면……."

"당치 않은 소리 하지 마. 돈은 나도 있으니까……."

그래도 알렉산드라는 고집을 부렸다.

"만일 모자라면, 내 돈이 언니 돈이라고 생각하고 써줘."

이브는 알렉산드라의 눈을 바라보았다.

"그렇게까지 말한다면 기대할게. 하지만 나는 정말로 괜찮아."

그렇게 말하고 그녀는 희미하게 웃었다.

'푼돈 따위는 필요 없다. 통째로 삼킬 것이다. 문제는 어떻게 해서 그걸 내 손에 넣는가 하는 것이다.'


나사우에서 주말 파티가 열렸다.

"언니가 와 주지 않으면 평소처럼 즐겁지 않을 거야."

초대한 것은 스위스 학교 시절의 친구 니타 루드빅이었다.

그곳에 가면 새로운 남자를 알 수 있게 될 것이다. 이브는 지금 사귀고 있는 사냥감에 약간 싫증이 나 있었다.

"멋질 것 같은데? 가기로 할게."

그녀는 대답했다. 그날 오후 이브는 일주일 전에 보험회사 중역으로부터 선물 받은 에메랄드 팔찌를 팔아 로드 앤드 테일러에서 여름옷을 몇 벌 장만하고 나사우까지의 왕복표를 구입했다.

다음 날 아침, 이브는 비행기를 탔다.

루드빅의 별장은 해안에 접해 있는 광대한 저택이었다. 본관에는 방이 30개가 있었으며 가장 좁은 방이라도 이브의 아파트 전부를 합한 것보다 넓었다.

이브는 딱딱한 제복을 입은 하인의 안내를 받으며 방으로 들어갔다. 하녀가 짐을 푸는 동안 이브는 몸치장을 했다. 그리고 드디어 다른 손님을 만나러 아래층으로 내려갔다.

거실에는 16명의 손님이 있었는데 그들은 모두 한 가지 공통점을 갖고 있었다. 모두 부유하다는 것이었다. 비타 루드빅은 유유상종으로 놀았다. 이런 종류 사람들은 똑같은 일에 똑같은 감상을 지니고 똑같이 말하므로 대하기가 편했다. 그들은 모두 명문 기숙학교나 대학을 나와서 호화로운 별장에 요트, 자가용 제트기, 세금 문제 등을 공유하고 있었다.

어떤 기자가 이러한 종족을 가리켜 '제트족'이라고 불렀다. 그들은 겉으로는 조소를 보냈지만 사실은 그렇게 불리는 것을 좋아했다. 차별적인 신에 의해서 선택받은 소수의 특권 종족이었다. 돈으로 모든 것을 살 수 없다는 따위의 말을 하는 녀석에게는 그렇게 말하도록 내버려두면 되었다. 그러나 이 종족들은 잘 알고 있었다. 돈이야말로 아름다움과 사랑과 사치와 천국을 제공해준다는 것을……. 이브가 변덕스러운 노부인에게 배척당한 것도 모두 이 철학 때문이었다.

'하지만 지금의 내 상황도 그렇게 오래 계속되지는 않을 거야.'

이브는 그렇게 생각했다.

이브가 거실로 들어가자 말소리가 갑자기 조용해졌다. 방 안에는 아름다운 부인들로 가득했지만 이브가 그들보다 뛰어나게 아름다웠기 때문이었다. 니타는 이브를 친구인 손님들 한 사람 한 사람에게 소개했다.

이브는 우아하고 매력적으로 행동하면서 소개받은 남자들을 하나하나 관찰하며 사냥감의 값어치를 매기고 있었다. 나이가 많은 남자들은 기혼자이지만 그쪽이 더 좋았다. 체크무늬 바지에 알로하셔츠를 입은 대머리 남자가 다가왔다.

"아름답다는 말은 이제 싫증이 날만큼 들었겠군요."

이브는 화사한 웃음을 띠며 대답했다.

"어머나, 그럴 리가요! 싫증이 나다니요. 미스터?"

"피터슨입니다. 댄이라고 불러주세요. 당신은 할리우드의 스타가 될 걸 그랬군요."

"저는 연기 재능은 없어요."

"그렇다고 해도 그 밖의 여러 가지 재능을 갖고 있잖아요?"

이브는 신비로운 미소를 머금고 그를 쳐다보았다.

"시험해보지 않으면 알 수 없는 것 아니겠어요. 댄?"

대머리는 입맛을 다셨다.

"여긴 혼자?"

"네."

"요트를 해안에 정박해놓았죠. 내일 잠깐 바다로 나가보지 않을래요?"

"재미있을 것 같군요."

이브가 의미심장하게 말하자 남자는 음흉하게 웃었다.

"좀 더 빨리 만나 뵐 수 없었던 것이 이상하군요. 댁의 할머니이신 케이트 여사와는 몇 년이나 사귄 사이랍니다."

이브는 얼굴에서 미소를 잃지 않으려고 노력했다.

"저는 할머니를 무척 좋아해요. 다른 분들과도 얘기를 나누어야죠."

이브는 간신히 대답했다.

"그렇군요."

댄은 윙크를 했다.

"그럼, 내일 꼭."

피터슨이 이브와 단둘이 있을 수 있었던 것은 그것이 마지막이었다. 점심식사 자리에서 이브는 그를 피해서 손님용으로 준비해놓은 자동차 한 대를 빌려 타고 마을로 드라이브를 나갔다.

블랙비어드탑을 지나서 플라밍고가 퍼레이드를 하고 있는 아다스트라 정원을 빠져나갔다. 이브는 항구에서 차를 세우고 어선으로부터 거대한 거북이나 대형 새우, 열대어, 예쁜 조개 등이 하역되는 것을 바라보았다. 조개는 잘 닦아서 관광객에게 팔고 있었다.

해변은 조용했고 바다는 다이아몬드처럼 반짝거렸다. 해변 저편으로 아일랜드 비치가 초승달 모양으로 커브를 그리고 있는 것이 보였다. 그 해안으로부터 모터보트가 항구를 나서고 있었다. 속도가 빨라지자 사나이의 모습이 갑자기 하늘로 떠올랐다.

"패러세일링이다!"

이브는 홀린 듯이 바라보며 하늘에서 넘실거리는 사나이의 늠름한 모습을 쫓았다. 보트가 항구에 접근해 선회하자 공중에서 곡예를 하던 사나이의 옆얼굴을 순간적이나마 훔쳐볼 수 있었다. 약간 거무스름한 얼굴로 잘생긴 사나이였다.

그 사나이가 5시간쯤 후 니타 루드빅의 거실로 들어왔다. 이브는 자신이 염력으로 이 사나이를 그 자리로 불러들였다고 생각했다. 반드시 이곳에 모습을 나타낼 것이라는 예감이 들었던 것이다.

사나이는 가까이에서 보니 더욱 미남이었다. 185센티쯤 될까 하는 키에 완벽하리만치 좋은 체격을 가지고 있었고 햇볕에 그을린 얼굴에 검은 눈동자가 유난히 빛났다. 사나이가 웃자 하얀 치아가 가지런하게 드러났다. 니타의 소개로 사나이는 이브에게 미소를 보냈다.
"이쪽은 조지 멜리스, 이쪽은 이브 블랙웰이에요."
"맙소사! 당신은 루브르 미술관에서 빠져나온 것 같군요."
조지 멜리스가 말했다. 목소리는 낮고 허스키했으며 어딘지 모르게 특이했다.
"자, 이쪽으로 와. 다른 손님에게도 소개를 해야지."
니타가 재촉했다. 조지는 니타에게 손을 흔들었다.
"그냥 내버려둬. 벌써 인사를 나누었어."
니타는 두 사람을 잠시 동안 바라보았다.
"알았어. 용건이 있으면 불러줘."
니타는 그렇게 말하고 사라졌다.
"조금 예의가 없으신 것 아닌가요?"
이브가 묻자 조지는 싱긋 웃었다.
"나는 내 행동에 책임을 질 수 있어요. 사랑하고 말았거든요."
이브는 소리를 내어 웃었다.
"다시 말하자면 당신은 내가 지금까지 본 여자 중에서 가장 아름답다는 말이지요."
"어머나, 저도 똑같이 생각하고 있었어요."
이브는 이 사나이가 부자인가 아닌가는 전혀 신경 쓰지 않았다. 그만큼 반해버린 것이다. 용모 이상의 무엇인가가 있었다. 이브를 흥분시키는 성적 매력 같은 것일까. 지금 눈앞에 있는 사나이만큼 이브에게 충격을 준 사람은 지금까지 한 사람도 없었다.
"당신은 누구죠?"
이브가 물었다.
"니타가 말했잖아요. 조지 멜리스라고."

"도대체 어떤 사람이냐고요."

이브는 되풀이해서 물었다.

"철학적인 의미로 말하는 건가요, 아니면 진정한 나로 말하는 건가요? 말할 만한 것은 못 돼요. 그리스 출신인데, 가족들은 올리브와 다른 것을 기르고 있지요."

그 멜리스로군! 멜리스 식품 브랜드는 전 미국 잡화점이나 슈퍼마켓에 넘쳐흐르고 있었다.

"결혼은 하셨나요?"

이브가 묻자 조지는 씩 웃었다.

"당신은 항상 그렇게 직선적으로 말하나요?"

"아뇨."

"아직 독신이에요."

그 대답은 자신도 놀랄 정도로 가슴을 설레게 했다. 이 사나이를 보고 있는 것만으로도 독점하고 안기고 싶다는 생각을 하게 했다.

"왜 저녁식사에 오지 않았어요?"

"사실은…… 개인적인 일이 있었어요."

이브는 그 말에 아무 말도 하지 않고 그 다음을 기다렸다.

"젊은 여자아이가 자살하려고 해서 필사적으로 설득하고 있었죠."

조지는 아무렇지도 않은 듯이 말했다.

"그래서 잘 되었나요?"

"지금까지는…… 당신은 자포자기 하는 타입이 아니길 바랍니다."

"그런 타입은 아니에요. 당신이야말로 그런 타입이 아니길 바랍니다."

조지는 큰 소리로 웃었다.

"당신은 정말 좋은 여자인 것 같은 느낌이 드는군요. 정말로 사랑에 빠지고 말았어요."

조지가 이브의 손을 잡자 이브는 만지는 것만으로도 가슴이 뛰었다.

그날 저녁 조지는 이브의 곁에서 떠나려 하지 않았다. 누가 봐도 확실하게 알 정도로 이브의 시중을 들었다.

조지의 손가락은 길고 섬세했으며 그 손가락으로 이브를 위해서 음료수를 날라주거나 담배에 불을 붙여주거나 가끔 자연스럽게 몸에 대거나 했다. 이브는 조지가 옆에 있는 것만으로도 몸이 달아올라서 둘만의 시간이 빨리 오기만을 안절부절못하며 기다렸다.

자정이 넘어 손님들이 하나둘 자신들의 방으로 물러가자 조지 멜리스가 물었다.

"당신 방은 어디죠?"

"북쪽 건물 맨 끝이에요."

조지는 고개를 끄덕였다. 긴 속눈썹의 눈이 이브를 관통하듯이 바라보고 있었다.

이브는 옷을 벗고 목욕을 한 뒤 새로운 네글리제를 입었다. 그것은 투명한 검정색으로 몸에 찰싹 달라붙어서 몸의 곡선을 더욱 선명하고 두드러지게 했다. 밤 1시에 문을 두드리는 소리가 들렸다. 이브가 재빨리 문을 열자 조지 멜리스가 들어왔다.

"정말 황홀해요. 비너스도 당신 옆에 서면 마귀할멈으로 보이겠어요."

조지는 찬사를 아끼지 않았다.

"나는 비너스보다 우아해요. 손이 두 개나 있으니까요."

이브가 속삭였다. 그녀는 조지 멜리스의 몸에 팔을 감고 매달렸다. 조지의 키스는 이브의 내부에서 무언가를 폭발시켰다. 조지의 혀가 이브의 입 속을 더듬었다.

"아, 멋져요!"

이브가 신음을 토해냈다.

조지는 상의를 벗기 시작했다. 이브도 도왔다. 순식간에 그는 바지와 속옷을 벗어버리고 이브 앞에 알몸으로 섰다. 조지는 이브가 그때까지 본 적이 없는 훌륭한 조형물이었다. 조지의 그것은 늠름하게 서서 도전적으로 그녀를 쳐다보고 있었다.

"빨리! 안아줘요."

이브가 말했다. 그녀는 침대 쪽으로 걸어갔다. 몸은 불꽃처럼 타오르고 있었다.

"뒤로 돌아. 엉덩이를 내놓으라고."

조지는 명령했다.

이브는 사나이를 올려다보았다.

"나는…… 그런……."

그러자 조지가 이브의 입가를 후려갈겼다. 이브는 깜짝 놀라서 그를 쳐다보았다.

"뒤로 돌아서!"

"싫어요."

조지가 더욱 세게 때려서 이브는 방이 흔들거리는 것같이 느껴졌다.

"부탁이에요. 그러지 말아요."

조지는 또다시 그녀를 때렸다. 이브는 조지의 강한 팔로 뒤집혀져서 무릎을 꿇은 자세로 몸이 잡아당겨졌다.

"부탁이에요. 살려줘요."

이브는 헐떡였다.

"그만둬요! 소리 지르겠어요."

조지는 또다시 이브의 목덜미에 일격을 가했다. 이브는 몽롱한 의식 속에서 조지가 자신의 엉덩이를 높이 들어 올리는 것을 느꼈다.

그는 이브의 엉덩이를 양손으로 당기며 몸을 밀어붙여 왔다. 그의 것이 그녀의 내부로 깊이 삽입된 순간 찢기는 듯한 예리한 아픔 때문에 이브는 비명을 지르려고 했지만 무슨 일을 당할지 몰라 필사적으로 견뎠다.

이브는 애원했다.

"아, 부탁이에요. 아파요……."

이브는 그에게서 도망치려고 했으나 그는 엉덩이를 단단히 잡고 몇 번이나 거대한 페니스를 찔러 왔다. 그녀는 너무 아파서 견딜 수가 없었다.

"아, 싫어요. 살려줘요!"

이브는 숨을 헐떡였다.

"그만둬요! 부탁이에요, 그만!"

조지는 더욱 깊고 빠르게 계속해서 움직였다. 이브가 마지막으로 기억하는 것은 조지의 밑바닥으로부터 터져 나오는 듯한 신음소리가 자신의 귓속에서 파열하는 것 같다고 생각한 것이었다.

이브가 의식을 되찾고 눈을 뜨자 조지 멜리스는 옷을 입고 의자에 앉아서 담배를 피우고 있었다. 그리고 이브가 움직인 것을 알아차리고는 다가와서 이마를 쿡쿡 찔렀다. 이브는 또다시 전율을 느꼈다.

"어떤 느낌이었지, 내 사랑?"

이브는 일어나려고 했으나 너무나도 고통스러워서 움직일 수가 없었다. 마치 몸이 두 개로 찢어진 것 같았다.

"당신은 짐승이야!"

이브의 목소리는 쉬어서 속삭이듯이 들렸다.

조지는 웃었다.

"그래도 상냥하게 한 거라고."

이브는 믿을 수 없는 표정으로 사나이를 쳐다봤다.

조지는 엷은 미소를 띠었다.

"보통 때는 훨씬 난폭하지."

그는 그렇게 말하고는 이브의 머리를 쿡 찔렀다.

"당신을 사랑하고 있기 때문에 부드럽게 한 거야. 머지않아 익숙해질 거야. 약속하지. 반드시 말이야."

만일 무기가 있었다면 이브는 그를 죽였을 것이다.

"당신은 미쳤어요."

이브는 조지의 눈빛이 변하는 것을 직감했다. 손은 주먹을 쥐고 있었다. 그 순간 공포를 느꼈다. 이 남자는 미쳤어!

"그런 생각으로 말한 건 아니에요. 다만, 다만…… 이런 경험은 한 적이 없어서요. 부탁이에요, 잠깐 쉬고 싶어요. 네? 괜찮죠?"

조지 멜리스는 이브를 가만히 응시하다가 이윽고 긴장을 풀었다. 그리고 일어서서 화장대로 걸어가서 보석함을 열었다. 플라티나 팔찌와 다이아몬드 목걸이가 들어 있었다. 조지는 목걸이를 들어서 꼼꼼하게 살펴보고는 그것을 자신의 주머니에 집어넣었다.

"기념으로 가져가겠어."

이브는 공포로 인해 제지할 말도 나오지 않았다.

"그럼, 잘 자라고."

그렇게 말하며 조지는 침대로 돌아와서는 몸을 구부려 이브의 입술에 부드럽게 키스를 했다.

이브는 조지가 방에서 나갈 때까지 가만히 기다렸다가 침대에서 기어 나왔다. 몸은 고통으로 뜨거웠다. 한 발짝 걸을 때마다 통증이 전신을 꿰뚫었다. 침실 문을 잠그자 그제야 마음이 놓였다. 아직은 욕실까지 갈 자신이 없었으므로 침대로 돌아가서 통증이 누그러지기를 기다렸다.

분노가 불끈불끈 치밀어 올랐다.

'그가 짐승처럼 나를 공격했어. 잔인하게, 무서울 정도로. 자살하려던 여자아이에게도 이런 일을 한 것일까?'

이윽고 이브는 가까스로 기다시피 욕실로 가서 거울을 봤다. 그러고는 깜짝 놀랐다. 얼굴은 부어올라서 시퍼렇게 변해 있었고 한쪽 눈도 일그러질 정도로 부어 있었다. 그녀는 욕조에 물을 채우고는 상처 입은 동물처럼 안으로 들어가서 통증을 가라앉혔다. 물이 미지근해질 때까지 몸을 눕히고 있다가 이윽고 욕조에서 나와 슬슬 걸어보았다. 통증은 많이 가라앉았지만 아직은 편하다고 할 정도는 아니었다.

이브는 그날 밤을 뜬눈으로 지새웠다. 조지가 또다시 돌아오지나 않을까 하는 공포에 떨어야 했다.

날이 밝아 이브가 몸을 일으키자 시트는 피로 물들어 있었다.

'이 보복은 반드시 하고 말겠어.'

이브는 가만가만 조심스럽게 욕실로 가서 또다시 욕조에 뜨거운 물을 채웠다. 얼굴은 전날 밤보다는 더욱 많이 부어올랐고 더욱 파랗게 되어 있었다. 이브는 욕조에 몸을 눕히고 어제 일을 생각해보았다. 그 사나이는 그 사디즘과는 별도로 뭔가 기묘한 행동을 했다. 갑자기 그게 무엇이었는가를 생각해냈다. 목걸이다. 어째서 그걸 가지고 갔을까.

2시간 정도 지난 후 이브는 아래층으로 내려가서 아침식사를 하는 다른 손님과 합류했다. 먹고 싶은 생각보다는 니타 루드빅과 얘기를 하고 싶었다.

"어머나, 얼굴이 왜 그렇게 되었니?"

니타가 물었다.

이브는 슬픈 미소를 보였다.

"비참한 얘기야. 한밤중에 일어나서 화장실을 가려고 했는데, 불 켜는 것이 귀찮아서 그냥 들어가려다가 그만 문에 부딪치고 말았어."

"의사한테 가봐야겠다."

"아니야, 괜찮아. 그저 타박상일 뿐인데 뭐."

이브는 아무렇지도 않은 듯이 말했다. 그리고 주위를 둘러보며 그녀에게 물었다.

"조지 멜리스는?"

"바깥에서 테니스를 하고 있어. 그는 상당한 명수야. 점심식사 때 너를 만나고 싶다고 하던데, 너한테 반한 모양이야."

"그에 관해서 말해줄 수 있니? 가족 상황은 어때?"

이브는 슬쩍 물었다.

"조지? 그리스의 부유한 명문 출신이야. 그는 장남인데 대단한 부자지. 뉴욕의 핸슨 앤드 핸슨 증권회사에 근무하고 있어."

"어머, 집안일을 돕지 않고?"

"그래, 아마도 그는 올리브를 싫어하는 거겠지. 어떻든 간에 멜리스가 재산으로 봐서 일할 필요는 없을 텐데 말이야. 그냥 여가 선용으로 하는 거겠지."

니타는 싱긋 웃었다.

"밤에는 무척 바쁜 모양이지만……."

"그래?"

"조지 멜리스는 이 주변에서는 최고의 남성이야. 아가씨들은 그를 위해서 팬티를 벗고 싶어서 안달이라고. 미래의 멜리스 부인을 꿈꾸면서 말이야. 나도 남편이 저렇게 질투가 심하지 않다면 그의 곁으로 달려갈지도 모르지. 근육질의 훌륭한 짐승 아니니?"

"그럴지도 모르지."

이브는 대답했다.

이브가 홀로 테라스에 앉아 있을 때 조지 멜리스가 다가왔다.

"잘 잤어, 이브? 괜찮아?"

그는 정말로 걱정스러운 듯한 표정으로 이브의 멍든 볼을 상냥하게 어루만졌다.

"당신은 정말 아름다워."

조지는 의자를 그녀의 정면으로 끌어당겨 놓고, 두 다리를 벌리고 앉아서 햇빛에 반짝거리는 바다를 가리켰다.

"이렇게 아름다운 전망은 처음이지?"

그는 마치 어젯밤에 아무 일도 없었다는 듯이 행동했다. 이브는 조지가 말하는 것을 가만히 듣고 있자 웬일인지 또다시 강렬한 성적 매력을 느끼기 시작했다. 그런 악몽을 경험한 직후임에도 불구하고. 믿어지지 않는 일이었다.

'마치 그리스 신의 조각처럼 보이는군. 미술관에 어울리는 사나이야. 그리고 정신병원에도.'

"오늘 밤 뉴욕으로 돌아가야 돼. 전화번호를 가르쳐주겠어?"

"이사를 한 지 얼마 안 돼서 아직 전화가 없어요. 내가 연락할게요."

이브가 당황한 채로 말했다.

"알았어."

조지는 빙긋 웃었다.

"어제저녁에는 진심으로 즐거웠겠지?"

이브는 자신의 귀를 의심했다.

"여러 가지 일을 가르쳐주겠어, 이브."

조지는 속삭였다.

'미스터 멜리스, 나도 너에게 가르쳐주고 싶은 것이 있어.'

이브는 가슴 속에 맹세를 했다.

아파트로 돌아온 이브는 곧바로 도로시 홀리스터에게 전화를 걸었다. 뉴욕의 탐욕스러운 매스컴은 멋진 사람들의 동향을 자주 기사화하는데, 도로시는 그 정보 제공자였다. 남편이 21세의 비서에게 반해 그녀는 이혼을 했다. 홀로 된 그녀는 무엇이 됐든 일하지 않을 수 없었다.

그녀는 자신의 재능을 유감없이 살릴 직업을 선택했다. 그녀는 가십기자로 뛰었는데 기사거리가 될 만한 주위의 사람들은 거의 다 알고 있었고, 그녀가 쓰는 글은 신뢰를 할 수 있었기 때문에 몇몇 사람은 그녀에게 비밀을 노출하지 않았다.

조지 멜리스의 정보를 알아내려면 도로시 홀리스터가 최고 적임자였다. 이브는 도로시를 라 피라미드로 초대했다. 도로시는 얼굴도, 몸매도 통통했고 머리를 빨갛게 염색했으며 커다랗고 쉰 목소리로 요란스럽게 웃는 여자였다. 엄청나게 많은 보석을 몸에 달고 있었지만 전부가 모조품임을 한눈에 알 수 있었다.

점심식사 주문이 끝나자 이브는 아무렇지도 않은 듯이 말했다.

"지난 주에 바하마 제도에 다녀왔어요. 정말 좋더군요."

"알고 있어. 니타 루드빅의 초대객 명단을 가지고 있으니까. 파티는 즐거웠어?"

도로시 홀리스터가 말하자 이브는 어깨를 으쓱했다.

"옛 친구들을 많이 만났어요. 그런데 참, 재미있는 남자가 있더군요. 음, 이름이……"

이브는 거기서 일부러 말을 멈추고는 미간을 찌푸렸다.

"조지 뭐라고 하던데, 밀러라고 했던가. 그리스인이었는데……"

그러자 도로시 홀리스터는 방 안이 울려 퍼질 만큼 요란한 목소리로 웃어 제쳤다.

"멜리스야, 조지 멜리스."

"아, 맞아요. 멜리스였어요. 그를 알고 있나요?"

"만난 일이 있지. 온몸의 털이 곤두설 정도로 멋진 사내지. 좋은 몸매를 가지고 있거든."

"어떤 경력의 사람인가요?"

도로시 홀리스터는 주위를 둘러본 뒤 비밀 얘기를 하듯이 몸을 숙였다.

"아무도 모르는 일이야. 네 가슴 속에만 담아두라고. 조지는 그 가문에서 문제아야. 식품업을 하고 있는 갑부 집안이고. 조지는 그 후계자로 생각되고 있었는데 여자, 남자, 그리고 변태들과 관계를 맺고 너무나 많은 기사거리를 만들어서 고향에서 추방당했어."

이브는 한마디도 놓치지 않고 머릿속에 그 말을 새겨 넣었다.

"그는 한 푼도 받지 못하고 의절을 당하고 말았지. 그래서 생활을 위해 일하지 않을 수가 없는 거야."

'이것으로 내 목걸이를 가져간 행동이 설명되는군!'

"그렇지만 먹고 사는 데는 곤란하지 않아. 돈 많은 여자가 그냥 내버려 두질 않으니까……."

도로시는 이브를 유심히 바라보며 물었다.

"그에게 관심 있어?"

"그렇지 않아요."

실제로는 관심을 갖고 있는 것 이상이었다. 그는 자신이 찾아 헤매던 열쇠가 될지도 몰랐다. 자신의 부를 향한 열쇠가…….

다음 날 아침 일찍 이브는 조지의 근무처인 증권회사로 전화를 걸었다. 조지는 전화 목소리로 즉각 이브라는 것을 알아차렸다.

"당신 전화 기다리느라고 미칠 것 같았어. 오늘밤 식사라도 할까?"

"저녁은 안 돼요. 점심으로 하죠. 내일 말이에요."

조지는 깜짝 놀라서 대답을 할 수 없을 정도였다.

"좋아. 고객과 약속이 있지만 뒤로 연기시키지."

이브는 이 목소리의 주인공이 바하마에서 만난 사나이라고 도저히 믿을 수 없었다.

"내 아파트로 와 줘요."

그녀는 그렇게 말하고는 자신의 주소를 가르쳐주었다.

"12시 반이에요."

"알았어."

조지의 목소리에는 혼자만의 만족스러운 울림이 있었다. 그는 자신이 얼마나 귀찮은 일을 짊어지게 될지 알 리가 없었다.

조지는 30분 늦게 도착했다. 그것이 그의 습관이라고 이브는 이해했다. 일부러 버릇없게 행동하고 있는 것이 아니라 무관심한 것이다. 언제나 자신을 기다려주는 사람이 있다고 생각하기 때문이었다. 여자는 언제든지 손에 넣을 수 있으며, 남보다 뛰어난 용모와 매력으로 세상을 자신의 것으로 만들고 있는 사나이인 것이다. 돈이 없는 것만이 조지의 약점이었다. 조지는 좁은 아파트를 한 바퀴 둘러보았다. 익숙한 눈길로 가구의 가격을 매기고 있었다.

"분위기가 좋은 방이로군."

그는 이브에게로 다가와서 손을 내밀었다.

"줄곧 당신만 생각하고 있었어."

이브는 조지의 포옹으로부터 피했다.

"기다려요. 할 얘기가 있으니까."

검은 눈동자가 이브를 가만히 응시했다.

"나중에 해도 되잖아."

"안 돼요. 지금 말하고 싶어요."

이브는 느린 말투였지만 단호하게 말했다.

"만일 그때처럼 나를 만진다면 당신을 죽이고 말겠어요."

조지는 입술을 반쯤 깨물었다.

"이봐, 무슨 농담을 하는 거야?"

"농담이 아니에요. 잘 들어요. 당신에게 일을 줄 생각이에요."

조지는 당혹스러운 표정이 되었다.

"일을 위해서 나를 일부러 불렀나?"

"그래요. 당신이 멍청한 노부인들에게 증권이나 채권을 사게 하려고 얼마나 속여 왔는지 모르지만 그 정도로는 대단한 돈이 생기지 않잖아요?"

조지는 화가 나서 얼굴이 붉으락푸르락했다.

"머리가 어떻게 된 거 아냐? 우리 집안은……."

"집안은 갑부죠. 하지만 당신은 그렇지 않아요. 나도 마찬가지죠. 우리는 침몰 중에 있는 나룻배를 타고 있는 거나 마찬가지예요. 이 상황을 요트로 바꿀 방법을 나는 알고 있어요."

호기심에 이끌려 조지의 분노가 누그러졌다.

"좀 더 자세히 말해주지 않겠어?"

"간단해요. 나는 억만장자 집에서 의절을 당했어요. 동생인 알렉산드라가 뒤를 잇게 되죠."

"그게 나랑 무슨 관계가 있지?"

"당신이 알렉산드라와 결혼을 하면 재산은 당신 것이 돼요. 즉 우리 것이 된다는 얘기죠."

"사양하겠어. 난 한 사람에게 속박당하기는 싫다고."

"그렇게 돼도 문제는 없을 거예요. 내 동생은 늘 사고를 당하는 아이니까요."

\*

'버클리 앤드 매슈' 광고 회사는 매디슨 가에 이름을 내걸고 있는 대리점 가운데 독보적인 존재였다. 매상고는 뒤에 이어지는 두 회사를 합친 것보다도 많았다. 수익의 대부분은 크루거 브렌트 사와 그 관련 기업으로부터의 발주에 의한 것이었다. 중역, 카피라이터, 제작 디렉터, 카메라맨, 조판공, 화가, 그리고 매스컴 종사자 75퍼센트 이상이 크루거 브렌트 사와 관계된 일에 매달리고 있었다. 따라서 케이트가 알렉산드라의 일로 전화를 했을 때도 아론 버클리는 크게 놀라지 않았다. 만일 케이트가 원한다면 그는 알렉산드라를 사장자리에라도 앉혔을 것이다.

"내 손녀가 카피라이터에 관심이 있는 모양이에요."

케이트는 버클리에게 말했다.

버클리는 언제든지 좋을 때 일을 하러 오라고 말했다. 알렉산드라는 그 다음 주 월요일부터 일을 하러 나갔다.

매디슨 가의 광고 대리점이라고는 해도 실제로 매디슨 가에 사무실을 두고 있는 곳은 거의 없었다. 그러나 버클리 앤드 매슈 사는 예외였다. 매디슨 가와 57번가 모퉁이에 현대적인 빌딩을 가지고 있었으며 자기 회사에서 8개 층을 사용하고 나머지 층은 다른 기업에게 임대를 하고 있었다.

급료를 절약하기 위해서 아론 버클리와 그 파트너인 노먼 매슈는 6개월 전에 고용한 젊은 카피라이터를 해고시키고 알렉산드라를 채용했다.

이 얘기는 순식간에 사내에 퍼졌다. 그리고 단골 거래처의 손녀를 위해서 젊은 아가씨가 해고당했으므로 사원들은 의분에 불타고 있었다. 알렉산드라가 입사하기 전 말괄량이 아가씨가 스파이 짓을 하러 보내진다는 소문이 퍼졌을 정도였다.

첫 출근한 알렉산드라는 버클리의 모던한 사무실로 안내되었다. 방에서는 버클리와 매슈가 기다리고 있었고 알렉산드라가 들어가자 모두들 인사를 했다.

두 파트너의 생김새는 전혀 달랐다. 버클리는 키가 크고 깡말랐으며 더부룩한 백발을 하고 있었고, 매슈는 키가 작고 통통했으며 완전히 대머리였다. 그러나 공통점이 두 가지 있었다. 과거 10년 동안 몇 개의 유명한 광고 카피를 함께 만들어냈다는 것과 절대적인 폭군이라는 사실이었다. 두 사람은 사원들을 노예처럼 취급했다. 사원들이 그런 혹사에 견딜 수 있는 것은 버클리 앤드 매슈 사에서 일한 사람이라면 전 세계 어느 광고 대리점에 가더라도 인정받는다는 이유 때문이었다. 이 회사는 한마디로 실력 양성소인 셈이었다.

방에는 두 사람의 파트너 외에 또 한 사람이 있었다. 부사장인 루카스 핑커톤이었다. 그는 끊임없이 생글거리며 웃는 아첨쟁이였지만 매서운 눈매를 가지고 있었다.

버클리는 알렉산드라를 팔걸이의자에 앉혔다.

"뭘로 하시겠습니까, 블랙웰 양. 커피 아니면 홍차……."

"아니에요, 아무것도 필요 없어요."

"당신은 이곳에서 우리와 함께 카피라이터 일을 하시게 되었습니다."

"이런 기회를 주셔서 감사합니다. 버클리 씨. 나는 많은 것을 배워야 한다는 것을 알고 있어요. 아무튼 열심히 일하겠습니다."

"그러실 필요 없습니다."

노먼 매슈는 무심코 뱉어버린 자신의 말에 당황한 채 덧붙였다.

"즉 서둘러서 공부하실 필요는 없다는 거죠. 모든 것을 당신의 뜻대로 할 수 있습니다. 아마 이곳 일에 만족하시리라 확신합니다."

그러자 아론 버클리가 덧붙였다.

"아마 당신은 이 회사의 최고 경영진과 일하게 될 겁니다."

1시간쯤 뒤, 알렉산드라는 그들의 말과 행동을 곰곰이 생각해보았다.

'이들은 일에 있어서는 일류일지 모르지만, 어딘가 어색한 점이 있어.'

루카스 핑커톤이 알렉스를 소개하며 돌아다녔다. 그러나 어느 스태프를 만나도 얼음처럼 차가운 태도로 그녀를 대했다.

알렉산드라가 있다는 것을 알게 되면 그들은 갑자기 일을 시작했다. 알렉산드라는 그들이 뭔가 분노하고 있다는 것을 느꼈지만 왜 그런지 짐작이 가지 않았다. 핑커톤은 알렉산드라를 담배 연기로 자욱한 회의실로 안내했다. 벽에는 아트디렉터 상 등 트로피로 가득 찬 캐비닛이 놓여 있었다. 테이블에 여성 한 사람과 남성 두 사람이 앉아 있었고, 모두들 담배를 피우고 있었다.

핑커톤이 말했다.

"당신이 오늘부터 함께 일할 제작팀이에요. 앨리스 코펠, 빈스 반즈,

그리고 마티 베르게이머예요. 여러분, 이쪽이 블랙웰 양입니다."

세 사람은 알렉산드라를 힐끔힐끔 쳐다보았다.

"그럼 서로 친해질 수 있도록 나는 자리를 피하겠네."

핑커톤은 그렇게 말하고는 빈스 반즈에게로 얼굴을 돌렸다.

"새로운 향수 카피는 내일 아침까지 내 책상 위에 놓아주게. 블랙웰 양이 필요한 것은 무엇이든 마련해드리고……"

그리고 핑커톤은 나갔다.

"무엇이 필요합니까?"

빈스 반즈가 물었다. 알렉산드라의 허를 찌르는 질문이었다.

"저, 저는 광고에 대한 공부를 해야 할 것 같아요."

앨리스 코펠이 상냥하게 말했다.

"그렇다면 제대로 찾아왔군요. 우리는 죽도록 가르칠 겁니다."

알렉산드라는 당혹스러웠다.

"제가 뭐 잘못한 거라도 있나요?"

"아뇨, 블랙웰 양. 우리는 매우 심한 압력을 받고 있어요. 지금 화장품 광고 카피를 작성해야 하거든요. 버클리 씨와 매슈 씨는 우리가 작성한 카피가 마음에 들지 않아서 기분이 안 좋은 상태예요."

마티 베르게이머가 대답했다.

"방해가 되지 않게 할게요."

알렉산드라는 조심스럽게 사과하듯이 말했다.

"그러는 것이 좋겠군요."

앨리스 코펠이 말했다.

회사의 직원들은 서로 이름으로 부르고 있었지만 알렉산드라만은 예외였다. 누구나가 '블랙웰 양' 하고 불렀다. 아무튼 그녀는 열심히 배우고 일해서 회사에 도움이 되고자 했다. 카피라이터들이 생각나는 대로 아이디어를 내놓는 싱크탱크 회의에도 참석했다. 아트디렉터가 디자인하는 것도 견학했다.

핑커톤이 제출받은 카피를 찢어버리는 소리도 들었다. 핑커톤은 음험하고 심술궂은 사나이라고 알렉산드라는 생각했다. 카피라이터들이 불쌍하기 짝이 없었다.

부서별 리더와의 회의, 손님과의 대담, 사진 선별, 전술회의 등을 참석하며 알렉산드라는 어지러울 정도로 아래 위층을 오르내렸다.

그녀는 입을 굳게 다문 채 묵묵히 귀를 기울여 배웠다. 그렇게 일주일이 지나자 1개월이 지난 것 같은 기분이 들었다. 그래서 귀가했을 때는 완전히 지쳐서 나가떨어지기가 일쑤였다. 일 때문이 아니었다. 자신에게 향해진 동료들의 긴장감으로 인한 정신적 피곤이었다.

그 다음 주 월요일, 알렉산드라는 이런 상태를 어떻게든 바꿔봐야겠다는 다급한 심정으로 출근했다. 평상시처럼 오전에는 커피타임이 있었다. 그런데 알렉산드라가 들어가자 실내는 찬물을 끼얹은 듯 조용해졌다.

"커피를 드릴까요, 블랙웰 양?"

"고마워요."

그리고 알렉산드라가 커피 자동판매기로 가는 동안 계속해서 침묵이 이어지다가 알렉산드라가 나가자 대화는 다시 이어졌다.

점심시간에 알렉산드라는 앨리스 코펠에게 말했다.

"괜찮다면 점심 같이 먹어요."

"미안해요. 약속이 있어요."

알렉산드라는 빈스 반즈를 바라보았다. 그러자 그는 얼굴을 돌렸다. 마티 베르게이머는 시선이 마주치자마자 말했다.

"나도 일이 많아서 바빠요."

알렉산드라는 완전히 기분이 상했다. 한마디로 그들은 그녀와 함께하기를 싫어하는 것이다. 그 이유는 그녀가 블랙웰가 사람이기 때문이었다.

'확실하게 알려줘야겠어. 블랙웰이라는 성을 가진 나도 그들의 동료라는 사실을……'

목요일 오후 1시, 모두 점심식사를 하러 바깥으로 나가고 알렉산드라만이 남아 있었다. 중역실에는 각 부서로 연결된 인터컴이 놓여 있어서 부하에게 용건이 있을 때는 사원의 이름이 적힌 카드의 단추를 누르기만 하면 되었다. 알렉산드라는 버클리나 매슈, 그리고 핑커톤이 근무하는 사무실에 몰래 들어가서 이름이 적힌 카드를 바꾸었다. 1시간 만에 작업은 완료되었다.

그것은 복마전의 시작이었다. 알렉산드라가 짜놓은 대혼란을 원상태로 돌리는 데에는 4시간이 걸렸고, 버클리 앤드 매슈 사 사원들에게 있어서는 입사 이래로 가장 유쾌한 4시간이 되었다. 아론 버클리와 노먼 매슈, 그리고 루카스 핑커톤은 범인을 찾아내려고 열심히 조사했지만 아무것도 찾을 수 없었다.

알레산드라가 중역실로 들어가는 것을 본 사람이 있었다. 전화교환원인 프랜이었다. 그러나 프랜은 알렉산드라보다도 수뇌진을 오히려 싫어했으므로 모르는 척했다.

"정말이지 아무것도 못 봤어요."

그날 밤 프랜이 빈스 반즈의 침대에 들어갔을 때 그녀는 오늘의 사건에 대해서 말했다.

빈스는 벌떡 일어나 앉았다.

"그 블랙웰가 아가씨가 했다고? 도대체 나는 뭘 보고 있었던 거야!"

다음 날 아침, 알렉산드라가 사무실로 들어서자 동료 세 사람이 기다리고 있었다. 세 사람 모두 묵묵히 알렉산드라를 바라보았다.

"무슨 일이 있나요?"

알렉산드라가 물었다.

"대단한 일은 아니에요, 알렉스."

앨리스 코펠이 말했다.

"우리는 당신과 점심식사를 함께 할까 하고 생각했어요. 이 근처에 굉장히 맛있는 이탈리안 레스토랑이 있는데······."

*

이브 블랙웰은 어릴 적부터 사람을 잘 다룰 줄 아는 천부적인 능력이 있었다. 다만 예전에는 그것이 놀이였다면 지금은 그녀의 사활이 걸려 있었다. 약아빠진 동생과 위엄을 부리는 할머니로부터 가혹한 처분을 당했고 자신의 것이어야 할 재산을 박탈당하고 만 것이다.

어떻게든 보복을 해야 한다는 생각만으로도 이브는 황홀할 정도로 기뻤다.

'두 사람의 목숨은 이제 내 손 안에 있다.'

이브는 신중하게 계획을 세웠고 세부사항까지 검토를 거듭했다. 조지 멜리스는 꽁무니를 빼려고 했다.

"안 돼. 너무 위험하다고. 난 그런 일에 말려들고 싶지 않아. 필요한 만큼의 돈은 언제나 손에 넣을 수가 있어."

조지는 저항했다.

"어떻게? 머리를 파랗게 물들인 뚱뚱한 여자들과 자면서? 그런 일을 평생 계속할 생각이에요? 이봐요 조지, 이런 기회는 그렇게 흔한 게 아니에요. 내가 시키는 대로만 하면 우리는 세계에서도 손꼽히는 대회사를 손에 넣을 수가 있다고요."

이브는 빈정거리며 말했다.

"그 계획이 잘 되리라는 보장이 어디 있냐고."

"나는 할머니와 동생에 관해서는 살아 있는 사전이에요. 나를 믿어요. 분명히 잘될 거예요."

이브는 자신만만했다. 마음에 걸리는 점이 있다면 조지 멜리스였다. 이브는 자신의 역할을 잘 소화해낼 자신이 있었지만 조지가 해낼 수 있을지 확증이 없었다. 조지에게는 의지가 약한 면이 있어서 그것이 마음에 걸렸다. 이 일은 어떤 실패도 용서할 수 없다, 하찮은 실수가 모든 것을 무너뜨린다.

이브는 독촉했다.

"결심해요, 나와 손을 잡겠어요?"

조지는 오랫동안 이브를 바라보았다.

"좋아. 우린 이제부터 지옥 끝까지 동료야."

조지는 이브의 어깨를 가볍게 두드렸다. 그 목소리는 쉬어 있었다.

"그래요. 하지만 내 방법으로 해야 돼요."

이브의 목소리도 쉬어 있었다. 성적인 전율이 온몸을 치달렸다.

두 사람은 침대로 갔다. 알몸인 조지는 이브가 지금까지 본 중에서 가장 나무랄 데 없는 남자였다. 동시에 가장 위험한 인물이기도 했다. 그러나 그것이 그녀를 흥분시켰다. 이브는 그를 컨트롤할 수 있는 무기를 손에 넣고 있었다.

이브는 조지의 몸을 조금씩 물어뜯었다. 그리고 천천히 그의 하체로 접근해가자 조지의 페니스는 팽창되었다.

"조지, 어서!"

"엎드려."

"싫어요. 내 방법대로 할 거예요."

"그럼 나는 즐길 수가 없어."

"나도 알아요. 당신은 내가 잘 여문 소년의 엉덩이가 되었으면 하겠지만 나는 달라요. 나는 여자라고요. 당신이 내 위로 올라와요."

조지는 이브의 위로 올라가서 자신의 것을 그녀의 깊은 곳에 삽입했다.

"이렇게는 만족할 수 없어, 이브."

이브는 웃었다.

"난 이게 좋아요."

이브는 스스로 허리를 움직이기 시작했다. 잇따라 연거푸 절정을 맛보면서 조지의 욕구 불만이 커지는 것을 보았다. 이 짐승은 나에게 상처를 입히고 싶어해. 고통의 비명을 지르게 하고 싶은 거야. 그러나 그렇게는 할 수 없어.

"조금만 더!"

이브가 명령했다. 그러자 조지는 이브가 괴성을 지를 때까지 허리를 계속해서 격렬하게 움직였다.

"아, 아아, 좋아. 이제 됐어요."

그는 그녀 옆에 누웠다. 그리고 그녀의 가슴으로 손을 뻗었다.

"이번에는 내가……."

"옷 입어요."

이브는 쌀쌀하게 말했다.

조지는 분노로 몸을 떨면서 침대에서 일어났다. 이브는 침대에 누워서 엷은 웃음을 머금은 채 조지가 옷을 입는 것을 바라보았다.

"당신은 좋은 사람이에요, 조지. 이번에는 당신이 즐거운 일을 시켜주겠어. 알렉산드라를 만나게 해주겠어요."


하룻밤 사이에 알렉산드라의 모든 것이 바뀌어 있었다. 어젯밤, 버클리 앤드 매슈 사에서 일어난 사건이 알렉산드라에게 승리를 가져다주었다. 그녀는 버림받은 사람에서 일약 히로인으로 변해 있었다. 그런 알렉산드라에 대한 소문은 전 매디슨 가에 퍼졌다.

"당신은 살아 있는 전설이 되겠어."

빈스 반즈는 씩 웃었다.

알렉산드라는 이제 그들에게 완전히 동료로서 받아들여졌다. 일도 즐거워졌다. 특별히 즐거운 것은 매일 아침에 열리는 제작회의였다. 하지만 그녀는 그것이 그녀가 평생 하고 싶은 일은 아니라는 것을 알았다. 그렇다고 자신이 무엇을 원하는지도 알 수 없었다.

그녀에게 결혼 신청도 물밀듯이 밀려왔다. 하지만 바로 이 사람이라고 느껴지는 남성은 아직 만나지 못하고 있었다.

금요일 아침, 이브로부터 점심을 함께 하자는 전화가 걸려왔다.

"얼마 전에 문을 연 프랑스 레스토랑이 있어. 그곳 음식이 기가 막히게 맛있다는데……."

알렉산드라는 언니로부터의 전화가 반가웠다. 언니의 일이 항상 마음에 걸려서 일주일에 두세 번은 전화를 걸었지만 외출을 해서 잘 만날 수가 없었다. 그래서 지금 이브로부터 전화를 받았을 때 약속이 있었지만 "점심을 함께 할 수 있다니 정말 기뻐, 언니." 하고 말했다.

그 프랑스 레스토랑은 세련되고 우아한 분위기여서 음식값이 다소 비쌌지만 바에는 테이블이 비기를 기다리는 손님으로 가득했다. 이브는 예약을 할 때 할머니의 이름을 사용하지 않을 수 없었다. 그것이 비위에 거슬렸지만 그녀는 '조금만 기다리자. 언젠가 너희들이 이 레스토랑에서 나에게 구걸하게 될 테니…….' 하고 생각했다.

알렉산드라가 도착하자 이브는 자리에 앉아서 기다리고 있었다. 알렉산드라가 지배인의 안내를 받으면서 오는 것을 보자, 이브는 마치 자신이 테이블로 다가오고 있는 듯한 기묘한 느낌이 들었다.

이브는 동생의 뺨에 키스로 인사했다.

"좋아 보이는구나. 일이 네게 잘 맞나보지?"

두 사람은 주문을 하고, 서로의 안부를 물었다.

대화 도중에 그들 곁으로 조지가 다가왔다. 조지는 두 사람을 보고는 혼란에 빠졌다.

'이런 멍청한 놈. 어느 쪽인지 모르는군!'

이브는 사태를 파악했다.

"조지, 아니야!"

이브가 말했다. 그는 안심한 듯이 이브에게 얼굴을 돌렸다.

"동생과는 초면이지. 알렉스, 이쪽은 조지 멜리스 씨야."

조지는 알렉산드라의 손을 잡았다.

"마법에 걸린 것 같군요."

쌍둥이라는 것은 들어서 알고 있었지만 이렇게 똑같으리라고는 그는 상상조차 하지 못했다.

알렉산드라는 넋을 잃은 듯이 조지를 바라보았다.

"동석하지 않을래요?"

이브가 조지에게 말했다.

"그렇게 하고 싶지만 약속시간이 늦었어. 다음 기회에 하자고. 그래도 괜찮다면 말이야."

그렇게 말하고 조지는 알렉산드라 쪽으로 고개를 돌렸다.

"당신도 가까운 시일 내에 만나고 싶군요."

조지가 떠나자 알렉산드라가 말했다.

"멋져! 저 사람 누구야?"

"니타 루드빅의 친구야. 그녀의 홈 파티에서 알게 되었어."

"내가 이상한 걸까? 아니면 그가 너무 멋진 걸까?"

이브는 웃었다.

"내 취향엔 안 맞아. 하지만 여자라면 대부분 마음이 끌리지 않을까?"

"그래, 정말 그래! 그 사람 결혼했어?"

"아직. 하지만 신청은 많이 들어오는 모양이야. 조지는 부자거든. 용모와 돈, 사회적 지위, 뭐든 갖춘 사람이야."

그리고 이브는 교묘하게 화제를 바꾸었다.

나가면서 이브가 계산을 하려고 하자 카운터에서 "멜리스 씨에게 이미

받았습니다."라고 말했다.

알렉산드라는 조지에게 완전히 반해버리고 말았다.
월요일 오후에 이브는 알렉산드라에게 전화로 말했다.
"알렉스, 네가 안타를 때린 것 같구나. 조지가 네 전화번호를 가르쳐 달라는데, 가르쳐줘도 되겠니?"
알렉산드라는 너무 기뻐서 어찌할 바를 몰랐다.
"언니가 그에게 관심이 없다면……."
"지난번에 말한 대로야. 그는 내 취향이 아니야."
"그럼 가르쳐줘도 괜찮아."
그리고 둘은 몇 분간 수다를 떨고는 전화를 끊었다. 이브는 수화기를 놓고는 알몸으로 침대에 누워 있는 조지를 바라봤다.
"이 아가씨는 예스라는군."
"언제 전화하지?"
"내가 좋다고 할 때……."

알렉산드라는 조지가 전화해주겠다는 얘기를 잊으려고 했지만 마음속에서 내쫓으려면 할수록 그가 생각나서 당황스러웠다. 잘생긴 남자에게는 지금까지 특별하게 이끌린 적이 없었다. 모두가 지나친 자아도취에 빠져 있었기 때문이었다.
그러나 조지 멜리스에 한해서는 그렇지 않았다. 그에게는 사람을 압도하는 듯한 힘이 있었다. 그가 손을 내민다고 생각하는 것만으로도 심장이 뛰었다.
'내가 좀 이상해진 것 아냐? 겨우 3분 정도 봤을 뿐인데…….'
알렉산드라는 자신에게 말했다.
그 주에는 결국 전화가 오지 않았다. 알렉산드라의 애타는 마음은 점점 짜증으로, 그리고 분노로 변해갔다.

'그 따위 남자, 지옥에나 떨어져버려라.'

알렉산드라는 마침내 단호한 마음이 되었다.

그 다음 주말경 전화가 울리고 조지의 허스키한 목소리를 듣게 되자 알렉산드라의 분노는 마법처럼 사라지고 말았다.

"조지 멜리스인데요. 이브가 전화를 해도 괜찮다고 해서……. 저녁식사라도 같이 하는 건 어떻습니까?"

"네…… 저는…… 물론이에요. 괜찮아요."

"잘됐군요. 거절당하면 자살할 생각이었어요."

"어머, 그것만은 참아주세요. 혼자서 식사하기는 싫으니까요."

알렉산드라는 말했다.

"저도 그렇습니다. 멀버리 가에 작은 레스토랑이 있죠. 매튠이라고 해요. 유명하지는 않지만 맛은……."

"매튠이라고요? 거긴 자주 가요! 제가 좋아하는 곳이에요."

알렉산드라는 외쳤다.

"당신도 알고 있었군요."

조지는 놀란 듯이 말했다.

"네, 알고 있는 정도가 아니죠."

조지는 이브를 보고 씩 웃었다. 이브의 교묘함에는 머리를 수그리지 않을 수 없었다. 조지 멜리스는 이브 덕택에 알렉산드라가 좋아하고 싫어하는 것에 대한 지식을 모두 뇌리에 새겨 넣고 있었다.

조지가 수화기를 놓자 이브는 생각했다.

'드디어 시작됐어.'


그것은 알렉산드라의 생애에서 가장 멋진 밤이었다.

한 시간 전에 조지가 오기로 되어 있었다. 조지 멜리스로부터 12개의 핑크색 풍선이 난초와 함께 보내졌다. 알렉산드라는 자신이 너무 기대를 걸고 있지 않은지 생각했지만 조지 멜리스를 만난 순간 모든 의심은 날아가 버리고 말았다. 조지의 압도하는 듯한 매력에 또다시 이끌렸다.

두 사람은 가볍게 술을 마신 뒤 저녁식사를 하러 갔다.

"메뉴를 보시겠어요? 아니면 제가 주문할까요?"

조지가 물었다. 알렉산드라는 이 레스토랑에서 마음에 드는 요리가 있었지만 조지를 즐겁게 해주고 싶었다.

"당신이 주문하는 게 어때요?"

조지가 주문한 요리는 모두 알렉산드라의 마음에 들었다. 알렉산드라는 자신의 마음을 읽히고 있는 것 같아서 신이 났다. 고기를 담은 아티초크, 그 레스토랑의 특별 요리인 매튠 송아지 고기, 엔젤 헤어, 파스타 등 완벽하고 흡족한 식사였다. 또한 조지는 산뜻한 손놀림으로 샐러드를 버무리기도 했다.

"요리도 하세요?"

알렉산드라가 물었다.

"네, 이것도 사는 보람의 하나죠. 어머니에게 배웠어요. 어머니가 요리를 잘하시거든요."

"가족들과 사이가 좋으신가 봐요?"

조지는 씩 웃었다. 알렉산드라는 그의 웃는 얼굴에 넋을 잃었다.

"저는 그리스인이에요. 남자 셋, 여자 둘 중에서 장남이죠. 모두들 사이는 좋아요."

조지는 술술 자기소개를 했다. 그러다가 그는 슬픈 표정을 지었다.

"형제들과 떨어져서 사는 것은 괴로워요. 아버지나 동생들은 고향에 남아달라고 울며 매달렸죠. 우리 가족은 큰 사업을 하고 있거든요. 그래서 저를 필요로 하고 있었죠."

"왜 남지 않았어요?"

"멍청하게 보일지 모르지만 저는 자신의 길은 스스로 개척하고 싶었어요. 누구로부터 선물 받는 것을 어려워하는 성격이죠. 가업은 할아버지로부터 아버지에게로 양도된 선물이에요. 그래서 저는 아버지에게서 아무것도 받고 싶지 않았어요. 그래서 동생들에게 양보했죠."

알렉산드라는 그가 정말 존경스러웠다.

"그리고 그리스에 남아 있었다면 당신도 만날 수 없었을 것 아녜요?"

조지가 상냥하게 덧붙이자, 알렉산드라는 얼굴이 화끈거렸다.

"결혼은 안 하셨나요?"

"아뇨. 전에 한 번 약혼 적이 있었는데, 막상 어딘가 잘못된 점이 있다는 것을 느껴서 그만두었지요."

조지는 장난스럽게 말했다. 그러다가 갑자기 적극적인 말투로 변했다.

"아름다운 알렉산드라, 당신은 구식이라고 생각할지 모르지만 나는 결혼할 여자만 찾고 있어요. 그리고 결혼을 하게 되면 그것이 영원할 거라고 믿어요. 여자는 하나면 충분해요. 그런데 바른 여자였으면 해요."

"멋지군요."

알렉산드라는 낮은 목소리로 말했다.

"그런데 당신은 어때요? 사랑에 빠진 적이 있나요?"

조지가 물었다.

"아뇨, 없어요."

"어째서 모두들 운이 나쁠까. 다행스럽게도 나는······."

조지는 말했다.

그때 웨이터가 디저트를 가지고 왔다. 알렉산드라는 그의 다음 말을 듣고 싶었지만 한편 두려운 생각도 들었다. 함께 있어서 이렇게 마음이 편한 사람은 지금까지 없었다.

조지가 알렉산드라 자신에 대해 뭐든 듣고 싶어했으므로 그녀는 어린 시절부터 지금까지 살아온 얘기를 그에게 숨김없이 털어놓고 싶은 충동에 사로잡혔다.

조지 멜리스는 여자에 관해서는 늘 자부심을 갖고 있었다. 그는 아름다운 여자들이 가장 불안정하다는 것을 잘 알고 있었다. 그래서 남성들이 그 아름다움에만 빨려 들어가면 여성들에게서 인간적인 것보다는 미의 대상물로만 보는 것처럼 되므로 그는 미인과 있을 때는 결코 그 미모에 대해서는 언급하지 않기로 했다. 외모보다는 내면에 이끌리고 있는 것처럼 보여서 함께 꿈을 나눌 수 있는 진정한 친구라고 믿게 하려고 행동했다. 그것은 알렉산드라에게 있어서는 특별한 경험이었다.

"당신의 언니는 가족과 왜 함께 살지 않죠?"

"언니는 혼자만의 아파트를 원해서요."

알렉산드라는 조지가 왜 언니에게 반하지 않았을까 생각했지만 이유야 어쨌든 그 일에 감사해야만 했다. 식사를 하는 동안 주위의 여자들이 한 명도 빠짐없이 조지를 의식하고 있었다. 그러나 조지는 주위에는 눈길조차 주지 않았다. 알렉산드라로부터 한 번도 시선을 돌리지 않았다.

커피를 다 마시자 조지가 말했다.

"혹시 재즈를 좋아하나요? 세인트 막스에 화이브 스폿이라는 클럽이 있는데……"

"세실 테일러가 연주하고 있는 곳이죠!"

조지는 깜짝 놀란 듯이 알렉산드라를 바라봤다.

"그곳에 가본 적이 있나요?"

"자주 가죠!"

알렉산드라는 웃었다.

"저는 그곳을 좋아해요! 재즈를 좋아하는 것까지 똑같다니 정말 믿을 수가 없군요."

"이건 정말 기적이에요."

조지는 조용히 대답했다.

두 사람은 세실 테일러의 피아노 연주를 들으러 갔다. 아르페지오나 잔물결 같은 글리산도로 방을 진동시키는 세실의 긴 연주에 귀를 기울였다. 그리고 다음에 블리커 가의 바(bar)로 갔다. 팝콘을 먹고 있는 사람도 있었고, 다트를 던지고 있는 그룹도 있었고, 피아노 연주를 열심히 듣는 사람도 있었다.

조지는 얼굴을 아는 손님과 다트 시합을 즐겼다. 상대도 잘했지만 조지의 맞수는 아니었다. 조지는 놀라울 정도로 최선을 다해 던졌다. 단순한 게임인데도 생사가 걸려 있는 것처럼 열심이었다.

'그야말로 승리를 쟁취하고 말 남자야.'

알렉산드라는 그렇게 생각했다.

바를 나선 것은 새벽 2시였다. 알렉산드라는 이대로 밤을 끝내버리는 것이 싫었다.

두 사람은 조지가 빌려 온, 운전수가 딸린 롤스로이스 뒷좌석에 나란히 앉았다. 조지는 한마디도 하지 않고 가만히 알렉산드라를 응시했다. 자매는 정말 깜짝 놀랄 정도로 닮았음을 알 수 있었다.

'알몸으로 벗겨도 똑같을까?'

그는 알렉산드라가 침대에서 고통으로 몸부림치고 비명을 지르는 것을 상상했다.

"뭘 생각하세요?"

조지는 시선을 돌렸다.

"무슨 생각인지 말하면 웃을 것 같군요."

"웃지 않겠어요. 약속할게요."

"웃어도 어쩔 수 없지만, 내가 플레이보이로 생각되진 않나요? 요트에, 여행에, 파티에……. 당신은 나의 그런 생활을 변화시켜줄 단 한 명의 여성이라고 생각해요."

조지는 검은 눈동자로 알렉산드라를 응시했다.
알렉산드라의 심장의 고동이 빨라졌다.
"글쎄요……. 뭐라고 말해야 좋을지……."
"부탁이에요. 아무 말도 하지 말아주세요."
조지의 입술은 알렉산드라의 입술에 매우 가까워져 있었다. 알렉산드라는 기다렸다. 그러나 그는 더 이상 아무 행동도 취하지 않았다.
'잘 들어 조지, 그 애에게 손가락도 까딱하지 마. 첫날엔 무슨 짓도 하면 안 돼. 만약 손을 댄다면 수많은 사람 중 하나로 간주되어서 기회가 사라져 버린다구. 최초의 행동은 동생이 하게 만드는 거야.'
그래서 조지 멜리스는 자동차가 블랙웰가 저택 앞에 멈출 때까지 알렉산드라의 손만 잡고 있을 뿐이었다. 조지는 현관까지 알렉산드라를 배웅했다. 알렉산드라는 조지에게 말했다.
"무척 즐거웠어요. 말로 다할 수 없을 정도로요."
"나도 마법과도 같은 시간이었어요."
알렉산드라의 웃는 얼굴은 밤길을 비출 정도로 밝았다.
"잘 가요 조지."
알렉산드라는 조그맣게 속삭였다. 그리고 집안으로 사라졌다.
15분 후 알렉산드라에게 전화벨이 울렸다.
"지금 뭘 했는지 알아요? 내 가족에게 전화를 걸었어요. 오늘밤 함께 지낸 멋진 여자에 관해 말했다고요. 푹 자요, 알렉산드라."
전화를 끊고 조지는 생각했다.
'결혼을 하면 그때야말로 진짜 우리 집에 전화를 걸어서 집안 식구들이 이를 갈며 후회할 일을 만들어줄 테다.'

\*

그 후 조지 멜리스는 알렉산드라에게 연락을 하지 않았다. 다음 날도, 그 주가 끝나도. 전화가 울릴 때마다 알렉산드라는 낚아채듯 수화기를 들었지만 실망할 뿐이었다. 자신이 무슨 실수를 했을까. 그날 밤의 일을 몇 번이나 생각해봤다.

'당신은 내 생활을 변화시켜줄 단 한 명의 여성이라고 생각해요.'

'내 가족에게 전화를 했어요. 오늘밤 함께 지낸 멋진 여자에 관해 말했다구요.'

알렉산드라는 조지가 전화를 하지 않은 이유를 이것저것 나열해보았다. 하지만 아무리 생각해도 알 수가 없어서 그녀는 이브에게 전화를 걸었다.

"언니, 요즘 조지 멜리스한테서 연락 왔었어?"

"아니. 왜? 난 그가 너를 저녁식사에 초대할 거라고 생각했는데……."

"그래, 저녁식사에 초대했었어. 지난주에 말이야."

"그런데 그 이후론 연락이 없니?"

"응."

"바쁜 거 아니야?"

'그렇게 바쁜 사람이 어디 있어.'

알렉산드라는 그렇게 생각했지만 입 밖에는 내지 않았다.

"조지 멜리스 따위는 잊어버려. 너에게 소개시켜주고 싶은 사람이 있어. 항공 회사 오너야. 무척 매력적인……."

이브는 전화를 끊고 득의의 미소를 지으며 소파에 풀썩 주저앉았다. 자신의 계획의 치밀함을 할머니에게 자랑하고 싶을 정도였다.

알렉산드라는 오전 내내 아무에게나 화풀이를 하고 있었다. 벌써 2주일이나 지났는데도 조지로부터 아무런 연락이 없었다. 그녀는 조지에 대해서가 아니라, 그를 잊지 못하는 자신에게 화가 났다.

조지와 자신은 식사를 한 번 했을 뿐이었다. 그런데 지금의 자신은 프러포즈라도 기다리고 있지 않은가. 그는 세상의 어떤 여자라도 자유로이 선택할 수 있는 것 아닌가.

케이트조차도 알렉산드라의 변화를 알아차리고 있었다.

"도대체 무슨 일이냐? 회사에서 너를 너무 혹사시키는 것 아니니?"

"아니에요, 할머니. 그저 요즘에 너무 잠을 못 자서……"

잠이 들면 그에 대한 색정적이고도 이상한 꿈을 꾸었다.

그녀는 이브가 그를 소개시켜주지 않았다면 좋았을 거라는 생각까지 하게 되었다.

다음 날 오후에 전화가 걸려 왔다.

"알렉스? 조지 멜리스예요."

항상 꿈에 나타나는 그 낮은 목소리였다. 꿈까지 꾸고 있다는 것을 눈치 채지 못하게 행동해야 했다.

"알렉스? 듣고 있나요?"

"네."

알렉산드라는 여러 가지 감정이 뒤섞인 복잡한 기분이었다. 웃어야 할지, 울어야 할지 알 수 없었다.

'그는 무분별하고 자기 멋대로의 에고이스트야. 이제 두 번 다시 만나지 않는다 해도 아무렇지 않아.'

"좀 더 빨리 전화하려고 했는데……. 지금 막 아테네에서 돌아왔어요."

조지는 변명하듯 말했다.

알렉산드라의 마음은 완전히 깨끗하게 녹아버렸다.

"아테네에 갔었어요?"

"그래요. 함께 식사했던 그날 일은 기억하고 있죠?"

알렉산드라는 물론 기억하고 있었다.

"그 다음 날 아침에 동생이 전화를 했더라구요. 아버지가 심장 발작으로 쓰러지셨다고……."

"어머나, 조지."

알렉산드라는 조지에 관해 나쁘게 생각하고 있던 자신이 부끄러웠다.

"그래서 상태는 어떠세요?"

"완전히 좋아지셨어요. 고맙게도 말이죠. 하지만 뒷덜미를 잡힌 기분이었어요. 그리스로 돌아와서 가업을 이어받으라고 독촉하셔서……."

"그래서 돌아가시게 되나요?"

알렉산드라는 숨을 죽였다.

"아, 아니에요."

그녀는 안도의 숨을 내쉬었다.

"내가 살 곳은 이곳밖에 없으니까요. 당신 일만 생각했어요. 한순간도 잊은 적이 없어요. 언제 만날 수 있죠?"

'지금 당장이라도!'

"전 오늘 저녁도 괜찮아요. 어디로 할까요?"

조지는 자칫 잘못하다가 알렉산드라의 다른 단골 음식점 이름을 말할 뻔했다.

"어디든지요. 저는 어디라도 좋아요. 저희 집으로 오시겠어요?"

"아뇨."

조지는 아직 케이트를 만날 마음의 자세가 되어 있지 않았다.

'우리에게 최대의 장애물이니 당분간 케이트 블랙웰은 피하라고.'

알렉산드라는 전화를 끊고 앨리스 코펠과 빈스 반즈, 그리고 마티 베르게이머에게 키스했다.

"미용실에 가야 해서 먼저 실례하겠어요. 그럼 내일 봐요."

세 사람은 알렉산드라가 바쁜 걸음으로 사무실에서 나가는 것을 멍청

503

하게 바라보고 있었다.

"저건 분명히 남자예요."

앨리스 코펠이 말했다.

두 사람은 맥스웰 플럼에서 저녁식사를 했다.

"내가 없는 동안 나를 조금이라도 생각해봤나요?"

조지가 물었다.

"그럼요."

'이 남자와 함께 있으면 마음부터 정직해진다. 이 사람이 마음을 다 열어놓고 있기 때문일까?'

"연락이 없어서 무슨 사고라도 당한 것이 아닐까 하는 불길한 생각에 여간 걱정되는 게 아니었어요. 하루하루가 견딜 수 없을 지경이었어요."

'이브는 족집게군.'

조지는 생각했다.

'확실하게 대비하고 있으라고. 언제 전화해야 할지 내가 말해주겠어.'

이브는 그렇게 말했었다.

조지는 처음으로 뭔가 잘 풀릴 것 같은 기분이 들었다. 지금까지는 블랙웰가의 막대한 재산을 요리할 수 있다는 희미한 기대에 이끌리고 있었지만 실제로 믿어지진 않았었다. 이브와 두 사람만의 게임에 불과했다. 그러나 정면에 앉아 있는 알렉산드라의 가식 없는 진지한 눈을 보자 이제는 게임이 아님을 깨달았다. 알렉산드라는 이제 자신의 것이 되었다. 계획의 첫발을 내디딘 것이다. 앞으로 어떤 위험이 도사리고 있을지 모르지만 이브의 도움이 있다면 잘 되리라 생각했다.

'우린 동료야. 모든 것을 함께 나누는 거야, 조지.'

그러나 조지 멜리스는 그녀가 파트너라고 믿고 있지 않았다. 원하는 것을 손에 넣고 알렉산드라를 죽이면 그 다음에는 이브 차례라고 생각했다.

그렇게 생각하자 저절로 입가에 미소가 흘렀다.
"어머, 웃고 계시군요."
알렉산드라가 말했다.
조지는 알렉산드라의 손에 자신의 손을 올렸다. 그 정도 일로 알렉산드라의 얼굴은 빨개졌다.
"당신과 이렇게 있을 수 있다면 얼마나 행복한 일일까 하고 생각했어요. 어디를 가더라도 함께 해요. 앞으로는……."
조지는 주머니에서 보석 상자를 꺼냈다.
"그리스에서 사왔어요. 당신을 위해서."
"어머나, 조지……."
"열어봐요, 알렉스."
상자 속에는 다이아몬드 목걸이가 들어 있었다.
"어머나, 정말 아름다워요."
이것은 이브에게서 빼앗은 그 목걸이였다.
'그거라면 그 아이한테 줘도 괜찮아. 알렉스는 그 목걸이를 본 적이 없으니까.'
이브는 말했다.
"어머나 이런, 너무 아름다워요."
"대단한 것은 아니에요. 당신이 그것을 목에 건 모습을 보고 싶어요."
"정말 감사해요."
알렉산드라의 목소리는 떨리고 있었다.
조지는 알렉산드라의 접시를 보았다.
"아무것도 먹지 않았군요. 배고프지 않아요?"
알렉산드라의 눈에 나타난 표정을 보자 조지는 욕정이 솟구쳤다. 그 많은 여자들이 짓던 바로 그 표정이었다. 아름다운 여자든 못생긴 여자든, 부자든 가난하든 그는 그들을 이용했다. 그녀들은 그에게 모든 것을 주었지만, 그러나 지금 눈앞에 있는 여자는 지금까지 이용해왔던 여자들을 전부 합해도 모자랄 정도로 많은 것을 자신에게 줄 것 같았다.

"이제 무엇을 할까요?"

조지가 허스키한 목소리로 달콤하게 말했다. 알렉산드라는 솔직하게 대답했다.

"당신과 함께 있고 싶어요."

조지는 그의 아파트를 자랑하는 데 만족감을 가지고 있었다. 그것은 많은 연인들―남자도 있었다―의 선물로 장식된 공간이었다. 물건 하나하나가 그의 훈장인 셈이었다.

"멋지군요."

알렉산드라는 감탄한 듯 말했다.

조지는 알렉산드라를 천천히 자기 쪽으로 향하게 해서 방의 불빛 속에서 다이아몬드 목걸이가 빛을 받게 했다.

"무척 잘 어울리는군요."

그는 부드럽게 키스했다. 그리고 좀 더 성급하게 알렉산드라의 입술을 탐했다. 그러자 알렉산드라는 침실로 끌려가는 것도 모를 정도로 흥분해 있었다. 침실은 파란 색조로 꾸며 있었고 가운데에 커다란 침대가 놓여 있었다. 조지는 자신의 팔로 알렉산드라를 안았다. 그녀가 떨고 있음을 알 수 있었다.

"괜찮아요?"

"아, 좀 어지러워요."

알렉산드라는 이 남자를 실망시키는 것이 두려웠으므로 크게 심호흡을 하고는 스스로 단추를 풀기 시작했다.

"이리와요. 내가 해줄게요."

조지는 속삭이며 눈앞의 아름다운 금발 여인의 옷을 벗기기 시작했다.

'자제하라고. 알렉산드라에게 상처라도 낸다면 정체가 탄로 나고, 그렇게 되면 끝장이야. 매춘부나 남자아이들에게 사용하던 주먹은 숨겨놔야 돼. 알았지?'

조지는 이브의 목소리를 떠올리며 부드럽게 알렉산드라의 옷을 벗긴 후 알몸을 감상했다. 그녀의 몸은 이브와 너무도 똑같았고, 아름답게 무르익어 있었다. 하얗고 보드라운 피부를 보자 조지는 그녀의 몸에 상처를 내고 싶어서 몸이 근질거렸다. 이 여자를 때리고, 질식시키고, 비명을 지르게 하고 싶었다.

'알렉산드라에게 상처를 내면 끝장이야!'

조지는 자신도 옷을 벗고 알렉산드라를 자신의 몸 가까이 끌어당겼다. 두 사람은 서로의 눈을 들여다보면서 가만히 서 있었다. 이윽고 조지는 알렉산드라를 부드럽게 껴안고 침대로 이끌어 갔다. 그리고 천천히 사랑스럽게 키스를 하기 시작했다. 그의 혀와 손가락이 노련하게 그녀의 몸의 모든 곡선을 더듬었다. 마침내 알렉산드라는 더 이상 참을 수 없는 지경에 이르렀다.

"아, 제발! 지금 빨리!"

그는 그녀의 몸 위로 올라갔다. 그리고 둘은 곧바로 견딜 수 없는 황홀경으로 빠져 들어갔다.

모든 사랑의 행위가 끝나자, 알렉산드라는 조지의 팔에 안긴 채 깊은 숨을 내쉬었다.

"아, 정말 멋있었어요. 당신은?"

조지는 거짓말을 했다.

"나도 좋았어!"

알렉산드라는 조지를 껴안고 울었다. 어째서 눈물이 나오는지 자신도 알 수 없었다. 다만 이 신의 은총 같은 환희에 감사하고 싶을 뿐이었다.

"울지 말아요."

조지는 그녀를 달래면서 말했다.

"모든 것이 훌륭했어요."

사실이 그랬다. 조지의 움직임은 훌륭했다. 아마 이브도 알게 되면 감탄할 것이다.

사랑에는 오해나 질투나 작은 상처 같은 것이 있게 마련인데 알렉산드라와 조지의 로맨스에는 전혀 그런 것이 없었다. 이브의 세심한 지도 덕택에 조지는 알렉산드라의 감정을 숙련된 솜씨로 조정했다. 그는 알렉산드라의 두려움, 꿈, 정열, 혐오를 완전히 다 알고 있었다. 어떻게 해야 그녀가 웃고 우는지를 터득하고 있었다. 따라서 알렉산드라는 이 사랑에 취해 있었지만 조지는 계속 욕구불만이 쌓여가기만 했다.

침대에 들어가 알렉산드라의 동물적인 신음 소리를 듣고 있노라면 조지는 항상 똑같은 충동에 사로잡히곤 했다. 고통을 주고 용서를 애원하는 비명을 지르게 하고 싶어서 견딜 수가 없었다. 그러나 그렇게 하면 모든 것은 하루아침에 물거품이 되므로 조지의 욕구 불만은 고조되어 가기만 했다. 두 사람이 섹스를 거듭하면 할수록 조지는 알렉산드라를 점점 더 경멸하게 되었다.

조지 멜리스가 만족을 얻을 수 있는 장소는 있었지만 신중을 기해야만 했다. 그는 한밤중이 되면 매춘 바나 게이 디스코를 뻔질나게 다니면서 하룻밤 위안을 갈구하는 고독한 미망인이나 굶주리고 있는 게이 보이, 돈을 원하는 매춘부를 골라잡았다. 조지는 그들을 싸구려 호텔로 데리고 갔다. 그러나 같은 호텔은 두 번 다시 이용하지 않았다.

하긴, 한 번 이용한 호텔로부터 그는 환영을 받지 못했다. 그의 섹스 파트너가 실신 상태이거나 의식 불명 상태로 발견되곤 했기 때문이다. 몸은 온통 피멍이 들어 있었으며, 때로는 담뱃불로 온몸이 지져져 있었다.

조지는 마조히스트는 상대하지 않았다. 고통에 희열을 나타내는 녀석을 상대하면 기쁨이 상실되고 말기 때문이었다. 비명을 지르고 용서를 애원하지 않으면 만족할 수 없었다.

조지 멜리스는 어린 시절에 아버지 때문에 자주 비명을 질렀다. 사소한 장난으로도 아버지는 그가 기절할 정도로 구타를 했다.

조지가 8세가 되었을 때 옆집 남자아이와 알몸으로 있는 것을 발각 당했을 때는 귀와 코가 피투성이가 될 때까지 맞았다. 그리고 아들이 두 번 다시 그런 짓을 하지 못하도록 아버지는 담뱃불로 자신의 페니스를 지졌다. 상처는 치료되었지만 그의 가슴속 깊은 상처는 사라지지 않았다.

조지 멜리스는 타인에게 조종당하는 일 따위는 생각하는 것만으로도 견딜 수가 없었다. 하지만 이브의 비웃음이나 경멸을 견디고 있는 것은 지금 시점에서는 어쩔 수 없었다.

블랙웰가 재산이 손아귀에 들어오는 날에는 이브가 죽여달라고 애원할 정도로 벌을 내릴 작정이었다. 따라서 이브와의 만남은 뜻하지 않은 횡재였다.

'나에게는 행운이야. 그러나 이브에게 있어서는 불운이지.'

조지는 그렇게 생각했다.

알렉산드라는 조지에게 계속 놀랄 뿐이었다. 그는 자신에 대해 무엇이든 잘 알고 있었다. 그는 자신이 어떤 꽃을 보내면 기뻐하는지, 어떤 음악을 좋아하는지, 어떤 책을 좋아하는지, 자신의 일이라면 모든 것을 간파하고 있었다. 미술관에 갔을 때도 두 사람은 같은 그림에 마음이 쏠렸다. 취미가 이렇게까지 닮아 있다니 알렉산드라로선 믿어지지 않았다. 알렉산드라는 조지 멜리스의 결점을 찾아보려고 했지만 헛수고였다. 그만큼 그는 나무랄 데 없이 완벽했다. 알렉산드라는 할머니 케이트에게 인사를 시키고 싶어서 안달이 났다. 그러나 조지는 언제나 구실을 둘러대며 케이트 블랙웰과 만나려 하지 않았다.

"왜 그래요? 당신도 할머니를 좋아하게 될 거예요. 그리고 저는 할머니께 당신을 자랑하고 싶다고요."

"그야 물론 훌륭한 분이라고 생각해. 하지만 내가 당신한테 어울리지 않는 남자라고 생각하실까 봐 두려워."

조지는 퉁명스럽게 말했다.

"그럴 리가 없다니까요! 할머니는 당신을 마음에 들어 하실 거예요."

그녀는 조지의 겸허함에 감동했다.

"머지않아서. 용기가 생기면 만나 뵙겠어."

조지는 말했다. 그리고 이브에게 그 말을 전달했다. 그러자 이브는 골똘히 생각한 뒤 말했다.

"좋아. 언젠가는 넘어야 하는 단계니까. 하지만 잘 들어둬. 절대로 방심해서는 안 돼. 늙은 할망구지만 무서울 정도로 두뇌 회전이 빠르니까 말이야. 조금이라도 잘못 보이면 끝장이라고. 당신의 목적을 알게 되면 아마 당신의 심장을 도려내어 개한테 던져줄걸?"

"그런 할망구가 어째서 우리에게 중요하지?"

"당신 정체가 드러나서 할망구가 반대라도 하는 날이면 우린 끝장이야. 미로에서 헤매게 될 거라고."

알렉산드라는 신경을 바짝 곤두세우고 있었다. 케이트에게 조지를 인사시키는 날이기 때문이었다. 무사히 넘어가기를 기원하는 수밖에 없었다. 할머니와 조지가 서로의 마음에 들기를 바랐다. 할머니는 조지가 얼마나 훌륭한 남자인가를, 그리고 조지는 할머니를 잘 알게 되기를 바랐다.

케이트는 알렉산드라가 이렇게 들떠 있는 것을 보기는 처음인 것 같았다. 알렉산드라는 지금까지 몇 명인가 이상적인 사나이와 만나왔지만 그녀를 사로잡은 사람은 아무도 없었다. 그래서 손녀의 마음을 설레게 했던 이 남자를 신중하게 관찰하기로 마음먹었다.

재산을 노린 야심가도 상당히 봐왔으므로 알렉산드라가 그런 종류의 남자에게 속는 것을 가만히 보고 있을 수만은 없었다.

케이트는 훨씬 전부터 그를 만나보고 싶었는데, 그가 자신을 만나는 것을 미루는 것 같아서 그 이유가 무척 궁금했다.

현관의 초인종이 울렸고, 알렉산드라는 키가 훤칠하고 잘생긴 청년을 거실로 안내했다.

"할머니, 이쪽이 조지 멜리스예요."

"드디어 만나게 되었구먼. 나는 나를 피하고 있는 것이 아닌가 하고 생각하고 있었다우, 조지 멜리스 씨."

"전혀 아닙니다, 블랙웰 씨. 제가 얼마나 이날을 애타게 기다렸는지 모르실 겁니다."

그리고 아슬아슬하게 이렇게 덧붙일 뻔했다.

'듣던 것보다 훨씬 아름다우시군요.'

하지만 이 말은 입 안으로 삼켰다.

'조심해. 칭찬은 금물. 아부는 할머니에게는 비위를 거스르게 하는 씨앗이야.'

집사가 들어와서 음료수를 놓고 공손하게 물러갔다.

"앉아요, 멜리스 씨."

"감사합니다."

알렉산드라는 조지와 함께 할머니를 마주보고 앉았다.

"우리 손녀와는 자주 만나고 있는 것 같더군요."

"네, 만날수록 무척 즐겁고 좋습니다."

케이트는 청회색 눈동자를 반짝이며 그를 유심히 관찰했다.

"알렉산드라 얘기로는 증권회사에 다니신다고요."

"네."

"그런데 이상하군요, 멜리스 씨. 대단한 이익을 올리는 기업의 사장자리를 내던지고 하찮은 샐러리맨의 길을 택하다니 말이에요."

"할머니, 그 일이라면 제가……."

"나는 멜리스 씨에게 듣고 싶구나, 알렉산드라."

'예의바르게 행동해. 하지만 추종만은 안 돼. 조금이라도 약점을 잡히면 할망구는 당신을 때려 엎고 말 거야.'

"블랙웰 씨, 저는 저에 대해서 말하는 것에 익숙하지 않습니다만."

그는 마치 결의를 굳히고 있는 것처럼 천천히 또박또박 말했다.

"하지만 이 기회에……."

조지는 케이트 블랙웰의 눈을 응시했다.

"저는 남에게 의존하는 것을 싫어하는 성격이라 동정 따위는 받고 싶지 않습니다. 제가 멜리스 컴퍼니를 쌓아올렸다면 당연히 제가 경영해나갈 겁니다. 하지만 그것은 할아버님과 아버지께서 발전시킨 기업입니다. 그런 것은 제게 필요 없습니다. 다행스럽게도 저에게는 동생이 세 명 있죠. 스스로 자랑스럽게 생각할 것을 찾아낼 때까지는 일개 샐러리맨인 채로 있고 싶습니다."

케이트는 조용히 고개를 끄덕였다. 이 사나이는 상상하고 있던 인물과는 전혀 다른 것 같았다. 플레이보이나 재산을 노리는 야심가를 경계해온 그녀로서는 이 남성이 그런 부류가 아님을 알고 안도의 한숨을 내쉬었다. 그렇지만 왠지 막연한 불안감도 느껴졌다. 그가 너무 완벽해보였기 때문인지도 몰랐다.

"댁은 대단한 부호 같군요."

'할머니가 확인하고 싶은 것은 당신이 나무랄 데 없이 부유한 데다, 알렉스에게 홀딱 반했느냐 아니냐 뿐이야. 울화통이 터지더라도 억제하고 그 점을 잘 연출하라고.'

"물론 돈은 필요합니다, 블랙웰 씨. 하지만 그밖에도 관심이 있는 것이 많이 있으니까요."

멜리스 앤드 컴퍼니의 체인망은 이미 조사가 끝나 있었다. 던 앤드 브래드스트리트 사의 보고에 의하면 5천만 달러 가치가 될 거라고 했다.
"가족과는 친밀하게 지내고 계신가요, 멜리스 씨?"
조지는 갑자기 얼굴이 밝아졌다.
"지나치다고 할 수 있을 정도죠."
조지는 입술에 미소를 떠올렸다.
"저희 집에는 규정이 있답니다, 블랙웰 씨. 가족 중 한 사람이 손가락을 다치면 남은 사람이 피를 흘릴 정도죠. 이런저런 일로 가족과는 긴밀하게 연락을 취하고 있어요."
실제로는 그는 3년 이상이나 가족과 소식이 두절되어 있었다.
케이트는 납득한 듯이 고개를 끄덕였다. 그리고 손녀를 힐끗 쳐다보았다. 알렉산드라는 완전히 감탄한 것 같았다. 지극히 순간적이었지만 케이트는 데이비드가 떠올랐다. 깊게 서로 사랑한 먼 옛날의 나날을. 오랜 세월이 흘렀는데도 그 당시 일은 조금도 희미해지지 않고 있었다.
레스터가 방으로 들어왔다.
"식사 준비가 끝났습니다, 마님."
식사 중에는 좀 더 부드러운 대화가 오갔다. 때때로 케이트가 날카로운 질문을 해도 조지는 대답을 완벽하게 준비해놓고 있었기 때문에 당황하지 않았다.
"아이를 좋아하는 편인가요, 멜리스 씨?"
'그 할망구는 증손자를 가지고 싶어서 안달이 났어. 세상의 어떤 것보다도 말이야.'
조지는 깜짝 놀란 듯이 케이트를 쳐다봤다.
"아이를 좋아하냐고요? 자식이 없는 남자의 삶이란 게 어떤 가치가 있을까요? 결혼을 하면 제 아내는 눈이 빙글빙글 돌 정도로 바쁘게 될 겁니다. 그리스에서는 자식의 숫자로 남자의 가치가 결정되죠."

'이만하면 순수한 남자 같군. 그렇지만 조심에 조심을 기해야 한다. 내일 브래드 로저스에게 이 남자의 재산을 조사시키기로 하자.'
케이트는 생각했다.

자기 전에 알렉산드라는 이브에게 전화를 걸었다. 조지 멜리스가 인사를 하러 온다고 말하자, 이브는 이렇게 말했었다.
"어떤 결과가 될지 기다려지는데? 그가 돌아가면 즉시 전화해줘."
알렉산드라가 그 보고를 시작한 것이다.
"할머니가 완전히 마음에 들어 하시는 것 같아."
이브는 만족에 겨워 온몸이 떨렸다.
"할머니가 뭐라고 하셨는데?"
"질문을 산더미처럼 하셨는데 그가 모두 훌륭하게 대답했어."
'그럼 제대로 했다는 얘기군.'
"해냈구나! 너희 두 사람은 결혼하게 되겠구나?"
"그는 아직 아무 말도 안했어, 언니. 하지만 언젠가는 그런 얘기도 나올 거라고 생각해."
알렉산드라의 목소리는 완전히 들떠 있었다.
"할머니는 찬성하실 것 같니?"
"응, 분명히 괜찮아하시는 것 같았어. 일단 조지의 재산을 조사하겠다고 말씀하셨지만 물론 문제없겠지."
이브의 심장이 뒤집힐 정도로 깜짝 놀랐다.
'이렇게 되면 모든 것이 끝장이구나. 빨리 대책을 마련해야지.'
"앞으로 어떻게 진행되는지 또 알려줘."
이브는 말했다.
"그래, 또 연락할게, 언니. 잘 자."
이브는 곧바로 조지 멜리스에게 전화를 걸었다. 하지만 그는 아직 집에 돌아와 있지 않았다. 이브는 10분마다 전화를 걸었고 이윽고 그와 통화가 되었다.

"지금 당장 100만 달러를 손에 넣으라고."

"이봐, 무슨 얘기야."

"케이트가 당신 재산을 조사할 거래."

"그녀는 우리 가족에 대해서 다 알고 있어."

"당신 가족 얘기가 아니야. 당신 자신의 일이라고. 할망구는 바보가 아니라니까."

잠시 침묵이 흘렀다.

"어떻게 100만 달러를 손에 넣으라는 거야?"

"나한테 생각이 있어."

이브는 설명을 시작했다.

다음 날 아침, 케이트는 사무실에 도착하자 비서에게 말했다.

"브래드 로저스에게 전화해서 조지의 재산을 조사해보라고 해."

"로저스 씨는 내일까지 돌아오시지 않습니다. 돌아오신 후라도 괜찮다면……"

"내일이라도 괜찮아."

맨해튼 끝 월가의 핸슨 앤드 핸슨 증권회사 책상에 조지 멜리스가 앉아 있었다. 증권거래소가 열리고 넓은 사무실은 소음과 사람들의 움직임으로 북적거리고 있었다.

이 본사에는 250명의 사원이 일하고 있었다. 증권 중개인, 분석 담당자, 계리사, 오퍼레이터, 고객 대리인 등 모두 열기에 넘쳐서 정신없이 일하고 있었다.

그중 유일한 예외가 조지 멜리스였다. 조지는 무엇인가 골똘히 궁리하느라 얼어붙은 듯이 책상에 매달려 있었다. 앞으로 하려고 하는 일이 실패하면 감옥으로 가게 된다. 그러나 잘되면 세상은 내 것이 된다.

"전화 안 받을 거야?"

동료가 조지에게 말했다. 깜짝 놀라서 정신을 차리니 책상 위의 전화가 요란하게 울리고 있었다.

'평상시와 똑같이 행동해야만 한다.'

그는 수화기를 재빨리 집어 들었다.

"조지 멜리스입니다."

그리고 그는 동료에게 웃어 보였다.

그날 오전 중에 조지는 매입이나 판매 주문을 내고 있었지만, 마음속은 100만 달러를 훔친다는 계획으로 가득 차 있었다.

'간단해. 하룻밤만 증권을 빌리면 된다고. 아침에 다시 되돌려주면 되니까. 어때, 괜찮은 생각이지?'

증권매매회사는 손님의 편의를 도모하여 대부분은 소유자 증명 수속 통일 보증 위원회에서 통일화한 넘버가 들어 있을 뿐이었다. 주식 증권은 양도가 금지되어 있었는데, 물론 조지 멜리스는 증권을 현금으로 바꿀 생각은 없었다. 좀 더 다른 계획이 있었다.

모든 주식 중개회사들은 고객에 대한 편의로 그들의 금고에 수백만 달러 상당의 주식과 채권을 준비해놓고 있었다. 어떤 주식 증서들은 소유자의 이름이 기입된 것도 있었지만 대부분의 증권은 소유자임을 입증해주는 유가증권 입증 절차 규약에 관한 위원회의 약호가 기입된 무기명식 증권들이었다. 주식증서는 양도될 수 있는 성질을 가진 것이 아니었지만 조지 멜리스는 그것들을 현금화할 생각은 없었다. 그는 나름대로 좀 더 다른 계획이 있었다.

핸슨 앤드 핸슨 사는 7층에 있는 거대한 금고실에 주식을 보관하고 있으며 무기를 휴대한 경비원이 지키고 있었다. 그리고 코드화된 플라스틱제 출입 허가증을 지닌 사람에게만 문을 열어주도록 되어 있었다. 조지 멜리스는 카드를 가지고 있지는 않았지만 소유자를 한 사람 알고 있었다.

헬렌 새처는 40대의 고독한 미망인이었다. 그녀는 밝은 얼굴의, 균형 잡힌 몸매를 지니고 있었고 요리도 상당히 잘했다. 그녀는 결혼한 지 23년이나 되었지만 남편이 먼저 세상을 떠난 후로는 마음속에 구멍이 뻥 뚫려버려 공허함을 주체하지 못하고 있었다. 그녀에게는 자신을 감싸줄 사람이 필요했다. 그러나 핸슨 앤드 핸슨 사에서 일하는 여성 대부분이 자신보다 젊고 매력적인 것이 문제였다. 그녀에게 데이트 신청을 하는 사람은 아무도 없었다.

헬렌은 조지 멜리스가 있는 위층 계리부에서 일하고 있었다. 조지를 처음 봤을 때 그녀는 나이에 상관없이 이 사람은 자신에게 있어서 나무랄 데가 없는 남편이 될 거라고 생각했다. 헬렌은 몇 번이나 조지를 저녁에 초대하여 손수 만든 요리를 대접하며 깊은 관계가 되어도 좋다고 넌지시 말해봤지만 그때마다 조지는 구실을 둘러대어 거절하곤 했다. 그러나 이날 아침은 조지가 먼저 전화를 걸어 왔다.

"계리부 새처입니다."

그렇게 대답하자 조지 멜리스의 목소리가 들려왔다.

"헬렌? 조지예요."

그 목소리는 따스함으로 가득 차 있었으므로 헬렌은 몸이 떨렸다.

"무슨 일이죠, 조지?"

"놀라게 해줄 일이 있어서요. 잠깐 내 사무실로 내려올 수 있어요?"

"지금?"

"그래요."

"지금은 손을 놓을 수가……."

"아, 바쁘면 됐어요. 그럼 다음으로 미루죠, 뭐."

"아니야. 괜찮아. 내가…… 지금 곧 갈게."

조지의 전화가 또 울리기 시작했으나 그는 무시했다. 그는 손에 가득 서류를 들고 엘리베이터로 향했다. 그는 한 바퀴 둘러본 뒤 아무도 없음을 확인하고는 엘리베이터를 지나서 뒷 계단을 이용했다.

위층에 도착해 헬렌이 사무실을 나간 것을 확인하고는 마치 일이 있어서 온 것처럼 안으로 들어갔다. 그러고는 카드가 들어 있는 가운데 서랍을 열고 카드를 주머니에 넣고는 사무실을 나와 아래층으로 서둘러 내려왔다. 자신의 사무실로 돌아가보니 헬렌이 주위를 두리번거리고 있었다.

"아, 미안해요. 갑자기 호출이 있어서요."

조지가 말했다.

"어머, 난 상관없어. 무슨 일이지? 깜짝 놀랄 일이라니?"

"말하자면 저, 내가 듣기로 오늘이 당신 생일이라더군요. 점심이라도 함께 할까 생각해서요."

헬렌은 사실을 알릴 것인가, 아니면 점심을 택할 것인가 망설였다.

"그건 정말이지 고마워. 당신과 함께 점심을 먹을 수 있다니 기쁘군."

"그럼 됐어요."

조지가 말했다.

"토니 식당에서 1시에 만나요."

전화로 끝낼 수도 있는 용건이었지만 헬렌 새처는 너무도 기뻐서 그런 생각은 꿈에도 하지 않았다.

헬렌이 나가고 모습을 보이지 않게 되자 조지는 행동을 개시했다. 플라스틱 카드를 되돌려 줄 때까지 끝마쳐야 할 일이 많이 있었다. 우선은 엘리베이터를 타고 7층으로 가서 철문 앞에 경비원이 서 있는 쪽으로 걸어갔다. 조지가 플라스틱 카드를 놓자 문이 열렸다. 안으로 발을 들여놓은 순간 경비원이 말했다.

"지금까지 된 적이 없는 것 같은데요."

조지의 심장이 빨리 뛰었다. 그러나 그는 환하게 웃어보였다.

"그래요. 여긴 내 담당이 아니거든요. 내 거래 상대가 갑자기 자신의 증권을 보고 싶다고 해서요. 바빠 죽겠는데 정말 신경질이 나 죽겠어요."

경비원은 동정한다는 듯이 웃었다.

"까짓것, 힘을 내세요."

금고실은 단단한 콘크리트 구조물로 깊이가 30피트, 폭이 15피트였다. 조지는 증권이 넣어져 있는 내화성 캐비닛으로 다가가 금속 서랍을 열었다. 안쪽에는 미국과 뉴욕주식거래소에 상장되어 있는 모든 기업에 해당하는 수백 장의 주식 증서가 비치되어 있었다. 각각의 증서에 나타나 있는 주식의 수는 증서의 앞머리에 인쇄되어 있었고 그 수는 1에서 10만 단위까지 걸쳐 있었다.

조지는 재빠르고 능숙하게 넘겨 나갔다. 100만 달러에 상당하는 우량 회사 증권을 고르는 데는 별로 시간이 걸리지 않았다. 그것을 윗저고리 주머니에 집어넣고 서랍을 닫고는 입구로 돌아왔다.

"금방 나오시네요."

경비원이 말했다.

"컴퓨터 녀석이 다른 번호를 내보낸 모양이에요. 내일 아침에 다시 와야 할 것 같아요."

조지는 고개를 좌우로 흔들었다.

"도움이 안 되는 컴퓨터군요. 언젠가는 컴퓨터가 우리를 파멸시킬지도 모르겠어요."

경비원도 동조했다.

자신의 책상으로 돌아온 조지는 땀에 흠뻑 젖어 있었다.

'여기까지는 아주 잘됐어.'

조지는 수화기를 들고 알렉산드라에게 전화를 걸었다.

"오늘 밤 당신과 할머니를 만나고 싶은데……."

"당신은 오늘 바쁘다고 하지 않았나요, 조지?"

"그랬었지. 하지만 바쁜 일은 뒤로 미뤘어. 중요한 얘기를 당신한테 하고 싶어서 말이야."

 오후 1시 정각에 조지는 헬렌 새처의 사무실로 가서 출입카드를 반납했다. 헬렌은 레스토랑에 가고 없었다. 이 카드를 다시 한 번 사용해야 하므로 손에서 놓고 싶지 않았지만, 밤까지 반환되지 않는 카드는 다음 날 아침에는 컴퓨터에 의해 무효가 되고 말기에 어쩔 수 없었다.

 이윽고 조지와 헬렌은 함께 점심식사를 했다.

 "이런 시간을 또다시 가졌으면 좋겠군요."

 조지는 헬렌의 손을 잡고 그녀를 가만히 바라보며 말했다.

 "내일 점심도 약속이 없나요?"

 헬렌의 얼굴이 빛났다.

 "그럼. 물론이야, 조지."

 그날 퇴근할 때 조지 멜리스는 100만 달러 상당의 주식 증권을 휴대하고 있었다.


 조지 멜리스는 7시 정각에 블랙웰가에 도착했다. 곧바로 케이트와 알렉산드라가 기다리고 있는 서재로 안내되었다.

 "안녕하세요. 갑자기 실례를 해서 죄송합니다. 두 분께 꼭 드릴 말씀이 있어서요."

 조지는 케이트를 바라봤다.

 "상당히 시대에 뒤떨어져 있다고 생각하시겠지만, 저는 댁의 손녀와의 결혼을 허락받고 싶습니다. 저는 알렉산드라를 사랑하고 있고 그녀도 저를 사랑하고 있다고 믿고 있어요. 여기에 당신의 축복을 받을 수 있다면 얼마나 기쁘겠습니까."

 그리고 조지는 윗저고리 주머니에서 주식 증권을 꺼내어 케이트 앞 테이블에 힘차게 내려놓았다.

 "결혼 예물로 100만 달러를 알렉산드라에게 주고 싶습니다. 당신의 원조는 필요 없어요. 아무튼 돈이야 어쨌든 당신의 축복을 받고 싶을 뿐입니다."

케이트는 조지가 아무렇게나 테이블에 놓은 주식 증권에 눈길을 돌렸다. 잘 알고 있는 회사의 증권이었다. 알렉산드라는 눈을 반짝이면서 조지에게로 다가갔다.

"아, 조지!"

알렉산드라는 애원하는 듯한 눈으로 할머니를 바라봤다.

"할머니!"

케이트는 나란히 서 있는 두 사람을 바라봤다. 반대할 이유 따위는 없었다. 한순간 케이트는 두 사람이 부럽다고 생각했다.

"축복하고말고."

케이트는 말하자 조지는 환하게 웃으며 케이트에게로 다가갔다.

"허락해주시는군요."

그는 할머니의 뺨에 키스했다. 그리고 그들은 결혼식 준비에 대한 이런저런 이야기를 나누었다.

"아버님도 결혼식에 오시겠죠?"

케이트가 물었다.

"그들을 말릴 방법은 없어요. 아버지에다 남동생 셋, 여동생 둘이 달려올 거예요."

"만나 뵙게 되기를 기대하겠어요."

케이트는 그에게 사뭇 감동하고 있었다. 이렇게 사랑해주는 남자를 손녀가 만난 것이 기뻤다.

'조지의 재산 조사는 필요 없다고 브래드 로저스에게 말해야지.' 하고 케이트는 생각했다.

돌아갈 때 알렉산드라와 둘만 있게 되자, 조지가 말했다.

"100만 달러 유가증권을 이곳에 놔두기는 좀 그렇다고 생각해. 내 임대

금고에 넣어두자고."

"그렇게 해주세요."

알렉산드라는 부탁했다.

조지는 증권을 또다시 윗저고리 주머니에 넣었다.

다음 날 아침, 조지 멜리스는 어제와 똑같은 일을 되풀이했다.

"당신에게 작은 선물이 있어요."

그녀가 내려오는 사이에 조지는 그녀의 사무실로 가서 카드를 꺼내어 전날과 똑같은 순서로 카드를 주머니에 넣고는 자신의 책상으로 돌아와 자신을 찾고 있는 그녀에게 구찌 스카프를 선물했다.

"좀 늦은 것 같지만 생일 선물이에요."

그리고 점심 약속을 확인했다. 이번에는 금고에 들어가기가 더욱 간단했다. 증권을 되돌려 놓고 카드를 반납하고 근처 레스토랑에서 헬렌과 만났다.

"조지, 오늘 밤 둘만의 식사를 준비했는데 어때?"

헬렌이 조지의 손을 꼭 잡으며 말하자 조지는 천천히 이렇게 대답했다.

"그건 어려워요. 난 곧 결혼하게 되거든요."

결혼식을 3일 앞둔 날, 조지는 블랙웰가에 새파랗게 질린 얼굴로 찾아갔다.

"지금 막 연락이 있었는데 아버지가 또다시 심장 발작을 일으키셨다는군요."

"어머나, 그것 참 안됐네요."

케이트는 말했다.

"그래서 상태는?"

"몇 번인가 연락을 취해보았지만 상태는 그다지 걱정할 정도는 아닌 것 같아요. 하지만 식에는 참석하지 못하실 것 같습니다."
"신혼여행을 아테네로 가요. 그럼 당신 가족을 만날 수 있잖아요."
알렉산드라가 말하자 조지는 알렉산드라의 뺨을 가볍게 찔렀다.
"신혼여행은 다른 계획을 구상해놓았어. 가족이 끼지 않는 단둘만의 여행을 말이야."

결혼식은 블랙웰가 거실에서 간소하게 거행되었다. 참석한 사람은 10명 정도로 그중에는 빈스 반즈, 앨리스 코펠, 마티 베르게이머 세 사람도 포함되어 있었다. 알렉산드라는 언니인 이브도 참석하게 해달라고 할머니에게 애원했지만 케이트는 아직 그녀를 용서하지 않고 있었다.
"네 언니는 내 집에 두 번 다시 발을 들여놓을 수가 없다."
알렉산드라의 눈에 눈물이 가득 고였다.
"할머니, 너무해요. 저는 남편을 사랑하듯이 똑같이 언니도 사랑하고 있어요. 용서해주시지 않겠어요?"
케이트는 하마터면 이브가 저지른 나쁜 짓을 모두 말할 뻔했으나 간신히 자제했다.
"모두에게 있어서 가장 좋다고 생각되는 일을 하고 있을 뿐이란다."
카메라맨이 사진을 찍었다. 케이트는 조지가 가족에게 보낼 몫의 인화지를 부탁하는 것을 듣고는 조지가 굉장히 자상한 사람임을 다시 한 번 알 수 있었다.
케이크 자르는 의식이 끝난 뒤 조지가 알렉산드라에게 속삭였다.
"미안하지만 한 시간쯤 잠깐 다녀올 데가 있어."
"무슨 일이에요?"
"대단한 일은 아니야. 신혼여행 휴가를 얻기 위해서 고객과의 용무를 모두 끝내겠다고 약속했거든. 곧 돌아올게. 아무튼 우리 비행기는 오후 5시 출발이니까."

알렉산드라가 웃었다.

"볼일이 끝나는 대로 즉시 돌아와야 해요. 당신 없는 허니문은 싫으니까요."

이브는 네글리제 차림으로 조지를 기다렸다.

"결혼식은 즐거웠어?"

"그래, 여러 가지로 신세졌어. 소박하고 점잖게 거행되었지. 아무 일 없이 잘 끝낸 거야."

"왜 그렇게 되었는지 알고 있지? 다 내 덕택이야. 잊지 말라고."

조지는 이브를 바라보며 또박또박 말했다.

"잊지 않아. 절대로."

"우린 앞으로도 계속 파트너야."

"물론이지."

이브는 살짝 웃어보였다.

"자, 됐어. 드디어 당신이 내 동생과 결혼을 했군."

조지는 시계를 봤다.

"그래. 이제 슬슬 돌아가야지."

"아직 안 돼."

이브가 말했다.

"어째서?"

"당신은 먼저 나하고 사랑을 해야 돼. 나는 동생의 남편과 사랑하기를 원해."

✻

신혼여행 계획은 이브가 세웠다.

"쩨쩨하게 굴면 안 돼."

이브는 자신에게 홀딱 반해 있는 어떤 사내에게서 받은 보석류 3점을 팔아 그 돈을 조지에게 건네주었다.

"신세를 지는군. 끊임없이……."

조지는 말했다.

"나중에 돌려받을 거야."

신혼여행은 완벽했다. 조지와 알렉산드라는 자메이카 북부 몬테고 베이에 있는 라운드 힐에 머물렀다. 언덕으로부터 맑은 바다를 향해 아름다운 방갈로들이 25개 정도 띄엄띄엄 있었고, 그 한가운데 하얀 건물이 호텔 로비로 되어 있었다.

멜리스 부부는 전용 풀장이 달린 방갈로에 머물렀다. 아침이 되자 두 사람은 방마다 딸린 하녀가 준비해준 아침식사를 야외 식당에서 먹었다. 그리고 조지가 빌려온 소형 보트로 뱃놀이를 하며 낚시를 즐겼다. 수영을 하거나 독서를 하거나 오락을 하거나 사랑을 마음껏 나누기도 했다. 알렉산드라는 조지를 기쁘게 해주기 위해서 자신이 생각해낼 수 있는 모든 일을 서슴없이 다했다. 그리고 사랑의 행위가 한창일 때 조지가 신음소리를 토해내는 것을 들으면 그에게 그 같은 즐거움을 줄 수 있음에 자신도 한없이 기뻤다.

신혼여행이 5일째 되는 날, 조지가 말했다.

"알렉스, 잠깐 킹스턴에 좀 다녀올게. 회사 지점이 그곳에 있는데 상황을 보고 오라는 명령을 받았어."

"멋지군요! 나도 가겠어요."

조지는 얼굴을 찌푸렸다.

"나도 그러고 싶지만 국제전화가 걸려오기로 했거든. 당신이 여기 남아서 전화를 받아주면 좋겠어."

알렉산드라는 실망했다.

"프런트에 부탁하면 안 돼요?"

"중요한 용건이라 프런트로는 좀 곤란해."

"그렇다면 할 수 없군요. 알았어요."

조지는 차를 빌려 타고 킹스턴으로 향했다.

그곳에 도착한 것은 어둑어둑할 때라 거리는 인파로 붐비고 있었고, 여객선에서 방금 내린 형형색색의 옷을 입은 관광객들과 고물시장이나 슈퍼마켓에서 쇼핑을 하는 사람들로 들끓고 있었다.

킹스턴은 상업도시로 제련소나 창고나 어업으로 성황을 이루면서도 좋은 항구조건을 갖추고 있어서 오래된 아름다운 건물이나 미술관, 도서관 등이 있는 문화도시이기도 했다. 하지만 조지는 그런 것에는 흥미가 없었다.

그는 처음 발견한 술집으로 뛰어 들어갔다. 그로부터 5분 후에 15세 된 흑인 매춘부를 데리고 싸구려 호텔 2층으로 올라갔다. 그리고 2시간 뒤 혼자서 호텔에서 나온 조지는 차를 타고 몬테고 베이로 되돌아갔다. 방갈로에 도착하자 긴급 국제전화는 없었다고 알렉산드라가 말했다.

다음 날 아침, 한 매춘부가 관광객에게 구타를 당해 중태에 빠져 생명이 위독한 지경에 있다고 킹스턴의 신문들이 보도했다.


핸슨 앤드 핸슨사에서는 조지 멜리스의 처우에 관해 중역회의가 열렸다. 상당히 오래전부터 조지의 거래 방법을 둘러싸고 고객으로부터 계속 진정이 날아들고 있었다. 해고를 시키자는 결론도 나와 있었지만 중역들은 재고하고 있었다.

"그가 케이트의 손녀와 결혼도 했으니, 새로운 국면도 보이지 않을까."

한 사람이 말했다. 그러자 또 한 사람의 중역이 덧붙였다.

"바로 맞았어. 블랙웰가와의 거래를 획득……."

욕망이 눈에 보이는 것 같았다. 중역회의는 종료되었다. 조지 멜리스에게는 다시 한 번의 기회가 주어졌다.

알렉산드라와 조지가 신혼여행에서 돌아오자 케이트는 두 사람에게 말했다.
"이곳으로 옮겨와서 함께 살았으면 좋겠구나. 이곳은 넓어서 서로 방해가 되지 않을 것 같은데, 너희들은?"
조지가 도중에 끼어들었다.
"말씀은 감사합니다만, 알렉스와 저는 우리만의 거처를 갖는 일이 더욱 바람직하다고 생각합니다."
자신의 주위를 냄새 맡고 다니며 염탐을 하는 할머니와 같은 지붕 밑에서 살기는 싫었다.
"그렇다면 어쩔 수 없지."
케이트는 말했다.
"그럼 너희들이 살 집을 사도록 허락해주렴. 결혼 선물로 말이다."
조지는 과장된 몸짓으로 케이트를 껴안았다.
"정말 뭐라고 감사를 드려야 할지……. 고마운 마음으로 받겠습니다."
그 목소리는 감동으로 떨리고 있었다.
"고마워요, 할머니. 할머니 집과 멀지 않은 곳에서 찾아보겠어요."
알렉산드라가 말했다.

그로부터 얼마 뒤 그들은 블랙웰 저택에서 12블록 정도 떨어진 곳에 있는 아담한 3층 집을 구했다. 주인용 침실과 손님용 침실이 2개, 고용인 방과 부엌이 2개, 그리고 거실과 서재가 있는 집이었다.
"당신 혼자서 장식을 해야겠어. 나는 고객과의 일로 바쁘거든."
조지는 알렉스에게 말했다. 그러나 실제로 조지는 거의 사무실에 있지 않았고, 고객과의 만남 따위도 전혀 없었다. 조지는 다른 재미나는 일로 매일을 메워나가고 있었다.

한편 경찰은 호모나 매춘부, 그리고 싱글 바를 찾는 고독한 여자들로부터 학대를 당했다는 신고를 빈번하게 접수하고 있었다. 피해자들은 폭행을 가한 사나이가 미남이고 외국계, 아마도 라틴계 남자일 것이라고 설명했다. 경찰은 전과자 사진을 열심히 조회했지만 해당자는 없었다.

이브와 조지는 사람들의 눈을 피해 다운타운의 작은 레스토랑에서 만났다.

"케이트에게 발각당하지 않게 알렉스에게 유언장을 만들게 해."

"도대체 어떻게 하면 되지?"

"가르쳐주지……."

다음 날 밤, 조지는 알렉산드라와 뉴욕의 최고급 프랑스 요리점인 르플레지르에서 식사를 하기로 되어 있었지만, 그는 약속시간에 30분이나 늦었다.

"미안, 미안, 천사 양."

조지는 헐레벌떡 다가왔다.

"변호사를 만나고 오느라고. 당신도 알고 있겠지만 그 친구들은 정말이지 무슨 일이든 귀찮고 복잡하게 만들기를 좋아한다고."

"무슨 일인데요, 조지?"

"별거 아니야. 그저 유언장을 다시 썼을 뿐이야."

조지는 알렉산드라의 손을 잡았다.

"만에 하나 내게 무슨 일이 생기면 모든 재산이 당신 것이 되게 했어."

"여보, 나는 그런……."

"내 재산이라고 해봐야 블랙웰가에서 본다면 비교도 되지 않겠지만 말이야."

"당신 신상에 만에 하나 따위는 일어나지 않길 바라요, 절대로."

"아무 일도 없을 거야, 알렉스. 하지만 인생이라는 녀석은 때때로 심술을 부리기도 하니까 말이야. 만일을 대비하는 것이 좋지."

알렉산드라는 잠시 생각에 잠겼다.

"나도 유언장을 바꿔야겠군요."

"왜?"

깜짝 놀란 시늉을 하며 조지는 말했다.

"왜냐하면 당신은 내 남편이잖아요. 내 재산은 당신 재산이에요."

조지는 손을 놓았다.

"알렉스, 나는 당신 돈은 1센트라도 갖고 싶지 않아."

"알고 있어요, 조지. 하지만 당신 말이 맞아요. 만일의 경우에 대비해 놓아야죠."

알렉산드라의 눈은 눈물로 가득했다.

"제가 바보 같죠? 하지만 너무 행복해서 우리 신상에 무슨 일이 일어난다고 생각하는 것만으로도 견딜 수가 없어요. 이대로 영원히 행복하게 살고 싶어요."

"괜찮아. 그렇고말고."

조지는 격려했다.

"내일, 브래드 로저스에게 유언장 변경에 대해 전화를 하겠어요."

조지는 어깨를 으쓱해 보였다.

"당신이 정 그렇게 하고 싶다면……."

그리고 잠시 생각한 후에 말했다.

"내 변호사에게 작성시킬까? 그는 내 재산관리를 맡고 있으니까 분명히 잘해줄 거야."

"당신에게 맡기겠어요. 할머니도……."

조지는 아내 뺨에 키스를 했다.

"이 건에 관해서는 할머니는 관계가 없지 않을까? 우리 부부 일은 우리 둘이서만 해야 좋다고."

"그래요. 할머니한테는 아무 말도 하지 않을게요. 당신 변호사에게 연락을 취해줄래요?"

"알았어. 혹시 잊어버리면 재촉하라고. 자, 배고파 죽겠어. 우리 게 요리를 먹는 게 어떨까?"

그로부터 일주일 후에 조지는 이브의 아파트로 갔다.

"알렉스가 유언장에 서명을 했어?"

"내일 아침에. 알렉스는 다음 주 생일날 회사의 주식을 상속하지."

그 다음 주에 크루거 브렌트 사의 49퍼센트 주식이 알렉산드라에게 양도되었다. 조지는 그것을 이브에게 알렸다.

"굉장해! 오늘 밤 여기로 오지 않겠어? 축하를 해야지."

"오늘 밤은 어려워. 케이트가 알렉스의 생일파티를 열거든."

침묵이 되돌아왔다.

"어떻게든 방법을 생각해서 오라고!"

'빌어먹을 창녀 계집애!'

조지는 전화를 끊고 시계를 봤다. 중요한 고객과의 약속을 벌써 두 번이나 어기고 있었다.

상사들은 조지가 블랙웰가의 일원이 되었으므로 너그럽게 봐주고 있었다. 자신의 지위를 위험하게 만드는 일은 피해야만 하므로 알렉산드라와 케이트에게는 열심히 노력해서 좋은 인상을 주고 있었다. 그것을 휴지로 만들어서는 안 되었다.

조지는 아버지에게 결혼초대장을 보냈지만 노인은 답장조차 보내주지 않았다. 축하한다는 말 한마디도 없었다.

'네 얼굴 따위는 두 번 다시 보고 싶지 않다. 너는 죽었어. 알았지! 죽은 자식이란 말이다.'

아버지는 그렇게 말했었다.

'좋아. 영감은 놀라 자빠질 테지. 방탕한 아들이 다시 소생할 테니까.'

알렉산드라의 23번째 생일파티는 40여 명의 손님이 와서 성대하게 치러졌다. 조지의 친구도 초대하고 싶었지만 그가 한사코 반대했다.

"이건 당신 파티야, 알렉스. 당신 친구만 부르는 게 좋아."

사실 조지에게는 친구라고 말할 수 있는 사람이 하나도 없었다. 그는 외로운 늑대였고 그것을 자랑으로조차 생각하고 있었다. 타인을 의지하는 녀석은 겁쟁이라고 항상 생각하고 있었다. 조지는 알렉산드라가 촛불을 끄면서 소원을 말하는 것을 가만히 보고 있었다.

'나와의 일로 이것저것 소원을 빌고 있겠지만, 사실은 자신의 장수를 빌어야 할걸?'

조지는 믿었던 인간에게 배신을 당하는 인간의 어리석음을 비웃었다. 그렇다고는 하지만 알렉산드라의 아름다움은 조지도 인정하지 않을 수 없었다. 그녀는 하얀 시폰 롱드레스를 입고 있었고, 은색 실내화에 케이트로부터 선물 받은 다이아몬드 목걸이를 하고 있었다. 배 모양의 커다란 다이아몬드는 백금 줄에 연결되어 흔들릴 때마다 촛불에 반짝이고 있었다.

'저 목걸이는 15만 달러는 하겠군.'

조지는 생각했다.

케이트도 생각에 잠겼다.

'우리의 첫 결혼기념일에 데이비드가 저 목걸이를 나한테 걸어주면서 변함없는 사랑을 맹세했었지.'

10시 조금 전에 조지는 전화 근처로 위치를 옮겼다. 그 직후 전화가 울렸으므로 조지가 받았다.

"여보세요."

"멜리스 씨입니까?"

"네, 그런데요."

"저는 당신의 의뢰를 받은 사람이에요. 10시에 전화하라고 해서……."

알렉산드라가 바로 옆에 있음을 확인하고 조지는 아내의 얼굴을 보며 인상을 찌푸렸다.

"그에게 전화가 온 것이 몇 시였나?"

"여보세요, 당신은 멜리스 씨인가요?"

"뭐, 뭐라고?"

"10시에 전화를 하라고……."

알렉산드라가 다가왔다.

"좋아, 알았어."

조지는 수화기에 대고 말했다.

"그에게 전해줘. 어쩔 수 없지. 지금 곧 갈게. 팬암 클리퍼 클럽에서 만나기로 하자고."

조지는 큰소리로 말하며 전화를 끊었다.

"무슨 전화예요, 여보?"

"멍청한 얘기야. 싱가포르에 출장을 가는 동료가 현지로 갖고 갈 계약서를 회사에 놓고 갔다는군. 가지러 돌아올 시간이 없다는 거야. 내가 대신 가서 가져다줘야겠어."

"지금요? 다른 사람에게 부탁할 수 없어요?"

알렉산드라는 실망했다.

"나밖에는 믿을 사람이 없다는군. 회사에서 의존할 수 있는 사람은 나뿐이라는 거야."

조지는 한숨을 쉬었다. 그리고 아내를 가볍게 껴안았다.

"미안해. 지금 나가지만 파티는 이대로 계속해줘. 가능한 한 빨리 돌아올 테니까."

알렉산드라는 쓸쓸하게 웃어보였다.

조지가 나간 후에도 파티는 분위기가 깨지지 않고 계속되었다. 그러자 알렉산드라는 문득 오늘 생일에 이브는 어떻게 지내고 있을까 궁금했다.

이브는 문을 열고 조지를 안으로 들어오게 했다.

"잘도 빠져 나왔군."

이브는 정말로 감탄했다.

"머리가 좋은데?"

"오래 있을 수는 없어. 알렉스가……."

이브는 조지의 손을 잡았다.

"자, 이쪽으로 와. 깜짝 놀라게 해줄 일이 있어……."

이브가 그를 좁은 식당으로 안내하자 테이블 위에는 두 사람 몫의 식사가 준비되어 있었다. 은색과 흰색의 아름다운 테이블 크로스 중앙에는 촛불이 반짝이고 있었다.

"이게 도대체 뭐야?"

"내 생일이잖아."

"그야 그렇겠지만……."

조지는 갈피를 못 잡으며 말했다.

"저…… 선물을 준비 못했는데……."

이브는 조지의 머리를 쿡 찔렀다.

"가지고 왔잖아. 나중에 달라고. 자, 앉아."

"그래. 하지만 이제 더는 먹을 수 없어. 배가 부르거든."

"앉으라니까."

이브는 명령조로 말했다.

조지는 이브를 한참 동안 바라보다가 이윽고 앉았다.

두 사람은 마주보고 앉았고, 조지가 억지로 음식을 먹는 것을 이브는 바라보았다.

"알렉스와 나는 항상 뭐든지 함께 해왔어. 오늘밤 생일파티도 똑같이 하는 거야. 하지만 내년에는 혼자만의 생일파티를 열게 될 거야. 때가 왔다고. 동생이 사고를 당할 때가 말이야. 그렇게 되면 불쌍한 할망구는 너무 슬퍼서 죽고 말 거야. 모든 것이 우리 것이 된다는 얘기지. 조지, 침실로 가서 선물을 줘."

이브가 말했다. 조지는 이 순간이 가장 두려웠다. 강하고 정력적인 사나이를 이브는 마음껏 군림하므로 여지없이 그에게 무력감을 느끼게 했다. 이브는 조지의 옷을 벗기고 익숙한 손놀림으로 그를 흥분시켰다. 그리고 그의 위에 걸터앉아서 천천히 허리를 움직이기 시작했다.

"아, 너무 좋아. 하지만 당신은 아무것도 느낄 수가 없을 거야. 그렇지, 아가아? 왠지 알아? 당신은 변태야. 당신은 여자가 싫은 거야. 당신은 상처를 입히지 않으면 여자와 즐길 수가 없다고. 지금도 내게 상처를 입히고 싶지? 자, 말해봐. 너에게 상처를 입히고 싶다고 말이야."

"너를 죽이고 싶어."

이브는 웃었다.

"하지만 당신은 죽일 수 없어. 당신도 나 이상으로 회사를 자기 것으로 만들고 싶어하니까. 당신은 이제 나를 다치게 할 수 없어, 조지. 내 신상에 무슨 일이 생기면 편지가 경찰에 보내지게 되어 있으니까."

조지는 믿을 수가 없었다.

"허세 부리지 말라고."

이브는 번쩍이는 긴 손톱으로 조지의 가슴을 할퀴었다.

"해봐, 확인할 수 있을 테니까."

이브는 약을 올렸다.

거짓말이 아닌 모양이었다. 이제 그녀를 처치할 수는 없었다! 앞으로 계속해서 자신을 가지고 놀며 혹사시킬 것 같았다. 그 닳고 닳은 동정심에 매달려 살아간다면 도저히 견딜 수 있을 것 같지 않았다.

그렇게 생각했을 때 갑자기 조지의 내부에서 뭔가가 폭발했다. 눈에 빨간 안개가 깔리면서 자신이 뭘 하고 있는지 모르게 되었다. 누군가가 자신을 조종하고 있는 것 같았다. 모든 것은 슬로모션으로 일어났다. 이브를 밀쳐내고 다리를 벌리게 해서 고통의 비명을 지르게 했던 일은 분명히 기억했다. 그는 뭔가를 향해 몇 번이나 후려쳤다. 믿을 수 없을 정도로 통쾌한 기분이었다. 조지는 쾌락의 발작에 취해 있었다. 그는 그녀를 또 때렸다. 그리고 또 한 대…….

'아! 이 순간을 얼마나 기다려왔다고.'

멀리서 누군가가 비명을 지르고 있었다. 빨간 안개가 서서히 걷히기 시작했고 조지는 아래를 내려다봤다. 이브가 피투성이가 되어 침대에 누워 있었다. 그녀의 코는 뭉개졌고 몸은 피멍과 담뱃불 자국으로 엉망이었으며 눈도 찢어져 있었다. 턱도 뭉개졌고 비뚤어진 입가에서 이브가 신음 섞인 목소리로 뭐라고 말을 하고 있었다.

"그만, 그만, 그만……."

조지는 몽롱한 의식을 떨쳐버리기라도 하듯 머리를 세차게 흔들었다. 그리고 정신을 차리고 현실을 파악하자 두려움이 앞섰다. 자신의 행위에 변명의 여지가 없었다.

'나는 모든 것을 물거품으로 만들고 말았어! 모든 것을!'

"이브?"

이브는 부은 한쪽 눈을 가까스로 떴다.

"의사…… 불러…… 의사……."

한마디 한마디가 고통으로 끊기고 있었다.

"하레이…… 존 하레이를……."

조지 멜리스가 전화로 말했다.

"곧 와주실 수 있나요? 이브 블랙웰이 사고를 당했어요."

존 하레이 의사는 방에 들어서자 피가 튀어 있는 침대와 벽을 보고는 자신도 모르게 비명을 질렀다.

"이게 무슨 일이야!"

하레이 의사는 이브의 맥을 짚으면서 조지를 바라봤다.

"경찰을 불러. 구급차를 수배하고!"

고통으로 의식이 희미해지면서도 이브는 말했다.

"존……."

존 하레이는 침대 위로 몸을 수그렸다.

"괜찮아. 병원으로 데리고 갈 거니까."

이브는 하레이 의사의 손을 더듬었다.

"경찰, 안 돼……."

"이브, 보고해야 돼. 나는……."

"안 돼……경찰은……."

이브는 잡고 있는 손에 힘을 가했다. 하레이 의사는 그녀의 뭉개진 광대뼈와 턱, 그리고 담뱃불 자국을 봤다.

"말하지 않는 것이 좋아, 이브."

고통스런 신음을 토해내면서도 이브는 필사적이었다.

"부탁……."

다음 말이 나올 때까지는 시간이 걸렸다.

"개인적인…… 할머니는…… 절대로 용서하지 않아…… 안 돼…… 경찰…… 뺑소니…… 사고…… ."

의논을 하고 있을 때가 아니었다. 하레이 의사는 전화를 걸었다.

"닥터 하레이입니다. 구급차를 빨리 부탁합니다. 키드 웹스터 의사에게 병원으로 오라고 전해주세요. 응급환자라고 말하고요. 수술 준비를 해주세요."

그리고 잠시 상대방 얘기에 귀를 기울이고는 마지막으로 말했다.

"뺑소니 사고요."

하레이 의사가 전화를 소리 내어 끊자, 조지는 한숨을 돌렸다.

"죄송합니다, 선생님."

하레이 의사는 알렉산드라의 남편을 천천히 훑어보았다. 그의 눈에는 혐오감이 가득 서려 있었다. 조지는 재빨리 옷을 입었지만 그의 주먹은 껍질이 벗겨지고 손과 얼굴에는 피가 튀어 있었다.

"인사는 필요 없어. 블랙웰가를 위해서 이렇게 한 거야. 하지만 조건이 있어. 자네는 정신과 의사 진찰을 받으라고."

"그럴 필요는……."

"싫다면 경찰에 고발하겠어. 이 짐승 같은 놈! 그렇게 쉽게 빠져나가지는 못할걸?"

하레이 의사는 전화를 걸려고 했다.

"잠깐 기다려줘요!"

조지는 생각했다. 모든 것이 끝장이라고 생각했는데 기적적으로 기회가 주어진 것이다.

"알았어요. 정신과 의사 진단을 받기로 하겠어요."

멀리서 사이렌 소리가 들려왔다.


이브는 긴 터널에 뛰어 들어가 수많은 색깔의 불이 섬멸하는 속에 있는 것 같은 기분이 들었다. 몸은 가볍고 공기와도 같았다.

'날려고 하면 날 수도 있을 것 같아.'

이브는 팔을 움직이려고 했지만 뭔가에 잡혀 있는 듯 움직일 수가 없었다. 그녀는 눈을 떴다. 자신이 침대에 눕혀져 하얀 복도를 서둘러 가고 있었다. 녹색 상의와 모자를 쓴 사나이 둘이 침대를 밀고 있었다.

'아, 나는 연기를 하고 있어. 대사가 떠오르질 않아. 뭐라고 말하는 거였더라.'

다음에 눈을 떴을 때 이브는 하얗고 넓은 방의 수술대 위에 있었다.

"키드 웹스터예요. 당신의 수술을 시작합니다."

"밉지 않게 해주세요."

이브는 갈라진 목소리로 말했다. 하지만 말하는 것도 힘이 들었다.

"밉지…… 않게."

"괜찮아요."

웹스터 의사는 보증했다.

"마취를 하겠어요. 마음을 편안하게 가지세요."

그는 마취 의사에게 신호를 보냈다.

조지는 이브의 욕실에서 피를 씻고 깨끗하게 몸을 닦았다. 그리고 시계로 눈길을 돌렸다. 순간 사대가 악화되었음을 알 수 있었다.

새벽 3시, 알렉산드라가 잠들어 있을 것을 기원하면서 집으로 돌아오니 아내는 거실에서 그를 기다리고 있었다.

"여보! 걱정이 돼서 미칠 것 같았어요. 무사했군요."

"보시는 바와 같이, 알렉스."

알렉산드라는 조지에게 매달렸다.

"경찰에 전화를 하려던 참이었어요. 뭔가 무서운 일이 일어난 줄 알았어요."

'그래, 무서운 일이 있었어.'

조지는 그렇게 말하고 싶었다.

"그래서 계약서는 줬어요?"

"계약서?"

조지는 갑자기 생각이 났다.

"아, 그거. 물론 줬지."

그런 얘기는 먼 옛날에 한 거짓말 같았다.

"왜 이렇게 늦어졌어요?"

"비행기가 늦어져서……."

조지는 슬슬 거짓말을 했다.

"그가 부디 함께 있어 달라고 부탁을 하잖아. 그리고 그가 탈 비행기가 곧 출발하는 줄만 알았어. 그러다 보니 결국 전화도 할 수 없고, 미안해."

"괜찮아요. 이렇게 무사하게 돌아왔으니까요."

조지는 이브를 떠올렸다. 침대에 눕혀져 운반되어 갈 때 그녀는 뭉개진 입으로 이렇게 말했었다.

"집으로…… 가 줘…… 아무 일도…… 아니야."

그렇지만 이브가 죽는다면? 자신은 살인 용의로 체포된다. 하지만 목숨을 건진다면 모든 것은 원상태로 돌아간다.

'괜찮아. 나를 필요로 하고 있는 한 이브는 나를 용서해줄 거야.'

조지는 그날 밤 잠을 이룰 수가 없었다. 이브가 비명을 지르며 용서를 빌 때의 모습이 떠올랐다.

'때리면서 이브의 뼈가 부서지는 것을 알고 있었지. 그러고 보니 살이 타는 냄새도 났어.'

그런 일을 떠올리자 조지는 이브가 불쌍해졌다.


키드 웹스터 의사에게 수술을 받을 수 있었던 것은 이브에게 있어서 대단한 행운이었다. 웹스터 의사는 세계에서도 손꼽히는 일류 성형외과 의사였다. 그는 파크 애버뉴에서 개업을 했고 맨해튼 남부에도 진료소를 가지고 있었다. 진료소에서는 선천성 기형 치료를 했고, 환자는 소득에 따라 대금을 지불하면 되었다.

웹스터 의사는 사고 치료에는 익숙해 있었지만 이브 블랙웰의 구타당한 얼굴을 봤을 때는 그도 충격을 받았다. 환자의 얼굴은 잡지에서 봐서 익히 알고 있었다. 그렇게 아름다웠던 얼굴이 엉망으로 망가져 있었던 것이다. 의사는 진심으로 화가 났다.

"누가 이렇게 했습니까, 존?"

"뺑소니야, 키드."

키드 웹스터는 콧방귀를 뀌었다.

"그럼 뭡니까? 운전사가 차를 세우고 그녀를 알몸으로 만들고는 담뱃불로 지지면서 그 냄새를 맡고 있었다는 겁니까? 진상이 뭡니까?"

"미안하지만 그건 말할 수 없어요. 그보다 원래대로 고칠 수 있나?"

"그게 제 일인걸요. 아주 똑같게 원래대로 고쳐보겠어요."

이브가 회복실에서 나온 것은 그로부터 48시간 뒤였다. 조지는 면회를 갔다. 이브와 만나서 그녀가 뭔가 계획을 세우는 것은 아닌지 확인하고 싶었기 때문이었다.

"저는 블랙웰 양의 변호사입니다만……. 저를 만나고 싶어한다고 해서……. 잠시면 됩니다."

조지는 담당 간호사에게 말했다.

간호사는 잘생긴 남자를 보자 자기도 모르게 마음이 약해졌다.

"면회 사절이지만 당신이라면 괜찮을 거예요."

이브는 1인용 병실에서 붕대로 온몸을 친친 감고 누워 있었다. 얼굴에서 보이는 부분이라고는 눈과 입술뿐이었다.

"어때, 이브……."

"조지……."

이브는 오랜만에 짜내는 듯한 목소리를 냈다. 조지는 그 말을 잘 들으려고 몸을 수그렸다.

"알렉스한테는…… 말하지 않았지?"

"응, 물론이야."

조지는 침대 끝에 앉았다.

"여기에 온 이유는……."

"알고 있어…… 우린…… 해낼 거야……."

조지는 이브를 보자 뭔가 안심이 되었다.

"이런 짓을 해서 미안해, 이브. 정말로 미안해. 난……."

"누군가한테 부탁해서 알렉스에게 전화를 해서…… 내가 여행을 떠났다고…… 몇 주일 후에…… 돌아온다고…… 전해줘……."

"알았어."

핏발이 선 눈동자가 조지를 응시했다.

"조지…… 부탁을…… 들어주겠어?"

"뭔데?"

"괴롭게 죽지……."


이브는 잠에 빠졌다. 눈을 뜨자 키드 웹스터 의사가 자신을 내려다보고 있었다.

"기분은 어떻습니까."

의사의 목소리는 상냥하고 너그러움으로 가득했다.

"너무 피곤해서…… 저는…… 어떻게 됐나요?"

웹스터 의사는 즉시 대답할 수는 없었다. 뢴트겐 사진을 찍자 광대뼈는 조각이 났고 그 조각은 흩어져 있었다. 광대뼈는 관자놀이 근육에 부딪쳐 밑으로 처져서 이브가 입을 열 때마다 통증이 뒤따랐다. 코도 뭉개졌고 늑골도 2개나 부러졌으며 둔부와 다리 뒤편에 담뱃불로 지진 흔적이 뚜렷하게 남아 있었다.

"제가 어땠었나요?"

이브는 되풀이해서 물었다.

웹스터 의사는 가능한 한 부드럽게 말했다.

"광대뼈가 부서졌어요. 코도요. 눈이 들어 있는 뼈가 무너졌고 입을 열 때마다 근육에 압력이 걸립니다. 담뱃불 자국도 있었어요. 그렇지만 전부 치료를 했죠."

"거울을 보고 싶어요."

이브가 갈라진 목소리로 말했다. 그러나 의사는 허락할 수가 없었다.

"죄송합니다. 모두 어딘가에서 사용하고 있는 모양이라 거울이 지금은 하나도 없군요."

의사는 웃었다.

이브는 다음 질문을 하기가 두려웠다.

"앞으로…… 앞으로 붕대를 풀면 어떻게 되나요?"

"놀라시겠죠. 하지만 사고를 당하기 전과 전혀 다르지 않을 겁니다."

"믿을 수 없어요."

"이제 곧 알게 됩니다. 그것보다도 무슨 일이 있었는지 알려주시지 않겠어요? 경찰에 보고서를 내야만 하거든요."

긴 침묵이 흘렀다.

"트럭에 부딪혔어요."

키드 웹스터는 이 연약한 미인을 그렇게 무자비하게 망가뜨리려는 녀석이 정말로 있을까 하고 생각했다. 그러나 인간이 얼마나 변덕스럽고 잔혹해질 수 있는가를 싫증이 날 정도로 봐 왔기 때문에 잘 알고 있었다.

"이름이 필요해요."

의사는 상냥하게 물었다.

"누구 짓입니까?"

"맥이에요."

"성은?"

"트럭이에요."

웹스터 의사는 묵살하자는 결탁에 또다시 당혹했다. 먼저 존 하레이,

그리고 지금 또 이브 블랙웰······.
"범죄적 폭행을 당했다면 법률에 따라서 경찰에 보고서를 제출해야만 해요."
키드 웹스터는 말했다. 그러자 이브는 손을 뻗어서 의사의 손을 힘껏 잡았다.
"부탁이에요. 할머니와 동생에게 이 일이 알려지면 두 사람은 죽을 거예요. 경찰에 알려서······ 신문에 보도되면······ 부탁이에요, 그러지 말아 주세요."
"그렇지만 뺑소니 사고로는 보고할 수 없어요. 점잖은 부인이 아무것도 입지 않고 거리에 나서는 일은 없으니까요."
"부탁이에요!"
의사는 동정심이 솟아났다.
"그렇군요. 발이 미끄러져서 계단에서 구를 수도 있겠죠."
이브는 의사의 손을 더욱 세게 잡았다.
"말씀하시는 그대로예요······."
"저도 그렇게 생각하고 있었습니다."
웹스터 의사는 한숨을 쉬었다.

키드 웹스터는 이브를 매일 찾아와 그녀의 상태를 살폈다. 때로는 하루에 두세 번 오는 일도 있었는데 그때마다 그는 병원의 선물 가게에서 꽃 등의 작은 선물을 사왔다. 이브는 걱정스러운 듯이 물었다.
"저는 이렇게 하루 종일 누워만 있고, 치료는 받지 않나요?"
"제 파트너가 당신을 고치고 있죠."
"당신 파트너라고요?"
"어머니인 자연이죠. 그 두꺼운 붕대 밑에서 당신은 아름답게 치유되고 있어요."

며칠 간격으로 웹스터 의사는 붕대를 풀고 진찰했다.

"거울을 보여주세요."

이브는 애원했다.

그러나 대답은 항상 똑같았다.

"아직 안 됩니다."

웹스터 의사는 이브에게 단 하나뿐인 대화 상대였다. 이브는 그러는 사이에 어느새 그가 오길 기다리게 되었다. 키드 웹스터의 외모는 형편없었다. 몸집은 작고 비쩍 말랐으며 머리카락도 드문드문 나 있었고 얼굴은 푸석푸석했다. 침침한 갈색 눈은 근시였는데, 끊임없이 깜빡거리고 있었다. 더군다나 이브 앞에서 어찌나 수줍음을 타는지 이브로선 그것이 무엇보다도 재미있었다.

"결혼하신 적은 있나요?"

이브가 물었다.

"한 번도 없어요."

"왜요?"

"글쎄요…… 별로 좋은 남편이 될 수 없기 때문이었겠죠. 응급환자로 인해 자주 호출을 받으니까요."

"하지만 여자 친구는 있겠죠?"

그의 얼굴은 새빨개졌다.

"저, 아시겠죠……."

"가르쳐주시겠어요?"

이브는 놀렸다.

"특정한 여자 친구는 없어요."

"당신에게 다가오는 간호사도 없나요?"

"아뇨, 저는 그렇게 로맨틱한 타입이 아니라서요."

'아무리 잘 봐주려고 해도 좀 그렇군.'

이브도 그 말에는 완전히 동감했다. 그러나 간호사나 인턴이 이브의 방으로 들어올 때 키드 웹스터에 관해 물으면 모두가 한결같이 상당히 정중하게 그를 칭찬했다.

"그분은 기적적인 분이에요. 인간의 얼굴에 대해 그가 할 수 없는 일이란 아무것도 없어요."

어떤 인턴이 말했다. 그리고 그들은 키드가 기형의 아이들이나 범죄 피해자에게 베풀었던 수많은 일화들을 들려주었다. 그 일을 이브가 키드 웹스터에게 직접 묻자 그는 대수롭지 않게 말했다.

"서운한 일이지만 사람들은 거의가 외모로 판단하기를 좋아하죠. 나는 그저 육체적 결함을 가지고 태어난 사람들에게 힘이 되어주려고 할 뿐이에요. 내 일로 그런 사람들의 인생이 크게 바뀌니까요."

이브는 이 남자에게 당혹감을 느꼈다. 그는 돈이나 명예를 위해서 일을 하고 있는 것이 아니라 아무런 대가도 바라지 않고 이런 일을 하고 있었다. 이런 남자를 만난 것은 처음이었다. 도대체 무엇이 그를 이렇게까지 몰아세우는가 하고 그녀는 생각해보았다. 물론 그것은 단순한 호기심에 불과하며 이브가 키드 웹스터에게 관심이 있었기 때문은 아니었다. 이브에게 관심이 있는 것은 이 의사가 자신을 위해서 해준 치료뿐이었다.


입원한 지 15일째 되는 날, 이브는 뉴욕의 사립병원으로 옮겨갔다.

"아무래도 이쪽이 쾌적할 것 같아요."

웹스터 의사는 이브에게 말했다.

왕진 거리가 오히려 멀어졌음에도 불구하고 웹스터 의사는 매일 모습을 나타냈다.

"다른 환자는 없나요?"

이브가 물었다.

"당신 같은 환자는 없어요."

병원을 옮긴 지 5주 후에 키드 웹스터는 이브의 붕대를 풀었다. 그는 이브의 얼굴을 좌우로 움직이며 질문했다.
"아픈가요?"
"아뇨."
"당기는 듯한 느낌은?"
"없어요."
그는 간호사에게 말했다.
"블랙웰 양에게 거울을 가져다 줘요."
이브는 겁이 났다. 몇 주 동안 거울 속의 자신의 모습이 보고 싶어서 안달이었는데 막상 그 순간이 오자 불안해서 어찌할 바를 몰랐다.
'원래대로의 얼굴이었으면 좋겠다. 낯선 얼굴이 비치면 어떻게 할까.'
웹스터 의사가 이브에게 거울을 주었다.
"저는, 두려워요……."
"자, 한번 직접 보시죠."
의사가 상냥하게 말했다.
이브는 두려워하며 거울을 들었다.
'기적이다! 예전과 조금도 다르지 않아.'
상처 자국을 찾으려고 했지만 흔적조차 없었다. 이브는 자기도 모르게 눈물이 솟구쳐 올라왔다.
"고맙습니다."
얼굴을 들고 인사하고, 이어서 손을 내밀어 키드 웹스터를 끌어당겨 키스했다. 사소한 감사의 키스였는데 의사의 입술이 그녀를 갈구해왔음을 알 수 있었다.
웹스터 의사는 갑자기 정신이 든 듯 몸을 떼고는 말했다.
"저는…… 당신이 만족해주셔서 기쁩니다."
'만족 정도가 아니라고!'

"모두들 칭찬하던 말 그대로군요. 선생님은 정말 기적적인 분이세요."
웹스터는 쑥스러운 듯이 대답했다.
"소재가 좋았거든요."

*

조지 멜리스는 자신이 저지른 추태에 매우 동요하고 있었다. 면밀하게 쌓아올린 책략을 자칫 잘못하다가 무너뜨릴 뻔했다. 조지는 크루거 브렌트 사를 자기 마음대로 조종한다는 일의 의미를 충분히 알지 못했다. 그는 고독한 과부들의 선물로 살아가는 것에 만족했었지만, 지금 그는 블랙웰가의 사람과 결혼을 했고, 그의 아버지는 그가 그렇게 되리라고는 생각도 할 수 없었던 큰 회사를 손에 쥐게 되었다.

'아버지, 보십시오. 저는 다시 태어났습니다. 아버지 회사보다 더 큰 기업을 손에 넣었어요.'

이건 게임이 아니었다. 그는 야망을 이루기 위해서는 살인도 감행할 각오가 되어 있었다. 그는 완벽한 남편의 이미지 창조에 전념했으며 가능한 한 알렉산드라와 함께 지내려고 노력했다. 주말에는 케이트 소유의 이스트 햄프턴이나 롱아일랜드에 있는 별장에 갔고, 회사의 세스나 620기를 타고 다크하버로 날아갔다.

조지는 다크하버가 마음에 들었다. 꽤 넓지만 구식인 건물, 아름다운 골동품들과 고가의 그림을 사랑했다. 그리고 넓은 저택을 거닐면서 언젠가는 이것이 전부 자신의 것이 될 것이라고 생각했다. 머리로 피가 치솟는 듯한 기분이었다.

조지는 또한 손녀사위 역할을 완벽하게 연출했다. 케이트에게는 세심한 주의를 기울이며 대했다. 케이트는 81세가 되어 있었지만 크루거 브렌트 사 총수로서 경탄스러울 정도로 정정했다. 조지는 일주일에 한 번은 케이트와 알렉산드라와 셋이서 식사를 했다. 그러면서 2, 3일 간격으로 케이트에게 전화를 해서 두터운 애정을 가진 알렉스의 남편으로 사려 깊은 손녀사위라는 인상을 만들고 있었다. 따라서 그가 사랑하는 두 여자를 죽일 생각을 하고 있다는 것은 아무도 생각하지 못했을 것이다.

조지 멜리스의 만족감은 존 하레이 의사로부터 걸려온 전화벨 소리에 산산조각 났다.

"정신과 의사인 템플튼 씨 진찰을 받을 수 있도록 조처해놓았네."

"이젠 그럴 필요가 없다고 생각합니다, 하레이 선생님. 제가 생각하기에는……."

조지는 자신의 목소리가 상대방에게 부드럽게 전해지도록 조심스럽게 말했다.

"자네가 어떻게 생각하든 그거야 자네 마음대로지. 하지만 나와 약속하지 않았나. 경찰에 신고하지 않는 대신 자네는 정신과 진찰을 받겠다고 말이야. 그 약속을 무효로 하고 싶다면……."

"아닙니다, 그렇지 않아요. 선생님이 그렇게 하라고 말씀하신다면 물론 따르겠어요."

조지는 당황해서 말했다.

"템플튼 의사가 자네 전화를 기다리고 있을 거야. 그것도 오늘 안으로 말일세."

하레이 의사는 전화를 거칠게 끊었다.

조지는 화가 났다. 정신과 의사와 시간을 보내는 것만큼 싫은 일은 없었지만 하레이 의사의 말투로 보아 위험을 무릅쓰면서까지 거절할 수는 없었다. 그래서 템플튼 의사와 몇 번 만나기만 하면 될 것이라고 생각하고 가볍게 마음먹었다.

이브가 조지의 사무실로 전화를 했다.

"퇴원했어. 지금 말이야."

"그래서······."

조지는 묻는 것이 두려웠다.

"괜찮아?"

"와서 보라고. 오늘 밤에."

"도저히 빠져나갈 수 없을 것 같아. 알렉스와······."

"8시에."

조지는 믿을 수가 없었다. 눈앞에 서 있는 이브는 예전과 조금도 다름없이 아름다웠으며 달라진 것 없이 그대로였다. 조지는 다가가서 이브의 얼굴을 구석구석 찬찬히 뜯어보았지만 상처는 흔적조차 없었다.

"믿을 수 없어! 예전과 아주 똑같아."

"그래. 난 여전히 아름답지, 조지?"

이브는 고양이처럼 웃었지만 머릿속으로는 다음 행동을 생각하고 있었다.

'이 사내는 병든 짐승이라 살아 있을 자격이 없다. 보상은 충분히 받을 생각이지만 지금은 아직 그 시기가 아니야. 이 사내는 아직 필요하다.'

두 사람은 가만히 선 채로 서로에게 미소를 던졌다.

"이브, 뭐라고 사과해야 할지······."

이브는 손을 들어 그 다음을 제지했다.

"그 일이라면 이제 됐어. 끝난 일이라고. 전과 아무것도 변한 것이 없으니까."

거기서 조지는 상황의 변화가 생각났다.

"하레이한테서 전화가 왔어. 정신과 멍텅구리 의사와 만나라는 거야."

이브는 머리를 좌우로 흔들었다.

"안 돼. 시간이 없다고 거절하라고."

"그랬지. 그랬더니 내가 만나지 않으면 녀석은 보고를, 즉 경찰에 사고 보고를 하겠다는 거야."

"재수 없군!"

이브는 선 채로 열심히 머리를 회전시켰다.

"이름은?"

"정신과 의사 말이야? 무슨 템플튼이었어. 그래, 피터 템플튼이야."

"들은 적이 있어. 유명한 의사지."

"걱정하지 마. 녀석의 의자에 50분 정도 앉아 있기만 하면 돼. 난 아무 말도 하지 않을 거야."

이브는 듣고 있지 않았다. 어떤 생각이 떠올랐으므로 그것을 머릿속에서 정리했다. 그래서 그제야 조지에게 얼굴을 돌렸다.

"오히려 잘될지도 몰라."


피터 템플튼은 30대 중반으로, 180센티를 약간 넘는 키에 넓은 어깨, 뚜렷한 이목구비, 호기심이 강한 듯한 파란 눈동자를 가진 남자였다. 의사라기보다는 풋볼의 쿼터백처럼 보였다. 스케줄을 살펴보던 그는 한순간 이맛살을 찡그렸다.

'조지 멜리스―케이트 블랙웰의 손녀사위.'

피터 템플튼은 부잣집 패거리들의 고민 따위에는 관심이 없었다. 동료 의사 대부분은 사회적으로 유명한 인물과 관련을 맺는 것을 자랑스럽게 생각하고 있었다. 하지만 피터 템플튼에게 부호들의 문제는 별 흥미를 주지 못했다. 그들의 고민이란 것이 동정할 가치가 없는 것임을 깨달았기 때문이었다.

어떤 부호의 미망인은 공식적인 사회적 행사에 초대받지 못한 것 때문에 발작을 일으켜 고래고래 소리를 질렀다. 또한 어떤 자본가는 주식시장에서 돈을 모조리 날린 충격으로 자살 소동을 벌였다. 어떤 살찐 부인은 연회를 택하느냐, 체중을 줄이느냐로 고민하고 있다고 수선을 떨었다.

온 세상이 고민으로 넘쳐흐르고 있었지만 피터 템플튼은 그런 부자 패거리들의 고민 해소에 힘을 빌려줄 마음이 전혀 일지 않았고, 벌써 오랫동안 그런 환자는 피하고 있었다.

'조지 멜리스라······.'

피터가 싫으면서도 이 남자를 만나는 것을 수락한 것은 존 하레이 의사를 존경하고 있기 때문이었다.

"다른 곳으로 돌려주세요, 존. 스케줄이 꽉 차서 말이에요."

피터는 일단 거절했다.

"힘들지만 부탁하네, 피터."

"그런데 그는 어디가 문제인가요?"

"그건 자네가 전문가잖아. 나는 일개 노망난 의사에 불과하니까."

"그렇게까지 말씀하신다면, 저를 방문하라고 말씀해주세요."

피터는 승낙했다.

그 남자가 지금 왔다. 템플튼 의사는 책상 위의 인터폰 버튼을 눌렀다.

"멜리스 씨를 안으로······."

피터 템플튼은 신문이나 잡지에서 조지 멜리스의 사진을 몇 번인가 봐서 알고 있었지만 이렇게까지 사람을 압도하는 예리하고 날카로운 분위기를 가지고 있으리라고는 예상하지 못했다. 이 사나이야말로 새로운 타입의 카리스마적 인물이었다. 악수를 마치자 피터가 말했다.

"앉으세요, 멜리스 씨."

조지는 긴 의자를 봤다.

"어디에 말입니까."

"어디든지 좋은 곳에 앉으시죠."

조지는 책상 정면의 의자에 앉아 피터 템플튼을 보고 씩 웃었다. 조지는 이 순간을 두려워하고 있었지만 이브와 이야기를 나눈 뒤로 마음이 편안해져 있었다. 템플튼 의사는 자신의 동업자, 증인이 되어줄 것이다.

피터는 정면에 있는 사나이를 관찰했다. 초진 환자는 보통 불안해서 그것을 숨기려고 허세를 부리거나 굳게 입을 다물거나 수다를 떨어 방어를 하는 것이 예사였다. 그런데 이 남자에게서는 불안의 요소는 전혀 보이지 않았다. 그러기는커녕 오히려 즐기고 있는 것처럼 보였다.

"하레이 선생님에게서 무슨 고민을 가지고 있다고 들었습니다만……."

조지는 한숨을 쉬었다.

"두 가지가 있죠. 너무 창피해서, 그래서 무리하게 부탁을 드렸어요."

"그 고민이라는 것을 말씀해주시지 않겠습니까?"

조지는 의자에서 일어나 정중하고 성실한 모습으로 말했다.

"저는 당치도 않은 일을 하고 말았어요. 여자를 때렸어요."

피터는 끼어들지 않고 다음 얘기를 기다렸다.

"논쟁을 벌이다가 저는 의식을 잃고 말았습니다. 정신을 차리고 보니…… 그녀를 때리고 있더란 말입니다."

조지는 이야기를 도중에서 끊었다.

"무서운 일입니다."

피터 템플튼은 이미 조지가 안고 있는 문제를 간파하고 있었다. 이 남자는 여자를 때리는 일에 기쁨을 느끼는 것이다.

"때린 상대는 사모님인가요?"

"처형이에요."

피터는 블랙웰 집안의 쌍둥이가 자선사업이나 사교행사에 나타났을 때 보도기사를 신문이나 잡지에서 읽은 일이 있었다. 두 사람이 일란성 쌍둥이였음을 생각해냈다. 더구나 그녀들은 대단한 미인이었다. 그렇다면 이 남자는 그 처형을 때렸다는 얘기군. 피터는 그 일에 더 관심을 가졌다. 그 점과 동시에 조지 멜리스가 처형을 한두 번 살짝 때린 것에 불과하다고 말한 점에도 흥미를 느꼈다. 이 남자의 말대로라면 존 하레이가 그렇게 끈질기게 진찰해달라고 말했을 리가 없었다.

"처형을 때렸다고 하셨는데, 상처라도 입혔나요?"

"네, 상당히 심하게 상처를 입히고 말았어요. 아까도 말했던 것처럼 저는 일시적으로 의식을 잃고 있었어요, 선생님. 그리고 정신이 들었을 때는…… 저는…… 저는, 제 눈을 믿을 수가 없었어요."

'정신이 들었을 때는? 옛날부터 늘 써먹는 변명이지. 내가 한 짓이 아니다, 내 잠재의식이 그렇게 만들었다 이거지.'

"어째서 그런 행동을 하게 되었는지 그 원인에 대해 짚이는 일이라도 있나요?"

"스트레스가 쌓여 있었어요. 아버지가 중병을 앓고 계셔서……. 심장 발작을 몇 번이나 일으키셨죠. 아버지가 정말로 걱정이에요."

"아버님은 여기에?"

"그리스에 계시죠."

'그 멜리스 가족이군.'

"고민이 두 가지 있다고 말씀하셨는데요."

"네, 아내인 알렉산드라 일로……"

조지는 거기서 말을 끊었다.

"부부간의 문제인가요?"

"그런 의미가 아니에요. 서로 무척 사랑하고 있어요. 다만 저……"

조지는 망설이는 척했다.

"알렉산드라는 상태가 안 좋아요. 항상 울적해하고 자살 얘기만 계속 꺼내죠."

"전문의 진단을 받았습니까?"

조지는 서글프게 웃어보였다.

"아내가 싫어해서요."

'불쌍하게도 파크 애버뉴 의사들은 금전 운으로부터 먼 모양이군.'
피터는 생각했다.
"하레이 선생님에게 상담을 했나요?"
"아뇨."
"그분은 댁의 주치의니까 그분과 먼저 상담을 하셔야 돼요. 그럴 필요가 있다면 정신과 의사를 소개해주실 거예요."
조지 멜리스는 걱정스러운 듯이 말했다.
"알렉산드라에게 자신을 뒤에서 수군거리고 있다고 생각하게 하긴 싫어요. 하레이 선생님은……."
"알았습니다, 멜리스 씨. 제가 선생님에게 전화를 해놓죠."

"이브, 엿같이 됐다고."
조지는 거칠게 말했다.
"무슨 일이 있었는데?"
"당신이 시킨 대로 했지. 알렉산드라가 걱정이다, 자살할지도 모른다하고 말이야."
"그래서?"
"그 새끼가 존 하레이에게 전화로 얘기를 하겠다고 하지 않겠어?"
"이런 멍청이! 그런 일을 당하면 곤란해!"
이브는 천천히 걷기 시작했고, 그리고 갑자기 멈추고는 말했다.
"좋아, 하레이는 어떻게든 내가 무마시키겠어. 템플튼과는 또 만나?"
"응."
"계속하라고."
다음 날 아침, 이브는 하레이 의사를 방문했다. 존 하레이는 블랙웰가를 좋아했다. 아이들이 성장하는 것을 지켜봐왔으며 마리안느의 죽음이나 토니의 케이트에 대한 복수라는 비극도 잘 알고 있었다. 토니가 요양소로 가는 처지가 되어 케이트가 상당히 괴로워했던 일, 그리고 케이트와 이브의 의절, 무엇이 원인인지는 상상조차 할 수 없지만 제3자인 자신이 속속들이 알 필요는 없었다. 그에게 맡겨진 일은 가족의 건강을 유지시키는 것이었다.

"키드 웹스터가 훌륭한 조치를 취한 모양이군!"

얼굴에 남은 상처라고는 이마에 빨간 반점 같은 것이 희미하게 있을 뿐이었다.

"웹스터 선생님은 이 상처도 한두 달 안에 말끔하게 제거해주신다고 하셨어요."

이브는 말했다. 그러자 하레이 의사는 이브의 팔을 가볍게 두드렸다.

"그 상처마저도 너의 미모를 더욱 돋보이게 하는구나. 이브, 잘됐어. 나도 기쁘구나."

그렇게 말하고 하레이 의사는 이브에게 의자를 권했다.

"그런데 무슨 용건이지?"

"제 일이 아니에요. 알렉스 일이에요."

하레이 의사는 미간을 찌푸렸다.

"고민이라도 있나? 조지 일인가?"

"어머, 아니에요."

이브는 황급히 취소했다.

"조지는 무척 잘하고 있어요. 오히려 조지 쪽이 동생 일을 걱정하고 있죠. 알렉스의 행동이 이상해요. 계속 우울해하는데, 자살이라도 생각하고 있는 게 아닐까요?"

하레이 의사는 이브를 보면서 쌀쌀하게 대꾸했다.

"믿을 수가 없군. 그거야말로 알렉산드라에게 어울리지 않는 얘기야."

"알아요. 저도 믿을 수 없으니까요. 그래서 제가 그 아이를 만나봤어요. 그리고 변한 모습에 깜짝 놀랐어요. 우울증이 온 것 같아요. 저는 정말로 걱정이에요. 할머니한테 상담하러 갈 수도 없고……. 그래서 선생님을 찾아온 거예요. 선생님이라면 어떻게든 해주시겠죠?"

이브의 눈에 눈물이 고이기 시작했다.

"저는 할머니를 잃었어요. 그런데 동생까지 잃는 것은 참을 수 없어요."

"언제부터 그렇게 됐지?"

"몰라요. 선생님께 상담을 하라고 권유했지만 그 아이가 싫어해서. 하지만 가까스로 설득시킬 수 있었어요. 그 아이를 도와주세요."

"물론이지. 내일 아침에 오라고 전해줘. 걱정할 필요 없다고 내가 말했다고 해. 최근에는 기적적으로 잘 듣는 약도 개발되고 있으니까."

하레이는 이브를 문까지 배웅했다. 케이트가 그렇게까지 이렇게 배려심이 깊은 손녀와 의절할 필요는 없지 않았을까 생각했다.

다음 날 아침 10시에 하레이 의사 접수계가 알렸다.

"조지 멜리스 부인이 오셨습니다, 선생님."

"들여보내."

그녀는 멍한 모습으로 들어왔다. 얼굴색은 파리했고 눈 밑에 검은 기미가 끼어 있었다.

존 하레이는 다정하게 그녀의 손을 잡고 말했다.

"만나길 잘했군, 알렉산드라. 네 고민을 들었는데, 어떤 상태지?"

그녀의 목소리는 낮고 힘이 없었다.

"귀찮게 해서 죄송해요. 아무데도 나쁜 곳은 없어요. 이브가 그렇게 고집을 부리지 않았다면 오지 않았을 거예요. 건강해요, 몸은……."

"마음은 어때?"

그녀는 약간 망설였다.

"잠을 잘 이룰 수 없을 뿐이에요."

"그밖에는?"

"우울증이라고 생각돼요."

"네 일은 잘 알고 있단다. 좀 더 자세히 얘기해봐, 알렉산드라."

그녀는 시선을 아래로 떨구었다.

"항상 우울해요. 불안하고…… 피곤해요. 조지가 나를 즐겁게 해주려고 여러 가지로 신경을 쓰지만…… 저는 아무것도 하고 싶지 않고, 아무 데도 가고 싶지 않아요. 모든 것이 절망적으로 생각돼요."

하레이는 그녀의 한마디 한마디에 귀를 기울이며 그녀를 관찰했다.

"그밖에는?"

"저는 자살하고 싶은 생각이 늘 머리에 떠올라요."

그녀의 목소리는 가늘어서 잘 알아들을 수 없을 정도였다. 그녀는 하레이 의사를 올려다보면서 말했다.

"제가 미쳐가고 있는 걸까요?"

의사는 고개를 가로저었다.

"설마, 그럴 리가 있나. 앤히도니어(쾌락 불감증)라고 들은 일이 있나?"

그녀는 고개를 좌우로 흔들었다.

"생물학적 장애를 말하는데 네가 지금 말한 것 같은 징후가 일어나게 되지. 흔히 볼 수 있는 증세야. 간단하게 치료할 수 있는 새로운 약도 개발되어 있어. 부작용이 없는 데다 효과가 좋아. 일단 진찰해보겠지만 아무 곳도 나쁜 데는 없을 거라고 생각해."

진찰이 끝나고 그녀가 옷을 입자 하레이 의사가 말했다.

"새로운 처방을 내리지. 심신을 고양시키는 경이적인 새로운 약이야."

그녀는 하레이 의사가 처방을 쓰는 것을 멍하니 바라보고 있었다.

"앞으로 일주일에 한 번씩 들러. 그렇지만 문제가 생기면 언제든지 전화하라고. 낮이든 밤이든 상관없으니까."

하레이 의사는 그렇게 말하고 처방전을 건네주었다.

"여러모로 신세를 졌어요. 이젠 그런 꿈을 꾸지 않아도 될 것 같아요."

"어떤 꿈인데?"

"어머, 말씀드리지 않았나요? 매일 밤 똑같은 꿈을 꿔요. 배를 타고 있는데 바람이 불어오고, 바다가 부르는 소리를 듣죠. 난간으로 가서 내려다보면 내가 물속에 있는 것이 보여요. 물에 빠져서……."

그녀는 하레이 의사의 사무실을 나와 거리로 나섰다. 빌딩에 몸을 기대고는 깊은 안도의 숨을 내쉬었다.

'해냈어. 완수했다고.'

이브는 미친 듯이 기뻐했다. 그러고는 처방전을 내동댕이쳤다.

\*

케이트 블랙웰은 완전히 지쳐 있었다. 회의는 지루하게 계속되고 있었다. 테이블 앞에 앉아 있는 6명의 중역들의 얼굴을 둘러보았다. 전원이 활력에 넘쳐 있었다.

'회의가 오래 진행되기 때문이 아니야. 내가 너무 오래 해왔어. 벌써 여든두 살이나 되었는걸. 이젠 늙었어.'

그렇게 생각하자 케이트는 우울해졌다. 죽는 것은 두렵지 않았다. 아직도 준비가 갖추어져 있지 않은 것에 미련이 있었다. 블랙웰가 누군가가 크루거 브렌트 사를 계승할 때까지는 죽어도 죽을 수가 없는 것이다. 이브에게 실망을 한 케이트는 미래를 알렉산드라에게 맡길 생각이었다.

'할머니를 위해서라면 어떤 일이라도 하겠어요. 하지만 회사 경영에는 관심이 없어요. 조지라면 훌륭하게 전문가가 될…….'

"찬성합니까, 케이트?"

브래드 로저스가 그녀를 바라보며 말했다. 몽상에서 깨어난 케이트는 멋쩍은 듯이 브래드를 바라봤다.

"미안해요. 무슨 얘기를 했죠?"

"델레코와의 합병에 대해 의논 중이었습니다."

브래드가 동정어린 말투로 설명했다. 그는 케이트를 무척 걱정스러워하고 있었다. 이 몇 개월간 케이트는 회의 중에 자주 다른 생각에 잠겨 있곤 했다. 그러나 브래드가 케이트에게 은퇴를 권유한다면 그녀는 거꾸로 브래드야말로 은퇴해야 한다고 강요할 것이다. 브래드가 보기에 케이트는 남자보다 더한 여성이었다. 나아가 브래드는 케이트와의 먼 옛날의 일을 생각하고 있었다. 어째서 그 사랑은 그렇게도 허무하게 끝나버린 것일까 하고…….

"과거에 당신은 폭력을 많이 휘둘렀나요?"
조지 멜리스가 피터 템플튼을 두 번째로 방문하자 그가 물었다.
"당치도 않아요. 저는 폭력은 정말로 싫어해요."
조지는 고개를 가로저었다.
'확실하게 메모를 해놓으라고. 이 시침을 떼고 있는 멍텅구리 의사야. 검사관이 언젠가는 질문하게 될 테니까.'
"부모님은 결코 처벌을 가하지 않았다고 당신은 말했죠."
"네, 그렇습니다."
"즉 당신은 말을 잘 듣는 아이였다는 말씀인가요?"
'아이고, 조심해. 이건 함정이야.'
"글쎄요, 남들과 같았다고 생각해요."
"남들과 같은 아이라면 나쁜 장난을 하거나 해서 어른들의 벌을 받기도 하는데요."
조지는 그를 비난하듯 웃었다.
"저는 어른들 사회의 룰을 깨뜨린 일이 없었으니까요."
'이 남자는 거짓말을 하고 있어.'

템플튼은 조지와의 첫 번째 면담 후에 존 하레이 의사와 나눈 대화를 떠올렸다.

"그 남자는 처형을 때렸다고 말하더군요, 존. 그리고……."

"때렸다고! 학살이라고 해도 좋을 정도였어, 피터. 녀석은 그녀의 광대뼈를 산산조각 냈고 코를 뭉갰고 늑골을 세 대나 부러뜨렸어. 더구나 엉덩이와 다리 뒤편을 담뱃불로 지졌다고."

존 하레이의 목소리는 분노로 가득했다. 피터 템플튼은 혐오감으로 구토가 일어날 것 같았다.

"그는 그런 일은 한마디도 저에게 말하지 않았어요."

"말할 리가 없지."

하레이는 내뱉듯이 말했다.

"나는 녀석에게 말해줬어. 자네한테 가지 않겠다면 경찰에 신고하겠다고 말이야."

피터는 그 말을 듣고는 조지의 말을 떠올렸다.

'너무 창피해서, 그래서 무리하게 부탁을 드리는 겁니다.'

그렇다면 그 말부터가 거짓말이 아닌가.

"멜리스는 저에게 아내가 우울증에 걸려서 곤란하다고 말했어요. 자살을 입에 담는다면서……."

"그래, 그거라면 나도 보장하지. 알렉산드라가 며칠 전 진찰을 받으러 왔더군. 일단 신경안정제를 처방해줬지만 마음에 걸리는 건 확실해. 그런데 조지 멜리스의 인상은 어떻던가?"

피터는 말을 되새기며 느릿느릿 말했다.

"아직 잘 모르겠어요. 하지만 위험한 남자라는 생각은 들어요."


키드 웹스터는 이브 블랙웰을 잊을 수가 없었다. 이브는 이 세상 사람이라고 생각할 수 없을 정도로 아름다운 여신이며 신성한 존재 같았다. 그녀는 외향적이고 밝고 자극적이었다. 그것에 비해 자신은 내성적이고 아둔하고 어두웠다.

키드 웹스터는 줄곧 독신으로 지내왔다. 아내가 되어줄 것 같은 여성을 만나지 못했기 때문이었다. 일에 있어서는 그토록 의욕적이고 헌신적이었지만 사생활은 거의 공백상태나 다름없었다. 그는 시끄러울 정도로 참견을 하는 어머니와 마음이 여린 복종적인 아버지 사이에서 내성적으로 자랐으므로 성적인 에너지가 결여되어 있었고 그것을 일로 승화시키고 있었다. 그것이 지금 이브 블랙웰로 인해 꿈을 꾸기 시작하고, 아침에 그 일을 떠올리면 해가 질 때까지 생각될 정도였다.

이브 블랙웰은 완전히 치유되어 집으로 돌아갔으므로 만날 구실을 찾을 수가 없었다. 그러나 웹스터는 반드시 그녀를 다시 만나야 한다는 것을 알고 있었다.

"이브인가요? 저, 키드 웹스터예요. 방해가 되지 않았으면 좋겠군요. 저, 그러니까 당신 상태가 어떤가 해서……."

웹스터는 용기를 내어 전화를 걸어봤다.

"괜찮아요, 덕분에 말이에요. 당신이야말로 어때요?"

이브의 목소리에는 농담을 하는 듯한 울림이 있었다.

"네, 건강합니다."

웹스터는 대답했다. 잠시 침묵이 흘렀지만 그는 용기를 내어 말했다.

"저…… 바쁘셔서 저와 식사를 같이 할 시간은 없겠죠?"

이브는 웃음이 나오려고 했다. 이 얼마나 내성적이고 소심한 남자인가. 그렇지만 재미있지 않은가.

"어머나 좋아요, 키드."

"정말입니까?"

그는 깜짝 놀란 목소리로 말했다.

"언제가 좋을까요?"

"내일 어때요?"

"좋습니다. 약속했습니다."
웹스터는 이브의 마음이 변하기 전에 서둘러서 그렇게 덧붙였다.

이브는 키드 웹스터와 점심을 먹었다. 키드 웹스터는 마치 사랑에 빠진 어린 학생처럼 행동했다. 냅킨을 떨어뜨리거나 와인을 흘리고, 나중에는 꽃이 들어 있는 꽃병을 넘어뜨리기까지 했다. 그런 모습이 이브로서는 재미있어서 어쩔 줄 몰랐다.
'누가 이런 남자를 우수한 외과의사라고 생각하겠어.'
식사가 끝나자 키드 웹스터는 쭈뼛거리며 물었다.
"저, 그러니까…… 또 언제 식사를 함께 할 수 있을까요?"
이브는 정색을 하며 대답했다.
"이제 만나지 않는 것이 좋을 것 같아요, 키드. 당신을 사랑하고 싶어질 것 같아서요."
웹스터는 얼굴을 새빨갛게 물들이며 다음 말을 잇지 못했다.
이브가 그의 손을 다독거리며 말했다.
"당신을 잊을 수 없을 것 같아요."
웹스터는 또다시 꽃병을 넘어뜨리고 말았다.

존 하레이가 병원 카페테리아에서 점심식사를 하고 있는데 키드 웹스터가 옆으로 와서 함께 식사를 했다.
"존, 비밀을 절대로 지킨다고 약속할게요. 이브한테 무슨 일이 일어났는지 사실을 말씀해주시지 않겠어요?"
하레이는 잠시 망설였지만 곧 어깨를 으쓱하고는 말했다.
"그러지. 그녀를 다치게 한 것은 동생의 남편인 조지 멜리스야."
그러자 키드 웹스터는 이브의 비밀의 세계에 한 발을 들여놓았다는 이상한 만족감을 느꼈다.

조지 멜리스는 신경질이 나 있었다.

"유언장도 바꾸었으니 돈은 바로 눈앞에 있어. 언제까지 꾸물거리고 있을 거냐고."

이브는 소파에 날씬한 다리를 꼬고 앉아서 조지가 방 안을 걸어 다니는 것을 가만히 바라보고 있었다.

"나도 빨리 일을 끝내고 싶어, 이브."

'이 남자는 제정신이 아니야. 마치 비비 꼬여 있는 뱀 같아. 위험해. 이 사람을 너무 선동한 것은 잘못된 거였어. 자칫 목숨을 잃을 뻔까지 했어. 이제 두 번 다시 그런 짓을 해서는 안 돼.'

"그래, 내 생각에도 지금이 알맞은 때야."

이브는 천천히 말했다.

"언제 할까?"

"다음 주에……."


검사는 끝나가고 있었지만 조지는 아직도 아내에 대해 말하지 않고 있었다. 그러더니 갑자기 말하기 시작했다.

"템플튼 선생님, 알렉산드라가 걱정이에요. 아내의 우울증이 더욱 심해졌어요."

"존 하레이 선생님이 말씀하더군요. 효과가 좋은 약을 그녀에게 주었다고요."

"효과가 있었으면 좋겠어요, 선생님."

조지는 필사적인 몸짓으로 말했다.

"만일 제 아내에게 무슨 일이 생긴다면 저는 견딜 수 없을 것 같아요."

피터 템플튼은 제스처 게임의 해답자처럼 안테나를 팽팽하게 당기고 조지를 바라봤다.

'이 남자에게는 치명적인 폭력의 기운이 있다.'

"멜리스 씨, 당신의 과거 여성관계에 관해서 말씀해주시겠습니까?"
"극히 평범합니다만."
"부인들에게 화를 낸 적은 없나요? 짜증을 낸 일은?"
"없는데요."
'머리 회전에 있어서는 내가 더 고수야. 이 멍텅구리 의사 녀석아.'
"전에도 말씀드렸지만 저는 폭력을 거부하는 주의라서요."
'학살이라고 말해도 좋을 정도였어. 피터, 녀석은 그녀의 광대뼈를 박살냈고 코를 뭉갰고 늑골을 세 대나 부러뜨렸고 엉덩이와 다리를 담뱃불로 지졌다고.'
"때때로 어떤 사람에게 있어서는 폭력은 필요한 배출구, 감정적인 해방이 되는 경우가 있죠."
피터는 말했다.
"잘 압니다. 저에게도 매춘부를 때린 일이 있는 친구가 있거든요."
'친구가 있거든요.'
"친구 얘기를 해주세요."
"그는 매춘부를 미워했죠. 그녀들은 그저 뜯어내려고만 한다고 말하더군요. 그래서 그는 일이 끝나면 그들을 조금 거칠게 다뤘죠. 벌을 주기 위해서 말이에요."
거기까지 말하고 조지는 피터의 안색을 읽으려고 살폈다. 비난하는 듯한 표정은 떠올라 있지 않았으므로 말을 계속했다.
"그와 둘이서 자메이카에 간 일이 있는데, 그곳의 어린 흑인 매춘부가 그를 호텔 방으로 끌고 가서 바지를 벗긴 후에 좀 더 돈을 내놓으라고 하더래요."
조지는 씩 웃으며 계속했다.
"그래서 그는 그 여자를 흠씬 패주었다고 하더군요. 아마 그 여자는 두 번 다시 손님에게 그와 같은 요구는 하지 않을 거예요."

'이 남자는 정신병자로군. 이런 남자에게 친구 따위가 있을 게 뭐야, 당연한 일이지만 지금도 자기가 경험한 것을 자랑하고 있군. 이 남자는 과대망상증 환자다. 그리고 위험한 인물이다.'

피터 템플튼은 그렇게 판단했다. 그는 한시 바삐 존 하레이와 대화를 해야겠다고 판단했다.

두 사람은 하버드 클럽에서 점심식사를 했다. 피터 템플튼은 어려운 입장에 있었다. 존 하레이와 그의 환자간의 비밀에 참견하지 않고 조지 멜리스의 모든 정보를 수집해야만 했다.

"조지 멜리스 부인에 대해 얘기해주시지 않겠습니까?"

피터가 하레이에게 말했다.

"알렉산드라는 나무랄 데가 없지. 나는 그 아이와 언니인 이브를 갓난 아기 시절부터 돌봐왔거든."

그렇게 말하고 하레이는 키득거리면서 말했다.

"그 자매가 일란성 쌍둥이라는 것은 자네도 알고 있겠지? 그 둘을 나란히 놓고 봐도 구별을 할 수 없다니까."

피터는 부드럽게 물었다.

"정말 일란성 쌍둥인가요?"

"그래. 아무도 구별할 수 없을 정도로 똑같아. 어린 시절에 그걸 구실로 그들은 자주 장난을 쳤지. 언젠가 이브가 병에 걸려서 주사를 놓았는데 어찌된 일인지 그게 알렉산드라인 적도 있고……"

거기까지 말하고 하레이 의사는 물을 한 모금 마셨다.

"놀라운 일이야. 두 사람은 벌써 어른이 되었는데도 나는 아직도 구별을 할 수가 없어."

피터는 생각에 잠겼다.

"알렉산드라가 자살하고 싶다면서 선생님께 진찰을 받으러 온 일이 있다고 하셨죠?"

"그랬지."

"존, 그게 알렉산드라고 어떻게 구별할 수 있죠?"

"간단하지."

하레이 의사는 대답했다.

"이브는 이마에 아직 빨간 상처가 남아 있어. 조지 멜리스에게 얻어맞은 자국이지."

막다른 골목에 다다르고 말았다.

"그랬군."

"그런데 멜리스 쪽은 어떤가?"

피터는 어디까지 얘기해야 할지 망설였다.

"아직, 잘 몰라요. 그는 가면 뒤에 숨어 있어요. 어떻게든 그 가면을 벗겨보려고 노력하고 있습니다만."

"신중하게 하라고, 피디. 내가 보기에 그 남자는 심상치 않은 정신의 소유자니까."

하레이는 피투성이가 되어 침대에 누워 있던 이브의 모습을 떠올렸다.

"그 자매는 양쪽 모두에게 거액의 재산을 상속하게 되겠죠?"

이번에는 존 하레이가 망설일 차례였다.

"음, 그것에 관해서는 그 가계의 프라이버시 문제라서 말이야. 대답은 노야. 그 아이들의 할머니는 이브에게는 한 푼도 주지 않고 인연을 끊었지. 알렉산드라가 모든 것을 상속하게 되어 있어."

하레이는 말했다.

'템플튼 선생님, 알렉산드라가 걱정돼요. 집사람의 우울 상태가 더욱 심해지는 것 같아요. 잠자리에서는 물에 빠져 죽는 얘기만 해요. 그 사람에게 무슨 일이 생긴다면 저는 견딜 수 없을 거예요.'

피터 템플튼에게는 그 말이 옛날부터 오랫동안 사용해왔던 살인의 서

사 같은 느낌이 들어서 견딜 수가 없었다. 그러나 조지 멜리스 자신이 막대한 재산의 상속자라는 점이 아무래도 잘 연결되지 않았다. 돈을 위해서 살인을 범할 이유가 없는 것이다.

'너무 비약이 심한 공상이야.'

피터는 자신을 타일렀다.

여자가 차가운 바다에서 허덕이고 있다. 그녀 옆으로 가려고 필사적으로 바동거렸으나 파도가 너무 높아서 갈 수가 없었고, 여자는 해면 밑에 가라앉은 채로 있었다. 그러자 또 떠올라왔다.

'힘을 내! 지금 도와줄게!'

그는 외쳤다. 좀 더 빨리 헤엄을 치려고 했지만 팔과 다리가 나른했다. 여자는 또 가라앉았다. 가까스로 여자가 사라진 지점까지 가서 주위를 둘러보자 거대한 백상어가 쫓아오는 것이 아닌가. 피터는 그쯤에서 눈을 떴다. 그는 불을 켜고 침대에서 일어나 방금 꾼 꿈을 되새겼다.

다음 날 일찍 피터 템플튼은 닉 파파스 형사에게 전화를 걸었다.

닉 파파스 형사는 커다란 몸집의 사나이였다. 신장은 190센티, 체중은 넉넉잡아 130킬로는 될 것 같았다. 그는 맨해튼의 부르주아 지구에서 살인사건을 맡고 있었다. 피터가 그 형사와 만난 것은 수년 전이었다. 정신과 전문가로서 증언대에 섰던 것이 인연이 되어 친구가 되었다. 파파스는 무척이나 체스를 좋아했으므로 두 사람은 한 달에 한 번 정도 만나서 대국을 벌이고는 했다.

"강력계 파파스입니다."

형사는 전화를 받았다.

"닉? 나 피터일세."

"아, 친구! 도대체 무슨 바람이 불어서 전화를 다 한 거야?"

"조지 멜리스라고 알고 있나?"

"그 식품 일가의 사나이 말인가?"

"그래."

"녀석은 내 담당지역은 아니지만 이름 정도는 알고 있어. 그런데 녀석이 무슨 사고라도 저질렀나?"

"그의 재산을 알고 싶어."

"당신, 무슨 소릴 하는 거야? 녀석의 일가는……."

"나는 그 남자 자신의 재산이 알고 싶다고."

"알았어. 조사해보지. 그렇지만 말이야 피터, 시간 낭비일 거라고 생각해. 멜리스 일가라면 대단한 재산가니까."

"덧붙여서 충고하면 담당자에게 조지 멜리스 아버지를 부드럽게 대하라고 부탁해주게. 노인은 심장발작으로 고생을 하고 있는 모양이니까."

"알았어. 그렇게 하지."

피터는 어젯밤의 꿈을 되새겼다.

"닉, 미안하지만 전화로 해주기 바라네. 오늘 안으로 되겠나?"

파파스의 목소리가 변했다.

"자네, 나한테 고백할 일이 있는 거 아니야?"

"깊은 의미는 없어. 다만 호기심을 만족시키고 싶을 뿐이야."

"이번에 나한테 저녁을 사라고. 그때 무슨 일인지 말해주게."

"좋아."

피터 템플튼은 전화를 끊었다. 마음이 조금 편해졌다.

케이트 블랙웰은 기분이 좋아지지 않았다. 발작이 갑자기 찾아온 것은 그녀가 책상에 앉아서 전화를 하고 있을 때였다. 방이 빙글빙글 돌기 시작했으므로 한참동안 책상을 부여잡고 있어야만 했다.

브래드가 사무실로 들어와서 창백한 안색의 그녀를 보고 물었다.

"괜찮습니까, 케이트?"

"잠깐 어지러웠을 뿐이야. 대단한 일은 아니라고. 일시적인 거야."

"지난번 건강 진단을 받은 것이 언제였나요?"

"그런 일에 소비할 시간 없어, 브래드."

"어떻게든 시간을 비워 봐요. 아네트한테 존 하레이 진단 예약을 받아 두라고 하겠어요."

"당치도 않아. 소동을 벌이지 말라고, 부탁이야."

"그럼 시간을 봐서 확실하게 진단을 받으러 가겠습니까?"

"그렇게 하는 게 자네 마음이 편하다면……."

다음 날 아침, 피터 템플튼은 전화를 받았다.

"아, 닉인가?"

"잠깐 얘기를 하는 편이 좋을 것 같군, 친구."

피터는 가슴이 두근거렸다.

"멜리스에 대해 조사했나?"

"멜리스 노인과 잠깐 얘기를 했지. 첫 번째로, 노인은 심장발작 따위를 일으킨 일은 지금까지 한 번도 없다는군. 두 번째로, 노인이 말하기로는 자신이 아는 한 아들인 멜리스는 죽었다는 거야. 노인은 몇 년 전에 아들에게 한 푼도 주지 않고 인연을 끊었다더군. 이유를 물으니 노인은 거칠게 전화를 끊고 말았어. 그래서 이번에는 아테네 경찰본부에 있는 옛 친구에게 전화를 걸어봤지. 알아보니 당신이 말하는 조지 멜리스는 대단한 놈이더군. 경찰이 잘 알고 있더라고. 녀석은 남자아이 여자아이 가리지 않고 건드리고 다녔어. 녀석이 그리스를 떠나기 직전 마지막 희생자는 15세의 호모야. 이 녀석은 호텔에서 시체로 발견되었지. 멜리스 녀석에게 결박을 당한 채로 말이야. 노인이 어떻게 손을 써서 조지를 그리스에서 쫓아냈다는 거야. 영원히 말이야. 이제 만족스러운가?"

만족한 정도가 아니었다.

"정말로 고마워, 닉. 당신에게 빚을 진 것 같군."

"뭘 남의 얘기 하듯 하나, 친구. 물론 이 한 건에 대한 대가는 지불받을 셈이지만 말이야. 그 자식이 또 소동을 일으키면 가장 먼저 알려달라고."
"그때는 가능한 한 빨리 통보하지."
피터는 수화기를 놓았다. 생각해야 할 일이 산더미처럼 쌓여 있었다. 그리고 조지 멜리스가 정오에 진찰을 받으러 올 예정이었다.

"조지 멜리스 부인이 오셨습니다, 선생님. 예약을 하지 않아서 선생님의 스케줄은 벌써……."
접수계가 이렇게 알렸을 때, 존 하레이는 한참 진료 중이었다.
"그녀를 옆문을 통해 내 사무실로 들여보내게."
환자의 진찰이 끝나자 존 하레이는 사무실로 갔다.
그녀의 안색은 지난번보다 더욱 나빠져 있고, 눈 밑의 기미는 더욱 짙어져 있었다.
"이런 식으로 갑자기 실례를 해서 죄송해요, 선생님. 하지만……."
"신경 쓸 필요 없어. 알렉산드라. 무슨 일인가?"
"모든 것이, 저는, 저는, 무서워서……."
"약은 제대로 먹고 있나?"
"네."
"그래도 아직 기분이 좋아지지 않아?"
그녀는 주먹을 쥐었다.
"우울한 게 문제가 아니라…… 그러니까…… 모든 것이 절망적으로 생각되어서 어떤 일에 대해서도 더 이상의 억제가 불가능해요. 이제 제 자신이 싫어졌어요. 선생님, 저는 뭔가 무서운 일을 저지를 것만 같아요."
하레이 의사는 기분을 침착하게 가라앉히려고 신경을 썼다.
"몸은 아무데도 나쁜 곳은 없어. 그 점에 관해서는 내 명예를 걸어도 좋아. 모두 기분 때문에 생기는 일이라고. 좋아, 약을 바꿔보지. 2, 3일 안에 반드시 효과가 나타날 거야."

하레이 의사는 처방전을 써서 그녀에게 건네주었다.

"금요일까지 좋아지지 않으면 전화를 하라고. 정신과 의사를 소개해 줄 테니……."

아파트로 돌아온 이브는 얼굴의 파운데이션 크림을 닦고 눈 밑의 검은 기미를 제거했다. 음모는 점점 더 빨리 진행되고 있었다.


조지 멜리스는 피터 템플튼과 마주앉아 미소까지 흘리며 자신만만한 태도로 앉아 있었다.

"오늘 기분은 어떤가요?"

"대단히 좋습니다, 선생님. 여러 차례 선생님과의 면담 덕분에 많은 도움이 되었어요. 선생님이 생각하는 것보다 훨씬."

"그렇군요. 그런데 어떤 점에서?"

"누군가 얘기를 들어주는 사람이 있다는 것만으로도 상당히 다르니까요. 가톨릭에서 하는 고백성사와 같은 것이라고 할까요."

"이 면담이 도움이 된다고 생각하시니 매우 기쁩니다. 그런데 부인의 기분은 회복되고 있나요?"

조지는 얼굴을 일그러뜨리며 말했다.

"아뇨. 집사람은 하레이 선생님 진찰을 받고 있는데 더욱 빈번하게 자살 얘기를 입에 담고 있어요. 집사람을 어딘가로 데리고 가는 것이 좋을지도 모르겠어요. 그 사람에게 기분 전환이 필요하다고 생각되어서요."

피터에게는 그 말이 음모의 전조로밖에 생각되지 않았다. 아니면 자신의 망상에 불과한 건지도 모른다고 생각했다.

"그리스는 휴양 장소로는 최고지요. 부인을 그리스의 가족 분들과 만나게 하진 않았나요?"

피터는 아무렇지도 않은 듯이 말해봤다.

"아뇨. 가족들은 알렉산드라와 만나고 싶어하지만, 곤란한 것이 나를 만날 때마다 돌아와서 가업을 이으라고 해서……"

조지는 능글맞게 웃으며 말했다.

그 말을 듣는 순간 피터는 알렉산드라 멜리스가 정말로 위험에 처해 있다는 것을 확신했다.

조지 멜리스가 돌아간 뒤 피터 템플튼은 오랫동안 사무실에 앉아서 메모를 들여다보았다. 마침내 손을 뻗어서 전화를 걸었다.

"부탁이 있어요 존, 조지 멜리스가 부인과 어디로 신혼여행을 떠났는지 조사해주시겠어요?"

"지금 대답할 수 있지. 출발 전에 내가 예방주사를 놓아주었으니까. 두 사람은 자메이카로 갔어."

'매춘부를 때린 일이 있는 친구가 있어요…… 그와 둘이서 자메이카에 간 일이 있는데 그곳의 어린 흑인 매춘부가 그를 호텔 방으로 끌고 가서 바지를 벗긴 후에 좀 더 돈을 내놓으라고 하디래요. 그래서 그는 그 여자를 흠씬 패주었다고 하더군요. 아마 그 여자는 두 번 다시 손님에게 그와 같은 요구는 하지 않을 거예요.'

그러나 조지 멜리스가 아내를 살해하려 한다는 증거는 아무것도 없다. 존 하레이는 알렉산드라 멜리스가 자살을 입에 담고 있다는 것을 확인하고 있었다.

'내가 참견할 일이 아니지.'

피터는 자신을 타일렀다. 그러나 그는 알고 있었다. 그가 참견해야 할 일이라는 것을……

피터 템플튼은 독학으로 대학을 졸업했다. 그의 아버지는 네브래스카 주 작은 마을의 대학에서 노무자로 일했었다. 그래서 피터는 장학금을 받아도 아이비리그 의과대학에 진학할 여유가 없었다.

피터는 네브래스카 대학을 수석으로 졸업했고, 그 후에 정신의학을 공부했다. 처음부터 그는 성공적이었다. 그 비결은 그가 진정으로 인간을 좋아했기 때문이었다. 그는 사람들이 안고 있는 고민을 마치 자신의 일처럼 걱정했다.

알렉산드라는 피터의 환자는 아니었지만 관련이 있었다. 그녀는 퍼즐의 풀리지 않는 부분이었다. 그녀를 직접 만난다면 해결에 도움이 될지도 모른다. 피터는 조지 멜리스의 서류를 꺼내어 그의 집 전화번호를 찾아 알렉산드라 멜리스에게 전화를 했다.

"멜리스 부인입니까? 피터 템플튼이라고 합니다. 저는……."

"어머나, 잘 알고 있어요, 선생님. 조지가 말하더군요."

피터는 당혹감을 느꼈다. 조지 멜리스는 자신의 일을 아내에게 말하지 않고 있을 거라고 생각했기 때문이었다.

"한번 뵈었으면 하는데요. 점심이라도 어떠십니까."

"조지에 관한 일인가요? 무슨 일이죠?"

"아니에요. 특별한 일은……. 다만 부인 말씀을 듣고 싶다고 생각했을 뿐이에요."

"그렇다면 알았어요."

두 사람은 다음 날 만나기로 했다.

피터는 라 그르뇌이유의 구석 테이블에 자리를 잡았다. 알렉산드라가 레스토랑으로 들어온 순간부터 피터는 그녀로부터 시선을 돌릴 수가 없었다. 그녀는 흰 스커트와 블라우스 차림의 간소한 복장에 수수한 진주 목걸이를 하고 있을 뿐이었는데 그것만으로도 충분히 돋보였다.

피터는 하레이 의사가 말하던 피로감과 우울증의 징조를 그녀로부터 찾으려고 했지만 그런 것은 전혀 느낄 수 없었다. 알렉산드라는 탐색하는 듯한 피터의 눈길을 알아차린 것 같았지만 그렇다고 표정을 바꾸지는 않았다.

"조지에게 나쁜 데가 있는 건 아니겠지요, 템플튼 선생님?"

"네."

이것은 기대 이상으로 어려워질 것 같다. 이건 모험이 아닌가. 환자와 의사 사이의 신성함을 침범할 권리가 피터에게는 없었다. 그러나 그런 것과 동시에 알렉산드라 멜리스에게 위험이 다가서고 있다는 경보를 울려 줘야 하는 것도 그의 임무였다.

주문이 끝나자 피터는 말했다.

"남편이 저에게 온다는 것을 당신에게 말했나요?"

"네, 남편은 상당히 스트레스가 쌓여 있다더군요. 그가 근무하고 있는 증권회사 동료들이 책임을 모두 자기한테 미룬다면서……. 조지는 선생님도 아시는 바와 같이 모든 일에 섬세한 타입이라서요."

'이게 무슨 일인가. 이 여자는 언니에게 가해진 폭력을 전혀 모르고 있지 않은가. 어째서 아무도 충고해주지 않는 것일까.'

"조지는 고민을 털어놓을 수 있는 사람이 있어서 기분이 상쾌해졌다고 말했어요."

알렉산드라는 피터에게 진정으로 감사의 미소를 보냈다.

"그이의 힘이 되어주셔서 얼마나 고마운지……."

'이 여인은 너무 순진하군!'

그녀는 남편을 우상시하고 있었다. 자신이 전하는 말이 이 여성을 박살 낼지도 모른다고 생각했다. 댁의 남편은 어린 매춘 남을 살해했고 가족으로부터 추방당했으며 언니에게 심한 폭행을 가한 정신병자라고 어떻게 알릴 수 있단 말인가. 그러나 또한 어떻게 알리지 않을 수 있단 말인가?

"정신과 의사 선생님은 무척이나 보람 있는 일을 하신다고 생각해요. 한마디로 괴로워하는 많은 사람을 살리는 일을 하시니까요."

알렉산드라가 말했다.

"살릴 수 있을 때도 있지만, 살릴 수 없을 때도 있죠."

피터는 신중하게 말했다.

주문한 요리가 나왔다. 두 사람은 식사를 하면서 이야기를 나누었고 만족스런 대화로 부담 없는 사이가 되었다. 피터는 알렉산드라에게 끌리고 있는 자신을 깨달았다. 그리고 조지 멜리스가 부럽게 생각되어 불쾌할 정도였다.

"무척 즐거운 점심이었어요. 하지만 선생님이 저를 이렇게 만나자고 하신 건 뭔가 이유가 있기 때문이겠죠?"

알렉산드라가 말했다. 진실을 알릴 때가 드디어 왔다.

"바로 그렇습니다. 사실을 말씀드리자면……."

하지만 피터는 입을 다물었다. 이제부터 알리려고 하는 일은 그녀의 인생을 박살내게 될지도 모르기 때문이었다. 피터는 이곳에 나오기 전까지는 알렉산드라에게 조지의 상태를 말하고 남편을 의료기관에 입원시키라고 권유할 생각이었다. 그러나 실제로 이렇게 만나보니 그렇게 단순한 문제가 아니라는 것을 깨달았다. 피터는 또다시 조지 멜리스의 말을 떠올렸다.

'아내는 전혀 좋아지질 않아요. 자살하지나 않을까 걱정돼요.'

하지만 이렇게 정상적이고 행복한 사람을 피터는 지금까지 본 적이 없었다. 복용하고 있는 약의 효과인가? 그것은 물을 수 있을 것 같았다. 그는 입을 열었다.

"존 하레이 선생님의 얘기로는 당신은 약……."

그 순간 조지의 목소리가 등 뒤에서 울려 퍼졌다.

"여기에 있었군! 집으로 전화했더니 이곳에 와 있다고 해서……."

조지는 피터를 바라봤다.

"아이고, 이거 템플튼 선생님. 함께 앉아도 될까요?"

모처럼의 기회가 허무하게 사라지고 말았다.

"어째서 알렉스와 만났을까?"

이브가 서두르듯 물었다.

"나로서는 짐작할 수가 없어."

"그거야 어찌됐든 알렉산드라가 행선지를 남긴 건 감사해야겠어. 피터 템플튼과 함께 있다니! 난 달리는 것이 아니라 완전 날아갔어. 성가신 녀석이야."

"마음에 안 들어."

"신경 쓰지 마. 아무것도 탄로 나지 않았어. 나중에 알렉스한테 물어봤는데 대단한 얘기는 안한 모양이야."

"스케줄에 속도를 내야 할 것 같아."

조지는 이브의 그 말에 성적 흥분에 가까운 희열을 느꼈다. 자신이야말로 이 순간을 줄기차게 기다리고 있었던 것이다.

"언제 하지?"

"지금 당장."

✳

케이트에게 어지럼증은 더욱 빈번하게 찾아왔고 정신이 멍해지기 시작했다. 그녀는 책상에 앉아 제안되었던 합병에 대해 검토하면서 벌써 10년이나 전에 해결이 끝난 회사 일을 숙고하고 있는 자신을 깨닫고는 어이가 없었다. 그래서 드디어 브래드 로저스의 충고대로 존 하레이한테 진찰을 받아보기로 했다.

하레이는 오래전부터 케이트에게 건강 진단을 받으러 오라고 권유하고 있었으므로 이때를 기회로 모든 검사를 했다. 존 하레이는 내심 놀라지 않을 수 없었다. 케이트 블랙웰은 나이에 비해서 뛰어나게 젊은 편이었다. 그렇다고는 하지만 걱정스러운 징조가 몇 가지 발견되었다. 동맥이 경화되어 있어서 간혹 어지러움이 찾아오고 일시적으로 기억이 희미해지는 것이었다. 케이트는 나이로 보면 벌써 은퇴했어야 옳았다. 그런데도 회사에 매달려서 아무에게도 실권을 넘겨주려 하지 않고 있었다.

'누구 얘길 하는 거야. 나야말로 오래전에 은퇴했어야지.'

하레이 의사는 생각했다.

진찰 결과를 앞두고 존 하레이가 말했다.

"나도 당신처럼 건강했으면 좋겠군요, 케이트."

"아부는 안 해도 좋아 존, 내 어지러움의 원인은 뭐지?"

"나이 때문에 오는 거예요. 동맥이 약간 딱딱해져 있어요. 그리고……."

"동맥경화란 뜻인가?"

"하하, 그게 의학용어였던가요? 뭐, 아무튼 당신은 그런 상태라는 얘기지요."

"나쁘다는 얘기야?"

"당신의 나이로 보면 정상이죠. 뭐니 뭐니 해도 나이는 못 속이니까요."

"어지러움증을 멈추게 하는 약을 받아갈 수 있을까? 남자가 있는 곳에서 쓰러지고 싶지는 않으니까 말이야. 이래봬도 나도 여자라고."

하레이는 고개를 끄덕였다.

"대단한 문젯거리가 되지는 않을 거라고 생각해요. 은퇴할 생각은 없으신지요?"

"내 기업을 인계받을 손자가 나타날 때……."

수십 년을 사귄 두 친구는 책상을 사이에 두고 서로를 평가하고 있었다. 존 하레이는 케이트의 생각에 항상 찬성하지는 않았지만 그녀의 용기에는 경의를 표해왔다. 그의 그런 마음을 읽기라도 한 듯 케이트는 한숨을 쉬었다.

"내 생애에서 가장 실망한 게 뭔지 알아? 이브야. 난 그 아이를 진심으로 사랑했어. 모든 것을 물려주고 싶을 정도였지. 그런데 그 아이는 자신의 욕망에 빠져서 다른 것에는 전혀 관심을 두지 않았어."

"그렇지 않아요, 케이트. 이브는 당신을 굉장히 걱정하고 있었어요."

"걱정하고 있다고 해도 어떤 의미에서인지는 모르지."

"나는 그걸 아는 입장이라……. 최근에 그녀는 무서운 사고를 당했었죠. 거의 죽을 뻔했죠."

하레이는 신중하게 단어를 선택했다.

케이트는 심장이 멈출 것 같았다.

"왜…… 어째서 알려주지 않았지?"

"본인이 입을 막았죠. 당신이 걱정할 거라고 하면서 당신한테 알리지 말라고, 내게 맹세하라고 하더군요."

"아, 이게 무슨 일이람!"

그녀는 매우 고통스러운 목소리였다.

"그래서, 그래서 그 아이는 어떻게 되었지?"

케이트의 목소리는 갈라져 있었다.

"괜찮아요. 이제 완전히 나았어요."

케이트는 꼼짝도 않고 허공을 바라보고 있었다.

"가르쳐줘서 고마워, 존. 정말 고마워."

"약을 처방해드리죠."

존 하레이가 처방전을 쓰고 고개를 드니 케이트 블랙웰의 모습은 이미 사라지고 없었다.


문을 열고 밖을 본 이브는 자신의 눈을 믿을 수가 없었다. 그곳에는 할머니가 서 있었던 것이다. 평상시와 조금도 다르지 않은, 등줄기를 꼿꼿이 편 위엄 있는 자세였다.

"들어가도 되겠니?"

케이트가 입을 열었다.

이브는 옆으로 비켜섰다. 사태를 아직 잘 파악할 수가 없었다.

"물론이에요. 들어오세요."

케이트는 안으로 들어가 좁은 아파트를 빙 둘러보았다.

"앉아도 될까?"

"아, 네. 앉으세요. 저…… 뭘 드시겠어요. 홍차? 커피? 아니면?"

"신경 쓰지 마라. 건강하게 지냈니?"

"네, 건강해요."

"하레이 선생님 사무실에서 이곳으로 곧장 왔다. 네가 사고를 당했다고 해서 말이다."

이브는 주의 깊게 할머니를 살펴보았다. 이야기가 어떻게 전개될지 몰라서였다.

"존의 얘기로는 너는…… 죽을 뻔했다고 하더구나. 나를 걱정시키지 않으려고 그의 입을 막았다면서?"

'그랬군. 그 일이군.'

이브는 그제야 안도감이 들었다.

"그래요, 할머니."

"그러니까 그건. 네가 내 일을 걱정해주고 있다는 얘기냐?"

케이트는 말문이 막혔다.

이브는 마음이 놓인 나머지 울기 시작했다.

"물론이에요. 저는 할머니가 항상 염려스러워요."

그러면서 이브는 할머니의 품에 안겼다. 케이트는 이브를 힘차게 끌어안아 무릎 위에 머리를 올려놓고는 입술을 댔다. 그리고 속삭였다.

"내가 어리석은 늙은이였구나. 용서해주겠니?"

케이트는 린넨 손수건으로 코를 닦았다.

"너에게 엄하게 대했지만, 만약 무슨 일이 생긴다면 나로서는 그것 또한 견딜 수 없는 일이란다."

이브는 혈관이 붉거진 할머니의 손을 가볍게 두드렸다.

"신경 쓰지 마세요. 할머니. 저는 이렇게 잘 있잖아요."

케이트는 눈물이 나오려는 것을 간신히 참았다.

"처음부터 다시 시작하면 어떻겠니? 그래도 괜찮겠지?"

그리고 이브의 얼굴을 들고 가만히 바라보면서 말했다.

"내가 너무 완고했나 보구나. 내 아버지처럼 말이다. 그 보상은 충분히 하마. 우선은 첫째로 유언장을 원래대로 환원시키겠다. 네 이름을 넣도록 말이다."

'멋지군! 꿈은 아니겠지?'

"저는 돈 같은 건 아무래도 좋아요. 할머니가 걱정스러울 뿐이에요."

"너는 내 상속인이다. 알렉산드라와 함께 말이다. 너희들 둘만이 내 가족이 아니냐."

"제 생활은 스스로도 잘 꾸려나갈 수 있어요. 하지만 그렇게 해서 할머니의 마음이 풀리신다면……."

이브는 말했다.

"그래, 그래, 풀리고말고. 만족스럽다. 집으로는 언제 돌아오겠니?"

이브는 약간 망설였다.

"저는 이곳에서 그냥 살겠어요. 언제든지 할머니께서 원하신다면 찾아가서 뵐게요. 할머니가 오셔도 좋고요. 아, 그동안 얼마나 외로웠는지 할머니는 모르실 거예요."

케이트는 손녀의 손을 잡고 말했다.

"용서해다오."

이브는 할머니의 눈을 들여다보면서 말했다.

"물론이죠. 용서라니요, 그런……."

케이트가 돌아가자 이브는 스카치위스키를 진하게 한 잔 만들어 소파에 깊숙이 앉았다. 그리고 조금 전의 믿어지지 않는 광경을 떠올렸다. 그녀는 너무 기쁜 나머지 어찌해야 좋을지 몰라서 갈피를 잡을 수가 없었다. 자신은 블랙웰 재벌의 단 둘뿐인 상속인인 것이다. 이제 알렉산드라를 해치우기도 쉬워졌다. 다만 이브의 마음에 걸리는 것은 조지 멜리스의 존재였다. 갑자기 그가 방해자로 변한 것이다.

"계획에 변경이 생겼어."
이브는 조지에게 알렸다.
"케이트가 나에 대한 유언장을 원래대로 환원시켰어."
조지는 담배에 불을 붙이다 말고 손의 움직임을 멈추었다.
"정말이야? 그거 축하할 일이군."
"그러니까 지금 알렉산드라한테 만약 일이 생긴다면 오히려 의심을 받게 돼. 그 아이를 처치하는 걸 잠깐 연기하자고. 만약……"
"연기하다니, 나는 싫어."
"무슨 뜻이지?"
"나는 그렇게 멍청이가 아니야. 알렉산드라가 죽으면 내가 그녀 몫의 주식을 상속하게 되기 때문이야. 너는 나를 걷어차고 싶은 거지?"
이브는 어깨를 으쓱했다.
"일을 귀찮게 만들지 말라고. 당신과는 앞으로도 기꺼이 한 조를 이룰 거야. 이혼해. 그리고 내게 돈이 들어오면 당신과……"
조지가 웃었다.
"당신 머리가 돈 거 아니야? 그건 무리야. 변경은 없어. 금요일 밤에 알렉스와 다크하버에서 만나기로 했어. 이제 와서 변경할 수는 없다고."

이브에게 전화가 걸려 왔다.
"여보세요. 방해가 되지 않았다면 좋겠는데요, 키드 웹스터예요."
그는 자주 전화를 걸어 왔다. 처음에는 바보스런 열성을 재미있어하던 이브였지만 이제 다소 성가셨다.

"얘기할 시간 없어요. 외출하려던 참이에요."

이브는 불쾌한 듯이 말했다.

"미, 미안해요."

웹스터는 어쩔 줄 몰라 쩔쩔맸다.

"용건만 말하겠어요. 다음 주 호스 쇼 티켓이 두 장 들어와서요. 당신이 말을 좋아한다고 들어서……."

"미안하지만 다음 주에는 스케줄이 꽉 찼어요."

"그렇군요."

그는 낙심한 듯한 어조였다.

"그럼 그 다음 주는? 연극표를 예약할게요. 어떤 게 좋을까요?"

"연극도 전부 봤어요. 저는 지금부터 뛰어가야만 늦지 않겠어요."

이브는 쌀쌀맞게 말하고 전화를 끊었다.

'옷을 갈아입어야지. 로리 맥케너와 만날 시간이다.'

로리는 브로드웨이 연극에 출연하고 있는 젊은 배우였다. 이브보다 5세나 젊은 데다 그 정력은 종마와도 같았다. 이브는 그와의 정사를 생각하는 것만으로는 가랑이가 젖어왔다. 특히나 오늘 밤은 소름이 끼칠 정도의 즐거움이 기다리고 있었다.

집에 돌아오면서 조지는 알렉산드라에게 줄 꽃을 사기 위해 차를 세웠다. 활력이 샘솟고 기분이 매우 좋았다. 노부인이 이브에 대한 유언을 원상태로 되돌린 것은 비위에 거슬렸지만 그것으로 인해 다른 무엇이 변하는 것은 아니었다. 알렉산드라를 사고사처럼 교묘하게 죽인 다음 이브를 처치할 생각이었다. 준비는 끝나 있었다. 금요일에 알렉산드라는 다크하버에서 자신을 기다리고 있을 것이다.

"단둘만 있고 싶어. 하인들에게는 휴가를 주라고."

조지는 아내에게 키스하면서 말했었다.

피터는 알렉산드라 생각에 골똘해 있었다. 조지의 말이 맴돌았다.
'집사람을 어딘가로 데리고 가는 것이 좋을지도 모르겠어요. 그 사람에게는 기분 전환이 필요하다고 생각됩니다.'
직감적으로 알렉산드라가 왠지 모를 위험에 처해 있을 거라고 여겨졌다. 그러나 어떻게 막을 수 있단 말인가! 의혹만으로 닉 파파스와 상담할 수는 없었다.

시내 중심부에 있는 크루거 브렌트 사의 중역실에서 케이트는 새로운 유언장에 서명을 했다. 막대한 재산을 두 손녀에게 양도하는 것이다.

뉴욕 주 북부에 있는 요양소 정원에서 토니 블랙웰은 그림 도구를 앞에 두고 서 있었다. 캔버스의 그림은 색이 엉망으로 뒤섞인 아이들의 낙서 같았다. 토니는 한 발 뒤로 물러서서 그림을 바라보더니 만족스러운 표정으로 환하게 웃었다.

금요일 오전 10시 57분,
라가디아 공항 이스턴 항공 터미널 앞에 택시가 멈추고 이브 블랙웰이 내렸다. 그녀는 운전사에게 100달러짜리 지폐를 건넸다.
"이봐요, 이걸 주면 잔돈이 없어요. 잔돈 없어요?"
"없어요."
"그럼 안에서 바꿔야 되겠군."
"시간이 없어요. 워싱턴으로 가는 다음 비행기를 타야만 한다고요."
이브는 그렇게 말하고 손목시계로 눈길을 돌렸다.
"됐어요. 그냥 받아둬요."

깜짝 놀라는 운전사에게 그 말을 남기고 이브는 터미널로 서둘러 갔다. 그녀는 거의 뛰다시피 출발 게이트로 향했다.

"워싱턴행 왕복 한 장."

남자는 머리 위의 시계를 올려다봤다.

"늦으셨습니다. 방금 끝났는데요."

"저걸 탔어야 하는데 약속이 있어서……. 뭔가 좋은 방법이 없을까요?"

이브는 제정신이 아니었다.

"어쩔 수가 없어요. 다음 편까지는 한 시간 정도 기다리셔야 합니다."

"그러면 늦는다고요. 곤란해요!"

남자는 이브가 침착성을 되찾을 때까지 가만히 바라보고 있었다.

"어쩔 수 없죠. 기다리겠어요. 이 근처에 카페가 있나요?"

"없어요. 하지만 커피판매기라면 복도 저쪽에 있어요."

"고마워요."

금요일 오후 2시,

'두 번째 신혼여행이군.'

알렉산드라는 그렇게 생각했다. 기분이 들뜨기 시작했다.

'하인들에게 휴가를 주자고. 단둘이 있는 거야. 멋진 주말이 될 거야.'

알렉산드라는 조지를 만나러 다크하버로 가는 중이었다. 점심식사 약속이 있었으므로 예정보다 출발이 약간 늦어졌다. 알렉산드라는 하녀에게 말했다.

"이제 나갈 거야. 일요일 아침에 돌아올게."

집을 나서려고 할 때 전화가 울렸지만 그녀는 그냥 밖으로 나왔다.

금요일 오후 7시,

조지는 이브의 계획을 몇 번이나 되새겼다. 빈틈은 없을 것이다.

'필브룩 만에 작은 모터보트를 놓아두겠어. 당신은 그걸 타고 다크하버까지 가는 거야. 아무에게도 발각되지 않게 조심해. 도착하면 배의 뒷부분에 보트를 연결해. 그리고 알렉산드라를 달밤의 항해로 유인하는 거야. 바다로 나가면 당신 마음대로야. 단, 혈흔만은 남기면 안 돼. 시체를 바다에 던져버리고 보트로 옮겨 탄 뒤 배를 표류하게 놔두라고. 필브룩만까지 모터로 되돌아오면 이번에는 링컨빌 연락선으로 다크하버로 향하면 돼. 부둣가에서는 택시를 이용하고, 저택에 도착하면 구실을 찾아서 운전사를 안으로 불러들여. 그렇게 해서 배가 잔교에서 사라졌음을 깨닫게 만들고 알렉산드라의 모습이 보이지 않는다고 떠들면서 경찰에 연락을 해. 그 무렵 알렉산드라의 시체는 조수에 밀려 먼 바다로 흘러갔을 테니까 경찰도 발견할 수 없을 거야. 그러면 유명한 두 의사가 아마도 자살이라고 증언해줄 거야.'

필브룩 만으로 가자 모터모트가 정박해 있었다. 계획대로였다.

조지는 엔진에 시동을 걸고는 불을 켜지 않은 채 달빛을 의지하며 해안의 뒷부분을 횡단해 블랙웰가 별장의 잔교에 도착했다. 그런 다음 로프로 모터보트를 배에 연결했다.

조지가 저택으로 들어가자 알렉산드라는 거실에서 전화를 받고 있었다. 그녀는 조지에게 손을 흔들고는 수화기를 손으로 막고 큰 소리로 말했다.

"이브예요!"

그녀는 잠시 상대방의 말에 귀를 기울였다.

"이제 끊을게, 언니. 조지가 도착했어. 다음 주에 점심이라도 같이 해."

그녀는 수화기를 놓고 조지에게로 다가가서 그를 껴안았다.

"일찍 왔군요. 기뻐요."

"당신과 잠시라도 떨어져 있으면 외로워서 말이야. 모든 것을 내팽개치고 왔지."

그녀는 조지에게 키스했다.

"사랑해요."

"나도 그래. 하인들에게는 휴가를 줬나?"

"우리 둘만이에요. 왠지 알죠? 제가 당신을 위해서 그리스 요리를 만들었기 때문이에요."

조지는 그녀의 실크 블라우스를 통해 드러나는 유두를 가볍게 쓰다듬었다.

"회사 사무실에서 오늘 오후에 내가 뭘 생각하고 있었는지 알아? 당신과 배를 탈 생각을 하고 있었다고. 미풍이 불고 있어. 한두 시간 정도 항해하며 기분을 내자고."

"당신이 원한다면. 그렇지만 내 요리는……."

조지는 손으로 그녀의 커다란 가슴을 감싸 쥐었다.

"저녁식사는 기다릴 수 있지만, 이건 기다릴 수가 없어."

그녀는 웃었다.

"알았어요. 옷 갈아입고 올게요."

"우리 한번 경주를 해보자고."

조지는 2층의 옷장으로 가서 바지에 스웨터를 입고 보트 슈즈를 신었다. 드디어 때가 온 것이다. 조지로서는 커다란 기대와 흥분으로 폭발 직전이었다.

그때 그녀의 목소리가 들려왔다.

"준비됐어요, 여보."

조지는 뒤돌아봤다. 그녀는 긴 머리를 리본으로 묶고 스웨터에 검은 바지, 그리고 운동화를 신고 있었다.

'이게 무슨 일이람, 대단한 미인이잖아!'

이런 미인을 시체로 만들기에는 어쩐지 아까운 생각이 들었다.

"나도 준비가 끝났어."

조지는 대답했다.

"이건 왜 달았어요?"

그녀는 모터보트가 요트의 뒷부분에 연결되어 있는 것을 보고 물었다.

"이 만의 끝에 내가 항상 탐험해보고 싶던 작은 섬이 있거든. 이 모터보트라면 암초에 부딪칠 걱정을 안 해도 되니까."

조지는 설명했다. 그는 로프를 풀고 천천히 배를 띄웠다. 바람 속에서 주 돛과 보조 돛을 올리자 요트는 오른쪽으로 기울었다. 넓은 돛이 바람을 받자 배는 항해를 시작했다. 방파제를 지나서 바닷가로 나가자 바람은 더욱 거세졌다.

"마침 바람이 있어서 잘됐네요. 무척 기분이 좋아요, 여보!"

"나도 그래."

조지는 웃었다. 알렉산드라가 좋은 기분인 채로 죽어간다고 생각하자 기묘하게도 조지는 기뻤다. 조지는 수평선을 바라보며 근처에 배가 없는지 확인했다. 멀리 등불이 보일 뿐이었다.

조지는 배를 자동조종으로 바꾸고 다시 한 번 주위를 둘러보며 난간으로 걸어갔다. 심장이 흥분으로 크게 고동치고 있었다.

"알렉스, 이쪽으로 와서 이걸 봐."

조지가 말했다. 그녀는 다가와서 배 밑으로 흘러가는 시커먼 물을 내려다보았다.

"좀 더 이쪽으로!"

조지의 목소리는 명령조가 되었다. 그녀는 조지의 팔로 뛰어들었다. 조지는 그녀의 입술에 격렬하게 키스하며 양손으로 힘껏 껴안았다. 그녀의 몸이 부드러워짐을 느꼈다.

조지는 근육에 힘을 넣어 그녀를 공중으로 들어올렸다.

갑자기 그녀는 저항했다.

"조지!"

조지는 그녀를 더욱 높이 들어올렸다. 그녀가 발버둥치고 있었지만 조지의 힘이 훨씬 강했다. 그녀는 손잡이 바로 위까지 들어 올려졌다. 여전히 팔다리를 바동거리고 있었다. 조지는 팔에 힘을 주고 그녀를 바다로 던지려고 했다. 그러나 그 순간 조지는 가슴에 뜨거운 통증을 느꼈다.

'심장 발작이라도 일어난 걸까?'

그런 생각이 문득 들었다. 입을 열고 말을 하려고 하자 피가 세차게 뿜어져 나왔다. 저린 팔을 내려놓으니 가슴에서도 피가 뿜어져 나왔다. 희미해지는 의식 속에서 그가 얼굴을 들자 피 묻은 나이프를 손에 든 그녀가 웃으면서 서 있었다.

'아, 이브 너였구나.'

그것이 조지 멜리스의 마지막 생각이었다.

*

알렉산드라가 다크하버의 저택에 도착한 것은 밤 10시경이었다. 그녀는 도중에 몇 번이나 전화를 했지만 조지는 받지 않았다. 갑자기 사람을 만나게 되어 늦어졌으므로 조지가 화를 내지 않았으면 좋겠다고 고대하고 있었다.

정말이지 혼란이 계속되는 하루였다. 이날 오후 알렉산드라가 다크하버를 향해 집을 나서려고 할 때 전화벨이 울렸다. 서두르고 있었으므로 그대로 바깥으로 나와서 차를 타려고 하자 하녀가 허둥지둥 뒤쫓아 왔다.

"사모님! 언니 전화예요. 급한 일이라고 말씀하시는데요."

알렉산드라가 수화기를 들자 이브의 목소리가 들려왔다.

"지금 워싱턴에 있어. 곤란한 일이 생겨서 너를 만나야겠는데……."

"알았어."

알렉산드라는 대답했다.

"그런데 지금 다크하버로 조지를 만나러 가는 참이야. 월요일 점심까지는 돌아올 거야."

"기다릴 수 없어. 그때까지."

이브는 절박한 말투로 말했다.

"라가디아 공항에서 만나지 않을래? 5시 비행기를 탈 예정이거든."

"그렇게 하고 싶은 마음이야 굴뚝같지만 언니, 조지한테……."

"정말 말도 못하게 급한 일이야, 알렉스. 하지만 네가 바쁘다면……."

"잠깐! 알았어. 갈게."

"고마워. 평생 이 은혜 잊지 않을게."

이브가 간곡한 부탁을 하다니, 전에 없는 일이었다. 그러니 어떻게 거절할 수 있겠는가. 섬에는 다음 비행기로 가면 되는 것이다. 조지에게 말을 전하려고 전화를 걸어봤지만 그는 이미 사무실에 없었다. 한 시간 뒤에 알렉산드라는 택시로 라가디아 공항으로 가서 워싱턴에서 오는 5시 비행기를 기다렸다. 그러나 이브는 아무리 기다려도 오지 않았다. 2시간 남짓 기다렸지만 이브의 모습은 여전히 보이지 않았다. 알렉산드라는 어쩔 수 없이 뒤늦은 비행기를 타고 다크하버로 향했다. 그리고 시더힐 하우스에 도착해보니 저택 안은 칠흑같이 캄캄했다. 알렉산드라는 방에서 방으로 건너다니며 전기 스위치를 올리면서 남편의 이름을 불렀다.

알렉산드라는 맨해튼 자택으로 전화를 걸어봤다.

"주인아저씨 계시니?"

전화를 받은 하녀에게 물었다.

"아뇨, 안 계세요. 거기 함께 계시지 않나요?"

"알았어. 고마워, 메리."

'조지가 먼저 와 있지 않은 데에는 이유가 있을 것이다. 분명히 출발 직전에 일이 생긴 거야. 아마 동료의 부탁으로 지금 이 순간까지 일을 하

고 있을 거야.'

알렉산드라는 아무 생각 없이 이브에게 전화를 걸었다.

"언니! 도대체 어떻게 된 거야?"

알렉산드라는 이브의 목소리를 듣자 자신도 모르게 소리를 질렀다.

"너야말로 어떻게 된 일이니? 케네디 공항에서 계속 기다리고 있었어. 왜 오지 않았니?"

"케네디 공항? 라가디아 공항이라고 말하지 않았어?"

"내가 언제? 난 케네디 공항이라고 말했어."

"그럴 리가……"

이제 와서 아무래도 좋았다.

"미안해. 내가 잘못 들었어. 언니는 괜찮았어?"

알렉산드라는 사과했다.

"이젠 됐어. 너에게 전화했을 때는 아주 난처한 일이 있었어. 워싱턴의 거물 정치가인 남자와 함께 있었는데 이상하게 질투심이 많아서……"

거기서 말을 멈추고 그녀는 웃었다.

"더 이상은 전화로 말할 수가 없구나. 월요일에 만나서 얘기하자."

"알았어."

알렉산드라는 뭔가 어깨의 짐을 벗은 것 같은 기분이었다.

"좋은 주말 보내. 조지와 함께 있니?"

"조지는 아직 오지 않았어. 일이 바빠서 그럴 테지 뭐."

"곧 연락이 오겠지. 그럼 잘 자."

"잘 자, 언니."

알렉산드라는 수화기를 놓고 생각했다.

'언니에게도 좋은 사람이 생긴 모양이야. 조지처럼 상냥한 사람이면 좋을 텐데.'

알렉산드라는 손목시계를 봤다. 11시를 가리키고 있었다. 그녀는 증권

회사에 전화를 해봤다. 아무도 받지 않았다. 다음에는 그가 잘 가는 클럽으로 전화를 해봤다. 멜리스 씨는 오지 않았다고 했다. 밤 12시가 넘자 알렉산드라는 걱정이 되기 시작했다. 그리고 밤 1시쯤이 되자 공포상태에 빠졌다. 어떻게 해야 하지 몰랐다. 손님과 함께 있기 때문에 전화를 걸 수 없을지도 모른다. 아니면 갑작스러운 출장일 수도 있다. 그러니 경찰에 연락을 한 뒤에 조지가 나타나면 얼빠진 얘기가 되어버리고 말 것이다.

2시가 되자 드디어 알렉산드라는 더 이상 참을 수가 없어서 경찰에 연락을 했다. 아이레스보로 섬에는 경찰서가 없고 왈도 컨트리가 가장 가까운 경찰서였다.

왈도 컨트리 경찰의 졸린 듯한 목소리가 들렸다.

"램버트 경사입니다."

"시더힐 하우스의 조지 멜리스의 아내예요."

"네, 멜리스 씨. 무슨 일이십니까?"

그의 목소리가 갑자기 정중해졌다.

"저로서도 확신은 없습니다만, 남편과 오늘 밤 이곳에서 만나기로 약속이 되어 있었는데 그가……그가 아직 오지를 않아서요."

알렉산드라는 망설이는 투로 말했다.

"그랬군요."

그 말에는 여러 의미가 담겨 있었다. 남편이 밤중에 귀가하지 않는 이유에 관해서 램버트 경사는 3가지로 알고 있었다. 하나는 금발, 다음은 검은 머리, 세 번째가 빨강머리 여자였다.

그러나 그는 실수 없이 대답했다.

"일이 길어지시는 모양이죠."

"남편은 그럴 때는 항상 전화를 해주는데요."

"그렇겠죠. 하지만 전화를 하고 싶어도 할 수 없는 장소나 사정이 있을 수도 있지 않겠습니까? 이제 슬슬 연락이 올 때가 되지 않았을까요?"

알렉산드라는 자신이 멍청이처럼 생각되었다. 경찰도 어떻게 할 수 없는 일이 아닌가. 어떤 책에서 읽은 적이 있는데 경찰이 수사에 착수하는 것은 행방불명이 된 지 24시간이 경과한 후부터라고 했다. 그리고 조지는 행방불명 따위는 아니었다. 그저 늦고 있을 뿐인데…….

"그 말씀이 맞는 것 같군요. 소란을 떨어서 죄송했어요."
"아닙니다. 선생님은 분명히 아침 일찍 연락선으로 오실 겁니다."

그러나 7시의 연락선에도, 그 다음 편에도 그는 타고 있지 않았다. 알렉산드라는 맨해튼 자택으로 전화를 해봤지만 그곳에도 조지는 없었다.

재난을 당한 것이 아닐까 하고 알렉산드라는 불길한 생각이 들었다. 사고나 질병도 생각할 수 있었다. 조지는 먼저 이곳에 도착해서 조금 기다리다가 외출한 것이 아닐까. 그래서 잔교로 내려가 보니 모터보트는 그대로 정박해 있었다. 그렇다 치더라도 혼자 나갔다면 메모 정도는 남겼을 것 아닌가.

알렉산드라는 또다시 왈도 컨트리 경찰에 전화를 걸었다. 경찰 경력 20년인 베테랑 필립 잉그램 경감보가 오전근무를 하고 있었다. 그는 조지 멜리스가 저택에 도착하지 않았음을 알고 있었다. 경찰서에서는 오전 내내 이 얘기로 부산했었다. 얘기가 끝날 무렵에는 외설스런 이야기들로 변해 있었지만…….

"남편분의 소식이 전혀 없습니까. 알겠습니다. 제가 그쪽으로 가죠."
잉그램 경감보는 전화를 끊었다. 가봐야 시간 낭비가 뻔했다. 그는 어딘가 뒷골목에서 들고양이처럼 배회하고 있음이 분명했으니…….

'그렇지만 블랙웰 일가의 호령이라면 만사를 제쳐놓고 달려가야지.'
경감보는 빈정거리며 그렇게 생각했다.

물론 미인과 얼굴을 대하는 것은 여간 기분 좋은 일이 아니었다. 지금까지 그녀를 몇 번 본 적이 있지만 얼굴을 대하고 얘기를 나누는 것은 이

번이 처음이었다. 그것만으로도 나쁘지 않았다.
"한 시간이면 돌아올 거야."
그렇게 말하고 경감보는 경찰서를 나섰다.
잉그램 경감보는 알렉산드라의 말을 듣고 집안과 잔교를 조사했다. 만날 약속을 했던 남편이 모습을 보이지 않는다고 해도 잉그램 경감보에게는 아무래도 좋은 일이었다. 그리고 이곳에서 블랙웰가를 돕는 일은 결코 손해되지 않는 일이었다.
그가 섬 공항과 링컨빌 연락선 터미널로 전화를 해보니 조지 멜리스는 어떤 교통 기관도 이용하지 않았음을 알 수 있었다.
"남편 분은 다크하버에는 오시지 않았어요."
경감보가 알렉산드라에게 말했다. 그의 이제까지 경험으로 미루어본다면 알렉산드라와 같은 미인을 방치해놓을 정상적인 사나이는 없을 거라고 생각했다.
"다른 곳도 부딪쳐 보죠. 병원이라든가 시체……"
경감보는 재빨리 입을 다물었다.
"시쳇말로 올인해서…… 그리고 수색 신고도 해놓죠."
알렉산드라는 이성을 잃지 않으려고 안간힘을 썼다. 그 갸륵한 태도는 경감보로서도 절실하게 느낄 수 있었다.
"여러 가지로 감사합니다. 수고해주신 것도요."
"이건 제 일인걸요."

경찰서로 돌아온 잉그램 경감보는 병원과 시체 안치실에 전화를 걸어봤다. 그러나 대답은 어디나 똑같았다. 조지 멜리스가 사고를 당했다는 보고는 들어와 있지 않았다. 잉그램 경감보는 메인신문에 근무하는 친구인 기자에게 전화를 걸었다. 그리고 행방불명된 사람에 대한 보고서를 발송했다.

석간신문은 일면 톱기사로 이 사건을 보도했다.

'블랙웰가 상속인의 남편 실종'

피터 템플튼은 닉 파파스로부터 이 뉴스를 들었다.

"피터, 기억하고 있나? 조지의 조사를 내게 부탁한 일이 있었지?"

"그랬지."

"그 문제아가 모습을 감췄어."

"그가 어떻게 됐다고?"

"사라져버렸다고. 줄행랑을 쳤거나 실종이야."

파파스는 피터가 그 의미를 생각하는 동안 가만히 기다리고 있었다.

"그가 뭔가를 가지고 갔나? 돈이라든가 여권이라든가."

"메인으로부터 온 보고에 의하면 멜리스 씨는 공기 속에서 녹아버렸다는군. 당신은 녀석의 담당 의사잖아. 그 녀석이 어떻게 됐는지 가르쳐줄 것 같아서 말이야."

피터는 솔직하게 말했다.

"나도 몰라, 닉."

"뭔가 생각나는 일이 있으면 알려주게. 큰 이슈가 될 것 같은 사건이라서 말이야."

"알았네. 뭔가 있으면 알리지."

피터는 약속했다.

30분 후, 알렉산드라 멜리스가 피터 템플튼에게 전화를 했다. 공포 상태가 역력히 드러나는 목소리였다.

"조지가 뭔가 단서가 될 만한 일을 선생님에게 밝히지 않았나 생각되어서요……."

알렉산드라는 거기에서 말을 끊었다.

"죄송합니다. 멜리스 부인. 남편은 아무 말씀도 하시지 않았어요. 무슨 일이 일어났는지 저로서는 도저히 모르겠군요."

피터는 위로할 방법이 없을까 하고 생각했다.
"하지만 무엇이든지 생각나면 바로 전화하겠습니다. 어디로 연락하면 되죠?"
"지금은 다크하버인데 오늘 밤에 뉴욕으로 돌아갈 거예요. 아마도 할머님 댁에 있게 될 것 같습니다."
알렉산드라는 도저히 혼자 있을 수가 없어서 케이트에게도 몇 번인가 연락을 했다.
"걱정하지 마라. 무슨 업무 때문에 너한테 전화하는 걸 잊었을 거야."
그러나 마음속으로는 케이트도, 알렉산드라도 그것을 믿지 않았다.

이브는 조지의 실종 뉴스를 텔레비전으로 보고 있었다. 시더힐 하우스의 사진과 알렉산드라와 조지의 결혼식 직전의 영상이 방영되었다. 조지가 클로즈업된 것도 보였다. 눈을 크게 뜨고 약간 위를 보고 있는 얼굴이었다. 그것을 보자 이브는 조지가 죽기 직전에 나타냈던 놀란 표정의 얼굴을 떠올렸다.
텔레비전 기자는 말하고 있었다.
"살인이라는 증거는 없고 몸값 요구도 아직 없습니다. 경찰에서는 조지 멜리스 씨는 돌발 사고를 당했거나 기억 상실에 걸렸을 공산이 크다고 추측하고 그쪽으로 수사를 진행하고 있습니다."
이브는 만족한 웃음을 떠올렸다. 시체는 절대로 발견되지 않을 것이다. 조수로 인해 바다로 흘러갔을 테니까. 불쌍한 조지, 그는 내 계획대로 완벽하게 해주었어. 약간 스케줄을 변경하긴 했지만 말이야.
이브는 메인으로 날아가서 필브룩 만에 사는 친구로부터 모터보트를 빌려놓았고, 다른 잔교에서 또 한 척을 빌린 다음 그것으로 다크하버에 먼저 도착해서 조지를 기다렸다. 조지는 전혀 의심하지 않았다.
이브는 조지를 바다에 던져 넣고 요트 난간을 깨끗이 닦은 다음 잔교로 되돌아갔다. 그런 다음 자신이 빌린 모터보트로 조지 몫의 보트를 원래 부두가로 몰고 갔고 보트도 반납한 뒤 비행기로 뉴욕으로 돌아와서 알렉산드라의 전화를 기다렸다. 그녀는 동생이 전화를 걸 거라고 예측하고 있었다.

완전 범죄다. 경찰은 의문 실종으로 처리할 수밖에 없을 것이다.

"그럼 다음 뉴스를 말씀드리겠습니다……."

이브는 텔레비전 스위치를 껐다. 로리 맥케너와의 데이트에 늦으면 큰일이니까.

다음 날 아침 6시, 한 어선이 페노브스코트만 후미 방파제에 걸려 있는 조지 멜리스의 시체를 발견했다. 처음에는 익사이거나 사고사로 보고 있었지만 검시 결과, 상어에 물린 것으로 보이던 부분은 칼에 찔린 상처임이 판명되었다. 석간신문은 이 사건을 대문짝만하게 보도했다.

'조지 멜리스의 이상한 죽음, 억만장자 타살 시체로 발견됨.'

잉그램 경감보는 전날 밤의 조류의 흐름을 검토했다. 작업이 끝나자 그는 의자에 기대앉아 생각에 잠겼다. 그 얼굴에는 당혹감이 감돌았다. 조지 멜리스의 시체가 다크하버 방향에서 흘러갔다는 점이 이상했다. 조지는 다크하버에는 오지 않았을 텐데 말이다.

닉 파파스 형사는 잉그램 경감보를 만나기 위해 메인 주로 날아갔다.

"이 사건을 돕고 싶은데, 관할이 다르다는 것은 충분히 알고 있지만 당신 협조가 필요하다면 기꺼이 협조하겠네."

잉그램 경감보는 왈도 컨트리에서 20년 가까이 일해 왔지만 담당한 사건이라고 해봐야 술 취한 관광객이 골동품 가게에 진열되어 있는 순록의 머리를 총으로 쐈다는 정도였다. 그런데 조지 멜리스 살해사건은 일면의 톱뉴스였다. 이름을 날릴 수 있는 절호의 기회가 아닌가. 운이 좋다면 뉴욕 경찰본부 형사 자리도 꿈만은 아니었다. 더구나 거기라면 사건이 빈번하게 발생하고 있어서 기회는 무한했다. 그런 계산을 하고 있었으므로 닉 파파스의 제의에 그는 냉담한 태도를 보였다.

"글쎄, 나로서는 뭐라고……."

그 마음을 꿰뚫어본 듯이 닉 파파스 형사가 말했다.

"수훈을 가로챌 생각은 눈곱만큼도 없네. 다만 이 사건에는 상당한 압력이 걸려올 테니까 빨리 정리하는 것이 현명할 거라고 생각하네. 우선 조지 멜리스의 경력부터 가르쳐줄까?"

자신이 손해 볼 건 없다고 잉그램 경감보는 결단을 내렸다.

"좋습니다. 그렇게 하지요."

알렉산드라는 슬픔에 빠져 몸져눕고 말았다. 그녀는 조지가 살해당했다는 사실을 받아들일 수가 없었다.

'그가 왜 살해를 당했을까? 그를 죽여야 할 이유 같은 것은 온 세상 어디를 찾아봐도 없을 텐데……. 경찰에서는 예리한 나이프에 찔린 상처라고 말하고 있지만 그 사람들도 틀릴 때가 있다고.'

하레이 의사가 준 진정제 효과가 나타나기 시작했다. 알렉산드라는 잠에 빠졌다.

조지의 시체가 발견되었다는 뉴스를 듣고 이브는 어이가 없었다.

'하지만 오히려 잘된 일인지도 모르지. 의심을 받는다면 알렉산드라야. 그녀가 그 섬에 갔으니까.'

이브는 생각했다.

케이트는 이브와 함께 거실 소파에 앉아 있었다. 이 뉴스는 케이트에게도 상당한 충격을 주었다.

"조지를 죽이다니, 도대체 무슨 이유로……."

케이트는 이브에게 그렇게 말했다.

"저로서도 모르겠어요, 할머니. 그야 어쨌든 불쌍한 건 알렉산드라예요. 미망인이 되어버려서……."

이브는 한숨을 쉬었다.

필립 잉그램 경감보는 링컨빌-아이레스보로를 오가는 연락선 접객 담당에게 물었다.

"금요일 오후에 멜리스 씨나 부인이 이 배를 타지 않았나?"

"제가 근무하던 배에는 타지 않았어요. 먼젓번 녀석에게도 물어봤지만 그 녀석도 못 봤다고 하더군요. 비행기를 이용했겠죠."

"또 한 가지를 질문하겠는데, 금요일에 낯선 인물이 타지는 않았나?"

"그건 장담할 수 있어요. 여름이라면 더 관광객이 오지만 지금은 11월이라 이 시기에 섬에 오는 타지인은 없어요."

잉그램 경감보는 아이레스보로 공항의 지배인과도 만났다.

"조지 멜리스는 그날 밤에 비행기로는 오지 않았어요. 연락선으로 오지 않았을까요?"

"접객 담당인 루는 보지 못했다더군."

"하지만 설마 헤엄을 쳐서 이곳에 온 것은 아닐 테고."

"그럼 멜리스 부인은?"

"아, 그녀라면 전용 비치크라프트기로 10시경에 도착했죠. 내 아들놈 찰리에게 시켜 저택까지 바래다드리게 했으니까."

"부인은 어떤 느낌이었나?"

"좀 이상했어요. 물이 끓으면 삐익 소리가 나는 주전자 있잖아요. 그 소리처럼 날카로웠어요. 평소에는 누구에게든 기분 좋은 목소리로 말을 걸어주는데 그날은 어쩐 일인지 굉장히 서두르는 것 같았어요."

"자, 마지막 질문일세. 금요일에 전에 보지 못하던 낯선 사람은 오지 않았나?"

공항 지배인은 고개를 가로저었다.

"아뇨. 항상 보는 얼굴뿐이었어요."

1시간 뒤에 잉그램 경감보는 닉 파파스에게 전화를 걸었다.

"조사한 바로는 말이야. 정말이지 앞뒤가 맞지 않는다고. 금요일 밤 10시경 멜리스 부인은 자가용 비행기로 아이레스보로 공항에 도착했고, 남편은 동행하지 않았네. 그는 비행기에도 연락선에도 탄 적이 없어. 남편이 그날 밤 이 섬에 있었다는 것을 증명할 만한 단서가 아무것도 없다고. 조류를 제외하고는 말이지."

잉그램은 뉴욕의 형사에게 말했다.

"그렇지."

"남편을 살해한 범인은 배에서 던져버렸을 거야. 조류가 시체를 먼 바다로 실어갈 것이라고 계산하고 말이야. 배는 조사했나?"

"일단은 봤어. 싸운 흔적도, 핏자국도 없었어."

"감식 전문가를 파견하고 싶은데 상관없을까?"

"당신이 거래 조건을 기억하고 있다면 상관없네."

"물론 기억하고말고. 그럼 내일 만나자고."


닉 파파스는 다음 날 아침 감식 전문가를 데리고 왔다. 잉그램 경감보는 일행을 블랙웰가 잔교로 안내했다. 2시간 후에 감식관이 말했다.

"딱 들어맞아. 혈흔이 몇 개나 있어."

그날 오후에 혈흔은 조지의 혈액형과 일치한다는 것이 밝혀졌다.

맨해튼의 부르주아 지구를 관할하는 경찰서의 경찰관들은 어느 때보다 바빴다. 유치장은 언제나 들락거리는 마약중독자로 만원이었고 방마다 매춘부나 주정뱅이, 성범죄자로 우글거렸다. 그러한 소음과 악취도 피터 템플튼이 파파스 형사의 사무실에 들어갔을 때의 시끄러움에 비한다면 대단한 것이 아니었다.

"피터, 잠깐만 이리로 와주게나, 친구. 6시 반에 내 사무실로. 그렇지 않으면 당신을 특별기동대가 모시러 가게 될 거야."

파파스 형사가 피터를 전화로 불렀다.

안내해준 경찰이 떠나자 피터가 물었다.

"무슨 일이야, 무슨 문제가 생겼나?"

"문제지. 누군가 더 머리 좋은 녀석이 있었어. 섬에서 사라진 시체 말인데, 문제아 말이야. 섬에는 간 흔적이 없어."

"뭘 말하는 건지 도무지 모르겠군."

"아무튼 들어보라고, 친구. 연락선 승무원도, 공항 관계자도 그날 밤에는 조지를 보지 못했다고 증언하고 있어. 그렇게 되면 섬으로 가기 위해서는 모터보트밖에 없게 되지. 그래서 그 부근 보트 가게를 샅샅이 찾아다녔어."

"그는 그날 밤에 다크하버에 가지 않았단 말인가?"

"그런데 감식 결과는 그게 아니야. 전문가 말에 의하면 멜리스 녀석은 집에 들어가 양복을 벗고 항해복으로 분명히 갈아입었다는 거야. 시체가 발견되었을 때 입고 있던 옷으로 판단하자면……."

"그렇다면 그는 집안에서 살해당했단 말인가?"

"아니, 블랙웰가 요트 위에서야. 녀석은 배에서 살해당한 뒤 바다로 던져진 거야. 범인은 아마 조류가 시체를 중국까지 실어갈 거라고 계산했을 거야."

"하지만 도대체 어떻게 해서……."

닉 파파스는 두터운 손을 들어 제지했다.

"이번에는 내가 질문할 차례야. 멜리스는 당신 환자였지. 녀석이 마누라에 대해 뭔가 말했을 거야."

"이것과 그녀와 어떤 관계가 있냐고."

"뭐든지. 마누라가 가장 수상해."

"자네 머리가 돈 거 아냐?"

"정신과 의사선생님은 그런 말을 쓰지 않잖아? 머리가 돌았다니."

"닉, 어째서 알렉산드라가 남편을 살해했다고 생각하지?"

"마누라가 그곳에 갔기 때문이야. 동기도 있어. 그녀는 그날 밤 늦게 섬에 도착했어. 늦은 이유라는 것도 어린아이식 변명이야. 언니와 만나기로 했던 공항을 잘못 알았다더군."

"언니는 뭐라고 그러던가?"

"잠깐만 기다려. 당신은 언니가 뭐라고 말하길 바라지? 그들은 쌍둥이야. 조지가 그날 밤에 집에 갔던 일은 확실해. 그런데 마누라는 남편을 못 봤다고 시치미를 떼고 있어. 그리고 그녀는 하인들에게 휴가를 줬대. 이유를 물었더니, 남편이 그렇게 하라고 시켰다더군. 그런데 그 조지의 입은 막히고 말았어. 죽은 자는 말이 없으니까."

"동기가 있다고 말했지. 어떤 동기지?"

"당신 기억력이 나쁘군. 그걸 조사시킨 것은 당신이잖아. 그 부인은 닥치는 대로 성적학대를 하고 주먹질을 해대는 정신병자와 결혼했다고. 부인도 몹쓸 일을 당했을 거야. 더 이상 참을 수 없다고 생각했다면, 마누라는 이혼을 요구했다. 그렇지만 남편은 그것에 응하지 않았다. 그런데 재판으로까지는 갈 수가 없어. 스캔들의 표적이 되니까 말이야. 그렇게 되면 마누라에게는 선택의 여지가 없지. 살인밖에는 도리가 없는 거야."

파파스는 그렇게 지껄여대고는 의자 등에 벌렁 기댔다.

"그래서 나한테 듣고 싶다는 얘기는 뭔가?"

피터가 물었다.

"정보야. 당신은 10일 전에 조지의 아내와 점심을 함께 하지 않나."

그리고 형사는 책상 위 녹음기의 스위치를 넣었다.

"자, 점심식사 때 일을 말해줘. 알렉산드라의 태도는 어땠지? 긴장하고 있었나? 화가 나 있었나? 히스테릭했나?"
"닉, 나는 그렇게 행복한 결혼생활을 하는 부인을 본 일이 없어."
닉 파파스는 깜짝 놀라서 녹음기를 껐다.
"아이러니컬하군. 나는 오늘 아침에 존 하레이 의사와 만났어. 선생님은 알렉산드라 멜리스에게 신경안정제를 줬다고 했어. 영 앞뒤가 안 맞잖아, 젠장!"

존 하레이 의사는 파파스 형사와의 면담 때문에 매우 불안한 기분에 사로잡혀 있었다. 형사의 질문은 예리했다.
"최근에 멜리스 부인이 진찰받으러 오셨나요?"
"미안합니다. 환자의 개인적인 일을 말할 자유는 제게 없습니다. 도움이 되지 못할 거라고 생각해요."
하레이 의사는 말했다.
"그렇군요, 알았습니다. 선생님은 그 일가와 오랜 친분이 있는 사이니까 사태를 악화시키고 싶지 않겠죠. 일단은 물러나겠습니다. 그렇지만 살인사건에 관한 일이에요. 한 시간 후에 댁의 예약기록표를 조사할 수 있는 수색 영장을 가지고 돌아오겠습니다. 거기에서 내가 알고 싶은 일이 발견되면 그걸 신문사에 흘려버리겠습니다."
그렇게 말하고 형사는 일어섰다. 하레이 의사는 형사를 물끄러미 바라보며 생각했다.
"거친 방법이지만 지금 가르쳐주신다면 비밀은 지키겠어요. 어느 쪽으로 하시겠습니까?"
"앉으시죠."
하레이 의사는 마지못해 말했다.
"알렉산드라는 고민하고 있었어요."
"어떤 고민입니까?"

"우울증에 걸려서 자살하고 싶다고 했습니다."

"나이프로 자살하겠다고 말하지 않았나요?"

"아뇨. 물에 빠져죽는 꿈을 자주 꾼다고 말했어요. 신경안정제를 투여했지만 별다른 효과가 없는 것 같아서 다른 약으로 바꿔봤죠. 그게 효과가 있었는지 어땠는지는 저로서는 모릅니다."

닉 파파스는 조각을 짜 맞추면서 듣고 있었다. 그리고 고개를 들었다.

"그밖에 또?"

"이게 전부예요."

그 외에도 있었다. 존 하레이는 양심의 가책을 받고 있었다. 그는 조지가 이브에게 가한 폭행에 관해서 고의로 숨겼다. 그의 또 다른 가책은, 그 사건이 일어났을 때 경찰에 알려야 했었다는 점도 있었다. 그러나 하레이는 블랙웰 일가를 지켜주고 싶었다. 이브에 대한 폭행과 조지의 살해 사건과 어떤 관련이 있는지 알 필요는 없었지만 그 학대에 관해서는 덮어두는 것이 좋겠다고 직감한 것이다. 앞으로도 케이트를 지켜나가기 위해서라면 어떤 일이라도 하겠다고 마음속으로 다짐하고 있었다.

그때 간호사가 말했다.

"키드 웹스터 선생님 전화입니다."

마치 그의 양심이 키드를 자극한 것 같았다.

"존, 오늘 오후 그쪽에 들르고 싶은데요. 어떠세요?"

"알았네. 그럼 그때 보자고."

'이렇게 되면 사태는 그렇게 간단하게 결착이 나지 않을 거야.'

오후에 키드 웹스터가 왔다.

"뭘 마시겠나?"

그를 사무실로 안내하고는 하레이가 물었다.

"됐습니다. 저는 알코올은 마시지 않아요. 이렇게 갑자기 방해를 해서 죄송합니다."

존 하레이는 키드 웹스터가 자신과 만날 때마다 사과를 하고 있다는 생각이 들었다.

'이 남자는 상냥하고, 소심하고, 공격을 싫어하고 남을 기쁘게 하는 일을 좋아한다. 마치 머리를 쓰다듬어주기를 기다리는 강아지처럼.'

이다지도 볼품없고 창백한 남자에게 그렇게도 유능한 외과 실력이 있다는 것이 믿어지지 않았다.

"무슨 일인가, 키드?"

그는 크게 심호흡을 한 뒤 조심스럽게 말했다.

"저, 조지 멜리스가 이브 블랙웰을 때린 사건 말인데요."

"그래서?"

"자칫 잘못했더라면 죽었을 것이라는 것은 당신도 알고 있죠?"

"그랬지."

"그 사건은 경찰에 알리지 않았잖아요. 이제 멜리스가 살해를 당했으니 그것에 관해서 저도 경찰에서 말하지 않는 것이 좋겠죠?"

'그랬군, 역시 그 일로 왔군. 이제 이 문제는 더 이상 피할 수 없다.'

"자네가 가장 좋다고 생각되는 대로 하면 되잖나, 키드."

키드 웹스터는 침울하게 말했다.

"그건 그렇지만, 저로서는 이브에게 해가 되는 일은 하고 싶지 않아요. 그녀는 특별해요."

하레이는 키드를 찬찬히 살폈다.

"알겠네."

키드는 한숨을 쉬었다.

"신경이 쓰이는 것은 말이죠. 존, 내가 입을 다물고 있더라도 나중에 경찰이 냄새를 맡으면 제 입장이 난처해지지 않을까 하는 것이에요."

'나도 마찬가지야.'

존 하레이는 잠시 생각한 뒤 말했다.

"경찰이 알아차릴 수는 없다고 생각하네. 그렇지 않은가? 이브는 자기 스스로 말하지 않을 것이고 자네는 완전히 그녀의 상처를 복원해놓지 않았나. 그 작은 흉터 이외에는 말이야. 이브가 불구가 될 뻔했다고는 아무도 생각할 수 없을 거야."

키드 웹스터는 눈을 깜빡거렸다.

"작은 흉터라니요?"

"이마에 남은 빨간 흉터 말일세. 이브 얘기로는 한두 달 지나면 그것도 자네가 제거해준다고 말했다더군."

키드는 눈을 더욱 깜빡거렸다. 신경질적 증세라고 하레이는 생각했다.

"저는 그걸 아직……. 이브를 마지막으로 만난 게 언제입니까?"

"열흘 전에 와서 동생의 우울증 얘기를 하더군. 그 흉터가 유일하게 두 사람을 식별할 수 있는 표시가 되었지. 그 두 사람은 일란성 쌍둥이니까."

키드 웹스터는 천천히 고개를 끄덕였다.

"그렇군요. 이브의 동생은 신문에서 본 적이 있어요. 정말로 똑같더군요. 그래서 당신이 구별할 수 있는 유일한 표시라는 것은, 제가 수술 중에 남긴 이마의 흉터란 얘기군요."

"바로 그렇지."

키드는 입을 다문 채 아랫입술을 꽉 깨물었다. 그러고는 천천히 입을 열었다.

"현재로서는 경찰에 가지 않는 것이 좋을 것 같군요. 좀 더 생각해봐야겠어요."

"나도 그러는 편이 현명하다고 생각해. 두 사람 모두 멋진 아가씨야. 신문에서는 알렉산드라가 조지를 살해했다고 경찰이 밝힌 것처럼 떠들고 있지만, 있을 수 없는 일이야. 나는 그 두 사람을 어릴 때부터……."

키드는 더 이상 듣고 있지 않았다.

하레이 의사에게서 돌아온 뒤 키드는 깊이 생각해보았다. 그 아름다운 얼굴에 상처의 흔적이라곤 남기지 않았었다. 그렇지만 존은 봤다고 했다. 이브가 다른 사고로 상처를 입었을 수는 있겠지만, 그렇다면 그녀가 왜 거짓말을 한 걸까? 그건 말도 안 되는 것이었다. 그는 여러 각도에서 생각해보고 여러 가능성을 검토해봤다. 그리고 어떤 결론에 도달했다.

'이 생각이 옳다면 내 인생은 근본부터가 달라지겠군.'

다음 날 아침 일찍, 키드 웹스터는 하레이 의사에게 전화를 했다.
"존, 아침부터 방해를 해서 죄송해요. 이브는 동생인 알렉산드라 일로 상담을 하러 왔다고 했죠?"
"그랬지."
"이브가 온 뒤에 알렉산드라도 당신에게 갔나요?"
"그랬지. 이브가 다녀간 다음 날 알렉산드라가 왔어. 또 무슨 일인가?"
"아니에요, 그냥 흥미가 생겨서요. 알렉산드라는 어떤 상담을 했죠?"
"알렉산드라는 우울증 때문에 괴로워하고 있었네. 이브는 동생의 그 점이 마음에 걸렸던 거야."

'이브는 알렉산드라 남편에게 맞아 잘못했더라면 죽을 뻔했다. 그 남자는 살해되었고 혐의를 받고 있는 것은 아내인 알렉산드라다.'

키드 웹스터는 자신은 머리가 좋지 않다고 자각하고 있었다. 학생 시절에는 승급을 하기 위해서 숱한 고생을 하며 공부했다. 그리고 친구들에게는 항상 놀림을 받았다. 그는 스포츠맨도 아니고 수재형도 아니었다. 오히려 사회의 부적응자로서 하찮은 인간에 가까웠다. 그가 의대에 합격했을 때 가장 놀란 것은 그의 가족들이었다. 그리고 외과 의사의 길을 선택했을 때도 친구들은 물론이거니와 교수들마저도 비웃었다. 그러나 그는 이제 친구들을 경탄시키는 외과 의사가 되었다. 그의 내부 깊은 곳에 숨겨져 있던 재능이 훌륭하게 개화된 것이다. 천재적이라고도 말할 수 있는 재능이었다. 그는 진흙이 아니라 대신 생체로 조각하는 조각가 같았다. 순식간에 키드 웹스터의 명성은 널리 퍼졌다. 그러나 그는 그 성공에도 불구하고 어린 시절의 정신적 콤플렉스를 극복하지 못하고 있었다. 그는 아직도 주위 사람들을 따분하게 만드는 소년으로, 소녀들로부터 조소를 받는 존재라는 강박관념으로부터 빠져나오지 못하고 있었다.

간신히 이브와 연락이 되었을 때, 키드의 손은 땀으로 흠뻑 젖어 있었다. 전화를 걸고 첫 번째 벨이 울리자 이브가 받았다.
"로리?"
나지막하고 관능적인 목소리가 들려왔다.
"키드 웹스터예요."
"어머나, 안녕하세요?"
목소리가 순식간에 바뀌었다.
"그 후로 어떻습니까?"
"무척 좋아요."
이브가 신경질을 내고 있는 것이 훤히 보였다.
"잠깐…… 잠깐 만나주셨으면 좋겠는데요."
"아무와도 만나고 싶지 않아요. 신문을 봤으면 알 것 아니에요. 동생의 남편이 살해당했어요. 슬픔에 빠져 있다는 것은 당신도 알고 있잖아요."
키드는 바지에 땀이 젖은 손을 닦았다.
"그것 때문에 만나고 싶은 겁니다. 이브, 당신에게 가르쳐주고 싶은 정보가 있거든요."
"어떤 일?"
"전화로 말하고 싶지 않아요."
이브의 심장소리가 들리는 것 같았다.
"알았어요. 언제가 좋죠?"

"지금 당장이라도 좋습니다."

30분 후에 키드가 아파트에 도착하자 이브는 문을 열고 그를 맞았다.

"저는 지금 바빠요. 정보라는 것이 뭐죠?"

"이겁니다."

키드 웹스터는 우물쭈물 어색하게 말했다. 그리고 손에 들고 있는 종이 봉투에서 사진을 꺼내어 주저주저하며 이브에게 건넸다. 그것은 이브의 사진이었다.

까닭을 모르겠다는 표정으로 이브는 그 사진을 건네받았다.

"그래서요?"

"당신 사진이에요."

"그건 저도 알고 있어요."

이브는 쌀쌀맞게 대꾸했다.

"사진이 어쨌다는 거죠?"

"이건 수술 후에 찍은 거예요."

"그래서요?"

"당신 이마에는 어떤 상처도 없어요."

키드는 이브의 표정이 변하는 것을 봤다.

"자, 앉아요, 키드."

그는 이브의 맞은편 소파 끄트머리에 앉았지만 그녀의 얼굴을 제대로 볼 수가 없었다. 키드는 직업상 많은 미인을 봐 왔지만 이브만큼 자신을 매료시킨 여성은 지금까지 없었다.

"무슨 일인지 말해줘요."

키드는 차근차근 말하기 시작했다. 하레이 의사와 만난 일, 기괴한 빨간 흉터에 관한 일 등을 설명하면서 키드는 이브의 눈을 관찰했다. 이브의 표정은 변하지 않았다.

웹스터의 말이 끝나자 이브가 말했다.

"당신이 무얼 생각하고 있는지는 모르지만, 시간 낭비일 뿐이에요. 흉터라면 동생과의 일로 생긴 것뿐이에요. 이만 저는 할 일이 많아서요."

키드는 일어서려고 하지 않았다.

"성가시게 굴어서 죄송하군요. 하지만 경찰에 가기 전에 당신에게 알리고 싶었어요."

이 말에 이브는 반응했다.

"왜 경찰에 간다는 거죠?"

"조지 멜리스가 당신에게 가한 폭행을 보고할 의무가 있거든요. 당신 상처에 관한 것도 말이에요. 저로서는 이해할 수 없지만 당신이라면 경찰에서 설명할 수 있으리라 믿습니다."

공포가 이브의 가슴을 깊숙이 찔렀다. 눈앞에 있는 이 소심한 멍청이는 진실에 관해서는 아무것도 알고 있지 않지만 경찰의 불신을 얻게 하는 방법은 충분히 알고 있었다.

조지 멜리스는 이 아파트에 빈번이 출입하고 있었다. 경찰이 움직이기 시작하면 목격자를 찾아내기는 식은 죽 먹기였다. 조지가 살해당한 밤에는 워싱턴에 있었다고 거짓말을 했지만 알리바이는 없었다. 그것까지 필요하다고는 생각하지 않았던 것이다. 조지가 자신을 죽일 뻔했던 사건을 알게 된다면 훌륭한 동기가 된다고 생각할 것이다. 그렇게 되면 사건 전모가 밝혀지지 않는가. 이브는 이 남자의 입을 막아야만 했다.

"원하는 게 뭐죠? 돈인가요?"

"아뇨!"

키드는 불쾌한 표정이 역력했다.

"그럼 뭐예요?"

키드는 시선을 아래로 떨구었다. 그 얼굴은 당혹감으로 새빨갛게 물들어 있었다.

"나는…… 나는 당신을 무척 좋아해요. 당신 신상에 무슨 일이 일어나면 견딜 수 없을 거예요."

이브는 억지로 웃어보였다.

"저한테 나쁜 일은 일어나지 않을 거예요. 나는 나쁜 일을 하지 않았으니까요. 믿어주세요. 이런 일은 조지 멜리스 살해와 아무런 관계도 없어요. 당신이 이 일에 대해 모두 잊어준다면 정말 고맙겠어요."

키드는 이브의 손을 맞잡았다.

"나도 그렇게 하고 싶어요. 가능하다면 말이에요. 하지만 토요일에 경찰 심문이 있어요. 나는 의사로서 알고 있는 것은 모두 말해야만 해요."

이브의 눈에 또다시 불안이 되살아났다.

"그러면 안 돼요!"

키드는 이브의 손을 가볍게 두드렸다.

"아뇨. 그렇게 해야만 돼요. 그건 제가 맹세했던 의무니까요. 하지만 그렇게 하지 않아도 되는 방법이 딱 한 가지 있어요."

이브는 그 먹이에 잽싸게 달려들었다.

"그게 뭔데요?"

키드는 근엄하게 말했다.

"남편은 그 아내에 관해서는 증언 의무를 면제받게 되지요."

\*

결혼식은 경찰 심문 이틀 전에 거행되었다. 그것도 판사의 개인 사무실에서 하는 검소한 것이었다. 키드 웹스터와 결혼을 하다니, 생각만으로도 이브는 피부에 두드러기가 돋을 지경이었다. 그러나 그녀로서는 선택의 여지가 없었다.

'이 바보는 내가 계속 함께 살 거라고 생각하는 모양이군.'

심리가 끝나기만 하면 이브는 즉시 이혼 수속을 할 생각이었다. 그때까지만 참으면 되는 것이다.

닉 파파스 형사의 수사는 암초에 걸렸다. 조지 멜리스 살해범인은 심증은 있지만 물증이 없었다. 그는 블랙웰 일가를 둘러싼 침묵의 벽에 부딪쳐 아무리 해도 그 벽을 깨뜨릴 수가 없었다.

파파스는 상사인 해럴드 콘 부장에게 상담을 요청했다. 그는 이 분야에서만 경력을 쌓아온 사람이었다.

콘은 파파스의 말을 묵묵히 듣더니 말했다.

"그건 모두 심증에 불과해. 증거 따위는 눈곱만큼도 없잖아. 법정에서 웃음거리가 되고 끝나는 거야."

"알고 있어요."

파파스 형사는 한숨을 쉬었다.

"그렇지만 제가 틀리지는 않았다고 생각해요."

파파스는 더욱 부장에게 물고 늘어졌다.

"케이트 블랙웰에게 얘기를 해보면 어떨까요?"

"맙소사! 무엇 때문에!"

"그녀는 그 일가를 마음대로 주무르고 있어요. 자기도 모르는 정보가 있을지도 모르잖아요."

"하지만 조심해야 돼."

"알고 있습니다."

"거친 짓은 안 돼. 잘 명심하라고. 상대는 할머니야."

"그것이 제가 노리는 점입니다."

파파스 형사는 자신 있게 말했다.

면담은 케이트 블랙웰의 사무실에서 이루어졌다. 닉 파파스는 케이트의 나이를 80대 정도로 추측했지만 그녀가 나이에 비해서 매우 건강한 것에 놀랐다. 노부인은 긴장한 기색이었다. 무리도 아니라고 파파스는 생각했다.

"비서 얘기로는 급한 용무가 있다고 그러더군요, 형사님."

"네. 사실은 내일 조지 멜리스의 죽음에 대한 경찰 심문이 벌어지죠. 저는 댁의 손녀분이 그의 살해에 관여하고 있다고 생각되는 이유를 몇 가지 잡고 있습니다만……."

케이트의 몸이 굳어졌다.

"설마, 믿을 수 없는 일이에요."

"끝까지 들어주세요. 경찰의 수사는 살해동기부터 시작해나갔습니다. 조지 멜리스는 재산을 노린 야심가로서 사악한 사디스트였습니다."

파파스는 케이트의 반응을 보면서 계속해나갔다.

"그는 댁의 손녀분과 결혼을 해서 막대한 부를 손에 넣었죠. 제 상상으로는 그녀는 이혼을 요청했지만 거부당했으리라고 생각합니다. 그렇다면 그녀가 포악한 남편으로부터 도망칠 수 있는 수단은 죽이는 일밖에 없었던 겁니다."

형사를 주시하고 있던 케이트는 안색이 새파랗게 질려 있었다.

"그래서 저는 추리를 뒷받침하기 위한 증거를 찾기 시작했습니다. 우리는 조지 멜리스가 모습을 감추기 전에 시더힐 하우스에 있었던 것을 확인했습니다. 본토로부터 다크하버로 가려면 두 가지 방법밖에는 없죠. 비행기나 연락선이에요. 하지만 그 고장 경찰에 의하면 조지 멜리스는 그 어느 쪽도 이용한 흔적이 없답니다. 저는 기적 같은 것은 믿지 않습니다만, 멜리스는 물 위를 걸을 수 있는 남자도 아닌 것 같아요. 남은 가능성은 해변 어딘가로부터 모터보트를 타고 갔다는 얘기죠. 저는 임대 보트 가게를 모조리 뒤졌어요. 그래서 길키하버에서 사냥감을 만났죠. 조지 멜리스가 살해된 날 오후 4시에 여자가 모터보트를 빌렸다는 것이 확인된 겁니다. 여자는 친구가 나중에 가지러 온다고 말했다더군요. 그녀는 임대료를 현찰로 지불했어요. 하지만 전표에는 서명을 해야만 했어요. 서명한 이름은 솔랑쥬 두나였습니다. 혹시 아시는 이름입니까?"

"그래요. 그 이름을 가진 여자는 손녀들이 어렸을 때 뒷바라지를 해주었던 가정교사예요. 벌써 오래전에 프랑스로 돌아갔지요."

파파스는 만족스러운 표정을 떠올리며 고개를 끄덕였다.

"그 연안 조금 위쪽에서 똑같은 여자가 다른 모터보트를 빌렸어요. 그녀는 그걸 타고 나가서 3시간 후에 돌려주러 왔다는군요. 역시 여기에도 솔랑쥬 두나라는 서명으로 되어 있어요. 저는 양쪽 보트가게 접객담당에게 알렉산드라의 사진을 보여주었어요. 두 집 모두 이 여자라고 자신 있게 말했지만 증언하려 하지 않았어요. 왜냐하면 보트를 빌린 여자는 갈색 머리를 하고 있었기 때문이죠."

"그럼 어째서 당신은……."

"가발을 쓰고 있었겠죠."

"알렉산드라가 남편을 살해하다니, 나는 믿을 수 없어요."

케이트가 딱딱하게 굳어진 태도로 말했다.

"저도 동감입니다, 블랙웰 씨, 단도직입적으로 말해서 범인은 언니인 이브예요!"

케이트 블랙웰은 화석처럼 굳어졌다.

"알렉산드라에게는 불가능한 일이죠. 저는 사건이 있었던 날 그녀의 행동을 조사해봤어요. 그녀는 그날 오전에는 뉴욕에서 친구와 함께 있었어요. 그리고 섬에는 뉴욕에서 직접 날아갔어요. 그녀가 그 두 개의 모터보트를 빌리는 일은 불가능했을 겁니다."

거기까지 말하고 파파스 형사는 확신에 차서 말했다.

"그렇다면 알렉산드라와 닮은 여자로서 솔랑쥬 두나라는 서명을 한 사람이 누구냐 하는 겁니다. 이것에 해당하는 사람은 이브밖에는 없어요. 그래서 저는 이브가 그렇게 할 수밖에 없었던 동기를 찾아보기로 했습니다. 이브가 살고 있던 아파트 주민들에게 조지 멜리스의 사진을 보여줬더니 조지는 빈번하게 이브의 방에 출입하는 남자라고 하더군요. 그 빌딩 관리인도 말해줬어요. 조지가 왔던 그날 밤의 일을…. 이브는 맞아서 거의 죽을 지경이 되었다고 말이죠. 알고 계셨나요?"

"아뇨."

케이트의 목소리는 갈라져 있었다.

"조지 짓이에요. 녀석의 유형에 딱 들어맞아요. 이것이야말로 이브의 동기예요. 복수죠. 이브는 조지를 다크하버로 유인해서 살해한 겁니다."

파파스 형사는 케이트를 바라보며 노부인을 이용하고 있는 자신에게 죄의식을 느꼈다.

"이브의 알리바이는 그날 워싱턴에 있었다는 겁니다. 그녀는 공항까지 타고 가서 택시 운전사한테 100달러 지폐를 주어 자신의 인상을 깊이 심었고, 워싱턴 행 비행기를 놓칠 것 같다며 소란을 피웠죠. 그러나 이브는 워싱턴에 가지 않았다고 생각해요. 그녀는 갈색 가발을 쓰고 다른 비행기로 메인 주까지 날아가서 보트를 빌렸겠죠. 이브는 조지를 살해해서 배에서 던져버린 다음 요트를 잔교로 되돌려놓고 조지의 모터보트를 이끌고 원래의 해안으로 되돌아갔을 거예요."

케이트는 파파스 형사를 오랫동안 바라보았다. 그리고 천천히 말했다.

"당신이 잡고 있는 증거는 모두 상황 증거군요."

"네."

파파스 형사는 마지막으로 말했다.

"검찰 심문에서는 구체적인 증거가 필요하죠. 당신은 자신의 손녀 분을 세상 누구보다도 잘 알고 계시니 어떤 일이라도 좋습니다. 도움이 될 만한 일을 가르쳐주시기 바랍니다."

케이트는 조용히 앉아서 마음을 결정하고는 말했다.

"심문용 정보를 드리죠."

닉 파파스의 심장이 재빨리 뛰기 시작했다. 오랫동안 겨냥하고 있던 일이 드디어 성공한 것이다. 그는 자연스럽게 앞으로 내민 자세가 되었다.

케이트는 천천히, 그러나 확실하게 말했다.

"조지 멜리스가 살해된 날, 손녀인 이브는 저와 함께 워싱턴에 있었어요, 형사양반."

케이트는 멍하니 얼이 빠져버린 파파스를 지그시 바라보았다.

'당신은 참 순진한 양반이로군. 내가 블랙웰가 사람을 산 제물로 바칠 거라고 생각했어? 사람들이 블랙웰가를 즐기도록 내버려둘 거라고 생각했냐고. 그런 짓은 하지 않아. 나는 내 방법으로 이브에게 벌을 내리겠어.'

법정판결은 한 사람 또는 복수의 정체 불명자에 의한 살인으로 나왔다.

알렉산드라는 놀라는 한편 감사했다. 피터 템플튼이 재판소 심문에 출정해주었던 것이다.

"사기를 북돋아드리려고 왔을 뿐이에요."

피터가 말했다. 그리고 그녀가 잘 견디고 있다고 생각했다. 그녀는 계속 긴장상태에 있었으므로 피터는 알렉산드라를 링컨빌 강가에 있는 롭스터 파운드 레스토랑에서 만나 점심을 함께 했다.

"이 재판이 끝나면 여행이라도 다녀와요. 잠시 도피하는 것이 좋을 거예요."

피터는 말했다.

"네, 언니도 함께 여행을 가자고 말하더군요."

그렇게 말하는 알렉산드라의 눈은 고뇌로 인해 더욱 커져 있었다.

"조지가 죽었다니! 저는 믿을 수가 없어요. 그 일이 실제로 일어난 건 사실이지만……. 하지만 아직도 현실이 아닌 것 같은 생각이 들어요."

"고통을 견딜 수 있을 때까지 그렇게 생각하면 자연스럽게 충격이 완화되죠."

"그는 무척 좋은 사람이었어요."

알렉산드라는 피터를 올려다봤다.

"선생님은 조지와 여러 번 만났죠? 조지는 여러 가지 일을 당신에게 말했었지요. 그가 멋진 사람이었다고 생각하지 않으세요?"

"네. 그랬죠."

피터는 천천히 대답했다.


"이혼 수속을 밟겠어요, 키드."

이브가 말했다.

키드 웹스터는 깜짝 놀란 눈을 깜빡거리며 아내의 얼굴을 바라봤다.

"왜 그런 생각을 하는 거지?"

"어머 키드, 설마 내가 평생 당신과 살 거라고 생각한 건 아니겠죠?"

"물론, 엄연히 당신은 내 아내야."

"뭘 더 원하는 거예요? 블랙웰가 재산이 목적인가요?"

"돈 따위는 필요 없어. 우아하게 살아갈 정도의 돈은 있으니까. 당신이 원하는 건 무엇이든 해줄 수 있어."

"내가 원하는 것은 아까 말했잖아요. 이혼 수속이에요."

키드는 아쉬운 듯이 고개를 가로저었다.

"그것만은 해줄 수 없어."

"그럼 이혼 소송을 하겠어요."

"찬성할 수 없어. 알고 있잖아, 아무것도 변하지 않았어. 경찰은 아직도 당신 동생 남편의 살해범을 검거하지 못했어. 사건은 아직 미해결이라고. 살인에는 공소시효가 없어. 당신이 나와 이혼을 하게 되면 나는 좋든 싫든……"

키드는 힘없이 두 손을 들었다.

"당신은 마치 내가 살인범인 것처럼 말하는군요."

"왜냐하면 당신이 죽였기 때문이야, 이브."

"그걸 당신이 어떻게 알죠?"

이브는 경멸하듯이 말했다.

"당신이 나와 결혼할 이유를 달리 생각할 수 없기 때문이지."

이브는 노골적으로 혐오감을 드러냈다.

"당신은 형편없는 사람이군! 왜 나를 이런 지경에 빠뜨리는 거지?"

"사랑하기 때문이야."

"나는 증오하고 있어요. 당신을 경멸하고 있다고요."

키드는 슬픈 듯이 쓸쓸하게 웃었다.

"나는 무척 사랑하고 있어."

알렉산드라와의 여행은 취소되었다.

"신혼여행은 바베이도스로 갈 거야."

"나는 안 갈 거예요."

키드의 제안에 이브는 퉁명스럽게 말했다. 이런 남자와 신혼여행을 가다니 생각만 해도 가슴이 답답했다.

키드가 부끄러운 듯이 말했다.

"신혼여행을 가지 않으면 오히려 의심을 받는다고. 남들한테 이러쿵저러쿵 말을 듣는 것은 기분 좋은 일이 아니잖아?"


알렉산드라는 일주일에 한 번 정도로 피터 템플튼과 만나 식사를 했다. 처음에는 조지의 추억 얘기를 하는 것이 목적이었다. 조지에 관해서 말할 수 있는 상대가 달리 없었기 때문이기도 했다. 그러나 몇 개월이 지나는 사이에 알렉산드라는 피터 템플튼과의 교제가 즐거워졌다. 그에게는 상처받은 자신을 감싸주는 포용력이 있었으므로 어느새 그를 의지하게 되었다. 피터는 민감하게 그녀의 기분을 헤아려주었고 게다가 지적이며 유머가 풍부했다.

"제가 인턴 때 추운 겨울에 첫 왕진을 나갔죠. 환자는 노인이었어요.

기침을 하며 누워 있었죠. 그런데 차가운 청진기를 가슴에 대면 그에게 충격을 줄 거라는 생각이 들어서 먼저 청진기를 따뜻하게 덥히기로 했죠. 노인의 목과 눈을 보는 사이 청진기를 라디에이터에 올려놓았어요. 그리고 청진기를 가슴에 댔어요. 그러자 노인은 불에 덴 고양이처럼 침대에서 펄쩍 뛰어서 떨어졌어요. 그래서 기침은 멎었지만 화상을 치료하는 데 다시 일주일이 걸렸답니다."

알렉산드라는 그 말에 마구 웃어댔다. 그렇게 그녀가 그렇게 오래 웃기는 태어나서 처음일 정도였다.

"다음 주에도 만나주시겠습니까?"

피터가 물었다.

"네, 저야말로 만나달라고 요청하고 싶어요."


이브의 신혼여행은 예상 외로 쾌적했다. 키드는 하얗고 섬세한 피부를 가지고 있었으므로 햇빛에 노출되는 것을 싫어했다. 그래서 그녀는 매일 혼자서 해변으로 나갔다.

그곳에서 그녀는 사실상 혼자 지내는 일이 거의 없었다. 호색적인 구조원, 해변에서 어슬렁거리는 플레이보이들에게 둘러싸이게 되었는데, 그것은 마치 갖가지 음식이 즐비한 요리상 같았다.

이브는 매일 다른 종류의 요리를 선택했다. 키드가 있는 같은 지붕 밑에 남자를 끌어들인 일도 있었다. 남편이 위축받는다고 생각하자 기쁨은 두 배가 되었다. 키드는 침대에서 이브를 만족시켜주지 못했으므로 마치 애완용 강아지처럼 허드렛일을 맡았다. 그는 이브가 원하는 것은 무엇이든 해주었다.

이브는 그가 등을 돌리게 하려고 모욕을 주거나 그가 화를 내도록 무엇이든 시도해봤지만 키드의 사랑은 변함이 없었다. 키드에게 몸을 맡긴다는 생각만 해도 기분이 언짢았으므로 그의 욕구가 약한 것이 그나마 다행이었다.

'이제 나이가 나를 따라잡는구나. 지금까지의 세월은 충분히 길고도 풍요로운 것이었다. 크루거 브렌트 사는 젊은 선장을 필요로 하고 있다. 블랙웰가의 피를 이어받은 누군가가 필요하다. 내가 죽어버리면 뒤를 맡길 사람이 아무도 없다. 지금까지 회사를 위해 일하고 싸워온 것이 무엇을 위해서였을까? 남에게 물려주기 위해서? 천만에, 그럴 수는 없어.'

신혼여행에서 돌아온 지 일주일이 지났을 무렵 키드는 미안해하며 이브에게 말했다.

"일 때문에 돌아가게 되어 미안해. 수술 예약이 밀려 있어. 내가 없어도 괜찮지?"

이브는 자신도 모르게 웃음이 터질 것 같았지만 퉁명스러운 얼굴을 간신히 유지했다.

"어쩔 수 없죠, 뭐."

키드는 매일 아침 이브가 일어나기 전에 먼저 일어나서 커피를 끓이고 아침 준비를 했다. 또한 그는 이브 명의의 은행 계좌를 개설해서 항상 돈을 보충해주었다. 이브가 즐겁게 사는 것만이 그의 기쁨이었다. 그 돈으로 이브는 배우인 로리에게 비싼 보석을 사주었다. 로리와는 매일같이 오후를 함께 보냈다. 그는 한가한 배우였다.

"나는 엑스트라 역할은 안 해. 내 이미지를 아주 망치게 되니까."

로리는 이브에게 푸념을 했다.

"알아."

"뭘 알아. 쇼 비즈니스에 관해서 뭘 아느냐고. 은수저를 입에 물고 태어난 당신이……."

그러면 이브는 그를 위로하기 위해 더욱 호화로운 선물을 사주었다. 이브는 로리의 집세를 내주거나 인터뷰용 옷을 장만해주거나 거물 프로듀서와의 식사비를 대주었다. 가능하다면 로리와 24시간 내내 함께 있고 싶었지만 그녀에게는 남편이 있었다.

이브는 밤 7시쯤에 귀가하는 것이 보통이었는데, 키드가 먼저 와서 항상 저녁준비를 하고는 그녀를 기다렸다. 이브가 어디에서 뭘 했는지 추궁한 적은 한 번도 없었다.

시간이 점점 흘러가면서 알렉산드라와 피터 템플튼은 더욱 빈번하게 데이트를 하게 되었다. 데이트가 두 사람 생활의 중요한 부분을 차지할 정도로까지 발전했다.

알렉산드라가 요양소에 있는 아버지에게 면회를 갈 때는 피터가 반드시 동행했고, 그녀의 기분이 침체되어 있을 때는 그것을 풀어주려고 여러 가지로 신경을 썼다.

피터가 케이트를 만난 것은 그가 알렉산드라를 집까지 바래다주러 갔던 밤이었다.

"그래, 당신이 그 의사요? 나는 열 명 이상이나 되는 의사들의 장례식에 참석했지만 아직도 이렇게 살아 있어요. 당신은 비즈니스에 관해 아는 게 있나요?"

"아뇨. 그쪽은 어두운 편입니다. 블랙웰 씨."

"당신 병원은 주식회사인가요?"

"아뇨."

케이트는 홍 하고 콧방귀를 꼈다.

"당신은 아무것도 모르는군. 세금전문가가 필요한데……. 그 일을 해줄 유능한 사람이 필요해요. 한 사람 추천해줄까 하는데…….""

"고마운 말씀이지만 지금 이대로도 충분히 잘 꾸려나가고 있답니다."

"내 남편도 지독히 완고했어요."

케이트는 그렇게 말하고 알렉산드라를 바라봤다.

"이번에 이 양반을 저녁식사에 초대해야겠다. 교육을 좀 시켜야겠어."

밖으로 나오자 피터가 알렉산드라에게 말했다.

"당신 할머니는 내가 싫은 모양이야."

알렉산드라가 웃었다.

"당신이 마음에 드는 거예요. 할머니가 싫어하는 사람에게 어떤 태도를 취하는지 당신이 몰라서 그래요."

"당신과 결혼하고 싶다고 말하면 할머니는 어떤 반응을 보이실까?"

그러자 알렉산드라의 얼굴이 환하게 빛나며 그를 올려다봤다.

"아주 기뻐하실 거예요, 피터."

케이트는 알렉산드라와 피터 템플튼의 로맨스를 크게 기대하며 바라보고 있었다. 그녀는 이 청년 의사가 완전히 마음에 들어 알렉산드라에게 어울리는 남편이 되리라 판단한 것이다. 그렇다고는 하지만 케이트는 철저한 장사꾼이었다. 지금 케이트는 난로 앞에 앉아 두 사람과 얘기를 나누고 있었다.

"말해두겠지만, 이 얘기는 너무 갑작스러워서요. 나는 알렉산드라가 크루거 브렌트 사를 운영할 수 있는 재능을 가진 인물과 결혼하길 바라고 있어요."

케이트는 거짓말을 했다.

"저는 일을 거래하기 위해서 온 것이 아닙니다. 알렉산드라도 저와의 결혼을 원하고 있습니다."

"그런데……"

케이트는 마치 도중에서 차단당하고 싶지 않은 듯이 뒷말을 계속했다.

"당신은 정신과 의사잖아요. 인간의 마음의 움직임이나 감정의 움직임을 잘 알아 유능하게 컨트롤할 수 있을 거예요. 그렇다면 대단한 실력자가 될 수 있겠죠. 당신이 입사하길 원해요. 그렇게 하면……"

"아뇨. 저는 의사예요. 비즈니스계에는 관심이 없어요."

피터는 확실하게 말했다.

"단순히 비즈니스계에 발을 들여놓는다는 문제가 아니에요. 시시한 잡화상을 말하는 게 아니라고요. 당신은 우리 가계의 사람이 되는 것이고 우리 회사는 인재를 필요로 하고 있어요."

"죄송합니다만, 저는 크루거 브렌트 사와는 아무런 관련도 맺고 싶지 않습니다. 인재라면 다른 곳에서 찾아보세요."

피터의 말투에는 확고한 결의가 담겨 있었다.

케이트가 알렉산드라를 바라봤다.

"저렇게 말하고 있는 이 사람에게 너는 할 말이 없니?"

"저는 피터의 결정에 맡기겠어요. 그의 행복이 우선이니까요."

"은혜를 모르는 아이로구나. 제멋대로야. 너희들은……."

케이트의 얼굴이 빨개졌다. 그녀는 한숨을 쉬었다.

"하지만 언제 마음이 변할지 누가 알겠니."

그렇게 말하고 그는 은근슬쩍 덧붙였다.

"아이를 가질 생각은 없니?"

피터가 웃었다.

"그건 우리 문제예요. 할머님은 매우 독선적이시군요. 할머님은 우리가 할머님 말씀대로 따라주기를 바라시지만 우리 인생은 우리 둘이서 설계할 겁니다. 아이가 만일 생긴다면 그 아이도 자신의 길을 걷게 할 생각입니다."

케이트는 명랑하게 웃었다.

"나도 그러기를 바라고 있어요. 남의 인생을 결코 방해하지 않겠다는 것이 내 인생의 철칙이니까요."

알렉산드라와 피터가 신혼여행에서 돌아온 지 2개월 후에 알렉산드라는 임신을 했다. 이 기쁜 소식을 듣고 케이트는 생각했다.

'잘됐다. 분명히 남자아이일 거야.'

이브는 침대에 누워서 로리가 목욕탕에서 알몸으로 나오는 것을 바라보았다. 그는 단련된 훌륭한 몸매를 가지고 있었다. 이브는 로리의 테크닉을 탐닉하고 있었지만 완벽할 정도로 만족하지는 않았다. 그는 그녀 외에도 관계를 맺고 있는 여자가 분명히 있을 거라고 의심하고 있었다. 그러나 그가 무서워서 따질 수가 없었다. 로리가 화를 내는 일은 하고 싶지 않았다.

그는 침대로 다가오더니 이브의 눈가를 더듬으면서 말했다.

"헤이, 베이비. 주름살이 있어서 귀여운데?"

그 말은 그녀의 심장에 예리한 바늘이 되어 깊숙이 꽂혔다. 자신이 25세라는 것을 깊이 인식시키는 것이었다. 두 사람은 다시 한 번 섹스를 했지만 이브는 처음으로 마음이 다른 곳으로 향했다.

이브가 귀가한 것은 밤 9시가 가까워서였다. 키드는 오븐 속의 고기에 소스를 치고 있었다.

그가 다가와 뺨에 키스를 했다.

"당신이 좋아하는 음식을 만들었어. 왜냐하면 말이지······."

"키드, 나 이 주름살 좀 없애버리고 싶어요."

그는 눈을 깜박거렸다.

"어떤 주름?"

이브는 눈가를 가리켰다.

"이거요."

"웃을 때 생기는 주름이잖아. 나는 마음에 드는데?"

"나는 싫어요. 싫다고요!"

이브는 고함을 질렀다.

"내가 하는 말을 믿어. 그 주름은 전혀······."

"부탁이에요. 이걸 없애줘요. 당신은 유능한 기술자잖아요."
"그렇지만……. 좋아, 알았어."
키드는 달래듯이 말했다.
"당신이 꼭 그렇게 해주기를 바란다면……."
"언제 해줄 거예요?"
"6주 뒤에. 스케줄이 있어서……."
"나는 말이에요. 시시한 환자와는 달라요. 나는 당신 아내라고요. 바로 해줘요. 내일은 어때요?"
"토요일에는 병원이 쉬잖아."
"열면 되잖아요!"
'정말이지 답답한 남자야. 이 남자를 빨리 처치해야지. 어떻게든, 머지 않아 깨끗하게.'
"그럼 저쪽 방으로 가봅시다."
키드는 아내를 화장실로 데리고 갔다.
이브는 키드가 꼼꼼하게 얼굴을 진찰하고 있는 동안 강렬한 라이트를 받으며 앉아 있었다. 지극히 바보스럽기 짝이 없는 소심자에다 무기력한 남자가 우수한 외과 의사로 변신해 있음을 이브로서도 확실하게 느낄 수 있었다.
이브는 이전에 그가 해주었던 기적적인 일을 떠올리고 있었다. 이번 수술은 키드에게는 필요가 없는 것일지도 모른다. 그러나 이브에게는 필요한 것이었다. 로리를 잃는 것은 이브로서는 견딜 수 없는 일이었다.
키드는 라이트를 껐다.
"대단한 문제는 아니군. 내일 아침에 해주지."
그는 승낙을 했다.
다음 날 두 사람은 병원으로 갔다.
"항상 간호사가 도와주던데……."

이브가 말했다.

"이 정도 수술이라면 필요 없어."

"이쪽도 해줄래요?"

이브는 목 부분의 처진 피부를 잡아당겼다.

"당신이 원한다면 해도 좋아. 불쾌한 느낌을 맛보지 않도록 수면제를 줄게. 사랑하는 당신에게 고통을 맛보게 하고 싶진 않으니까."

이브는 키드가 피하 주사액을 채우고 익숙한 손놀림으로 자신에게 주사를 놓는 것을 가만히 보고 있었다.

'고통스러워도 상관없어. 사랑하는 로리를 위한 일이니까.'

이브는 로리의 듬직한 몸과 자신을 원할 때의 눈빛을 생각했다. 잠시 후 이브는 잠이 들었다.

병원 안쪽 방 침대에서 이브는 눈을 떴다. 키드가 침대 곁 의자에 앉아 있었다.

"잘됐어요?"

이브의 목소리는 아직 마취에서 덜 깨어 생기가 없었다.

"멋지게 됐어."

키드는 미소를 띠었다. 그러자 이브는 고개를 끄덕이고는 그대로 다시 잠들었다.

그녀가 또다시 눈을 떴을 때에도 키드는 옆에 있었다.

"붕대는 며칠 있으면 제거하게 될 거야. 여기 있는 게 좋으니까 그대로 이 방에 입원해 있으라고."

"알았어요."

키드는 매일 이브의 얼굴을 점검하고는 고개를 끄덕였다.

"완벽해."

"내가 볼 수 있는 것은 언제예요?"

"금요일에는 완전히 붕대를 풀 수 있을 거야."

키드는 보장했다.

이브는 간호부장에게 명령을 내려 침대 곁에 개인전화를 놓게 했다. 그녀는 가장 먼저 로리에게 전화를 했다.

"헤이, 베이비. 지금 어디야?"

그가 물었다.

"하고 싶다고."

"나도 그래. 남편 의학회 세미나 때문에 지금 플로리다에 묶여 있어. 다음 주에 돌아갈 거야."

"빨리 돌아와줘."

"내가 없어서 외로웠어?"

"미칠 것 같았다고."

그렇게 말하는 로리의 옆에서 속삭이는 목소리가 들렸다.

"거기에 누가 있어?"

"응, 조그만 파티를 열었어."

로리는 농담을 좋아했다.

"자, 그럼."

전화는 끊겼다.

이브는 알렉산드라에게도 전화를 했다. 그런데 알렉산드라가 임신에 대해 흥분하면서 길게 이야기를 늘어놓는 바람에 기분이 잡치고 말았다.

이브는 가끔씩밖에는 할머니를 만날 수 없었다. 이전보다도 더한 냉대를 받았지만 이브는 그 까닭을 알 수가 없었다.

'머지않아 원래 상태로 돌아가겠지.'

이브는 그렇게 생각했다.

케이트는 키드에 대해서는 결코 입에 올리지 않았다. 이브도 당연하다고 받아들이고 있었다. 말하자면 키드는 아무래도 좋은 존재였다.

이브는 로리에게 키드를 처치할 방법에 대해서 의논할 생각이었다. 그렇게 하면 로리를 영원히 자신의 것으로 만들 수 있을 것 같았다. 그건 그렇다 치더라도 믿을 수 없는 것은 자신은 매일 남편을 배반하고 있는데 남편은 의심도 하지 않고 신경도 쓰지 않는다는 점이었다. 이브는 키드가 한 가지 일에만 재능이 있는 것을 신께 감사해야만 했다. 붕대는 금요일에 풀게 되어 있었다.

금요일, 새벽부터 잠을 깬 이브는 초조하게 키드를 기다렸다.
"벌써 정오가 다 돼 가는데 도대체 어디 갔었어요?"
이브는 불만을 터뜨렸다.
"미안해, 여보. 수술이 있어서……."
키드는 정중하게 사과했다.
"긴 말 필요 없어요. 빨리 붕대나 풀어줘요. 얼굴을 보고 싶다고요."
"그래."
이브는 일어나 앉아 키드가 붕대를 날렵하게 자르는 것을 가만히 기다리고 있었다. 붕대를 전부 풀어버린 그는 한 발짝 물러서서 이브를 찬찬히 관찰했다. 그의 눈은 만족감으로 충만했다.
"완벽해."
"거울을 줘요."
키드는 방에서 급히 나가더니 곧바로 거울을 가지고 돌아왔다. 자랑스러운 미소를 보이면서 거울을 이브에게 건넸다. 이브는 천천히 거울을 들었고 그리고 마침내 거울에 비친 자신의 얼굴을 보았다.
이브의 절규가 벽을 뚫고 나가 온 병원 안을 메아리쳤다.

에필로그

# 케이트
1982년

케이트에게는 시간의 흐름이 가속도가 붙은 것처럼 빠르게 지나고 있었다. 겨울도 봄도 여름도 가을도 모든 것이 뒤섞여서 하나처럼 지나가는 것 같았다. 계절은커녕 햇수가 뒤섞인 것 같은 기분도 들었다.

케이트는 이제 80대 후반이 되었다. 여든 몇 살인지 그녀는 자신의 정확한 나이조차 잊어버렸다. 늙어가는 것은 어찌할 수 없지만 늙어서 혼란해지는 것은 참을 수가 없었다. 그런 자신의 모습을 보는 것은 고통이었다. 케이트는 거울을 들여다봤다. 그래도 아직 불굴의 정신을 가진 여자가 비쳐지고 있었다.

케이트는 매일 사무실에 나갔다. 그 행동은 죽음을 쫓아내기 위한 수단이며 제스처였다. 중역회의에는 빠짐없이 모두 참석했지만 옛날만큼 정확하게 안건을 파악할 수는 없었다. 주위 사람들이 말을 너무도 빨리 해서 알아들을 수도 없었다. 더구나 케이트에게 있어 불쾌한 것은 자신의 마음이 장난을 치는 것이었다. 과거와 현재를 뒤죽박죽으로 섞어버리는 것이다. 그녀의 세계는 점점 좁아지고 이제 곧 닫히려 하고 있었다.

케이트를 붙잡을 수 있는 유일한 생명줄은 가족 중 누군가가 크루거 브렌트 사를 맡아주지 않을까 하는 회사에 대한 집착이었다. 제이미 맥그리거가, 그리고 마가렛이나 데이비드가 그렇게까지 분골쇄신하며 키워온 회사를 남의 손에 맡길 생각은 털끝만큼도 없었다. 이브-케이트가 두 번씩이나 기대를 걸었던 손녀-는 살인범이고, 지금은 흉측한 괴물로 변해 있었다. 이제 이브를 따로 벌할 필요도 없어졌다. 케이트는 이브를 딱 한 번 만나보았다. 벌로써는 충분했다.

자신의 얼굴을 본 그날, 이브는 자살을 기도했다. 수면제 한 병을 몽땅 마셨던 것이다. 그러나 키드가 즉시 조처해서 위를 세척한 뒤 그녀 옆에서 한순간도 떠나지 않았다. 그리고 병원에 나갈 때는 간호사를 불러다놓고 아내를 보살피게 했다.

"부탁이에요 키드! 이런 모습으로 살아가고 싶지는 않아요."

"당신은 예전이나 지금이나 내 아내야. 앞으로도 나는 당신만을 사랑할 거야."

키드는 말했다. 자신이 어떤 얼굴이 되었는지 이브의 뇌리에는 뚜렷하게 새겨져 있었다. 이브는 키드를 설득해서 간호사의 감시 해제를 승낙받았다. 아무에게도 자신의 얼굴을 보이고 싶지 않았던 것이다.

알렉산드라가 몇 번이나 전화를 했지만 이브는 그녀를 만나는 것만은 거절했다. 배달물은 현관 바깥에 놓이게 되었고 아무도 이브의 얼굴을 볼 수가 없었다. 오직 키드만이 이브를 볼 수 있었다. 이브에게 있어서 키드만이 그녀 곁에 남겨진 유일한 한 사람의 인간이었다. 키드는 이브에게 있어 바깥세상과 연결하는 단 하나의 끈이었다. 그녀는 그가 자신을 버리는 것이 아닐까, 이 추악한 얼굴인 채로 버려지는 것이 아닐까 하고 생각하면 필사적으로 남편에게 복종할 수밖에 없었다.

키드는 아침 5시에 일어나서 병원에 출근했다. 이브는 더 빨리 일어나서 아침식사를 준비했다. 그리고 저녁식사를 준비하고 남편의 귀가를 기다렸다. 남편의 귀가가 늦어지면 이브는 걱정이 되어 미칠 것 같았다.

'다른 여자를 찾은 게 아닐까? 이젠 돌아오지 않는 게 아닐까?'

현관문에 열쇠 꽂히는 소리가 들리면 이브는 뛰어나가 문을 열고는 남편의 품에 힘차게 매달렸다. 부부생활도 거절당하는 것이 두려워서 자기가 먼저 요구할 수 없게 되었다. 가끔 남편이 사랑을 해주면 마치 천사의 은혜를 받은 것처럼 감격해했다.

어느 날 이브가 쭈뼛거리며 물었다.

"달링, 이제 충분히 벌을 내리지 않았나요? 이 얼굴을 원상태로 되돌려 주지 않겠어요?"

남편은 자만심이 가득 담긴 목소리로 말했다.

"그 얼굴은 이제 원상태로는 되돌릴 수가 없어."

시간이 지남에 따라서 키드는 점점 자신만만해져 갔고, 이브는 남편의 모든 요구를 충족시켜주는 완전한 노예가 되어버리고 말았다. 추악한 얼굴이 쇠사슬보다도 강하게 이브를 키드에게 매달리게 했다.

알렉산드라와 피터 사이에서 아들이 태어났다. 로버트라는 이름이 붙어졌다. 총명하고 잘생긴 소년이었다. 로버트를 보면 케이트는 토니의 어린 시절이 떠오르곤 했다. 로버트는 이제 8세가 되려 하고 있었지만 나이에 비해서는 조숙했다.

'녀석, 의젓하기도 하지. 거기다 총명하기도 하고……'

케이트는 생각했다.

어느 날, 블랙웰가 모두에게 초대장이 보내졌다.

케이트 블랙웰의 90세 생일 축하연을 아래와 같이 베풀고자 합니다. 부디 참석하셔서 함께 즐거운 시간을 보내주시면 영광이겠습니다.

때 : 1982년 9월 24일, 오후 8시

장소 : 메인 주 다크하버 시더힐 하우스

(반드시 검정색 넥타이를 착용할 것)

키드는 초대장을 읽고는 이브에게 말했다.
"가지 않을 수 없군."
"말도 안 돼요. 나는 안 가요! 당신 혼자 갔다 와요. 나는……."
키드는 말했다.
"동부인해서 참석하는 거야!"

토니 블랙웰은 요양소 정원에서 그림을 그리고 있었다. 그곳에 간호사가 다가와서 말했다.
"편지가 왔어요, 토니."
토니는 봉투를 열었다. 그의 멍한 얼굴에 희미한 미소가 맴돌았다.
"굉장하군! 나는 생일파티를 굉장히 좋아한다고."
토니는 대답했다.

피터 템플튼은 초대장을 찬찬히 바라보며 말했다.
"할머님이 90세라고는 생각되지 않아. 정말이지 대단하신 분이야."
"정말 그래요."
알렉산드라도 그 말에 동의했다. 그리고 잠시 생각하더니 감개무량한 듯이 덧붙였다.
"또 하나 좋은 소식이 있어요. 로버트 개인에 대한 초대장도 왔어요."

\*

밤샘하던 손님들은 연락선과 비행기 편으로 모두 돌아가고, 가족만이 서재에 모여 있었다. 케이트는 이 방에 있는 가족들을 한 사람 한 사람 맑은 눈으로 바라보았다.

'토니, 생글거리는 식물인간. 한때 나를 죽이려던 아들. 빛나는 미래와 희망에 가득 차 있던 청년. 이브, 살인범. 이 손녀의 몸 안에 사악한 씨앗만 없었더라면 온 세상을 지배할 수도 있었을 텐데. 이 무슨 아이러니인가. 이 손녀에게 그처럼 무서운 벌을 내린 장본인이 보잘것없는 소심자인 저 배우자라니……. 알렉산드라, 아름답고 자비로우며 상냥한 소녀. 그러나 이 아이에게 가장 크게 실망을 하고 말았다. 그녀는 회사의 번영보다는 자신의 행복을 우선으로 선택했다. 크루거 브렌트 사에는 전혀 관심을 나타내지 않을 뿐 아니라 나아가 회사와는 아무런 관련도 맺고 싶지 않다고 거절한 남편을 선택했다. 이 부부는 배신자야. 그렇다면 지금까지 내가 쌓아온 이 모든 수고를 결국 보상받지 못하는 걸까? 그럴 수는 없어. 이대로 끝내지는 않아. 모든 것을 물거품으로 만들 수는 없지. 나는 자랑스러운 왕조를 쌓아올리려 왔어. 케이프타운에는 내 이름을 딴 병원도 있지. 학교도 세웠고 도서관도 설립했어. 반다의 동료들도 구해줬잖아.'

의식이 몽롱해졌다. 방에 망령들이 천천히 모여들기 시작했다. 제이미 맥그리거와 마가렛, 엄마가 저렇게 아름다웠던 적이 있었던가? 반다도 웃고 있었다. 사랑하는 데이비드가 손을 내밀었다. 케이트는 그것을 거부하듯이 고개를 저었다. 아직 그들과 합류할 준비는 되어 있지 않았다.

'하지만 이제 곧……. 눈앞에 있어.'

케이트는 생각했다.


방 안에는 가족 한 사람이 더 있었다. 케이트는 잘생긴 소년을 바라보았다.

"이리 와라, 아가야."

로버트는 증조할머니에게 다가가서 손을 잡았다.

"굉장히 멋진 생신 파티였어요. 할머니."

"고맙다, 로버트. 너도 즐거웠다니 기쁘구나. 학교생활은 어떠냐?"

"전부 A를 받았어요. 할머니가 바라시는 대로요. 우리 반에서 1등이에요."

케이트는 피터에게 말했다.

"자넨 앞으로 로버트를 와튼스쿨로 보내야 하네. 그곳은……."

피터는 웃었다.

"부탁이에요 할머니. 단념해주세요. 로버트에게는 자신이 좋아하는 길을 걷게 하고 싶어요. 이 아이에게는 음악적 재능이 있어요. 본인도 음악가가 되고 싶은 모양이에요."

"자네 말이 맞아. 나는 이제 늙어버렸고 방해할 권리도 없으니까. 로버트가 음악가가 되고 싶다면 해야겠지."

그녀는 한숨을 쉬었다. 그리고 애정 어린 표정으로 소년을 바라봤다.

"잘 들어라, 로버트. 약속은 할 수 없지만 너를 위해서라면 뭐든지 해주마. 내가 주빈 메타의 절친한 친구 한 사람을 알고 있거든. 그럼 네 선생님으로서는 최고지."

**옮긴이의 말**

이 작품은 우리나라에서도 선풍적인 인기를 한몸에 받았던 미국의 인기작가 시드니 셸던의 출세작인 '100년 동안 너를 찾았어(Master of the Games)'의 완역본이다.

나는 지금까지 시드니 셸던의 작품을 거의 모두 번역했지만, 이 작품처럼 재미와 감동과 스릴과 서스펜스가 넘치는 소설도 드물었다. 이 책 역시 첫 페이지를 펼치면 절대로 손에서 놓을 수 없을 정도로 흥미진진한 스토리가 전개된다.

이 작품은 발표되자마자 뉴욕타임스 베스트셀러 1위를 차지했고, 6개월 동안에 무려 300만 부나 팔리는 진기한 기록을 세우기도 했다. 그리고 영화화되어 전 세계의 수많은 팬들에게 감동을 주었다. 우리나라에서는 텔레비전에서 미니시리즈로 방영된 바 있다.

남아프리카의 다이아몬드 광산 발견의 꿈을 가지고 스코틀랜드를 떠나는 제이미 맥그리거, 그는 수많은 역경을 넘어 마침내 백만장자가 되어 마침내 크루거 브렌드 사를 일구어낸다. 그리고 그의 딸인 케이트는 아버지의 사업을 세계 굴지의 회사로 키워낸다. 그러나 유감스럽게도 케이트의 아들 토니는 사업을 이어받기보다는 화가가 되기를 꿈꾼다. 그리고 완전히 다른 성격의 그녀의 쌍둥이 손녀인 알렉산드라와 이브의 얽히고 설킨 이야기가 드라마틱하게 펼쳐지는데…….

인간은 누구나 부를 축적하고, 성공하고, 멋진 인생을 즐기며 살기를 원한다. 그러나 그 방법을 잘 모르기 때문에 그냥 체념(?), 아니면 만족(?)하며 살아가는지도 모른다. 그런 면에서 이 작품은 바로 어떻게 하면 성공과 부를 누리며 인생을 즐길 수 있는지, 그리고 사람을 어떻게 다루어야 하는지 우리에게 일깨워주고 있다.

인생은 매순간 위기의 연속이라고 할 수 있다. 그리고 거부할 수 없는 욕망과 탐욕에서 놓여날 수 없는 숙명을 타고났는지도 모른다. 하지만 욕망과 미움, 욕구, 탐욕, 복수의 날선 검이 있다면 그 반대되는 개념도 우리에게는 존재한다고 생각한다. 그 이야기가 한 편의 기나긴 서사시처럼 경종을 울리며 다가온다.

독자 여러분은 이들의 삶을 통해 인생의 진정한 달인(master)이란 어떤 것인지 눈여겨보며 음미해보는 좋은 기회가 될 것이다.

정성호

옮긴이 정성호

충남 당진에서 태어났으며 가톨릭대학교 신학부 철학과를 졸업했다. 여흥고등학교에서 영어교사로 재직하던 중 긴급조치 9호 위반으로 복역했다. 출감 후 번역을 시작하여 현재까지 번역 전문가로 활동 중이며 번역서는 600여 종에 이른다. 주요 역서로 《개 같은 나의 인생》, 《100년 동안 너를 찾았어》, 《깊은 밤 깊은 곳에》, 《6분 전》, 《7일간의 유혹》, 《우연한 여행자》, 《늑대와 춤을》, 《그네 타는 남자》, 《생의 한가운데》, 《인간의 역사》, 《정신분석입문》, 《포레스트 검프》, 《체인지》 등이 있다.

# 100년 동안 너를 찾았어

**개정판 1쇄 인쇄** 2025년 4월 5일 | **개정판 1쇄 발행** 2025년 4월 10일

**지은이** 시드니 셀던 | **옮긴이** 정성호 | **펴낸이** 최효원 | **펴낸곳** (주)도서출판 오늘
**등록일** 1980년 5월 8일 제2012-000082호
**주소** 서울시 영등포구 선유서로 15, 209호 | **전화** (02)719-2811(대) | **팩스** (02)712-7392
**홈페이지** www.on-publications.com | **이메일** oneull@hanmail.net

* 잘못 만들어진 책은 바꾸어 드립니다.
ISBN 978-89-355-0570-8 03840